KB132993

날마다 기도하며 살게 하소서

날마다 기도하며 살게 하소서

용혜원
시

용혜원 81번째 시집
1004편의 기도시

 나무생각

기도는 그리스도인의 생명의 호흡입니다.

기도가 없으면 하나님을 온전히 신뢰하는 믿음도 사라집니다.

주님은 이 땅에 오셨을 때도 습관적으로 기도하시고,

때로는 땀이 핏방울처럼 변하도록 기도하셨습니다.

진실한 기도는 하나님과 인간 사이를 연결해주는 생명줄입니다.

우리는 기회 있을 때마다 간절히 간구해야 합니다.

우리가 기도하지 않는다면 죽은 믿음입니다.

주님께서 우리에게 기도를 가르쳐주셨습니다.

우리는 살아 있는 생명의 기도를 드려야 합니다.

우리에게 기도할 수 있는 믿음을 주시기를 간구해야 합니다.

예수 이름으로 하나님을 온전히 신뢰하고

응답받는 기쁨을 누리며 믿음의 삶을 살아야 합니다.

지금도 천지만물을 운행하시는

하나님의 섭리와 사랑과 인도하심을 기도함으로

크고, 넓고, 깊게, 충만하게 체험해야 합니다.

기도를 통하여 응답받으며

삶이 놀랍도록 변화하는 것을 체험할 수 있습니다.

하나님께 감사드리며,

날마다 기쁨과 감동으로 살아갈 것입니다.

기도할 수 있는 그리스도인은 하늘 사랑을 듬뿍 받는,
행복하고 아름다운 삶을 살아가는 사람입니다.
기도는 그리스도인의 생명줄입니다.
그리스도인은 기도하는 삶을 삽니다.

기도하는 데 이 책이 작은 도움이라도 되길
진심으로 바라고 간구합니다.
30년 동안 신약 2000번, 구약 500번을 읽으며 쓴
1004편의 기도시를 출간하며 간절한 기도를 드립니다.
이 모든 것이 주님의 사랑하심이며 인도하심입니다.
주님의 복음이 이 땅에 충만하기를 기도합니다.
주님 계신 천국을 바라보며 산 소망 속에 기도하며 살아갑시다.
하나님의 나라에 이를 때까지 기도의 삶을 살기를 바랍니다.

용혜원

2장 고백하는 하루

3장 헌신하는 하루

4장 찬양하는 하루

1장

묵상하는 하루

주님 앞에 설 때는

주님 앞에 설 때는 마음을 활짝 열고
아무런 거짓 없이 솔직하게
아무런 가식 없이 있는 그대로
겉치레 없이 정직하고 순수한 마음으로 서자

맨손으로 서자
맨발로 서자
벌거벗은 맨몸으로 서자
빈 마음으로 서자

초라하고 부족한 내 마음에
주님이 한없이 쏟아주시는
구속의 사랑이 너무나 놀랍고 크다

주님 앞에 설 때는
내 모습이 아무리 빈약하더라도
간절한 마음 간곡히 모아
믿음으로 굳센 반석 위에 서자

주님을 알게 하소서

주님!
주님에 대해 알고 있는 것이
너무나 적습니다
속으로 삼키던 고통과 아픔을
주님께서 굽어 살피시고 인도하여 주심을
가슴 깊이 갈망하고 깨달아 알게 하소서

죄로 인해 심신이 나약하오니
어둠과 그늘을 온전히 내려놓고
빛 되신 주님을 믿으며 간절히 기도하게 하소서
오묘하신 말씀을 통하여 주님을 깊이 알게 하시고
간절한 기도를 통하여 구원의 말씀을 깊이 깨닫고
주님의 웅숭깊은 숨결을 느끼며 살아나게 하소서

주 예수께서 주시는 구원을 온전히 받아
주님의 사랑을,
주님의 은혜를,
주님의 긍휼을,
주님의 용서를 알게 하소서
주님께서 기도의 모범을 보여주셨으니
주님을 닮아가며 깨달아 알게 하소서

주님을 체험하며 살게 하소서

오, 주여!
억장이 무너지게 하고 심장을 조각조각 갈라놓는
악한 죄에서 돌아서서 철저하게 회개하고
주님이 늘 함께하심을 체험하며 살게 하소서

내 마음을 활짝 열어 나의 몸과 영혼에
주님의 선하신 시선이 머물게 하시고
주님의 따스한 손길을 느끼게 하소서
주님의 온유하시고 겸손하신
사랑의 마음을 읽게 하시고
주님의 발과 동행하게 하소서

나의 입술로 칠흑 같은 죄를 진솔하게 회개하고
다시는 죄의 종이 되지 않게 하소서
구원의 섭리를 십자가 보혈로 완성해주셨으니
우리의 입술로 주님을 시인하고
우리의 입술로 믿음을 고백하고
주님의 말씀을 귀담아듣게 하소서

주님의 말씀을 능력 있게 전하며
메말랐던 삶 속에서 생생하게 살아 계신 주님을
충만하게 체험하며 따르게 하소서

날마다 삶 속에서

날마다 삶 속에서 시커먼 먹구름이 잔뜩 끼고
세찬 폭풍우가 거세게 몰아치고
시린 가슴 외롭고 쓸쓸하여도
고요한 기도의 길목에서 묵묵히
주님의 뜻에 다다르도록 간절히 기도하게 하소서

날마다 삶 속에서
예수 그리스도가 생각나게 하소서
예수 그리스도를 만나게 하소서
예수 그리스도를 기억하게 하소서
예수 그리스도와 동행하게 하소서
예수 그리스도를 닮아가게 하소서
예수 그리스도와 대화하게 하소서
예수 그리스도의 마음을 알게 하소서
예수 그리스도의 고난을 체험하게 하소서
예수 그리스도의 이름을 부르게 하소서
예수 그리스도의 이름을 찬양하게 하소서
예수 그리스도의 복음을 전하게 하소서
예수 그리스도와 영원토록 동행하게 하소서

나의 삶을 예수로 살게 하소서

오, 주여!
철들지 못해 어리석게 지은 죄에 또 죄를 더하여
딱딱하게 굳고 뒤틀어진 완악한 마음으로
주님을 떠나지 않게 하소서
믿음을 잃고 얼룩지고 더럽혀져
고통당하지 않게 하소서

주님을 향한 온전한 믿음으로
기도로 살고,
말씀으로 살고,
무릎으로 살고,
은혜로 살며,
예수 그리스도의 흔적을 갖고
주님의 구속의 사랑에 물들게 하소서

힘없고 힘들 때도 시시때때로
소낙비 퍼붓듯 쏟아주시는 성령의 은혜로
구주 예수의 생명의 말씀을 믿고
화창한 믿음으로 실천하며 살게 하소서
언제나 예수 이름으로 기도할 수 있음으로
살아가는 날 동안 행복하게 하시고
천국을 소망하며 영생에 이르게 하소서
아멘!

아주 작은 일들 속에서

아무런 관심 없이 무심히 지나쳐버릴
모래알처럼 아주 작고 작은 일들 속에서
주님의 뜻을 헤아리며 찬양과 영광을 돌리게 하소서

아주 작은 풀꽃들이 들판을 이루고
아주 작은 모래알이 드넓은 해변을 이루고
아주 작은 벌레들이 살아 움직이듯
아주 작은 것들 속에 나타나고 보여지는
주님의 놀라운 섭리를 깨닫게 하소서

잘 볼 수 없고,
잘 들을 수 없고,
잘 만질 수 없고,
잘 느낄 수 없었던,
아주 작고 소중한 것들에서부터
하나님의 섭리의 소중함과 진실함을 배우게 하소서

작은 일부터 가장 큰 일까지 잘 챙겨가며
분명하고 흐트러지지 않게 기도함으로
순전하게 살아갈 수 있게 하소서

삶 속에 말씀이 관통함을 체험하게 하시고
주님을 믿음으로 크게 소리 높여
영광과 찬양과 경배를 올리게 하소서

주님은 언제나

먼발치에 계셔도
마냥 바라만 보아도 그립고
이리도 좋기만 합니다

주님께서는 언제나 한결같이 가까이 계시고
가슴이 후련하게, 속이 뻥 뚫리게
죄를 용서하여 주십니다

내 마음의 가지가지마다 열려 있던 죄를
나의 영혼 뼛속 깊이 숨어 있던 죄를
십자가 보혈의 피로 용서하여 주시고
영원토록 인도하시고 함께하여 주십니다

내 마음에 파도처럼 일렁이는
참으로 놀라운 주님의 사랑은
지고지순한 하늘 사랑입니다

주님 앞에 나아가게 하소서

주님은 날마다 아주 자연스럽고 친밀하게
순수한 만남으로 우리와 함께하십니다
조용한 시간에 경건한 마음으로
보이지 않아도, 들리지 않아도
오직 믿음으로 주님 앞에 나아가게 하소서

믿음으로 간곡하게 기도드릴 때
우리의 마음속에 응답하시는
주님의 마음을 알고 깨닫게 하소서

주님의 사랑으로 기쁨이 넘치게 하시고
영혼이 맑고 깨끗하고 정결하게 하시고
날마다 구원받은 기쁨과 행복이 넘치게 하사
믿음의 둥지를 튼튼하게 만들게 하소서

시간이 흐르고 세월이 떠나가도
간 줄이던 욕심은 잊어버리고
소망 있는 기도의 지경을 넓히게 하소서

주님의 인자하심을 맛보도록
기도의 지경을 넓혀가고
찬양의 지경을 넓혀가고
믿음의 지경을 넓혀감으로써
날마다 응답받는 믿음으로 기뻐하게 하소서

소박한 꿈 하나

사랑의 주님
애간장이 타듯 간절한 소망으로
간곡히 기도하오니
나의 소박한 꿈 하나 이루어주소서

주 예수 그리스도가
영원한 나의 구주가 되심으로
손바닥에 새김같이 날 기억해주시고
영생의 천국으로 인도하소서

힘겨운 세상살이 속에서도 산 소망을 갖고
모든 절망과 아픔을 이겨내게 하시고
어려움을 당하지 않도록 끝마감을 잘하게 하소서

가슴이 미어지도록 신나고 좋은,
가슴 시리도록 고귀한 꿈 하나
나의 삶 속에 꼭 이루어주소서

오, 주님!

오, 주님!
죄로 인해 갈피를 못 잡던 내 마음이
주님을 온전히 바라보게 하소서
주님께 드리는 간절한 기도가 상달되어
나의 중심을 뜨겁게 감화하게 하소서

십자가 고난과 주님이 전하시는 복음을 묵상하며
믿음이 강하게 샘솟게 하시고
찬송을 부르고 기도를 드릴 때 성령 충만하게 하소서
나의 기도가 입술 가장자리에서 맴돌지 않고
내 마음 중심에서 쏟아져 나와
주님의 온유하시고 겸손하신 마음에 합하게 하소서

나의 기도의 장소가
고요하게 주님과 교제하는 곳이 되게 하시고
울음을 거두고 웃음을 찾아나가며
하늘이 내려주시는 축복의 장소가 되게 하소서
불길 같은 성령의 인도하심으로
놀라운 깨달음의 장소가 되게 하소서

고통과 아픔 끝에서 바라는 것은 주님뿐이오니
주님을 간절하게 사모하오니
나의 기도가 뜨겁게 타올라 상달되게 하시고
나의 삶 가운데 주님의 뜻을 이루소서

내 마음이 빈 두레박이 되게 하소서

내 마음이 빈 두레박이 되게 하소서
은혜의 우물에서
사랑을 가득 길어 올리게 하소서

내 마음이 빈 두레박이 되게 하소서
말씀의 우물에서
믿음을 가득 길어 올리게 하소서

내 마음이 빈 두레박이 되게 하소서
사랑의 우물에서
은혜를 가득 길어 올리게 하소서

내 마음이 빈 두레박이 되게 하소서
축복의 우물에서
소망을 가득 길어 올리게 하소서

내 마음이 빈 두레박이 되게 하소서
감사의 우물에서
행복을 가득 길어 올리게 하소서

죄에서 멀리 떠나게 하소서

나의 몸과 마음과 영혼이
죄에 빠지지 않게 하소서
죄의 올무에 걸리지 않게 하소서
죄의 사슬에 묶이지 않게 하소서
죄의 덫에 걸리지 않게 하소서
죄의 어두운 그늘에 갇히지 않게 하소서
죄의 낚싯바늘에 낚이지 않게 하소서
죄의 늪에 빠지지 않게 하소서
죄의 수렁에 빠지지 않게 하소서
죄의 복잡한 골목길에서 서성이지 않게 하소서
죄를 가까이 사귀지 않게 하소서
죄의 그물에 걸리지 않게 하소서
죄로 인하여 사지를 버둥거리며 살지 않게 하소서
죄에서 멀리 떠나고 악은 모양이라도 버리게 하소서

나부터 변화되게 하소서

주여!
나의 모든 죄로부터 변화되게 하소서
나의 잘못된 성격이 변화되게 하소서
나의 잘못된 습관이 변화되게 하소서
나의 잘못된 버릇이 변화되게 하소서
나의 잘못된 고집이 변화되게 하소서
나의 잘못된 아집이 변화되게 하소서

아담 한 사람으로부터
하나님이 창조하신 아름다운 세상에 죄가 들어오고
구주 예수 그리스도 한 분으로
우리가 모든 죄에서 사함을 받아 구원받았습니다

죄악과 불길한 생각으로
토라지고 일그러지고 병들고 상한 내 마음이
주님의 말씀과 성령의 은혜의 단비로
새롭게 변화되게 하소서

죄악의 때가 끼어 먼지투성이였던
내 마음이 부드러운 옥토가 되게 하사
주님을 향한 소망이 부끄럽지 않게 하소서
씨앗이 좋은 옥토에 떨어질 때
30배, 60배, 100배의 결실을 맺사오니
나부터 새롭게 변화되게 하소서

복 있는 성도의 삶을 살게 하소서

오만, 자만, 거만, 교만하여
어리석게 게거품을 물고 사는
비굴하고 천박한 죄인의 삶이 아니라
주님의 말씀 안에서
복 있는 성도가 되어 축복을 누리게 하소서
은혜 안에서 주님의 사랑을 감지하며
복 있고 거룩하고 산 소망이 있는
하나님의 백성, 성도의 삶을 살게 하소서

넉넉한 마음으로 예수 사랑을 나누며
걸음을 재촉하여 복음의 진리를 전하며
예수를 구주로 시인하고 고백하며
복 있는 성도의 삶을 살게 하소서
항상 하나님의 영광을 바라보며 기뻐하게 하시고
환난 중에서도 즐거워하며 인내하게 하시고
시련과 시험의 연단 속에서 소망을 이루게 하소서

시간이 있을 때마다 내 마음을 기도 속에 두고
주님의 뜻에 합당하도록
응답받을 때까지 간절히 기도하게 하여 주소서
손끝에서 발끝에서 십자가 구원의 사랑을 느끼며
신령과 진정으로 거룩한 예배와 찬양을 드리는
복 있는 성도의 삶을 살게 하소서

주님으로부터

주님으로부터 외면당하지 않게 하소서
주님으로부터 소외되지 않게 하소서
주님으로부터 방관되지 않게 하소서
주님으로부터 거절당하지 않게 하소서
주님으로부터 부인되지 않게 하소서
주님으로부터 철퇴당하지 않게 하소서
주님으로부터 무시당하지 않게 하소서
주님으로부터 무관심당하지 않게 하소서
주님으로부터 단절당하지 않게 하소서
주님으로부터 추방당하지 않게 하소서

주님의 음성을 듣게 하소서

죄악에 곁눈을 주거나
죄악에 고개를 숙이지 않고 당당하게 일어나
주님의 음성을 듣게 하소서

만물을 통해 들려주시는
주님의 세미한 음성을 듣게 하소서
자연의 변화와 재해 속에서 들려주시는
주님의 커다란 음성을 듣게 하소서

나무와 꽃과 열매를 통해서 들려주시는
주님의 따스한 음성을 듣게 하소서
말씀을 통해 들려주시는
주님의 고요한 음성을 듣게 하소서
사람을 통해 들려주시는
주님의 잔잔한 음성을 듣게 하소서

순간순간 일어나는 사건들을 통해서
마음을 두드리는 주님의 음성을 듣게 하소서
생활을 통하여 들려주시는
주님의 음성을 듣게 하소서
내 마음을 통해 들려주시는
주님의 잔잔한 음성을 듣게 하소서

주님을 바라보게 하소서

내 영혼을 고꾸라트리고 병들게 하고 부서트리고
내 마음을 갈갈이 찢어놓고 고배를 마시게 하는
사악하고 더럽고 추악한 죄에서 떠나게 하소서
이 시간 오직 구원의 하늘 사랑을 주시는
주님의 품 안에 거하게 하소서

홀로 감당하기 힘들고 어려울 때
서투른 기도,
보잘것없는 기도,
나약한 기도,
힘없는 기도,
형편없는 기도일지라도
내 마음의 중심을 아시는 주여
기도로 매달리오니 응답하소서

항상 고생길로 들어서게 하고
힘들게 짓누르는 흉악한 죄악으로 인하여
단단한 바위처럼 완악하게 굳은 내 마음을
성령으로 부드럽게 하여 주소서

이 순간 천진난만한 어린아이같이
순수한 마음으로 주님만 바라보게 하소서

지금 이 순간에도

지금 이 순간에도 주 예수 그 이름으로
기도할 수 있음을 감사드립니다

지금 이 순간에도 주 예수 그 이름으로
찬양할 수 있음을 감사드립니다

지금 이 순간에도 주 예수 그 이름으로
예배할 수 있음을 감사드립니다

지금 이 순간에도 주 예수 그 이름으로
말씀을 상고할 수 있음을 감사드립니다

지금 이 순간에도 주 예수 그 이름으로
주님의 일에 동참할 수 있음을 감사드립니다

지금 이 순간에도 주 예수 그리스도가
나의 구주가 되심을 감사드립니다

지금 이 순간에도 주님의 십자가 보혈로 구원받아
천국 백성이 되었음을 감사드립니다

지금 이 순간에도 주 예수 그 이름으로
전도할 수 있음을 감사드립니다

소박하게 바라는 것이 있다면 1

소박하게 바라는 것이 있다면
죄로 가득한 목숨을 구원하여 주셨으니
한목숨 다하는 날까지
주님이 원하시는 삶을 살아가는 것입니다

무능하고 초라하고 나약하여
죄의 벽에 부딪칠 때마다 쓰러지고 무너져
아무런 소망도 없이 버려졌습니다
그런 나를 보혈의 피로 구속하여 주시었으니
기도로 하나씩 응답을 받게 하시고
무한 감사를 드리게 하소서

나의 마음 전부에 주님의 말씀을
나의 마음 전부에 주님의 사랑을
나의 마음 전부에 주님의 믿음을
넘치도록 가득 담고자 합니다

소박하게 바라는 것이 있다면
한목숨 다하는 날까지
모든 일 속에서 주님의 뜻을 이루게 하소서
우리 주 예수 그리스도와 함께
날마다 믿음으로 아름답게 건축되어 가게 하소서

소박하게 바라는 것이 있다면 2

소박하게 바라는 것이 있다면
내 삶의 모습을 바라보시는 주님이
기뻐하시며 환하게 웃으시도록
은혜 속에서 성장하는 것입니다

생명을 사랑하시고 구원하시는 주님,
나의 마음 전부에 주님의 은혜를
나의 마음 전부에 주님의 평안을
넘치도록 가득 담고자 합니다

나의 삶, 모든 일 속에서
예수 그리스도를 깊이 생각하며
말씀을 읽고, 듣고, 보고, 믿고,
새사람이 되어 믿고 따르며 전하게 하소서

나에게 바라는 것이 있다면
주의 나라에 이를 때까지
주의 선하신 일에 지으심을 받게 하소서

주님의 골고다 십자가 보혈보다
진하고 고귀한 사랑이 어디에 있습니까
날마다 주님이 원하시는
삶을 믿음으로 만들어가며 살아가게 하소서

주여, 내 마음에

주여, 내 마음이 가장 먼저 주님을 사랑하게 하소서
주여, 내 마음에 세계를 품게 하소서
주여, 내 마음에 꿈과 비전을 갖게 하소서
주여, 내 마음에 희망을 갖게 하소서
주여, 내 마음에 열정을 갖게 하소서
주여, 내 마음에 도전 정신을 갖게 하소서
주여, 내 마음이 가족을 사랑하게 하소서
주여, 내 마음이 이웃을 사랑하게 하소서
주여, 내 마음이 조국을 사랑하게 하소서
주여, 내 마음이 성도를 사랑하게 하소서
주여, 내 마음이 교회를 사랑하게 하소서
주여, 내 마음이 온 세계를 사랑하게 하소서
주여, 내 마음에 도고의 기도가 끊이지 않게 하소서

오직 예수만 바라보게 하소서

나의 믿음의 초점이
오직 구주 예수 그리스도만 바라보게 하소서

나의 마음의 초점이
오직 구주 예수 그리스도만 바라보게 하소서

나의 영혼의 초점이
오직 구주 예수 그리스도만 바라보게 하소서

나의 삶의 초점이
오직 구주 예수 그리스도만 바라보게 하소서

나의 소망의 초점이
오직 구주 예수 그리스도만 바라보게 하소서

주님을 만날 수 있다면 얼마나 좋을까

꿈속에서라도 골수 사무치도록 그리운
구원의 주님을 만날 수 있다면
얼마나 가슴이 설레고 좋을까

온유하고 겸손하신 주님의 성품을
날마다 닮아가며 살 수만 있다면
얼마나 좋을까

주님이 기뻐하시는 성도의 삶을 살아
주님이 웃으시고 나도 웃을 수 있다면
얼마나 좋을까

맑고 순수하고 깨끗한 마음으로
기도 중에 주님의 음성을 들을 수 있다면
얼마나 좋을까

생명 넘치는 살아 있는 하나님의 사랑의 편지,
말씀을 묵상하는 중에 주님의 뜻을 헤아릴 수 있다면
얼마나 좋을까

날마다 천국을 소망하며
아무런 불안과 걱정 없이 살수만 있다면
얼마나 좋을까

주님이 나를 오라 부르실 때

주님이 나를 오라 부르실 때
무심히 그냥 흘려듣지 않고
죄로 인해 상한 나의 심령을 그대로 드리게 하소서

추악한 죄악 속을 헤매는
초라하고 때 묻은 그 모습 그대로 드리게 하소서
영벌에 처해질 수밖에 없는 저주스러운 죄악에서
나를 살려주시고 구속하여 주소서

주님 앞에 나아가 무릎을 꿇게 하시고
죄악의 굴레를 벗기 위하여 회개하며
두 손 모으고 마음을 모아 기도하게 하소서

고집을 부리며 허겁지겁 살지 않게 하소서
주님의 부르심에 응답하게 하시고
꿈을 이루며 믿음으로 굳건히 서서
성도로서 옳고 바르게 살아가게 하시고
하늘나라의 믿음의 궤도에 들어서게 하소서

날마다 순간마다 생기 넘치고 살맛나게
친구와 같은 친밀한 삶을 살게 하소서
주님의 참사랑에 두려움과 어리석음을 떠나보내고
날마다 찬양하며 날마다 감격하게 하소서

우리의 삶을 기도로

죄악의 폭풍이 무섭고 두렵게 휘몰아치고
어떤 시련과 역경이 몰아쳐 와도
결코 기도의 줄을 놓지 않게 하소서
가까이 다가와주시는 주님을 믿으며
입술을 모으고 마음을 모아
우리의 삶을 기도로 시작하고 기도로 마치게 하소서
우리의 삶을 감사로 시작하여 감사로 마치게 하소서
언제나 인도하여 주심을 깨달아
마음이 초라하고 부족하더라도
주님의 마음에 합하여 합당하게 하소서

우리가 믿음으로 구원받았으니
주님의 고귀한 사랑을 기억하며
믿음으로 예수 그리스도를 본받게 하소서
걷잡을 수 없이 빠른 시간들 속에서
서로 얽히고설켜
거품이 가득한 삶을 살지 않게 하소서
세상이 그러거나 말거나, 그럼에도 불구하고
세상을 따르지 않고 오직 믿음 안에서
오직 예수 그리스도를 바라보며 살게 하소서

주님 안에서 날마다

주님 안에서 날마다
주님을 향한 뜨거운 그리움 속에서
기쁨으로, 사랑으로 살아가게 하소서

아무 생각 없이 대충대충 살지 않게 하시고
죄의 그림자 가지지 않게 하시고
주님 안에서 날마다 뜨거운 열망 속에서
감동과 감격으로 살아가게 하소서

하루를 살면서도,
일주일을 살면서도,
한 달을 살면서도,
일 년을 살면서도,
일생을 살면서도 이랬다저랬다 살지 않고
오직 주 안에서 믿음으로 살게 하소서

죄악의 거센 비바람이 불어와 마구 흔들려도
강한 폭풍우가 몰아쳐도
그럼에도 불구하고 주님 안에서
믿음이 결코 흔들리지 않게 하소서

날마다 깊은 감사와 기도와 말씀으로
주님을 향한 설렘과 뜨거운 열정으로
믿음으로 달려가며 찬양과 예배드림 속에 살게 하소서

나의 삶 가운데

나의 삶 가운데 기도가 생명줄이 됨을 알아
늘 기도하며 주님의 뜻을 깨닫게 하시고
인도하심을 받게 하여 주소서

나의 삶 가운데 죄악이 무성한 숲을 이루어도
오직 의인은 믿음으로 사는 것을 믿고
구원의 복음을 조금도 부끄러워하지 않고
예수 그리스도로 말미암아 믿음에 이르게 하소서

날마다 순간마다 오직 주님을 소망하며
주님의 임재하심을 갈망하게 하시고
하나님의 섭리를 깨닫게 하여 주소서

내 안에 주님께서 임재하심에 감격하며
의미 있게, 거룩하게, 뜻깊게,
주님 안에서 회복되어 살게 하소서

예수만으로 기뻐하며, 예수만으로 만족하며,
예수만으로 감사하며, 예수만으로 축복을 받으며
성령의 인도하심 따라 살게 하소서

내 생명의 줄이 보이지 않을 때까지
주님의 구원의 손을 놓지 않게 하시고
기도의 문을 항상 열고 기도하게 하소서

주여, 순종하는 삶을 살게 하소서

주님 앞에 무릎을 꿇고 두 손을 모으고
가장 낮은 자세로 엎드려 겸손히 마음을 모았습니다
비참하고 허무하게 하며 숨통을 조이는 죄악을
허공을 향하여 가슴 치며 회개하오니
주여, 나의 죄를 용서하여 주소서

내 영혼이 주님의 은혜와 말씀으로 충만하여
항상 순종하는 삶을 살게 하소서
주님께 기쁨을 드릴 수 있는 삶을 살아가며
주님의 말씀 따라 강하고 담대한 믿음으로 살게 하소서

내 영혼을 허물어트리는 죄의 삯은 사망이오니,
죄가 찾아올 때 믿음으로 기선을 제압하여
오직 주님만 바라보며 살게 하여 주소서

믿음의 길을 만들어가며 때를 따라 주시는
하나님의 은사는 예수 그리스도 안에서의 영생뿐이오니
언제나 믿고 순종하게 하소서

삶 속에 쓰라린 고통이 찾아와도
뒤틀린 마음으로 뒷걸음치거나 도망치지 않고
고요가 눈을 뜨도록 겸손하게 기도하며
주님의 뜻을 따라 순종하는 삶을 살게 하소서

주님을 만나게 하소서

맑고 푸른 아침 하늘에 햇살이 찬란히 비추고
하루하루가 변함없이 왔다가
하루하루가 그냥 그렇게 지나가더라도
기도를 통하여 주님을 만나게 하소서

책을 쌓아놓고 읽고 싶고
친구에게 전화를 하고 싶을 때
심심하여 영화를 보고 싶을 때
거리를 무작정 걷고 싶을 때
아무 생각 없이 있고 싶을 때
우울과 허무에 빠지지 않고 주님을 만나게 하소서

텅 빈 집에 혼자 있을 때
죄 된 생각만 가득하고 잡념이 머릿속 가득히 쌓여갈 때
말씀을 상고하며 주님 앞에 나아가 기도하게 하소서

무언가 확실한 것이 없고 어지럽기만 하고
기대할 것 없고 관심을 가질 것도 없고
욕심낼 것도 없이 허무할 때도 주님을 만나게 하소서

우리의 삶에서 주님이 함께하심을
잊어버리려고 할 때 속 깊고 따뜻한 주님의 마음을
새롭게 알 수 있도록 주님을 만나게 하소서

참된 믿음

참된 신앙을 갖기 위하여
견고하고 흔들림 없는 반석 위에 세운
강한 믿음을 갖기 위하여
늘 무릎 꿇고 기도하며 살게 하소서

주님의 삶을 본받게 하시고
주님의 삶을 따르게 하소서
주님의 모습을 닮게 하소서
주님께 온전히 순종하게 하소서

어떤 순간이든 바른 믿음 속에
기억 속에, 생각 속에, 마음속에,
주님의 말씀을 적용하여 살게 하소서

우리의 모든 죄를 용서하시는
살아 계신 하나님의 섭리를 믿으며
늘 순종하며 살게 하소서

불신은 마음을 점점 더 좁혀놓으니
오직 믿음으로 몸과 마음을 잘 단속하여
갈등을 이겨내게 하여 주소서

오직 강하고 담대하게 발돋움을 하는 믿음으로
참된 성도의 삶을 살게 하소서

눈물

죄를 회개하는 눈물아, 마르지 마라
회개의 눈물지으며 나의 죄를 낱낱이 자백하기 전에
눈물아, 결코 마르지 마라

죄의 괴롭힘에 지쳐서
간절한 애원과 탄식과
울부짖는 통곡으로 몸부림치며
나의 죄를 회개하기 전에
눈물아, 결코 마르지 마라

나의 흉악한 죄에 대해 용서를 간구하며
눈물이 앞을 가리도록 회개하니
눈물아, 결코 마르지 마라

주여, 나의 죄를 용서하소서

주님을 따르며 살게 하소서

겨울이 떠나가면 따뜻한 봄이 찾아오듯이
기도드리면 여지없이 응답해주시는
주님을 따르며 살게 하소서
거짓과 허무의 좁디좁은 죄악의 골목길에서 벗어나
새 생명을 얻어 온전히 해방되게 하소서

죄를 지어 마음이 구부러지거나
주님의 눈 밖에 나지 않게 하시고
진리의 자유 속에서 온 마음을 다하여
주님을 따르며 살게 하소서

예수 그리스도 나의 주님의 은혜로
믿음이 굳건한 반석 위에 세워지게 하시고
주님의 바른 제자가 되게 하소서

나약하고 가냘픈 숨결이지만
말씀으로 무장한 믿음의 전신갑주를 입고
주님의 능력으로 강하고 담대한
제자가 되어 복음을 전하게 하소서

가슴 졸이고 숨차게 하는 복잡하고 분주한 삶 속에서
육신을 따라 살지 않고 영을 따라 살며
주님과 늘 동행하며 친구가 되게 하소서

내 마음에 확정하소서

내가 지은 죄 탓에 갈기갈기 찢긴 마음
피눈물을 찍어내며 통곡하고 싶을 때
주님을 향하여 기도하게 하소서
우리 주 예수의 사랑에 젖어들어
내 몸과 영혼이 정결하게 여과되고
하나님의 사랑을 끊을 수 없는 것처럼
주님의 사랑도 끊을 수 없게 하소서

내 안에 사는 이는 주 예수 그리스도이시니
주님을 향한 절박하고 간절한 마음이,
주님을 향한 그리움이 하늘에 닿게 하소서
주님이 없이는 살기를 원치 않게 하소서
주님의 품 안에서 모나지 않게 살게 하소서
주님의 품 안에서 순종하게 하여 주소서

버려진 목숨의 하찮은 시작은 죄이오니
한순간 왔다가 한순간 떠나버리는 삶
볼썽사납고 험악하고 추악한 죄를 떠나
주님과 함께 살게 하여 주소서

늘 선하신 주님 안에서 이루어주실
영원히 지속될 천국 소망이
나의 마음속에 한가득 넘치게 채워져 있음을
내 마음에 확정하소서

한 마리 양

우리는 세상이라는 넓고 복잡한 들판에서
길 잃고 헤매며
외롭고 쓸쓸하게 남아 있는
한 마리의 양입니다

죄악의 거센 바람에 휘청거리는 세상에
홀로 버려진
나약한 양 한 마리입니다

외롭고
슬프고
눈물이 나고
피곤하고 두려운 한 마리 양입니다

애정과 진실이 가득한
목자가 되시는 주님께서
언제나 어느 때나 잊지 않고
찾아와주시니 결코 외롭지 않습니다

주님을 구주로 고백하게 하소서 1

나의 죄를 사해주시는 주님이
나의 구주가 되심을 믿고
온 마음으로 진실로 고백하오니 받아주소서

휘청거리고 골병든 나의 죄를 씻어주시고
구원해주실 분은 주님 한 분밖에는 없습니다
주님의 사랑은 억지로 만들 수 없으니
뜨거운 회개의 눈물로 고백하며
진정으로 사랑하는 마음을 갖게 하소서

나의 죄를 낱낱이 알고 계시니
하나도 숨김없이, 남김없이
구주 예수 그리스도의 이름으로
모두 다 회개하여 용서받게 하소서

지금까지 살아오면서 지은 모든 죄,
악한 생각으로 지은 죄와
생각지도 못했던 죄와
잘못된 행동으로 지은 죄와
못된 성질과 습관으로 지은 죄와
교만과 고집으로 지은 죄와 실랑이하지 않게 하소서
나의 모든 죄를 회개하오니 용서하여 주소서

주님을 구주로 고백하게 하소서 2

사랑의 주님!
나로 인하여 상처 입거나 괴로움과 고통을 당했거나
어려움을 당한 이들을 모두 치유하여 주소서

내가 알고 지은 죄와 모르고 지은 죄와
죄인 줄도 모르고 지은 죄까지 핑계 없이 고백하오니
주님께서 모두 다 용서하여 주소서

오만하거나 거만하거나 까칠하거나 교만하거나
자만하거나 불손하거나 까다롭거나
건방지거나 나태한 것들도 용서하여 주소서

세찬 비바람이 모든 것을 씻기듯 나를 씻어주시고
죄로 인하여 수척해지고 몰골이 몹시 상했사오니
나의 모든 죄를 낱낱이 용서받게 하여 주소서

회개를 통하여 믿음의 돌파구를 활짝 열고 나가며
주님을 구주로 고백하며 성결한 마음으로
주 안에서 새 생명의 기쁨을 누리며 살게 하소서

주님을 구주로 고백하게 하소서 3

오, 주님!
하늘은 허공이 아니라 하나님이 계신 곳이니
소망을 갖고 기도하며 주님을 의지하게 하소서
주님을 나의 구주로 고백하오니
나의 모든 삶을 인도하여 주소서

주님은 하나님의 독생자이시며
구주 예수 그리스도이십니다
보혈로 나의 죄를 깨끗하게 씻어주셨으니
하나님의 자녀로 복된 성도의 삶을 살게 하소서

두말없이 항상 신뢰하는 믿음으로
주님을 구주로 고백하고 시인하고 전하는
믿음 있는 성도의 삶을 살게 하소서

더러운 죄와 유착하여 부끄럽게 살아온 나날,
구주가 되시는 주님께서
나의 죗값을 값없이 친히 담당하여 주시었으니
주여, 무한 감사드립니다

나를 어두운 죄악의 길에서 구원하실 분은
주님밖에 없으니 영원히 찬양하며
늘 주님의 존재하심을 가슴속에 담고 살며
그리움이 터져 기도가 되게 하소서

주님을 구주로 고백하게 하소서 4

오, 주님!
주님을 구주로 고백하게 하소서
주님을 구주로 시인하게 하소서
주님을 구주로 전하게 하소서

주님의 사랑과 인도하심은
그 무엇으로도 설명할 수 없으니
죄악의 길에서 떠나 기쁨이 넘치는
생명의 길로 인도하심을 감사드립니다

죄로 인하여 뒤가 구리고 숨이 막히고
불편하고 괴롭던 나의 과거에서 떠나
새로운 삶을 살게 하셨으니
나의 잘못으로 울적하던 마음 던져버리고
소망 속에서 구원의 기쁨을 전하게 하소서

늘 주님의 발자취를 따르게 하시고
늘 주님의 뜻을 따르게 하시고
늘 주님을 구주로 고백하게 하소서

주님의 사랑과 베푸시는 은혜 속에서
주님의 마음에 흡족하게 살기를 원하오니
주님의 삶을 닮아가며 주님을 구주로 고백하게 하소서

주님을 구주로 고백하게 하소서 5

나의 주님을 구주로 시인하게 하소서
나의 주님을 구주로 고백하게 하소서
나를 새 생명으로 초대하시고
변함없이 항상 인도하여 주시는 주님은
영원한 나의 구주이신 예수 그리스도이십니다

마지막 저녁 햇살이 아름다움을 전해주고
노을이 하늘을 붉게 물들이듯이
주님을 향한 기도로 물들게 하소서

사랑하지 못하고 나눔을 실천하지 못한 것과
주님의 뜻에 합당하게 살지 못하고
신앙생활을 바르게 하지 못함을 용서하여 주소서

온갖 잡생각이 마음을 들쑤셔놓아
음행과 음란한 생각으로
헛되고 부질없는 것에 집착하지 않게 하소서
죄악에 들러리 서지 않게 하시고
골고다 언덕 십자가의 보혈로 용서하여 주소서

이 시대를 본받지 않고
심령이 새롭게 변화받아 하나님의 뜻을 온전하게
분별하며 살아가는 거룩한 성도가 되게 하소서

영적인 목마름이 있게 하소서

내 마음이 세상 슬픔을 혼자 다 안은 듯
초주검이 되어 죽는 소리를 낼 때
주님께서 이끌어주심을 알게 하소서

고난받으신 주님의 삶을 본받아
생명의 말씀을 깊이 묵상하고 성찰하는 시간을 통하여
주님을 향한 믿음이 더욱 돈독해지게 하소서

나의 삶을 세밀하게 인도해주시는
주님의 온화한 사랑의 손길을
축복으로 느끼며 깨닫게 하여 주소서

죄악으로 혼돈이 찾아올 때도
나의 생각과 행동을 올바르게 하시고
절제함을 통하여 주님의 삶을 본받게 하시고
천국의 영원한 삶을 동경하며
영적인 간절한 목마름이 있게 하소서

목숨을 허물어서라도 죄를 떠나기 원하며
온몸의 핏줄에 용서가 흐르도록
내 마음속 간절히 회개의 눈물을 흘립니다

주님의 이름을 부르세요

언제 어디서나 우리와 함께하시는 주님
가슴 깊이, 영혼 깊이
주님이 함께하심을 느끼시나요
주님은 언제나 한결같이
우리와 함께하시기를 원하십니다

주님이 함께하심을 느끼지 못한다면
조용히 주님의 이름을 불러보세요
주님이 다가오심을 느낄 수 있습니다

이 순간 아직도 주님이 함께하심을 느끼지 못한다면
또다시 사무치게 주님을 불러보세요
차가운 마음도 따뜻하게 될 것입니다

주님이 우리 가까이 찾아오시고
주님이 우리에게 다가오심을
마음속으로 느낄 수 있습니다

빈틈없이 빠르게 돌아가는 일상 속에서도
어느 사이엔가 나도 모르는 사이에
주님은 언제나 함께하십니다

기도는 영혼의 목소리

기도는 하늘로 오르는 영혼의 향기입니다
티 없이 맑은 보혈로 깨끗하게 씻겨주신,
새 생명의 꽃이 아름답게 피어나는
거룩한 성도의 마음의 표현입니다

기도는 하늘과 이 땅을 연결하는 영혼의 사닥다리
주님의 은혜에 끝내 눈물만 쏟아냅니다

하나님의 뜻대로 하는 기도는 죄를 회개하는 것이지만
세상의 것은 근심과 사망을 만들어낼 뿐입니다

기도를 통하여 채울 수 없던 목마른 갈증을 채워주시고
스스로 빛이 되신 예수께서 말씀으로 비추어주시니
얼마나 놀라운 은혜이며 축복입니까

기도는 하늘을 언제나 열 수 있는 영혼의 호흡입니다
가식 없이 진실하게 드리는
청결하고 깨끗한 영혼의 목소리입니다

기도할 수 있는 마음

구하라, 주실 것이요
찾으라, 찾을 것이요
두드리라, 문이 열리고
주님이 응답하여 주실 것이니

늘 깨어 있어 복음을 믿으며
말씀으로 영생을 깨달아 알게 하시고
말씀 속에서 구원의 진리를 깨닫게 하소서

주님만큼 소중한 분은 없으니
주님만큼 날 사랑하시는 이 없으니
냉혹한 죄를 고백하고 구원받기를 원합니다

비가 개면 하늘이 푸르게 맑아지고
햇빛이 찬란하게 쏟아져내리는 것처럼
믿음으로 기도하면 괴로움이 기쁨으로 바뀌고
믿음대로 소망이 이루어집니다

오, 주여!
나에게 진실한 믿음을 주소서
열심히 선을 행하며 믿음을 갖게 하시고
기도할 수 있는 마음을 열어주소서

기도로 주님을 만나게 하소서

죄를 저질러 초라하고 보잘것없을 때
죄가 죽음으로 이끌고 가려 할 때
죄에서 돌이킬 수 있도록 인도해주소서

기도로 주님을 만나게 하소서
언제 어느 곳에 있든지 항상 부르시고
인도하시고 보살펴주심으로
주님이 우리와 함께하심을 깨닫게 하소서

기도로 주님을 만나게 하소서
우리가 언제 어느 곳에 있든지
주님의 사역에 솔선수범으로 동참하게 하소서
주님께서 모든 일에 열매를 맺게 하소서

죄악으로 마음에 불안의 안개가 자욱할 때도
간절한 기도로 회개하게 하소서
어느 곳에서든지 주님의 일에
때를 따라 일용할 양식을 허락하소서

기도로 우리를 부르시는 주님을
가슴을 환히 열고 만나게 하시고
주님의 사랑을 조금이라도 잃지 않게 하소서

우리는 숨결이 다하는 날까지

사나 죽으나 모든 것이 다 주의 것이니
살아도 주를 위하여 살게 하시고
죽어도 주를 위하여 죽게 하여 주소서

기도를 드리고 싶을 때

주님의 손길을 가까이 느낄 때
기도를 드리고 싶습니다

주님의 음성이 들릴 때
기도를 드리고 싶습니다

주님의 새로운 일을 하고 싶을 때
기도를 드리고 싶습니다

주님의 구원의 참사랑을 느낄 때
기도를 드리고 싶습니다

주님의 사랑을 가슴에 느낄 때
기도를 드리고 싶습니다

주님의 뜻을 알고 싶을 때
기도를 드리고 싶습니다

주님의 인도하심을 알고 싶을 때
기도를 드리고 싶습니다

주님께 예배를 드리고 찬양을 드리고 싶을 때
기도로 준비하게 하여 주소서

기도 제목이 분명하게 하소서

중언부언하고 횡설수설하며
목적이 분명치 못한 어리석은 기도가 아니라
제목과 목적이 분명한 기도를 드리게 하소서

자신의 헛된 욕망과 욕심만을 채우기 위한
잘못된 기도가 아니라
하나님의 영광을 드러내는 기도가 되게 하소서

기도가 응답될 때마다
화답으로 범사에 감사하게 하소서
기도가 응답될 때마다
주님의 이름으로 영광을 돌리게 하소서

기도로 삶이 새롭게 변화될 때마다
주님의 뜻을 이 땅에 이루게 하소서
기도드릴 때마다 기도 제목이 분명하게 하소서

죄악의 언저리에서 서성거리지 않고
추하고 원망스러운 죄에서 해방되게 하여 주소서
죄에서 벗어나 권세에 이르는 지혜를 주님께서 주심으로
삶이 나아갈 방향을 분명하게 알게 하소서

기도가 나의 호흡이 되게 하소서

호흡할 수 있는 공기를 주신
전능하신 주님을 찬양하오니
기도가 나의 호흡이 되게 하소서

삶의 시간 중에 구별된 시간으로
날마다 삶 속에서 시시때때로
기도함으로 주님을 알게 하소서

나의 삶 속에서 가장 먼저 필요한 것이
진리를 분별하고 뜨거운 심장으로 기도하는 것이오니
간절히 기도하게 하소서

주 앞에 두 무릎을 꿇을 때
어떤 어려움이라도 이겨낼 수 있도록
주여, 나를 인도하여 주소서

깨어 있든지 자든지 내 마음의 중심에
기도함으로 기도를 더 배우게 하시고
용서함으로 사랑을 배우게 하소서

기도가 나의 호흡이 되게 하사
시험에 들지 않게 늘 깨어 기도하며
성숙하고 장성한 믿음을 갖게 하여 주소서

한 번의 기도라도 주님의 이름으로

어둡고 더러운 죄악에서
사악하고 초라한 죄악에서
떠나기 위해 기도하게 하소서

한 번의 기도라도 주님의 이름으로
주님께 합당한 기도를 드리게 하소서

천 번의 기도 속에도
만 번의 기도 속에도
주님의 구속하심으로
주님께 합한 기도를 드리게 하소서

순간순간의 기도 속에
평생의 기도 속에 주님의 이름으로
주님이 원하시는 기도를 드리게 하소서

죽음이 찾아온다 해도 마지막 기도를
주님의 이름으로 드리며
전적으로 주님을 의지하게 하소서

지상에서 영원까지 영적 호흡인 기도로 연결하사
주의 날 주의 나라에 이를 때까지
주님의 이름으로 기도하게 하소서

우리가 드리는 기도가

우리가 드리는 기도가
마지못한 형식적인 기도가 되지 않게 하소서
우리가 드리는 기도가
말만 앞세운 막연한 기도가 되지 않게 하소서

우리가 드리는 기도가
머뭇머뭇하고 서성대는 기도가 아니라
하나님의 뜻을 분명하게 구하는
간절한 기도가 되게 하소서

우리가 드리는 기도가
주님이 그리워 울 수 있는 시간,
주님이 그리움에, 주님을 사모함에
찬양하는 시간이 되게 하여 주소서

우리의 기도가 불신의 기도가 아니라
목적과 의미가 분명하고 확실한 기도가 되어
주님께 상달되게 하소서
기도드릴 때 집중하여 사람들을 위한
도고의 기도를 드리게 하소서

우리가 간절히 드리는 기도가
하나님의 나라와 의를 구하는
목적이 분명한 기도가 되게 하소서

기도하며 살게 하소서

주님께서 기도를 가르쳐주시고
기도의 모범을 보여주심은
놀라운 축복이며 큰 은혜이니
간절한 마음으로 기도하며 살아가게 하소서

기도 속에 생명과 경건이 있으니
기도의 얕은 물가에 서 있지 않고
기도의 깊고 깊은 심연 속에서
주님의 뜻을 헤아리게 하소서

사나운 파도처럼 불신이 거세져도
근심과 모든 유혹에서 벗어나
이마에 땀 흘리도록 열정을 쏟아
힘써 일하는 기쁨 속에 살게 하소서

영생의 소망을 따라 마음 한가득
주님의 사랑을 받아 행복하게 하소서
주님께 드린 기도가 오롯이 자라 하늘에 닿고
응답되어 돌아옴을 믿게 하소서

우리의 영과 혼과 몸이 흠 없게 보전되어
주님을 사랑하며 주님의 뜻대로 살아가게 하시고
주님께 진실한 기도를 드리게 하소서

나의 기도 때문에

나의 기도 때문에
나의 삶이 변화되는 것이 아니라
나의 기도를 들어주시는
주님의 은혜로 새롭게 변화됨을 믿게 하소서

나의 연약한 믿음 때문에
나의 모든 것이 변화되는 것이 아니라
나의 부족함과 나약함을 아시고
믿음에서 믿음에 이르게 하시는
주님으로 인하여 변화됨을 알게 하소서

나의 부족한 행함 때문에
주님의 복음이 전파되는 것이 아니라
복음을 전할 때마다 주님의 도구가 될 수 있도록
주님이 함께하시고 역사해주셔서
복음이 온전히 전해지게 됨을 알게 하소서

곱디고우신 순결한 주님의 마음
생각만 해도 고마움에 눈물이 글썽이오니
주님만으로 행복하게 살게 하여 주소서
모든 것이 나 때문에 이루어지는 것이 아님을 깨닫게 하시고
모든 것이 주님으로부터 이루어짐을
늘 감사하며 찬양하게 하여 주소서

간절한 소망의 기도

절망을 뒤집어쓰고 죄 속에서 헛발질하고
고통 속에서 헛수고한 세월이 끝나면
천국에서 그대를 꼭 만날 수 있기를
예수 이름으로 간절하게 기도드립니다

그날 우리는 아주 특별한 기쁨 속에
예수 그리스도로 진정 행복하오니
주 안에서 새로운 삶을 살아가게 하소서

주님이 계시는 영원한 천국에서
그대를 만날 수 있다는 것은,
우리가 함께 천국에 있다는 것은
얼마나 놀라운 축복입니까

그대여, 영원한 기쁨을 주는
천국이 그토록 아름다운 곳이기에
주님께 이 한 마디의 기도가 간절히 필요합니다
"주여, 나의 죄를 용서하여 주소서!"

나의 구주 예수 그리스도의 은혜 안에서
지상의 삶도 활기차고 좀 더 아름답게, 좀 더 기쁘게,
좀 더 신나게, 좀 더 멋지게 살기를 기도합니다

기도의 참의미를 깨닫게 하소서

오, 주님!
나 여기에 있습니다
내 마음속에 주님의 사랑이 가득합니다

죄악의 새까맣고 아득한 절망에서 일어나
간절히 기도함으로 꼭 필요한 부분들을 채워가며
주님과 하나 됨을 깨달아 알게 하소서

죄지은 벌거숭이 몸을 의의 옷으로 입혀주신
주님이 내 안에 계시고 소망을 갖게 하시니
주님 안에 내가 거함을 믿어 알게 하소서

기도함으로 하나님이 함께하시고
주님 안에서 순수하고 신실한 사랑으로
연합된 공동체가 됨을 알게 하소서

자꾸만 줄어들어가는 목숨의 시간에도
매사에 맺고 끊는 것이 분명하게 하시고
기도의 참의미를 깨달아 그 소중함을 알게 하소서

쓸데없이 요구하며 칭얼대는 기도가 아니라
정신을 바짝 차리고 늘 깨어 간절하게 기도함으로
하나님의 은혜 속에서 기도의 참의미를 깨닫게 하소서

우리가 기도드릴 때마다

우리가 기도드릴 때마다
주님이 가까이 계심을 알게 하소서
우리가 기도드릴 때마다
주님이 응답하여 주심을 믿게 하소서

머리부터 발끝까지 지상에서 영원으로
주님이 함께하심으로 우리의 삶이 구원을 받았으니
기쁨과 감격이 가득함을 감사하게 하소서

날마다 일어나는 일들 속에서
주님께서 우리에게 가르쳐주고자 하시는
놀라운 일들을 깨닫게 하소서

자기도 모르게 죄악의 멍에를 진 우리는
마음이 약하고 힘이 없으니
기도할 때마다 주님이 함께하소서

우리가 기도드릴 때마다 성령께서 인도하여 주시도록
예수 이름으로 모든 것을 온전히 맡기게 하소서
죄악의 바람으로 찢겨졌던 우리 마음에
평안이 가득할 때까지 기도를 드리게 하소서

늘 깨어 기도하게 하소서

나의 삶이 무지와 나태와
무관심과 불순종에서 떠나게 하시고
죄를 철저히 회개하게 하여 주소서

미혹의 역사로 꼼짝없이 묶여
호들갑을 떨거나 거짓을 믿지 않게 해주시고
주님이 허락하시는 능력으로
나의 삶에 활력이 넘치게 하소서

나의 삶이 죄악의 수렁에 빠져 있거나
게으름 속에 나태하게 풀어져
무능하고 초라하게 있지 않게 하소서

늘 깨어 주님께 간절하게 기도함으로
황량한 들판 같던 마음에
생기가 돌고 꽃이 피어나고
시절을 좇아 열매가 맺도록 기도하게 하소서

삶이 검소하지만 인색하지 않게 하시고
나의 부족하고 연약하고 결핍된 부분들이
우리의 인내와 믿음으로 말미암아
주님의 은혜로 채워지게 하소서

주님과 깊은 대화를 나누게 하소서

늘 주님 앞에 면목이 없고 초라하지만
오늘도 기도 속에서
내 마음을 주님께 다 표현하게 하소서

기도할 때마다 이론과 형식과
답답함이나 외식에서 벗어나게 하시고
봄날에 화창하게 피어나는 꽃처럼
뜨거운 성령의 열정으로 피어나게 하소서

있는 모습 그대로 주님께 보여드림으로
내 가까이 주님이 다가오심을
가슴으로 깨닫게 하소서

주님께서 날 사랑하시고
내가 주님을 사랑하오니 기도함으로
주님과 깊은 대화를 나누게 하소서

내 깊은 속마음을 아시는 주님께서
깊은 은혜로 응답해주시고
늘 쉬지 않고 기도의 명맥을 잇게 하소서

손바닥에 새김같이 기억하시는 주여
이 세상은 우리를 끝내 잊고 말아도
주님은 언제나 기억해주시기를 원합니다

기도부터 먼저 하게 하소서

기도가 없고 주님의 인도하심 없이는
하나님의 섭리를 따를 수 없으니
간절한 기도 가운데 인도하심을 받게 하소서

죄악의 공포를 떨리도록 느껴
멀리 떠나 숨고 싶을 때에도
가장 먼저 기도부터 하게 하소서

주님의 손을 과감하게 잡게 하사
고통에서 벗어나 주님께서 이끄시는 대로
어디든지 따라나서게 하소서

나의 끊임없는 욕구에 집착하지 않게 하시고
주님께서 베푸시는 사랑을 깨닫게 하소서
죄악의 삶을 되짚어 살지 않게 하시고
하나님의 뜻에 합당하게 살아가게 하소서

성령께서 나의 마음의 중심을 인도하셔야
모든 일을 바르게 할 수 있으니
주님의 인도하심을 받기 위하여
가장 먼저 기도부터 하게 하소서

주님을 간절하게 사모하는 나의 목멘 기도가
하늘에 닿아 응답받게 하소서

내 마음이 진실하게 기도하게 하소서

선하신 주님!
내 마음이 진실하게 기도하게 하소서
하나님 아버지를 말씀 속에서
믿고 따르며 신뢰하게 하소서

시험이 닥칠 때 호들갑을 떨며 불안해하기보다
가장 먼저 무릎을 꿇고 기도하며
주님만 바라보며 의지하게 하소서

주님 예수 그리스도를 나의 구주로
영접하여 온전한 신앙고백으로
하나님의 자녀로 기도하게 하심을 감사합니다

기도를 통하여 주님과 교제를 나누게 하시고
날마다 기도 응답을 통하여
하나님의 위대하심을 찬양하게 하소서

기도를 통하여 사랑을 나누게 하시고
도고의 기도를 드리게 하시고
어려움과 고통을 이겨내게 하소서

주님의 손을 잡고 기도함으로
주님의 마음과 내 마음이 이어져
주님을 믿으며 진실하게 고백하게 하소서

우리가 기도할 수 있다는 것은

우리의 삶의 잠긴 문들이
우리의 삶의 단단한 벽들이
기도함으로 열리게 하여 주소서

죄 속에서 몸을 더럽히지 않게 하시고
몸서리치게 혼미하고 불길한 어둠을 헤치고 나와
예수 그리스도의 빛 가운데 살게 하소서

우리에게 다가오는 갖가지 위기와
위험을 기도함으로 대처하게 하심으로
모든 시험과 환난에서 벗어나게 하소서

마음이 힘들 때 주님의 능력을 의심하지 않고
주저함 없이 주님과 일치를 이루며
온전히 신뢰하게 하소서

우리의 삶을 가득 채워주시는
주님께 기도할 수 있음이 축복임을 알게 하소서
우리가 심장으로 주님을 믿으며 기도하는 것이
참으로 가치 있는 삶이라는 것을 믿게 하소서

내 마음의 밀실을 찾아 들어가서
마음을 모아 고요히 기도함으로
주님이 함께하심을 체험하며 살게 하소서

기도의 목적이 주님이 되게 하소서

항상 기도의 자리로 초대하여 주시고
기도의 시간을 허락하여 주소서

피곤하고 힘겨운 일이 있더라도
기도의 문고리를 단단히 쥐고
믿음으로 기도할 수 있도록 마음을 열어주시고
기도의 목적이 온전히 주님이 되게 하소서

주님께서 나의 친구가 되어주심을
기도함으로 더욱더 알게 하소서

날마다 주님과 새로운 만남이
날마다 주님과 새로운 교제가
날마다 이루어지게 하소서

때마다 따듯한 사랑을 나누고
때마다 친절한 마음으로 배려하고
때마다 겸손한 마음으로 살게 하소서

무어니 무어니 해도
멈출 수 없는 주님의 사랑으로 인해
나의 삶의 중심이 주님이 되게 하시고
나의 삶의 목적이 주님이 되게 하소서

기도를 의심하지 않게 하소서

주님께 드리는 간절한 기도를
추호도 의심하지 않게 하소서
나 혼자의 힘으로 살아갈 수 없음을
고백하게 하시고
기도를 드릴 때 못난 바보처럼
헛맹세하지 않게 하소서

부질없고 보잘것없는 꿈과 희망을
산산조각으로 쪼개버리시고
추악한 죄악의 가면을 벗기시고
회개를 통하여 새롭게 하여 주소서

육신을 따라 살다 실족하지 않게 하시고
믿음의 선한 싸움으로 이겨나갈 수 있도록
언제나 변함없는 능력과 권세를 믿게 하소서

주님을 사모하는 나의 작은 믿음이 큰 믿음이 되어
하나가 된 마음으로 주님께 간절하게 기도드림으로써
응답받음을 기대하며 살게 하소서

기도 속에서 주님을 만나게 하소서

기도는 무대에 올리는 연극처럼
몇 장 몇 막에 끝나는 것이 아니지만
분명하고 확실한 영적 호흡입니다

항상 기도를 함으로
기도 속에서 주님과 꾸준히 대화하며
영적으로 깊이 교제하게 하소서

맑은 공기를 들이마시듯이,
물을 마시듯이,
식사를 하듯이,
다부지게 일하듯이
말씀 속에서 꾸준히 기도함으로
주님과 영적으로 교제하게 하소서

기도의 문턱을 낮추사 세월이 흘러가도
언제나 끊어짐이 없이 기도하게 하시고
흔들림과 뒤틀림 없이 바른 믿음으로 살게 하소서

항상 가슴이 후련하도록 기도함으로
주님과 꾸준히 동행하며
언제나 영적으로 교제하게 하소서

늘 깨어 기도하게 하소서

분주함 속에 주님과 교제가
끊어지는 일이 없게 하시고
늘 깨어 기도함으로 주님과의 친밀함이
약해지지 않게 하소서

주님께 늘 깨어 기도하게 하소서
삶의 시간을 쓸데없는 분주함 속에 두어
기도 시간이 줄어들지 않게 하시고
기도의 소리가 작아지지 않게 하소서

잠시 멋을 내듯 반짝이는 기도가 아니라
영원한 빛 가운데로 인도하시는 주님의 이름으로
온 마음과 정성을 다해 올리는 기도가 되게 하소서

헛되이 시간을 흘려보냄으로
기도 시간을 놓쳐 물거품이 되게 하는
불행하고 못난 일이 생기지 않게 하소서

주님께 늘 깨어 기도함으로
가장 귀하고 소중한 시간이 되게 하여 주소서
기도를 통하여 나의 부족함을 채워주시고
나의 연약함을 강하게 하여 주시고
깊고 영적인 충만함을 누리게 하소서

두 손 모아 주님께 기도를

하루가 멀다 회개의 기도를 드리며
하루가 멀다 또다시 죄를 짓는
어리석고 나약한 저를 용서하여 주소서

보잘것없고 하잘것없는 일에 애간장을 끓이는
초라하고 연약한 마음을 버리게 하시고
강하고 담대한 믿음을 주소서

내일을 바라보는 앞으로의 삶에
얼마나 화창하고 놀라운 일들을 펼쳐주실까
마음속으로 은근히 기대하며 살아갑니다

삶 속에서 느닷없이 해일처럼 밀어닥치며
갑자기 찾아오는 간장을 녹이는 난관과
처절한 고통과 아픔 속에서도 기도하며
온전한 기쁨 속에 살아가게 하소서

늘 충만함이 넘쳐서 강하고 담대하게
예수 그 이름으로 모든 일에 최선을 다하며
두 손 모아 기도를 드리게 하여 주소서

앞으로 날마다 때마다 순간마다
주님의 사랑과 은총이 가득하기를
주님의 이름으로 기도합니다

홀로 은밀한 중에 기도하게 하소서

주님께 마음과 정신을 집중하여
솔직한 마음으로 간절하게 기도하게 하소서
갈피를 못 잡고 방황하던 삶에서 벗어나
빠득빠득거리며 살던 죄에서 벗어나
홀로 은밀한 중에 고요한 곳에서 기도하게 하소서

걸신들린 듯 산망스럽게 행하고
나 자신만을 위하여 열심을 내던 일을 멈추고
주님을 생각하며 기도하게 하여 주소서

늘 복잡하고 갈피를 못 잡는 혼란한
생각에서 벗어나 한층 더 성숙해서
행동하는 믿음을 갖게 하시고
마음을 모아 진실하게 기도하게 하소서

기도를 가로막는 온갖 장애물들을
주님의 이름으로 물리치고
깨끗하게 벗어나게 하소서

믿음 속에서 십자가의 도를 지키게 하시고
성령의 충만하신 인도하심 따라
홀로 은밀한 중에 기도하게 하소서

기도의 습관을 배우게 하소서

급할 때만 안달 떨며 기도하고
필요할 때만 수선스럽게 기도하는
어리석은 습관에서 벗어나게 하소서

믿음에 믿음을 더하여 굳건한 믿음으로
늘 먼저 기도로 삶을 시작하게 하소서
기도의 마음으로 습관을 바꾸게 하소서

수다스럽지 않고 진실과 솔직함으로
진리 안에서 자유를 얻을 수 있도록
기도의 통로를 활짝 열게 하소서

주님께서 친히 인도하심으로
더욱 목마름으로 기도하게 하시고
기도 시간을 일정하게 정하여
습관적으로 기도하게 하사 응답받게 하소서

기도할 때마다 예수 그 놀라운 이름으로
가슴속의 소망들을 하나씩 이루어가는
하나님의 자녀가 되게 하소서

주님이 주시는 은혜에 깜짝 놀라며
십자가 구속의 사랑을 감사하게 하소서

기도 중에 주님을 만나게 하소서

기도 중에 주님을 만날 수 있다면 얼마나 좋을까
이 소망을 갖고 살아가는
진실한 그리스도인들이 많이 있습니다

나의 삶에 주님의 은혜로 행복이 찾아왔습니다
주님의 이름으로 기도드리는 중에
은혜 가득한 주님을 만나게 하소서

생활 속에서 언제 어디서나
인자하시고 자비롭고 사랑이 많으신
구원의 주님을 만나게 하사 감동이 넘치게 하소서

일하면서 주님이 함께하심을 느끼며
늘 최선을 다함으로
언제 어디서나 인정받는 성도가 되게 하소서

나의 가장 친절한 안내자이시며
최고의 지고지순한 사랑의 대상이신 주님을
기도 중에 친밀하게 만나게 하소서

믿음으로 기도하여 성령의 바람을
온전히 흠뻑 젖도록 맞게 하시고
그 위에 올라타 승리하게 하소서

내 마음을 열어 기도하게 하소서

내 마음을 열어 기도하게 하소서
내 마음을 활짝 열고 기도하게 하소서

하나님과 우리 사이에 있는
죄악으로 단절되고 막힌 담을 허물어주시고
우리의 중보가 되어주시는 주님
내 마음을 열어 기도하게 하소서

소름 끼치는 죄악으로 가로막혔던
마음의 벽을 전부 허물어주사
구원의 기쁨 속에서 주님을 향하여
내 마음을 열어 기도하게 하소서

주님을 영접하지 못해 알지 못하고
주님을 만나지 못해 깨닫지 못했던
내 마음을 활짝 열어 기도하게 하소서

사랑하는 주님께 사랑하는 법을 배워
내 마음 전부를 드리게 하시고
굳세고 강하고 담대한 믿음으로
하찮고 작은 일들에 죄짓지 않게 하소서

주님이 주시는 사랑을 어찌 막을 수 있겠습니까
주님이 주시는 은혜를 누가 막을 수 있겠습니까

상처를 받은 사람들을 위한 기도

오, 주님!
마음이 악하고 괴로워 사랑하지 못할 때
상처를 주기도 하고 받기도 했으니
이제는 서로 감싸주며 서로 사랑을 나누게 하소서

아무런 의미도 없이 수다스럽게 트집을 잡거나
시비를 걸어 타인의 허점이나 약점을
먼저 들춰내거나 찾지 않게 하소서

초라하고 부족한 것들과 힘없고 나약한
허물을 드러내지 않게 하여 주시고
서로 감싸줄 수 있는 넓은 아량을 주소서

잊기 어렵고 용납하기 어려울 때도
실팍하고 따뜻한 마음으로 서로 이해하고
사랑으로 용납하게 하소서

나의 모든 죄도 주님의 용서를 받았으니
순수한 마음으로 모든 것을 가슴으로 받아들이며
용서하며 사랑하고 이해하는 마음으로
친절하고 따뜻하고 정감 있는 마음으로 살게 하소서

날마다 주님이 주시는 기쁨 속에 웃으며
축복을 누리며 행복하게 살게 하소서

기도의 힘을 믿게 하소서

기억에 남아도 좋을 삶을 살게 하시고
기도의 능력과 권세를 온전히 믿게 하소서

예수 이름으로 기도하면 하늘이 열리고
예수 이름으로 간절히 기도하면
넘지 못하는 벽이 없음을 알게 하소서

예수 이름으로 기도하며
힘과 권세를 받아 사단의 권세를 결박하고
쫓아낼 수 있는 믿음을 주소서

예수 이름으로 병자를 고치고
귀신을 힘 있게 쫓아낼 수 있으니
고통과 절망과 실패에서 일어서게 하소서

죄악이 나의 마음을 짓눌러
괴롭고 고통스럽고 허무할 때에도
모든 것을 부족함 없이 가득 채워주는
기도의 힘과 능력과 권세를 믿게 하소서

우리의 심장이 힘차게 고동칠수록
예수의 죽으심으로 놀라운 능력과 권능의 역사가
어김없이 일어남을 믿게 하소서

나의 기도가 1

오, 주님!

나의 기도가
약삭빠르게 욕심을 채우는
헛된 기도가 되지 않게 하소서

나의 기도가
주님을 어리석게 의심하는
부족한 기도가 되지 않게 하소서

나의 기도가
주님의 온유하고 겸손한 마음처럼
사랑을 나눌 수 있게 하소서

나의 기도가
거룩하시고 참된 구속의 주님의 모습을
닮아가는 기도가 되게 하소서

나의 기도가
복음을 전할 수 있는 놀라운 힘과
권세와 능력을 받는 통로가 되게 하소서

나의 기도가 2

주여!
나의 기도가 변명이나
하잘것없는 설명과 이유가 아니라
솔직하고 진실한 고백이 되게 하소서

주여!
나의 기도가 분수를 넘어 지나치거나
추잡하고 너절한 수다가 아니라
있는 그대로의 고백이 되게 하소서

주여!
나의 기도가 애통한 회개의 눈물로
가득한 순간에도 주님으로 인해
슬픔에서 행복으로 바뀌게 하소서

주여!
나의 기도가 분명하여
주님의 부르심에 잘못된 질문이 아니라
씩씩하고 올바른 대답이 되게 하소서

주여!
나의 기도가 응답되어
파도가 파도를 몰고 오듯이, 구름과 구름이 모이듯이
주님의 뜻에 합한 삶을 살게 하소서

기도의 참된 목적을 알게 하소서

주여!
기도를 언제 해야 하고
기도를 왜 해야 하는지
기도의 참된 목적을 알게 하소서

기도를 인도하시는 이가 누구인지
기도가 어떤 일을 이루는지
기도의 참된 의미를 알게 하소서

우리의 기도를 현실에서 도망치려는
일시적인 도피처로 삼지 아니하고
심령의 변화 속에 믿음으로 체험하며
주님이 주시는 힘과 능력을 얻게 하소서

공허한 기도,
허공을 메아리치는 기도,
하찮고 쓸데없고 무의미한 기도,
중언부언하는 기도가 되지 않게 하소서

거룩하신 예수 이름으로 드리는
온전한 기도가 되게 하여 주시고
우리가 드리는 기도를 통하여
주님의 뜻대로 쓰임을 받게 하소서

기도로 나의 삶이 변화되게 하소서

늘 기도하시는 주님의 삶처럼
나의 삶도 기도로 변화된 삶을 살게 하사
나의 삶이 영적으로 회복되게 하소서

모든 일을 기도로 이루신 주님
기도가 얼마나 중요한지 알려주시기 위해
이 땅에 오셔서 몸소 기도의 본을 보여주신 주님

우리의 죄악을 보시고
십자가 대속의 순간까지 기도하시고
지금도 하나님 보좌 우편에서 기도하시는 주님

거짓은 힘없이 시들고 사라질 뿐이니
기도의 가장 고귀함을 깨닫게 하사
진실한 기도로 새롭게 변화되게 하소서

내일을 기대하며 살아가게 하시고
나의 기도를 진정으로 들어주시는
주님이 계심을 진심으로 감사하게 하소서

기도를 통하여

주님을 믿음으로 담대함과
분명한 확신을 갖고 기도를 드리게 하소서
나의 기도가 중언부언하지 않게 하시고
횡설수설하거나 웅얼웅얼하지 않게 하소서

나의 기도가 투덜거리지 않게 하시고
낙심하지 않고 기대하며
분명하고 확신 있는 기도를 드리게 하소서

기도를 통하여 고통과 절망을 이겨내고
우리의 간구와 예수 그리스도와 성령의 도우심으로
구원에 이르게 하소서

나의 기도가 하소연이 되지 않게 하시고
투정이 되지 않게 하시고
아무런 의미가 없는 헛소리가 되지 않게 하소서

나의 기도가 맹목적이지 않게 하시고
굳센 믿음으로 간절하게 드리는
성도의 기도가 되게 하소서

죄와 모진 싸움 속에서도 응답을 확신하며
뜨겁고 간절한 기도를 통하여
주의 나라와 그 의를 구하게 하소서

가장 귀한 기도

기도드리는 시간은
하나님과 영적으로 교제하는
가장 귀하고 소중한 시간이오니
온몸으로 옹골차게 받아들이며
내 마음을 열어 온전히 드리게 하소서

나의 마음 문을 열고
가장 정직하게,
가장 진솔하게,
가장 솔직하게,
죄를 낱낱이 고백하여 모든 것을 드리게 하시고
회개는 선택이 아니라 마땅히 해야 함을 알게 하소서

가장 귀중한 기도 시간이
나의 삶에 늘 있게 하시고
가장 소중한 기도 시간이
항상 주님을 만나기 위하여
기다려지는 시간이 되게 하소서

기도를 통하여 영적으로 성숙하게 하시고
성숙한 믿음의 장부가 되어
그리스도인답게 믿음으로 살게 하소서

오직 믿음으로 기도하게 하소서

주님! 봄날 새순 나듯이 오직 믿음으로
기꺼이 순종하며 기도하게 하소서

이른 아침 풀잎들이 하나같이
아침 이슬에 촉촉하게 젖듯이
주님의 사랑과 은총에 젖게 하소서

주님이 나를 구원하신 목적을 깨달아
믿고 기도함으로 응답받고 축복받게 하소서
우리와 함께하시는 주님을 온전히 느끼게 하시고
우리의 믿음이 좌로나 우로나 치우치지 않게 하소서

우리가 늘 곧고 바르게 믿음을 확정하며
가슴 깊이 생명의 말씀 한 줄 늘 새겨가며
지금부터 영원까지 찬양하고 경배를 드리게 하소서

감정에 치우치며 살기보다는
생명의 인도 속에 생활하게 하시고
어리석게 믿음을 떠나는 순간이 없게 하소서

순간적 충동으로 살지 않고 영원을 소망하며
주님을 향한 그리움이 늘 있게 하시고
잘 익어가는 사랑으로 행복하게 하소서

내 마음이 뜨겁게 기도하게 하소서

죄악이 내 마음을 쇠잔하게 하고
쪼그라트리고 오그라들게 할 때
내 마음 내 눈물 다 쏟아 뜨겁게 기도하게 하소서

분주한 일상과 갖가지 순서에 얽매어
남들의 눈치를 보며 드리는 기도,
형식적으로 드리는 기도가 되지 않게 하소서

컴컴하고 어둡고 불안한 마음이 생길 때
철없는 불신을 몽땅 떨쳐버리고
더욱더 강하고 담대하게 살게 하소서

나의 삶을 아시는 주님께서 내 마음의 모든 것을
남김없이 다 쏟아내어 기도하게 하시고
나의 모든 것을 드리게 하여 주소서

죄로 상한 심령으로 심장이 찢어질 때
내 마음의 중심이 뜨겁도록 기도하게 하시어
생명의 길, 구원의 길이 환하게 보이게 하여 주소서

오, 주님! 이 시간만큼은 간절하게 간곡하게
내 마음이 뜨겁게 기도하게 하소서
주님의 응답을 뜨겁게 받게 하소서

나의 기도드림이

나의 기도드림이 그럴듯한 언어 구사로
말장난을 하듯 의미 없이 되풀이되지 않고
진실하게 드리는 것이 되게 해주소서

내 몸과 마음이 하나가 되어
기도가 이기적이지 않게 하시고
매사에 하나님의 영광을 드러내게 하소서

나의 기도드림이 막연히 맹목적이거나
고통과 쓸쓸함에서 일단 벗어나려는
얄팍하고 경솔한 것이 되지 않게 하소서

내 마음이 진지하고 경건하여
기도가 응답될 때까지 인내하고 기다리며
허물없이 정결한 마음으로 살게 하소서

나의 기도드림이 정직한 영이 새롭게 됨으로
강렬한 소망과 구함으로 나타나게 하시고
응답을 기뻐하며 힘 있게 살게 하소서

이 세상 사는 동안 내가 만난
최고의 기적은 주님을 믿고 구원받아
천국 백성이 된 것임을 알게 하소서

정직한 마음으로 기도하게 하소서 1

거짓과 허영의 말로 아름답게 장식하듯
아무런 의미 없이 기도하지 않게 하시고
순수한 믿음으로 지금의 내 모습 그대로
정직하고 진실하게 기도하게 하소서

죄인의 모습 그대로
주님께 회개하여 응답을 받도록
간절하게 기도하게 하소서

병들어 아프면 아픔을 고쳐달라고 기도하고
일이 잘되어 기쁠 때면 기쁜 마음으로
힘들면 힘들다고 자녀가 부모에게 말하듯이
있는 모습 그대로 기도하며 인도받게 하소서

죄악의 바람을 맞거나
죄악의 바람에 올라타지 않게 하시고
늘 회개의 눈물 속에서 기쁨을 알게 하소서

주님, 늘 정직하게 기도하게 하시고
주님, 늘 진실하게 살아가게 하소서
주님이 내 마음을 아시오니
아무리 숨기고 치장하고 가려도 소용이 없으니
정직한 마음으로 다 내어놓고 기도하게 하소서

정직한 마음으로 기도하게 하소서 2

예수 그리스도는 우리의 희망이 되시니
죄악과 거짓과 불의와 타협하지 않고 갈라서서
정직한 마음으로 기도하게 하소서

죄악의 발길에 차여 힘들고 어려울 때
비켜 나가기만을 원하거나
스쳐 지나가기만을 바라지 않게 하소서

어부가 파도를 헤쳐나가듯
모든 것을 맞부딪치며 이겨나갈 수 있는
믿음의 담력을 주시기를 원합니다

졸장부같이 옹졸하게 살기보다
대장부답게 넓은 마음과 뜨거운 열정과
강한 승부욕으로 믿음 있게 살게 하소서

불안하도록 의심이 가득 찰 때도
실패하여 포기하고 싶을 때도
의심은 믿음으로, 실패는 경험으로 받아들이며
날마다 굳건하게 살게 하소서

시련과 역경이 도리어 활력이 되게 하시고
주님이 항상 함께하심으로
지상의 삶에서 영원한 날까지 인도하여 주소서

좋은 일 얻기를 기도하게 하소서

성령이 역사하사 강한 믿음으로
어두운 세력을 깨뜨리고
하나님의 뜻 안에서 살기를 갈망합니다

짙은 안개 속에서 어둠과 죄악으로
모든 것들을 뭉그러뜨리고 파괴하려는
악한 자들과 갈라서게 하소서

빛으로 모든 것을 인도해주시어
어떠한 악조건 속에서도 믿음을 갖추고
주님 앞으로 나가는 발길이 가볍게 하소서

이 땅에서 사단과 마귀의 일들을 멸하시고
생명의 길을 잃고 헤매는 자를 찾아오셔서
구원하시고 인도하심을 감사드립니다

나의 팔을 힘껏 내밀어
주님의 구원의 손길을 잡을 수 있도록
나를 붙잡아주시고 인도해주소서

주님은 찬양과 경배를 받으실 분이시니
주님께 온전히 기도하고 찬양드림으로
영적인 싸움터에서 승리하게 하소서

일을 시작하기 전에 드리는 기도

어떤 일이든지 무슨 일이든지 시작하기 전에
가장 먼저 나의 심령의 중심을 살피시고 아시는
주님께 기도를 드리게 하소서

피할 수 없는 일들과 감당할 수 없는 일들도
성급히 해결하려다 실패와 실수를 반복하지 않게 하시고
제일 먼저 주님의 뜻에 합당한 일인지
성도로서 해야 할 일이 무엇인지
기도드리며 분별하고 구별하게 하소서

밤낮을 가리지 않고 최선과 열심을 다하여
나아가야 할 방향과 가야 할 길을 분명히 정하고
선한 양심으로 선한 일을 위하여
앞으로 힘차게 전진하게 하소서

주님께 기도를 드리면 합당한 능력과
강한 힘을 주시어 감당하게 하시고
아무런 걱정과 두려움 없이
먼저 기도로 그 나라와 그 의를 구하게 하소서

내 믿음에 확신이 있음이
얼마나 좋은지를 분명히 알게 하시고
보혈의 은혜로 새 생명을 얻은 목숨
오직 믿음으로 선한 양심으로 살게 하소서

성령 안에서 기도하게 하소서

우리가 기도를 드릴 때마다
힘과 도움이 되시고 위로해주심을
주님께 무한 감사드립니다

주님으로부터 도망치지 않게 하시고
우리가 성령 안에서 기도함으로
하나님을 아버지라 부르게 하소서

우리의 부족함을 기도드릴 때마다
성령께서 연약함을 인도하여 주심으로
냉혹한 세상에서 기도할 바를 알려주시고
우리와 늘 함께하여 주소서

죄가 주님을 멀어지게 하여
힘들고 지칠 때에도 한탄하기보다
기도함으로 주님을 깊이 만나게 하소서

성령 안에서 기도함으로
주님을 나의 구주 그리스도라
진실한 마음으로 고백하게 하소서

귀하신 구주 예수 그리스도를
나의 몸과 마음속에 모심으로
참된 평안과 기쁨과 산 소망을 얻게 하소서

날마다 기도하며 살게 하소서 1

날마다 기도하며 살게 하소서
삶이 곤궁할 때나 피곤할 때나 부유할 때나
언제 어디서나 기도하게 하소서
기도는 그리스도인의 삶의 기본이오니
늘 기도함으로 영적인 공급을 받게 하소서
생명의 말씀을 상고함은 성도의 삶이오니
늘 말씀을 읽고 듣고 전하며 살게 하소서

나의 몸과 영혼을 새롭게 하여 주시니
나태와 짜증과 우울함도 날려 보내고
맑고 깨끗하고 청순한 마음을 갖게 하소서
벌집 쑤시듯 엉망진창 뒤죽박죽인 내 마음도
하나님의 말씀을 깨닫게 해주셔서
영혼의 생명의 양식이 되게 하소서

이 땅에서 매인 것이 하늘에서 매어지게 하시고
이 땅에서 풀린 것이 하늘에서 풀리게 하시고
항상 영적으로 깨어 있는 삶을 살게 하소서

기도하지 않는 죄를 범하지 않게 하시고
신앙생활이 나태해지지 않게 하소서
올바른 성도의 삶을 살게 하시고
성령 충만하여 뜨겁고 열정적으로 사는
믿음이 강한 사람이 되게 하소서

날마다 기도하며 살게 하소서 2

기도는 거룩한 성도만이 할 수 있는 능력이오니
그리스도인다운 삶을 살게 하시고
믿음의 삶을 화려하게 꽃피우고
시절을 좇아 열매를 풍성하게 맺게 해주소서

주님과 긴밀히 교제하게 하시고
하나님의 뜻을 깨달아 알게 하시고
주님의 일에 동참하게 하소서
내 마음을 다 묶어서 드리게 하시고
응답받는 기쁨을 누리게 하시고
기도를 통하여 주님과 친밀감을 갖게 하소서

기도는 예수를 믿는 자만이 드릴 수 있는
하나님의 은총이오니 기쁨으로 드리게 하소서
전도는 예수로 구원받은 자만이 할 수 있는
복된 축복이오니 행함이 있는 믿음을 갖게 하소서

기도함으로 염려와 걱정에서 떠나게 하시고
진리의 자유를 얻게 하여 주시고
생명 있는 날 동안 기도하게 하시고
하나님이 주시는 축복을 누리게 하소서

날마다 기도하고 행함으로 영적으로 성숙하게 하시고
부족함을 깨닫고 더욱 주님을 의지하게 하소서

날마다 기도하며 살게 하소서 3

나를 향하신 주님의 섭리를
기도로 알게 하시고 깨닫게 하소서
마치 절벽에서 물구나무라도 선 듯한
아찔한 근심과 걱정에서 벗어나게 하시고
마음을 평안으로 인도하여 주소서

가난하고 외롭고 초라할 때
어떤 어려움도 이겨낼 수 있도록
영적인 강한 능력과 힘을 주소서
겸손한 마음으로 머리 숙이고 간구함으로
하나님의 약속하심을 믿게 하시고
말씀을 기초로 더욱 성숙하고 강하게 하소서

기도하는 삶 속에서 진실하게
하나님의 약속을 지키며 살게 하시고
성도로서 믿음의 본을 보이며 살게 하소서
마음을 다짐하여 철저하게 간구함으로
하나님의 약속하심에 초점을 맞추고
능력 있는 그리스도인의 삶을 살게 하소서

주님의 은혜가 푸른 강물처럼 흘러
날마다 주님의 이름으로 간구하며 살게 하소서

기도 속에서 주님을 만나게 하소서 1

오늘은 기도 속에서 주님을 만나고 싶습니다
주님을 믿는다고 하면서 믿음 없이
배죽거리는 거짓 성도가 되지 않게 하소서

믿음이 한없이 나약해져서
정말 주님을 믿는 진정한 그리스도인인가
반문하고 싶을 때가 있습니다
이 시간 주님의 삶을 묵상하며
주님을 기도 속에서 조용히 만나고 싶습니다

죄악과 모든 근심과 걱정을 벗어버리고
삶에 허락된 소중한 시간들을
헛되게 보내지 않게 하시고
날마다 의미와 보람을 느끼며 살게 하소서

나의 몸과 마음과 영혼을 인도하시는
주님께 모든 것을 의탁하게 해주소서
인간의 목숨은 언젠가 쓰러지고 파멸될 것을 알기에
사소한 것에 목숨 걸지 않고 영원한 천국을
날마다 소망하며 주님을 마음에 그리며 살고 싶습니다

홀로 있는 지금 이 시간
고요한 중에 인도해주시는 주님의 음성을 듣고 싶으니
기도 속에서 주님을 만나게 해주소서

기도 속에서 주님을 만나게 하소서 2

구세주의 말씀이 삶 속에서
하나님의 자녀로 큰 변화를 일으켜
새로운 삶을 살게 하여 주소서

반석 위에 세운 믿음 속에서
구속의 십자가의 무한하신 사랑을
몸과 영혼에 받았음을 무한 감사드립니다

순간순간 찾아오는 고난과 시련을 이겨내며
성숙한 그리스도인의 삶을 살게 하시고
마음의 고통과 피치 못할 쓰라림과 괴로움도
기도와 말씀으로 이겨내게 하소서

오래된 죄악은 눈물을 마르게 하고
마음을 강박하고 바위처럼 딱딱하게 만드니
늘 주님께 간곡하게 용서를 구하게 하소서
부질없는 것과 사사로운 것에 마음을 두지 않고
오직 한마음으로 주 안에서 살게 하소서

오늘은 기도 속에서 온유하고 겸손하시고
사랑이 많으신 예수 그리스도
구세주이신 주님을 만나고 싶습니다
기도 속에서 주님을 만나고 싶습니다

기도 속에서 주님을 만나게 하소서 3

하늘에 뜬 구름도 분명히 할 일이 있는데
사람이 할 일 없이 산다면 얼마나 불행입니까
들판의 풀잎들도 자기 몫의 역할이 있는데
허송세월을 보낸다면 얼마나 어리석은 것입니까
산에 서 있는 나무들도 자기 역할을 하는데
아무런 의미도 없이 살아간다면 얼마나 헛된 것입니까

복닥거리고 복대기는 시간 속에서도
주님께서 나에게 기도할 수 있는 마음과
기도할 수 있는 시간을 주셨으니
기도 속에서 주님을 만나게 하소서

진실하고 순수한 믿음으로 주님께 기도함으로
주님이 거하시는 곳으로 인도하사
주님의 사랑의 마음을 진실로 알게 하소서
주님의 말씀이 내 안에 거함으로
주님이 원하시는 기도가 무엇인지를 알아
올바른 기도를 전심으로 하게 하소서

기도가 우리의 삶이 되게 하시고
주님의 이름으로 믿고 기도하게 하소서
주님의 거룩하심을 나타내게 하시고
기도 속에서 주님을 만나게 하소서

기도와 말씀으로 거룩하게 하소서

주님의 미소만으로도
주님의 눈길만으로도
주님의 손길만으로도
주님의 발길만으로도 행복합니다

주 예수 그리스도의 속량으로
하나님의 은혜로 값없이 의롭다 하심을
삶 속에 체험하며 구원받은 성도로 살게 하소서

믿음으로 예배드리게 하시고
믿음으로 생활하며 살게 하시고
나의 영혼이 소망 속에 즐거워하며
참소망 속에 쉼과 안식을 얻게 하소서

꿈과 비전을 갖고 내일을 살게 하시고
꿈과 비전을 이루며 기뻐하게 하소서
희망을 쉽사리 포기하지 않게 하시고
인내심을 갖고 이루어가게 하소서

날마다 주님의 성품과 삶을 닮아가게 하사
날마다 기도와 말씀으로 경건한 삶을 살게 하소서
온유하신 주님의 애정 어린 눈길을 보게 하시고
겸손하신 주님의 부드러운 손길을 느끼게 하소서

기도를 드릴 용기가 나지 않을 때

오늘은 왠지 답답하고 맥이 빠지고
썰물처럼 힘이 빠져나가 기도드릴 용기가 나지 않지만
응답하심을 믿고 힘과 용기를 내어 기도를 합니다

나의 삶이 답답하고 지루한 삶이 아니라
생기가 돌고 즐거운 삶을 살고 싶으니
주여, 힘과 용기를 주시기를 원합니다

이 시간 쓸데없는 넋두리와 푸념이 아니라
진실한 기도를 드리게 하시고
나의 속마음을 주님께 털어놓으며
간절한 기도를 드리게 하소서
나의 진실한 고백으로 울고 싶습니다

나에게 희망을 안겨주시는 주님
천 개 만 개 헛된 꿈보다 단 하나의 꿈이라도
분명하고 확실하게 이루어가게 하소서
이 시간 주님의 말씀을 묵상하며
주님의 음성을 듣고 싶습니다

나약했던 내 마음에 무럭무럭 솟아나는
주님을 향한 소망을 누가 막겠습니까
초라했던 내 마음에 가득해지는
주님을 향한 열망을 누가 막겠습니까

두 손 모아 기도드리게 하소서

삶은 주님이 주신 선물이 되게 하소서
믿음은 주님이 주신 은혜가 되게 하소서
구원은 주님이 주신 축복이 되게 하소서

두 손 모아 주님께 기도를 드립니다
나약한 저에게 강하고 담대한 믿음을 주시고
마음속의 간절한 소망을 이루어주소서

두 손 모아 주님께 기도드리면
얼마나 놀라운 일들을 펼쳐주실까
기쁨이나 슬픔이나 모든 것들을
감사하고 기대하며 살아가게 하소서

갑자기 불어닥치는 난관과 어려움 속에서도
그늘 없이 거짓 없이 늘 웃고 살아가는 사람들
모두가 주님의 일에 최선을 다하게 하소서

두 손 모아 복된 확신으로 기도를 드리며
앞으로도 날마다 때마다 순간마다
함께하시는 주님을 만나게 하소서

주님의 은총이 가득하기를
주님의 사랑이 가득하기를
주님의 이름으로 축복하게 해주소서

기도할 필요를 느끼게 하소서

기도가 없는 삶은 살아도 아무 쓸모가 없고
뼈가 휘도록 살아도 생명이 없는 삶이오니
항상 기도할 필요를 느끼게 하소서

기도가 없는 삶은 평생을 살아보아도
아무런 의미가 없는 삶이오니
결국에 가혹한 종말을 맞이하는
헛되고 부질없는 삶을 살지 않도록 인도하소서

작은 일이나 큰일이나 어떤 일이든지
시간적 여유가 있는 일이나
시간을 다투는 다급한 일이나
모두 다 주님께 맡기며 기도하게 하소서

기도가 없이는 아무것도 할 수 없고
주님 앞에 도저히 나갈 수 없으니
주 예수의 이름으로 합당하게 기도함으로
주님의 믿음의 능력을 받게 하소서

주님께 영원한 감사를 드리며
기도함으로 소망 없는 세상에서 산 소망을 갖고
예수 그리스도 안에서 살맛이 나도록
하늘 사랑으로 희망을 갖게 하시고
하늘이 나에게 허락한 구속의 사랑을 받게 하소서

내 마음을 받아주소서

주님! 항상 죄를 탐닉하고
어리석음으로 가득 차고 상처가 난
나의 몸과 영혼을 회개하오니 용서하여 주소서

죄로 물들어 더럽고 추한 마음을
그대로 두면 지옥에 갈까 두려워
주님의 이름으로 회개하오니 용서하여 주소서

부아가 난 마음을 가라앉게 하시고
겸손하고 온유한 마음으로
주님 안에서 살게 해주소서

주님이 함께하심으로
사랑할 수 있는 마음이 되게 하시고
용서할 수 있는 마음이 되게 하소서

내 마음이 하늘 사랑으로 타올라
하늘 소망과 구원의 기쁨을
나눌 수 있는 행복을 누리게 하소서

내 마음을 받아주소서
주님이 내 마음을 아시오니
온유하고 겸손하신 주님을 닮아가게 하시고
언제나 주님의 사랑에 물들게 하소서

죄를 떠나 참평안을 얻게 하소서

죄는 어둡고 옥죄이는 고통 속에서
절망과 탄식을 키우게 하오니
죄를 떠나 주 안에서 참평안을 얻게 하소서

주님께서 사망 권세를 이기시고 부활하셔서
"너희에게 평안이 있으라" 하셨으니
우리의 죄를 대속하여 주신 주님께서
날마다 참평안과 참기쁨을 누리게 하소서

이 세상 그 어떤 평안보다
주님이 주시는 평안과 기쁨이 소중하오니
죄를 온전히 씻김받게 하시고
주님의 참평안 속에 우리를 거하게 하소서

죽음을 이기시고 부활하셔서 대속을 완성하셨으니
주님이 우리에게 허락하신 구원의 기쁨과
천국 소망의 참평안을 누리며 오직 주 안에서
믿음으로 성장하는 그리스도인의 삶을 살게 하소서

우리에게 천국의 소망을 주시고
하늘나라 백성이 되게 하셨으니
그 놀라운 사랑을 날마다 감동하며 살게 하소서

주님, 영광과 찬양을 받으소서

온 땅에 씨를 뿌리고 곡식을 거두게 함으로
농부의 기쁨을 누리게 하시는 주님
모든 영광과 찬양을 홀로 받으소서

삶 속에서도 시절을 좇아
풍성한 열매를 맺게 하시는 주님
모든 영광과 찬양을 홀로 받으소서

믿음 안에서 기도에 응답해주시고
전도의 열매를 맺게 하시는 주님
모든 영광과 찬양을 홀로 받으소서

우리 가족을 축복하사
부부의 사랑 속에 자녀의 선물을 주시는 주님
모든 영광과 찬양을 홀로 받으소서

그리스도인으로서의 삶 속에서
성령의 열매를 고루 맺게 하시는 주님
모든 영광과 찬양을 홀로 받으소서

주님의 교회를 통하여
믿음의 열매를 맺게 하시는 주님
모든 영광과 찬양을 홀로 받으소서

작은 기도 1

깜깜하고 어두운 밤
하얗게 쏟아져내리는 달빛을 받으며
소리 없는 작은 기도를 드립니다

하늘 응답을 제대로 부르지 못한
부족한 자의 연약한 기도지만
주여! 큰 응답으로 함께하소서

오, 주님!
나를 인도하소서

작은 기도 2

주여!
내 마음에 함께하셔서
주님으로 인해
주님 때문에
주님 까닭에
주님으로 말미암아
늘 감사하게 하소서
아멘!

작은 기도 3

두 손을 모은
겸손하고
작고 낮아진
내 마음의 기도를 들어주소서
아멘!

작은 기도 4

주여!
내 마음을 아시오니
빈 마음을 주님의 은혜로
넘치도록 채워주소서

간구

오, 주여!
내가 죄짓는 것을
아무도 모를지라도
주님께서는 다 아시오니
용서하여 주소서

죄를 저지르고 싶어 하는
생각과 마음을
처음부터 끝까지
깨끗하게 도말하소서

주님의 고운 사랑으로 인도하소서
아멘!

가장 어리석은 기도

주여!
나와 입장을 바꾸어놓고
생각해주세요!

묵상 기도

아무런 소리도
내지 않았는데
내 마음에 커다랗게
주님의 음성이 들려왔습니다
그리고
기쁨과 평안이 가득해졌습니다

묵상하게 하소서

하루의 모든 일을 시작하기 전에
깊이 묵상하게 하소서

세상 소리를 다 끊고 모든 것에서 떠나
이 시간 마음이 주님만을 향하여
말씀을 깊이 묵상하게 하소서

계획을 세우고 일을 시작하기 전에
사람들을 만나기 전에 묵상하게 하소서

주님의 십자가의 삶과 생애를
주님의 말씀을 깊이 묵상하게 하소서

생명의 말씀
구원의 말씀
영생의 말씀인 성경을
묵상하게 하소서

오늘의 삶을 인도하시는
주님의 뜻과 섭리를
묵상을 통하여 마음 판에 새기며
온전히 주님을 받아들이게 하소서

묵상을 통하여

묵상을 통하여
내 삶을 향한 하나님의 마음을 알게 하소서

묵상을 통하여
내 삶 속에 흐르는
하나님의 뜻을 깨닫게 하시고 알게 하소서

묵상을 통하여
내 삶에 나타나는
하나님의 섭리를 발견하게 하소서

묵상을 통하여
내 삶에 다가오는
하나님 아버지의 뜻을 헤아리게 하소서

묵상을 통하여
내 삶을 내 소원대로 행하는 것이 아니라
하나님 아버지의 소원대로 행하게 하소서

묵상을 통하여
하늘에 촘촘하게 빛나는 별처럼
내 마음도 생명의 말씀으로 빛나게 하소서

고요히 묵상하는 시간

고요히 묵상하는 시간
주님의 거룩함을 닮아가게 하소서

주님을 만나기 위한 조용한 공간에서
구별된 시간에 고요히 묵상함으로
주님을 바라보게 하소서

고요히 묵상하는 시간
주님의 인도하심을 받게 하소서

고요히 묵상하는 시간
주님의 가르침을 받게 하소서

고요히 묵상하는 시간
거짓된 나를 버리고 새로운 나를 찾게 하소서

내 마음에 불신이 무성하게 자라지 않도록
내 마음의 골방을 깨끗하게 청소하여 주소서

주님을 묵상하는 하루 1

오늘 하루도
주님을 묵상하며
시작하는 하루가 되게 하소서

하루의 첫 시간을
주님 앞으로 나아가
무릎을 꿇고 기도하게 하소서

하루의 첫 시간
주님께 모든 것을 의탁하게 하소서

오늘 하루도 행복한 날, 멋진 날,
신나는 날이 될 수 있도록
주님의 인도하심 따라 살게 해주소서

주님을 묵상하는 하루 2

기도를 통하여 십자가의 구원의 사랑을
다시 한 번 깨닫고 마음에 말씀을
새겨놓는 시간이 되게 하소서

아침, 점심, 저녁, 순간순간마다
아무리 분주하더라도
짧은 외마디라도 기도하게 하소서

죄악에 매여 엉클어진 마음으로
기도를 쉬는 죄를 범하지 않게 하시고
잠시도 죄악에 한눈팔지 않게 하소서

죄악의 허황된 말의 꼬임에 넘어가지 않고
회개의 처절한 아픔 뒤에 오는
하늘 사랑의 구원의 기쁨을 받게 하소서

주여!
나를 도와주시고 인도하여 주소서

하늘 끝, 땅끝까지
고요하게 말없이 기도하며
주님을 따르는 하루가 되게 하소서

주님을 묵상하는 하루 3

오, 주님!
오늘도 무릎을 꿇고 기도하며
주님을 묵상함으로 시작하는
하루가 되게 하소서

하루를 마감하는 시간에도
주님이 인도하신 하루가 얼마나
행복하고 감사한지를 깨닫게 하소서

온갖 시름과 걱정에서 벗어나
주님께 찬송하며 감사하는 마음으로
하루를 기도로 마치게 하소서

주님의 사랑이 이루어지는
믿음의 울타리에 기대어
참기쁨과 쉼과 평안을 얻게 하소서
정녕 소망의 주님을 사랑하게 하소서

주님을 묵상하는 하루 4

나의 삶을 늘 아름답고
복되게 해주시는
주님을 사랑합니다
주님을 찬양합니다

고요한 중에 십자가 고난을 묵상하고
골고다 십자가의 구속을 묵상하게 하소서

하나님의 말씀을 묵상하며
주님의 삶을 묵상하게 하소서

주님과 영적인 교제를 깊이 하여
믿음이 더욱 성숙하게 하소서

끝이 보이지 않는 죄의 길에서
헤매거나 방황하지 않게 하시고
굳건한 믿음과 간절한 마음으로
주님께 달려가 기도하게 하소서

언제나 주님만이 나의 삶의
버팀목이 되어주소서

주님을 묵상하는 하루 5

나의 모든 삶이
주님의 은혜이며 축복이오니
가슴 깊이 주님의 사랑과
은혜를 새기며 살게 하소서

늘 말씀 속에서 진리를 깨닫게 하시고
성령의 인도하심 따라 살게 하소서
모든 일의 시작도 끝도 기도하여
지혜를 구하게 하여 주소서

기도하는 중에 하나님의 깊은 뜻을 발견하여
그 뜻과 섭리를 마음 깊이 깨닫게 하시고
실행하며 행동하게 하소서

급한 세상살이의 소용돌이 속에서도
부족함을 채워주시고
늘 성실하게 살게 하소서

기도를 통하여
주님을 묵상하는 하루가 되게 하소서

십자가를 묵상하며 1

오, 주님!
우리는 주님의 십자가의 보혈로 구원받은
축복받은 그리스도인들입니다

사랑의 완성이신 골고다 언덕 위의 나무 십자가
주님의 십자가를 묵상하며
주님의 사랑을 마음에 새기기를 원합니다

인간은 원죄와 스스로 지은 자범죄로 인하여
늘 시련당하고 고통을 받게 되어 있습니다

수가 사나운 죄로부터 스스로 탈출하고
도망치려 하나 아무런 소용이 없고
죄는 인간에게 가장 무서운 짐이 될 뿐입니다

죄의 올무에 걸려들면
고통에서 결단코 벗어날 수가 없을진대
하나님께서 속이 시원하고 깨끗하도록
용서의 길을 마련해주셨습니다

부끄러운 죄악을 남김없이 용서해주시는 것이
바로 하나님의 사랑입니다
십자가의 용서는 놀라운 사랑입니다

십자가를 묵상하며 2

죄의 용서는 독생자이신 예수 그리스도를
나무 십자가에 못 박음으로
이루어진 놀라운 사랑입니다

십자가에서 주님께서 죄를 대속하여 주셔서
용서받고 구원받게 되었으니
평생토록 감사와 찬양을 돌리게 하소서

이 놀라운 사랑에 감사와 찬양을 드리며
날마다 주님의 십자가의 사랑을
묵상하며 살게 하소서

모든 것이 허사가 되게 하는 허무한 죄에서
예수 그리스도의 보혈로 구원을 받아
영혼과 삶에 새로운 변화가 일어나게 하소서

온갖 고통과 절망이 가득한 더러운
죄악에서 벗어나 구원받고 거듭나게 하시고
마음에 참평안과 기쁨이 찾아오게 하소서

진리의 말씀 속에서 구원의 확신을 갖게 하시고
하나님이 허락하신 진리의 자유 속에
구원의 기쁨이 넘치게 하소서

십자가를 묵상하며 3

주님의 골고다 언덕 고난의 십자가를 묵상하며
이 놀라운 구원의 복음을 기쁜 마음으로
전하고 또 전하고 싶은 삶을 살아갑니다

우리가 용서를 구하는 방법은
구주 예수 그리스도의 이름으로
참회의 눈물 속에 드리는 회개의 기도뿐이오니
기도를 통하여 모든 것을 고백하게 해주소서

주님께 드리는 간절한 기도를 통하여
죄악과 질병에서 벗어나
심령이 치유받기를 원합니다

언제나 주님과 동행하여
임마누엘의 신앙으로 살게 해주시기를 원합니다
우리가 용서를 받았으니 용서하는 삶을 살아가는
복된 그리스인의 삶을 살게 해주시기를 원합니다

주님의 십자가를 묵상하며 살기를 원하고
주님의 십자가의 앞에 서는 삶을 살기를 원합니다

날마다 주님의 십자가의 고난을 묵상하고
나의 십자가를 지기를 원하며
무한한 사랑에 감사하며 살기를 원합니다

묵상하기를 기뻐하는 삶 1

오, 주님!
세상은 모든 소리들의 집합소와 같습니다
큰 소리, 작은 소리, 고통과 절망의 소리,
즐거운 비명과 구호들, 선동하는 소리, 아이들의 떠드는 소리,
음악, 텔레비전 소리, 차 소리, 빗소리, 바람 소리,
소리가 너무나 많습니다

도시에서는 모든 것들이 조용하기를
포기하고 목청껏 떠들어대는 것만 같습니다
반면 숲길을 걸으면 모든 나무들이 하늘을 향하여
고요히 묵상하고 있음을 알 수 있습니다

자연을 묵상하며 하나님의 섭리를 깨닫습니다
오직 사람들만이 자기들의 소리를 목청껏 질러대며
터무니없는 요구를 하고 있습니다
나무들은 기도와 묵상으로 그들의 삶을 살아가기에
하나님은 그들을 길러주시고 열매를 맺게 해주십니다

묵상하기를 기뻐하는 삶이 되게 하소서
주님의 말씀대로, 배운 그대로 살기를 원합니다
기도할 때마다 마음에 평안이 가득해집니다
기도할 때마다 마음에 확신이 가득해집니다
기도할 때마다 마음에 사랑이 가득해집니다

묵상하기를 기뻐하는 삶 2

오, 주님!
우리의 삶에 주님의 향기가 가득하기를 원합니다

경건한 삶을 통하여 주님의 거룩하심을
닮아가게 해주시기를 원합니다
주님을 사랑함으로 다른 사람들에게 기쁨과
행복을 전달하기를 원합니다

날마다 주님 앞에서 묵상하기를
기뻐하며 즐거워하기를 원합니다
묵상을 통하여 갈등과 고통 속에서 벗어나
큰 위로와 소망을 갖기를 원합니다

묵상을 통하여 주님을 향한 소망이
점점 더 커지기를 원합니다
하나님과의 인격적인 교제를 나누기를 원합니다
묵상을 통하여 우리들의 삶이
시냇가에 심은 나무가 되기를 원합니다

나의 모든 것을 주님과 나누게 하시고
나를 나 되게 해주신 분은 주님이심을
영혼에 새기게 해주시기를 원합니다

고요히 묵상함으로

고요히 눈을 감고
마음에 주님을 가까이 느끼며
묵상하는 시간

주님을 만나기 위한
조용한 공간에서
구별된 시간을 갖게 하소서

고요히 묵상함으로
주님을 온전히 바라보게 하소서

고요히 묵상함으로
주님의 능력으로 인도를 받게 하소서

고요히 묵상함으로
주님의 생명의 말씀을 깨닫게 하소서

주님의 말씀을 묵상하게 하소서

간절히 천국을 사모하는 마음으로
주님의 생명의 말씀을 묵상하게 하소서

말씀을 깊게, 넓게, 높게
온전히 생명의 말씀으로 깨닫게 해주시고
우리의 삶에 적용시키게 하소서

날마다 주님의 말씀을 생생하게 기억하게 하시고
주님의 말씀을 삶 속에 드러낼 수 있게 하소서

하나님의 말씀의 능력이 생활 속에 나타나
성도답게 능력 있고 힘 있는 삶을 살게 하사
하나님의 일을 실행하고 실천하게 하소서

날마다 말씀을 묵상하고 기도하며 실천하게 하시고
주님의 말씀 속에서 삶이 새롭게 변화됨을
몸소 깨닫고 확실하게 믿게 하소서

거룩하고 고요한 경건의 시간을 통하여
내 영혼을 새롭게 하여 주시고
삶이 새롭게 변화되게 하소서
주님의 말씀을 묵상함으로
영적으로 강하게 무장하게 하소서

침묵 중에 찾아오시는 주님

침묵 중에 찾아오시는 주님
나를 사랑하시는
주님을 조용히 만나고 싶습니다

죄악이 끊임없이 고통을 되살리고
끝없는 절망을 되살려 괴롭힐 때
내 마음의 모든 문을 활짝 열게 하소서

나로서는 감당 못할 정도로
하늘 사랑을 풍성하게 내려주시는
주님을 온 마음으로 영접하고 싶습니다

묵상 기도를 고요하게 드리면
아무런 말이 없는 듯하여도
가장 큰 소리로 내 마음을 움직여주시는
그 큰 음성이 듣고 싶습니다

시도 때도 없이 온 마음을 다하여
나의 빈 마음을 채워주시는
주님을 만나고 싶습니다

침묵 속에서

침묵 속에서
주님의 음성을 듣게 하소서

이 세상의
어떤 큰 소리보다
하나님의 침묵이
가장 큰 소리임을 알게 하소서

침묵 기도 1

아직 해가 뜨지 않은 새벽
모든 사물도 잠이 깨지 않은
칠흑 같은 어둠 속에서
아무 말 없이 고요하게
침묵으로 기도합니다

나의 모든 것을 아시는
주님 앞에 나의 모든 것을 드리며
고요히 응답받기를 원하오니
주여, 이 시간 나를 홀로 두지 마시고
함께하여 주소서

침묵 기도 2

새벽이슬에 초목이
갈한 목을 적시는 침묵의 시간
나의 마음도 주님의 사랑으로
적셔지게 하소서

무거운 죄의 짐 덩어리 벗어버리고
죄에서 구원받아 하나님의 자녀가 되었어도
때로는 너무도 부족하여
주님께 드릴 말이 없을 때가 있습니다

나의 욕심에 힘들고 지쳐 만신창이가 되었어도
나의 소망이 하늘에 있으니
기도만은 잊지 않고
주님께 간절히 기도드리게 하소서

침묵 기도 3

오, 주여!
나의 부족하고 연약한 믿음을
붙잡아주소서

기도할 때마다 고요한 중에
주님과 가까이 있음을 느낍니다

주님의 손길이 너무 간절해
아무 소리를 내지도 못하고
기도하오니 응답하여 주소서

침묵 속에서 입술도 달싹거리지 못하고
마음으로 기도하오니 함께하여 주소서

침묵 기도 4

침묵 속에서
고요한 중에
주님의 뜻을 찾습니다

나의 간절한 기도를 들으시고
기적처럼 펼쳐주시는
주님의 응답하심이 참으로 놀랍습니다

오, 주여!
흘러가는 세월이 발소리를 내지 않고
빠르게 떠나더라도
언제나 하늘을 향하여 기도하게 하소서

전지전능하신 하나님의
구원의 손길을 바라며
온전히 모든 것을
주님께 맡기며 살게 하소서

주님의 마음을 담게 하소서

주님께 기도드림은 말할 수 없는 기쁨이오니
날마다 주님의 말씀을 마음에 담고 살게 하시고
같은 마음 같은 믿음으로 끝까지 견고하게 하소서

날마다 말씀을 마음에 담게 하시고
순종하는 믿음을 갖게 하여 주소서
모든 것을 다 맡기고 기도하여
순조롭게 이루어가게 하소서

서로 권면하고 격려해나가며
약한 자를 도울 수 있는 영적인 성숙함을 주시고
주님의 말씀을 마음 판에 새기고
살아갈 수 있는 믿음을 주소서

깨끗하고 진실한 마음을 주셔서
거룩하고 흠 없이 경건하게 구제하며
성결한 성도의 삶을 살게 하소서

주님의 마음을 눈으로 보고
귀로 듣고 마음으로 깨닫게 하소서
몸과 혼과 영혼이 주의 날까지 보존되며
우리의 마음이 하나님의 처소가 되어
그리스도 안에서 함께 지어져가게 하소서

주님을 따르게 하소서

삶의 고통이 점점 더 커가고
낙심과 허탈이 어깨를 짓누를 때
슬픔을 홀로 감당하기 어려울 때
믿음으로 담대함과 확신을 갖고 살게 하소서

모든 것에서 종의 멍에를 벗고 싶을 때
믿음으로 달음박질하며 이겨내고
우리의 삶에 그리스도의 형상을 이루게 하소서

환난은 인내를, 인내는 연단을,
연단은 소망을 이루게 하여 주소서

어떤 경우에도 잘못으로 도망치지 않고
예수 그리스도의 피로 가까워진
주님의 인도하심을 받게 하소서

열 일을 제쳐놓고 늘 주님을 따르며
늘 주님을 가까이하여 기도하고
늘 주님을 가까이하여 믿음으로 살게 하소서

모든 것이 속박으로 느껴질 때도
죄의 유혹으로 옆길로 빠지지 않고
더욱더 주님만을 의지하게 하며
주님을 따르는 기쁨 속에 살게 하소서

목마른 갈망으로 드리는 기도 1

절망의 끝에서 보잘것없고 초라하고
하잘것없고 텅 빈 내 마음 구석구석을
생명의 빛으로 비춰주소서

기도의 투망을 믿음의 바다에 던져
구원의 말씀 속으로
깊이깊이 들어가게 하소서

부족하고 나약하고 온전하지 못하여
아슬아슬하게 지켜온
나의 믿음에 믿음을 더하여 주소서

두려움과 겁에 질려 끊어질 듯
염치없이 드리는 기도일지라도
죄악을 비워낼 수 있도록 속히 응답하소서

어두운 하늘을 찢고 악을 쓰듯
외치고 부르짖는 외마디의 기도 소리가
하늘로 올라가오니 들어주소서

목마른 갈망으로 기도하오니
주님을 온전히 신뢰하고 기도하오니
칠흑 같은 어둠을 밀어내고 솟아오르는
아침 해처럼 기도로 새롭게 해주소서

목마른 갈망으로 드리는 기도 2

사슴이 목말라 시냇물을 찾듯이
내 영혼과 마음이 목마른 갈망으로
드리는 기도를 들으소서

죄로 허물어지고 폐허가 된
앙상하고 퀭한 몸과 마음이지만
어떤 시련도 고통도 이겨낼 수 있는
믿음을 더하여 주시기를 원합니다

절망 가득한 질곡을 이겨낼 수 있는
주님의 사랑을 더하여 주시기를 원합니다
막막함 속에서 안절부절못하기보다
제일 먼저 기도부터 하게 하시고
외로움과 고독 속에서도 기도하게 하소서

주님이 몹시 그리울 때마다
주님의 십자가 고난과 부활과 재림을 기억하며
소망 가운데 살게 하소서

주님의 보혈의 사랑에 그리움이 가득하여
목마른 사슴처럼 간절한 갈망으로 기도하오니
주여, 속히 응답하여 주시옵소서

골방 기도

홀로 있는 외로움 때문에 몸부림치지 않고
마음을 모아 주님께 간절히 기도하게 하소서

기도 제목 하나하나 기도해나가며
나를 위한 기도보다 남을 위한
도고의 기도를 드리게 하소서
나의 마음에 평안과 기쁨이 넘치도록
주님께 간절히 기도하게 하소서

기도할 것 없는 것처럼
중언부언하던 기도가 제목이 분명하고
목적이 살아 있는 생명의 기도가 되게 하소서

주님의 기도하심처럼 나를 위한 기도보다
남을 위한 기도를 드리는 시간을
더 많이 갖고 기도하게 하소서

우리의 영혼을 보혈의 피로 구원하신
주 예수 이름으로 기도하게 하소서
주님께 기도함으로 영혼과 육신에 건강함을 주시고
주님을 사랑하는 순전한 믿음을 갖게 하소서

홀로 있을 때 기도 줄을 믿음으로 당기는
골방 기도로 주님을 만나게 하소서

기도로 새롭게 변화시켜 주소서

기도는 하나님으로부터 시작되는 것이니
날마다 기도하게 하여 주사
나를 늘 새롭게 변화시켜 주소서

기도하고 싶은 마음이 불길같이 뜨겁게 타올라
주님과 깊은 대화를 하게 하소서

먹을 것이 부족할 때 배가 고픈 것처럼
주님과 대화하고 싶은 마음에
기도에 굶주리고 기도가 고프게 하소서

상한 마음을 치료받기 위하여
세상에서 상처받은 마음을 위로받기 위하여
나의 기도를 응답받기 위하여
하염없이 드리는 간구가
삶 전체를 통하여 응답되게 하소서

주님의 뜻을 알게 하사
나의 모든 것을 살펴주시고
기도를 통하여 임마누엘의 주님을 만나
삶이 새롭게 변화되게 하소서

주님과 대화를 나누게 하소서

나를 가까이 오라고 부르시는
나의 주님께 찬양을 드리며
말씀을 믿고 기도하게 하소서

나를 늘 반갑게 맞아주시는
나의 주님께 말씀으로 고백하며
진실한 소망으로 기도하게 하소서

나를 늘 기다려주시는
나의 주님께 믿음의 손을 들고
간절하게 기도하게 하소서

때로는 속삭이듯이
때로는 절박한 마음으로 간절하게
때로는 친구를 만난 듯이
주님과 기도를 통하여
깊은 대화를 나누게 하소서

하늘을 간절하게 바라보며
예수 그리스도의 지혜와 의로움과
그의 거룩함과 구원함에 온전히 이르게 하소서

기도 1

기도할 수 있다는 것만으로도
나는 항상 기뻐할 수 있다

주님을 사랑한다고
고백했을 때
기쁨이 넘쳐 감사를 드린다

내 심령이 가난하고 곤궁할 때
기도가 응답이 되었다

내 입술로 드린 기도가
열매를 맺음으로
예수 사랑의 비밀을 알게 되었다

기도는
나만을 위한 기도가 아니라
이웃을 위한 기도라는 것을 알았다

기도는 말할 수 없는 기쁨이며
하나님의 은혜를 체험하는 통로다

기도 2

나의 몸과 마음
겉과 깊은 속 남김없이
다 보이고 드러나도록
모두 드리고 싶습니다

용서를 받기 위하여

주님의 보혈로 씻긴
정결하고 깨끗한 마음을
주님이 보시고 기뻐하시도록
모두 드리고 싶습니다

섭리의 통로가 되기 위하여

하나님께
찬양과 영광을 돌리기 위하여
나의 전부를 드려도 행복합니다

기도 3

달려가고만 싶습니다
가슴이 설렘으로 터질 것만 같아서
기다리고만 있을 수가 없어
한동안 뛰쳐나갔습니다

먼 길도 아닌데
당신은 항상 내 곁에 계신데
어제도 오늘도 커다란 눈으로
두리번거리며 당신만 찾습니다

눈을 들어 가슴을 열고 부르면
언제나 내 안에 계신 이를
내 마음 내 뜻대로 사느라 잊고 있었으면서도
소리치며 원망만 했습니다

이제는 두 손 들어 찬양합니다
오! 자유로움을 주시는 주여!
당신의 영원한 사랑 안에 영원을 삽니다

외치고만 싶습니다
나의 가슴으로 들어온 생명의 빛
붉은 보혈의 생명을 찬양합니다
잠자코 있기에 너무나 큰 사랑에
하늘도 나의 것이 되기 때문입니다

기도 4

나의 마른 입술로 고백하는
염려와 근심 가득한 기도를
주님께서 들어주시고
응답하여 주심을 감사드립니다

하나님의 창조 섭리로 생명을 주시고
주님의 인도하심으로
삶의 시간을 허락하여 주심을 감사합니다

나는 아무것도 드릴 것이 없는데
늘 달라고 요구만 하여도
응답하여 주심을 감사드립니다

지구상에 널리 펼쳐져 살고 있는
많고 많은 사람들 중에
단 한 사람인 나의 기도를 들어주소서

나를 기억하여 주시고 응답하여 주시니
무한 감사를 드립니다

주님의 생명의 말씀 속에서
구원의 십자가의 도를 깨닫게 하시고
주님의 말씀인 진리를 늘 사모하며 살게 하소서

기도 5

작은 믿음이 날마다 성장하여
큰 믿음이 될 수 있도록
오직 예수 이름으로 기도하게 하소서

늘 깨어 있는 성도로
주님을 시인하고 주님을 고백하고
생명의 복음을 믿으며 전하게 하소서

나의 죄의 무거운 짐이 회개로
감쪽같이 용서받아 가벼워짐을 체험하며
마지막 날까지 생명의 말씀과
구주 예수를 떠나지 않게 하소서

진실한 마음으로 기도하게 하소서 1

오, 주님!
거짓 없는 진실함으로
기도하게 하소서

주님 앞에 있는 모습 그대로
정직하게 드리게 하시고
선하게 드리게 하소서

부족하면 부족한 대로
연약하면 연약한 대로
나약하면 나약한 대로 드리게 하소서

온갖 잡동사니로 가득한
오염된 마음으로 힘들고 찌든 세상살이
상념의 골이 깊어가오니
날마다 믿음의 키를 돋우며 나아가게 하소서

세상과 너무 친하지 않게 하시고
진실은 통하는 것이니
늘 진실하게 변함없이 기도하며 살게 하소서

말없는 기도를 드려도
내 마음에 응답하심을 믿게 하소서

진실한 마음으로 기도하게 하소서 2

오, 주님!
진실한 마음으로 기도하게 하소서
과거의 기억에 매달려 투망질하지 않게 하시고
내일을 향하여 꿈과 희망을 갖고 살게 하소서

진실하지 않는 기도는 응답될 수 없으니
날마다 진실하게 기도드리며 살게 하소서

뿔뿔이 흩어지는 아무 의미 없는
추하고 더럽고 너절한 것들을 버리고
새롭고 정결한 삶을 살게 하소서

오만 가지 죄악을 나르는 짐꾼이 되어
치졸하고 옹졸한 마음으로 살지 않게 하시고
으쓱대며 자랑하며 교만하지 않게 하소서

괜한 일로 시끌벅적하게 만들지 않고
군더더기 없는 넓은 도량으로
이해하며 감싸주며 진실하게 살게 하소서

주님에 대한 무관심으로
말씀과 찬양과 예배에서 멀어지지 않게 하시고
진실한 믿음으로 주님과 가까이 살게 하소서

주님께 드린 기도가 응답되게 하소서

우리를 어떻게 인도해주실까
우리에게 어떻게 보여주실까
우리에게 어떻게 들려주실까
주님께서 하시는 모든 일에 기대가 됩니다

제멋대로 생각하고 판단하지 않게 하시고
주님께서 이루어주신 일들을 감탄하며
영광을 돌리고 찬양하게 하옵소서

오, 주님!
죄의 올가미에 갇혀 있던 나를 구원해주시고
"이토록 엄청나고 놀라운 일들을
나에게 이루어주셨습니다!"
이런 믿음의 고백이 나오게 하여 주소서

주여! 나의 간구를 들어주시고
주님께 드린 기도가 응답되게 하소서

기도가 설렘과 기대감 속에
내 삶에 가까이 다가오기에
내 마음속에 응답의 기쁨이 가득합니다

철야 기도

지난밤도 기도드리며
밤이 지나고 새벽이 오도록
뜬눈으로 새웠습니다

이 밤에 내려주시는
은혜 속에 응답을 원하며
밤이 새도록
간절히 기도했습니다

어두운 밤이 가고
밝은 아침이 찾아오듯이
주여, 내 마음에 찾아와주소서

하루를 시작하며

오, 주님! 하루를 시작하며 기도를 드립니다
오늘도 나를 인도하사 나의 입술과 행동을 지켜주시고
맡겨진 일에 최선을 다하며 충성된 삶을 살게 하소서

주님은 생명의 빛이시니
하루 중에 만날 사람에게 생명의 복음을 전하는
기회를 갖게 하시고 만들게 하소서

오늘 하루 동안 주님의 자녀로 살아감에
자족하는 믿음으로 살게 하여 주소서
나의 삶 속에서 주님이 드러나게 하여 주시고
오늘도 성도로서 주님의 발자취를 따라 살게 하소서

아침에 눈을 떠 조용히 기도드릴 때
마음속에 소망이 가득하게 하시고
하루를 기대감과 설렘 속에 시작하게 하사
힘과 용기가 생겨나게 하여 주소서

하루를 시작하며 제일 먼저 나의 입에서
감사가 나오게 하소서
하루를 보내고 잠이 들 때에도 제일 먼저
나의 입에서 감사가 나오게 하소서

오늘 하루를 인도하여 주소서

하루만큼의 피곤도 잠으로 사라지고
동터 오면 깨어 일어나 새날을 맞이하여
행복한 마음으로 맑은 기운으로
하루를 시작하게 하소서

오늘을 시작하며 해야 할 일들과
만나야 할 사람과 잡다한 일들 속에도
조바심 내지 않고 최선을 다하게 해주소서

부활은 영원한 생명의 꽃이니
세상의 빛과 소금으로
하나님의 자녀가 됨을 감사드립니다

영적으로 무장되지 않아 허술할 때 죄가 찾아오니
용·빼는 재간이 없더라도 오직 믿음으로
주어진 일을 즐겁게 하여 보람을 얻게 하소서

누구를 만나든지 반갑게 대하고
밝게 웃는 얼굴로 상대의 이야기를
잘 들어주는 여유를 갖게 하소서

온몸을 믿음으로 겹겹이 두르게 하사
그리움으로 주님의 이름을 부르게 하시고
투철한 신앙생활을 하게 하소서

하루의 시작과 끝을 인도하소서 1

소망의 주님!
하루의 시작과 끝을 인도하소서
나의 삶의 시작과 끝을 인도하여 주소서
기도로 시작하고 감사로 끝내는 하루가 되게 하소서

나에게 생명을 주신 분도 주님이고
생명을 거둬가는 분도 주님이시니
사나 죽으나 주님의 것으로 살게 하시고
나의 모든 삶을 주관하여 주소서

세상의 어떤 것도 주님이 허락하지 않으시면
우리가 갖고 사용할 수 없으니
우리에게 일용할 양식과 필요한 것들을 채워주시고
늘 자족하는 믿음을 갖게 하여 주시기를 원합니다

세상의 부귀와 영화와 모든 권세와 화려함도
안개처럼 한순간 덧없이 사라지는 것이니
영원하시고 불변하시는 주님을 소망하며 살게 하소서

헛된 욕망의 노예가 되지 않게 하시고
늘 신실한 그리스도인으로 살게 하소서
주님과 늘 친밀하게 만나 기도하게 하시고
주님의 섭리를 깨달아 하나님의 말씀에 합당한
성도의 삶을 살아갈 수 있도록 인도하여 주소서

하루의 시작과 끝을 인도하소서 2

오, 주님!
나의 삶을 주관하시고 인도하시는 주님
하루의 시작과 끝을 인도하소서
나의 모든 생각과 감정을 주관하여 주시고
독수리가 하늘을 마음껏 나는 것처럼
힘차게 비상하는 믿음으로 살게 하소서

마구 휘몰아쳐오는 세월의 흐름 속에서도
주님이 주시는 능력과 힘을 마음껏 사용하여
주님의 영광을 드러내게 하소서
나의 삶의 모든 것이 주님의 은혜와 사랑이오니
헛된 것을 요구하고 불평하기보다
늘 감사하며 주님과 동행하는 삶을 살게 하소서

성령께서 말할 수 없는 탄식으로
우리를 위하여 기도하고 계심을 믿고 따르게 하소서
생명의 길을 잃고 헤매는 사람들에게
생명의 복음을 전하는 증거가 되게 하시며
주님의 뜻을 나타내어 구원의 길로 인도하소서

날마다 믿음의 삶에 열매를 맺고
모든 힘을 다하여 영적인 기쁨과 주님의 사랑을
체험하며 살게 하소서

하루 종일

하루 종일
주님이 주시는 사랑을
온 마음으로 느끼며
체험하며 살아갈 수 있는
생기가 넘치는 믿음을 주소서
아멘!

한 날의 기도

하루 첫 시간 나의 입술에서
제일 먼저 부를 수 있는 이름이
주 예수 그리스도이심을 감사드립니다

한 마디의 말, 손짓 하나,
한 걸음의 발자국에도
주님의 은혜가 함께함을 믿습니다

내가 먼저 사랑하게 하소서
내가 먼저 친절하게 하소서
내가 먼저 나누게 하소서
내가 먼저 믿음으로 봉사하게 하소서

이 한 날을 기도로 승리하게 하시고
믿음으로 열매를 맺게 하소서
주님을 향하는 발걸음 속에 믿음을 갖게 하소서

주님의 뜻을 담을 수 있는 그릇이 되어
주님의 사명을 이루는 도구가 되게 하소서
늘 예수로 만족하게 하옵소서
주님은 나의 구주이십니다

오늘 하루 동안에

화려한 세월도 흘러가고 떠나가면
남는 것은 추억뿐입니다

오늘 하루 동안에 일어날 모든 일들을
주여, 인도하소서

오늘 하루 동안에 할 일들을 위하여
주여, 지혜를 주소서

오늘 하루 동안 만나는 사람들을
주여, 사랑하게 하소서

오늘 하루 동안 가야 할 길을
주여, 동행하여 주소서

오늘 하루 동안 해야 할 기도를
주여, 잊지 않게 하소서

오늘 하루를 허락하여 주심을
주여, 감사하게 하소서

기쁨으로 찬양을 드리게 하소서

새로운 마음으로
첫 시간 두 손 모아 기도합니다
이 하루를 주님의 자녀로 살기를 원하며
주님의 은혜로 인해
세상의 빛과 소금이 되기를 간절히 원합니다

현란한 유혹이 몰려와도
거칠 데 없는 욕망의 바람이 불어도
나의 마음이 흔들리지 않게 하시고
죄악의 밧줄에 묶이지 않게 하소서

나의 영혼과 언제나 함께하시는
구원의 주님이시니
소망 속에 하늘 위의 것을 생각하고
땅의 것을 생각하지 않게 하소서

첫 시간 첫 입술로 주님만을 위하여
기쁨과 찬양드리기를 간절히 원합니다

오, 주여!
하루가 저물어가는 시간에도
기쁨의 찬양을 드리게 하소서
나의 믿음이 자리를 잡게 하소서

영혼을 사랑하는 마음

새로운 아침이 시작됩니다
새로운 희망이 펼쳐집니다
아침 햇살과 초록빛이 온 땅에 퍼지듯
우리의 마음에도 주님의 사랑이 가득하게 하소서

믿음의 걸음을 재촉하며 살게 하시고
우리 영혼에 새 생명의 움직임이 가득하게 하소서

주님을 사랑하는 마음이
겉으로만 빙빙 돌지 않게 하시고
영혼을 사랑하는 마음이 눈물로 젖게 하소서

죄악을 회개하는 눈물이
마음과 영혼까지 젖어들게 하사
마귀에게 눌린 약함을 회개하게 하소서

제 구실을 못하여
제 서러움에 인생을 서글퍼하지 않게 하소서
하나님의 구원의 약속을 믿게 하소서

세월은 작별의 손도 흔들지 않고 떠나가지만
내 마음은 언제나 주님을 사랑하는 마음이 되게 하소서

잠들지 못할 때

한밤에 누워 뒤척이며 잠을 청해보아도
생각이 더욱더 자꾸만 또렷해지고
괴로움에 시달려 잠들지 못할 때
심술 잔뜩 부린 마음을 평안하게 인도하여 주소서

죄악 때문에 고생길로 들어서지 않고
마음의 평안을 잃지 않게 해주시고
때를 따라 주시는 평안을 누리게 하소서
믿음의 역사와 사랑의 수고와
예수 그리스도에 대한 소망과 인내를 갖고
늘 귀 기울여 생명의 말씀을 듣고 살게 하소서

사랑하는 자에게 잠을 주시니
새벽이 올 때까지 단잠을 자며
몸과 영혼이 편안한 시간을 갖게 하소서
먼지 같은 목숨 하나
괴로움에 온종일 울부짖으며 몸부림치지 않고
가슴앓이도 절망도 벗어나
믿음으로 여유를 갖게 하소서

밤이 깊어지고 주위가 고요할수록
구주이신 나의 주님이 가까이 계심을 믿고
하나님의 손길을 느끼게 하시고
편안하고 고요하게 잠들게 하여 주소서

잠들기 전에

어둠 속으로 숨어버린 깊은 밤
잠들기 전에 기도드리게 하시고
피곤하고 고단한 세월
힘겹게 살아가는 슬픈 몸부림도 쉬고
평안하게 잠들게 해주소서

잡다한 생각으로 뒤척이며 괴로워하기보다
꿈에서라도 주님을 만날 수 있다면
얼마나 행복할까 생각하며 살게 하소서

생명의 주님을 만남이 축복이오니
주님을 시인하고 고백하며 구원을 전하는
기쁨을 마음껏 누리며 살게 하소서

잠든 모습에도 미소가 있게 하시고
내일 싱그러운 아침에 깨어나도
가장 먼저 기도하며 시작하게 하소서

왜 그때 기도하고 행하지 않았을까
간절한 아쉬움에 가슴이
새까맣게 타들어가지 않게 하시고
하나님의 계명과 예수 그리스도에 대한
산 소망과 믿음을 굳게 지켜나가게 하소서

첫 시간

하루의 첫 시간
첫 마음으로 기도합니다

하루의 첫 시간
첫 목소리로 기도합니다

세상의 문을 닫고
내 마음 문을 열고
주님께 기도할 수 있음이
참 행복합니다

새벽에

이 새벽에
빛이 찾아오면
어둠이 단번에 사라지듯이
주님의 은혜로
나의 죄를 도말하여 주소서

이 새벽에 드리는
기도로 인하여
나의 호흡인 기도를 통하여
주님의 인도하심을 받게 하소서

이 새벽에
나의 마음의 모든 죄악이
용서받아 멀리 떠나기를 원하고
생각나지 않게 사라지기를 원합니다

새벽에 눈을 뜨자마자

나의 주님!
새벽에 눈을 뜨자마자
주님의 이름을 부릅니다

주여! 새날을 주서서 감사합니다
오늘 하루도 주님께서
나의 모든 삶을 인도하여 주소서

이 시간 회개함으로
죄의 알몸이 그대로 드러나니
나의 생각과 마음에 얼기설기 드리운
나의 죄를 씻어주소서

지난 세월은 다시 돌아오지 못하니
결코 후회하지 않고 살게 하소서

우리 가족과 성도들과
목회자들을 인도하여 주소서
이 나라, 이 민족,
그리고 위정자들을 인도하여 주소서
전 세계 사람들과 교회와 성도들을 인도하여 주소서
오늘도 주님과 동행하는 삶을 살게 하소서

새벽 기도를 드리며 1

오, 주님!
아직은 어둠이 다 도망치지 못한 이른 새벽입니다
간밤에 깊이 잠들었던 모든 것들이
졸린 눈을 살짝 뜨려 하고 있습니다

지친 몸에도 단잠을 주시고
영육이 편하게 쉬게 하심으로
오늘 하루를 상쾌한 기분으로 시작합니다
하루하루 한숨과 눈물이 마르지 않고
모든 삶이 왠지 어설프고 나약하기만 하기에
주님을 더욱더 신뢰하고 의지하게 됩니다

오늘 하루도 즐거운 마음으로 일을 하며
만나는 사람들을 편안하게 대하며
사랑할 수 있는 마음을 주시기를 원합니다
이 지상에서의 삶이 허락된 것도 축복이오니
내가 살아가는 날 동안에
주님을 온전히 사랑하며 살게 하소서

하나님이 주신 특별한 구원의 은총이 있으니
당당하게 살아가게 해주소서
오늘 하루도 만나는 사람들에게
따뜻한 미소로 인사를 나누며
도움을 줄 수 있는 마음의 여유를 갖게 하소서

새벽 기도를 드리며 2

오, 주님!
지난밤은 깊이 단잠에 들었습니다
이 새벽에 주님을 만나고 싶습니다
주님이 보고 싶습니다
마음을 모아 간절히 기도를 드리오니 받아주소서

작은 일에 짜증이나 투정 부리지 않게 하시고
작은 일도 소중하게 여기게 하여 주소서
풀잎 하나, 빗방울 하나, 구름 한 점도 모두가
주님의 사랑의 손길이오니
주님의 인도하심을 받게 하소서

이 새벽에 기도할 수 있음으로
나의 삶이 은혜로 충전되고 기쁨으로 충만하오니
오늘도 주님을 사랑하는 마음으로
찬양을 부르게 하여 주시기를 원합니다

날 기억하여 찾아오신 주님을 내 안에 모시고
내 생명이 다하는 그날까지
주님을 신뢰하며 살게 하여 주소서

주님의 사랑에 눈을 뜨게 하시고
주님의 사랑 안에 거하게 하시는 주님을 사랑하오니
내 손을 잡아주시고 놓지 말아주소서

새벽 기도

태양이 떠서 밝음이 오기 위하여
그토록 어두웠던 것처럼
나의 마음도 어두웠습니다

한 날의 시작을 위하여
기도를 드립니다

두 손을 모음은
당신을 향한
이웃을 향한
가족을 향한 사랑입니다

날이 밝아오기 전에
나의 마음부터 밝게 하소서

이 아침의 기도가
형제들의 평화로 이어지도록
주님께서 함께하여 주소서

이른 새벽에

잠이 다 달아나지 않은
짙은 어둠 속에서 졸린 눈으로
주님을 바라봅니다

눈꺼풀이 무겁고
마음도 새로운 날을 맞이하기에
볼멘소리를 내고 어설프기만 합니다

이른 새벽에
주님을 바라보고 믿으며
내 입술로 주님께 기도를 드립니다

빛 되신 주님을
내 마음의 빛으로 담으려는
이른 새벽, 이 시간
주여, 나의 부족한 기도를 받아주소서

아침 기도

하루가 활짝 열렸습니다

오늘도 열정을 쏟아내어
최선을 다하여
최대의 효과를 내게 하소서

기쁘고 보람된
하루가 되기를 원하며
간절히 기도드립니다

아침에 마음을 새롭게 하여 주소서 1

오, 주님! 아침이 찾아왔습니다
하늘도 맑고 불어오는 바람도 상쾌합니다
어제는 심히 피곤하여 단잠에 푹 빠져들어
평안하게 쉼표를 찍으며 휴식했습니다

풀잎들도 이슬에 목을 축이며
아침 휴식으로 피곤을 풀게 하여 주신
주님의 인도하심에 감사드립니다

이 상쾌한 아침에 나를 깨워주시고
기도할 수 있는 시간을
허락하여 주심을 감사드립니다

오늘 하루도 동쪽 하늘에 태양이 떠올라
온 세상을 빛으로 환하게 비추는 것처럼
아침에 마음을 새롭게 하여 주시길 원합니다

낡고 더러운 옛것은 던져버리고
새로운 마음으로 새롭게 살게 하여 주소서

구원을 받아 천하를 얻은 듯 행복하오니
모든 일에 최선을 다하여
오늘 하루도 성도로서 모범적인 삶을 살게 하소서

아침에 마음을 새롭게 하여 주소서 2

오, 주님!
아침에 찬란하게 떠오르는 태양의 빛처럼
주님의 빛으로 내 마음을 인도하여 주소서
주님의 은혜와 사랑에 무한 감사를 드리오니
영원한 천국의 빛으로 인도하여 주시고
생명의 주님께서 함께하여 주소서

험난하고 가파른 삶 속에서도 언제나
길과 진리와 생명이 되시는 주님께서
구원의 길로 인도하여 주소서

푸르른 잎을 자랑하는 나무들처럼 행복하고
주님께 기도할 수 있어서 행복하고
주님께서 함께하여 주시니 행복합니다

오늘은 왠지 좋은 일이 생길 것 같아서
무슨 일이든지 할 수 있는 힘이 생깁니다
주님이 구주가 되셔서 구원해주셨으니
아침에 나의 마음을 새롭게 하소서

하루를 새롭게 시작하는 이 시간
나의 구주가 되시고 생명이 되시는 주님을 찬양합니다
주여, 나의 찬양을 받아주소서

아침의 시작

아침에 상쾌하게 일어나면
하루가 즐거워집니다

아침에 웃음으로 시작하면
하루가 행복해집니다

아침을 산뜻하게 시작하면
하루가 신바람이 납니다

아침을 기쁨으로 시작하면
하루가 튼튼하고 건강해집니다

아침을 새롭게 시작하면
하루가 의미 있게 채워집니다

아침을 기도로 시작하면
하루가 여유롭습니다

정오의 기도

하루가
한가운데로
흐르고 있습니다

오전 중에 함께하신
주님의 은혜에 감사하며
오늘 하루도
최선을 다해
더욱 알차게 열매 맺기를
기도합니다

저녁 기도

하루가 저물었습니다
주여, 감사합니다

온종일 주님이 인도하신
복된 하루였습니다

일용할 양식과 함께
열매를 맺게 하신
주님께 감사드립니다

이 밤도 편안하게 잠을 자는
쉼을 허락하여 주시고
새로운 날
새로운 믿음을
허락하실 것을 믿습니다

하루를 마치며 기도드리게 하소서

하루의 일과를 즐겁게 마치며
주님이 인도하여 주심을
감사드리게 하소서

모두 다 꿈속 여행을 떠나는 시간에도
잠시 잠깐이라도 짬을 내어
기도하게 하소서

하루 종일 일하며 힘들었던
마음의 무게와 걱정을 내려놓고
편안한 마음으로 모든 것을 맡기게 하소서

머릿속에 여러 가지 생각이 가득해도
내일은 무엇을 할 것인가 생각하기 전에
먼저 기도로 시작하게 하소서

주님이 주시는 신령한 음식과 신령한 음료,
신령한 반석에서 나오는 생수를 마시며
몸과 영혼이 맑아지게 하소서

내 안에 생명의 은혜가 충만하오니
오래오래 기억해도 좋을
아주 멋진 주님의 은혜와 사랑입니다

내 하루의 삶을 주 안에서 살게 하소서

어둠이 밝게 벗겨지는 아침이 오면
세상의 모든 것들이 숨김없이 낱낱이 드러나듯이
주님의 시선으로 바라보시면
나의 모든 것이 다 들여다보일 텐데
무엇을 가리고 무엇을 속이겠습니까

내 마음에 아픔과 죄가 있다면
뜨거운 눈물로 가슴 시리도록 회개하며
주님을 만나기를 원합니다

사람과 사람 사이에는 사랑이 있습니다
내 곁에 있는 사람들을
주님이 주시는 사랑으로 사랑하게 하소서

어둠 속을 어슬렁거리는 도둑고양이처럼
늘 삐뚤어지고 어긋난 마음으로
저주와 악독과 파멸과 고생으로
그릇되게 생각하는 버릇에서 벗어나게 하시고
어리석은 행동에서 벗어나게 하소서

저 혼자 잘난 듯 교만하거나
저 혼자 다 한 듯 오만하거나
저 혼자 대단한 듯 거만하지 않게 하시고
늘 낮고 겸손한 성도의 삶을 살게 하소서

날마다 주와 동행하게 하소서

해 떠오를 때부터 해 질 때까지
나의 호흡을 지켜주시는 주님
나의 눈이 보는 것들이 진실이게 하시고
나의 귀가 듣는 것들이 진리이게 하소서

나의 입이 말하는 것들이
주님을 증거할 수 있게 하시고
나의 발길이 닿는 곳과 행동에서
주님의 뜻을 이루게 하소서

나의 태어남부터 주의 날에 이르기까지
생명을 지켜주시고 인도하여 주시는 주님
흐르는 물에 햇살이 떠오르듯
내 마음에 주님 생각이 떠오르게 하소서

내 영혼을 사악하고 추하게 만드는
더러운 죄악에서 떠나게 하시고
시류에 따라 세속에 물들지 않게 하시고
세대를 분별하고 날마다 주와 동행하게 하소서

꿈결 속에서도 사무쳐 불러보는
나의 구주는 예수 그리스도이십니다
주님만이 나의 참기쁨,
나의 참소망, 나의 참사랑입니다

삶 속에 함께하소서

천지만물을 창조하시고 주관하시는 주님
오늘 하루가 시끌벅적하게 이어지더라도
나의 삶 속에 함께하소서

고통 속에 처박아놓는 죄로
마음이 허물어지고 괴롭더라도
주님 앞에 나와 마음이 평안을 찾게 하시고
삶 속에 함께하시는 주님을 깨닫게 하소서

죄 속에서 살 때는 갈 곳도 모르고
따라가는 삶이었지만
주님의 은총 아래 사는 것은
영원한 천국으로 떠나는 길입니다

믿음이 부족하고 나약한 나를
주님이 초대하여 주셨으니
믿음으로 진지하게 살아가며
천국으로 가는 길에 동행하게 하소서

주님의 구원의 삶을 닮기 위하여
하늘 사랑, 하늘 그리움을 갖습니다
모든 것이 주님의 사랑이며
모든 것이 주님의 은혜입니다

날마다 새롭게 하소서 1

철모르고 죄악으로 물든 세월 속에서도
날마다 주님의 은혜로 새롭게 하소서

급속도로 변화가 많은 세상에서
지난 것에 연연하여 살지 않고
옛것은 잊어버리고 늘 새롭게 하소서

독수리의 비상처럼 상승하며
믿음의 삶도 꿈과 희망으로 비상하며
주님의 은혜로 열정과 강한 자신감을 갖고
상승 기류를 타게 하소서

주님이 맡겨주신 사명을 감당하며
날마다 주님의 뜻을 이루며 살게 하소서

시들한 마음, 염치없는 마음으로 촐싹거리거나
쓸모없는 것들에 애착을 갖지 않게 하여 주시고
날마다 새롭게 하여 주소서

푸성귀처럼 일어나는 죄 된 생각을 끊고
버릴 것은 버리며 살게 하시고
날마다 새로운 믿음으로 성장하게 하사
기도의 우물에서 응답을 길어 올리게 하소서

날마다 새롭게 하소서 2

헛된 외로움 탓에 변명하고
죄악의 밭에 뒹굴며
마음을 찌부러뜨리지 않게 하시고
날마다 새롭게 하소서

지혜와 권능과 능력을 주셔서
말씀을 새롭게 깨닫게 하여 주시고
사단의 모략과 음모를 이겨내게 하소서

죄로 가득한 과거를 던져버리고
깨끗한 영혼으로 소생하게 하여 주소서
내일을 소망하고 기대하며
꿈을 갖고 꿈을 이루며 살게 하소서

늘 따뜻한 마음으로
매사를 매끈하게 이루어가며
사람들과의 관계도 따뜻하게 이루게 하시고
화끈한 열정으로 살게 하소서

주님을 찬양하며 예배하오니
내 마음의 바닥을 채워주소서

날마다 새롭게 하소서 3

날마다 새날을 맞이하니
날마다 새롭게 하소서

새 술은 새 부대에 담아야 하는 것처럼
새로운 은혜, 새로운 삶 속에서
날마다 새롭게 하소서

삶 속에서 어려운 고배를 마실 때마다
실망하거나 낙망하지 않고
하나님의 자녀답게 일어서서 기도하게 하시고
날마다 믿음으로 성장하게 하소서

늘 새롭게 하여 주셔서 나의 입술로
주님을 고백하고 구원받은 기쁨을 찬양하며
이 기쁨의 구원의 복음을
전할 수 있는 믿음을 주소서

모든 것이 주님의 은혜요 사랑이오니
주님을 믿는 그리스도인으로 살게 하소서
날마다 새롭고 진실한 가운데
설레는 마음으로 희망과 꿈을 이루어가며
하나님께 영광을 돌리는
그리스도인의 삶을 살게 하여 주소서

기도할 수 있는 믿음을 주소서 1

생가슴을 뜯고 불신하는 마음이 일어나
신뢰하지 못하고 기도할 힘을 잃고
자신이 없을 때에도 용기를 내어
기도할 수 있는 믿음을 주소서

주님께 드리는 기도가
유치한 잔꾀나 화려한 말솜씨가 아닌
진실하고 순수한 고백이 되게 하소서

주님이 보이지 않는 먼 곳에 계셔서
내 기도에 관심을 없을 거라는 미련한 생각이 들 때도
기도함으로 주님이 늘 함께하심을 느끼며
믿음의 삶을 살아가게 하소서

사망과 고생길로 들어서게 하는 사단이
우리로 하여금 주님에게서 멀리 떠나도록
불신을 만들어놓을지라도
믿음으로 물리치고 일어서게 하소서

의심과 불신이 믿음을 차갑게 식히고
마음이 술렁이도록 마구 흔들어놓더라도
쓰러지고 자빠지고 짓밟고 꺾이더라도
다시 기도할 수 있는 믿음을 주소서

기도할 수 있는 믿음을 주소서 2

삶이 헛것만 같고 쓸쓸해지는 날
아무도 보고 싶지 않고 짜증만 나고
모든 것이 야속해지고 섭섭해지는 날
기도할 수 있는 믿음을 주소서

움츠러들거나 잡된 생각에 빠지지 않고
까닭을 알 수 없는 슬픔이 찾아오는 날
기도할 수 있는 믿음을 주소서

주 예수 그리스도의 이름으로
기도함으로 확실한 응답을 받아
주님이 함께하심을 믿고
주님의 뜻 안에서 살아가게 하소서

모든 불신은 믿음이 약해질 때
마음을 지분거려 일어나는 현상이니
늘 기도하고 찬양하며 성경 말씀 속에서
주님의 음성을 듣고 진리를 깨닫게 하소서

희미한 안개 속을 스쳐 지나가듯
무심히 스쳐 지나가지 마시고
주님께서 나를 인도하여 주심으로
절대 의심하지 않게 하여 주소서

영적인 영감을 얻게 하소서

지식과 경험은 부족과 한계가 있으니
온전하고 진실한 기도를 드림으로
성령의 은혜로 영적인 영감을 얻게 하소서

우리의 모든 삶을 맡아주시고
주님이 주시는 지혜와 지식으로
삶을 온전히 살아갈 영감을 주소서

고난과 갈등과 질병과 같이
삶을 골탕 먹이는 고달픈 문제들을
지혜로운 마음으로 풀어가게 하소서

고단한 세월 자기중심적 사고에서 벗어나
주님이 주시는 지혜로
삶의 중심을 주님께 맞추게 하여 주소서

주님을 온전히 경배하게 하시고
죄가 구름같이 사라지고 슬픔이 정화되어
내 마음에 은혜가 강같이 흐르게 하소서

오늘은 기쁨의 눈물을 흘리게 하시고
예수 그리스도의 이름으로
가장 아름다운 믿음으로 소문나게 하소서

늘 기도하는 습관을 갖게 하소서 1

늘 기도하는 습관을 가지게 하시고
기도하며 주님을 닮아가게 하소서
주님께 기도할 수 있는 용기와 힘을 주소서

주님을 믿으면서도 잘못과 허물이 드러나면
마음이 엉망진창으로 짓이겨져
주님을 멀리하고 싶은 마음이 생기오니
기도를 통하여 친밀함을 갖게 하소서

예수 보혈로 씻긴 정결한 마음으로
삶의 상처들을 기도로 깨끗이 치유하게 하소서

집적거리고 귀찮게 하는 굴레를 벗고
상처를 준 사람들도 미워하기보다
사랑할 수 있는 넓은 마음을 주소서

기도를 통하여 마음을 넓게 갖고 살며
남에게 상처를 주지 않고 감싸줄 수 있고
도움이 될 수 있는 넉넉한 사랑과 믿음을 주소서

주님이 주시는 넉넉한 마음으로
믿음의 바른 궤도에 제대로 들어서서
늘 기도하는 습관을 갖게 하소서

늘 기도하는 습관을 갖게 하소서 2

기도는 영적인 호흡이며 생명줄이오니
늘 기도하는 습관을 갖게 하시고
생명의 말씀을 귀에 익혀 바르게 살게 하소서

사랑하는 사람들을 위하여 기도하게 하시고
그들과 동행하는 삶을 살 수 있도록
기도에 나의 간절함이 전달되게 하소서

죄악에서 떠돌아 마음에 상처가 있는
사람들의 고통을 덜어줄 수 있는
생동하는 믿음을 가진 그리스도인으로 살게 하소서

상처받아 기분 상한 일들을 재빠르게 잊게 하시고
캄캄하고 어두운 부분들을 밝게 하시고
늘 정겹고 따뜻한 마음으로 아낌없이 사랑하고
소중하게 여기며 살게 하소서

날마다 만나는 모든 사람들과
예수 그리스도의 복된 사랑을 나누며
하늘 소망을 전하는 여유로운 삶이 되게 하소서

주께로 나아가는 발걸음이 더디지 않고 재빠르게 하시고
나의 삶이 늘 아름다운 감동으로 넘치게 하시고
늘 가슴 벅찬 행복한 삶을 살게 하소서

기도하는 나무

하늘에 닿고만 싶은
나무는 늘 모든 손을 번쩍 들고
하늘을 향하여 기도하는 모습이다

봄에는 꽃이 피어 화창하고
가을에는 단풍이 들어 그림 그려놓은 듯
감탄하고 탄복하게 만드는
하나님이 만드신 멋진 걸작품이다

맑은 영혼 같은 수액이
나무에 피처럼 돌고 돌아
잎들을 푸르고 싱싱하게 만든다

초록 나뭇잎들이 햇빛과 이슬을 머금고
순수함의 절정을 이룬다

뿌리가 흙을 잡으면 잡을수록
기도하는 나무는 푸르고
힘차게 쑥쑥 잘도 자란다

새들의 기도

내 몸은 작지만 푸른 하늘을
마음껏 비상하며 날아갈 수 있음은
하나님의 크고 놀라우신 창조의 섭리임을 믿습니다

푸른 하늘을 높이 날면 날수록
하나님을 의지할 수밖에 없습니다
홀로는 두려움을 견딜 수 없습니다

하나님을 신뢰하며 허공을 향해
날개를 힘차게 저으며 비행을 하면
온 하늘과 온 땅이 아름답게 보입니다

나를 연단시키시고 훈련을 시키시고
작은 둥지에서부터 온 하늘을 힘차게
마음껏 날도록 인도하신 하나님을 찬양합니다

속이 훤히 보이는 하늘을 높이 날면 날수록
하나님이 가까이 계심을 느낍니다
날개를 저으며 날아오르면 참으로 행복합니다

장미의 기도

눈부신 햇살 가득한
6월에 가시투성이에서
붉게 피어나는 장미꽃입니다

골고다 언덕 위에서 가시 면류관 쓰시고
우리를 죄에서 구원하시고자
대속의 보혈을 흘리신 주님을 기억합니다

가시 사이를 뚫고 붉게 피어나는
아름다운 장미꽃을 바라보며
주님의 골고다 십자가 보혈의
구속의 사랑을 마음에 그립니다

6월 가시투성이 나무에서
붉게 피어나는 장미꽃을 보며
주님의 구속의 사랑에 감사를 드립니다

머릿속이 온통 그리움으로
가슴이 온통 그리움으로
주님의 생각으로 가득합니다

기도하는 사람

두 손을 가슴에 모으고 간절히
기도하는 사람은 무엇을 원하는 것일까
자신을 위한 것일까
이웃을 위한 것일까
가족을 위한 것일까
사랑하는 사람을 위한 것일까

그 이유가 무엇이든 하나님은
절실하게 찾고 부르짖는 자의 기도를 들어주신다

나로서는 달라질 것이 없는데
기도하면 모든 것이 달라지기 시작한다

당신은 간절히 기도한 적이 있는가
당신 자신과 가족과 이웃과 친구와
조국과 국민을 위하여 기도한 적이 있는가

당신이 진정한 그리스도인이면
이 세상 누구보다 먼저 스스로
하나님께 간절한 기도를 드려야 한다

하나님은 우리를 간절히 찾고
우리의 마음의 문을 두드리며
간절히 구하기를 기다리고 계신다

심령이 가난한 사람이 드리는 기도

오, 주여!
나의 심령이 가난하여
주님 앞에 드릴 것은 눈물뿐입니다
주님을 간절히 사모합니다

나의 삶 속에서
주님께 솔직하게 기도할 수 있어서
참으로 행복합니다

나의 삶 속에서
주님께 진심으로 기도할 수 있어서
참으로 감사합니다

나의 삶 속에서
주님께 정직하게 기도할 수 있어서
참으로 복됩니다

나의 삶 속에서
내 목숨이 허락되는 날 동안
항상 깨어서 기도하며
주님의 축복의 통로가 되게 하소서

주님을 만날 시간을 만들게 하소서

악이 치밀어 오르고 어려움이 닥쳤을 때
펄쩍 뛰거나 사단의 말에 귀 기울이지 않고
기도로 주님을 만날 시간을 먼저 갖게 하소서

주님을 온전히 영접하게 하시고
주님 안에 머물며 떠나지 않게 하소서
삶의 순간순간마다 주님을 만나게 하소서

오늘도 잠에서 쉼을 얻게 하시고
깨어나 새로운 날을 맞이하게 하신 주님
나의 삶을 피어나게 하심을 감사합니다

말씀 속에서 영적으로 훈련된 삶을 살게 하소서
전심으로 진심으로 기도할 수 있는
주님을 향한 믿음과 용기를 주셔서
입을 열어 기도로 하나씩 풀어나가게 하소서

나의 삶 속에서 주님의 뜻이 이루어지게 하시고
성령의 은혜로 기도하고 싶은
간절한 마음이 솟아나게 하소서

세상이 죄에 코가 꿰이도록 유혹하고 흔들어도
날마다 기도함으로 온전히 순종하게 하시고
기도로 나의 마음을 주님께 집중하게 하소서

두 손 모아 주님께 기도를

두 손 모아 주님께 기도를 드립니다
나약한 저에게 강하고 담대한 믿음을 주시고
간절한 소망을 이루어주시기를 기도합니다

두 손 모아 주님께 기도를 드리면서
앞으로의 삶 속에 주님께서 얼마나
놀라운 일들을 펼쳐보여 주실까 기대합니다
주님의 은혜 속에 지옥 갈 사람이
천국 갈 산 소망을 얻게 되었으니
믿음의 성도로 살게 하여 주소서

삶 속에서 갑자기 들이닥치는 시련과
어려움 속에서도 실망하지 않고
늘 웃고 살아가는 사람들이 많습니다
거짓 없고 꾸밈이 없는 마음들
모두가 주님의 일에 최선을 다하는
열정 넘치는 삶을 살게 하여 주소서

이랬다저랬다 마음이 흔들리지 않도록
두 손 모아 기도를 드리오니
앞으로 날마다 순간마다 함께하소서
주님의 은총과 사랑이 가득하기를
주님의 이름으로 기도드립니다

주여, 응답하여 주소서

나의 구주가 되시는 주님!
나의 기도에 응답하여 주소서
삶에 허락된 시간의 발소리가
나의 귓가에서 사라지기 전에 응답하소서

비바람이 몰아치고 폭풍우 치는 날에도
두려움에 한풀 꺾여 피어나지 못할 것처럼
시간이 재빠르게 흘러가오니 은혜로 채워주소서

내 마음이 죄 많고 상처가 많아 찌그러졌어도
외면하지 마시고 기도를 들어주어 소생하게 하시고
날마다 새롭게 인도하여 주소서

응답을 구하며 손을 아무리 길게 뻗어도
나의 힘으로는 하늘에 가닿을 수 없으니
주여, 속히 응답하여 주소서

때로는 말없이, 때로는 힘없는 작은 목소리로,
때로는 큰 목소리로 울부짖을 때에도
주여, 함께하여 주시고 응답하여 주소서

세월이 너무나 빠르게 흘러가오니
허무하고 무익한 삶을 살지 않고
감격하고 감동하며 살 수 있도록 응답하소서

나를 불러 기도하게 하소서

죄악에서 나를 불러 천국 백성 삼으신 주님
나의 영혼에 호흡이 필요하오니
마음을 단단히 먹고 줏대를 갖고 기도하게 하소서

나의 삶 속에서 어려움을 당할 때
무엇을 어떻게 처리해야 할지 모를 때
무엇을 어떻게 이루어나가야 할지 모를 때
생각과 마음이 방황하지 않고 제자리를 잡게 하소서

위선의 탈을 벗고 순수한 마음가짐으로 정직하게 하시고
주님의 뜻을 쓸데없이 계산적으로 헤아리지 않고
기도함으로 지혜를 얻게 하소서

나의 마음을 활짝 열어 주님의 마음과 일치되는
속마음의 기도를 드리게 하소서
나를 불러주심으로 주님을 알게 되었으니
주님의 이름으로 기도하게 하소서

외로움이 짙어갈 때마다, 그리움이 짙어갈 때마다
주 예수 이름으로 기도하게 하소서

주님을 의지하며 기도드릴 때

주님을 의지하며 기도드릴 때 내 영혼을 움직여주소서
조바심 떨고 헛다리 짚으며 어설픈 염려와 근심으로
살지 않게 하소서

주님을 향한 참뜻을 갖고 소망 가운데
모든 것을 주님께 맡기며 살게 하시고
주님의 은혜가 넘쳐 기쁨 속에 살게 하소서

육체의 소욕은 성령을 거스르고
성령은 육체를 거스르나니
아무것도 아닌데 쓸데없이 허풍 치고
헛걸음치며 살지 않게 하소서

대단한 일도 아닌데
서로 주장을 앞세우거나 대적하지 않게
겸손한 마음을 주시고
모든 일을 기도로 시작하게 하소서

잘못된 길에서 벗어나게 하시고
호들갑을 떨어대는 악독과 분노를 털어내고
모든 악한 행동과 습관에서 벗어나게 하소서

나의 영혼을 움직여 좁쌀 같은 속생각도 다 보이며
주님을 의지하며 기도드릴 때 주님의 인도를 받게 하소서

진실한 기도를 드리게 하소서

우리의 모든 기도와 간구가
그저 말솜씨와 입담이 좋은 기도가 아니라
주님의 참사랑을 체험한 성도가 드리는
진실한 기도가 되게 하소서

우리의 모든 기도와 간구가
죄로 뒤숭숭하고 뒤죽박죽한 마음을
주님께 회개하고 거듭난 성도가 드리는
참된 기도가 되게 하소서

우리의 모든 기도와 간구가
주 예수 이름으로 구원받은
하나님의 백성이 드리는
거룩하고 복된 기도가 되게 하소서

우리가 기도할 때마다 조바심치며
힘겹게 드리는 기도가 아니라
주님의 뜻을 분명하게 알고 드리는
믿음 속에 간절함이 있는 기도가 되게 하소서

기도 속에서 길을 만나게 하시고
기도 속에서 믿음을 얻게 하시고
진실한 기도 속에서 주님의 응답을 받게 하소서

기도로 마음을 고백하게 하소서 1

사랑의 주님!
기도가 얼마나 중요한지 알게 하소서
기도는 영혼의 호흡이오니
모든 일을 먼저 기도로 시작하게 하소서

주님과 교제하는 시간을 갖게 하시고
놀라운 변화와 능력이 함께하게 하시고
성령 충만을 체험하게 하여 주소서

기도가 주님의 뜻에 합당하게 하시고
육신의 욕심을 위하여 구하는 것이 아니라
그의 나라와 의를 구하게 하시고
필요에 따라 시시때때로 응답하여 주소서

주님의 십자가 보혈의 사랑을 깨닫게 하시고
죄에서 구원하심을 감사하게 하소서
항상 기도할 때마다 솔직히 고백을 드리며
진실한 마음으로 기도하게 하소서

예수 이름으로 드리는 기도를 통하여
살아서 역사하시는 하나님의 말씀을 통하여
하나님 아버지의 뜻을 알려주시고
삶이 끝나는 날까지 언제나 인도하여 주소서

기도로 마음을 고백하게 하소서 2

오, 주님! 기도로 마음을 고백하게 하소서
기도는 내 입술로 시작하지만
나의 중심을 움직여주시기를 원합니다

어떤 상처와 깊은 서러움과 고통과 절망에도
하나님의 긍휼하신 사랑의 응답을 주심을
예수 이름으로 감사하게 하소서

성격이 모나거나 우툴두툴하지 않게 하시고
사랑하는 마음으로 눈물겹도록 진솔하고
다정다감하게 살게 하여 주소서

인간미와 정을 가지고 함께 살아가며
정직하고 따뜻하고 겸손하게 살아가게 하소서
기도는 성도의 삶의 기본이오니
하늘을 향하여 마음이 하나가 되게 하소서

순수한 믿음으로 기도를 멈추지 않고
주님처럼 습관으로 기도하게 하시고
늘 주님과 동행하는 삶이 되게 하소서

기도 속에서 믿음과 신앙을 고백하며
삶 속에서 용기와 위로와 은혜를 주시는
주님을 믿고 따르는 성도가 되게 하소서

우리가 기도함으로 행하게 하소서

우리가 기도할 때 성령의 인도하심으로
주님의 마음을 감동시키고
사람들의 마음을 감동시킬 수 있게 하소서

주님의 이름을 드러내고
주님의 이름을 담대하게 전하는
모범적인 성도의 삶을 살게 하소서

우리의 진실한 기도가 하나님의 뜻과 일치함으로
이른 비와 늦은 비와 같은 성령 충만을 받아
변화된 그리스도인의 삶을 살게 하소서

우리가 솔직하게 기도함으로
잘못되어 서먹서먹하지 않게 하시고
그릇된 생각이 바뀌게 하소서

우리의 기도가 느슨한 기도가 아니라
간절하고 절박하여 뜨겁고 끈질기게 기도함으로
응답받는 성도의 삶을 살게 하소서

기도함으로 구원의 확신을 얻게 하시고
믿음으로 바로 서서 하나님의 자녀답게,
하늘나라 백성답게, 거룩한 성도답게
하늘을 소망하며 살게 하여 주소서

홀로 기도할 때

주님 앞에 홀로 기도할 때면
험한 시련 속에서 추하고 더럽혀졌던 마음이
씻기고 거짓이 사라집니다

사람들과 함께 기도할 때면
기도 잘하는 것처럼 보이려고
외식과 위선의 목소리가 있었습니다

주님 앞에 홀로 있을 때마다
솔직한 고백으로 시원하고 깨끗하게
마음 구석구석 먼지를 털어내게 하소서

삶의 전부에서, 영혼의 전부에서
거짓으로 꾸며놓은 죄의 허물을 드러내어
모두 용서받았음을 감사드립니다

주님이 홀로 세상 죄를 지시고
몸소 골고다 십자가에 달리셨듯이
홀로 기도할 때마다 주님이 함께하소서

나를 부인하고 나의 십자가를 지고
주님과 함께 십자가에 못 박힙니다
주님과 함께 영원을 살게 하소서

산에서 드리는 기도

깊고 깊은 산에서 기도를 드립니다
홀로 기도하는 시간을 가질 수 있다는 것은
얼마나 놀라운 축복입니까

외로움 속에서도 기도를 드리게 하여 주소서
평생 목마른 사슴처럼 주님을 사모하며
기도하게 하여 주소서

긴긴밤 모든 것을 뒤로하고 이곳에 있으니
하늘과 숲이 더욱 아름답고
주님과 가까워짐을 느낍니다

공기가 맑아 가슴이 탁 터지니
청결한 마음으로 기도하면
내가 사는 도시에서 드리는 기도보다
하나님이 더 잘 들어주실 것만 같습니다

한밤에 어둠 속에서
마음의 불을 켜고 두 손을 꼭 모으면
가슴 벅차게 주님의 사랑을 느낍니다
이 밤 끝끝내 기도의 줄을 놓지 않고
응답을 받게 하여 주소서

어둠 속에서

어둠이 짙을수록
나의 눈은 빛을 원하고
어둠 속에서
내 마음은 사랑을 원합니다

당신조차 외로워
절망해야 했던 이 땅에서
원하고 받고자 할 사랑이 있다면
주님뿐이기에 이 밤 어둠에
세상 불빛도 버린 채 찾아왔습니다

당신도 우리의 죄로 울어야 했던 이 땅에서
울고 있는 나를 인도하소서

나의 주 나의 목자이신 주여
당신의 인도가 필요한
양이 여기에 있습니다

오늘은 동행하여 주소서

솔가지를 때리는 바람에
살이 에일 듯 가슴이 싸늘한데
얼어붙은 바위에
무릎 꿇고 별빛을 바라봅니다

이제는 귀 시리고 가슴 시리고
모은 손조차 얼어와
온몸이 식어가고 있습니다

오늘도 이곳에 이대로 두시렵니까
외치는 소리에 메아리도 없이
오늘도 이대로 보내시렵니까

어느 때까지입니까
어느 때까지입니까
기다리고만 있기엔
세월이 너무도 빠릅니다

나의 손 잡아주시고 응답하소서
오늘은 주님의 음성이 듣고 싶습니다

새벽이 오기 전에

모두 검은빛
어둠뿐
내 모습조차 검습니다

이 시간 내 마음이 꺾이어
붉은 피로 꽃피고
기도는 하나의 불씨가 되어
하늘을 올라갑니다

어둠 속에 감추어져야 할 허물이
이토록 드러나는 이유는 무엇입니까

밤새도록 나의 죄를 깨닫게 하시는 주여
나의 죄를 고백합니다

새벽이 오기 전에 용서하소서
밝은 세상에 나의 모습을 더욱 밝게 보이시어
모든 이들이 그리스도인임을 알게 하소서

당신의 사랑 붉은 피로 꽃피어
주의 향기로 나타내소서
나 주의 편지로 읽혀지기를 원합니다

바위틈에서

별빛이 너무도 뚜렷합니다
모든 것이 어둠에 갇히는 시간
빛나는 저 수많은 별들
주님도 새벽별이라고 하지 않으셨습니까

지금 이 시간 바위 위에서
이 세상 아무도 들어주지 않고
주님만이 들어주실 간구를 합니다

가뭄으로 물 흐르는 소리조차 끊어진 지금
내 마음도 갈하여 타오릅니다
주여, 은혜의 단비를 이른 비와 늦은 비로
허락하사 생명이 움트게 하소서

당신의 일을 나 홀로 이루어갈 수 없으니
갈 길을 인도하소서
이제는 벌레들조차 잠들어
고요함이 너무도 짙게 깔려 있습니다

주님만 내 가까이 계신다면
이 어둠이 두렵지 않습니다
주님은 나의 빛이시기에
어둠은 문고리를 놓고 달아날 것입니다

하늘을 향하여

주여!
어둠에 갇힌 것은 나였습니다
짙은 어둠에 한줄기 빛으로 인도하시는 주여
주님의 길을 가고자 합니다

기도를 하려고 계곡을 지나 숲을 지나
돌아온 이 산 바위처럼
살아감도 언제나 비탈에 서서
홀로 된 자신을 던지려 해도 던질 곳 없어
이렇게 두 손을 묶고 두 발을 꺾고
눈물로 기도를 드릴 뿐입니다

닫힌 창을 열어도 답답함을 어찌할 수 없어
이제는 하늘을 향하여 기도의 문을 열고자 합니다
두 팔을 벌려 영광을 올립니다
수렁에서 건져주시고 앞서가시는 주여

나의 길을 반석 위로 열어주시고
나의 걸음을 인도하시니
나의 마음이 빛으로 밝아집니다

오늘은

두 손 열 손가락을 하늘로 뻗고
마른 입술만 달싹거립니다

오늘은 기도할 힘도 없습니다
오늘은 외칠 용기도 없습니다
힘 잃은 양은 이렇게 주저앉아
주님의 은혜를 기다립니다

욕심 많은 사람들이 사는 세상에서
욕심 없기를 원하기란 괴로움뿐이고
질투 많은 사람들이 사는 세상에서
사랑하기를 원하기란 눈물뿐이지만

주여, 여기 이곳에
주님의 자녀가 된 어린 양이 있습니다

나의 얼굴에 부끄러움이

어둠 속 바위들이
짐승처럼 버티고 선 산속에
웅크리고 있는 나는 너무도 작습니다

나의 얼굴에 부끄러움이 있고
죄악이 있기에 주님을 부르고 있습니다

넓은 하늘 아래 작아지면 작아질수록
마음이 편한 이유는 무엇입니까

작아지면 작아질수록 나의 힘은 미약하나
주님은 그만큼 위대하게 다가옵니다
두려운 어둠 속에서도
마음이 평안 속에 있는 것은
주님이 나를 지켜주시기 때문입니다

하늘 사랑

모아지는 손
꿇어앉은 무릎
웅크린 나를 덮고
자꾸만 넓어져가는
하늘 사랑

내 마음의 문

찬양할 때마다
하늘 문을 여시고 응답하시는 주여

주여, 날 사랑하시니
주여, 이 밤에도 기도할 수밖에 없습니다

오, 주여!
이 땅에 단 한 분뿐이신 주님이
나를 기억하여 주시고
구원하여 주시고 인도하여 주십니다

오늘도 주님의 품 안에 있음을 감사드리며
주님의 뜻을 알고자 기도합니다

내 마음 문을 여시고
주님의 은혜로 채워주소서

내 마음 문을 여시고
주의 성령으로 채워주소서

숭고한 믿음

깊은 밤
산중에 고독하게 홀로 남아
나의 모든 것을 위해 기도한다

밤하늘의 별보다
더 반짝이는 눈으로
보이지 않는 너를 위해 기도한다

산 아래 내려다보이는
휘황찬란한 도시의 불빛
불의 혀와 같은
유혹으로 질주하는 도시

어둠 속에서 더욱 빛나는 것은
오오, 나의 마음의 숭고한 믿음이여

이 밤 산중에 고독한 기도자의
마음에 기쁨이 넘치는 것은
오오, 나의 마음의 숭고한 믿음이어라

나 여기 있습니다

나 여기 있습니다, 주여!
저 수많은 사람들 속에 살아가고 있는
나를 아시나요
저 수많은 기도 속에서 나의 기도를
듣고 계시나요

나 여기 있습니다, 주여!
주님이 사랑을 원하는데
너무나 초라한 모습으로 서 있는 나를 아시나요

저 수많은 사람들이 그토록
생동감이 넘치게 살아가는데
그 속에서 실패만 하는 나를 아시나요

나 여기 있습니다, 주여!
시련과 절망을 거듭하여도
주님의 구원만을 원하는 모순투성이가
여기에 있습니다

나 여기 있습니다, 주여!
이토록 주님이 사랑해주심을 알기에
쓰러지기만 하는 제가 주님 앞에 울고 있습니다
주여, 나 여기 있습니다

두 손 모으면

두 손 모으면
하늘이 열리고

마음이 열리면
사랑이 열린다

두 손 모으면
주님이 인도하시고

마음을 열면
주님이 응답하신다

까만 밤

까만 밤
하늘의 별
아기의 눈처럼 반짝거리고

까만 밤
산속에서 기도하는 마음은
새롭게 빛나는
세상의 빛이 되도다

이토록 애타게
이 산중에서 기도하는 마음을
주님께서 모르실 리 있으랴

나의 구주 예수여!

아침이 오기까지

어둠을 하나하나 거두어가며
바위 위에서 가슴 소리를 냅니다

주님이여!
이 밤에 당신의 기도가
얼마나 외로웠던가를 아나이다

세상의 불빛은 타오르는데
기도 등잔을 밝히며 주님을 기다립니다

이 아픔의 소리가
내일은 양 떼들에게 기쁨이 된다면
이슬도 비바람도
이 몸을 스쳐갈 뿐입니다

아침이 오기까지 나의 목은 말라도
영혼은 은혜로 넘치나이다
주님의 모습을 닮고자 새벽을 기다립니다

밤 기도

칠흑 같은 어둠은 고요하고
거리의 발소리도 사라진 한밤중
홀로 깨어나 외롭게 기도합니다

오늘은 밤이 새도록
애끓는 마음으로 기도하며
주님의 응답을 받고 싶습니다

오늘은 밤이 새도록
속 보이는 마음으로 기도하며
주님의 말씀을 듣고 싶습니다

주님의 거룩함으로
새사람이 되게 하시고
내 영혼의 갈급함을 채워주소서

한밤중에

캄캄한 밤
고요하게 흐르는
달빛 아래서 기도를 드립니다

어둠이 나를 가두었지만
별들은 총총하게 눈빛을 밝히니
기도로 하늘 문을 열고 싶습니다

어둠 속에서 기도드립니다
아무것도 드릴 것 없고
초라하고 부끄럽고 나약한
나를 기억하여 주소서

복음의 빛 가운데로 인도하시고
나의 영혼을 새롭게 하소서

잠 못 이루는 밤 1

신경이 날카롭게 곤두서서 잠 못 이루는 밤
심한 편두통이 이마를 부리로 쪼아대듯 극심한데
이런 나를 위하여 주님은 졸지도 않고
하늘 보좌 우편에 앉아서 기도하십니다

밤이 저물어 어두워져가는 시간에도
기도하는 시간을 갖게 하소서
적막하고 인적이 없는 시간에도 기도드리며
사랑하는 나의 주님을 만나게 하소서

한밤중에도 불안한 마음으로 초조하게
잠 못 이룬다고 불평하지 말고
단잠을 주시는 주의 은혜에 감사하게 하소서

헛된 꿈에 시달리지 않게 하시고
불면으로 심신이 지치고 고달플 때도
주님을 의지하며 마음의 평안 속에
쉼을 얻어 잠들게 하여 주소서

세월의 슬픔에 낀 고독의 곰팡이를 씻어주시고
깊은 밤 온갖 잡념이 찾아와도
마음이 평안해지도록 쓰다듬어주시고
구원받은 사랑에 평안히 잠들게 하소서

잠 못 이루는 밤 2

오, 주님!
잠 못 이루는 밤에도 기도하게 하소서

빛을 찾아가는 찬송이 터져나와
눈물이 사라지고 웃음이 많아지게 하시고
깊은 밤 주님께 감사드림으로
뼛속으로 스며든 슬픔의 응혈도 풀리게 하소서

주님이 누구보다 나의 속마음을 잘 알고 계시니
쓸데없는 걱정과 근심 속에 살지 않게 하소서
잠이 몰려올 때도 아주 짧은 기도로
모든 것을 주님께 의탁하며 잠에 빠져듭니다

이 밤도 참평안을 주시고
지켜주시고 보호해주심을 감사하며
하루 피곤을 잠으로 풀게 하소서

내일은 하나님이 어떤 일을 이루어주실까
기대하고 설레는 마음으로 기분 좋게 잠들게 하소서
주님의 인도하심에 감사를 드립니다

아침 산책을 하며

이른 아침에 잔잔한 호수를 바라보며
천천히 산책을 하면 마음이 편해지고 행복합니다
천천히 걸으며 생각에 잠기고 자연을 느낍니다

천지만물을 창조하신 하나님께 감사를 드립니다
이 아름다운 자연을 허락하여 주시고
삶에 초대하여 주신 은혜를 찬양합니다

호수의 잔잔한 물결을 보며 산책하면
몸도 건강하고 마음도 건강해집니다
마음이 건강해야 무엇이든지
할 수 있는 힘이 생깁니다

산책을 하며 기도를 하는 것도 행복합니다
봄기운이 가득해 봄을 알리는 나무들의
연초록빛이 가슴에 스며듭니다
봄에만 느끼는 행복입니다

아침에 호수공원을 한 바퀴 걸으며
오늘 하루도 행복한 마음으로
힘차게 살아가기를 다짐해봅니다
이 땅의 삶을 허락하신 거룩하신 하나님께
영광과 찬양을 드립니다

예배 전에

주님!
예배 전에
나의 마음을 열어주소서

나의 마음을 모아
거룩하게 예배를 드리게 하소서

꽃을 찾는 꿀벌 같은 마음으로
주님만 바라보게 하소서

온 영혼이 주님을 향하는
시간이 되게 하소서

아멘!

예배드리는 마음

주님!

이 시간만큼은
가장 진실하게 하소서

이 시간만큼은
가장 솔직하게 하소서

이 시간만큼은
가장 정직하게 하소서

이 시간만큼은
가장 겸손하게 하소서

이 시간만큼은
마음의 문을 활짝 열게 하소서

이 시간만큼은
나의 모든 것을 드리게 하소서

예배를 드리며

따스한 봄 햇살이
가슴까지 따뜻하게 비추던 날
주님이 나와 함께하심을 알고
나는 참으로 놀라고 감동했습니다

골고다 십자가 구속의 그 놀라운 사랑을
내가 받아 새롭게 변화됨을 알고
참으로 감사해 기도를 드렸습니다

봄바람이 제대로 돋지 않는 작은 잎 사이를 흔들어
새싹이 힘 있게 흙을 뚫고 세상을 향하여 나왔을 때
주님이 나와 함께하심을 믿고 감격했습니다

골고다에 세워진 주님의 십자가 보혈의 피로
연약하고 초라하고 부족한 나의 모든 죄를
깨끗이 씻어주시고 용서하여 주시고
새롭게 거듭나게 하심을 찬양드립니다

예배드린 후에 1

주님!
예배드린 후에도
나를 사랑하여 주소서
나를 인도하여 주소서
나를 축복하여 주소서
나의 삶에 동행하여 주소서

열심히 일하는 개미 같은
마음으로 땀 흘려 살게 하소서

주님을 찬양하고 경배하는
성도의 마음으로 살게 하소서

날마다 복음을 전하게 하소서
날마다 사랑을 나타내게 하소서
아멘!

예배드린 후에 2

초라하고 나약하고 무지몽매한 나를
구원하사 주님께 예배드리게 하소서

주님의 사랑에 풍덩 빠져서
주님의 거룩하신 성품을 닮아가고
주님과 가족과 이웃을 사랑하게 하소서

주님께 순종하며
어려운 이들에게 봉사하게 하시고
사랑하며 나누며 다가가게 하소서

봉사하는 이들을 사랑하여 주시고
예배드린 후의 삶이 날마다
아름다운 예배가 되게 하소서

주의 피로 씻긴 성도의 삶이
주님 보시기에 흡족하게 하시고
삶이 예배가 되는 성도가 되게 하소서

주여, 나의 기도를 들어주소서 1

사랑하는 주님!
나에게 희망 한 가닥 있는 것은
주님께 기도할 수 있는 것입니다

주님이 보고 싶고 그리워지오니
나의 마음을, 나의 중심을 아시오니
간절하고 애통한 나의 기도를 들어주소서

작은 목소리로 속 태우는 가운데
온전히 주님을 믿고 신뢰하며
애달프고 간절하게 기도를 드립니다

나의 기도가 얼마만큼 길이가 되어야
주님 앞에 상달될 수 있습니까
나의 삶의 모습이 어떻게 되어야
주님이 기뻐하시겠습니까

정말 단순하게 진솔한 마음으로 기도하면
부족하고 안타까운 마음으로 기도를 드려도
주님께서 응답해주시겠습니까

주여, 나의 기도를 들어주소서 2

사랑의 주님!
기도할 때마다 성숙해가는 믿음을 보며
주님께 감사를 드립니다

허망한 꿈을 찾아다니다 울지 않게 하시고
영적인 배고픔을 알게 하사
기도할 수 있는 믿음을 주소서

기도할 때마다 더욱 의지하고 싶은
주님께 감사를 드립니다
기도할 때마다 응답해주시는
주님의 은혜를 감사드립니다

나의 모든 것이 주님께로 왔으니
늘 신실한 마음으로 굳센 믿음으로
하나님의 자녀답게 살게 하소서

나의 마음을 먼저 아시고
기도를 들어주시고 응답해주심을 믿고
묵묵히 인내하며 기다리고 있습니다

주여, 나의 모든 형편과 처지를 아시오니
나의 기도를 속히 들어주시고
응답해주시고 나를 인도해주소서

주여, 나의 기도를 들어주소서 3

비극이 일어나고 절망이 찾아오고
참극도 벌어지는 삶 속에서
내 마음을 털어놓고 산산조각이 난
그대로 기도해도 되겠습니까

침침한 눈으로, 생기 없는 눈빛으로
나의 연약하고 부족함을 그대로 드러내어
주님께 진실하게 드려도 되겠습니까

늘 부족하고 연약하여 주님께 드린 것 없어
주님의 이름을 부를 면목도 없고
무슨 말로 기도를 드려도 부족할 뿐입니다

작은 시냇물이 모여서 큰 강물을 이루듯이
작은 기도가 모여서 큰 응답이 되게 하시고
작은 사랑이 모여서 큰 사랑이 되게 하소서

나의 간곡한 기도를 들어주소서
강하고 담대한 믿음의 자부심을 갖고
세상과 맞설 수 있는 힘과 용기를 주소서

믿음의 장부가 되어 주님이 원하시는
성도의 삶을 살고 제자의 삶을 살아
주님의 뜻을 이루게 하소서

근심과 두려움을 기도로 바꾸게 하소서

죄악에서 헤매며 부아가 나고
곤경 속에서 설움이 터질 때라도
길이 될 수 없는 바다에서도
살길을 열어주시는 주님

우리에게도 구원의 길을 만들어주사
생명의 길을 활짝 열어주시고
하늘 사랑과 산 소망을 주심을 감사드립니다

주님의 무한하신 능력으로
죄악이 박살 나고 두려움이 요절나며
속박에서 벗어나 소망 중에
하나님을 바라는 믿음을 주시기를 원합니다

가장 비참하고 암울한 순간
화가 치밀고 울화가 치솟아도
주님을 바라볼 수 있는 믿음 속에서
힘내어 전진하게 하소서

우리의 근심과 두려움을
간절한 기도로 바꾸게 하사
응답을 받아 앞길이 트이고
모든 일들에 감사가 넘치게 하소서

항상 기도하게 하소서 1

오, 주님!
기도할 수 있는 용기와 힘을 주소서

주님을 믿으면서도 잘못과 허물이 드러나면
두려워 멀리 떠나고 싶은 생각이 나니
굳세고 견고한 믿음으로 살게 하소서

주님의 이름으로 드리는 기도를 통하여
주님과 친밀함을 갖게 하시고
늘 깨어서 기도하게 하소서

살면서 받은 상처들을 기도로 치유하게 하시고
상처를 준 사람들을 미워하기보다
깊이 사랑할 수 있는 마음을 갖게 하여 주소서

비겁하고 치졸하고 옹졸하고 치우치고
삐뚤어진 마음으로 미워하거나
함부로 헐뜯거나 비웃지 않게 하소서

기도를 통하여 마음을 넓게 갖게 하시고
남에게 상처를 주지 않고 도움이 되는
넉넉한 마음을 갖게 하시고
사람들에게 늘 필요한 사람이 되게 하소서

항상 기도하게 하소서 2

오, 주님!
삶 속에서 항상 기도하게 하소서

사랑하는 사람들을 위하여
이 어려움을 극복하게 도와주소서

그들을 위하여 항상 도고의 기도를 드릴 수 있게
여유롭고 넉넉한 마음을 갖게 하여 주시고
기도 속에 늘 함께할 수 있는 마음을 주소서

가슴이 시리고 상처가 있는 사람들의
괴로움과 고통을 덜어줄 수 있는
믿음이 있는 그리스도인이 되게 하여 주시고
하나님의 축복으로 행복하게 살게 하소서

문제가 생기거나 위기가 발생하거나,
어려움에 처하거나 처지가 곤란할 때만
기도하지 않고 항상 기도하게 하소서

말씀 속에 구원에 이르는 지혜가 있게 하시고
나 자신을 드릴 수 있는 믿음을 주시고
항상 최상의 것을 드리게 하소서
주의 나라와 그 의를 먼저 구하게 하소서

항상 기도하게 하소서 3

오, 주님!
삶 속에서 늘 깨어서 기도하게 하소서

기분 나쁜 일들은 재빠르게 잊어버리고
영적인 믿음을 회복하게 하소서

어두운 것들을 밝게 하시고
정겨운 마음으로 아낌없이 사랑하고
소중하게 여기며 살게 하시고
만나면 함께해주고 떠나도 기억해주고
평안을 주는 사람이 되게 하소서

날마다 만나는 사람들에게
사랑을 나누고 소망을 줄 수 있는
여유로운 삶이 되게 하소서

나의 삶의 매 순간이 늘 아름다운 추억이 되어
주변 사람들과 행복한 삶을 살게 하소서

기도가 부족하여 믿음이 약해지오니
믿음으로 기도하여 성령 충만하게 하소서

늘 기도하며 살게 하소서 1

사랑의 주님!
어둠이 도망치듯 달아나는 새벽
하루를 시작하기 전에
제일 먼저 주님께 기도를 하게 하소서

주님이 나를 아시고 인도하여 주시고
나의 기도를 들어주신다니
이 얼마나 감사하고 놀라운 일입니까

아침에 기도를 드리며
나를 두근거리게 하시고 일깨워주시는
생명의 말씀을 듣고 싶습니다
기도할 때마다 내 영혼을 새롭게 하여 주시는
주님께 무한 감사를 드립니다

가장 고요한 시간에 기도를 하면
막막하던 삶에도 희망이 감돌고
비 개인 청명한 하늘처럼 내 마음도 밝아지고
주님을 만난 듯 행복해집니다

주님께서 악한 세대에서 구원하여 주시고
갓 익어가는 믿음을 가진 나에게 힘을 주심은
주님의 뜻을 이루기 위함이시니
주님의 뜻대로 사용하여 주소서

늘 기도하며 살게 하소서 2

하나님께 늘 기도하며 살기를 원합니다
기도하는 중에 주님이 들려주시는
생명의 하늘 소리를 듣게 하소서

은혜의 우물에서 믿음의 두레박으로
응답을 길어 담아 올리게 하여 주소서
늘 기도함으로 응답받으며
반석 위에 세운 강한 믿음으로
날마다 구원의 기쁨을 체험하게 하소서

기도할 때마다 찬양할 때마다
주 예수 이름을 부르게 하시고
주님의 은혜와 사랑으로 행복하게 하시고
기도한 후에 하늘의 응답이 있을 때
믿음이 더욱더 성숙하게 하소서

성경은 하나님이 가까이 다가오시는 길이니
생명의 말씀을 믿고 예수 그 이름으로 기도함으로
하나님 제일주의로 살아가게 하소서

날마다 더욱더 주님을 믿고
확신이 있는 기도를 드리게 하시고
주님의 이름으로 항상 행복하게 하소서

나의 기도에 응답하여 주소서 1

하나님! 나의 기도를 들으시고 응답하여 주소서
푸른 하늘을 아무리 바라보아도
하나님을 볼 수가 없는데
기도의 응답까지 없으면 어찌해야 합니까

나의 부족함을 아오니 믿음이 나약하더라도
기도에 응답하여 주시기를 원합니다
나의 삶 속에서 주님의 응답을 원합니다

기도할 때마다 가장 선하고 좋은 것으로
응답하시는 주님께 추호도 의심 없이
온전한 믿음으로 기도하게 하여 주소서

죄악이 슬픔과 고통을 만들어놓으니
기도할 때마다 언제나 응답받음을 확신하며
신앙생활을 굳건히 하게 주소서

행함으로 하나님의 섭리를 알게 하시고
기도를 통하여 하나님과 교통하게 하시고
말씀을 통하여 하나님의 뜻을 이루게 하소서

내 마음속에서 뽑아올린
간절한 기도에 속한 응답을 통하여
살아 계신 하나님을 체험하게 하소서

나의 기도에 응답하여 주소서 2

홀로 외롭고 따분하고 쓸쓸한 시간
주여, 가슴이 저리도록 안타깝게 간구하오니
나의 기도에 응답하여 주소서

인간의 나약함에 응답이 조금이라도 늦어지면
조바심으로 입술이 마르고 애간장이 타지만
끝까지 믿고 기도함으로 응답받는 삶을 살게 하소서

전지전능하신 하나님이 기도를 들으시고
응답하시고 축복하여 주심을 믿습니다

가슴이 조마조마하여 걱정이 되고 안타까울 때
하늘을 향한 나의 간절한 간구에
귀를 기울여주시고 응답하소서

기도의 응답을 통하여 나의 믿음이 성장하고
강한 믿음으로 복음을 전하게 하소서
나의 기도에 응답하시는
하나님을 믿고 합당한 삶을 살게 하소서

생활 속에서 주님을 나타내는
성도의 삶을 살게 하시고
세상의 빛과 소금의 역할을 다하게 하소서

나를 불러주심으로

나를 불러주심으로 천국 백성이 되게 하신 주님
나의 영혼에 호흡이 필요하오니 기도하게 하소서
나의 삶 속에서 어려움을 당할 때
무엇을 어떻게 처리해야 할지 분간을 못 할 때
기도함으로 지혜를 얻게 하소서

아쉬운 마음으로 살지 않고 꽉 찬 믿음으로 살게 하시고
무덤덤하게 살지 않고 즐겁게 살게 하소서
숨을 헐떡거리며 바쁜 척 살지 않고
나의 마음을 활짝 열고
주님의 마음과 일치되는 기도를 드리게 하소서

주님을 의지하여 기도를 드릴 때
우리의 영혼을 움직여주시고
쓸데없는 고민과 염려가 다 사라지게 하시고
주님을 소망하며 모든 것을 맡기며 살게 하소서

나의 잠재의식 속에서도 주님을 찾게 하시고
모든 삶을 기도로 시작하게 하시고
어리석고 잘못된 길에서 벗어나게 하시고
나의 영혼을 움직여 기도를 통하여
주님의 인도를 받게 하소서

주님의 뜻에 합당한 기도를 하게 하소서

달라고만 하고 욕심만 부리는 기도가 아니라
진정으로 주님의 뜻에 합당한 기도가 되게 하소서

감사와 도고의 기도를 통하여
주님의 뜻에 합당한 기도를 하게 하사
허기진 마음의 갈증과 목마름을 해갈해주는
생명수를 주시기를 원합니다

늘 서투른 형식과 방법으로
진심 어린 마음 없이 형식적으로
모양새만 있는 기도를 드리지 않게 하소서

나의 삶이 조롱거리가 되지 않게 하시고
나의 삶이 웃음거리가 되지 않게 하시고
나의 삶이 손가락질 당하지 않게 하소서

온 마음으로 전심으로 기도를 드리게 하사
절박한 나의 기도가 주님의 뜻에 합당하게 하시고
믿음이 산산이 흩어지지 않게 하소서

나의 기도가 주님이 원하시는
예수 이름으로 산 소망 속에 드리는
기도가 되어 주님의 응답을 받게 하소서

다른 사람을 위하여 기도하게 하소서

나만을 위하여 기도하려는
사사로운 감정과 욕심에 이끌리어
심령을 더럽히지 않게 하시고
죄의 무거운 짐을 내려놓고
주 앞으로 나아가게 하여 주소서

하나님을 입으로 시인하고 순종함으로
다른 사람을 위하여 기도하게 하시고
주님의 손길을 더 깊게 체험하게 하소서

병자들을 위하여, 고아와 과부들을 위하여,
소외되고 버림받은 자들을 위하여,
불신자들을 위하여 기도하게 하소서
복음 사역자들을 위하여, 선교사들을 위하여,
위정자들과 지도자를 위하여,
세계 모든 나라를 위하여 기도하게 하소서

죄악의 바람에 믿음의 그물망이 찢어지거나
나약해지지 않게 하여 주시고
나의 믿음이 말씀의 바른 교훈에 합당하게 하소서

주님께 크게 외쳐 기도함으로
놀라운 기도의 응답을 체험하며
기쁨으로 더 큰 영광을 하나님께 돌리게 하소서

잠이 오지 않을 때 드리는 기도

행복한 마음에 잠들지 못할 때도 있지만
대부분은 번민하거나 화가 나거나
낯선 곳에서 고독할 때 깊이 잠들지 못합니다

잠을 청하면 청할수록 정신이 맑아지고
눈은 더 또렷해지고 분명해져서
온갖 잡생각이 필름처럼 계속 돌아갈 때 짓는
모든 죄를 용서하여 주옵소서

사랑하는 이에게 단잠을 주시는 주님
언제나 주님의 손길 아래
평안하게 잠이 들고 깨어나게 하소서

허파에 바람이 허풍선마냥 잔뜩 들어
쓸데없는 착각에 빠지지 않게 하소서
미소를 잃고 무미건조하게 살지 않고
복음의 기쁨 속에 살게 하소서

단 한 번이라도 꿈속에서라도
주님을 만날 수 있는 은혜를 주옵소서
이 세상 수많은 사람들 속에서
나를 구속해주시고 사랑해주시는 주님을
가슴 깊이 생각하며 동행하는 마음으로 살게 하소서

어려운 사람들을 위한 기도

오, 주여!
어두운 골목에 짙고 무거운 어둠만큼이나
삶이 고달프고 어려운 사람들이 살아갑니다

복잡한 골목에는 복잡한 만큼이나
삶이 어렵고 고통스럽고 복잡한 사람들이
거꾸로 매달려 시달리며 살아갑니다

막다른 골목에는 그 막막한 만큼이나
한없이 고민하며 어깨가 축 늘어진
힘겨운 사람들이 살아갑니다

시끄러운 골목에는 그 수많은 소리만큼이나
갖가지 애달프고 슬프고 기구한
사연을 가진 사람들이 발을 동동 구르며
고통스럽게 살아가고 있습니다

시시때때로 욕심이 스멀스멀 살아나서
함부로 말하며 남을 비웃고 빈정대지 않게 하시고
야만적으로 몸부림치지 않게 하소서

우리의 마음의 골목에서 주님을 만나게 하소서
골목 안 사람들의 마음을 헤아려주소서
저들의 삶을 인도하여 주소서

사랑하는 사람을 위한 기도

죄악 속에서 어둡고 쓸모없는
삶을 살던 내가 주님의 은혜로
기도해줄 사람 있다는 것은 참으로 행복합니다

내 마음이 불탄 숲같이 파괴되지 않게 하시고
사랑하는 사람들을 위하여 마음을 모아
간절히 기도하오니 응답하여 주소서

파렴치하고 우스꽝스럽게 살아 사람들에게
웃음거리와 조롱거리가 되지 않게 하시고
죄악으로 생명을 잃지 않게 하소서

죄악으로 인해 결핍과 상실을 당한 사람들
그들의 믿음과 삶에 축복하여 주시고
날마다 인도하여 주시기를 원합니다

사랑하는 이들이 시험에 들지 않게 하시고
모진 바람과 심한 폭풍 속에서
어떤 시련과 고통도 이겨내게 하소서

날마다 치열한 삶에서 이기게 하시고
구원하여 주시고 믿음을 주시고 사랑을 주셔서
찬란한 열매로 익어갈 수 있도록
참평안 속에 축복하여 주시기를 원합니다

타인을 위하여 기도하게 하소서 1

나를 위하여 그들이 구원받기 원하며
나의 가족을 위하여 그들이 행복하기 원하며
항상 진심으로 기도하게 하소서

타인을 위하여, 남을 위하여, 이웃을 위하여,
그들의 형편과 처지를 잘 알지 못하더라도
미세한 떨림 속에 주님께 의탁하며 기도하게 하소서

간구와 도고의 기도를 통하여
그들의 삶에 변화가 있을 때
그들의 삶에 응답이 있을 때
그들의 삶이 행복해질 때
기쁨이 얼마나 큰지 체험하게 하소서

나의 기도의 지경이 넓어지게 하시고
나의 믿음의 지경이 넓어지게 하시고
나의 사랑의 지경이 넓어지게 하소서

내 이웃과 주님 안의 지체들과
절망하고 고통당하는 이들을 위하여
늘 함께 아파하며 기도하게 하소서

타인을 위하여 기도하게 하소서 2

나만의 욕구를 위하여 기도하기보다
어려움을 당하고 병들고 시험당하는 사람들을 위하여
도고의 기도를 드릴 수 있는 마음을 주소서

괴롭고 힘들게 살아가는 이웃들을 외면하며
혼자 종종걸음 치며 살지 않게 하시고
서로 돕고 기도함으로 어려움을 하나씩
풀어나갈 수 있는 공동체의 기쁨과 감동을
누리게 하여 주시기를 원합니다

이 각박하고 절박한 시대에는
이웃들을 위한 기도가 절실하게 필요합니다
사람들이 소외되어 더 힘들고 쓸쓸하지 않도록
진실한 마음과 믿음으로 기도하기를 원합니다

삶 속에서 허풍 치지 않게 하시고
헛걸음치며 살지 않게 하시고
헛다리 짚지 않게 하소서

갖가지 고난과 시험을 이겨낼 수 있도록
서로가 후회하지 않도록 힘이 되어주고
서로가 사랑으로 하나가 되기를 원하며
나를 용서하신 주님께 거리낌 없이 기도하게 하소서

타인을 위하여 기도하게 하소서 3

나의 삶을 위한 기도뿐만 아니라
타인을 위하여 도고의 기도를 드리게 하시고
기도의 손을 꼭 붙잡고 기도하게 하소서

나를 위하여 친구들의 기도를 원합니다
나를 위하여 하나님께 중보 기도를 하는
나의 사랑하는 자들을 위해 기도하기를 원합니다
나의 이웃과 주변 사람들을 위하여
기도하는 시간을 점점 더 많이 갖게 하소서

어려움을 당할 때 믿음이 부족하여
아무것도 할 수 없는 것이 아니라
주님이 함께하여 주셔서 믿음으로 행하며
타인과 이웃을 위하여 기도하게 하소서

이 땅에 나의 기도를 통하여 변화되고
구원받아 기쁘게 살아가는 이가 있다면
이 또한 그리스도인으로서 기도하는
축복이요 크나큰 사랑입니다

주여, 나로 하여금 사랑하는 마음을 갖게 하시고
타인과 이웃을 위하여 도고의 기도를 드리는
기쁨을 갖게 하소서

내 마음의 골방에서

내 마음의 골방에서
주님을 소망하며 기도하게 하소서
나의 기도가 허망한 구호가 아니라
진심으로 솔직하게
내 마음의 소원을 드리게 하소서

기도할 장소가 제대로 없다고
불평을 늘어놓거나 낙심하는 말을 하기보다는
내 마음의 골방에서 주님을 만나게 하소서

기도할 시간이 없다고
핑계대고 이유를 대고 탓하기보다는
가장 소중한 시간에 주님께 기도하게 하소서

기도할 준비가 되지 않았다고
변명하고 회피하다 금세 후회하기보다는
본래 갖고 있는 마음 그대로
주님께 기도드리며 보여드리게 하소서

나의 본모습을 좋아하시는 주님을
무엇이든지 다 용서해주시는 주님을
내 마음의 골방에서 만나게 하소서

기도로 인도하심을 받게 하소서

나의 가장 깊은 생각과 소망을 아시는 주님
기도로 나의 삶을 인도해주소서
늘 기도 생활의 부족함을 느끼며
영적인 갈망 속에서 주님을 바라보게 하소서

열심히 퍼즐 맞추듯 살아온 삶이
위험 속에 빠져 있을 때
고통 속에서 아파할 때
쾌락이 육체를 병들게 할 때
언제나 기도함으로 이겨내게 하소서

앞길이 멀다 하여도 믿음으로 나아가며
성령의 풍성함을 맛보게 하시고
기도할 때 나의 필요를 들어주심을 믿게 하소서

삶 속에서 주님이 함께하심을 체험하게 하시고
기도함으로 내주하시는 성령의 인도하심 속에
주님이 주시는 참평안을 얻게 하소서

기도함으로 불평과 불만에서 떠나 살게 하소서
감사의 기도가 넘치게 하사 더 큰 응답을 받게 하소서
신실하신 주님의 영광을 나타내는 데
더욱 놀랍게 쓰임받게 하소서

마음이 가난한 사람을 위한 기도

주여, 내 마음이 가난하오니
주여, 내 심령이 가난하오니
주여, 나와 함께하여 주소서

주의 은혜로 채워주시기를 원합니다
주의 사랑으로 채워주시기를 원합니다
주의 말씀으로 채워주시기를 원합니다

주님의 은혜와 사랑에 풍족히 살게 하시고
늘 당당하게 맞장구치며 살아가게 하시고
기도를 응답받아 기뻐하며
주님 안의 행복으로 감사하게 하소서

주님의 사랑을 기억하며 살게 하소서
주님의 말씀을 묵상하며 살게 하소서
주님과 늘 동행하며 살게 하소서

주여, 나를 도와주소서
주여, 나와 함께하여 주소서
주여, 나를 인도하소서

주님의 도우심을 언제나 받고 싶습니다
주님의 사랑을 언제나 받고 싶습니다

날마다 기도하게 하소서

사랑의 주님!
주님의 부드럽고 따뜻한 손길을 느끼며
날마다 기도하는 삶을 살게 하소서

나태하고 게을러서 기도하지 못하는 죄를 범하오니
기도의 필요를 잊고 무심히 지내는 죄를 용서하시고
늘 기도하는 삶을 살게 하소서

기도를 통해서 인도하여 주시고
기도를 통해서 말씀하시고
기도를 통해서 가르쳐주심을 깨닫게 하소서

기도가 필요할 때마다 머뭇거리지 않고
주님의 이름으로 무릎 꿇고 기도하게 하소서
주님이 함께하시면 모든 것이 은혜와 축복이니
부르짖고 기도함으로 힘을 얻게 하소서

기도를 통해서 지혜를 주시고
기도를 통해서 은사를 주시고
기도를 통해서 믿음이 더 강해지게 하소서

날마다 기도하게 하시고
주님의 도우심이 절실하게 필요할 때
곧바로 기도하여 응답받게 하소서

공동체를 위한 기도

우리로 하여금 하나님의 가족 중에
우리로 하여금 하나님의 거룩한 백성 중에
우리로 하여금 하나님의 자녀 중에
우리로 하여금 흰옷 입은 성도 중에
하나가 되게 하심을 무한 감사드립니다

주 안의 공동체를 위하여 날마다 기도하게 하시고
주 안의 공동체를 위하여
날마다 사랑하고 봉사하게 하소서

저들의 형편과 처지를 다 알 수 없으니
저들의 이름을 부르며
도고의 기도를 간절하게 드리게 하소서

주님이 주시는 사랑으로 가족과
타인을 사랑하고 서로 섬기게 하소서
주 안에서 천국의 기쁨을 맛보게 하시고
날마다 천국을 소망하며 기쁨과 감동으로 살게 하소서

공동체가 성장하고 발전하게 하시고
서로 기도하고 능력을 받아
세상 사람들에게 복음을 증거하고
주님을 자랑할 수 있는 믿음을 갖게 하소서

주님을 깊이 생각하게 하소서

주님을 깊이 생각하게 하소서
날 사랑하시고 인도하시고
은혜를 주시고 보호하시고 축복하시는
십자가의 고난의 주님을 깊이 생각하게 하소서

세상이 아무리 바쁘게 돌아가더라도
숨쉬기조차 힘들게 하는 잡다한 욕망을 떨쳐버리고
시간을 내어 조용한 마음으로
주님을 깊이 생각하며 기도하게 하소서

나의 생각이 행동을 만들게 되오니
말씀을 묵상하며 기도함으로
주님을 깊이 생각하게 하소서

주님이 주시는 참기쁨과 참평안을
시시때때로 느끼게 하시고
삶의 깊이를 느끼며 살게 하소서

죄로 부서지기 쉬운 나의 몸과 영혼을
구원하여 주시기 위하여 고난을 받으신 주님
주님이 얼마나 나를 사랑하시는지
주님이 얼마나 나를 축복하시는지
주님을 깊이 생각하며 행복 속에 살게 하소서

기도 중에 믿음의 도리를 잡게 하소서

기도와 말씀을 묵상함으로
늘 변하지 않는 주님의 섭리를 깨닫게 하시고
죽은 행실을 회개하고 믿음의 도리를 굳게 잡게 하사
예수 그리스도의 생명의 복음의 꽃을 피우게 하소서

성령의 은혜 속에 스며드는
새로운 은혜 가운데 모든 것이 새롭고
모든 것이 의미 있게 이루어지게 하소서

주님께 기도함으로 마음속을 터놓고
우리에게 허락하여 주신 것들을
응답받도록 구하고 찾고 두드리게 하셔서
우리에게 필요한 것을 응답받게 하소서

우리에게 주어진 시간 속에
말씀으로 늘 새롭게 하여 주사
주님의 말씀을 믿게 하시고
믿음의 도리를 굳게 잡게 하소서

푸근하고 부드러운 주님의 사랑의 손길을 간직하며
성도로서 사명을 감당하게 하시고
성도로서 해야 할 일을 분명히 하게 하시고
성도로서 가야 할 길을 분명히 가게 하소서

나의 모든 것을 인도하여 주소서

사랑의 주님!
환난과 역경 속에서 한숨만 쉬거나
속이 다치고 상하는 가난과 시련 속에서도
허탈에 빠지지 않도록 나의 삶을 인도하여 주소서

무엇 하나 녹록하지 않은 세상의 모든 것이
주님의 손길이 아니면 이루어질 것이 없으니
나의 몸과 영혼과 삶이
주님의 인도하심을 받기를 원합니다

오늘도 동행하여 주시고 시시때때로
주님의 은혜와 사랑에 감사하며 살게 하소서
자꾸만 망설이게 되는 나의 생각과 마음과
나의 행동과 나의 믿음 속에
주님이 함께하여 주시기를 원합니다

미약하고 나약할 때 손가락질 받지 않게 하시고
허공에 흩어질 헛된 것을 의지하지 않고
주님께 의지하여 확고한 믿음으로 살게 하소서

다시는 되돌릴 수 없는 나의 온전한 선택이
오직 주님 한 분뿐이게 하시고
나의 모든 것을 주님께서 인도하여 주소서

나의 모든 삶을 아시는 주님

나의 모든 삶을 아시는 주님
내가 하는 일들을 비디오처럼 찍어서
보여줄 때마다 깜짝깜짝 놀랍니다
모든 것이 낱낱이 찍혀 있으니
얼마나 신기하고 놀랍습니까

주님이 나의 삶과 마음까지 모두 다 찍어놓았다면
주님 앞에 설 때 무어라 말할 수 있겠습니까
주님 앞에 설 때 무어라 변명하겠습니까

피 흘림이 없이는 죄 사함이 없으니
나의 죄가 모두 사실이고 본 그대로이니
할 말이 없고 용서를 구하며 기도할 뿐입니다

눈물샘이 마르지 않도록
주님의 보혈로 나의 죄가 씻겨지도록
주님은 나의 모든 삶을 아시기에
나의 죄의 용서하심을 바라며 기도할 뿐입니다

나의 모든 것을 아시는 주님께서 용서하시고
인도하여 주시고 구원하여 주시기를 원합니다
모든 것이 주님의 축복이며 은혜입니다

나의 삶이 주님 안에 있게 하소서

나의 삶이 주님 안에 있어
주님의 십자가에 나를 못질하여 주옵소서
주님과 함께 죽고 주님과 함께 살기를 원합니다

나의 삶이 주님 안에 있어
세속에 물들거나 믿음이 흔들리지 않도록
늘 주님 안에 결박되어 살게 하소서
주님만이 나의 삶의 둥지가 되기를 원합니다

세상 풍조를 따라 살다가 죄에 물들어
죄의 얼룩과 상처가 남아 한탄합니다
주님을 떠나면 삶은 절망과 고통뿐이기에
주님 안에서만 살기를 원합니다

생명의 말씀을 따라 영혼의 양식을 얻으며
길이요 진리요 생명이신
주님을 따라, 성령의 인도하심 따라
천국의 시민권자로 살게 하여 주소서

나의 삶이 설렘으로 주님 안에 있어
주님의 인도하심 따라 살게 하옵소서
나의 모든 것이 믿음으로 확고하게
주님 안에 고정되게 하소서

주여! 감사합니다

주여! 감사합니다

오늘을 감사합니다
지금을 감사합니다
이 순간을 감사합니다
이 자리를 감사합니다

나무를 보아도
들꽃을 보아도
바람이 불어도
비바람이 몰아쳐도
풀잎에 맺힌 이슬방울 하나도

모두가 주님의 은혜입니다
모두가 주님의 축복입니다
모두가 주님의 사랑입니다

주여! 감사합니다

아멘!

감사드리는 마음

주님께
감사드리는 마음이 있는 사람은
행복한 사람입니다

시도 때도 없이
내 마음에 복음의 빛이 들어와
구원의 기쁨을 알았습니다

예수 그리스도의 십자가의 사랑을
영혼 깊이 체험하였기 때문입니다

주를 향하여 마음 깊은 곳에서
구원받은 기쁨이 넘쳐서
감사와 또 감사가 쏟아지는 것입니다

작은 것을 감사드리면
큰 것을 감사드릴 수 있고
주변 사람들에 대해 감사하면
자신에 대해서도 더욱 감사할 수 있습니다

주님께 감사드리는 마음이 있는 사람은
예수 그리스도를 닮아가는
멋진 그리스도인입니다

일상에서 주님을 만나게 하소서

평행선을 그어놓은 듯이
별다른 변화가 없어보이는
일상에서 주님을 만나게 하소서

실타래에서 실이 풀어져 있듯이
한가롭게 보이는 시간 속에서
주님을 만나게 하소서

잠을 불러내어 눕고만 싶어지고
무료함 속에 나른함에 빠져들고 싶고
한 잔의 커피를 마시며 책을 보거나
한가롭게 이야기를 나누고 싶을 때
주님을 만나게 하소서

특별하게 긴장할 필요가 없고
무언가 요구할 필요를 느끼지 못하고
별 탈 없이 잘 돌아가는 것처럼 느껴질 때
주님을 만나게 하소서

우리의 삶에서 주님이 함께하심을
잊어버리려고 할 때 속 깊고 따뜻한
주님의 마음을 새롭게 알 수 있도록
주님을 만나게 하소서

봄날에 드리는 기도 1

축복의 주님!
따뜻한 햇살이 손등에 가득한 봄날
하얀 목련꽃이 참 아름답게 피는 날
주님께 기도드리오니 받아주소서

화려한 봄꽃이 만발하듯이
희망이 꽃피게 하소서
꽃피는 봄날이 있기에
가을에 수확하는 기쁨이 있듯이
기도를 뿌려 응답으로 거두게 하소서

벚꽃과 개나리, 봄꽃이 온 세상 가득하면
생기가 돋고 푸르름으로 가득해
사람들의 얼굴에도 행복한 빛이 가득하듯이
날마다 행복하고 기쁘기를 원합니다

꽃들이 피어나고 사랑도 피어나듯이
새 생명의 기쁨을 누리며
부활의 주님을 찬양하게 하소서

덧없이 살아가며 소망이 없던 나를
죄에서 구원하여 주신 구세주 주님을
내 마음에 모시기를 원하게 하시고
신명 나도록 살게 하소서

봄날에 드리는 기도 2

꽃들이 화창하게 피어나는 화려한 봄날에
내 삶도 화창하게 피고 싶다고
목청 높여 큰 소리로 외칩니다

내 삶도 주님의 은혜와 사랑을
듬뿍 받아 믿음과 은혜 속에 살게 하시고
예수 그리스도의 심장으로 강한 믿음을 갖게 하소서

봄꽃들이 다투며 피어나는 꽃길을 걸으며
하늘 사랑을 흠뻑 받으며 살게 하소서
주님께서 이 세상에서 천국까지 인도하여 주심을
믿고 살 수 있으니 참 행복한 그리스도인입니다

봄비가 촉촉하게 내려 온 세상을 적시는 것처럼
복음이 온 세상을 구원의 은혜로 덮고
모든 사람의 심령을 적시게 하여 주소서

벚꽃이 온 세상 보란 듯이 화사하게 피는 계절에
내 마음도 벚꽃처럼 활짝 피고 싶습니다
푸르른 나무처럼 싱싱하게 자라고 싶습니다

봄이 오는 길목에서 1

오, 주님!
겨울이 떠나기 위해 꼭 잡았던
차가운 손을 놓으려 하고 있습니다

양지바른 언덕에 봄기운이 가득합니다
들판의 새싹들이 고개를 쏙쏙 내밀고 싶어 합니다
겨울이 길어지면 봄이 왠지 더 기다려집니다
봄이 우리 곁으로 오려고 되살아나고 있습니다

봄은 새로움이 가득 차고
온 세상에 새 생명이 싹트는 계절입니다
봄은 희망으로 가득 차 마음이 열리는 계절입니다

하늘과 땅의 색깔이 달라지고
사람들의 표정에도 생기와 화색이 돌고
얼굴마다 밝은 웃음이 가득해집니다

들판에 번지는 초록의 물감과
우리들의 마음에 넘치는 봄의 노래
꽃들의 찬란한 잔치 속에
새로운 여정을 꿈꾸며 살아가게 하소서

봄은 새롭게 시작하는 계절
새로운 사랑과 기쁨을 알려주는 계절입니다

봄이 오는 길목에서 2

겨울이 겨울잠 자는 개구리처럼 움츠리는 계절이라면
봄은 마치 깊은 잠에서 깨어나듯
아주 기분이 좋고 상쾌한 계절입니다

봄에는 수많은 들꽃들이 먼저 피어나기 시작합니다
봄을 환영하는 꽃들이 많은 것을 보면
모두들 얼마나 기다렸는가를 알 수 있습니다

봄이 오면 몸도 가벼워지고 발걸음도 가벼워지고
두터운 겨울옷도 벗어버립니다
봄이 오면 거리로 쏟아져나오는 사람들이 많습니다
새로운 것을 찾고 새로운 것을 기대하는 마음입니다

봄은 모든 것이 회복되는 계절입니다
병든 도시와 병든 마음에 새 기운이 돕니다
우리가 주님을 만나던 날 믿음의 봄이 시작되었습니다

온 세상에 봄바람이 불어와 꽃향기가 가득하오니
이 아름다운 자연을 선물로 주신
천지만물을 창조하신 하나님을 찬양합니다

봄이 오는 길목에서
꿈의 주머니 하나하나 채워나가게 하소서

봄이 오는 길목에서 3

이 봄에 우리의 믿음도
첫사랑을 다시 회복하기를 원합니다
봄은 그리움이 함께하는 계절입니다

우리는 누구나 그리움이 있습니다
그리움에는 여러 가지가 있지만
우리에게는 주님을 만나고 싶은
천국에 대한 그리움이 있습니다

그리움은 마음속에서 일어나는 사랑의 간절함
마음의 칸칸마다 어둠이 있더니
마음의 칸칸마다 빛으로 가득합니다

우리가 기도를 드릴 때에도
응답을 기다리는 그리움이 있습니다

그리움은 마음의 소중한 고백들로 이루어집니다
주님을 향한 그리움이 있는 사람들은
정직하고 진실하고 솔직하게 살아가기에
세상은 더 아름답게 될 것입니다

봄은 참행복을 선물하는
따스한 햇살이 가득한 계절입니다

오월에 드리는 기도

온갖 만물이 약동하는 이 계절에
모든 이의 가슴에 주님의 생명이 가득하게 하소서
불의와 욕심을 버리고 진실하고 정직하게 살게 하소서
이 땅에 사는 사람들의 마음속에 있는
갈등과 증오와 불신을 거두고 땀 흘려 일하게 하소서

곳곳에 가득한 음란 문화가 사라지게 하시고
정의와 진실이 통하는 사회가 되게 하소서
날마다 들려오는 소식이 불행의 소식보다
희망과 따뜻한 소식으로 가득 차게 하소서
가정마다 사랑이 깊어져 부부간의 사랑이 더 두터워지고
부모와 자식 간의 사랑이 충만하게 하소서
가족 간의 정이 되살아나 행복과 사랑이 가득하게 하시고
모든 가정마다 사랑의 울타리를 만들어주소서

이 나라 젊은이들에게 꿈을 주시고
가슴 가득 비전을 주시기를 원합니다
강하고 담대하게 전진하는 믿음을 주소서
학교와 일터와 가정 그 어디에서나
패기가 넘치는 젊은이로 살게 해주시고
믿음의 장부로 확신 있는 삶을 살게 하여 주소서
눈빛이 살아 있게 하시고 열정이 가득하게 하소서
이 땅의 모든 이들에게 기쁨을 주시고 축복된 삶을 살게 하소서
오월 푸른 하늘 아래 모두가 행복하게 하소서

여름의 기도

한여름 무더운 태양의 열기도
한바탕 쏟아져내리는
소낙비에 시원해지는 여름입니다

날씨는 후덥지근하지만
생수의 말씀으로 심령이 시원해지고
성령의 바람으로 영혼이 새로워집니다

여름날도 땀 흘리며 일하는 농부처럼
늘 성실한 삶을 살아 보람 있는 결과를 통하여
하나님께 영광과 찬양을 높이높이 돌리게 하소서

죄의 경계에서 떠나 주께로 나아가게 하시고
믿음의 전망대를 높이 세우고
세상의 빛과 소금으로 살아가게 하소서

무더위를 담담하게 이겨내는
싱싱하고 푸르른 나무들처럼
어떤 시련과 역경도 기도와 말씀으로
이겨내며 폭풍 성장하게 하소서

낙엽이 지는 가을에

오, 주님!
단풍이 색깔마다 아름다움을 뽐내는 가을입니다
온갖 나무들이 세상의 모든 색깔을 동원하여
가지각색으로 채색되어 아름다움을 뽐내다
어느덧 낙엽으로 잎을 떨어트립니다

쓸쓸하고 외롭고 고독이 찾아드는 이 가을에
주님의 사랑에 내 마음도
하늘빛으로, 생명의 빛으로 물들게 하소서

한 잔의 커피에도 단풍이 녹아 있는 듯
커피 색깔이 무척 아름답습니다
한 잔의 커피에 목을 축이고
고독을 씻어내리며 가을 단상에 젖어
주님을 마음속 깊이 생각합니다

작별의 시간, 떠나는 이 계절에
나뭇잎들이 다 떨어져 앙상한 나뭇가지만
쓸쓸하게 남아 있지만 나무들이 기도합니다

나무가 하늘을 향하여 가지들을 뻗고 기도하듯이
우리로 하여금 항상 주님을 향하여
간절한 마음으로 기도하게 하소서

가을에 풍성한 열매를 맺게 하소서 1

사랑의 주님!
싹트고 꽃피우던 계절은 떠나고
풍성한 열매를 맺는 가을이 다가옵니다

가을이 오면 나무마다 오색단풍이 들어
온 세상이 축제장으로 변하고
사람들은 고독과 낭만을 즐기며 행복해합니다

온갖 열매들이 열리는 가을
여름의 찬란한 햇빛이 열매들을
예쁘고 탐스럽게 만들어놓았습니다

과일나무들마다 온갖 과일들이
쏟아지는 햇볕 아래서 자신의 맵시를
마음껏 자랑하고 있습니다

갖가지 나무들로 하여금
향기롭고 풍성하고 맛있는 과일을
선물하여 주시니 주님께 감사드립니다

잘 익은 과일을 맛있게 먹을 수 있는 것도
삶의 큰 축복입니다
일용할 양식으로 곡식을 먹을 수 있는 것도
삶의 큰 은혜입니다

가을에 풍성한 열매를 맺게 하소서 2

올해도 농사를 짓기 위하여
피땀 흘리고 애쓰고 정성을 다한
농부들을 축복하여 주소서

가을의 풍성한 열매를 만든 이들에게
수고의 대가를 주시고
열매를 먹는 이들에게 건강을 주시기를 원합니다

그리스도인으로 살면서 하나님이 주시는 은혜 속에
꿈을 성취하며 살아가게 하시고
삶의 기쁨과 행복을 누리게 하여 주소서

일 년 중에 봄, 여름, 가을, 겨울 사계절이 있어
날씨에 따라 각기 다른 풍경과 갖가지 축복을 누리며 살지만
가을에는 참으로 볼 것도 많고 먹을 것도 많아
행복한 나날이 지속됩니다

풍성한 열매와 오곡백과 가득한
가을을 허락하신 하나님의 사랑에 무한 감사드립니다
나의 믿음도 가을의 열매처럼 시절을 좇아
풍성한 열매를 맺게 하여 주시기를 원합니다

겨울의 기도

하얀 눈이 펑펑 내리고
온도마저 급강하해 세상이 온통
얼어붙어 있는 차갑고 쌀쌀한 계절입니다

온 세상에 소복하게 내린
하얀 눈 위에 발자국들이 선명하게 새겨져 있듯이
나의 삶에도 예수의 흔적이 있게 하소서

하얀 눈이 온 세상을 깨끗하게
단장하여 아름답게 만드는 것처럼
우리 심령도 죄를 깨끗이 씻어
정결한 마음으로 주님을 바라보게 하소서

눈이 하얗게 내리는 것처럼
성령의 은혜를 내려주셔서
은혜와 감동이 충만하게 하여 주시고
내 마음을 새롭게 하여 주소서

주님께 기도드립니다

죄인을 부르러 오신 주님
병자를 고쳐주시러 오신 주님
죄인을 의인 되게 하시는 주님
소경의 눈을 뜨게 하시는 주님
귀신 들린 자를 온전하게 하시는 주님

주님께 기도드립니다

나의 삶,
나의 모습,
나의 생각,
나의 모든 것을 아시는
주님께 내 마음을 드리게 하소서

주님께 기도를 드립니다

나의 꿈,
나의 영혼,
나의 희망,
나의 모든 것을 다 아시는
주님께 나의 소망을 드립니다

나의 기도를 들으시고 응답해주시는
주님께 기도를 드립니다

기도해야 할 필요를 느끼게 하소서

나를 변화시킬 수 있는 힘은
기도로 얻을 수 있으니
기도해야 할 필요를 간절하게 느끼게 하소서

하루를 기도로 시작하고
하루의 마침을 기도로 이루게 하소서

언제나 미리 준비하여 응답해주시는
주님을 온전히 믿고 기도하게 하소서

기도로 내 마음을 활짝 열어
주님께 드릴 수 있는 자유를
생활 속에서 누리게 하소서

기도함으로 믿음이 굳건해지게 하시고
하나님의 사랑과 인내하심을
마음 깊이 깨닫게 하여 주소서

잠시 머물다 떠나가야 하는 삶
이 놀라운 은혜를 이루어갈 수 있도록
기도해야 할 필요를 알고
활기차게 기도하게 하소서

바른 기도를 드리게 하소서

내가 겪어온 경험과 체험만으로는
도저히 살아갈 수 없어도
근심하거나 걱정하거나 염려하지 않고
감사함으로 구하게 하소서

죄악을 깨우쳐 알게 하여 주시고
외식과 가식에서 떠나게 하고
찡그린 얼굴로 살지 않고
교만하여 경거망동하지 않게 하소서

나의 잘못된 생각과 인식에서 벗어나
몸서리치게 하는 죄를 회개함으로
어떤 형편에서든지 자족할 수 있는
믿음을 허락하소서

배고픔과 굶주림과 허기가 있더라도
포기해야 할 것은 포기하게 하시고
포기하지 말아야 할 것은
어떤 고난과 어려운 상황에서도
절대로 포기하지 않게 하소서

사랑하는 주님께 진실하게
끊임없이 기도하여 응답받게 하시고
바른 기도로 인도받게 하소서

주일을 맞이하는 기도

주일 아침 기도를 드립니다
이 거룩한 주일에 밝은 해가 떠오릅니다

모든 어둠이 사라지고 찬란한 햇살에
모든 만물이 생기가 돕니다

주의 날 예배당에 나와 주님께 예배드리는
모든 성도들을 축복하소서

성도들이 기도할 때에 받아주시고
속히 응답하여 주소서

성도들이 찬양할 때 찬양을 받으시고
응답하여 주소서

성도들의 예배를 홀로 받으시고
응답하여 주소서

오, 주님!
주님의 자녀들과 날마다 이 험한 세상에서
동행하여 주소서
예수님 이름으로 기도합니다
아멘!

자녀들을 위한 기도 1

우리에게 사랑하는 자녀를 허락하여 주시고
기르게 하시고 친히 인도하여 주시는
주님께 감사의 기도를 드립니다

자녀들을 키우며 자녀들이 주는
즐거움과 보람을 알게 하여 주심을 감사드립니다

자녀들에게 관심과 이해와
배려와 칭찬을 통해 화목함을 나누게 하시고
간섭과 방관으로 상처를 입히지 않게 하소서

자녀들이 성장할수록
우리의 믿음도 더욱더 성장하며
값진 신앙의 유산을 물려줄 수 있는
복음의 통로가 되게 하여 주소서

주님의 사랑과 축복이
우리 가정에 머물러 자녀들과 함께
주님 안에서 살게 하소서

자녀들을 위한 기도 2

자녀들과 대화를 나누며
희망과 꿈을 나누고 믿음의 삶을 위하여
서로 기도하며 인도하심을 받게 하소서

저녁노을이 붉게 물든 것처럼
우리 가족이 주님의 사랑에 물들어 살게 하소서

가을 단풍이 붉게 물든 것처럼
주님의 은혜 속에 살게 하소서

지금 우리가 경험하기 시작한 사랑 안에서
주님의 은총으로 말미암아
나와 내 자녀들이 하늘의 축복과 은혜를
충만히 누릴 수 있기를 원합니다

사랑하는 자녀들이 평생도록
주님을 믿으며 순종하게 하시고
매사에 열심히 일하게 하소서

주님께 예배드리는 기쁨을 갖게 하시고
풍족한 은혜를 늘 기뻐하며
주님을 찬양하는 삶을 살게 하소서

자녀들을 위한 기도 3

사랑의 주님!
우리에게 자녀를 허락하여 주심을 감사드립니다
자녀를 통하여 주님의 사랑을 알게 하시고
우리로 하여금 자녀를 잘 교육시킬 수 있는
지혜와 사랑이 충만한 부모가 되게 하옵소서

우리의 주관대로 자녀를 키우려고 하지 않고
자녀들의 마음을 잘 알고 이해하게 하시며
꿈과 희망을 잘 이룰 수 있도록
믿음과 기도와 사랑으로 후원할 수 있게 하소서

자녀들과 대화를 자주 하게 해주시고
대화 속에서 마음을 터놓고 벽 없이 살게 하소서

폭력이나 괴롭힘이 없게 하시고
쓸데없는 언쟁과 고집으로 상처를 입히지 않고
서로 이해하며 용서하며 함께하게 하소서

자녀들이 말을 잘 안 듣는다고
무조건 화부터 내지 않게 하시고
상처받은 마음이 없는지 먼저 살피고
따뜻한 마음으로 대화를 나누게 하소서

자녀들을 위한 기도 4

자녀를 온유하고 겸손한 마음으로 키우게 하소서
부모의 입장에서만 생각하여 행동하지 않고
부모의 권위만을 내세워 자녀들에게 함부로 말하거나
상처를 주지 않게 하소서

부모로서 자녀들에게 말과 행동을
분명하게 하고 늘 정직하고 진실하게
삶의 모범을 보여주며 살게 하소서

자녀들이 잘 성장할 때까지 기도하고 인내하며
주님의 도우심을 항상 받게 하소서
그들이 성장하는 데 물질과 기도와 믿음이
부족함이 없게 하소서

주님께서 자녀를 주셨으니
사랑을 나누고 서로에게 힘이 되어주며
기쁨이 되고 감사가 되고 자랑이 되게 하소서

유머와 낭만이 있는 가정이 되게 해주시고
부부가 사랑의 모습으로 살아가며
자녀들에게 삶의 모범이 되게 하여 주소서

내 마음의 기도

어둡고 침침한 길고 긴 터널을
지나온 것 같은 마음이지만
지금은 주님의 빛 가운데 있어 행복하오니
늘 주님을 사모하게 하시고 함께하여 주소서

모든 일들을 잠시 멈추고
내 마음을 활짝 열어 기도할 수 있음이
무척 행복하오니 함께하여 주소서

세월이 갈수록 기도로 주님께 의지하며
내 마음의 기도가 응답됨을 감사하게 하시고
죄로부터 거룩함에 이르는 열매를 맺게 하소서

믿음이 약하여 사단의 꾀에 속수무책으로
당하지 않게 하여 주시고
지혜와 지식과 능력과 권세로 당당하게
하나님의 백성, 거룩한 성도답게 살게 하소서

나에게 소망의 한줄기 빛은 주님뿐이오니
내 마음의 기도를 들어주셔서
주 안에서 심판에 이르지 않고 영생을 얻게 하시고
사망에서 생명으로 옮기게 하소서

나의 간구함을 들으소서

내 영혼이 외치는 처절하고 고통스러운
기도를 아시는 주여
나의 간구를 들어주소서

죄의 슬픔으로 가던 모든 길을 끊고
주님께로 나아가게 하여 주소서
나의 연약함을 담당하여 주시고
세상의 모든 병을 짊어지신 주여
나 자신의 죄를 자복하고 회개하오니
피 흘리심으로 용서를 베풀어주소서

나의 중심의 소원을 아시는 주여
간절하게 기도하오니 나를 용납하여 주시고
세상의 빛과 소금이 되어 살게 하소서

나의 영혼을 사면초가로 몰아넣는
죄악의 올무에서 벗어나
성령의 인도하심 속에 살게 하소서

오직 믿음으로,
오직 기도로,
오직 말씀으로,
오직 예수 그리스도를 믿음으로,
뼛속까지 간절히 울리는 간구함을 들어주소서

강하고 담대하게 기도하게 하소서

주님은 능력의 주님이시니
내 삶 속에서 기적을 체험할 수 있도록
하늘의 뜻이 이 땅에 이루어지도록
강하고 담대하게 기도드리게 하소서

우리 구주 예수 그리스도의 이름으로
한마음 한입으로 기도함으로
주님의 놀라운 은혜를
주님의 놀라운 기쁨을
응답해주시는 기쁨을 누리게 하소서

죄 사함을 얻게 하시는 언약의 보혈로
나의 모든 죄에 대해 용서함을 받았으니
하나님의 백성, 거룩한 성도로서 착한 행실과
의로운 삶을 살아가며 모든 의를 이루게 하소서

주 하나님만 경배하고 찬양하고 섬기게 하시고
오늘도 삶 속에서 기도의 응답을 체험함으로
강하고 능력 있고 활기찬 성도의 삶을 살게 하소서

나의 삶의 변화를 주님의 자랑이 될 수 있도록
주변 사람들에게 전하고
주님께 모든 영광을 돌리게 하소서

나의 마음을 드리게 하소서 1

나의 마음을 아시는 주님!
아무런 가식 없이 있는 내 본래의 모습
순수한 나의 마음을 온전히 드리게 하여 주소서

이 세상에 마음 줄 곳 없더라도
허무함을 느끼며 살지 않게 하시고
나의 마음을 먼저 사람들에게 활짝 열어
그들과 함께 어울리며 살기에
부족함이 없게 하소서

삶이 때때로 시련과 아픔을 줄 때에도
고난과 역경이 찾아와 기진할 때에도
기도 속에 내 마음을 드릴 수 있는
진실한 시간을 갖게 하소서

절망에 쓰러져 혼을 놓아버리고 싶은 순간에도
주님이 함께하심을 믿고 신뢰하며
모든 것을 이겨낼 수 있도록 기도하게 하소서

세상의 모든 걱정과 근심과 미련 때문에
가슴 아파하며 속 끓이지 않고
기도하며 풀어가고 해결해나가게 하시고
주님께 나의 마음을 드리게 하소서

나의 마음을 드리게 하소서 2

오, 주님!
나의 마음을 드리오니 받아주소서

날마다 반복되는 삶 속에서 일어나는
모든 일들 속에 죄와 부정적인 것과 어두운 것들과
믿음에서 멀어지게 하는 것들에서 벗어나도록 인도해주시고
평안과 기쁨을 주시니 무한 감사드립니다

사랑의 주님!
기도 속에 주님을 만나게 하소서
생활 속에서 주님을 만나게 하소서
악으로 치닫고 사랑이 식어가는 시대에도
사랑의 마음을 놓치지 않게 하시고
오직 주님만을 의지하며 살게 하소서

어려움과 고통의 순간에도 믿음을 지켜주시고
홀로 감당하기 어려운 순간에도 인도하시고
참을 수 없도록 고통스러운 순간에도 도와주소서

주님이 함께하지 않으시면
홀로는 행할 수 없음을 알게 하소서
오, 주여! 항상 인도하여 주소서

기도의 깊은 골짜기

기도의 깊은 골짜기에 들어가게 하사
주님의 뜻에 합당하게
순종하는 믿음을 갖게 하여 주소서

주님을 향한 높고 깊은 믿음 안에서
주님의 영광을 나타내게 하소서

주님을 신뢰할 때
얼마나 많은 축복을 받는가를
기도함으로 삶 속에서 체험하게 하소서

나의 삶 속에서 관심을 두고 하는 일을
주님도 보고 계심을 깨달아
모든 것을 주님께 맡기며 기도하게 하소서

일상적인 일까지 모든 것을
매일매일 기도로 시작하며
주님께 감사하게 하소서

매일매일 기도함으로
오늘의 일용할 양식을 허락하여 주심을
삶 속에서 체험하게 하소서

주님께 나아갈 좋은 길을 얻게 하소서

믿음이 약하여 사단에게 조롱받는
천덕꾸러기가 되지 않게 하시고
쓸데없는 비판과 불법을 행하지 않게 하소서

생명의 말씀 속에서 기도함으로
주님께 나아갈 좋은 길을 얻게 하시고
영적인 싸움에서 말씀으로 무장하여
예수 이름으로 승리하게 하소서

길과 진리요 생명이신 주님께
소망 가운데 기도하게 하시고
주님의 부르심을 받은 자녀답게
은혜와 평안 속에 살게 하소서

모든 것이 갈망이 되게 하소서
모든 것이 기쁨이 되게 하소서
모든 것이 소망이 되게 하소서

철석같이 주님께 붙어 있어
시시때때로 다가오는 시험과 환난을
믿음으로 이겨내게 하소서
주님께서 쓰임받게 하여 주심을 믿고
항상 기도함으로 좋은 길을 얻게 하소서

주여, 인도하소서 1

주님은 나의 삶의 주인이시니
나의 마음을 살펴주셔서
불신하는 마음을 사라지게 하소서

오직 은혜와 말씀 속에
오직 성령의 충만함 속에
주님의 인도하심 따라 살게 하소서

나 스스로 갇혀 있는 마음의 감옥에서 벗어나
나의 마음에 찾아오시는 구주를 영접하여
날마다 주님의 빛 가운데서
날마다 성장하는 믿음 속에서 살게 하소서

주님은 나의 생각 속으로 찾아오시니
헛된 생각과 쓸데없는 고민을 던져버리고
순복하여 주님을 따르게 하소서

주님은 나의 생활 속에서 함께하시니
늘 동행하여 주시는 주님의 은혜와 사랑에 만족하며
하나님이 주시는 행복을 누리며 살게 하소서

주여, 인도하소서

주여, 인도하소서 2

오, 주님! 인도하여 주소서
삶을 가장 아름답게 인도하는 힘은
믿음과 소망과 사랑이니
삶을 옳은 길로 인도하시고
귀한 말씀의 힘으로 능력 있게 살게 하소서

홀로는 너무나 나약하오니
항상 주님을 신뢰하며
적극적이고 긍정적인 마음으로
기도 속에서 주님을 의지하며 살게 하소서

내 기억이 있는 한 주님의 사랑을 누리며
영원히 잊지 않도록 내 안에 주님이 늘 함께하소서

고통당할 때도 어려울 때도
힘들 때도 편안할 때도 언제 어디서나
주님의 인도하심을 받게 하소서

믿음이 나약해질 때, 마음이 흔들릴 때,
결정을 잘 내리지 못할 때
나의 마음의 중심을 잡아주소서
주님의 뜻이 무엇인가를 분별하고
절 선택하여 믿음의 길로 가게 하소서

나의 마음이 갈급하게 하소서

단비를 바라는 메마른 땅처럼
주님의 은혜의 부족함을 깨달아
나의 마음이 갈급하게 하소서

주님을 나의 구주로
주님을 나의 인도자로 영접하오니
내 영혼을 성령의 단비로 적셔주소서

주님의 은혜로 나의 삶을 올바르게 하시고
주님이 보시기에 바른 삶을 살게 하소서

주님의 사랑으로 강하고 담대하게 하시고
주님 보시기에 아름다운 삶을 살게 하소서

나의 마음이 항상
주님의 은혜를 사모하여 갈급하게 하시고
아름다운 성도의 직분을 주셨으니
주님이 주신 달란트를 사용하게 하소서

우리가 하나님으로부터 나왔으니
세상을 이기는 믿음으로
날마다 때마다 승리하는 믿음으로 살게 하소서

주님 안에서 안식을 얻게 하소서

푸른 하늘을 나는 외로운 새 한 마리
하늘을 날다 지쳐 날개를 접고 쉬고 싶을 때
주님 안에서 안식과 평안을 얻게 하소서

새들도 때로는 날개를 접고 쉬고 싶은 것처럼
우리에게도 쉼을 허락하소서

삶이 지쳐 힘들고 슬프고 오장이 뒤집힐 때
주님 안에서 참안식과 참평안을 얻게 하소서

삶이 고달프고 신세 처량하다고 여겨질 때
주님 안에서 참기쁨과 참소망을 얻게 하소서

깊은 죄의 수렁에서 건져주시고
죄 속에서 뒹굴어 도저히 치유될 수 없는
병든 심령을 고쳐주시고 치유해 주신 주님

주님이 주시는 평안 속에서
안식을 누리게 하여 주시고
언제나 즐겁고 기뻐하며 살게 하소서

내 마음에 찾아와주소서 1

사랑의 주님!
기도하는 시간 홀로 주님께 기도하오니
내 마음에 찾아와주소서
내 마음의 문을 활짝 열고
찾아오시는 주님을 영접하게 하소서

아침에도 낮에도 밤에도 찾아오셔서
홀로 있을 때에도 날마다 은혜로 충만하게 하소서

외로움에 지쳐 고통이 되고
괴로움에 지쳐 고통이 될 때에도 찾아오신 주님

내 병든 마음에 찾아와주소서
내 힘든 마음에 찾아와주소서
내 약한 마음에 찾아와주소서

내 부족한 마음에 찾아와주소서
내 흔들리는 마음에 찾아와주소서
내 방황하는 마음에 찾아와주소서

응답이 더딜 때에도
의심하고 낙심하여 쓰러지지 않도록
주님의 자비로 인도하여 주시고
내 마음에 찾아와주소서

내 마음에 찾아와주소서 2

변화가 없어 진이 다 빠지고
진저리가 나는 일상에서 벗어나도록
주여, 내 마음에 찾아와주소서
나의 빈 마음에 은혜를 가득 채워주소서

내가 이루어놓은 것은
모두 다 약하고 초라함을 알게 하소서
주님께서 이루심을 온전히 믿고
전적으로 신뢰하며 따르게 하소서

주님의 인도하심 따라
늘 찬송하고 기도하게 하소서
주님의 행하심을 본받아 살게 하소서

나를 짓밟던 죄에서 빨리 떠나게 하시고
늘 하나님을 경외하고 예배드리는 기쁨 속에서
반석 위에 세운 굳건한 믿음을 갖게 하소서

주님은 나의 산성이시며 반석이시니
생명을 구원하신 주님을 전적으로
신뢰하며 따르게 하여 주소서

주여, 내 마음에 찾아와주소서

내 마음에 찾아와주소서 3

오, 주님!
내 마음에 찾아와주소서

세상은 언제나 죄악으로 유혹하며
심령이 연약해지면
안개로 둘러싸인 숲처럼 죄악으로 가려
주님을 떠나게 만드니
주 안에서 항상 살게 하소서

내 마음에 찾아와주셔서
강한 믿음을 갖게 하소서
늘 주님과 동행하는 삶을
살 수 있도록 인도하여 주소서
나의 모든 것을 다하여
순종하며 따르게 하소서

주님께서 네 믿음대로 되리라 하셨으니
믿음을 갖고 기도하고 응답받으며
은혜와 축복을 누리며 살게 하소서

삶을 소중하게 살게 하소서 1

주여, 지상의 삶은 단 한 번이니
의미 있고 보람 있게 살게 하소서

떠나가고 흘러가면 다시는 돌아오지 않는
시간과 세월을 소중하게 생각하며
최선을 다하여 살게 하소서

가족들과 주변 사람들을 소중하게 생각하게 하시고
사랑할 수 있을 때 더욱 사랑하게 하소서

너무나 소중한 삶이니 가족과 주변 사람들에게
너그러운 마음 갖게 하시고 미워하며 살지 않게 하소서
사랑할 시간도 부족하고 짧으니
늘 사랑하는 마음으로 살게 하소서

쓸데없는 생각에 빠져 한없이 고민하지 않게 하시고
삶에서 소중한 것을 먼저 깨달아
계획하고 실행하며 살아가게 하여 주소서

빛과 어둠 사이를 넘나드는
어떠한 상황에서든 교만의 콧대를 꺾어주시고
사단에게 책잡히지 않게 하소서
주님을 믿고 따르는 믿음 속에서 살아가게 하소서

삶을 소중하게 살게 하소서 2

오, 주님!
단 한 번뿐인 삶을 쓸데없이 푸념하거나
트집 잡지 않고 목숨이 주어지는 날까지
한눈팔지 않고 소중하게 살게 하소서

씻어내도 씻어내도 또다시 반복하여 짓고 마는
넌더리 나는 죄를 회개함으로 용서받게 하소서
주님의 말씀을 믿고 따라 삶을 변화시키고
믿음으로 소중한 삶을 살게 하여 주소서

매일을 주님이 주신 소중한 날로 생각하며
주님의 뜻에 부합하고 합당하게
늘 최선을 다하여 살게 하여 주소서

시간을 아무 쓸데없이 낭비하거나
하찮은 일에 사용하지 않게 하시고
행복과 보람 속에 살아감을 감사하게 하소서

주님 뜻 안에서 소중한 인연으로
하나님의 귀하고 복된 일에
의미 있게 쓰임받으며 살게 하소서

삶을 소중하게 살게 하소서 3

주님이 허락하신 모든 것들이 소중하오니
믿음 속에 하나씩 이루어나가며
삶 속에 잘 활용하게 하소서

단 한 번뿐인 삶은 허락된 시간이
흐지부지 소진되어도 떠날 수밖에 없으니
삶을 더 소중하게 살게 하소서

사는 날 동안 두루뭉술하게 살거나
안간힘을 쓰다 악화 일로로 치닫지 않게 하시고
믿음으로 소중한 날들을 만들어 살게 하소서

날마다 땀 흘려 일하게 하시고
마음을 단단히 묶어 믿음 가운데 달음박질하며
날마다 보람과 기쁨을 느끼게 하소서

하루하루 마지못해 사는 것이 아니라
주님이 날 사랑하는 까닭에
감동스럽고 행복한 삶을 살게 하소서

삶을 소중하게 살게 하소서 4

주님이 주시는 축복을 누리고 나누며 살게 하시고
생활 속에서 하나님의 자녀, 성도의 삶을
온전히 살아갈 수 있는 믿음을 주소서

멀리 계셔도 가까이 느껴지는 주님을 바라보며
자연 속에서 주님의 뜻을 깨닫고
계절 속에서 주님의 섭리를 깨닫게 하소서

삶을 맨송맨송하게 살지 않고
믿음 속에서 늘 기도하고 찬양하며
기쁨으로 예배하게 하소서
주님을 늘 기억하며 인도하심을 받게 하소서

우리에게 삶을 허락하신 주님의 말씀을
상고하고 기도하게 하여 주소서

늘 그리움뿐인 나의 구주이신 주님을
기쁨과 감동 속에 찬양하며
참다운 성도의 삶을 살게 하소서

한숨 소리 가득한 허무한 삶이 아니라
이 지상에 허락된 삶의 시간
정말로 귀하고 소중하게 살게 하소서

나의 모든 삶이

주여!
내 마음이 진실하게 하소서
내 마음이 청결하게 하소서

내 마음이 늘 한결같게 하소서
내 마음이 늘 정결하게 하소서

나의 모든 삶이 주의 날까지
주님을 닮아가게 하소서

나의 모든 삶이 날마다
주님의 모습을 닮아가게 하소서

내 마음을 정직하게 하시고
주께서 주신 사명을 감당하게 하시며
내 마음을 가난하게 하소서

나의 모든 삶이 순간순간마다
좌절하거나 후회하지 않고 보람을 느끼며
주님의 뜻을 이루어가게 하소서

나의 모든 삶이 온종일
천국을 이루게 하소서

주님을 만난 기쁨으로

나의 힘, 나의 능력으로는
도저히 주님께 가닿을 수 없는데
주님을 만난 기쁨으로
내 마음은 뜨겁게 감동하여 출렁거립니다

죄악 속에 늘 서성거리며 살아온
어리석은 나의 삶에 간절히 바라오니
새 생명의 은혜로 함께하여 주소서

주님을 만난 기쁨 속에
하나님의 말씀을 읽고 듣고 지키는 삶을 살아
복 있는 자가 되게 하소서

주님을 만난 기쁨으로
내 가슴이 아리도록 날마다 새로워지고
삶에 날개를 달아놓은 듯 즐겁게 하소서

주님을 만난 기쁨으로
늘 새롭게 구원의 기쁨을 깨닫게 하소서

주님의 말씀을 듣게 하소서

내가 하던 말들을 멈추고
주님의 말씀을 듣고자 합니다

내 마음 판에
주님의 말씀이 새겨지기를 원합니다
나의 삶의 첫 번째 자리에
주님의 말씀이 놓이기를 원합니다

내가 생각하던 것들을 멈추고
주님의 말씀을 묵상합니다

나의 생각 속에
주님이 찾아오시기를 원합니다

나의 모든 행동이
주님을 닮기를 원합니다
나의 모든 발길이
주님의 발자취를 따르기를 원합니다

주여, 내 마음에 오셔서 함께하여 주소서
나의 마음이 주님께 붙잡힌 바 되기를 원합니다

주님이 보내신 사랑의 편지

주님이 보내신 생명의 말씀은
모든 사람들이 함께 읽어야 할
하늘 구원의 사랑의 편지입니다

주님이 보내신 사랑의 편지는
하나님의 말씀인 성경 말씀
살아서 움직이는 생명의 복음입니다

하나님은 생명의 말씀으로
천지만물을 창조하시고
주님은 생명의 복음으로
이 땅에 우리의 모습으로 오셨습니다

우리의 모습으로 오셔서
십자가에 고난당하시고 십자가 보혈로
우리를 죄에서 구속하셨습니다

주님만이 구원이시고 구주이시니
주여, 내가 지은 죄에서 나를 구원하여 주소서

주님의 말씀은 길이요 진리요 생명이니
주여, 우리를 인도하소서

나의 마음이 주님을 바라보게 하소서 1

사랑의 주님!
나의 마음이 오락가락 중심을 잡지 못해
헤매거나 갈등하지 않게 하소서

쓸데없는 욕심에 매달려
아무런 의미도 없는 일에 방황하지 않게 하시고
나의 마음의 중심이 주님을 바라보게 하시고
주님을 소망하며 살게 하소서

주여, 성령의 은혜로 충만하게 하시고
하나님의 말씀 속에서
진리의 자유를 맛보게 하소서

나를 주님의 강한 손으로 붙잡아주셔서
흔들리지 않는 강한 믿음으로
주 안에서 살게 하소서

삶 속에서 온갖 시련과 역경이 다가와도
오직 주님만 바라보며 의지하고
기도와 말씀으로 이겨내게 하소서

주님의 은혜로 내 영혼이 충만하여
주님 한 분만으로 만족하며 살게 하소서

나의 마음이 주님을 바라보게 하소서 2

오, 주님!
나의 눈이 주님을 바라보게 하소서
나의 마음이 주님을 바라보게 하소서

그리스도인으로서 성경을 온전히 믿으며
정직한 마음으로 하나님께 순종하게 하소서

그리스도인의 기쁨은
주님의 십자가 사랑에 있음을
늘 고백하며 살게 하시고
주님의 고난에 동참하는 삶을 살게 하소서

믿음을 확장하고 기도의 지경을 넓혀가며
하나님의 자녀답게 살게 하여 주시고
삶 속에서 늘 주님의 이름으로
승리하는 삶을 살게 하소서

어떤 끈질긴 유혹 속에서도
어떤 고난과 시련 속에서도
믿음만은 굳건히 지켜가며 살게 하소서

어떤 시련과 역경 속에서도
햇살처럼 밝고 환하게 웃으며
주님의 뜻을 날마다 이루게 하소서

나의 마음이 주님을 바라보게 하소서 3

오, 주님!
늘 기쁨으로 설레게 하시는 주님!
나의 마음이 주님을 바라보게 하소서

언제나 주님을 의지하고
주님 안에서 날마다 주시는 새 생명의 기쁨에 충만하여
어떤 역경과 시련과도 싸워서 승리하는
그리스도인이 되게 하여 주소서

신앙은 믿음에서 시작되오니
나의 믿음을 반석 위에 굳게 세우게 하소서
주님의 사랑과 말씀과 구원하심을
온전히 믿고 따르는 알곡 성도가 되게 하여 주소서
늘 열매 맺는 삶 속에서 성도의 본분을 다하게 하소서

주님을 사랑하는 나의 믿음이
주님을 바라보게 하시고
주님을 향한 열심이
심장을 뜨겁게 태우게 하소서

주님의 은혜를 체험하며 살게 하소서 1

오, 주님!
주님의 은혜를 체험하며 살게 하소서
구주 예수께서 이 땅에 오시어
죄악 가운데서 구원하여 주신 은혜를 체험하며
감사하고 찬양하며 예배하는 삶을 살게 하여 주소서

하나님의 독생자이신 예수께서 이 땅에 오셔서
사랑을 몸소 보여주셨으니
소망을 주시고 영생의 길을 깨닫게 하여 주소서

성경을 통하여 진리를 깨닫게 하시고
진리를 따라 살아가며 말씀의 소중함을 잘 깨닫고
가족과 이웃에게 전하게 하소서

삶 속에서 걱정거리, 근심거리 만들지 않고
낭만거리, 추억거리를 만들며 살게 하소서
삶 속에서 하나님과 영적으로 교제하는 법을 가르쳐주소서

회개를 통하여 구원받게 하여 주시고
성령 충만을 통하여 강하고 담대한 믿음을 주소서
예배를 통하여 하나님께 영광과 찬양을 돌리게 하시고
전도를 통하여 구주 예수를 전하는 기쁨을 주소서

주님의 은혜를 체험하며 살게 하소서 2

사랑의 주님!
주님의 은혜를 체험하며 살게 하소서

주님을 떠나면
평안은 없고 괴로움뿐입니다
힘들고 분주한 나날이 계속되어도
순간순간마다 기도를 통하여
하나님 아버지의 뜻을 알게 하시니 감사합니다

기도가 필요할 때마다
우리의 가슴을 활짝 열고
예수 이름으로 기도하게 하시고
충만한 은혜를 내려주셔서
주님이 주신 사명을
이 땅에서 잘 감당하게 하소서

하늘나라를 바라보며 살게 하시고
나의 믿음의 시작이며 끝이
주님이 되게 하시기를 원합니다

내가 사는 날 동안 어느 곳에서든지
머뭇거리지 않고 늘 주님을 사모하는 마음으로
믿음 속에 살게 하여 주시기를 원합니다

목숨이 다하는 날까지
기도와 예배를 통하여
하나님께 영광을 돌리게 하시고
모든 것을 주님께 온전히 맡기며
살아가게 하소서

주님을 의지하여 살게 하소서

진실하시고 겸손하신 나의 주님
주님을 의지하여 살기를 원하오니
날마다 강하고 담대한 믿음으로 살게 하소서

주님의 말씀에 의지하여
주님의 성실하심을 체험하며 살게 하소서
주님의 구속 사랑에 의지하여
주님의 구원하심을 체험하게 하소서
주님이 가르쳐주신 기도를 통하여
주님의 인도하심을 체험하게 하소서

오늘의 삶을
때를 놓치지 않고 마땅한 날, 마땅한 시간마다
주 안에서 성실하고 근면하게 살게 하소서

주님을 의지함으로 강한 믿음을 갖게 하사
시련에 시련이 거듭되어도
고통과 절망이 몰아쳐도 이겨내게 하소서

우리의 모든 짐을 주님께 맡김으로
기도의 응답을 체험하게 하시고
굳세고 강한 믿음으로 살아가게 하소서

주님의 음성을 듣게 하소서

삶 속에서 주님의 음성을 듣게 하소서
시간 가는 줄 모르고 기도하게 하소서

사람들의 얼굴 모습에서
사람들의 생활 속에서
사람들의 언어에서
하나님의 말씀 속에서
주님의 음성을 듣게 하소서

묵상 중에
기도 중에
말씀 중에
전도 중에
생활 속에서
주님의 음성을 듣게 하소서

길을 걷다가도, 일을 하다가도, 대화를 하면서도
주님의 음성을 깨닫게 하소서

나의 기도를 들으시고 응답하여 주심을 감사드립니다
항상 인도하시는 주님을 믿고
주님이 원하실 때
주님의 음성을 듣고 따르게 하소서

2장

고백하는 하루

나의 모습을 온전히 바라보게 하소서

기도할 때마다 주님을 온전히 바라보게 하소서
나의 모습을 온전히 바라보게 하소서

주님과 함께 있지 않으면
얼마나 초라하고 부족한 모습인지 알게 하소서

주님이 함께하시지 않으면
얼마나 연약하고 나약한 모습인지 알게 하소서

주님과 함께하면 얼마나 성장할 수 있는지
얼마나 놀라운 축복이 있는지 알게 하소서

주님이 아니시면
나의 생명이 무의미함을 알게 하소서
나의 마음에 착한 일을 시작하셨으니
주님의 날까지 완성되게 하소서

주여, 기도함으로 내 중심이
말씀에 잡히고 믿음에 잡힘이
얼마나 큰 축복인지 깨달아 알게 하소서

주님의 구원하심과 인도하심이
그 무엇보다 고귀한 축복이자 놀라운 은혜임을
삶 속에서 깊이 깨닫고 체험하게 하소서

주님이 원하시는 대로 살게 하소서

주님이 원하시는 대로 살게 하소서
주님이 뜻하신 대로 살게 하소서
주님이 행하시는 대로 살게 하소서
주님의 생명의 말씀대로 살게 하소서

주님을 알고, 주님을 믿고, 주님을 따르며,
주님이 원하시는 대로 살게 하시고
예수 그리스도에 대한 변함없는 믿음과
온전한 사랑을 지켜나가게 하소서

주님을 사랑하고 주님을 닮아가며
사나 죽으나 언제나
주님의 뜻대로 살게 하소서

온종일 말씀을 묵상하며
주님의 삶의 모습을 동경하며
주 안에서 사는 기쁨을 누리게 하소서

나의 모든 것을 드리게 하시고
죽도록 충성할 수 있는 믿음을 주소서
주님의 뜻대로 기대감 속에서 살게 하시고
주님이 원하시는 대로 살게 하소서

주님을 더 많이 알게 하소서

기도함으로 주님을 더 많이 알게 하소서
기도함으로 주님을 더 많이 깨닫게 하소서

주님의 말씀을 묵상하게 하사
영적인 싸움터에서 날마다 때마다
승리하는 삶을 살게 하소서

세상과 야합해서 불길하고 불손한
죄의 덫에 걸려들지 말게 하시고
연막을 치고 몰래 다가오는 죄악을 끊을 수 있는
담대한 용기와 믿음을 주소서

팽이처럼 정신없이 돌아가는 삶 속에서
멍텅구리처럼 휩쓸리지 않고
정신을 바짝 차리고 인도하심을 받게 하소서

부정적인 생각과 불신의 마음을 버리고
발걸음 가볍게 삶을 즐거워하며
나의 마음을 다하여 사랑하며 살게 하소서

늘 기도함으로 큰 위로와 소망을 주시고
은혜와 축복 속에 평안과 격려를 주시는 주님을
날마다 의지하며 살게 하소서

주여, 나를 불쌍히 여겨주소서

주여 나를 불쌍히 여겨주소서
여리고의 소경처럼 불쌍히 여겨주소서
중풍병자처럼 불쌍히 여겨주소서
손 마른 자처럼 불쌍히 여겨주소서

홀로 남아 암울한 생각에 빠져들어
잠잠히 있게 하지 마시고
주님을 힘 있게 외쳐 부르게 하사
주님의 발길이 나에게 멈추게 하소서

부질없는 죄와 불신을 털고
모든 문제를 기도로 응답받게 하사
한마음으로 주님을 섬기게 하시고
날마다 주님의 손길을 느끼며 살게 하소서

세속적인 삶에 힘이 들고 탈진을 할 때마다
느닷없이 찾아오는 갈등과 고민을
말씀 묵상과 기도를 통하여 이겨내게 하소서
주님을 사랑하고 기다리며 모든 문제를
주님께 다 털어놓고 기도하게 하소서

욕심은 나의 삶을 여물지 못하게 하오니
오직 믿음으로 성장하게 하소서
주여, 나를 불쌍히 여겨주소서

감사 없이는

주님께 늘 감사하며 살아가는 것은
최고로 기쁜 일이며 은혜가 넘치는 일입니다
감사가 없는 소망과 믿음은 거짓이오니
늘 감사하며 살기를 원합니다

이 세상 살아가는 순간이 모두 한순간이고
감사가 없는 삶은 메마른 사막과 같으니
늘 주님의 은혜에 감사하며 큰 행복 속에 살기를 원합니다

감사 없이는 많은 힘을 나타내지 못하고
어려운 일을 당할 때 감당할 수 없으니
감사하며 넉넉한 마음으로 살기를 원합니다

불현듯이 목덜미를 낚아채고
지옥으로 끌고 가던 죄의 그림자 드리울 때
휘몰아치는 죄악의 파도 속에 휩쓸려갈 때
건져내어 구원해주심에 감사를 드립니다

오늘도 갈 길을 잃은 사람들과
예수를 떠나 힘겨운 시험에 든 사람들이
믿음을 잃고 실족하오니
사랑과 믿음 속에서 새로운 삶을 살게 하소서

나는 언제나 감사할 수 있습니다

나는 언제나 감사할 수 있습니다
기도하고 또 간구하면 빛이 찾아와
주님의 마음에 가닿을 수 있으니 감사를 드립니다

마음의 밭을 갈고 씨를 뿌리고 시절에 따라
탐스러운 열매를 맺음으로 감사를 드리게 하소서
메마른 심령을 단비로 시시때때로 적셔주시니
그 사랑 그 은혜에 감사를 드립니다

주님을 영접하고 하나님의 자녀가 되니
죄가 다시 괴롭히지 않습니다
믿음의 벽에 기대어 살아갈 수 있으니
모두가 주님의 은혜이며 사랑입니다

귓가에 주님의 음성이 환하게 들려올 때
복음을 전하고 믿음을 간증하게 하소서
남을 부러워하거나 신세를 한탄하지 않게
거듭난 새 생명을 주시고 인도하소서

주님이 항상 눈앞에 선하게 다가와
인도해주시고 크나큰 기쁨이 충만하게 하시니
나는 언제나 감사할 수 있습니다

주님의 말씀은 복된 복음

주님의 말씀은 복된 말씀, 구원의 말씀입니다
우리를 죄악에서 벗어나게 하고
악에서 승리하게 하는 생명의 말씀입니다

내 마음의 문을 열어
생명의 복된 말씀으로 채워주소서

주님의 말씀은 사망의 문에서 나오게 하고
절망의 문을 열게 하는 생명의 말씀입니다

주님의 말씀은 죄악을 즐기고 그 속에서 떠나지 못하던
나의 모든 삶을 날마다 새롭게 하여 주시는
가장 복된 말씀입니다

주님의 말씀은 생명이요 영혼의 양식이며
믿음의 싹이 나고 자라게 하여
열매를 풍성하게 맺게 하는 생명의 말씀입니다

성경 말씀, 주님의 말씀은
구원의 길로 인도하는 표지판이며
영원한 천국으로 인도하는 안내자입니다

생명의 말씀 속에 살게 하소서

오, 주님!
주님의 말씀은 창조의 말씀,
주님의 말씀은 구원의 말씀,
주님의 말씀은 영생의 말씀이오니
생명의 말씀 속에 살게 하소서

복음의 말씀을 읽어 복되게 하소서
복음의 말씀을 들어 복되게 하소서
복음의 말씀을 지켜 복되게 하소서
주님의 말씀을 증거하여 복되게 하소서

무엇을 하든지
하나님의 말씀에 근거하게 하시고
무엇을 하든지
하나님의 말씀을 기초로 하게 하소서

주님의 말씀은 길과 진리와 생명이 되시니
주님의 말씀을 따라 성령의 아홉 가지 열매를
풍성히 맺으며 살게 하소서

살아 있는 생명의 말씀, 진리의 말씀 속에서
새 생명의 기쁨을 누리며 살게 하소서

성경을 깨닫게 하여 주소서

성경은 하나님의 말씀이오니
깨닫게 하여 주사 진리를 알게 하소서

말씀이 부족할 때 믿음이 약해지고 흔들리오니
늘 성경 속에서 주님의 음성을 듣게 하소서

말씀을 읽으며 구원의 섭리를 깨닫게 하시고
이 시대와 오늘 우리에게 주시는
생명의 말씀을 깨닫게 하여 주시기를 원합니다

성경 말씀으로 무장하여 주님의 구원의 말씀을
전도하기에 부족함이 없도록 인도하여 주소서

생명의 말씀을 마음대로 해석하지 않게 하시고
말씀을 말씀으로 이해하고 깨닫게 하여 주소서

하나님의 창조하심과 시대를 인도하심
주 예수 그리스도의 구속사와 재림하심을
생명으로 깨닫고 살게 하여 주시기를 원합니다

기도할 때에도 말씀 속에서 구원의 확신을 갖고
뜨거운 마음으로 주님을 향하여 기도하게 하소서
생활을 할 때에도 말씀에 의지하게 하소서
말씀 속에서 하나님의 섭리와 뜻을 발견하게 하소서

주님의 말씀을 듣게 하소서

내가 하던 말들을 멈추고
주님의 말씀을 듣고자 합니다

내 마음 판에 확실하게
주님의 말씀이 새겨지기를 원합니다
나의 삶의 첫 번째 자리에
주님의 말씀이 놓이기를 원합니다

내가 생각하던 것들을 멈추고
주님의 말씀을 묵상합니다

나의 생각 속에 언제나
주님이 찾아오시기를 원합니다

나의 모든 행동이 주님을 닮기를 원합니다
나의 모든 발길이
주님의 발자취를 따르기를 원합니다

주여, 내 마음에 오셔서 함께해주소서
나의 마음이 주님께 붙잡힌 바 되기를 원합니다

생명의 말씀을 듣고 지키게 하소서

때때로 작은 일에도 상처가 난 마음에
삐뚤어지고 고집과 투정이 생겨나지 않게 하소서

불평하는 마음과 혼란한 마음으로는
말씀을 온전하게 들을 수 없으니
마음의 문을 성령의 은혜로 활짝 열어
믿는 마음으로 말씀을 새겨 듣게 하소서

가장 어질고 좋은 마음이 되시는
주님의 마음처럼 넓은 마음을 갖게 하소서

눈을 감아도 눈을 떠도 생각나는 주님
온유하고 겸손한 마음이 되어
생명의 말씀을 마음 판에 새기게 하소서

어려울 때 힘이 되어주시니
부드러운 마음, 선하고 따뜻한 마음으로
스펀지처럼 주님의 말씀이
내 마음에 스며들게 하여 주소서

마른 심령을 촉촉하게 적셔주시는
생명 있는 말씀을 기쁘고 즐거운 마음으로
듣고 지키게 하소서

말씀의 지혜를 주소서 1

하나님의 말씀은 생명의 말씀이며
예수 그리스도의 구속사이오니
말씀을 깨닫는 지혜를 주소서

늘 지혜롭고 성실하게 살아가게 하시고
지혜가 부족해서 실패하는 일이 없게 하시고
능력이 약하여 포기하는 일이 없게 하소서

경건하게 말씀을 읽고 듣고 마음에 새기며
생명의 말씀에 순복하고 늘 묵상하며 살게 하소서

죄 많고 말썽 많던 삶을 떨쳐버리고
지혜와 지식과 능력 가운데
생명의 말씀을 삶에 꽃피우게 하소서

삶 속에 말씀의 지혜와 지식을 주셔서
행함이 있는 믿음으로 밝고 아름다운
성도의 삶을 살게 하소서

주님의 말씀을 붓으로 먹줄 치듯이
마음과 영혼으로 온전히 받아들여
때를 맞추어 주시는 하나님의 말씀을
마음 깊이 새기며 바른 믿음으로 살게 하소서

말씀의 지혜를 주소서 2

오, 주님!
흘러가는 세월이 몸과 마음에 흔적을 남기니
이마에는 주름살이 생기고 얼굴은 황혼으로 물듭니다
그러나 주님의 말씀은 언제나 몸과 마음과 영혼을
푸르고 새롭게 하시니 그 사랑에 감사드립니다

어렸을 때도, 젊은 청춘의 시절에도, 노년의 때도
말씀 속에서 주님의 구원의 진리를 깨닫게 하시고
삶의 모든 지침이 성경에서 시작되게 하소서

하나님의 생명의 말씀을 사람들의 심령에 전하여
죄에서 구원받게 하시고
하나님의 영광을 드러내는 삶을 살게 하소서

늘 하늘을 향하여, 하나님을 향하여
예배드리고 찬양하는 기쁨 속에서
재림의 주님을 기다리는 믿음을 갖게 하소서

말씀이 생명이 되어 오신 예수 그리스도의 사랑에
늘 감사하게 하시고 말씀을 통하여
구원의 사랑을 깊게 깨달으며 살게 하소서

항상 성령 충만하여 믿음의 삶을 사는 데 부족함 없이
시시때때로 기도하며 풍족한 영감을 얻게 하소서

주님의 말씀 속에서 깨닫게 하소서 1

오, 주님!
하나님의 말씀은 성령의 인도하심 따라 기록된
생명의 말씀이니 진리를 믿음으로 깨닫고
살아갈 수 있도록 항상 인도하여 주소서

하나님의 구원의 생명의 말씀이
나의 삶에 나침반이 되게 하여 주시고
말씀을 통하여 인도하심을 받아
성도다운 삶을 살게 하소서

주님의 말씀은 구원과 능력의 말씀이니
허물어지고 사라지고 마는
허무한 모래성을 높이 쌓아가는
헛된 인생을 살지 않게 하시고
반석 위에 믿음을 세워나가게 하소서

나태함과 빈둥거림으로 허송세월을 보내며
후회막급한 삶을 살지 않게 하시고
오늘 할 일을 미루어 삶이 엉망이 되지 않게 하소서

날마다 죄악 속에 살아가는 사람들의 마음속에
하나님의 말씀이 유유히 흐르고 흘러서
구원에 이르게 하여 주시기를 원합니다

주님의 말씀 속에서 깨닫게 하소서 2

말씀 속에서 천지만물을 창조하신
하나님의 섭리를 깨닫게 하시고
예수 그리스도의 구속사를 깨달아
하나님의 크나큰 사랑을 체험하게 하소서

세월이 흘러가도 주님의 말씀은
언제까지나 변함없는 진리이며
항상 살아서 역사하시니
복음을 전하며 사는 기쁨을 갖게 하소서

하나님의 말씀은 영원한 진리이며
구원의 생명의 말씀이시니 보고 읽고 듣고 깨우쳐서
삶 속에 적용하고 진리로 받아들이게 하시며
온전히 믿고 따르게 하소서

하나님께서 말씀으로 천지를 창조하셨으니
그 무궁한 능력을 찬양합니다
하나님께서 말씀이신 주님을
이 땅에 보내주셔서 우리가 구원을 받았으니
그 무한한 사랑을 감사드립니다

주님의 말씀은 창조의 말씀이오니
우리를 늘 새롭게 해주시고 주님의 말씀을 본받아
지혜롭고 슬기로운 성도의 삶을 살게 하소서

구원의 복음을 듣게 하소서

지치고 힘든 영혼, 상하고 찢긴 영혼,
병들고 나약한 영혼에게
새 생명의 복음이 가득하게 하소서
어둠 속에 있는 사람들이
구원의 복음을 귀 기울여 듣게 하소서

죄악 속에 있는 이들을 구원하여 주시고
주님을 갈망하는 사람들이 늘어나게 하시고
주님의 이름을 부르며 주님을 따르게 하소서
사랑의 복음이 온 땅에 가득하여
사람들의 마음속에 울려 퍼지게 하소서

영혼의 깊은 곳까지 변화시켜 주소서
권능으로 영혼의 병든 곳까지 치료해주소서
복음을 통해 주님 안에 사는 길이
생명의 말씀을 통해 구원의 길이
모든 사람에게 활짝 열리게 하소서

날마다 주님께 영광과 찬양을 돌리기를 원합니다
절망과 죄악의 소식이 가득한 이 땅에
오직 복음과 오직 예수 그리스도로 가득하여
이 시대에 맡겨진 복음 전파의 사명이
온전히 이루어지기를 간절히 기도드립니다

말씀으로 영적 성숙을 이루게 하소서

주님의 말씀이 화살처럼 마음에 강하게 꽂혀
삶이 새롭게 되고 영적 성숙을 이루게 하소서
바른 믿음으로 내적인 성숙과 외적인 성숙이 합력하여
주님이 보시기에 아름다운 선을 이루게 하소서

주님의 능력으로 강한 믿음을 갖게 하시고
연약하여 지칠 때에도 기도를 통해
전폭적으로 주님을 의지함으로 회복되게 하소서

삶의 모든 부분이 주님의 은혜로 형통하게 하소서
망상이나 몽상에 사로잡혀 살지 않게 하시고
꿈을 갖고 마음으로 강력하게 이루어가며
끈기 있게 실천함으로 이루어내게 하소서

나의 마음속에 강하게 역사하시는
말씀의 능력을 실시간으로 체험하게 하소서
어린아이 같은 신앙에 머물러 있는 것이 아니라
주 안에서 자족하며 믿음으로 살게 하소서

날마다 주님의 말씀 속에서
진리와 생명과 구원의 사랑을 깨닫고
영적으로 성숙하는 그리스도인이 되게 하소서

생명의 복음을 전하게 하소서

어두운 밤하늘에 별들이 총총히 빛나듯
세상의 빛이 되어 주님의 복음을 전하며
죄에 갇혀 있는 사람들에게 비추게 하소서

작은 참새들도 푸른 하늘을
제 마음껏 자유롭게 날아다니며 지절대는데
생명의 말씀을 한 마디도 전하지 못하면
그 안타까움과 부끄러움을 어찌 감당하겠습니까

하나님과 사람 사이의 벽이 허물어지도록
생명의 복음을 전하게 하시고
삶 속에서 은연중에라도
복음을 전하는 삶을 살 수 있게 하소서

복음은 생명이요 구원의 길이니
주님을 영접하지 않고
죄 속에 사는 사람들이 구원받을 수 있도록
생명의 복음을 전하게 하소서

복음을 전하지 않으면 어떤 사람도
복음을 알지 못하고 믿지 못하여
지옥 불에 던져지게 되오니 시시때때로
복음을 전하여 구원받는 사람이 늘어나게 하소서

복음을 온 세상에 전하게 하소서

나의 마음이 조바심을 내거나 초조하지 않고
바로 세워지고 깨끗하고 투명하고
맑게 다 들여다보이도록 하여 주소서

잡동사니같이 얽히고설킨 마음을
주님께서 속속들이 들여다보시고
모든 죄를 낱낱이 용서하여 주소서

내 마음이 악착같이 욕심 속에 살며
죄악의 골목에서 아귀다툼하지 않게 하소서
나의 마음을 정결하게 하시고
나의 마음을 주님을 향해 모두 열게 하소서

주님의 마음을 닮게 하여 주사
믿음이 날마다 성장하게 하시고
하나님으로 행복하며
날마다 기쁨 속에 거하게 하소서

온 세상을 향하여 복음을 전하게 하소서
나의 삶을 통하여 기도와 말씀으로
믿음의 지름길을 가게 하여 주시고
성도의 사명을 잘 감당하게 하여 주소서

진리 안에 살기를 원합니다

주님의 말씀대로 살아감이
우리들의 삶의 힘과 능력입니다
정신을 잃게 만드는 죄악의 막을 내리고
생명의 말씀대로 살게 하여 주소서

주님의 놀라우신 그 이름 예수 그리스도를
날마다 나의 입술로 기뻐하며
소리쳐 부르며 찬양하기를 원합니다

우리의 믿음을 성장하게 하시고
어둠에서 빛으로 인도하사 진리 안에 살게 하소서

우리의 사랑이 깊어가게 하시고
은혜와 축복을 누리며 성도답게
믿음 안에서 복된 삶을 살게 하소서

세속적인 허전함에 마음이 들떠서
쓸데없는 방황을 하지 않게 하시고
주님과 화목하고 동행하게 하소서

지극히 거룩한 믿음 위에서 살게 하시고
성령을 통하여 기도하게 하시고
하나님 사랑 안에서 믿음을 지키며
영생을 얻도록 주님의 긍휼을 입게 하소서

주님의 말씀 널리 전하게 하소서

나의 삶 속에서
주님의 생명의 구원의 말씀을
깊게 만나게 하소서

깊이 만난 주님의 진리의 말씀을
온 세상 땅끝까지
넓고 깊게 전하게 하소서

나의 삶 속에서
생명의 말씀이 꽃피게 하시고
주님의 말씀이 열매를 풍성하게 맺게 하소서

주님의 말씀을
아직도 주님을 알지 못하는 사람들에게
널리 전하게 하소서

나의 삶 속에서
날마다 때마다 시시때때로
주님의 말씀을 넓고 깊게 만나게 하소서

넓고 깊게 만난 주님의 말씀을
기회 있는 대로 온 힘을 다하여
넓고 깊게 온 세상에 전하게 하소서

주님의 말씀에 깊은 감동을 받게 하소서

주님의 말씀은 전능하신 하나님의 말씀이며
나의 모든 것을 감찰하오니 깊이 감동하게 하소서
주님의 말씀은 살아 있는 생명의 말씀이며
나의 모든 것을 감화시키니 깊은 은혜를 받게 하소서

우리의 죄악으로 인하여
죄 없으신 주님께서 이 땅에 오시었으니
모든 것을 하나님께 의탁하고 맡기시는
주님의 삶을 본받게 하소서

문제를 저지르고 혼란을 일으키는
죄로 인하여 죄책감을 가지고 괴로워하기보다는
솔직하게 회개함으로 용서를 받게 하소서

주님의 말씀을 마음 판에 새겨
확신이 넘치는 신앙생활을 하게 하시고
말씀을 통하여 생명의 기쁨을 깨닫게 하소서

땀과 눈물과 피를 흘리며
최선을 다하는 삶을 살게 하소서
풍성한 소득으로 충성을 다하게 하시고
가족과 화목하고 기쁨 속에 살게 하여 주소서

진리 안에서 살게 하소서

세상에서 시련과 고통으로 마음이 흔들릴 때
교만한 마음,
거만한 마음,
오만한 마음,
자만한 마음을 버리고
복음의 진리 안에서 살게 하소서

주님은 거짓이 없으시고
신실한 분이시니
항상 정직하게,
항상 솔직하게,
항상 진솔하고 깨끗한 마음으로 살게 하소서

삶 속에서 헛된 욕망과 욕심을 버리게 하소서
모든 죄악이 잘못되고 어그러진
마음에서 시작되오니 진리 안에서
단순하고 순수하게 살게 하소서

진리 안에서 보호하여 주시고
하나님의 영광 앞에 흠 없이 기쁨으로 서게 하시고
하나님께 영광과 찬양을 돌리게 하소서

생명의 복음을 전할 때

생명의 복음을 전할 때
영혼을 간절히 원하는 마음을 주소서
생명의 복음을 전할 때
영혼을 사랑하는 마음을 주소서

구원받아 주님을 시인하고 고백할 때
혀끝에 감도는 구원의 복음을 전할 때
사람들이 귀를 기울이게 하시고
마음의 문을 열게 하소서

말씀의 복음을 전할 때
성령의 인도하심으로 자신의 죄를 깨닫게 하소서
말씀의 복음을 전할 때
타인을 위하여 도고의 기도를 드리게 하소서

진리의 복음을 전할 때
성령의 인도하심으로 주님을 영접하게 하소서
구원을 얻게 하시고 천국을 소유하게 하소서

생명의 복음을 전할 때
사람들이 주님을 영접하게 하시고
그들의 죄에서 돌이켜 회개하여 구원받게 하소서

복음을 부끄러워하지 않게 하소서

하나님의 최대 관심은 세상의 영혼들이
하나님의 품으로 돌아오는 전도이니 기도함으로
주님의 생명의 복음을 항상 기쁨으로 전하게 하소서

나를 구원하신 생명의 복음을 부끄러워하지 않고
죄로 꼭꼭 잠가둔 마음을 복음으로 열게 하소서
내 영혼과 마음으로 주님을 시인하고 고백하고
한입과 한마음으로 영광과 찬양을 돌리게 하소서

성령의 은혜로 진동하는
내가 받은 구원의 기쁨을 전함으로
새로운 영혼이 주 앞으로 나오게 하소서

죄 사함을 얻고 복음으로 주님을 믿어
나의 삶에 놀라운 주님의 일들이 펼쳐짐을 바라보며
하나님께 영광과 찬양을 돌리게 하소서

길 잃고 절망하는 사람들에게
죄악의 파도에 휩쓸려 떠나가는 사람들에게
생명의 복음의 밧줄을 던지게 하시고
구원의 복음을 전함으로
날마다 주 안에서 기뻐하게 하소서

복음으로 기쁨을 누리게 하소서

나의 영혼을 병들게 하고 정신을 무디게 하는
죄악과 결합하거나 함부로 타협하지 않게 하시고
죄악이 내 영혼을 으깨고 망가뜨려
지옥으로 데려가려 할 때 나를 붙잡아주소서

무의식 속에서 살아가지 않게 하시고
우리의 마음과 영혼의 벽과 담을 넘어오는
사단의 속임수에 놀아나지 않게 하소서

나의 연약함을 피부로 절감하게 하사
주님의 품으로 돌아가게 하시고
주님의 말씀을 묵상하고 깊이 사색하게 하소서

고통과 고난을 통하여
도리어 우리의 믿음을 새롭게 하여 주시고
주님을 늘 체험하게 하소서

죄로 인해 빛이 바랜 나의 몸과 영혼이
복음 안에서 주님을 만나 빛의 자녀가 되게 하소서

우리의 삶에서 주님의 깊은 뜻을
날마다 캐내게 하시고
복음으로 기쁨을 누리며 살게 하소서

복음의 그물을 던지게 하소서

우리는 사나 죽으나 주의 것이오니
썩어 넘어질 현실만을 보며 먹고 마시지 않게 하시고
욕망과 무지와 죄로 만신창이가 되지 않게 하소서
성도의 맡은 본분을 다하게 하시고
오로지 예수를 본받게 하소서

하나님의 말씀은 구원의 지혜가 있으니
모든 은사에 부족함이 없게 하시고
세상 물결에 휩쓸려 떠내려가는 이들에게
복음의 그물을 던지게 하소서

예수 그리스도로 옷 입어 거룩하고 흠 없게 하시고
깨어 기도함으로 의로 교육받아
복음을 전함이 소중한 축복임을 알게 하소서

성도로 부르심을 받았으니
청결한 마음과 선한 양심과 거짓 없는 믿음과
순수한 사랑의 마음으로 살게 하여 주소서

세상이란 바다에 복음의 그물을 던지게 하소서
예수 그리스도의 이름으로 힘 있게 던지게 하소서
복음의 그물로 죄악으로 떠내려가던 자들이
예수 이름으로 구원받게 하여 주소서

진리를 전하는 기쁨 속에 살게 하소서

하나님의 말씀을 일용할 양식으로
날마다 섭취하게 하소서
하나님의 말씀으로 영적인 무장을 하여
언제나 강하고 담대하게 살게 하소서

세상 것에 배부르기를 바라기보다
심령의 가난함을 먼저 바라보게 하소서
말씀으로 나의 삶을 정의롭게 하사
곧고 바르고 정결하고 깨끗하여
주님을 온전히 신뢰하고 섬기게 하소서

나를 언제나 실망시키지 않으시는
구원의 주님을 소망 가운데 바라보게 하시고
모든 은사에 부족함이 없게 하여 주소서

우리의 행함을 정결하게 하시고
우리의 심령을 깨끗하게 하시고
우리의 믿음을 말씀 속에 강하게 하소서

예수 그리스도가 나의 삶에
의로움과 거룩함과 구원함이 되게 하여 주소서
나의 삶을 주님께로 인도하시고
복음의 진리를 전하는 기쁨 속에 살게 하소서

복음의 도구로 사용하여 주소서 1

아무리 쓸모가 있는 도구일지라도
사용하지 않으면 전시품에 불과하오니
주님의 도구로 사용되게 하시고
복음의 도구로 쓰임을 받게 하소서

나의 삶이 죄의 도구로만 사용되어
거짓된 삶을 살다가 죄로 끝난다면
얼마나 불행한 삶입니까

주님을 믿는 그리스도인으로서
삶 속에서 주님의 영광을 나타내며
늘 찬양하며 예배하는 기쁨 속에 살게 하소서

나로 하여금 믿음의 꽃망울이 터져 열매 맺게 하시고
생명의 말씀을 전하는 복음의 통로가 되게 하소서

예수 그리스도의 말씀 증거를 견고하게 하시고
선한 행실로 같은 마음, 같은 뜻으로
전능하신 하나님을 온전히 경배하게 하소서

아무리 쓸모가 있는 도구일지라도
사용하지 않으면 쓸모없는 고철에 불과하오니
나의 사는 날 동안 사명을 감당하며
주님의 도구가 되게 하소서

복음의 도구로 사용하여 주소서 2

나의 삶을 주님의 인도하심 속에서
주님의 도구로 사용하여 주소서
복음의 좋은 도구일지라도 쓰지 않으면
아무 소용없는 걸치레이오니
주님의 쓰임을 받게 하소서

이 땅에서 쓰임 없는 존재로 살며
죄와 한통속이 되어 살아가면
빈 들판의 허수아비같이 쓸모없습니다

세상의 모든 것을 배설물로 여기게 하시고
십자가를 자랑하는 믿음 속에 쓰임을 받고
맡겨주신 달란트를 잘 사용하여
풍성하게 남김이 있는 삶을 살게 하소서

주님이 잘 아시고 쓰임받는
복음을 전하는 도구가 되어 행함이 있게 하시고
믿음의 달음박질이 헛되지 않게 하시고
시절을 좇아 풍성한 열매를 맺게 하소서

주님을 향하여 늘 소망을 갖게 하시고
영적으로 신령한 자 되어 주 예수의 날에
책망받을 것이 없게 하여 주소서

복음의 도구로 사용하여 주소서 3

오, 주님!
나를 주님의 도구로 사용하여 주소서
나를 주님의 사역에 동참시켜 주소서

깊은 번뇌, 깊은 고뇌 속에 머물지 않고
주께로 나아가게 하소서
말씀을 잘 나타내고 전하는
기쁨이 넘치는 삶을 살게 하소서

나태는 성공을 방해하는 무서운 적이며
자만심은 도전이 없어 변화를 일으키지 못하며
욕심은 아무것도 해낼 수 없으니
나태와 자만심과 욕심을 버리게 하소서

주님은 나의 생명이 되시니
나의 전부가 되시고 처음과 끝이 되시니
절망의 끝에서도 나를 잊지 마시고
복음을 전하는 도구로 쓰임받게 하소서

주님이 필요한 곳에서 도구로 사용되어
복음을 전하는 통로가 되게 하시고
주님의 이름을 자랑할 수 있는 믿음을 주소서

내 영혼의 양식이 되게 하소서

날마다 급변하는 세상에서
영원히 변하지 않으시는 주님의 말씀이
내 영혼의 양식이 되게 하소서

풍요로움으로 가득한 세상에
새 생명을 불어넣어주시는 생명의 말씀이
내 영혼에 꼭 필요한 양식이 되게 하소서

수많은 범죄가 날마다 일어나
불안하고 초조한 세상에서
주님의 말씀만이 나를 안전하게 하소서

성도가 부르심을 받았으니
죄의 유혹에 넘어가 쓰러지지 않도록
기도와 말씀으로 영적인 무장을 하게 하시고
단단한 믿음으로 살아가게 하소서

시련과 고난을 넘어, 고통과 상처를 넘어
생명의 말씀이 내 영혼의 양식이 되게 하소서

주께서 나를 위하여 통곡과 간구를
하나님께 올리셔서 구원을 받았으니
천국에 대한 산 소망을 갖게 하시고
영원히 쇠하지 않는 하늘나라의 기업을 잇게 하소서

새롭게 주님을 전하는 사람들

오늘도 복음 안에서 새롭게 주님을 만나고
평범한 삶 속에서 기적을 일으키며
주님을 영접하는 사람들을 인도하여 주소서

주님의 인도하심이 참으로 놀랍기에
구원받은 감격으로 주님을 경배하고 찬양하는
거룩한 성도들을 인도하여 주소서

옛것을 버리고 새사람이 되었으니
날마다 복음으로 새롭게 변화되어
주님을 전하게 하여 주소서

예수 그리스도의 보혈의 피로 속량과
놀라운 은혜와 사랑을 받았으니
하나님이 거하실 처소가 되어가게 하소서

오늘도 말씀 안에서 세상의 모든 것을 떨쳐버리고
죄가 가득한 외진 골목길로 가지 않고
말씀과 은혜로 새롭게 변화받은 삶을 전하게 하소서

주 안에서 변화를 받은 성도들 모두
주 안에서 새 생명의 기쁨이 가득하게 하시고
예수 그 아름다운 이름을 영혼에 확실하게 새겨주소서

매일매일 삶의 순간마다

매일매일 삶의 순간마다 말씀을 묵상하며
주님의 뜻을 마음 판에 새기게 하소서

매일매일 기도하며 영적으로 호흡하게 하시고
맡겨진 사명에 대해 충성을 다하며
늘 성도의 본을 보이는 삶을 살게 하여 주소서

주님의 말씀이 생명으로 적용되게 하여 주시고
나의 삶 속에 주님의 말씀의 능력이
정하신 목적대로 나타나게 하소서

하나님의 생각하심과 마음이
나의 생각과 믿음 속에 자리 잡게 하시고
풍성한 결실을 이루게 하소서

말씀 속에 주님의 뜻에 합당한
기도를 통하여, 믿음의 수련을 통하여
주님의 손길이 함께하심을 체험하게 하소서

매일매일 삶의 순간마다
주님의 말씀을 깊이 묵상하며
기도하며 실천하고 행동하는
바른 성도의 삶을 살게 하소서

나의 삶의 시작이 주님이 되게 하소서

오, 주님!
삶의 출발은 세상의 길과 같아
어느 길로 들어가느냐가 중요합니다

보기에 편안하고 쉽고 넓은 길보다
좁은 길일지라도 생명 길을 찾아내어
인도하심 따라 가게 하소서

나의 삶의 시작이 주님이 되게 하시고
하늘에 소망을 쌓게 하시고
예수 그리스도의 고난을 따르게 하소서

주님께 아무런 할 말이 없어지고
기도가 머뭇거려지고 눈물만 뚝뚝 떨어지오니
내 마음을 아시는 주여, 나를 용서하소서

하나님의 말씀이 나의 삶의 나침반이 되게 하사
주님이 나에게 주신 믿음을 따라
지혜롭게 살아가게 하소서

삶의 동행자가 중요하오니
주님의 손을 꼭 잡고 살아가게 하소서
나의 영원한 삶을 항상 인도하여 주소서

나를 부르신 주님 1

죄악 중에 커다란 번민에 빠져
고통당하고 있을 때
깨어서 기도하라고 나를 불러주신 주님

내가 주님 앞에 홀로 섰으니
나를 주님의 뜻대로 사용하시고
뜨거운 열정으로 주님께 쓰임받게 하소서

늘 자신 없고 못나서 사람들 앞에 서지도 못하고
보잘것없이 비참하게 살아왔는데
주님께서 나를 찾아와주셨습니다

고생문이 열려 실수가 많고 자신감도 없고
허점투성이여서 주목받지 못하던
초라하고 나약한 삶을 살아왔습니다

이런 내가 하나님의 아들
구세주 예수 그리스도의 주목을 받음으로
참으로 행복한 삶의 주인공이 되었습니다

회개를 통하여 삶의 방향을 세상이 아니라
주님으로 잡고 나아가게 하소서
말씀을 통하여 세상을 향하여
주님을 전하는 삶을 살게 하여 주소서

나를 부르신 주님 2

오, 주님!
나를 부르셨으니 옛 모습을 버리고
성령을 충만하게 받고 말씀에 힘입어
하나님의 뜻을 따르는 삶을 살게 하소서

늘 골탕을 먹고 골머리를 앓고
골병이 들어 세상에 꿈이 없던 내가
하늘 소망을 갖고 행복하게 살아갈 수 있으니
이 얼마나 놀라운 은총입니까
나를 부르셨으니 주님이 원하시는 삶을 살겠습니다

아무 쓸모가 없고 보잘것없던 내가
주님의 쓰임을 받게 되었습니다
사람들에게 사랑받지 못하던 내가
골수에 사무치도록 주님의 사랑을 받고 있습니다

나의 마음에 복음의 종이 생명의 소리를 내며
세차고 강하게 울리고 있으니
믿음의 자녀답게 힘차게 나아가게 하소서

나를 인도하여 주시고 함께하여 주시니
하나님의 자녀답게 신실한 그리스도인으로
믿음의 삶을 살아가며, 주님을 닮아가며,
주님의 뜻을 이루며 살게 하여 주소서

내 마음이 옥토가 되게 하소서

내 마음이 가꾸지도 않고 돌보지도 않는
쓸모없고 버려진 밭이 아니라
기름진 옥토가 되게 하소서

가시떨기 밭이 아니라
돌이 잔뜩 있는 밭이 아니라
큰 바위가 박혀 있는 밭이 아니라
엉겅퀴가 무성한 밭이 아니라
내 마음이 부드러운 옥토가 되게 하소서

주님의 말씀을 심어 시절을 따라 풍성하게
30배, 60배, 100배의 결실을 거두게 하소서

내 마음이 믿음으로 개간되고
주님의 축복과 은혜를 시시때때로 좇아
좋은 옥토가 되게 하시고
아름다운 열매를 풍성하게 맺게 하소서

길 잃은 양을 찾게 하소서

목자를 떠나 제멋대로 살다가
길을 잃고 들판을 헤매며
무섭고 두려워 떨고 있는
길 잃은 어린양을 찾게 하소서

가시덤불 속에서 나오려고
깊은 웅덩이에서 나오려고
몸부림치는 양들을 찾게 하소서
호기심과 유혹에 미혹되어
길 잃은 양들을 찾게 하소서

죽음의 벼랑이 가깝고
죽음의 계곡이 가까워지니
저들을 불러내어 올바른 길로 인도하소서

양들의 이름을 아시는 주님
양들의 모습을 아시는 주님
길 잃은 양들을 인도하여 주소서

잃어버린 양 한 마리

내가 누굴 찾고 싶은지
알쏭달쏭하거나 전혀 모른다면
얼마나 안타깝고 불행할까

내가 어디로 가고 싶은지
전혀 찾을 수 없고 알 수가 없다면
얼마나 안타깝고 불행할까

나는 누구를 찾고 있는지
잘 알고 있다
나는 어디로 가는지 알고 있다

내가 먼저
주님을 찾고 있는 줄 알았다
아니다
주님이 먼저 나를 찾고 계셨다

내 삶의 모습이
바로 길 잃어버리고 목마르고
배고픈 어린양이었다

바른 믿음의 삶을 살게 하소서

구원의 반석이 되시는 주님
거칠고 사납고 모나고 삐뚤어진
마음을 새롭게 변화시켜 주소서

유혹과 욕심을 따라 살던 옛 모습을 버리고
성령의 인도하심 따라 새사람이 되게 하소서

질서가 잡히고 잘 정돈되어
바른 믿음의 삶을 살게 하여 주시고
목청을 높여 간절히 기도하게 하소서

우리가 주님을 신뢰하는 만큼
우리에게 믿음을 주시니
온전하고 바른 믿음으로 복종하게 하소서

죄악의 헛된 방향에서 돌아서서
믿음을 통하여 주님을 바라보게 하시고
시련과 고통을 통하여
믿음이 반석 위에 견고하게 세워지게 하소서

말씀과 묵상을 통하여 단련된 믿음을 갖게 하시어
거룩한 성도의 삶을 살게 하시고
하나님의 피로 사신 교회를 보살피게 하소서

우리의 믿음이 자라게 하소서

여름날 비를 맞고 쑥쑥 자라는 나무처럼
우리의 믿음도 쑥쑥 자라게 하소서
믿음이 장성하여 그리스도의 도에 이르게 하시고
주님의 복음을 전하게 하소서

우리의 믿음이 헛된 말과
거짓된 지식의 반론을 피하게 하시고
반석 위에 세워져 견고하게 하소서

주님에 대한 확신 있는 믿음과
기도함으로 언제나 어느 때나
주님의 손길을 느끼며 살게 하소서

비가 내리면 초목이 자라듯이
우리의 믿음이 말씀 속에서 하나님의 사랑에 대하여
항상 양심에 거리낌이 없게 하시고
풍성하게 자라 열매를 맺게 하소서

우리의 믿음이 선하고 아름다워
주님께 칭찬받게 하여 주시고
믿음을 좋은 터에 쌓아 참된 생명을 얻게 하소서

하나님의 마음에 합한 믿음을 주소서

온 천하 만물과 해와 달과 별들이,
살아 있는 모든 것들이 하나님을 찬양하오니
온 마음과 정성을 다하여
주님을 높이 찬양하게 하소서

지혜를 주사 찬미의 시로 찬양하게 하시고
주님이 필요한 곳에 쓰임받게 하소서
하나님의 마음에 합한 믿음을 주사
하나님의 뜻에 맞게 살게 하여 주시고
음행하거나 탐욕을 부리지 않게 하소서

하나님의 눈길에서 벗어나
추악한 죄악 속에 살지 않게 하시고
믿음의 삶을 자랑스럽게 여기는
거룩하고 복된 성도의 삶을 살게 하소서

믿음의 선한 싸움에서 승리하게 하시고
영적인 전투에서 이기게 하여 주시고
온갖 유혹에 말려들지 않게 하소서

예수 안에 있는 속량으로 말미암아
하나님의 은혜로 값없이 의롭다 하시고
복음으로 무장한 믿음의 강한 군사로
항상 준비된 삶을 살게 하소서

악의 세력에 대항할 믿음을 주소서

온종일 세상에 햇살이 비추듯이
주님의 은혜와 사랑은 언제나 동일하오니
깨어 기도하게 하여 주소서
우리에게 강하고 담대한 믿음을 주시고
악의 세력에 대항할 수 있는 믿음을 주소서

악의 세력들이 크나큰 권세가 있는 것처럼
우리를 괴롭히고 위협할지라도
주님의 이름과 능력으로 강하게 물리치며
믿음으로 날마다 승리하게 하소서

주님께서 진리의 자유를 주셨으니
죄의 멍에를 메지 않게 하시고
마음의 정욕대로 살지 않게 하소서

우리로 하여금 유혹의 꾐에 넘어가
우상숭배하지 않게 하여 주시고
우리 속에 주님의 형상을 이루기까지
해산의 수고를 감내하게 하소서

주님의 말씀 위에 믿음으로 굳게 설 수 있도록
기도에 열심을 더하게 하사
악의 세력을 믿음으로 물리치게 하소서

믿음의 눈으로 세상을 보게 하소서

전지전능하신 눈으로 세상을 살펴보시며
천하보다 귀한 생명을 한 명이라도 더
구원하시기를 원하시는 주님
믿음의 눈으로 세상을 보게 하소서

기도로 하늘이 통하는 길이 열리게 하시고
천하보다 귀한 영혼들을
한 영혼 한 영혼 소중하게 바라보게 하소서

세상을 바로 볼 수 있는 눈을 주소서
내가 세상에 있을 때 나를 보시고 구원하신
주님의 구원의 사랑을 기억하게 하소서

주 안에서 새 생명을 얻었으니
구원의 복음의 갈망 속에
한 영혼 한 영혼 사랑하며 살아가게 하소서

생명의 복음을 전하는 일에
발 벗고 나서게 하시고
믿음의 눈으로 세상을 바라보게 하소서

고백하는 믿음

우리의 믿음이 주님을 구주로 고백하는
순전한 믿음으로 구원에 이르는
하늘의 지혜를 갖게 하소서

복음과 함께 고난을 받으며
주님을 구주로 고백함이 축복이 되어
나의 삶 속에서 표현되게 하소서

거룩한 소명으로 부르셨으니
믿음 안에서 온전하게 하시고
성령의 충만함 속에 주님을
시인하고 고백하고 전하게 하소서

주님을 믿는 것이 자랑이 되게 하시고
나의 신앙이 언제나 바르게 하소서
주님을 전하는 것이 축복이 되게 하시고
나의 믿음이 강하고 담대하게 하소서

그리스도인으로서 본을 보이는 삶을 살게 하시고
하나님 나라를 전파하게 하시고
주 예수에 관한 모든 것을
알 수 있도록 가르쳐주소서

끝까지 포기하지 않는 믿음을 주소서

영혼이 황폐하고 썩어가는 불신앙을 떠나
생명력 있고 활력이 넘치고
살아서 행동하는 믿음을 갖게 하소서

죄 없으신 예수께서 자기 백성을
자기 피로 그들의 죄에서 구원하셨으니
능력과 권세 있는 믿음으로
험한 세상도 뚜벅뚜벅 걸어가게 하소서

자신 있고 당당하게 살아가게 하시고
철석같은 믿음으로 좌로나 우로나
치우치지 않고 곧고 바르게
주님이 원하시는 믿음의 길을 가게 하소서

우리에게 선한 양심을 가지게 하시고
반석 위에서 믿음이 굳건하게 성장하여
언제나 흔들리지 않는 견고한 믿음으로
똘똘 뭉쳐 하나 되어 살게 하여 주소서

주님께서 공급하여 주시는 은혜를
충만하게 받아 줄기차게 기도함으로
잘 견디고 끝까지 포기하지 않게 하소서

강한 믿음을 갖게 하소서 1

오, 주님!
믿음 속에서 하나님을 신뢰하며 살아가게 하소서
늘 아멘을 외치며 응답받고 살아가는
믿음을 갖게 하소서

믿음으로 모든 두려움을 이겨내고
온 힘을 다해 일하며 어떤 어려움 속에서도
봉사할 수 있는 마음과 사랑을 주소서

믿음 속에서 소망이 솟아나게 하시고
변화시키며 개조시키며 고쳐나가게 하소서

믿음 없이는 살 수 없는 세상이오니
우리의 생각과 말과 행동에서
강하고 담대한 믿음을 갖게 하소서

나약하고 부족함을 말끔히 떨쳐버리고
형식과 뽐냄의 겉치레를 벗어던지게 하시고
성급하지 않고 부지런히 최선을 다하게 하소서

형식적으로 행하지 않고
알맹이 없는 방탕함으로 살지 않게 하시고
매사에 온 마음과 정성을 다해 일하게 하소서

강한 믿음을 갖게 하소서 2

오, 주님!
강하고 담대한 믿음의 사람이 되게 하소서
하나님의 말씀을 따르는 믿음의 장부가 되어
주님께 옳다 인정함을 받게 하여 주소서

늘 부지런하고 열심을 다하게 하소서
마음속에 갖고 있는 꿈을
행동으로 옮기게 하여 주시고
올바르고 정직한 삶을 살게 하소서

가정과 일터와 사람들 속에서
언제나 필요한 사람이 되게 하소서
만나는 사람들마다 행복하게 하여 주시고
하는 일마다 잘되게 하여 주소서

만나면 행복하고 헤어지면 그리워지는
사랑을 주는 사람, 행복을 주는 사람,
희망을 나누는 사람이 되게 하소서

늘 견고한 복음의 생명의 말씀으로
구원의 복음을 전하는 삶을 살게 하소서
늘 그리스도인임을 잊지 않고
예수 사랑을 생활 속에서 전하게 하소서

날마다 성장하게 하소서 1

사랑의 주님!
들판에 풀이 자라고 숲속에 나무들이 울창하게 자라듯이
나의 믿음도 날마다 성장하게 하소서
시냇물이 흐르고 흘러 강물이 되고 바다가 되듯이
나의 믿음이 성장하게 하소서

주님의 말씀 속에서 진리를 깨닫는 법을 가르쳐주시고
어떤 시련과 역경이 다가와도 흔들리지 않는
바위처럼 견고한 믿음을 갖게 하소서
반석 위에 세워주시고 곧게 잘 자라는 대나무처럼
날마다 주 안에서 믿음으로 성장하게 하소서

행함이 없는 죽은 믿음이 아니라
행함이 있는 살아 있는 믿음으로 성도답게 살게 하시고
내 마음과 정신이 예수로만 살게 해주시고
언제나 건강한 믿음으로 살아가게 하소서
기도를 하면 주님의 응답이 있을 때까지
끈기 있게 기다릴 수 있는 여유를 주소서

생활 속에서 믿음으로 주님의 향기를 나타내게 하소서
산천초목이 아름다운 숲을 이루어가듯이
자연스럽게 조화를 이루며 살아가게 하여 주소서
사람들 속에서 소란을 일으키지 않고
늘 조화로운 삶으로 믿음의 본을 보이게 하소서

날마다 성장하게 하소서 2

오, 주님!
비가 내리면 산천초목이 쑥쑥 자라듯이
우리의 믿음도 날마다 성장하게 하소서

주님께서 주신 사명을 맡은 성도이니
주님이 원하시는 삶을 살며 날마다 성장하게 하소서

사람들을 힘들게 하는 존재가 아니라
행복과 사랑을 주고 늘 필요한 존재가 되게 하소서

사람들이 원하고 찾는 존재가 되게 하시고
나눔과 배려를 아끼지 않는
넉넉한 마음을 가지고 살게 하소서

천국이 가까웠으니 회개하게 하여 주시고
만나는 사람들에게 직간접으로
예수 그리스도를 전하는 삶을 살게 하소서

믿지 않는 사람들에게 나도 저 사람처럼
예수를 만나고 믿고 싶다는 열망을 심게 하시고
생활 속에서 말씀을 전하는
거듭난 믿음을 가진 그리스도인이 되게 하소서

주여, 강한 믿음과 용기를 주소서 1

울안에 갇혀 나약해진 마음을 허물어버리고
말씀이 우리 속에 역사함으로
강하고 담대한 믿음을 소유하게 하소서

말로만이 아니라 능력으로 나타나는
실제적으로 강한 믿음을 소유하며
믿음으로 주께로 나아가게 하여 주소서

예수 그리스도의 좋은 병사로 삼아
내 평생을 능력의 손길로 붙잡아주시는
주님 안에서 살게 하소서

거짓 없는 믿음으로 온갖 방해와 염려와
근심이 찾아와도 혼신을 쏟아 구원해주시는
주님의 열정을 본받게 하소서

마음을 어둡게 하고 짜증과 신경질로
삶을 휘감고 있던 죄악을 풀어버리고
주님의 품 안에 안기게 하소서

기도와 믿음의 결단으로 열정을 다해
근면하고 처절하고 치열하게 살아가며
항상 새롭고 경건한 삶을 살게 하소서

주여, 강한 믿음과 용기를 주소서 2

주님 앞에 무릎을 꿇고 간절하게 기도하오니
나의 믿음이 미지근하고 나약하지 않도록
하나님의 말씀과 기도로 어떤 어려움과 고난도
이겨낼 수 있는 강하고 담대한 믿음과 용기를 주소서

주님의 골고다 보혈의 뜨거운 십자가
구원의 사랑을 가슴과 영혼에 받았으니
하나님의 말씀에 대한 확실한 믿음을 갖고
주님의 복음을 전할 수 있는
성도의 강한 믿음과 사랑을 주소서

매사에 불신하는 마음이 없게 하여 주시고
늘 하나님의 섭리를 확신하는 믿음으로 살게 하시고
떡으로만 사는 것이 아니라 말씀으로 살게 하소서

악한 행동으로 인한 회의와 슬픔을 갖지 않고
전진할 수 있는 믿음의 담력과 용기를 주소서

날마다 주님을 믿고 신뢰하오니
나의 믿음이 온전해질 때까지 붙잡아주시고
강하고 담대한 믿음으로 인도해주옵소서

주여, 강한 믿음과 용기를 주소서 3

나의 마음에 주님이 주시는 평안과 기쁨을
누리게 하여 주시고 절망하지 않고
늘 소망 속에서 참된 성도의 삶을 살게 하소서

범사에 감사하며 주님 앞에 무릎을 꿇고
기도할 수 있음을 행복으로 알고
때를 따라 주시는 은혜에 감동하게 하소서

주님이 주시는 마음의 평안함 속에
강한 믿음과 용기를 주셔서 주님을 바라보며
날마다 하늘나라를 간절히 소망하며 살게 하소서

예수 그리스도의 눈을 떠나면 죽고 사는 것도
결국 헛값일 뿐이니 수백 번 수천 번 반복되는 고백으로
더욱 견고해진 믿음 속에서 예수를 구주로 영접하게 하소서

하나님이 창조하신 고귀한 섭리와 아름다움을 잃고
죄 속에서만 살아가지 않게 하여 주시고
강하고 담대한 믿음으로 성장하게 하소서

선한 목자이시며 양의 문이 되시는
주님의 음성을 듣게 하시고
말씀 속에서 주님을 보게 하시고
말씀 속에서 주님을 기억하며 믿음으로 살게 하소서

믿음이라는 긴 여행을 인도해주소서

우리의 삶이 곧 믿음의 긴 여행이오니
나침반인 생명의 말씀의 인도하심과
구원자가 되시는 주님의 인도하심을 따라가게 하소서

여행길에서 만나는 온갖 유혹과 절망과 고통을
믿음으로 이겨내게 하시고
순간순간의 기쁨을 가족과 이웃들과 나누게 하소서

여행의 처음부터 마지막까지
주님의 말씀이 나침반이 되어
갈 길을 인도하여 주시기를 원합니다

은밀한 가운데 기도하며 응답받으며
날마다 우리가 믿음 안에 있는가
날마다 우리가 예수 안에 있는가
믿음으로, 기도로 확증하며 살게 하소서

우리가 갖고 있는 솜씨와 끼를 살려
삶을 좀 더 아름답고 멋지게 살아가게 하소서

우리의 믿음으로 긴 여행의 안내자이신
단 한 분 주 예수 그리스도를
주님의 나라에 이를 때까지 따르게 하소서

내 마음에 믿음의 등불을 켜게 하소서

내 마음에 믿음의 등불을 켜게 하소서
주님 안에서 세상을 새롭게 보게 하소서

눈에 보이는 대로 함부로 판단하지 않고
그들의 형편과 처지와 아픔을
주님의 십자가를 깊이 묵상함으로 알게 하소서

내 마음에 사랑의 등불을 켜게 하소서
주님 안에서 세상을 새롭게 보게 하소서
내 생각만으로 성급하게 결론을 내리지 않게 하소서
그들의 삶의 형편을 알게 하시고
예수 그리스도의 보혈의 복음을 전하게 하소서

가장 위험한 위기의 순간에도
악은 모양이라도 몽땅 다 버리고
내 마음에 소망의 등불을 켜게 하시고
주 안에서 세상을 새롭게 보게 하소서

내 마음속에 자리 잡은 그대로
처리하고 싶은 충동에서 벗어나
믿음으로 살펴보고 기도하게 하소서

주님께 초점을 맞추어 상처받은 영혼의
구원을 위하여 기도하게 하소서

절제할 수 있는 믿음을 주소서

벌레처럼 죄악을 달콤하게 즐기며 살지 않게 하소서
죄인의 모습으로, 탕자의 모양으로
죄 속에서 즐거워하지 않게 하소서

뼈저린 절망의 죄를 벗어나
절제함으로 삶이 얼마나 아름답게
변화하는가를 깨닫게 하소서

욕망과 욕심을 가지치기를 하듯
잘라내고 도려내고 절제함으로
마음이 착해지고 순수해짐을 알게 하소서

고통으로 할퀴고 물어뜯었던 악함과
불만과 비난을 절제함으로
서로의 마음이 따뜻해짐을 알게 하소서

악한 죄에서 회개하고 돌아서서
깨끗하게 죄 사함을 받아
성령으로 새롭게 변화를 받게 하소서

나의 삶 전체를 말씀에 적용시켜
희망이 춤추고 꿈이 밝아져서
나의 영혼의 짐을 벗게 하여 주소서

믿음의 씨앗이 싹트게 하소서

한겨울에도 땅속에 있는 씨앗들은
봄이 오기만을 초조하게 기다리며
얼굴을 내밀 준비를 하고 있습니다

눈보라가 몰아칠 때도
봄날 꽃을 피울 기쁨과
여름날 나뭇잎들의 합창 소리와
가을날 열매들의 풍성함을 원하며
봄이 오기만을 기다리고 있습니다

온 세상 나무들이 하나님을 향하여
두 손 들어 하늘 높이 찬양하듯이
내 영혼도 주님을 높이어 찬양하게 하소서

내 마음에도 믿음의 씨앗이 있습니다
주님의 은혜와 사랑으로
쑥쑥 잘 자라나 시절을 좇아
풍성한 열매를 맺기를 원합니다

내 안에 내가 사는 것이 아니라
내 안에 예수 그리스도가 살게 하사
주님과 동행하는 삶을 살기를 원합니다

나의 믿음이 성장하게 하소서

오, 주여!
나의 믿음이 멈춰 있지 않고 성장하게 하시고
안일하고 편안한 것만을 원하거나 게으르지 않게 하소서

부지런히 일하고 피와 땀과 눈물을 흘려가며
주 안에서 서로 행복하게 하소서
주님의 뜻에 따라 훈련과 연단을 통하여
견고한 믿음으로 성장하게 하소서

무엇을 입을까, 무엇을 먹을까,
무엇을 마실까, 염려와 걱정을 하지 않고
큰 믿음을 소유하게 하시고
주님께서 나의 삶의 주인이 되어주소서

오직 하나님의 능력으로,
오직 하나님의 방법으로,
오직 하나님의 말씀으로
주님의 인도하심을 믿고 따르게 하소서

주님께서 시시때때로 모든 것을 공급하여 주시고
주님께서 힘과 능력을 주심을 깨닫게 하소서
주님의 이름으로 구원하여 주심을 감사합니다

믿음을 온전하게 하소서

믿음으로 우리의 허물과 죄를 자백하고
회개에 합당한 열매를 맺게 하소서

마귀에게 짓눌려 있던 몸과 영혼을 고쳐주소서
죄가 우리를 주장하지 못하게 하시고
법 아래 있지 않고 은혜 아래 있게 하소서

우리를 창조하여 주시고
주님의 보혈로 구원하여 주시는
주님의 사랑에 무한 감사를 드립니다

떡으로만 살지 않고 말씀으로 살게 하시고
복음으로 사람을 낚는 어부가 되게 하시고
주님의 뜻에 합당한 성도의 삶을 살게 하소서

주님의 말씀을 묵상하며 살게 하시고
사명을 잘 감당하게 하소서

오직 예수로 주님의 영광을 나타내게 하시고
말씀에 순복하며 살게 하소서
우리의 믿음이 온전하게 하소서

믿음에 믿음을 더하여 주소서 1

허물과 죄로 죽고 멍든 세월의 마디마디마다
회개의 눈물로 씻어 주님께 나아가오니
믿음에 믿음을 더하소서

앞뒤를 분간할 수 없는 극한 상황이 찾아와도
걱정과 염려로 실패하기보다는
믿음으로 이겨내고 성장하게 하소서

죄의 외투를 입고 죄악의 사각 지역에서
길을 찾지 못해 방황하지 않게 하시고
모든 것을 인도해주시고 끝까지 책임져주시는
능력의 주님을 온전히 믿고 순종하며
전폭적으로 의지하며 따르게 하소서

행함이 있는 믿음으로 살아가는
행복한 그리스도인의 삶을 살게 하소서
전능하신 팔로 힘 있고 능력 있게 붙들어주심으로
주 안에서 날마다 승리하게 하소서

나의 삶이 세상의 죄악으로 흘러가지 않고
주님의 은혜의 강으로 흘러가게 하여 주소서

믿음에 믿음을 더하여 주소서 2

지나가는 세월을 덧없다 후회하지 않게 하시고
우리의 부족한 믿음에 믿음을 더하여
풍성한 믿음이 되게 하소서

나의 초라한 주장이나 나약한 계획 속에서
나의 이익만을 위하여 주님을 만나려 하지 않고
주님께 순종함으로 굴복하게 하소서

늘 변하지 않는 주님의 사랑으로 이루신
십자가 보혈의 구원의 꽃이 꺾이지 않게 하소서
나의 마음이 열린 마음이 되게 하시고
나의 영혼이 열린 영혼이 되게 하소서

흘러가는 세월 따라 헛되이 살지 않고
세대를 분별하여 살게 하시고
함부로 비난과 비판을 하지 않게 하소서

세상살이 서툴러 뒤뚱뒤뚱거리며
남의 허물과 잘못만을 탓하지 않고
주님의 이름으로 용서하게 하소서

나의 나약함과 부족함을 깨닫게 하사
주님의 구원하심이 얼마나 놀랍고 신비한가를
체험하도록 믿음에 믿음을 더하여 주소서

믿음 안에 굳게 서게 하소서

죄 속에서 적막하고 쓸쓸한 마음과
상처투성이 삶 속에서 만나는 여러 고난에
낙심하지 않고 믿음으로 이겨내며
믿음 안에서 굳게 서게 하소서

내 죄악으로 불길한 싸움이 나지 않게 하시고
그리스도 예수의 피로 가까워졌으니
나에게 줄기차게 달려오는 희망을 발견하게 하소서

심장까지 뜨겁게 달아오르게 하는
주님의 사랑을 받아 의연하고 바르게
믿음이 성장하게 하소서

영원 전부터 영원까지 쏟아져내리는
주님의 사랑과 은혜로 예수 안에서
함께 자라게 하소서

갑작스럽게 어려운 일을 당해도
심장을 조이는 안타까운 일이 일어나도
어떠한 경우에도 흔들림 없이
믿음이 계속해서 성장하게 하소서

주님의 약속은 신실하시니
주님 안에서 날마다 승리의 삶을 살게 하소서

오직 믿음으로 강한 능력이 있게 하소서

주여!
우리에게 힘을 주사 어떤 처지와 형편에서도
어떤 뜻하지 않은 돌발상황에서도
무기력하지 않은 삶을 살게 하소서

불의 앞에서 떳떳이 대항하게 하시고
악의 세력들을 주님이 주시는 능력으로
가볍게 이겨내어 승리하게 하소서

때때로 다가오는 환난과 시험으로
마음이 상처를 받고 상심하여
쓸쓸해지거나 나약해지지 않게 하소서

죄악에 저당 잡힌 목숨이 되지 않게 하시고
하나님이 우리와 함께하심을 믿고
오직 믿음으로 강한 능력이 있게 하소서
우리가 예수 그리스도로 옷 입고
당당하게 믿음으로 승리하게 하소서

모든 일이 하나님의 섭리 안에서 이루어지니
영원을 소망하며 사는 성도답게
담대하게 주님의 이름을 외치며 살게 하소서

믿음의 씨앗이 열매를 맺게 하소서

주님께서 내 마음을 활짝 열어주셔서
주님을 기대하며 살게 하소서

상상 속에 차오르는 은혜가 아니라
생생하게 지금도 차오르는 은혜가 되게 하소서

영적인 도약을 경험하게 하시고
주님의 영광을 나타내기 위하여 큰일을 하게 하소서

솔로몬의 지혜를 주셔서 기도로 은사를 얻게 하시고
성령을 훼방하지 않게 하소서

어떠한 형편에서든지 자족하게 하소서
가난하든지, 궁핍하든지,
부유하든지, 배고프든지,
어떠한 형편에서든지 믿음으로 살게 하소서

주님의 은혜로 믿음의 씨앗이 잘 자라고
믿음의 줄기가 꽃을 피우고 열매를 맺게 하소서

우리의 마음속에 주님의 은혜로
영혼이 잘되고 범사가 잘되고
몸과 마음이 강건하게 하소서

주여, 나에게 굳센 믿음을 주소서

힘들고 지쳐서 발길이 무거워질 때도
주님의 뜻을 이루게 하소서

치러야 할 아픔과 고통을 잘 이겨내게 하시고
예수 그리스도의 분량까지 잘 자라도록
주여, 나에게 굳센 믿음을 주소서

죄악의 슬픔이 부풀어 오르지 않게 하시고
주님이 주신 사명을 잘 감당하며
주님이 원하시는 삶을 살게 하소서

한적한 곳을 밝히는 가로등처럼
기나긴 인내와 기다림이 필요하다면
긴장을 이겨내며 달려가게 하소서

주여, 나에게 굳센 믿음을 주사
소중하고 확고한 믿음을 통하여
날마다 새롭게 헌신하게 하소서

나 자신을 부인하고 나의 십자가를 지고
주님을 따르게 하여 주시고
주님의 나라와 그 의를 구하게 하소서

죄 속에 빠져 있습니다

주여! 죄 속에 빠져 있습니다
자꾸만 쪼그라들어 작아지는 마음을
밝은 빛으로 비추시고 용서하여 주소서

죄악의 가시가 나를 찔러 괴로움에
허우적거리면서도 정신을 못 차리고
기척도 없이 갑자기 나타나는
죄의 증거들을 어찌할 수 없습니다

너무도 나약하고 궁핍하여 안타깝게
부르짖고 울부짖으니 응답하여 주시고
믿음을 재촉하여 주사 날 구원하여 주소서

죄에 끌려 지옥에 간다는 것은
너무나 고통스럽고 불행한 일이오니
주여, 나의 기도를 들으사
죄 속에서 끌어내어 구원하여 주소서

바보같이 어리석게 죄에 빠져 있으니
나의 영혼을 불쌍히 여기시고
마른풀 같은 나의 심령을 인도하소서
주여, 나를 인도하사 구원하여 주소서

주여, 죄에서 떠나기를 원하오니

주님을 아무리 사랑한다 하여도
늘 남아 있는 죄의 찌꺼기로 인해
내 영혼을 오염시키는 죄를 짓습니다

죄로 오염되어 더러워진
부끄러운 생각,
부끄러운 마음,
부끄러운 눈길,
부끄러운 손길,
부끄러운 발길,
부끄러운 행동을 다 용서하여 주소서

눈물을 쏟으며 회개하고 두려움을 쫓아보내지만
또다시 내 영혼을 더럽히는 죄가 마음에 가득합니다

내가 사무치도록 바라는 것은
나의 마음을 성령으로 새롭게 변화시켜
새사람이 되게 하는 것입니다

무지몽매하여 지은 죄에서 떠나기를 원하오니
나의 몸과 영혼을 치료하여 주시고
죄에서 떠나 구원의 빛 가운데 살게 하소서

죄의 모험에 빠지지 않게 하소서

죄의 수렁에 빠지는 것은
지극히 작은 유혹에도 일어나오니
어떤 유혹도 하찮게 여기지 않게 하소서

죄를 지어도 괜찮을 것만 같은
잘못된 생각과 일종의 모험심에서 죄가 시작되니
죄에서 하루속히 떠나게 하소서

헛된 욕망으로, 거짓 양심으로
갖가지 핑계와 이유를 대며 죄를 지은
못된 마음을 용서하여 주소서

큰 불행도 지극히 작은 것에서 비롯되오니
다가오는 죄를 직감할 때 빨려 들어가지 않고
서둘러서 떠나게 하소서

한순간 달콤한 죄악을 탐냄이 얼마나 큰 고통과
피눈물과 통곡을 가져오는지 알게 하소서
주님의 손길을 떠나
죄로 마음의 평안을 파괴하지 않게 하소서

주여, 오늘도 기도하게 하소서
죄의 모험에 빠지지 않게 하소서
죄와 허물을 사함받고 구원받게 하소서

죄악의 파도가 거세게 밀려올 때

죄악의 파도가 거세게 밀려올 때
난파선에 탄 듯 두려움에 온몸을 떱니다
앞뒤를 분간할 수 없는 이 절박한 순간에
외면하며 돌아서지 마시고 붙잡아주셔서
믿음의 항구에 안전하게 정박하게 하소서

죄악의 어둠 속에서 마구 흔들릴 때에도
바르고 정한 마음을 허락하사
무의미한 것들에 미련을 갖지 않게 하소서

내 마음에 주님이 함께하시고
내 마음을 주님께서 인도하여 주소서
온갖 변명을 만들어 구석에 숨겨놓은 죄악에
마음을 빼앗기지 않게 하소서

어떤 순간에도 흔들리지 않게 하시고
내 마음을 더욱 견고하게 하사
어떤 유혹도 뿌리치게 하소서
믿음을 반석 위에 곧게 세워주심으로
주님을 바라보며 살게 하소서

죄악에서 떠나게 하소서 1

주여, 깜깜한 밤중에
갈 길을 찾지 못하고 있을 때
죄의 노예가 되어 참을 수 없도록 고통스러울 때
주여, 갈 길을 인도하소서

썩어가고 죽어가는 죄를 슬픈 탄식으로 기도하오니
악은 모양이라도 버리고
죄악에서 벗어나도록 나를 인도하소서

세상은 날마다 갖가지 사건과 문제가 많으니
어떤 시련과 역경이 다가와도
좌절하지 않고 믿음으로 한 걸음 한 걸음
주님 앞으로 나아가게 하여 주소서

주님을 따르지 못하고 갖가지 생각이 뇌리를
스쳐 지나갈 때에도 마음을 다스리게 하소서
기도하여 다시금 주님을 손을 꼭 잡고
믿음의 길로 들어가게 하소서

주님이 주시는 은혜와 사랑은 참으로 신비하오니
불길하고 매서운 죄악의 눈길에서 떠나게 하소서
죄악의 유혹의 손길에서 벗어나게 하소서
죄에서 떠나게 하소서

죄악에서 떠나게 하소서 2

오, 주님!
주 예수 이름으로 죄악에서 떠나게 하소서

죄악의 그림자조차 떠나게 하시고
죄를 행동으로 옮기지 않으며
항상 주님 안에서 하나님의 영광을 나타내며
즐거운 마음으로 살게 하소서

악을 모양이라도 버리게 하시고
선한 양심으로 살게 하셔서
주님의 선하시고 겸손하신 삶을 닮아가게 하소서
구원의 기쁨으로 어둠을 벗고 찾아오는 아침처럼
내 마음을 환하게 하여 주소서

나의 영혼을 새롭게 하여 주시고
말씀 속에서 깨닫게 하시고 부족함을 채워가며
주님이 원하시는 삶의 방향으로 나아가게 하소서
죄악에서 벗어나 삶을 기쁘고 즐겁게 살게 하소서

죄짓는 삶이 아니라 하나님께서 맡겨주신 달란트로
남김이 있는 충성된 삶을 살게 하여 주소서
죄악에서 떠남이 주님의 은혜이오니
날마다 죄에서 구원하여 주심을 감사하게 하소서

죄에서 나를 구원하소서

내 안에서 죄가 나의 영혼을 갉아먹으며
나의 심신을 흔들고 괴롭히오니
이 끔직한 죄에서 나를 구원하소서

죄악의 얼룩진 마음의 괴로움과 고통은
스스로 저지른 죄악에서 시작하는 것이니
나를 생명 길로 이끌어주소서

가난한 영혼에 빛으로 오신 주님
초라한 목숨에 생명을 주신 주님
두려움과 절망에서 나를 구원하소서

영혼의 목자가 되시는 주여
쓸쓸하고 외로운 죄의 상처를
치유하여 주시기를 원합니다

때때로 주님보다 죄에 가까이 다가갔음을 고백하오니
주여, 죄를 용서하사 구원하여 주시고
회개에 합당한 열매를 맺게 하여 주소서

아침 이슬에 풀잎이 젖음같이
주님의 구원 사랑에 젖게 하시고
한없는 사랑이 충만하게 하소서

죄의 유혹에서 벗어나게 하소서 1

사랑하는 나의 주님!
죄가 나를 부르고 유혹이 다가올 때
죄의 올무에서 벗어나게 하소서

나의 부족함을 용서하여 주소서
나의 초라함을 용서하여 주소서
나의 연약함을 용서하여 주소서

나로 하여금 담대한 믿음으로
죄는 모양이라도 버리게 하시고
좁은 길, 새 생명의 길로 들어가게 하소서

나의 옹졸함을 고치게 하소서
나의 엉성함을 고치게 하소서
나의 어리석음을 고치게 하소서
나의 게으름을 고치게 하소서

죄악에서 나를 구원하여 주시고
영원한 천국에 초대하여 주셨으니
나의 마음에 담대함을 주시고
이 시간 성령 충만하게 하소서

잠깐이라도 죄의 그늘을 기웃거리고 주님을 떠나면
죄의 유혹에 빠지오니 나를 인도하여 주소서

죄의 유혹에서 벗어나게 하소서 2

인간의 마음이 죄를 짓기가 쉬우니
성령 충만하게 하시고
말씀으로 영적인 무장을 하게 하소서

깨어 기도함으로 온갖 시험을 이기게 하소서
삶은 죄와의 전쟁이오니 항상 선한 양심으로
욕심을 떠난 성도의 삶을 살게 하소서

모든 죄의 시작은 욕심이오니
헛된 욕심 부리지 않고 시샘하거나 헐뜯지 않게 하소서
헛된 자랑을 하기보다 자족하는 믿음으로 살게 하시고
죄의 유혹에서 벗어나게 하시고
은혜에 만족하며 감사하게 하소서

말씀 속에서 늘 성장하게 하여 주시고
영원히 사라질 세상 것에 소망을 두지 않고
영원한 천국에 소망을 갖고 다시 일어서게 하소서

날마다 주님이 주신 사명에 감사하고
진리 안에 살고 있음을 행복하게 하시고
맡겨주신 달란트로 남김 있는 삶을 살게 하소서

깨어진 나의 마음

주님을 만난 가난한 나의 마음이
깨어진 계란처럼 모든 것이 흘러나와
감당할 수 없어 울고 말았습니다

주여, 나의 죄악과 욕심으로 얼룩진 상처를 다 드러내고
그 아픔과 고통을 잘 감당하게 하소서

올바른 길에서 벗어나 죄를 지음으로
나의 마음이 유리창처럼 산산조각 나서 어찌할 수 없으니
주님의 놀라운 사랑의 손길로
내 죄를 용서하시고 상처를 치유하여 주소서

나의 영혼에 주님의 손길이 함께함을 알게 하시고
모든 고통이 사라지고 평안이 가득 채워지게 하소서
나의 모든 것을 있는 그대로 드릴 때
빈 마음이 채워져 모든 죄를 용서받았음을 알게 하소서

주님은 친절하신 분이시니
나를 회복시켜 주시고 새롭게 하여 주소서
나의 죄를 용서받음으로 절망과 고통이 사라지고
남을 용서할 수 있는 믿음의 출발점이 되게 하소서

주여, 빛으로 인도하소서

온 세상에 하나님께서 빛이 있으라 하셨기에
어둠 속에 빛이 비추게 되었습니다

주여, 빛으로 인도하소서
어둠은 죄악을 불러 죄를 저지르게 하고
죄 가운데 더럽고 추하게 만드는 바,
어둠은 하나님이 싫어하시니 속히 떠나게 하소서

내가 지은 죄 가운데 스스로 갇히지 않게 하소서
내가 지은 죄 가운데 스스로 감옥을 만들어
들어가 살지 않게 하소서
죽을 만큼 고통스러운 죄악,
모든 것을 물거품으로 만드는 죄악,
덧없이 허무한 죄악에서 건져주소서

주여, 빛으로 인도하소서
빛 가운데서 빛의 자녀들로 하여금
손과 마음이 정결하게 하시고
거짓 맹세를 하지 않게 하셔서
복을 받고 의롭게 살게 하여 주소서
온 세상에 빛을 발하며
하나님 보시기에 좋은 삶을 살게 하소서

시험에 빠지지 않게 하소서 1

사랑의 주님!
모든 시험은 불신과 욕심에서 시작하오니
절제와 믿음을 통하여 기도함으로
시험에 빠지지 않도록 인도하여 주소서

사단은 갖가지 시험을 통하여
우리의 믿음을 흔들어놓으려 하오니
강하고 담대한 믿음으로 이겨내게 하소서

아무리 부요해도 거짓으로 살며 교만하면
모두가 부질없는 것이오니
가난하거나 부하거나 하나님께 감사하며
자족하는 믿음으로 살게 하소서

가난하면 열심히 일하며 채우게 하시고
부하면 나눔으로 주님을 닮아가게 하소서

늘 기도함으로 응답받아 반석 위에 세워진
강하고 흔들림이 없는 믿음을 갖게 하여 주시고
믿음의 자녀답게 살게 하소서

영적인 예배를 드리게 하시고
주님의 도를 배워 예수 그리스도에 관한 것을
깊이, 높이, 넓게 알도록 하여 주소서

시험에 빠지지 않게 하소서 2

사랑의 주님!
필요 이상으로 욕심내지 않고
일용할 양식을 구하게 하시고
돈의 노예가 되지 않게 하시고
시험에 빠지지 않게 하소서

어떤 시련과 역경 속에서도 굴복하지 않고
하나님과의 약속을 잘 지키게 하시고
지키지 못할 약속은 하지 않게 하소서

기도를 통해서,
말씀을 통해서,
찬양을 통해서,
예배를 통해서 주님의 섭리를 깨닫게 하소서

내 영혼을 파멸시키는 부당한 것을 요구하지 않게 하시고
욕망에 이끌려 범죄하지 않게 하소서
우리는 어리석으니 늘 지혜롭게 대처하게 하소서

어떤 시험이 닥쳐도 기도함으로
이겨낼 수 있는 지혜를 얻게 하시고
주님이 우리의 믿음을 시험하실 때에도
어리석은 운명의 장난에 빠지지 않고
깨어 기도하며 이겨내게 하소서

나의 죄를 용서하소서 1

주여, 나의 죄를 용서하소서
죄로 멍든 세월, 후회하며 울어도 씻을 수 없고
목욕을 하여도 씻을 수 없는
나의 죄를 용서하여 주소서

쓸데없는 망상에서 죄를 짓거나 방황하고
잡히지 않는 허무한 것들을
욕심내며 저지른 죄를 모두 용서하소서

온몸이 지치고 고뇌만 가득하오니
산책과 묵상을 통하여 말씀을 가까이하고
주님 앞에 바른 회개를 통하여
죄악의 상처가 아물게 하여 주소서

죄에 사로잡혀 회개하지 못하고
죄악의 함정에 빠져 죽음에 처한
어리석은 사람들이 너무나 많으니
주여, 저들을 인도하여 주소서

삶을 사는 동안 지나온 세월의
사사로운 일에 고민하지 않게 하시고
생각과 행동으로 지은 죄를 마음으로 통회하오니
떨어지는 눈물을 진실한 고백으로 받아주소서

나의 죄를 용서하소서 2

오, 주님! 나의 죄를 용서하소서
세상 염려와 재물의 유혹에 사로잡혀
허물과 죄로 죽었던 나를 용서하소서

갑갑하고 모질고 슬픈 삶이라 해도
죄 속에서 잃어버린 세월에 미련 두지 않고
남은 세월 감사하며 살게 하소서

주 안에서 날마다 새롭게 살아가게 하소서
세월 속에서 최선과 열심을 다하여 살아가며
은혜와 사랑에 만족하고 기뻐하며 살게 하소서
내가 스스로 드러내야 할 죄까지 주님이 먼저
믿음을 보시고 용서하여 주심을 감사하게 하소서

해묵은 죄악의 거미줄 걷어내고
죄로 끊어질 가냘픈 목숨을
십자가 보혈로 구원하여 주셨으니
죄 씻은 깨끗한 마음으로 살게 하소서

가장 먼저 기쁨으로 감사의 기도를 드리며
주님이 주시는 은혜 속에서
믿음이 성장하게 하시고
생활 속에서 주님을 온전히 드러내게 하소서

나의 죄를 용서하소서 3

죄 속에서 방황하며 슬픔과 고통만 커져갈 때
주여, 내가 지은 잘못된 모든 것들을 들춰내시고
나의 죄를 용서하여 주소서

죄악은 회개하지 않으면 결코 지워지지 않으니
고달픈 죄의 그림자까지 회개하여
모두 말끔하고 깨끗하게 지워버리게 하소서

떠나고 사라져갈 것에 헛된 목숨 걸지 않게 하시고
기도하지 않음으로 주님과 단절되는
어리석고 무모한 죄를 짓지 않게 하소서

늘 진실하고 소박한 믿음으로
하늘을 소망하는 성도의 삶을 살아가며
영원한 천국을 바라보며 살게 하소서

회개의 눈물은 모아져 구원을 이루지만
죄악의 고통은 모아져 지옥을 이루니
죄에서 떠나 주 안에서 살게 하소서

나에게 주시는 하나님의 말씀을 깨닫고
말씀 속에서 진리의 자유를 누리게 하시고
주님의 은혜로 삶이 아름다워지게 하여 주소서

나의 죄를 용서하소서 4

오, 주여!
나의 모든 죄를 용서하시고
복된 성도의 삶을 살게 하소서
심령에 울림이 되는 복음을
늘 마음에 새기고 상고하며 되새기게 하소서
소망이 되시고 기쁨이 되시는
주님을 사모하고 그리워하는 마음으로 살게 하소서

절망의 옷을 훌훌 벗고 의의 옷을 입게 하소서
이 믿음마저 주님께서 주셨으니
무한하신 사랑에 감사하게 하소서

구름이 푸른 하늘을 만들어놓으며
가볍게 바람을 타고 흘러가듯
죄의 속박에서 벗어났으니
홀가분한 마음으로 즐겁게 살게 하소서

나의 부족함을 알고 나의 모든 것이 되시는 주님께서
나의 형편을 아시고 인도하시는 주님께서
나의 모든 죄를 용서하시고
성령 충만함 속에 평안과 기쁨을 누리며 살게 하소서

나의 죄를 용서하소서 5

주여, 나의 죄를 용서하소서
온갖 잡다한 것에 영혼이 시달리지 않게 하소서

나의 죄 때문에 복잡다단하게 살지 않고
단순하게 믿음으로 주님만 바라보게 하소서

주님 예수를 십자가에 못 박은 죄인이오니
생각하면 할수록 가슴이 철렁 내려앉는 나의 죄를
보혈의 은혜로 모두 다 떨쳐버리게 하여 주소서

나의 태만과 실수와 잘못으로
타인의 마음을 함부로 대하고
못살게 괴롭힌 일을 용서하여 주소서
가족과 이웃을 넓은 마음으로 이해하게 하소서
나의 잘못된 행동으로 다른 사람을
고통스럽게 만든 일을 용서하소서

삶 속에 불안이 짙게 깔려
두려워하며 탄식하지 않게 하소서
인간관계를 잘못하여
실수와 다툼을 일으키게 한 것을 용서하소서

나의 죄를 용서하소서 6

오, 주님!
나의 못난 자아와 못된 성품을 용서하소서
나의 추악한 죄를 용서하소서

다른 사람의 마음을 먼저 헤아리지 못하고
불끈 화부터 내고 혀끝의 독한 말로
상처를 입히고 함부로 말한 것을 용서하여 주소서
분노가 치밀 때 화내고 성질부리며
상대방을 모욕하고 무시한 것을 용서하소서

나만이 옳다고 분노하며 앙갚음을 하듯
상처를 입힌 것을 용서하소서
나의 마음속의 모든 분노와 격정을 내뱉는
욕설과 모든 악함을 제하여 주소서

죄의 잠금을 풀어주시고 용서받았으니
용서의 통로가 되게 하여 주시고
용서하며 친절하게 배려할 수 있는
깊고 넓은 마음을 허락해주소서

나의 잘못도 용서를 받았으니
용서를 미루지 않게 하시고
서로 용납하며 이해하게 하소서
서로 사랑하며 주님의 자녀답게 살게 하소서

모든 죄를 사하여 주소서

인간의 모든 죄를 사하시는 권세가 있으신
능력과 권능의 주 예수 그리스도 나의 주님
나의 죄를 하나도 남김없이 사하여 주사
껄끄럽던 나의 마음에 평안을 주시고
영생의 길, 생명의 길로 인도하여 주소서

나의 죄악의 비천함에서 구속하여
회개함으로 인도하여 주소서
죄와 허물로 죽을 수밖에 없으니
모든 죄를 고백하여 구원받게 하소서

죄악에 묶였던 모든 것들을 풀어주소서
죄악으로 쓰러졌던 것들을 일으켜주소서
죄악으로 망가졌던 것들을 회복시켜주소서
죄악으로 잃었던 것들을 찾게 하소서

죄 사함을 받아 주 예수를 믿고
그 이름을 힘입어 새 생명을 얻게 하시고
하나님의 말씀과 기도로 거룩하게 하소서

나를 에워싸는 고통에서 벗어나
기도의 오솔길로 들어가게 하소서

우리의 죄를 향한 용서와 사랑

나의 죄악 때문에 대속 제물이 되사
주님께서 십자가에 달려 흘리신 보혈이
주님의 온몸을 덮었을 때
나의 모든 죄악이 깨끗이 씻겼습니다

세상 죄를 지신 어린양이 되사
나의 죄악을 껴안아주신
고귀한 주님의 십자가의 사랑을 감사합니다

주님의 보혈이 나의 영혼까지
흘러넘침을 가슴 깊이 체험하며 느낍니다
주님의 은혜가 메말랐던
나의 영혼을 촉촉하게 적셔주고 있습니다

주님의 보혈로 나의 영혼을
빽빽한 안개같이 뒤덮었던 나의 죄악이
모두 다 사라졌습니다

주님께서 십자가에서 흘리신
마지막 피 한 방울까지 다
우리의 죄를 향한 용서이고 사랑입니다

지난날의 죄에서 자유롭게 하소서

무지하고 어리석은 탓으로 주님을 모르고,
말씀을 모르고, 죄가 무서운지 모르고
지난날에 저지른 죄악에서 벗어나게 하소서
지난날의 죄로부터 자유롭게 하소서

주님의 말씀을 믿사오니
나의 죄가 동에서부터 서가 먼 것처럼
안개의 사라짐같이 멀리 사라지게 하소서

시기심이 가득하고 혼탁하고 허풍스럽게
즐기려 하고 감쪽같이 숨기려 했던
모든 죄악을 도말하여 주시고
기억에서조차 사라지게 하소서

주님의 보혈로 깨끗하게 죄 씻음을 받아
주님의 은혜와 평화를 체험하게 하시고
예수 그리스도를 힘입어 새 생명을 얻게 하소서

새로운 살길을 열어주시고
바르고 옳은 믿음으로 살게 하소서

죄에 물들지 않게 하소서

무지막지하고 사나운 죄에 물들지 않게 하소서
나의 몸과 영혼이 영원히 꺼지지 않는
지옥 불에 던져지지 않게 하소서

죄는 어둠을 부르고
어둠은 빛을 가려 분별할 수 없으니
죄악의 올무에 사로잡히지 않게 하소서

나의 힘만으로 벗어나려는 것은
어리석은 수렁에서 미련 떨며
허우적거리는 것과 같으니
주여, 간구하오니 나를 건져주시고 인도하소서

죄를 저지르고 싶은 마음의 충동과 유혹은
잠시 불다가 떠나가는 바람이 되게 하시고
성령의 능력으로 인도하여 주소서

내 마음이 주님의 은혜로 환하게 빛을 발하게 하시고
예수 이름으로 건강하게 믿음으로 서게 하소서
예수 이름으로 하나님께 찬양과 경배를 드리게 하소서

죄의 시궁창에 빠지지 않게 하소서

배고픔을 참지 못하고 허기를 달래지 못하여
더러운 냄새나는 죄악의 시궁창에 빠져
어리석게 헤매지 않게 하소서

험하게 출렁이는 죄악에 파도에
휩쓸려가지 않게 하시고
죄악의 유혹에 곁눈질하지 않게 하소서

도처에 어둠이 가득하고 죽음의 덫이 있으니
주여, 나를 인도하여 주소서

불평하고 덤벼들고 낙심시키는 죄악이
영원한 형벌인 불타는 지옥을 불러냄을 깨닫게 하소서
구원과 천국을 잃게 하는 죄악이
얼마나 두렵고 무서운가를 깨닫게 하소서

주님의 은혜의 들판에서 마음껏 자유롭게
뛰게 하시고 삶의 발걸음마다
날마다 주님과 동행하게 하소서

죄를 죄로 알게 하소서

사람들은 자기들이 저지르는 죄를 알지 못합니다
죄를 도리어 기뻐하고 좋아하고 즐기며
어리석게 그 속에 빠져 살아갑니다

죄를 죄로 무섭게 깨달아 알게 하시고
죄악의 결과가 얼마나 안타깝고 비참한가를
깨달아 알고 용서를 구하게 하소서

죄로 쓰라린 상처를 키워가며
영혼이 지옥으로 끌려가지 않게 하시고
죄를 한탄하며 잃었던 믿음을 회복하게 하소서

주님까지 십자가에 못 박게 한 무서운 죗값을
무지에서 믿음으로 깨달아 알게 하소서

주님 앞에 눈을 감고 죄를 죄로 고백하게 하시고
주님이 주시는 용서로 거룩한 성도가 되고
하늘나라 백성이 되게 하여 주소서

마음으로 믿어 의에 이르고
입으로 시인하여 구원에 이르게 하시고
눈에 선하신 주님의 기막히고 놀라운 은혜로
사막처럼 삭막한 심령에 생수가 흘러넘치게 하소서

아픔이 다가올 때 1

오, 주님!
우리에게는 누구에게나 갖가지 아픔들이 있습니다
우리들의 삶에는 때로 깊은 속살까지 파고들어
갉아먹는 아픔이 다가올 때가 있습니다

나 자신을 철저하게 무너지게 하고
휘감아버리는 아픔이 있습니다
아픔을 드러내는 사람들도 있고
가슴에 새기며 살아가는 사람들도 있습니다
그 아픔이 느껴지고 만져질 때
고통은 입에서, 머릿속에서 악다구니를 지르게 합니다

아픔에는 육체적인 아픔도 있고 영적인 아픔도 있고
물질적인 아픔과 인간관계의 아픔도 있습니다
자기 스스로 잘못해서 다가오는 아픔도 있지만
전혀 알 수도 없는 아픔도 있습니다

아픔 속에서 수많은 조롱이 눈앞에 보일 때는
참지 못하여 범죄를 저지를까 두려울 때도 있습니다
내 마음에 분함이 부글부글 끓어오를 때가 있습니다
우리에게 다가오는 아픔에 대처할 수 있는
방법을 가르쳐주시기를 원합니다

아픔이 다가올 때 2

모든 고통과 아픔들을 기도를 통하여 의탁하게 하소서
우리가 주님의 사랑을 느끼고 체험함으로
다른 사람들이 아픔을 당했을 때 사랑으로 감싸줄 수 있는
믿음과 용기를 주시기를 원합니다

사랑은 허다한 허물을 덮어주는
위대하고 강력한 힘을 가지고 있습니다
사단이 가장 잘 쓰는 무기는 낙심이라고 합니다
낙심하지 않고 강하고 담대하게 아픔들을 이겨내고
잘 대처해나가게 하여 주시기를 원합니다

뼛속 깊이 느끼는 아픔을 감추지 않고
모두 주님 앞에 드러내놓고 회개하기를 원합니다
주님의 은혜 안에 쉼과 안식을 주시기를 원합니다
주님의 처절한 십자가의 고난 후에 부활이 있었던 것처럼
우리가 당하는 모든 아픔들을 믿음과 슬기로 이겨내어
감사가 넘치는 삶을 살게 하여 주시기를 원합니다

어려울 때일수록 웃음을 잃지 않기를 원합니다
힘이 들고 아픔이 있을 때 믿음에 믿음의 다리를 놓아가고
기도에 기도의 다리를 놓아가기를 원합니다
성도들을 주 안에서 더욱 사랑하게 해주시기를 원합니다

모든 죄악에서 벗어나게 하소서

가을이 오면 나무들이 모든 잎들을 떨구듯
나의 모든 죄를 떨쳐버리고
죄악에서 벗어나 믿음의 둥지를 틀게 하소서

봄이 오면 가지마다 초록 잎들이 새롭게 돋아나듯이
나의 마음에 착한 일, 선한 일들이
주님의 은혜로 시작되게 하소서

나의 삶 전체가 이른 비와 늦은 비의 은혜로
항상 촉촉하게 적셔주시는
주님의 사랑으로 가득하게 하소서

가을에는 나무의 모든 잎들이
갖가지 색깔로 단풍이 들듯이
우리도 주님의 보혈로 채색되게 하소서

늘 목덜미를 잡혀 살던 죄악에서 벗어나
선한 일들에 동참하며 지혜롭게 대처하게 하시고
단번에 주신 믿음의 도를 지켜나가게 하소서

더할 나위 없이 오직 주님만을 바라보며
다시는 종의 멍에를 메지 않게 하소서
주님이 주시는 자유를 마음껏 누리게 하소서

나의 죄악을 아시는 주여

나의 모든 죄악을 아시는 주여
나의 죄를 용서하여 주소서

내가 지은 모든 악한 죄를
그 무엇으로도 가릴 수 없고
그 무엇으로도 메울 수 없고
그 무엇으로도 덮을 수 없고
그 무엇으로도 채울 수 없으니
주님의 보혈로 깨끗이 씻어주시고
주님의 보혈로 깨끗하게 덮어주소서

망각 중에라도 죄악이 떠오르지 않도록
죄 짓고 싶은 마음이 생기지 않도록 나를 용서하여 주소서
죄를 회개하며 속마음을 털어놓고 기도를 하오니
나의 삶이 물거품처럼 사라지지 않게 하소서

나의 죄악이 너무나 크오니 허물을 용서하소서
주님을 십자가에 매달게 한 죄인을 용서하소서
주님 앞에 설 그날을 위하여 아슬아슬 지켜온
믿음을 강하게 하시고 나의 죄악을 용서하소서

모든 죄를 용서하여 주소서

죄를 지어 걱정을 만들고 실수를 저지르며
정신이 나가 잘못 살았으니 용서하소서
주님을 떠나 믿음을 등지고 핑계와 나태함으로
헛되게 살아왔으니 용서하소서

정신이 혼란하고 잡생각으로 잠못 이룰 때
생각으로 떠오르는 모든 죄를 용서하여 주소서
땅이 꺼지듯 힘들고 가슴 찢어지게 미움이 생길 때
마음으로 증오하는 모든 죄를 용서해주소서

추한 육체의 요구대로 끌려나가 욕망이 생길 때
곁눈질하며 짓는 모든 죄를 용서하소서
물질에 물질을 더하고 싶은 욕심이 생길 때
넋두리하며 온몸으로 짓는 모든 죄를 용서하소서

조바심을 바짝 내며 살지 않게 하시고
세상 죄를 지고 가시는 예수를 믿고 따르며
순종하는 삶을 살게 하여 주소서

주여, 나의 죄를 용서하여 주소서

졸지도 주무시지도 않고 나를 인도하시는 주여
나의 죄를 용서하여 주소서
내가 알고 있는 죄에 대한 용서뿐만 아니라
주께서 아시는 나의 모든 죄악을 용서하여 주소서

똥오줌 못 가리고 죄에 끌려다니던 원통함을 고백하며
회개로 다 풀게 하시고
견고한 소망으로 고난을 이겨내게 하소서

내가 알고 지은 죄, 일부러 지은 죄,
모르고 지은 죄, 고의로 지은 죄,
잘못하여 지은 죄, 실수하여 지은 죄,
나의 모든 죄를 용서하여 주소서

죄로 인하여 나의 삶이 초라하지 않게 하소서
시시하지 않게, 하나님의 자녀답게 살게 하소서

나의 모든 죄를 주의 보혈로 씻어주소서
눈물 속에 주님의 은혜를 깨닫습니다
예수님 이름으로 기도합니다
아멘!

주님, 용서하소서

사망으로 이끌어가는 끔찍하고 더러운 죄를
도말하시고 용서하여 주시는 주님
지독한 허무와 죄의 고통에서 벗어나게 하여 주소서

죄에 난도질당하지 않게 하여 주시고
죄의 탄식 속에 억장이 무너져내리지 않게 하소서
죄의 고통으로 뼈만 앙상하게 남지 않게 하시고
죄의 탐욕스러운 이빨에 씹히지 않게 하소서
죄의 독한 침에 찔리고 고통당하지 않게 하소서

나의 두터운 허물과 남몰래 숨겨놓은 극악한 잘못을
늘 털어놓지 못하고 감추었던 죄를 용서하소서
남을 수시로 비난하고 모함하고 시기하고 질투하는
나의 그릇된 마음을 용서하여 주소서

함께 어울리며 살아야 하는데
늘 튕겨 나오고 싶어 하고
늘 비딱하고 반발하는
나의 부족한 마음을 용서하소서

내 마음 깊은 곳에서 주님의 사랑의 숨결을 느끼며
주님의 십자가 보혈로 용서받게 하소서

죄인의 외침

주여, 나 여기 있습니다
가시가 되어 돋아나는 죄를 지어
나에게 다가오는 고통을 감당하기 어려우니
나를 불쌍히 여기시고 용서하소서

하나님의 뜻을 온전히 따르지 않고
제멋대로 살아온 세월을 용서하소서

욕심의 노예가 되어
순간순간 음욕을 품었음을 용서하소서
상한 마음으로 물질관이 바르지 못하여
하나님의 것과 내 것을 구별하지 못함을 용서하소서

주님이 허락하신 시간을
잘 활용하지 못하고 내 마음대로 사용하였으니
주여, 나의 죄를 용서하소서

주님의 복음을 시시때때로 전하지 못하고
시간을 내 마음대로 사용한 죄를 용서하소서

나는 제대로 한 것이 아무것도 없고
철부지같이 죄를 저지르고 실수하고
잘못한 것뿐이오니 나를 용서하여 주소서

나의 모든 것을 아시는 주님

주님께 귀 기울이며 기도를 드릴 때마다
나의 모든 것을 아시는 주님
나의 모습 있는 그대로 고백하게 하시고
벌 떼처럼 달려드는 죄의 발악과
추궁하는 소리에서 벗어나게 하소서
비아냥거리는 죄의 눈빛에서 벗어나게 하소서

나의 모든 죄악을 용서하여 주시고
나를 죄악에서 정결하게 하소서
죄의 절망의 슬픔과 고통의 뿌리가
내 마음 깊이 뻗어나가지 않게 하소서

나의 모든 것을 낱낱이 아시는 주님께
하나도 숨김없이 남김없이
다 드릴 수 있는 믿음을 주소서

언제나 또렷하게 내 가슴에 새겨지는
주님의 구원의 사랑이
내 안에 가득하여 흘러넘치게 하소서

마음의 곳간에 믿음을 채우게 하소서
마음의 곳간을 은혜로 채우게 하소서
주님의 사랑이 있는 한 나는 행복합니다

주님의 용서를 믿습니다

내 마음을 열 때 한없는 하늘 사랑을
쏟아부어 주시는 주님을 사랑합니다

칠흑 같은 어둠에 갇히지 않도록
빛 가운데 바로 서게 하여 주시고
순전함과 진실함으로 주님의 복음을 따르게 하소서

제대로 생각도 하지 못하고 제대로 행동도 하지 못하고
제대로 믿지도 못하고 어둠 속에 세월을 낭비했으니
주여, 용서하소서

내 죄를 있는 그대로 고백하고 회개하면
용서해주시고 한없는 은혜를 베풀어주시는
주님의 용서를 믿습니다

죄에 질퍽질퍽 빠지지 않고
뜨거운 생명의 말씀을 받아들이게 하소서
불신으로 잠겼던 마음의 문을
믿음으로 활짝 열고 주님을 온전히 영접하게 하소서

죄악의 어둠을 떠나 생명의 빛으로 오게 하사
나의 모든 죄 짐을 벗게 하신 주님의 이름을 찬양합니다
수없이 겹쳐지는 주님의 구속의 사랑에
천 번 만 번 감사하며 살게 하소서

나의 죄 짐을 감당하여 주소서

내가 죄인임을 알지 못했을 때
죄의 무거운 짐이 나의 몸과 영혼을
짓누르고 있어 감당할 수 없었습니다

내가 죄인임을 깨닫고
부끄러운 삶에서 떠나 살게 하시고
마음을 졸이고 괴롭히는 악하고 추한
죄의 사슬에 걸려 넘어지지 않게 하시고
죄로 인해 천길 벼랑에 떨어지지 않게 하소서

주님의 도우심으로
주 예수 이름으로 회개하며
나의 모든 죄 짐을 주님께 드렸습니다
나를 사랑하여 주시고
나의 모든 죄 짐을 벗겨주셔서
죄의 시름을 떠나 살게 하여 주소서

시시각각으로 변하는 세상에서
변하지 않으시는 주님을 따라
믿음으로 새롭게 마음먹고
주님이 주시는 은혜 따라 살게 하소서
기도로 용서를 구하며 아침마다 새롭게 시작하게 하시니
주여, 감사드립니다

주여, 나를 도와주소서

무거운 죄 짐을 홀로 지려는
어리석음에서 벗어나 주님을 의지하게 하소서

어두운 죄인의 삶에서 벗어나
성도의 삶, 의인의 삶을 살게 하사
모든 죄 짐을 도말하여 주시는 주님께
나의 모든 죄 짐을 벗어버리고
주님의 보혈로 깨끗하게 씻음받게 하소서

주님께서 죽음에서 영생으로
지옥에서 천국으로 나를 인도하여 주셨습니다
이 얼마나 놀라운 축복입니까

내 심장의 한복판에 구속의 사랑을 주셨으니
나의 삶이 주님의 은혜로 인하여
독수리가 날개 치며 올라감같이
주님을 향해 힘 있게 달려가게 하소서

주여, 나를 도와주소서
믿음으로 주님을 깊이 알 수 있도록
말씀의 지혜를 열어주소서

죄의 용서를 구하는 회개의 기도

어쩌다가 죄를 짓고 괴로워하고 있는가
내 기도의 첫말이 용서가 되게 하소서
심장의 골짜기에 흐르는 회개의 눈물을
주여, 받아주소서

나의 삶에서 사망에 이르는 냄새가 나지 않고
생명에 이르는 예수의 향기가 나타나게 하소서

죄의 모든 슬픔이 쏟아지게 하소서
죄의 모든 절망이 쏟아지게 하소서
죄의 모든 비참함이 쏟아지게 하소서
죄의 모든 저주가 쏟아지게 하소서

주님의 은혜로 값없이 의롭다 함을 입어
우리가 사망에서 생명으로 옮겨졌으니
예수 그리스도가 내 안에 계심을 믿게 하시고
믿음을 확증하는 성도가 되게 하소서

예수께 드리는 기도를 응답받아
활짝 피어나는 봄꽃처럼 살고 싶습니다
시종 조용히 기다리오니
예수 이름으로 거룩한 산제사를 드리게 하소서

주여, 용서하여 주소서

주님이 나의 죄를 용서하셨으나
아직도 슬픔이 몰아쳐옵니다
주님의 일을 온전히 하지 못하고
믿음이 연약하고 부족하기 때문입니다

진흙투성이 죄의 삶에서 벗어나고 싶었습니다
실망의 무게만큼, 낙망의 무게만큼,
어둠의 무게만큼 죄로 인해 고통스러웠습니다

죄로 인해 무거웠던 마음
쓸데없이 허공을 맴도는 텅 빈 마음
하찮았던 나를 주님이 인도하여 주셨습니다

주님의 은혜로 가벼워지는 연습을 하며
봄날 싱그럽고 가벼운 발걸음처럼
주님과 마음이 통하여 사뿐하게 걷고 싶어집니다

주여, 나의 갈증을 풀어주시고 용서하여 주소서
죄에서 벗어나 슬픔에서 떠나고 싶으니
영혼의 상처를 치료하여 주소서

가장 낮은 곳을 찾아 흐르는 강물처럼
내 마음도 가장 낮은 곳에서 기도하기를 원합니다

나의 마음을 투명하게 하소서

나의 마음을 맑고 투명하게 하옵소서
주께서 지나온 나의 삶을 속속들이 들여다보시고
그림자도 없고 아무런 흔적도 없이
모든 죄를 용서하여 주옵소서

죄가 상한 감정을 툭툭 치며 조롱함으로
깊은 수심과 고통의 눈물에 젖습니다

죄악의 밤이 깊어갈 때
죄에 발목이 잡혀 있을 때
죄에 겁을 먹고 있을 때
주여, 내 손을 잡아 이끌어주소서

내가 지은 죄가 나를 쳐다보며 탓하고
절망과 사망의 막다른 골목으로 몰아치오니
주여, 나를 구원하여 주시고 용서하여 주소서

믿음으로 차곡차곡 쌓이는 은혜 속에
주님의 마음을 닮게 하사 온 세상을 향하여
복음을 부끄럼 없이 전하게 하소서

주님을 새롭게 바라보게 하소서

죄로 죽어가던 내 영혼과 목숨이
주님 은혜로 다시 살아났으니
죄악의 깊은 상처가 아프다고 신음하거나
고함치거나 변명하지 않게 하소서

주님을 찾게 하시고 따르게 하사
나태하게 기도하지 않게 하시고
간절한 기도로 회개함으로
눈같이 하얗게 용서를 받아
모든 죄악에서 놓임을 받게 하소서

죄를 분명하게 끊게 하여 주시고
내 마음을 겸손히 낮아지게 하시고
하나님의 뜻을 온전히 분별하게 하소서

주님 앞에 겸손하게 머리를 숙이고
복음에 눈을 떠서 새롭게 바라보게 하시고
주님을 섬기며 따르게 하소서

이 땅에서 내 한목숨의 바람이
이 땅에서 내 한목숨의 소망이
주님 한 분이게 하소서
내 마음이 항상 주님을 사모하며
주님의 뜻을 온전히 깨닫게 하소서

주님 안에 있어야 할 시간

죄의 멍에를 지고 삶에 지쳐 있을 때
모든 것이 싫어지고 모두 다 떨쳐버리고
어디론가 뛰쳐나가고만 싶을 때
주님, 나를 붙잡아주옵소서

도리어 무릎을 꿇게 하여 주시옵소서
이때가 진정 주 안에 있어야 할 시간입니다

죄를 벗는 것이 아니라 용서받게 하소서
죄를 잘라내는 것이 아니라 용서받게 하소서
죄를 꺾는 것이 아니라 용서받게 하소서
죄를 깎아내는 것이 아니라 용서받게 하소서

삶에 고통이 찾아오고 모든 것이 미워지고
다 잊어버리고 떠나고만 싶을 때
도리어 겸손히 엎드려 기도하게 하소서

죄로 만든 사연, 죄로 만든 인연,
죄로 만든 만남, 죄로 만든 소득을 다 용서하여 주시고
무섭게 불어오는 죄의 바람에서 건져내소서

이때가 진정 기도할 때이며
주님 곁에 있어야 할 때입니다
주님, 외면하지 마시고 나를 붙잡아주소서

나에게 죄악이 있으면

죄악이 쓴 뿌리가 되어 나를 괴롭히고
한목숨 지탱하기조차 힘들도록 쫓아다니니
이 죄악의 고통에서 벗어나게 하소서

죄악이 있으면 죄 하나하나가 되돌아와
숨을 막히게 하니 절망의 고통에서 벗어나게 하소서
모든 죄를 회개하게 하시고
시련의 파도를 잠잠하게 하소서

기쁨을 잃어버린 괴로움의 날들을
다시 회복시켜 주시기를 원합니다
터질 듯 부풀어 오른 시련의 날들이 재빠르게
지나가게 하시고 주님의 사랑 속에서 살게 하소서

죄악이 있으면 사악한 것이 조롱하오니
눈물로 모든 죄를 고백하게 하시고
내 멋대로 내 기분대로 살지 않게 하소서
죄악의 고통에서 벗어나 구겨진 마음을 펴게 하소서

주님 눈길과 손길과 말씀 한 번이면
모든 것이 달라지오니 인도하여 주소서
내 마음을 열고 회개하게 하시고
늘 가까이에서 주님을 만나게 하소서

주여, 나의 허물을 사하여 주소서

주여, 나의 허물을 사하여 주소서
내가 이름을 기억하는 사람들과
내가 이름을 기억하지 못하는 사람들과
내가 생각지도 못한 사람들에게
저지른 죄와 잘못을 회개하오니 모두 용서하소서

내가 선하다고 행하는 것들 중에서 착각하는 것,
허물 가진 것을 모두 용서하소서
내가 행하고 있는 모든 일 중에서
어리석게 생각하는 것과 어그러지고 거짓되고
잘못된 일이 있으면 모두 용서하소서

주여, 나의 허물을 용서하소서
내가 저지른 죄 중에서 사람에게만 용서를 구하고
주님에게 용서를 구하지 못한 것이 있으면
낱낱이 아시는 주님께서 용서하소서

주여, 나의 잘못을 깨닫게 하셔서
회개하도록 인도하여 주시기를 원합니다
똑같은 죄악에 다시 빠져 어리석게 살지 않게 하소서
주님께서 나의 심사를 지켜주셔서
주님의 거룩한 성품을 닮아가게 하소서

내 마음의 창을 닦게 하소서

세속의 욕망에 물들어 생각에 생각을 더하며
죄에 대해 고민하지 않게 하시고
주님 앞에 나가 고요히 기도하게 하소서

죄악의 옷을 회개함으로 벗게 하소서
풍랑과 폭풍우에 게거품을 품고 뒹구는 바다처럼
죄를 토해내게 하소서

부끄러운 지난날로 얼룩져 있으면
주님을 온전히 바라볼 수 없으니
번뇌도 분노도 슬픔도 회한도
기도 속에 마음을 집결시켜
회개로 내 마음의 창을 닦게 하소서

성령의 은혜로 바람처럼 떠나가는 삶이오니
주여, 내 마음을 깨끗하게 하여 주사
믿음과 선한 양심을 갖게 하시고
세상을 믿음으로 밀고 나가며
주님을 온전하게 바라보게 하소서

삶 속에서 깊은 깨달음을 얻게 하소서

천지창조를 하신 솜씨 좋은 주님
삶 속에서 깊은 깨달음을 얻게 하소서
우리의 태어남과 살아감이 은혜입니다
날마다 주님의 말씀을 귀로 듣게 하사
깊은 깨달음을 얻게 하소서

내 마음이 죄의 안개 속에서 헤매지 않게 하시고
죄의 함정에 덜미 잡혀 빠지지 않게 하소서
세상 것들에 실망하거나 좌절하지 않게 하소서

회개로 깨끗이 씻어놓은 마음
다시 죄로 더럽혀지지 않게 하시고
영원한 생명을 사모하며 믿음 속에 살게 하소서

기도할 때마다 주님의 숨결을 느끼게 하시고
기도할 때마다 주님의 손길을 느끼며
기도할 때마다 주님의 사랑을 체험하게 하소서

잡초와 같은 욕망에서 벗어나
모든 것을 그대로 진솔하게 고백함으로
영적인 순례자의 삶을 살게 하소서
주님의 손길이 닿는 곳마다
삶 속에서 깊은 깨달음을 얻게 하소서

부끄럽지 않게 살게 하소서

살아간다는 것이 부끄럽지 않게 하소서
아무리 거센 바람이 휘몰아쳐도
모두 견디며 헤쳐나가게 하소서

실패해서 쓰러지고 넘어져 다쳐도
좌절하거나 어리석은 행동을 하지 않게 하소서
슬픔이 밀려와 너무나 아프고 괴로워서
그 고통에 소리 지르고 싶을 때
몸부림치고 싶을 때도 잘 인내하게 하소서

고통이 다가와 절망이 엉키고 뭉쳐서
아무리 풀어도 풀 수 없을 것 같아
까마득해지는 순간에도 잘 견디게 하소서
시련이 닥쳐와 원망스러운 마음이 가득 차올라도
잘 이겨내고 견디게 하소서

좌절과 실패로 온몸이 천근만근 무거워지고
가슴이 찢어질 듯 아파 현실을 외면하고 싶고
이겨낼 용기가 생기지 않을 때에도
일어서서 모든 것을 받아들일 용기를 갖게 하소서

소리 없이 다가오는 유혹과 어둠의 손길에서
벗어나게 하시고 살아온 삶이 언제나
주님의 은혜 안에 있음을 깨닫고 감사하게 하소서

무기력에 빠질 때

허탈감에 허우적거리다가 민망하게
온몸의 힘이 모두 빠져나가는 순간
마음의 바닥이 환히 들여다보입니다

밝고 확실하게 보였던 모든 가능성이 안개 걷히듯
모두 사라져 눈동자조차 움직일 힘도 없고
모든 것이 귀찮아지고 싫어집니다

무엇 하나 곰곰이 생각하고 싶지 않고
무엇 하나 제대로 생각나지도 않습니다
무엇 하나 제대로 되는 것이 없습니다

내 몸 하나 지탱하기 어렵고 힘이 듭니다
하고 싶은 것이 하나도 없고 탈진하여
아무것도 할 수 없는 무기력에 빠져 있습니다

애절하게 기도하오니 나를 붙잡아주소서
뼛속을 다 드러내듯 무기력하게 살고 있는
이 절망에서 구원해주소서

군살을 빼고 불순물이 없는 믿음으로
환난에서 인내를 배우게 하시고
인내에서 연단을 배우게 하시고
연단에서 소망을 이루게 하여 주소서

주님, 저들을 구원하여 주소서

주님을 모른 척하며 외면하는 사람들
생명의 말씀을 떠나려고 하는 사람들
하늘 소망을 바라보지 못하는 사람들
주님, 저들을 구원하여 주소서

길을 잃어버려 아직도 제 갈 길을 못 찾는 사람들
잃어버린 양들을 위하여 기도하게 하소서

주님을 알지 못하는 우물 안 개구리 같은
저들의 마음을 열어주소서
소경처럼 주님을 보지 못하는
저들의 눈을 열어주소서

저들의 강퍅한 마음속에 주님을 시인하고
영접하여 온전하게 구원을 받게 하시고
회개에 합당한 열매를 맺게 하여 주소서

저들이 구원을 받을 때까지
내 영혼의 깊은 곳에서 눈물로써
구원받을 때까지 기도하게 하소서

부질없는 세상에 목숨 걸지 않게 하시고
주님의 은혜가 날마다 깊어지게 하소서
주님의 사랑이 날마다 깊어지게 하소서

죄책감에 사로잡힐 때

죄는 시도 때도 없이 악으로 물들이려고
호시탐탐 기회를 엿보고 있습니다
내가 지은 죄가 툭툭 불거져 나와 열통이 터지도록
몹시 귀찮게 하고 괴롭히오니 회개하게 하소서

호기심과 유혹에 너무나 쉽게 넘어가
하나하나 지은 죄가 드러날 때마다
죄를 지적하고 조롱하는 소리가 들리고
부끄러운 죄책감에 사로잡힙니다

오지랖 넓어 지은 죄가 두려워지고
모두 들킨 것만 같아 불안과 초조감이 밀려옵니다
죄의 달콤함을 즐기고 더욱 깊숙이 숨기려 했던
미련함이 그대로 드러나고 있습니다

죄의 깊은 상처가 괴롭히고 절망의 늪으로 몰아가
자꾸만 회피하고 싶고 불안해 벗어나고 싶습니다
죄악으로 인한 강박관념에 사로잡혀
후회만 더욱 깊어지고 있습니다

모두 다 고개를 돌리고 외면할 것만 같습니다
비난에 빙 둘러싸여 있으니
이 절망의 수렁에서 나를 구원해주시고
고난을 이겨낼 수 있는 믿음과 힘을 주소서

참담한 기분이 들 때

오, 주님!
어떻게 이런 일이 일어날 수 있습니까
어둠과 죄악에 물들어 부모 자식 간에, 부부간에
어떻게 죽이고 상처 입히고 해칠 수가 있습니까
심장이 거칠게 뛰고 온몸에 식은땀이 흐릅니다

이 살벌한 세상에서 사랑으로 감싸주어도
한없이 부족한데 철천지원수에게 복수라도 하듯이
짐승보다 잔인하고 표독하게 살아갑니다
선한 양심과 순수한 마음을 깡그리 뭉개버리고
어떻게 가족과 형제와 자식을 해칠 수가 있습니까

참담한 비극이며 가슴 아픈 일입니다
이 일을 남의 일이라고 외면하고 있습니다
내 일만 아니면 된다는 생각이 만연해져서
옹색한 마음으로 무관심 속에 살아가고 있습니다

주여, 저들을 불쌍히 여겨주소서
주여, 저들을 긍휼히 여겨주소서
이 비극의 시대를 우리 스스로가 만들어가고 있습니다
주여, 우리의 죄를 용서하소서

갈등이 생길 때

서로 엇갈린 생각과 행동 속에서
서로 부딪치고 반목하는 마음이 생겨서
마음의 상처가 깊어집니다

껄끄러운 시선이 서로 맞부딪치고,
반론하고 시비를 걸면 갈등의 불꽃이 튀고
온갖 잡된 생각이 머릿속을 가득 채웁니다

혼자 당하고 있다는 생각에
마음을 열어주지 않는 분함에
있는 힘을 다해 소리를 지르고 싶습니다

아무리 끊으려고 애를 써도
끊을 수 없는 인간관계 속에서
떠나고 싶어도 떠나지 못하고
가슴에 아픔을 느끼고 있습니다

가장 가까이 살아가면서도
가장 멀게 느껴지는 고통의 연속이 갈등입니다
터무니없는 생각과 갈등의 숲에서 벗어나게 하시고
절망까지 감싸 안고 사랑할 수 있는 마음을 주소서

마음이 혼란스러울 때

모든 것이 무너진 듯 안타깝고 절망스러워
내 마음에 고통이 느껴질 때
내 삶이 텅 비어버린 것만 같아 허무해집니다

시련이 온몸을 감싸고 흔들고
절망이 파도처럼 밀려와 나를 삼키려 할 때
주님께서 나를 보호하시고 인도하여 주소서

나만 아프다는 생각에 모든 것을
포기하고 싶고 마음이 메말라갈 때
속이 답답하고 힘들 때마다
이런 내 마음을 다스려주시기를 원합니다

고통이 마음의 능선을 타고 오르며
절망의 비탈길을 걸을 때 홀로 짐을 지고
끙끙 앓다가 지쳐 쓰러지지 않게 하여 주소서

내 마음에 갈등이 생기고 어두워질 때
변죽만 울리고 어지럽고 혼란스러울 때
내 마음을 단순하게 하여 주소서

지옥에서 불어오는 죄의 바람이 멈추게 하시고
하나님의 끊을 수 없는 사랑을 받았으니
사랑하는 마음으로 살게 하소서

고통의 올무에 걸리지 않게 하소서

오, 주여! 나 혼자 섰습니다
주님 앞에 회개하고 용서받기 위하여
마음속 깊은 곳에서 간구합니다
가시투성이 내 마음이
주님을 잃지 않게 하소서

욕심과 욕망의 노예가 되어
제대로 보이는 것이 없고 갈 길을 헤매는
고통의 올무에 걸리지 않게 하소서

하나라도 더 갖고 싶은 욕심에
이기심과 아집에 빠지고 스스로 고통의 올무에
걸려들어 불쌍한 자가 되지 않게 하소서

극심한 고통 속에서도 기도하는 믿음을 주소서
먼저 주님을 찾아 만나게 하시고
주님의 이름을 부르며 온전히 따르게 하소서

죄와 의심과 헛된 기다림을 쌓지 않게 하시고
믿음으로 주께 나아가게 하소서
가장 어려운 순간 죄의 올무에서 벗어나
두 손 모아 기도하게 하시고 인도하심을 받게 하소서

내 마음의 상처를 치유해주시는 주님

세파에 시달려 고통스럽고
늘어가는 주름살에 서러운 마음을
주님의 사랑으로 감싸주소서

늘 쫓기어 살아가는 지친 삶에
평안과 여유를 갖게 하여 주소서
분주함 속에 기도하지 못함을 핑계로 삼지 말고
기도함으로 참평안을 얻게 하소서

삶의 시련에 부딪쳐 만들어진
내 마음의 상처를 살피시고
끝까지 포기하지 않고 치유해주는 주님

사람들 속에서 상처를 주고받지 말고
사랑을 나누며 살게 하시고
주님의 정다운 음성을 들으며
오직 신실한 믿음으로 살게 하소서

마음의 문을 다 열어놓고
늘 기도하며 진실한 속마음을 주고받는
인간적인 삶을 살게 하여 주소서
주님은 언제나 아시고 응답하시고 용서하여 주시니
넓고 고귀한 사랑을 본받게 하여 주소서

거짓 사랑이 다가올 때

오, 주님! 이 땅에는 거짓 사랑이 너무나 많습니다
마음이 허전해 누군가에게 다가갈수록
거짓으로 위장한 모습만 드러납니다

사랑은 깊어질수록 진실을 원합니다
진실이 아닌 모든 것은 거짓이며
거짓은 상처를 만들어냅니다

외로움에서 잠시 벗어나기 위해
사랑을 찾는다면 차라리
홀로 견디는 것이 좋을 것입니다

거짓된 마음은 아무리 꼭 붙잡으려고 해도
멀리 달아나버리고 갈 곳을 몰라 방황하며
결국에는 아무것도 남지 않습니다

살아오면서 쌓아놓은 많은 것을
살아오면서 이루어놓은 행복을
한순간에 다 잃어버리기 전에
거짓 사랑은 몽땅 다 버려야 합니다

차갑고 냉정할지 모르지만 다 잘라내게 하시고
오직 주님의 진실한 사랑 안에서
진실한 사랑을 배우게 하소서

상한 마음을 어루만져주소서

사회가 급격하게 발전하고 현대화가 되면서
계층과 계층 사이에 갈등이 점점 심해지고
아픔이 더 강해지고 있습니다
극심한 빈부격차 속의 보이지 않는 싸움에서
갖지 못한 자는 아무런 저항을 할 수 없습니다

아무 이유 없이 당하는 고통은 의욕을 잃게 합니다
모든 신경이 예민해지고 더 잃을 것 없는
힘없는 자의 슬픈 강이 가슴에 흐릅니다
두 주먹을 불끈 쥐어도 상대할 수가 없습니다
아무리 애를 써도 당해낼 재간이 없을 때
무력함이 안타까울 뿐입니다
힘없이 당하는 아픔은 사는 이유를 잊게 합니다

마구 울어도 그 설움을 다 풀 수 없기에
속울음을 심장에 가득 채웁니다
주여, 불쌍히 여기시어 살아갈 작은 희망을 심어주소서
주께서 이들의 상한 마음을 어루만져주소서

설움도 애태움도 떨쳐버리고 기뻐하며 살게 하소서
죄 가운데 있는 영혼에게 찾아오던 죽음을 멈추게 하시고
주 안에서 새 생명이 찾아옴을 감사하며 찬양하게 하소서

삶이 막막할 때

갈 길이 꽉 막혀 확실한 것이 아무것도 없습니다
시간의 흐름을 견뎌내기가 힘들어
애를 써보아도 손에 잡히는 것이 없습니다
사람들 틈에서 두리번거려도
기다려야 할 것은 아무것도 없습니다

내일에 대한 확신도 없고
까맣게 타버린 가슴은 답답하기만 하고
숨을 쉬기조차 힘들어집니다
기대했던 것들이 몽땅 사라져버리고
시련을 떨쳐버리려고 발버둥 칠수록
생각지 않았던 고통이 악성 종양처럼 달라붙습니다

첩첩이 포개 있던 죄악의 익은 열매가 죽음을 만드니
주저 없이 회개의 기도를 하게 하소서
온몸에 힘이 다 빠져나가 몸부림칠수록
더 깊은 수렁 속으로 아마득하게 빠져들어갑니다
깊숙이 숨어 있는 어둠의 끝자락이
과연 어디인가 알고 싶어집니다

죄의 시작도 끝도 고통으로 가슴이 답답하고
결과는 참담합니다
이 절망 속에서 벗어날 수 있도록
힘과 용기와 지혜를 주시기를 원합니다

마음이 방황할 때

오, 주님!
이 차가운 세상에서 외로운 나그네가 되어
나의 마음이 갈 길을 못 찾고 방황하고 있습니다
아름답고 행복했던 순간마저 다 잃어버린 듯이
공허한 마음이 덩그렇게 남았습니다

첩첩이 쌓인 죄로 마음 문 걸어 잠그고
침울해지고 나약해진 마음 때문에
이제는 내가 무엇을 원하고 있는지
이제는 내가 무엇을 해야 하는지
갈피도 방향도 잡을 수 없습니다

모든 것을 다 포기하고 싶어지고
사람들과 얼굴 마주치며 만나는 것도 싫어집니다
성취하고 싶은 꿈 하나, 목표 하나가 없이
의욕마저 상실하고 있습니다

또다시 실패할 것만 같은 불길한 예감과 두려움에
새로운 시도를 하지 못하고 있습니다
나의 잘못된 삶의 방향을 멈추어주소서

십자가의 벅찬 사랑을 받았으니
내 마음에 평안과 안정을 주셔서
내가 가야 할 길을 바르게 가게 인도하소서

유혹을 이겨내게 하소서

오, 주님!
유혹이 아주 그럴듯한 모습으로 다가와도
벗어날 수 있는 지혜를 주소서
온갖 간사한 유혹이 손짓할 때
흔들리지 않는 믿음을 주소서

겁 없이 덤벼들고 싶고 마음이 끌려
수렁 속에 빠지는 일임을 알면서도 뛰어드는
어리석은 죄를 범하지 않게 하소서

걷잡을 수 없는 욕망의 폭풍우 속을 헤치고
당당하게 나올 수 있는 용기와 힘을 주소서
잔잔히 흐르는 것보다 요동치면 뭔가 다를 것 같지만
욕망의 찌꺼기가 남긴 것은 죄악뿐입니다
그 허무의 늪에 빠진다면 얼마나 비참하겠습니까

거짓된 웃음으로 그럴듯하게 포장된 유혹에 사로잡힐 때
차분히 마음을 가라앉히고 주님을 바라보게 하소서
유혹에 흔들리고 망설이는 시간이 줄어들게 하소서

죄의 유혹에 넘어가 최후의 날을 맞이하지 않고
더 깊은 상처를 받기 전에 돌아서게 하소서
내 마음을 항상 정결하게 하여 주셔서
주님의 인도하심을 받게 하소서

유혹에 눈길을 돌리지 않게 하소서

유혹에 빠지는 순간 모든 것이
한순간에 사라지는 물거품이 된다는 것을
뼛속 깊이 알 수 있는 지혜를 주소서

죄악에 눈길을 돌리지 않게 하시고
뱀의 혀 같은 유혹이 다가올 때
믿음의 기도로 벗어나게 하소서

무엇이든지 후다닥 끝내려 하는
성급함에서 벗어나게 하시고
시들시들하거나 비틀거리지 않고
중심을 잡아 바르게 살게 하소서

유혹의 수치가 즐거움을 주고
어둠을 속여 밝은 빛처럼 착각하게 하니
믿음으로 모든 것을 다 던져버리게 하소서

유혹에 빠지면 불안 속에서도 죄로 익어가는 열매가
탐스럽고 맛있고 멋있게 보일 때가 있으니
유혹에서 속히 벗어나게 하소서

욕망의 늪에서 벗어나게 하소서

욕망의 끝은 언제나 재와 허무만 남을 뿐이니
욕망의 늪에서 벗어나게 하소서
욕망이 불타오를수록 찌꺼기로 남는 것은
허무의 재뿐임을 알게 하소서

죄악이 달콤하게 느껴지지 않도록
도둑 같은 쾌감과 속임수에 빠져들기 전에
한시바삐 벗어나게 하소서
욕망의 늪으로 가는 저주의 길에서 벗어나
구원의 길, 생명의 길로 가게 하소서

죄의 복면을 쓰지 않게 하소서
죄를 위장하지 않게 하소서
죄로 변장하지 않게 하소서
죄로 변명하지 않게 하소서

죄로 찢겨진 시간 속의 불타던 욕망에서 벗어나
새로운 꿈을 찾게 하소서

죄로 인해 심령이 야위어갈수록
죄로 인해 시름이 깊어 견딜 수 없어도
믿음 안에서, 복음 안에서
성도로, 하나님의 자녀로, 그리스도인으로,
하나님의 행복으로 살게 하소서

근심하지 않게 하소서

내 마음에 찾아오시는 성령의 인도하심을
온전히 받아들여 근심하지 않게 하시고
기도함으로 응답받아 모든 시름을 잊게 하소서

남의 일에 쓸데없이 끼어들거나
아무 관계없는 일에 참견하여
감정이 상하거나 근심하지 않게 하소서

죄의 벽장 속 어둠에 갇히지 않게 하사
뉘우침마저 회개마저 초라해지지 않도록
믿음에 믿음을 더하여 주소서

기도를 통하여 주님께 맡기지 못해 생겨나는
근심과 걱정은 우리의 삶을 변화시키지 못하니
모든 것을 주님께 맡기게 하소서

죄짓는 기쁨이 고통을 만드는 것을 알게 하시고
욕심과 불평과 불만으로 살지 않게 하시고
사랑과 나눔의 삶을 살아
나의 마음에 평안을 회복하게 하소서

내 마음에 믿음의 불빛이
하나둘 켜져 밝은 마음을 갖게 하소서

주 안에서 새롭게 변화되게 하소서

주님께 기도를 드림으로
나의 삶의 모습이 새롭게 변화되게 하소서
세상에서 즐기던 마음을 주 안에서 기뻐하게 하소서

세상에서 부유함을 원하던 마음이
주 안에서 자족하게 하소서
세상에서 헛된 꿈을 꾸던 마음이
주 안에서 참된 소망을 갖게 하소서

걸신들린 듯 지은 죄악의 수렁에서 빠져나와
제 설움에 울지 않고 죄를 통분히 깨닫고 회개하여
믿음의 길로 나와 새 생명을 얻게 하소서

죄의 어둠을 밝게 해주는
기도와 찬양과 말씀 속에
주님을 만나게 하여 주소서

가지 말아야 할 길을 가지 않게 하시고
꼭 가야 할 길을 선택하여
좁은 길, 믿음의 길로 가게 하소서

주님 앞에 굳센 믿음으로 나아감으로
신앙 안에서 깨어나 기도로 나의 삶이
주 안에서 새롭게 변화되게 하소서

우리의 미래를 맡기게 하소서

주님의 능력을 확신하고 눈을 들어
주님을 바라보며 진실한 기도를 드리게 하시고
생명을 사랑하고 좋은 날 보기를 원하게 하소서

죄악의 밤에 고달프게 병들어가는
영혼이 되지 않게 하시고
생명을 사랑하고 예수를 아는 지식이
날마다 늘어가게 하소서

우리들의 삶이 소심하고 연약하여
무기력하게 살지 않게 하시고
믿음으로 기도하여 활력이 넘치게 하소서

우리의 기도를 들으시기 위하여
낮은 곳까지 함께하시는
주님의 사랑을 믿고 기도하게 하소서

기도를 통하여 온 우주를 운행하시는
하나님의 섭리를 깨닫게 하시고
믿음의 주요, 온전하신 예수를 바라보게 하소서

기도드림으로 우리의 삶 전체를,
우리의 미래를 맡기게 하시고
항상 기도함으로 믿음의 전원을 끄지 않게 하소서

주님을 항상 기뻐하게 하소서

주님이 주시는 기쁨과 은혜를,
주님이 주시는 축복을 항상 기뻐하게 하소서
주님이 주시는 구속과 감동을,
주님이 주시는 응답을 항상 기뻐하게 하소서

나로서는 영원히 풀 수 없는
죄의 올무에서 풀어주시고
모든 죄에서 해방시켜주시는
주님을 항상 기뻐하게 하소서

기도 시간에 나의 죄를 들여다보게 하소서
기도 시간에 나의 삶을 들여다보게 하소서
기도 시간에 나의 운명을 들여다보게 하소서
기도를 통하여 주님을 바라보게 하소서

죽어가는 나무에서 새 꽃이 피어나듯이
나의 심령에 보혈의 꽃이 피어나게 하시고
옳은 행실을 하게 하시고
성도의 옷 세마포를 입고
믿음을 굳게 지켜나가게 하소서

근심과 걱정에서 벗어나게 하소서

근심과 걱정은 의심을 만들고
의심은 믿음을 흔들어놓으니
근심과 걱정에서 벗어나게 하소서

하나님의 뜻대로 아무 후회할 것 없는
구원에 이르게 하소서

세상의 근심과 걱정은 병들게 하고
결국에는 사망에 이르게 하오니
헛되고 헛된 것들에서 벗어나게 하소서

몸서리치는 죄를 짓고
남모를 안타까움 속에 살지 않게 하시고
죄악의 파도에 휩쓸리지 않게 하소서

죄로 인하여 마음이 조각조각 부서지는
미련한 삶을 살지 않게 하시고
자기를 위하여 좋은 터에 믿음을 쌓아
참된 생명을 얻게 하여 주소서

세상의 근심과 세상의 걱정과
세상의 불안과 세상의 염려에서 벗어나
믿음으로 구원에 이르게 하소서

날마다 이기는 삶을 살게 하소서

외롭게 세상을 떠도는 나그네와 같은 삶
편안히 쉴 곳이 있습니까
새순이 돋는 내 마음에 생명의 말씀이 돋습니다

누가 우리에게서 주님의 사랑을 빼앗아갈 수 있겠습니까
누가 주님의 축복을 빼앗아갈 수 있겠습니까
누가 주님이 주시는 꿈을 빼앗아갈 수 있겠습니까

혼자 버둥대고 발버둥을 쳐도 아무 소용없으니
부질없는 생각과 행동에서 벗어나게 하소서

폭풍우가 몰아치는 곳에서도
우리를 돌보아주시고 인도해주시니
어떤 고난과 역경이 다가오더라도
소망 속에서 즐거워하며 이겨내게 하소서

고통의 십자가에서 모든 것을 승리하신
주님께서 붙잡아주시고 돌보아주소서
우리로 선한 사업을 하고 함께 나누며
너그럽고 온유하고 부드러운 마음으로 살게 하소서

나의 믿음이 곤두박질치지 않게 하시고
길 잃고 헤매지 않게 하시고
날마다 이기는 삶을 살게 하소서

우리의 필요를 채워주소서

우리에게 때를 따라 일용할 양식을 주시고
모든 것을 공급해주시는 주님을 따르고 믿사오니
때를 따라 우리의 필요를 채워주소서

쓸데없는 걱정이나 고민을 하지 않고
언제나 기도하며 주님께 맡기게 하소서
주님의 은혜를 헛되이 낭비함이 없이
필요에 따라 사용하게 하시고
물로 씻은 듯, 성령으로 씻은 듯,
말씀으로 씻은 듯 새롭게 하소서

자기를 분별하며 부끄러울 것이 없는
하나님의 일꾼으로 주의 일을 하게 하시고
예수 그리스도 안에 있는 믿음으로
구원에 이르는 지혜가 있게 하소서

이웃에게 사랑과 온정을 베풀어
주님의 사랑을 나누게 하여 주시고
하나님이 지으신 모든 것이 선하니
하나님의 믿음과 기도로 우리를 거룩하게 하소서

우리에게 필요한 모든 것을 주시고
때를 따라 인도하여 주시고 축복하여 주시는
주님을 온전히 믿습니다

두려움이 가득해질 때

오, 주님! 누군가 나의 허물을 지적하고
나의 잘못을 다 말할 것만 같아 두렵습니다

나는 다른 사람의 잘못을 말하고 나면
그 사람이 받을 상처가 걱정이 되어서
말하지 못하고 침묵하고 있습니다

눈치를 살피며 해야 할 말을 못하면
새로운 변화를 두려워하게 되고
어설프고 흐지부지한 마음만 가득합니다

모든 것을 나의 탓으로 돌리고
시작도 하지 못하면서 끝을 걱정하는
어리석음에 빠져 있습니다

누군가 자신을 의심하고 있다는 생각에 두리번거리며
과감하고 당당하게 나설 용기가 없습니다
무시당하고 창피당할 것만 같아서
주위를 자꾸만 의식하게 되고
모든 것을 내 탓, 내 잘못으로 여깁니다

나의 부족과 허물에 시달릴 때
두려움이 가득해질 때 주님께 맡기게 하소서
참평안을 주시는 주님의 손길을 느끼게 하소서

허무함에 빠져들 때

햇살이 기울고 어둠이 찾아오는 시간
삶이 지루하게 느껴지는 시간
허무함에 빠져들어 진저리 치지 않게 하소서

모든 것에 싫증이 나서 떠나고 싶고
짜증이 나서 무조건 벗어나고 싶을 때
주여, 내 마음을 인도하여 주소서

삶이 시답잖고 귀찮고 불편해
왠지 모든 것이 물거품 같아 보이고
허탈하고 따분하고 지루하기만 할 때
죄를 반복하여 짓지 않게 하소서

내 마음이 갈피를 못 잡고 혼돈스러워
서로 물고 뜯고 아우성치지 않게 하소서
갈팡질팡하며 방황할 때
무슨 일이든지 저지르고 싶을 때
주여, 내 마음을 인도하소서

허무함에 빠져들지 않고 마음을 정돈하게 하사
말씀과 기도로 성도의 삶을 바르게 살게 하소서
믿음을 회복하고 또 회복하게 하사
쓸모없는 삶을 살지 않게 하소서

두려움에서 벗어나게 하소서

우리가 삶에서 두려움을 느끼고
죄악의 올무에 걸려들거나 사슬에 묶이는 것은
참으로 어리석은 행동이니 속히 벗어나게 하소서

불신과 의심은 잘못된 믿음이며
주님을 온전히 신뢰하지 못함이니
기도함으로 믿음으로 이겨내게 하소서

주님의 자녀답게 여호수아와 갈렙같이
강하고 담대하게 믿음으로
하나님이 함께하심을 바라보게 하시고
생명을 사랑하고 좋은 날 보기를 원하게 하소서

죄는 속일 수도 없고 감출 수도 없으니
어찌할 수 없는 두려움에서 벗어나 회개하게 하시고
주께로 나아가 믿음이 더 성장하게 하소서

두려움으로 마음이 흔들릴 때에도
기도 시간을 지연하지 않고
오직 믿음으로,
오직 기도로,
오직 예수로,
오직 말씀으로 이겨내게 하소서

나의 삶이 주님 안에

나의 삶이 주님 안에 있도록
주님의 십자가에 못질하여 주옵소서
주님과 함께 죽고 함께 살기를 원합니다

나의 삶이 주님 안에 있도록
세속에 물들어 흔들리지 않도록
늘 주님 안에 결박되어 살게 하소서
주님만이 나의 삶의 둥지가 되기를 원합니다

세상 풍조를 따라 죄를 짓지 않게 하시고
세상 유혹에 따라 죄를 짓지 않게 하소서
욕심에 따라 죄를 짓고 타락하여 주님을 떠나면
나의 삶은 절망과 고통뿐이기에
주님 안에서만 살기를 원합니다

나의 믿음이 추락하지 않게 하소서
나의 믿음이 파면되지 않게 하소서
나의 믿음이 파산하지 않게 하소서
나의 믿음이 몰락하지 않게 하소서

나의 삶이 주님 안에 있도록
주님의 인도하심 따라 살게 하옵소서
나의 모든 것이 흔들림 없이
주님 안에 고정되게 하소서

내 마음이 주님을 쫓아가게 하소서

날마다 내 마음이 주님을 쫓아가게 하소서
나의 기도가 잡담이나 잡음이 되지 않게 하소서

날마다 바쁘다는 핑계로 기도를
나태하거나 게으르게 하지 않게 하시고
날마다 바쁘고 분주하다는 핑계로
말씀 묵상을 멈추지 않게 하소서

주님의 깊고 오묘한 말씀으로 날마다 새롭게 하소서
주님의 넓고 신실한 은혜로 날마다 정결하게 하소서

주님께 나아감으로 죄가 창궐하지 않게 하소서
나의 모든 죄 짐을 맡기게 하시고
나의 믿음의 깊이가 넓어가게 하소서

죄를 떠나 주 안의 평안을 누리게 하시고
마음이 주님을 항상 쫓아가게 하소서
주님 앞에 머리를 조아려 기도하게 하시고
나의 믿음이 주 안에서 잘 건축되게 하소서

썩어가는 구습을 따르는 옛사람을 벗게 하시고
심령이 새롭게 되어 하나님을 따라
의와 거룩함으로 새사람을 입게 하소서

주여, 나를 인도하여 주소서 1

오, 주여! 나를 인도하소서
주님의 숭고한 십자가의 사랑으로
내 심령을 가득 채워주셔서
충만한 주님의 사랑을 늘 나누며 살게 하소서

나의 믿음 가장자리부터 굳건하게 세워져
어떤 고난과 역경에도 흔들리지 않는
반석 위에 세운 믿음이 되게 하소서

주님의 자녀답게 굳건한 믿음으로 당당하게
살아가게 하시고 매사 열정을 다하며
주님의 은혜로 날마다 새롭게 하소서

주님의 부름을 받았으니
믿음의 충만한 열매를 맺게 하소서
나의 마음속을 말씀으로 충만하게 하시고
주님을 향한 믿음의 고백이 진실하여
감동의 눈물이 흐르게 하소서

주 예수 그리스도의 고귀한 이름으로
기도하며 응답받게 하시고
매사에 열정과 사랑으로 일하게 하소서

주여, 나를 인도하여 주소서 2

벽에 기대어 아무리 고민해도 소용없으니
주여, 나를 인도하여 주소서
삶의 아름다운 열매를 맺기 위하여
한 걸음 한 걸음 착실하게 주님을 닮아가며
주님의 뜻을 이루며 살게 하여 주소서

모든 일을 한순간에 이루려 하지 않고
인내심을 가지고 기다리는 담대한 믿음을 주소서
흐릿한 눈빛으로 살지 않고 반짝이는 눈빛으로
주님의 뜻을 분별하며 살게 하소서

주님의 은혜로 날마다 새롭게 하여 주시고
믿음의 풍요로움을 얻게 하시고
삶 속에 풍성한 열매를 맺으며 살게 하소서
하늘나라 생명책에 이름이 기록됨을 감사하게 하시고
하늘 사랑을 받아 천국 백성이 되어
주님을 예배함이 기쁨이 되게 하소서

늘 사려 깊은 마음으로 살게 하시고
나의 믿음을 강건하게 하여 주소서
나의 삶이 아름다운 풍경을 만들게 하시고
주님의 사랑과 은혜로
하늘에 내가 거할 천국이 있음을 믿게 하소서

주여, 이 길로만 걷게 하소서

내 마음의 갈등으로 생각이 여러 가지로 갈라질 때
보기에만 좋은 길로 허겁지겁 따라가지 않게 하시고
주님의 뜻을 찾아 따르게 하소서

주님을 떠나면 어느 곳에도 사랑과 자유는 없습니다
주님을 떠나면 어느 곳에도 평안과 기쁨은 없습니다

머물러 있을 수도 없는 이 땅에서
손에 잔뜩 쥐려고만 하는 욕망을 따라
발버둥 치며 살지 않게 하소서

사소한 일상에서 죄짓지 않게 하소서
사소한 마음으로 죄짓지 않게 하소서
사소한 잘못으로 죄짓지 않게 하소서

주님께서 십자가의 보혈로 인도하시는 새로운 길
이 생명의 길로만 걷게 하소서
내 마음에, 내 영혼에 알알이 박히는
주님의 생명의 말씀이 내 영혼의 양식이 되게 하소서

주님을 기억하게 하소서

내 손가락이 남의 잘못을 지적하려고 할 때
나를 향하신 주님의 손길을 기억하게 하소서

나의 눈이 증오의 불길로 타오르려고 할 때
나를 바라보시는 주님의
사랑과 자비의 눈빛을 기억하게 하소서

나의 발이 죄악으로 향하려 할 때
고난의 십자가를 지시고 가시 면류관을 쓴 채
피 흘리며 갈보리 언덕을 오르시는
주님의 모습을 기억하게 하소서

나의 마음이 욕망으로 불타려고 할 때
구속의 십자가에서 보혈의 피를 흘리신
주님의 고난을 기억하게 하소서

죄에서 나를 구원하여 주소서
굴욕에서 나를 구원하여 주소서
멸시에서 나를 구원하여 주소서
조롱에서 나를 구원하여 주소서

날마다 죄악 속에 허덕이며
몸부림치며 살아가는 이 몸
주님의 품 안에 안전하게 품어주소서

나의 삶에 파도가 칠 때

나의 삶에 파도가 칠 때
나의 눈에 눈물이 마르지 않을 때
죄악의 가시가 찌를 때
걸신들린 듯 죄악을 따라갈 때
주여, 나의 삶의 방향키를 잡아주소서

죄로 인해 누덕누덕 기워진 마음
아무리 몸부림쳐도 소용없으니
절망과 고통의 늪에서 나를 건져주시고
삶의 혼란과 역경 속에서
안개의 걷힘같이 벗어나게 하소서

남들이 보기에 작은 고통일지라도
나에게는 엄청난 아픔이 될 수 있으니
주여, 기도로 이겨내게 하소서

벼랑 끝에 매달려 있는 것만 같고
막다른 골목에 몰린 듯한 위기 속에서도
판단이 흐려지지 않게 하소서

완악한 나의 자아가 깨어지게 하시고
나의 부족함과 한계를 깨달아
작은 믿음을 가지고 거들먹거리지 않고
주님의 은혜로 새로이 거듭나게 하소서

주님의 선하심을 깨달아 알게 하소서

오, 주여!
세상 것을 탐하여
욕심이 내 마음을 갉아먹고 지배하려 할 때
욕심에서 떠날 수 있는 굳센 믿음을 주옵소서

욕망이 내 육체를 속수무책으로 엄습해올 때
불같은 욕망을 버릴 수 있는 담대한 믿음을 주소서
주님의 선하심과 인자하심을
믿음으로 깨달아 알게 하소서

주님의 삶을 묵상하게 하소서
주님의 사랑을 묵상하게 하소서
주님의 십자가를 묵상하게 하소서

선한 마음, 맑고 투명한 마음을 주셔서
주님의 뜻을 거스르지 않고
주님을 온전히 바라보게 하소서

하나님의 전신갑주를 취하게 하시고
진리의 허리띠를 띠고 의의 호심경을 붙이게 하시고
평안의 복음의 신을 신고 믿음의 방패를 가지고
구원의 투구와 성령의 검
곧 하나님의 말씀을 갖고 나아가게 하소서

유혹에서 벗어나게 하소서

나의 생각 속에서 죄악이 풀려나와
발목을 잡아당기지 않게 하시고
나의 몸을 휘감지 않게 하소서

시커먼 속내를 모두 다 숨기고
나를 부르며 오라 손짓하는 유혹에 빠져들어
절망이 나의 영혼을 덮치지 않게 하소서

내가 힘들고 지칠 때마다 곤두박질 치지 않고
믿음의 초점을 제대로 맞추게 하사
나를 인도하시는 주님을 바라보게 하소서
나의 중심을 드리며 믿음이 강하고 담대하게 하소서

주님의 사랑을 가슴 깊이 느끼며
주님께 나아가야 할 순간에 헤매지 않게 하소서
주님을 향해 내딛는 발걸음마다 힘을 주소서

내가 연약해질수록 나를 굽어 살피시고
나를 향한 주님의 손을 잡게 하소서
모든 유혹에서 벗어나 회개함으로 죄악을 털어버리고
죄악을 용서받은 마음의 가벼움을 체험하게 하소서
유혹에서 벗어나게 하사 믿음을 곧추세우고
진정한 자유를 누리게 하소서

주님을 바라보게 하소서

주님을 알기 전 내 모습을 기억하게 하소서
죄악투성이, 모순 덩어리, 심술 덩어리
엉망진창 뒤죽박죽이던 나를 깨달아 알게 하소서

삶의 모든 순간 속에서
주님의 얼굴, 주님의 미소를 바라보며 살게 하소서

세상 풍조와 유행에 따라 세속에 물들어 살고
욕심에 이끌려 죄악 된 삶에 눈길이 갈 때마다
성령의 인도하심 따라 주님을 바라보게 하소서

모든 나뭇잎들이 주님을 바라보며 찬양하듯
모든 열매들이 주님을 바라보며 익어가듯
이름 없는 풀잎이 주님을 바라보며 꽃을 피우듯

연약함을 느낄 때마다
부족함을 느낄 때마다
초라함을 느낄 때마다
주님을 의지하고픈 마음을 주소서

주님께 맡길 수 있는 믿음을 주사
주님을 바라보게 하소서

주님은 우리의 기쁨입니다

주님은 우리의 기쁨입니다
이 세상에서 얻을 수 있는 그 어떤 기쁨보다
최고의 기쁨은 주님을 만난 구원의 기쁨입니다

깊이 숨겨놓은 죄악을 살피고 용서해주시는 은혜보다
죄악의 굴레에서 벗어나는 기쁨보다
놀랍고 신비한 기쁨은 없습니다

주님께서 죄악의 수렁과 진창에서
허망하고 비천하게 살던 나를 건져주신 은혜보다
놀랍고 신비한 은혜는 없습니다

구속하신 주님의 사랑에 내 영혼이
기뻐 뛰며 찬양합니다
예수 그리스도로 옷 입는 기쁨보다
더한 기쁨과 사랑이 이 세상 어디에 있겠습니까

내 마음속에 참평안과 기쁨이 넘쳐 달음박질합니다
주님께 감사드립니다
참으로 놀라운 기쁨입니다

눈물을 흘릴 수 있다는 것은 1

오, 주님!
두 다리 쭉 뻗고 앉아 두 뺨이 젖도록
회개의 눈물을 흘릴 수 있다는 것은
참으로 행복한 일입니다

삶을 살아가며 슬플 때는 슬퍼서
기쁠 때는 기뻐서 눈물을 흘릴 수 있음은
감정이 살아 있다는 것입니다
주님이 내 마음을 새롭게 하여 주셨습니다
눈물이 메마른 삶을 살아간다는 것은
감정이 메말라 무관심하고 무감동한 것입니다

주님 앞에서 나는 울고 있습니다
메마른 대지에 시냇물이 흐르듯이
내 마음에 눈물이 흐르고 있습니다
나의 모든 마음을 다 쏟아
나의 마음을 균열시킨 죄를 용서받고 싶습니다
비가 쏟아져내려 세상을 깨끗이 씻어주고
만물이 촉촉하게 젖어듭니다

주님 앞에 눈물을 흘리면
나의 마음이 깨끗해지고 맑아집니다
삶에 지치고 힘들 때 제 설움에 울지 않고
주님 앞에 모든 것을 맡기고 기도합니다

눈물을 흘릴 수 있다는 것은 2

주님께 드릴 눈물이 있음은
나의 마음을 주님께서 인도해주신 덕분입니다
하늘을 향한 그리움이 있는 사람은
간절한 마음이 가득하고 눈물이 있습니다

살아가는 동안 주님 앞에 설 때면
눈물에 젖는 은혜가 있기를 원합니다
눈물 속에 은혜가 넘치고 사랑이 넘칩니다

가족들과 이웃들과 지체들에게 아픔이 있을 때
함께 울고 함께 웃을 수 있는 마음을 주시기를 원합니다
나의 마음이 주님 앞에 활짝 열려 있기를 원합니다

주님의 무한하신 은혜를 충만히 받기를 원합니다
기도할 때마다 내 마음이 주님께 향하기를 원합니다
눈물 속에는 주님의 은혜가 가득 있습니다

회개의 눈물 속에서
하나님의 자녀가 되고 천국 백성이 되어
영생에 초대받고 생명책에 이름이 기록됨이
얼마나 놀라운 축복입니까

숨어버리고 싶을 때 1

오, 주님!
죄가 가득해 숨어버리고 싶을 때
나를 인도하여 주시길 원합니다

죄악이 나를 꼬드겨 갈피 못 잡고
도저히 용기가 나질 않고
원하는 것을 관철해나갈 힘조차 없을 때
나의 몸과 영혼을 붙잡아주소서

남 앞에만 서면 떨리고 불안해서
자신감이 사라지고 용기가 나질 않을 때
강한 마음으로 바로 서게 하시고
추레한 모습으로 초라하게 살지 않게 하소서

몸부림치며 제대로 숨조차 쉴 수가 없고
자꾸만 식은땀을 흘리고 다리가 떨릴 때
용기를 내어 제대로 살게 하여 주소서

아무 잘못도 없는데 마치 큰 죄를 진 것만 같아
주눅이 들어 숨어버리고 싶어집니다
이 어리석은 행동으로
소중한 꿈을 놓치는 일이 없게 하소서

숨어버리고 싶을 때 2

오, 주님!
나의 미래를 강한 믿음으로 개척해나가게 하소서
누군가가 손가락질하는 것만 같아
마음속에 걱정과 근심이 가득합니다

혼자 발버둥 치고 무언가를 해보려고 해도
별 소용이 없습니다
아무리 노력해도 원하는 것이
이루어지지 않을 것처럼 불안해질 때에도
믿음으로 기도하고 이겨내게 하소서

하고 싶은 일을 하지 못하고 숨어버리고 싶을 때
몸이 무겁고 의욕도 없어서 짜증만 나고
모든 것에서 벗어나 도망치고 싶어집니다

긴장 속에 내뱉는 모든 말은
짜증과 불평과 비난으로 가득합니다
우리의 삶은 믿음으로 이루어가는 것이니
강한 믿음으로 자신 없는 마음에서 벗어나게 하소서

끈기와 인내심을 가지고 삶을 새롭게 변화시켜 나가게 하시고
나의 고정관념과 틀에서 벗어나
주님께 영광을 돌리는 삶을 살게 하소서

내 마음을 깨끗하고 청결하게 하소서

주님의 능력의 손길로
내 마음을 깨끗하고 청결하게 하소서
죄악으로 몸과 영혼을 더럽게 한 나를 용서하사
주님의 은혜로 새롭고 깨끗하게 변화되게 하소서

죄는 내 마음의 도적이라
나의 심장을 손에 쥐고 괴롭혀서
주님의 은혜가 떠나게 하오니
죄에서 떠나 돌이키게 하소서

주님의 고귀한 보혈은 고여 있지 않고
언제나 흘러넘치는 십자가의 사랑이오니
나를 받아주심으로 나의 모든 죄악을 용서하여 주소서

눈물로 모든 죄를 고백하고 회개하여
죄악에서 떠나 진리로 자유를 얻게 하시고
악은 모양이라도 버리고 주님을 사모하며
주님의 선하신 모습을 닮아가게 하소서

거룩하신 주님의 보혈로
나의 모든 죄를 씻어 청결하게 하사
믿음으로 산 소망 속에 살게 하여 주소서

회개에 합당한 열매를 맺게 하소서

죄악이 잔인하게 나를 괴롭히고
화가 치밀게 하고 심신을 고달프게 하오니
주여, 나의 죄를 용서하여 주소서

죄악이 독을 품게 하여 상처를 주고
저주와 편견과 한탄과 처절한 괴로움 속에
불평불만이 가득합니다

죄에 죄를 더 쌓아놓고
죄에 죄를 더 짓고 싶어 하고
죄로 죄를 가리고 싶어 하는
나의 잘못과 허물을 용서하여 주소서

거짓 없는 깨끗한 양심으로
멸망하게 하고 고통을 되풀이하는 죄에서 떠나
온전히 기도와 말씀으로 거룩하게 하소서

죄악의 먼지와 벽에 갇혀 허우적거리는
나를 용서하시고 구원하여 주사
회개에 합당한 열매를 맺게 하소서

주님으로 인하여 하늘 사랑으로
즐거움과 기쁨이 넘치게 하시고
사랑과 행복이 넘치게 하소서

우리는 용서받은 사람들

이 세상에 용서받지 못할 죄와
잘못과 허물은 하나도 없습니다
죽을 수밖에 없는 목숨을 골고다 십자가 보혈로
주님께서 산목숨으로 바꾸어주셨습니다

남에게 용서받을 때, 남을 용서할 때
우리의 마음은 순수해집니다
우리의 마음은 한결 따뜻해집니다

예수 그리스도 앞에 모든 죄를 회개하며
마음을 묶어두었던 죄의 매듭을 모두 풀어버립시다
닫아두었던 마음의 문을 활짝 열어버립시다
그래야 우리의 삶에 모든 의문 부호가 사라지고
수많은 느낌표가 찾아옵니다

가슴을 열어젖히고 하나도 숨김없이
예수 그리스도의 십자가 보혈로 죄를 용서받고 나면
눈과 같이 깨끗한 주의 사랑을 나눌 수 있습니다

선명하게 용서받아 한결 마음이 가볍고
새로운 삶을 살아갈 수 있습니다
삶의 의미가 생기고 행복해지오니
주님의 고운 사랑을 마음에 새기게 하소서

용서하는 마음 1

진정으로 사랑한다는 것은
슬픔과 아픔과 고통까지 사랑한다는 것입니다
내가 좋아하는 것만 품에 안으려 하지 않고
내 마음을 괴롭히는 미움과 처절한 아픔까지
안아줄 수 있는 넓은 마음을 갖게 하여 주소서

날카롭고 잔인한 고통도 참고 이겨내기를 원합니다
고통을 감수할 줄 모른다는 것은
어리석은 상태로 살아가는 것과 같습니다

오늘날 우리 사회는 용서하는 마음이 부족합니다
세상은 물고 뜯어야만 만족을 느끼는 것처럼
으르렁거리는 짐승의 소리로 가득합니다

용서가 있는 교회, 용서가 있는 가정을 원합니다
그리스도인들은 용서를 받은 사람들입니다
예수 그리스도가 십자가 보혈로 대속하셨기에
모든 죄를 용서받았습니다

그리스도인들이 용서하지 않는다면
주 예수의 용서를 체험하지 않은 사람들입니다
주님의 사랑의 눈빛을 받았으니
우리도 따스한 사랑의 눈빛으로 이웃을 보기를 원합니다

용서하는 마음 2

용서를 받은 사람은 용서를 할 줄 알게 됩니다
마음이 넓어지고 이해할 줄 아는 마음이 생겨
참다운 행복을 느끼며 살아가게 됩니다

사랑하고 용서하는 마음을 갖고 살아간다면
더욱더 많은 그리움을 만들 수 있어 행복할 것입니다
이 시대는 큰 목소리보다는
작지만 진실한 목소리가 필요한 시대입니다
화려하게 드러난 소리보다 소리 없이 나타내는
주 예수 그리스도의 진실한 사랑이 필요한 시대입니다

우리는 조용히 주님의 뜻을 따르기를 원합니다
욕심을 낼수록 풍요로울 것 같지만 남는 것은
초라하고 헐벗은 빈 가지뿐입니다

가장 크고 아름다운 용서를 받은 그리스도인이기에
사랑과 용서의 삶을 살아가기를 원하오니
우리부터 용서하는 삶을 살게 하여 주시기 바랍니다
지금은 그리스도인이 세상에서 하나님의 거룩한 성도로서
빛과 소금의 직분을 감당해야 할 시대입니다

날마다 주님의 사랑이 삶 속에서 탐스럽게
시절을 좇아 풍성하게 익어가기를 원합니다
날마다 주님이 원하시는 삶을 살기를 원합니다

내 삶이 헛되지 않게 하소서

오, 주여!
세상의 모든 것들이 존재하는 의미가 분명하고
쓰임이 분명하여 결코 헛된 것이 없듯이
나의 삶의 모든 것이 결코 헛되지 않게 하소서

나의 믿음이 어두운 먹구름이 낀 것처럼 조롱당하여
빛을 잃고 어두워지지 않으며 결코 헛되지 않게 하소서

나의 기도가 육적인 쾌락으로 흐트러져
헛수고로 돌아가지 않게 하소서

내 삶이 순결하게 주님께 나아감으로
맑고 깨끗한 심령이 되어 결코 헛되지 않게 하소서

기도와 말씀을 통하여 하나님의 친백성이 되게 하사
물과 피와 성령으로 믿는 도리를 온전히 깨닫게 하소서

변명할 수 없고 회피할 수 없는 이유를 알면서도
핑계대지 못하고 부인할 수 없는 이유를 알면서도
죄를 짓고 회개하지 못하는 어리석음에 빠지지 않게 하소서

주님 앞에 의롭게 살아 맡은 자로서 충성을 하게 하소서
삶이 헛되지 않게 쓰임받게 하시고 주 안에서 기뻐하며
예수 그리스도에 대한 믿음을 지키게 하소서

주님의 구속의 사랑으로

주님의 골고다 십자가 보혈의
위대한 구속의 사랑으로 구원받은 기쁨을
그 누구에게도 빼앗길 수 없습니다

망각이 수풀처럼 자라난다 하여도
주님이 날 사랑하심은
영원히 잊을 수 없는 자랑하고 싶은
놀라운 십자가의 사랑입니다

주님을 향한 첫사랑의 기쁨을
늘 간직하며 믿음의 삶을 살아가며
주님의 기도하시는 모습의
일체의 비결을 배우게 하여 주소서

세상은 죄의 상처를 만들고 키우고
끊임없이 아픔과 고통을 주지만
주님의 사랑은 영원히 변하지 않습니다

주님을 향한 거룩한 갈망 속에
가벼운 마음으로, 한결같은 마음으로
주님의 십자가 보혈의 고귀한 사랑을
늘 마음속에 되새기며 감사하게 하시고
나의 삶에 기쁨이 늘어나게 하소서

십자가에서 고난받으신 주님 1

사랑의 주님!
기도할 때마다 골고다 십자가에서
우리의 죄를 대속하시기 위해 보혈의 피를 흘리시고
고난받으신 주님께 감사드립니다

죄로 인해 외롭고 강퍅한 영혼
주님께서 골고다 구원의 보혈로 씻어주시고
죄에서 구원하여 주시지 않았다면
내가 어떻게 내 입술을 열어 기도할 수 있겠습니까

죄로 인하여 울먹이고 허둥대다가 지쳐서 목이 메어도
나의 모든 죄악을 끝까지 회개하게 하시고
죄로 멍든 내 몸과 영혼을 깨끗하게 하소서

내 마음이 갈등과 격정에 무너지고 쓰러질 때마다
죄악의 담장에 매달려 시달리지 않게 하여 주시고
마음에 평안과 기쁨과 감사가 넘치는 삶을 살게 하소서

주님의 십자가 사랑을 생각하면
모든 것이 은혜이며 사랑이오니
주님의 십자가 은혜를 받은 것은
모든 것이 참으로 놀라운 감사와 축복이오니
주님을 사랑하고 또 사랑하며 살게 하소서

십자가에서 고난받으신 주님 2

나의 죄 때문에 십자가를 지시고
골고다 십자가에서 대속의 피를 흘리시며
고난을 홀로 감당하신 주님

기도할 때마다 흙덩이보다 못한 제가
기도할 수 있도록 인도하여 주시고
모든 것을 허락하여 주셔서 무한 감사드립니다

기도의 시작도 끝도 주님의 은혜이오니
주여, 나를 주관하여 주셔서
주님의 뜻에 합당한 기도를 드리게 하여 주소서

나의 욕심을 채우기 위한 기도가 아니라
쓰임받기 위해 필요한 것들을 구하게 하소서
나에게 기도할 수 있는 힘을 주시고
늘 기도 속에 함께하여 주심을 감사드리게 하소서

나의 소망이 주님께 있으니
모든 열정과 사랑을 통하여
그리스도인의 삶을 살게 하여 주소서

날마다 내려주시는 은혜에 감사하며
믿음에 믿음을 재촉하며 성장하는 믿음으로
충성을 다하는 성도의 삶을 살게 하소서

주님의 십자가 보혈이

세상 죄를 지고 가시는 어린양 예수 그리스도
주님의 십자가 보혈이
죄인의 죄를 대속하여 주시기 위하여
날마다 흐르고 있음을 깨닫게 하소서

주님의 사랑이 홍수처럼 터져서
우리의 모든 죄악을 씻어주시려고
흘러내리고 있음을 온전히 믿게 하소서

죄악에 휩쓸려가는 자들을 건져내사
주님의 보혈로 씻어주시고
회개의 눈물이 주님의 축복임을 알게 하소서
촉촉한 봄비에 젖은 대지에서 푸른 새싹이 돋듯이
내 마음에 새 생명이 자라게 하소서

주님의 말씀으로 구원받은 사람들이 곳곳에서
벌 떼처럼 일어나게 하소서
주님을 찬양하며 경배하는 무리들이 곳곳에서
무리 지어 몰려나오게 하소서

모든 죄를 깨끗하게 씻음받은 사람들이
곳곳에서 구름 떼처럼 일어나게 하사
삶의 기쁨을 느끼며 살게 하소서

주님의 십자가 앞에 서게 하소서

주님의 십자가 없이는 구원을 받을 수 없는
텅 빈 삶이라는 것을 깨닫게 하시고
합당한 믿음으로 십자가 앞에 서게 하소서

주님의 십자가를 바라보게 하소서
주님의 십자가 앞에 무릎을 꿇게 하시고
주님의 십자가 밑에서 죄를 고백하게 하소서

죄를 짓고 어리석게 도피할 생각을 하지 않고
주님 앞에 순복함으로 용서받게 하소서
나의 실수와 잘못으로 인한
모든 석연치 못한 것들을 용서받게 하시고
새로운 생명 길을 열어주소서

주님의 구원의 십자가 사랑의 흔적을 갖게 하시고
주님의 구원의 십자가를 전하며 자랑하게 하소서

세상에는 마음 붙일 데가 없으니
오직 그리스도를 소망하며 살게 하시고
주님 은혜 안에 오래오래
주님의 날에 이를 때까지 영원히 머물게 하소서

십자가의 사랑

이 세상에 이토록 위대하고
이 세상에 이토록 엄청나고
이 세상에 이토록 대단하고
이 세상에 이토록 아름답고
이 세상에 이토록 감동적인 사랑이 있습니까

십자가의 사랑은
영벌에 처해 지옥에 갈 수밖에 없는 죄인들을
천국으로 초대하는 하나님의 최고의 사랑입니다

예수 그리스도의 골고다 십자가 사랑은
이 세상에서 가장 위대하고 숭고한 사랑입니다

나는 알고 있습니다
주님의 십자가 고난의 구속의 사랑을

나는 알고 있습니다
주님이 말씀하시는 구원의 안내를

나는 알고 있습니다
주님이 천국에 초대하셨다는 것을

십자가의 사랑은 영원히 변하지 않는
주 예수 그리스도의 구속의 사랑입니다

주님의 십자가 바라보며

구속의 사랑의 최고봉인 골고다 언덕 위에 세워진
주님의 십자가를 바라보게 하소서
나를 위하여 십자가 보혈로 구원을 이루신
고귀한 구원의 사랑을 깨닫게 하여 주소서

보복하지 않고 용서하고
미워하지 않고 사랑하고
불평하지 않고 이해하고
버리지 않고 감싸주시는
주님의 놀라운 사랑을 깨닫게 하여 주소서

천지만물을 창조하시고 운행하시는
전지전능하신 하나님께서 나의 죄를 용서하여 주소서

구주 예수 그리스도가 십자가에서 고난당하신
엄청나고 놀라운 그 사랑을 깨닫게 하소서
나를 구속하시고 용서하여 주시는
주님의 십자가를 바라보게 하소서

나를 향하신 십자가 보혈의 구속의 사랑을 깨닫게 하시고
주님의 은혜를 놓치지 않게 하소서

주님의 고난을 묵상하게 하소서

주님의 골고다 십자가의 사랑을
어린아이같이 순수한 마음으로 깊이 묵상하게 하소서

주님의 고난의 성소에서
철저하게 죄인의 모습으로 낮아지신 주님의 모습을 통해
죄 사함의 은혜를 깨닫게 하소서

주님을 십자가에 달리시게 만든 죄인이오니
죄를 고백하는 참회의 눈물이
나의 영혼에서부터 쏟아지게 하소서

처절하고 섬뜩하고 무서운 형틀에서
흘리신 예수 그리스도의 보혈로
추하고 더러운 죄악을 깨끗이 씻어주소서

목마른 영혼을 흘러넘치는 생명수로 적셔주시고
우리의 마음속에 고난의 주님을 영접하게 하소서
낙담의 자리에서 일어나 소망을 가지고
십자가의 생명의 말씀을 듣게 하소서

골고다 언덕 십자가의 가파른 길을 올라가신
온유하고 겸손하신 주님 앞에 무릎을 꿇게 하소서
나를 끝까지 사랑해주시는 주님의 손을 잡게 하시고
우리의 삶에 거하시는 주님을 깨닫게 하소서

주님의 십자가는 사랑이다

고난을 통하여 온전해진 골고다 십자가는
지고지순하신 예수 그리스도의
위대한 구속의 사랑의 폭발 장소입니다

주님은 십자가에서 하나님의 위대하신 구원의 사랑을
분명하고 똑똑하게 우리의 눈에 보여주셨습니다

자기의 아들도 아끼지 않으시고
십자가의 구속의 제물로 삼으셨으니
골고다 십자가는 우리의 죄를 씻기는 보혈의 샘이 터진
은혜와 사랑의 장소입니다

신실하신 그리스도께서 구원의 결단으로
스스로 십자가에 못 박혀 그의 백성을
지옥으로 향하던 죄악에서 건져주셨습니다

우리로서는 이룰 수 없는 구원을
주님께서 홀로 십자가에서 대속하심으로
모든 것을 다 이루어주셨습니다

주님의 십자가는 전 인류를 향하여 베푸신 복음이며
가장 위대한 구속의 사랑입니다

구원이란 선물

세상의 선물은 화려하고 그럴듯하고
색깔이 아름다운 포장으로 잘 둘러싸여
사람들의 호감과 환심을 사려고 합니다

하나님이 인간에게 베푸신 구원이란 선물은
골고다 예수 그리스도의 십자가의 보혈에 감싸여 있습니다

주님의 십자가 고통과 절규의 기도와
주님의 보혈로 이루어진 구원의 선물에 감사드립니다

나에게 구원이라는 귀한 선물을 주신
고귀하고 위대하신 주님을 사랑합니다
주님의 고난과 기쁨에 동참하며
주님과 동행하며 살게 하소서

빈약한 사랑과 믿음과 기도로
주님을 사모하고 섬김을 용서하여 주소서
삶을 푸념하며 트집 잡지 않게 하시고
하나님의 성전인 내 마음을
죄로 더럽히지 않고 거룩하게 살게 하소서

주님의 사랑은

내 죄를 바라보면 단 한 번의 정죄에
아무 흔적 없이 사라지고 말 것이니
악으로, 불의로 속이지 않게 하소서

우둔함으로 죄를 짓지 않게 하시고
믿음을 견고하게 하여 흐지부지되지 않고
양심에 거리낌 없이 살게 하소서

죄 속에 살고 믿음 없이 살던
이런 나를 사랑하여 주시고
이런 나를 구원하여 주시고
이런 나를 인도하여 주시고
이런 나를 주님의 자녀로 삼으셨습니다

주님의 사랑은 세상에서 가장 큰 사랑입니다
주님의 사랑은 끝없는 사랑입니다
주님의 사랑은 감격입니다
주님의 사랑은 끝없는 은총입니다
주님의 사랑은 놀라운 축복입니다

주님의 사랑과 말씀으로
내 자신을 확증하여 믿게 하소서
주님과 떨어지지 않고 늘 가까이 늘 가까이
섬기고 기도하고 찬양하고 예배하게 하소서

믿음의 첫사랑

믿음의 첫사랑, 주님의 구원의 첫사랑은
영원히 잊을 수 없는 사랑입니다

죄악의 숲속에서 길을 잃고 헤매는 영혼을
길과 진리와 생명의 길로
인도하여 주신 첫사랑입니다

주님의 첫사랑은 지옥의 문에서 빠져나와
천국 문으로 들어가게 하는 첫사랑입니다

사망의 길에서 생명의 길로
죽음의 길에서 영생의 길로 인도하신 첫사랑입니다

주님의 첫사랑은 늘 그리움이 커가게 하고
구원의 기쁨을 누리게 하는 첫사랑입니다

날마다 말씀을 묵상하게 하소서
날마다 말씀을 읽게 하소서
날마다 말씀을 보게 하소서
날마다 말씀을 듣게 하소서
날마다 말씀을 믿으며 살게 하소서

죄는 지긋지긋한 환멸이 되게 하시고
예수 그리스도가 희망이 되게 하소서

주님의 사랑으로

주님의 사랑으로 내 마음이 가난해져
욕심도 사라지고 질투도 없어지게 하소서
주님의 사랑으로 죄와 한통속이 되었던
죄악의 사슬에서 벗어나게 하소서

성도로서 믿음 생활을 잘하여 나가게 하시고
쓸데없는 일에 한눈팔지 않게 하소서
툭하면 찾아오던 절망도, 다툼도, 증오도, 분노도 사라지고
복 있는 하나님의 자녀가 되게 하소서

나에게 꿈과 희망을 주시고 이루게 하시는
주님의 은혜로 내 마음이 기뻐하심을 입어
시기가 사라지고 미움이 사라지게 하소서

평생토록 만지작거리며 놓지 못하던
욕망도 사라져 마음에 평안을 이루며
복 있는 하나님의 자녀가 되게 하소서

믿음의 언덕을 오르게 하시고
고난의 고개를 넘게 하소서
주 안에서 기쁨의 들판을 거닐게 하소서

사랑할 수 있는 마음을 주소서

사랑은 삶에 새로운 변화를 주고
모든 것을 새롭게 볼 수 있게 하오니
사랑할 수 있는 마음을 주소서

칠흑 같은 죄악에 가슴이 찢어지는 아픔도
십자가 사랑 큰마음으로 안아주시고
주님의 구속의 사랑을 흠뻑 받아
삶 속에서 베풀고 나누게 하여 주소서

사랑함으로 사랑하는 사람의
진실한 사랑을 깨닫게 하여 주시고
가까이 다가가 이해하고 용서를 하며
서로 친교를 나누며 살게 하소서

사랑함으로 놀랍고 신비한 일들이
삶 속에서 일어나 감동하게 하시고
사랑함으로 삶의 권태와 지루함이 사라지고
즐거움 속에서 믿음의 지름길로 나아가게 하시고
날마다 삶이 축복임을 깨닫게 하소서

주님의 사랑 속에는

주님의 사랑 속에는 구원해주시는
깊고 깊은 약속이 있고
주님의 사랑 속에는 인도해주시는
생명의 복음의 말씀이 있습니다

주님을 만남으로 내 마음에 사랑이 찾아와
나에게 기쁨이 되고 소망이 되었습니다

기도함으로 내 마음에 믿음과 확신이 생겨
주님을 예배하고 찬양을 드립니다

내 마음에 강같이 흘러내리는 주님의 사랑 속에는
영원히 변하지 않는 깊고 깊은 약속이 있습니다

주님을 만남으로 내 마음에 사랑이 충만하고
늘 공허하던 삶에 사랑이 흘러넘쳐
가족과 이웃을 사랑하게 되었습니다

주님의 사랑 속에는 죄인을 부르는 사랑이 있고
병자를 고쳐주시는 사랑이 있고
모든 사람의 심령을 치유해주시는 사랑이 있습니다

주님의 사랑을 나누며 살게 하소서 1

사랑의 주님!
주님의 귀한 사랑으로 구원받았으니
사랑을 나누는 삶을 살게 하소서

죄인을 보혈로 구원하여 주시고
주님이 끝없이 베풀어주시는 사랑의
작은 부분이라도 베풀게 해주시기를 원합니다

이 세상에는 사랑이 필요한 사람들이
너무나 많사오니 다투며 살지 않게 하시고
서로 격려하고 사랑하며 살아가게 하소서

사랑이 부족하여 쓰러지고 넘어지며
병들고 범죄하고 타락하오니
사랑의 마음을 풍족하게 주소서

가장 외롭고 쓸쓸한 시간에도
몸서리치는 죄의 자리에서 훌쩍 떠나
주님께 기도함으로 힘과 용기를 갖게 하소서

주님의 십자가 사랑으로 구원을 받았는데도
사랑을 나누지 못한다면 어찌 성도라 하겠습니까
이 부족한 연약하고 나약한 자를
주님의 사랑의 도구로 사용하여 주소서

주님의 사랑을 나누며 살게 하소서 2

오, 주님!
주님의 사랑으로 사랑하다면
마음 문을 활짝 열고
누구든지 벽을 허물고 사랑할 수 있습니다

주님 사랑은 주님을 영접하기만 하면
누구의 마음속에서든지 생명으로
뜨겁게 불타오르는 십자가 사랑입니다

주님의 은혜가 함께하면
고생도 사라지고 불행의 찬바람도 떠나갑니다
하늘 사랑을 풍족히 받고 성도가 된 우리가
먼저 사랑을 나누는 삶을 살게 하소서

주님의 이름으로 구원받고 사랑을 듬뿍 받았으니
가족과 이웃을 사랑하는 자 되게 하시고
믿음을 실천하고 행하는
그리스도인의 삶을 살게 하소서

삶 속에서 주님이 베푸시는 사랑을 실천하며
나누고 배려하는 성도의 삶을 살게 하시고
주님이 보시기에 아름답게 살게 하소서

사랑의 열정이 있게 하소서

나보다 나를 항상 먼저 찾아주시고
내 마음에 항상 머물기를 원하시는 주님

주님이 나를 사랑하신다는 그 말 한마디가
나의 삶을 변화시키니 주님의 사랑 안에 머물게 하소서
주님이 나를 용서하신다는 그 말 한마디가
나를 죄에서 떠나게 하니 주님의 구속에 머물게 하소서

그 크신 은혜를 온전히 받아들이게 하사
삶 속에서, 생활 속에서, 마음속에서
하나님의 온전하신 뜻을 분별하게 하소서

뜨거운 고백의 눈물을 쏟아내게 하사
주님을 향한 믿음의 열망 속에
내 마음에 불타오르는 뜨거운
사랑의 열정이 있게 하소서

진심으로 주님을 시인하게 하시고
솔직하게 주님을 구주라 고백하게 하시고
강하고 담대한 믿음으로 주님을 전하게 하소서

주님을 향하여 살아 있는 믿음
생명력 있는 믿음, 반석 위에 있는 믿음으로
온전하게 경배와 찬양을 드리게 하소서

주님을 사랑하기에

주님을 사랑하기에 마음을 숨겨두고 있기보다는
주님의 사랑을 마음껏 표현하고 살고 싶습니다

세상의 알 수 없는 슬픔 때문에
믿음이 흐지부지되어 괴로워하고 염려하기보다
주님을 알면 알수록 기뻐할 수 있는
놀라운 사랑에 빠지게 하소서

무관심으로 사랑을 잃지 않고
무관심으로 믿음을 잃지 않고
무관심으로 신뢰를 잃지 않게 하소서

나를 사랑하시는 주님의 사랑이
너무나 크고 높고 넓고 놀랍기에
평생을 두고 표현하며 살게 하소서

주님을 그리워하고 사모하오니 내 마음에 담아두기보다는
마음껏 표현하며 살게 하소서

구원하신 은혜에 부합되게 살게 하시고
믿음의 실마리를 은혜로 풀어나가며
평생토록 고백하며 살게 하소서

주님만 사랑하며 살게 하소서

쓸쓸한 고독이 비처럼 내려도
실망과 절망의 바람이 사납게 불어닥쳐도
주님만 사랑하며 살게 하소서

너무 절망스러워 시답잖게 복수하지 않게 하소서
비참하고 무참해질 때 고개를 떨어뜨리고
실랑이를 벌이거나 자학하며 살지 않게 하소서

내 안에 스며드는 주님의 사랑
내 안에 고여드는 주님의 사랑
내 안에 파고드는 주님의 사랑
내 안에 흘러넘치는 주님의 사랑
내 안에 쏟아지는 주님의 사랑

주님이 바라보심을 깨닫게 하소서
주님이 지켜주심을 깨닫게 하소서
주님의 인도하심을 깨닫게 하셔서
주님을 믿고 따르게 하여 주소서

나의 주님만이 나의 소망이 되시니
나에게 구원을 베풀어주신
나의 주님만이 나의 소망이시니
주님만을 사랑하며 살게 하여 주소서

사랑의 말을 하게 하소서

사람들은 말 한마디로 인해
행복과 불행을 넘나드오니
내 입술로 사랑의 말을 하게 하소서

무시하는 말로, 혐오스러운 말로
마음에 상처를 입으면
치유되지 않는 큰 아픔이 되니
오직 사랑으로 서로 감싸주게 하소서

남을 멸시하고 허물을 끄집어내어
인격을 손상시키는 말을 함부로 내뱉지 않게 하시고
죄와 한통속이 되어 살지 않게 하소서

부드러운 말과 평안의 말로 서로를 격려하며
칭찬과 위로와 격려로 주님의 사랑을 나누게 하소서

구원의 축복을 우리에게 허락하신 주님
땀 흘리며 살게 하시고
말씀에 목마름을 해갈시켜 주소서

주님이 은혜를 가볍게 여기지 않고
믿고 따르게 하소서

주님의 사랑은 1

주님의 사랑은 영원한 사랑입니다
언제나 변함이 없는 사랑을 주시니
무한 감사를 드립니다

늘 세상살이에 밀리고 뒤틀려 사는데
심판의 눈으로 죄를 바라보면
숙제를 잊어버린 아이마냥 멍해집니다

죄를 지으면 눈이 붉게 충혈되고
은혜 안에 살면 눈이 맑아지는데
까닭 없이 죄짓는 사람이 어디 있습니까

죄지은 마음 용서받고 쉼을 얻으면
여름 한나절 시원스레 내리는
소낙비처럼 은혜가 충만합니다

세상의 모든 것은 시들고 사라질 텐데
죄로 인해 겁에 질리고 틀 안에 갇혀
외톨이가 되지 않게 하소서

죽음에 가까이 있는 죄악으로 인해
늘 텅 비어 쓸데없는 공상만 가득했는데
이렇듯 은혜가 가득하고 충만함은
나를 찾아주신 주님의 사랑 덕분입니다

주님의 사랑은 2

사랑의 주님!
삶이란 책은 단 한 번밖에 쓸 수 없고
지나간 것은 후회하며 지우거나 고칠 수 없으니
언제나 사랑의 마음으로 살기를 원합니다

한번 왔다 가야 하는 삶이라면 언제나 지금이
삶 속에서 가장 좋은 시절임을 깨닫게 하소서
의미가 있고 보람이 넘치는
행복한 삶을 살게 하여 주시기를 원합니다

삶은 소중하고 가치가 있으니 후회 남기지 않도록
목표를 정해 혼신을 다해 살기를 원합니다
삶을 즐거워하며 행복한 마음으로 살기를 원합니다

주님의 구속의 큰사랑이 충만한 감격 속에
기분 좋은 성령의 바람이 불기를 원합니다

소낙비처럼 쏟아지는 주님의 은혜로 말미암아
하늘의 행복을 이 지상에서 체험하게 하시고
하나님의 자녀로서 영광과 찬양을 드리기에
부족함이 없도록 인도하여 주시기를 원합니다
나의 주님을 진정 사랑합니다

소중한 삶을 살게 하소서

흘러가는 세월 속에 같은 속도로 걸으며 뛰며
수많은 사람들 속에 파묻혀 살다가
힘들고 지쳐서 주님을 찾아와 기도하오니
나의 간곡한 기도를 받아주소서
이 순간 기도가 하늘까지 상달되기를 간절히 원하오니
주여, 나의 기도를 받아주소서

주님의 이름으로 수없이 사랑한다고 고백하며
순종하기를 원하지만 늘 내 안에 머물러 있습니다
나만의 욕심과 슬픔 속에 갇혀 살 때가 많으니
내 마음이 복잡하고 가슴이 답답하오니
내 마음을 가지런히 정돈시켜주시고
나의 삶을 주님께로 인도하여 주소서

골고다 십자가 주님의 보혈의
거룩하고 지고지순한 하늘 사랑을
내 마음속에 그리게 하여 주셔서
이 시간 모든 것들이 해결되게 하소서

주님의 사랑으로 구원받았으니
선한 양심으로 선한 사업에 동참하게 하시고
언제나 어느 곳에서나 배우고 나누며 섬기는
성도의 소중한 삶을 살게 하소서

주님의 행복 속에 살게 하소서 1

오, 주님! 주 안에서 행복한 삶을
살아가는 그리스도인이 되게 하소서

이 세상은 나를 늘 슬프게 만듭니다
사랑하는 사람이 떠나고 하던 일이 실패를 하고
사이가 좋았던 사람들이 상처를 주고
건강하던 사람이 병들어 떠납니다

늘 아픔과 슬픔 속에 서로 부딪치며
어려움 속에 고통당하고 힘들어하고
실의에 빠져 있는 사람들의 눈에서
눈물을 씻어주시고 마음에 평안을 주소서

주님을 찾아 마음의 위로를 받습니다
나의 죄들이 사라지게 하시고
삶을 순조롭고 평안하게 해주소서

말씀과 기도로 영적인 무장을 하여
주님이 주시는 평안 속에서
행복을 누리며 살게 해주시기를 원합니다

하나님이 주시는 평안은
세상이 주는 평안과 다른 참평안이니
하나님이 주시는 평안을 누리며 살게 하소서

주님의 행복 속에 살게 하소서 2

삶의 길이 먼 것 같아도 살다 보면 너무나 짧습니다
온몸이 지치고 고통만 가득한 사람들이
주님을 만나 마음의 치료를 받고
주님의 행복 속에 살게 하소서

목마르고 지친 사람들을 죄악에서 건져주시고
생명수 가로 인도하여 주시기를 원합니다
원하는 것을 아무리 많이 가졌어도
결국에는 빈손으로 떠남을 깨닫게 하소서

하나님의 행복으로 행복할 수 있는
굳건하고 강한 믿음과 사랑을 베풀어주시고
어두운 세상에 믿음의 등불을 하나씩 켜게 하소서

늘 허무하고 만족을 주지 않는 것들에게서 떠나
주 안에서 살게 하시고 은혜를 더해주셔서
주님의 행복 속에 살게 하소서

늘 불평하고 짜증 내며 살지 않게 하시고
늘 기뻐하며 하나님이 주시는 소망 속에
복된 성도의 삶을 살게 하여 주소서

오직 사랑하며 살게 하소서 1

주님의 사랑이 온 세상에 가득하게 하소서
나라와 민족, 계층에 상관없이 사랑하게 하소서

서로 미워하고 다투면 남는 것은
상처뿐이오니 오직 사랑하며 살게 하소서
어리석고 미련한 삶을 살지 않게 하시고
남을 이해하고 용서하는 마음이 부족하지 않게 하소서

꿈에서라도 주님의 사랑을 닮아가고 배워가게 하시고
용서가 있는 교회, 용서가 있는 가정이 되어
예수 보혈로 용서받은 성도의 본분을 다하게 하소서

예수 그리스도가 우리의 죄를 대속하시기 위하여
십자가의 제물이 되어주셨기에 모든 죄를
깨끗이 씻김받고 용서받았음을 무한 감사드립니다

용서할 줄 모르는 사람은 예수 그리스도의
용서를 체험하지 않은 믿음이 없는 사람입니다
우리는 주님의 사랑의 눈빛을 받았으니
그 사랑의 눈빛으로 이웃을 바라보기를 원합니다

용서를 받은 사람은 누구나 용서할 줄 알게 됩니다
사랑하고 용서하는 마음을 갖고 살아간다면
더욱더 많은 이웃을 만들 수 있어 행복할 것입니다

오직 사랑하며 살게 하소서 2

오, 주님!
이 시대는 큰 목소리보다 아주 작은 목소리일지라도
착하고 진실하고 정직한 목소리가 필요합니다
화려하고 거창한 것보다 소리 없이 이루어가는
주님의 사랑이 꼭 필요한 시대입니다
우리는 조용히 주님의 뜻을 따르기 원합니다

욕심을 낼수록 더 부족하여 남는 것은 공허함뿐이니
이 세상에서 가장 크고 아름다운 용서를 받은
복된 그리스도인으로서 사랑을 하게 하시고
나 자신부터 용서하며 살아가게 하여 주소서

지금은 바로 그리스도인이
빛과 소금의 직분을 감당해야 할 시대입니다
날마다 주님의 사랑이 삶 속에서
열매를 풍성하게 맺어 익어가기를 원하며
날마다 주님 뜻하시는 삶을 살아가기를 원합니다

주님 앞에 내세울 것이 아무것도 없지만
주님의 은혜로 정화된 눈물로 감사하게 하소서
나 스스로 무릎을 꿇어 기도하게 하시고
좁쌀 같은 마음으로 비겁하게 살지 않게 하소서
담대한 믿음으로 사랑하며 살게 하소서
맑고 또렷한 시선으로 주님을 바라보게 하소서

주님의 사랑에 가득게 하소서

오, 주님!
우리를 잊지 않고 손바닥에 새김같이
기억해주시고 돌보아주심을 믿습니다
우리의 이름을 생명책에 기록하여
기억해주시고 날마다 함께하심을 믿습니다

우리의 영혼을 주님께서 아낌없이 사랑하사
변치 않는 주님의 사랑 안에 머물게 하소서

죄는 추락하게 하고, 파멸하게 하고,
몰락하게 하고, 좌절하게 하며
온갖 고통을 몰고 오니 죄악의 아픔에 떨지 않고
우리 마음이 주님의 사랑에 가득게 하소서

이 세상에 내 것은 하나도 없고
모두 다 놓고 떠나야 할 것뿐입니다
세상 것에 욕심내면 고통만 찾아올 뿐이니
주님의 사랑에 가득게 하소서

주님의 말씀을 내 영혼과 마음에 비추어보게 하시고
우리를 축복해주시는 참사랑이신
주님의 사랑에 가득게 하소서

주님의 사랑이 떠나지 않게 하소서

하나님의 섭리 속에서 주님은
골고다 십자가 구속의 사랑으로
모든 죄인을 찾아오셔서 구원하셨습니다

날마다 주님을 꿈꾸며 살게 하소서
주님의 사랑으로 구원받은 기쁨으로
행복한 열병에 빠지게 하소서

이 구원의 기쁨을 찬양하게 하시고
이 구원의 기쁨을 전하게 하시고
이 구원의 기쁨을 예배하게 하소서

주님께서 우리를 사랑하심으로
모든 것을 지시고 십자가에 달리심같이
우리도 사랑함으로 고귀한 희생인
십자가의 사랑을 알게 하소서

사랑함으로 우리에게 주시는
은혜의 경지를 체험하게 하소서
사랑함으로 우리에게 주시는
구원의 기쁨을 체험하게 하소서

무한한 사랑 속에 진리의 자유를 누리게 하시고
삶의 순간순간마다 사랑이 떠나지 않게 하소서

주님의 마음을 체험하게 하소서

심각한 고민과 불안으로 잠들지 못하는 밤
주님의 은혜 가운데 고운 숨소리를 내며
편안하게 안식을 취하며 잠들고 싶습니다

내가 만나는 사람들과
내가 만나지 못한 사람들을 위하여
상처 입은 삶의 마디마디의 아픔과 고통을 위하여
간절히 기도하게 하여 주소서

내 마음에 주시는 평안함을 아오니
축복하여 주시고 늘 인도하여 주소서
전심을 다하여 기도하게 하시고
하나님의 뜻에 합당한 절실한 기도를 드리게 하소서

기왕에 기도하려면 간절하게
기왕에 믿으려면 강하고 담대하게
기왕에 찬송하려면 입을 크게 벌려
기왕에 예배드리려면 온 마음을 다하여
신령과 진정으로 드리게 하소서

타인을 위하여 기도함으로
도고의 기도의 능력을 체험하게 하소서

주님의 사랑을 잃지 않게 하소서

세상의 모든 사랑은 시시때때로 변하고
시간이 흘러가면 의미를 잃고 퇴색하지만
주님의 사랑은 언제나 한결같습니다

세상의 모든 사랑은 약속도 잊어버리고
배신하고 떠나고 헤어지지만
주님의 십자가 사랑은 언제나 동일합니다

태초의 시작부터 영원까지 주님의 사랑은
언제나 변하지 않고 동일하시니
버릴 것은 버리고 지울 것은 지우고
잊을 것은 잊고 회개할 것은 회개하게 하소서

세상의 모든 사랑은 한동안 떠들썩하다가도
하루아침에 남처럼 싸늘하게 변하지만
주님의 사랑은 어제나 오늘이나 변하지 않습니다

무서운 죄의 늪에 빠지지 않도록 주 예수 앞에
무릎을 꿇게 하시고 주님의 구원의 생명의 약속을
결코 잊지 않고 가슴에 새기게 하여 주소서

세상 이곳저곳 궁금해 기웃거리며 살지 않고
성령의 넘치는 은혜로 주님의 부르심을 따르게 하여 주소서

주님의 사랑 속에서 1

주님의 사랑 속에서 구원의 기쁨을 갖게 하소서
지나온 삶의 발자국 돌아보아도 아무 소용 없으니
주여, 갈 길을 인도하여 주소서

주님의 은혜 속에서 마음에 소망을 담았으니
꿈조차 잃고 쓰러지고 넘어지지 않도록
굳센 믿음을 허락해주소서

주님의 은혜를 상실하는 아픔이
절대로 오지 않기를 간절하게 기도합니다
주님이 함께하시는 믿음의 삶이
영원히 지속되기를 간절히 원합니다

기도드릴 때마다 예수 그리스도의 이름으로
기도하며 응답받게 하소서
까마득한 어둠에서 벗어나게 하시고
갈증에 허덕일 때 마음에 생수가 터지게 하소서

믿음이 없는 기도는 허공을 치는 것과 같으니
믿음으로 기도하며 갈 길을 인도받게 하시고
아낌없이 주시는 주님의 은혜 속에 살게 하소서

주님의 사랑 속에서 2

오, 주님!
주님의 구원의 사랑 속에서
주님의 말씀 속에서 구원의 확신을 갖게 하소서
영원하신 예수 그리스도의 구원의 말씀에
날마다 인도하심을 받게 하소서

주님의 한없는 보혈의 십자가 사랑에서
배우고 나누고 섬기는 진실을 깨달았으니
나의 삶 속에서 주님의 성품처럼
나누며 섬기는 삶을 살게 하소서

주님의 부활하심으로 영생의 은혜를 받았으니
이 영생의 기쁨 속에 선한 영향력을
날마다 전하며 살게 하소서

죄악은 고통의 쓰라린 아픔을 주었으나
주님은 은혜로 웃음을 주셨습니다
죄악은 죽음으로 끌고 가려고 했으나
주님은 은혜로 천국을 소망하게 하셨습니다

주님의 재림을 기다리며 천국을 소망하니
사나 죽으나 주님의 것으로
영광과 찬양을 드리는 삶을 살게 하소서

주님의 사랑은

주님의 사랑은
믿음의 주요 온전하게 하시는 주 예수 그리스도를
온전한 믿음으로 바라보게 합니다

주님의 사랑은 거부할 수 없는 은혜로 성도를 부르시어
예수 이름으로 회개하게 하시고
천국 백성으로 들어가게 하십니다

주님의 사랑은 나의 모든 죄 짐을 홀로 지시고
하나님의 말씀을 통하여 구원의 음성을 듣게 하시고
주님을 따르게 하십니다

삶의 시련을 한고비 한고비 넘길 때마다
삶의 위기를 한 번씩 한 번씩 넘길 때마다
삶의 고통을 한 번씩 한 번씩 넘길 때마다
삶의 절망을 한 번씩 한 번씩 넘길 때마다
주여, 인도하여 주소서

죄악은 고통과 아픔과 절망을 불러들이니
죄가 시키는 대로 하지 않게 하소서

시도 때도 없이 미치도록 보고 싶은 주님
행함이 있는 산 소망을 가진 믿음으로
세상의 빛과 소금의 직분을 감당하게 하소서

사랑에 빠지고 싶을 때 1

오, 주님!
우리에게 사랑이 있음이 놀라운 축복입니다
사랑은 수많은 색깔을 만들어내고
아름다운 그림을 그려내고 있습니다
우리가 하고 싶은 사랑은 어떤 사랑이겠습니까
사랑이란 이름의 그림을 멋지게 그려놓고 싶습니다
사랑의 그림을 그릴 수 있는 사람은 행복합니다
그러나 아직 물감조차 만들지 못한 사람들도 있습니다
사랑은 마음에서 시작하여 눈빛으로 전달되는 것입니다
삶을 아름답게 만들기 위하여
지금부터라도 물감을 만들기를 원합니다
그리고 사랑의 그림을 그려보겠습니다
사랑의 그림 속으로 뛰어들고 싶습니다
아름다운 사랑에 빠진 사람은 얼굴이 행복으로 빛이 납니다
나도 사랑에 빠지고 싶습니다
넓은 세상에서 사랑하고픈 사람을 만나
사랑에 폭 빠지고 싶을 때가 있습니다
내 마음을 주어도 좋을 진실한 사람이라면
목숨을 다 쏟아부어도 좋을 것입니다
그대가 날 사랑한다고 말했을 때
내 가슴에 불이 활활 타올라 온몸으로 번져갔습니다
이 불이 우리 사이를 오가며
때로는 큰 불, 작은 불이 되어 믿음의 줄달음을 치며
우리의 사랑을 밝게 밝혀줍니다

사랑에 빠지고 싶을 때 2

살아 있음을 느낄 때는 바로 사랑할 때입니다
사랑을 하면 열심히 살고픈 용기가 생기고
삶에 진정한 의미가 생깁니다

세월은 흐르는 물같이 떠나버리고 말 텐데
우리의 사랑으로 흔적이 남았으면 좋겠습니다
사랑을 하고 있는 사람들을 보면 얼굴부터 다릅니다
웃음이 있고 자신감이 넘치고 활기에 찹니다
사랑을 하면 밝고 보람 있게 살 수 있는 힘이 생깁니다
서로 마주 잡은 손이 따뜻하기 때문입니다

주님이 나를 사랑하심을 어떻게 다 표현할 수 있겠습니까
나의 삶과 영혼까지 사랑해주시는 분은 주님이오니
주님께 사랑받음을 시인하게 하시고 고백하게 하소서
주님이 나를 사랑하심을 다른 사람에게 고백하게 하소서

주님의 진실한 사랑을 남에게 마음껏 표현하게 하여 주소서
주님과의 사랑은 아무도 끊을 수 없는 영원한 것이오니
내가 주님을 만남으로 진정으로 행복하게 살게 하소서

주님을 사랑함으로 생명과 소망을 갖게 하시고
오늘도 주님으로 인해 살게 하시고
주님의 사랑하심에 빠지게 하여 주소서

사랑을 나눌 수 있다면 1

성경 말씀에서도 사랑이 쏟아지고
문학도 사랑이 없으면 쓰여질 수 없습니다
누구나 사랑을 말하고 사랑을 원하며 살아갑니다

사랑을 나눌 수 있는 마음이 있다면
그보다 더한 축복이 어디에 있겠습니까
사랑이 없으면 무관심 속에 차디찬 공허만 남습니다

이 세상에는 사랑에 굶주리고 목마른 사람이 많습니다
사람들은 사랑 때문에 살고 죽고 꿈과 소망을 갖습니다
주님이 죄인인 나를 받아주심으로 구원을 받았고
주님의 사랑을 소낙비처럼 흠뻑 받았으니
이 사랑을 나누며 살기를 원합니다

사랑이 없으면 사람들은 고독하고 우울하게 살아갑니다
사랑은 우리가 살아갈 이유가 되고 힘이 됩니다
어떤 고통도 사랑만 있으면 견디고 이겨낼 수 있습니다
사랑의 삶을 위하여 주님을 깊이 받아들여야 함을
잊지 않고 가슴 깊이 새기게 해주시기를 원합니다

욕망뿐인 사랑은 공허함과 허탈함뿐입니다
주님의 사랑에 빠져들게 하셔서
영적인 충만함을 얻게 하여 주시고
우리의 믿음을 반석 위에 세워주시기를 원합니다

사랑을 나눌 수 있다면 2

우리의 영혼을 인도하여 주시는 주님의 은혜 속에서
구원의 복음을 전하며 기쁨 속에 살기를 원합니다
이 세상에 존재하는 모든 사람들이 삶 속에서
주님을 조금 더 빨리 만나고 영접하기를 원합니다

주님을 마음속에 영접하는 순간
사랑이 얼마나 고귀한 것인지 알 수 있습니다
우리에게 사랑의 마음이 있을 때 더 가까워지고
진정으로 주 안에서 하나가 될 수 있습니다

하나님은 우리에게 사랑이란 선물을 주셨습니다
사랑을 홀로 소유하지 않고 나누며 살게 하셨습니다
주님께서 사랑을 충만히 주시면
주님께서 우리에게 사랑을 부어주시면
우리의 삶 속에서 사랑이 흘러넘칠 것입니다

우주 속에 가장 작은 나를 기억하시고 사랑해주시니
하나님의 크고 무한하신 사랑에 늘 감사드릴 뿐입니다
주님은 언제까지나 영원토록 우리를 사랑하십니다
하나님의 사랑은 영원히 변하지 않는 사랑입니다

늘 따뜻한 사랑의 손길을 주소서

작은 나눔이 모여 서로의 가슴을 따뜻하게 만드는
큰 사랑이 되고 힘이 되어주고 있습니다

사랑의 손길이 모여 아픈 일들을 감싸주고
서로 위로해주고 감싸주고 칭찬해주며
세상을 좀 더 따뜻하게 만들어주고 있습니다
사랑의 발길이 소외된 곳을 찾아다니며
많은 사람들에게 희망과 행복을 주고 있습니다

주님을 믿는 사람들, 주님을 사랑하는 사람들,
주님의 마음을 닮아가는 사람들,
주님의 사역에 동참하는 사람들이
사랑 속에 더 큰 사랑을 이루어가고 있습니다
작은 나눔이 모여 사랑으로 하나가 되어
사람들의 마음속으로 흘러듭니다

시간이 흐를수록, 세월이 흐를수록
베풂과 나눔 속에 불행이 행복으로, 절망이 희망으로,
어둠이 빛으로 새롭게 변화되기를 간절히 원합니다

믿음으로 함께하는 모든 이들에게
사랑으로 함께하는 모든 이들에게
소망으로 함께하는 모든 이들에게
주님의 평안과 축복이 가득하기를 기도합니다

아주 작은 사랑

이만큼 주님이 날 사랑해주시면
이토록 주님이 날 사랑해주시면
이 정도 주님이 날 사랑해주시면
나도 그만큼 주님을 사랑해야 할 텐데
언제나 아무것도 줄 것 없는 것처럼
언제나 보잘것없이 초라하지만
지금 있는 모습 그대로 아무런 꾸밈없이
순수하고 작은 사랑을 드리려고 합니다

예수 그리스도의 사랑의 빚

내가 받은 예수 그리스도의 사랑의 빚은
나의 몸과 영혼에 영원히 새겨놓아도 좋을
구속의 사랑입니다

진땀을 빼게 하고 힘들고 지치게 하는 모든 죄를
주님의 십자가 보혈로 거저 용서받음은
예수 그리스도의 구속의 사랑입니다

내가 받은 예수 그리스도의 사랑의 빚은
나의 어떤 수단과 방법으로도 도저히 갚을 수 없는
크고 놀라운 구속의 사랑입니다

주님께서 골고다 언덕까지 십자가를 지시고
십자가에 못 박혀 보혈의 피를 흘리시고
우리의 죄를 대속하시며 보여주신 사랑은
주님께서 거저 베풀어주신 사랑의 빚입니다

나의 죄를 회개해야 할 때
이 한 마디 간절한 기도가 필요합니다
주여, 나의 죄를 용서하여 주소서

가장 속 깊은 속울음으로 눈을 쏟으며 회개하오니
주여, 나의 죄를 용서하여 주소서

예수 그리스도로 구원받음은 천하를 얻은 듯

내가 마음껏 자랑해도 좋을 사랑입니다

예수 그리스도의 사랑의 빚은

내가 영원히 감사해야 할 사랑입니다

나를 향한 주님의 사랑을 알게 하소서

나 때문에, 나의 죄악 때문에
골고다 나무 십자가에 매달려 피 흘리시고
온갖 수모와 고난을 당하신
나를 향한 주님의 사랑을 알게 하소서

하나님의 아들 예수 그리스도가
우리의 모습으로 우리의 시간에 오셔서
우리의 죄를 대속하신 사랑을 알게 하소서

나를 부르시고 인도하시는 가장 고귀한 사랑
나를 향하신 주님의 마음을 알게 하소서
나의 믿음의 초점이신 예수 그리스도가
나의 구주이심을 고백하게 하소서

나를 가까이하시고 나와 늘 동행하여 주시는
나를 향한 주님의 사랑을 알게 하소서

늘 그립고 못내 그리움 주님
나의 바라는 것도 기다리는 것도
주님이게 하여 주소서
주님을 믿는 신앙고백을 함으로
나를 향한 주님의 사랑을 깨닫게 하소서

주님을 사랑함으로

오늘은 종일토록 기도를 계속하고
감사함으로 깨어 있게 하소서

수없는 뉘우침보다 단 한 마디의 회개의 기도,
용서를 구하는 기도가 필요하오니
하루 종일 주님의 임재하심을 마음속에 느끼며
죄를 회개하고 종지부를 분명히 찍게 하소서

걸을 때도,
차를 타고 갈 때도,
커피를 마실 때에도,
일을 할 때에도,
식사를 할 때도,
사람들을 만날 때에도,
휴식을 취할 때에도
언제나 주님이 나와 함께하심을 알게 하소서

어린 감정이 마구 흔들려서
어찌하지 못하고, 주체하지 못해서
순수한 신앙을 버리지 않게 하소서

날마다 주님을 더 깊이 생각하며
날마다 주님을 더 깊이 알게 하시고
주님을 사랑할 수 있음으로 삶이 행복하게 하소서

내 마음의 그릇에 주님의 사랑을

내 마음의 그릇에 주님의 사랑을 가득 담게 하소서
내 마음이 어떤 그릇이든지 주님의 손길로 씻어주셔서
늘 청결한 모습으로 살아가게 하소서

내 마음의 그릇에서 욕망과 죄악의
더러움을 덜어내고 씻어주셔서
고통스러운 삶을 살지 않게 하여 주시고
용도에 맞춰 제대로 쓰임을 받게 하여 주소서

내 마음을 죄악이 갉아먹지 못하게 하시고
내 마음 한복판에 죄악이 머물지 않게 하소서
내 마음이 주님을 온전히 영접함으로
늘 한결같은 마음으로 믿음 안에서 살게 하소서

내 마음의 그릇 가득히 주님의 사랑을 담게 하소서
주님이 원하시는 삶을 살게 하소서

주여, 내 영혼을 구원하여 주소서
주여, 내 목숨을 구원하여 주소서

나의 삶 전체에 주님의 은혜가 충만하오니
내 마음속에 항상 주님을 모심을 기뻐하게 하소서

나에게 특별한 사랑이 있음은 1

나에게 아주 특별한 사랑이 있음은
주님이 나를 구원하신 놀라운 사랑입니다
이 사랑이 나를 변화시켜 주었고
나를 새롭게 만들어주었습니다

쓸모없는 지난 것들에 대한 애착을 버리게 하였고
내일을 소망하며 살게 하여 주었습니다
나에게 이익이 되지 않는 일들과 하기 싫은 일에는
늘 변명과 핑계를 일삼아왔는데
주님의 축복으로 가장 행복한 사람이 되었습니다

주님이 끝없이 공급해주시는
에너지와 열정을 갖게 되어
작은 일에도 짜증을 내거나
피곤해하던 습관이 사라졌습니다

주님의 특별한 사랑, 구원의 사랑으로 변화를 받아
낡은 생각과 고정관념에 눌려 사는 삶이 아니라
날마다 새로움을 추구하며 의욕이 넘치게 되었습니다

나 자신의 허울 좋은 껍데기를 깨부수고
예수 그리스도로 새롭게 성도의 옷을 입게 되었습니다
이익과 감정에 따라 움직이는 것이 아니라
기도함으로 성령의 인도하심을 받기를 원합니다

나에게 특별한 사랑이 있음은 2

오, 주님!
한정된 삶을 살더라도
원한에 엉켜 살지 않게 하시고
사랑으로 모든 것을 보듬어 안을 수 있는
큰 사랑의 마음을 갖고 살고 싶습니다

나만 지독한 불운으로 별 볼일 없이 살고 있다는
그릇된 생각이 새롭게 바뀌었습니다
나는 주님의 선택을 받았고
주님의 일을 할 수 있는 복을
가장 많이 받은 행복한 사람,
참으로 괜찮은 사람이 된 것입니다

자꾸만 꼬이고 뒤틀리고 어지럽기만 하던 삶을
주님의 은혜로 풀어갈 수 있는 힘을 갖게 되었습니다
이 생각 저 생각을 노크도 없이 들어가고 나오며
쓸데없는 고민에 빠지는 것이 아니라
나의 삶의 매순간을 주님께 의지하게 되었습니다

죄의 고통이 눈을 가려 오직 나만을 위하고
미워하고 시기하며 살아온 세월이 후회가 됩니다
주님의 특별한 사랑이 내 안에 있어
사랑을 받고 사랑을 줄 수 있는 사람이 되었습니다

나는 순간에서 영원으로 이어지는
천국을 바라보는 그리스도인의 삶을 살게 되었습니다
그리운 손짓으로 주님이 부르시니 달려가서
기도 속에서 주님의 응답을 기쁘게 체험합니다
세월이 흘러간 설움도 떨쳐버리고
오로지 주 안에서 기뻐하며 삽니다

사랑의 편지를 쓰며

오, 주님!
지금 이 순간 주님을 사랑할 수 있음으로 행복합니다
주님의 사랑을 황홀하게 꽃피워 놓았으니
이 가슴 벅찬 감동을 무엇으로 표현하겠습니까

주님의 이름을 부르기만 해도 좋기만 한데
내 가슴이 넘치는 은혜로 흠뻑 젖어드니
온몸이 불타오르는 이 뜨거운 열정을
어찌 다 감당할 수 있겠습니까

내 마음의 텅 빈 방에 주님이 찾아오셨으니
내 마음에 주님을 품고 살아가겠습니다
내 마음에 주님을 영접하며 주님을 믿고
주님 사랑 가득하게 살아가겠습니다

주님을 사랑하면 이토록 좋은 것을
왜 진작 사랑하지 못했을까요
주님의 사랑이 이토록 위대한 것을
왜 진작 알지 못했을까요

아무리 쫓기며 살아가는 삶이라 하여도
주님을 만났으니 날마다 사랑의 편지를 기도로 쓰며
사랑을 나누며 평안 속에 살아가겠습니다

모든 만남을 소중하게 하소서

이 낯설고 삭막한 세상을 살아가며
만날 수 있는 사람이 없다면
삶은 외로울 수밖에 없습니다
살아가며 만나는 사람들
그들과의 모든 만남을 소중하게 하소서

오가며 우연히 스쳐간 사람들까지도
아름다운 만남이 되게 하소서
소중한 인연이 되게 하여 주소서

매일매일 만나는 사람들이 없다면
우리들의 삶은 얼마나 삭막해지겠습니까
매일매일 만나는 사람들이 없다면
얼마나 정이 그립고 사람이 그립겠습니까

우연한 만남도, 필연으로 만난 사람도,
사랑하는 사람도, 미워하는 사람도
마음으로 감싸주며 늘 기억하며 살게 하소서

우리의 삶은 만남으로 이루어지오니
만남 속에 이루어가는 꿈과 우정을 소중히 여기게 하소서
모든 만남을 통하여 이루어주시는
하나님의 세밀하신 섭리를 발견하게 하소서

오직 성령으로 인도하소서 1

나의 구주 사랑하는 예수님
초대 교회 오순절의 성령 충만함을
오늘도 내려주셔서 바람같이 불같이
충만하게 쏟아부어주셔서
주님의 은혜 속에 살게 하여 주소서

날마다 은혜 충만, 성령 충만,
사랑으로 충만하게 살 수 있도록
성령을 단비처럼, 소낙비처럼 주소서

성령 충만하여 말씀 속에서
진리를 깨닫게 하시고
믿음으로 기도하여 응답받는 삶을 살게 하소서

귀를 쫑긋 세우고
주님의 음성을 듣고 따라가게 하소서
마음을 열고 때를 따라 주시는
주님의 은혜를 흠뻑 받게 하소서

주님은 사랑과 평화와 생명이시니
주님의 복된 소식을 전하는 삶을 살게 하시고
오직 성령으로 인도하소서

오직 성령으로 인도하소서 2

하나님의 말씀은 구원으로 인도하는
생명의 말씀이니 강하고 담대한 믿음으로
용기 있고 힘차게 전하며 살게 하소서

우리가 전하는 복음이 사람들의 마음속에
예수 그리스도를 드러내게 하여 주소서

사람들이 복음을 듣고 믿어
복음이 꽃피고 열매를 맺어나가게 하소서

수많은 사람들이 그리스도를 마음속에 영접함으로
구원받아 천국 백성이 되게 하소서

초대 교회 성도들이 기도에 힘써
오순절에 은혜를 충만히 받았던 것처럼
소낙비같이 쏟아지는 성령의 은혜를
우리에게 충만하게 부어주시기를 원합니다

초대 교회 성도들처럼 성령이 충만하여
어느 곳에서나 담대히 말씀을 전하게 하소서
어느 곳에서나 주님의 이름이 드러나게 하소서
오직 성령으로 인도하소서

오직 성령으로 인도하소서 3

주님의 복음을 전하며 시련과 역경이 오더라도
기도와 말씀 속에서 지혜로 이겨내며
주님이 함께하심을 믿고
늘 강하고 담대하게 전하게 하소서

주님을 알지 못하는 사람들이 결코 누릴 수 없는
주 안에서 사는 기쁨이 넘치게 하시고
주님을 전하기를 기뻐하는
구원받은 성도의 삶을 살게 하소서

아직도 전 세계에는 수많은 사람들이
주님을 알지도 영접하지 못하고
죄 가운데 빠져 살고 있으니
죄의 수렁에서 저들을 구원하여 주소서

주님을 만나 자기의 죄를 애통하게 하시고
주님의 이름으로 자기의 죄를 회개하여
사망 권세를 이겨내고 천국 백성이 되게 하소서
천국을 소망하는 기쁨 속에 살아가게 하시고
날마다 순간마다 오직 성령으로 인도하소서

성령의 바람이 불어오게 하소서

이 땅에는 수많은 바람이 불어옵니다
삶은 그 자체가 힘들고 어려운 바람입니다

봄, 여름, 가을, 겨울
계절을 따라 불어오는 바람,
태풍과 세찬 비바람,
꽃샘바람도 있지만
내 마음과 내 영혼이 살아나는
생명의 바람, 성령의 바람이 불게 하소서

영혼의 구원의 빛 가운데 서 있으니
나를 변화시켜줄 능력과 권능을 가진
성령의 바람이 불어오게 하소서

전능하신 능력으로 나를 새롭게 해줄
성령의 바람이 강하게 불어오게 하소서
크나큰 권세로 나를 변화시켜줄
성령의 바람이 강하게 불어오게 하소서

성령을 선물로 받게 하소서

우리가 주님을 영접했을 때
우리가 주님을 믿을 때
주여, 성령의 은혜를 선물로 받게 하소서

헛되게 살지 않고 세월을 아끼며
성령 충만함으로 주님 보시기에 능력 있고
아름다운 성도가 되게 하여 주소서

바른 믿음으로 선한 일에 동참하며
복음을 힘 있게 전하게 하시고
주님의 영광을 드러내게 하소서

내 모습이 주님 앞에 아름답게 하시고
내 모습이 주님 앞에 정결하게 하소서

기도를 만능열쇠로 착각하지 않고
기도로 오직 그 나라와 그의 의를 구하며
주님의 자녀다운 성도의 삶을 살게 하소서

나이가 들어 늙어가더라도
정신이 쇠약해지지 않고 목숨이 다하는 날까지
주님을 온전히 신뢰하며 따르게 하소서

삶 속에 성령의 열매를 맺게 하소서 1

구원의 주님!
주님의 은혜로 새 생명으로 구원받아
죽음에서 살 길이 열렸으니
내 마음 한복판에 주님의 은혜가 가득합니다

이제 죄의 세력이 떠나가고
주님의 은혜와 사랑이 충만하오니
앞으로는 죄를 짓는 일에서 벗어나
의로운 성령의 삶을 살게 하소서

삶이라는 여행은 한 번 가면
다시는 돌아올 수 없으니
날마다 가장 보람 있고 의미 있고
감동이 넘치는 삶을 살게 하소서

꼴사납던 죄악의 그늘마다
주님의 보혈로 구원의 꽃을 피워주셨으니
성령의 아홉 가지 열매를
삶 속에 풍성하게 열리게 하소서

늘 성령의 충만함을 받아
사랑, 희락, 화평, 오래 참음, 자비, 양선, 충성, 온유, 절제
성령의 열매를 우리의 마음 밭에 주렁주렁 열리게 하소서

삶 속에 성령의 열매를 맺게 하소서 2

늘 성령의 인도하심 따라
강하고 담대한 믿음으로 살아가는
그리스도인이 되게 하여 주소서

주님 안에서 살게 하여 주시고
지혜와 지식과 능력과 권세를 주셔서
그리스도인으로 살아가기에 부족함이 없도록
영적으로 무장되게 하소서

내 마음 깊은 곳에서 솟아나는 꿈 하나 있으니
주님의 뜻을 이루며 사는 것입니다

열매 없는 나무는 아무짝에도 쓸모가 없으니
시절을 따라 풍성한 열매 맺는
그리스도인의 삶을 살게 하소서

주님이 원하시는 곳에 쓰임을 받게 하셔서
영광과 찬양을 드리는 삶을 살게 하소서
주님이 뜻하시는 곳에서 주님의 일을 하는
주님의 도구로 사용되게 하소서

늘 하늘 사랑을 받으며 하늘 영광을 나타내고
주님께 순복하는 삶을 살게 하시고
주님께 예배하는 삶을 살게 하소서

삶 속에 성령의 열매를 맺게 하소서 3

주님, 나를 홀로 그대로 두시면
나는 단지 보잘것없는 흙 한 덩어리에 불과해
나 홀로는 아무것도 할 수 없습니다

나의 마음에 믿음으로 말씀의 씨를 뿌려주셔서
성령의 아홉 가지 열매를 계절 따라
풍성하고 아름답게 맺으며 살게 하소서

기도하게 하시고 성령으로 변화되어
진리를 항상 기뻐하고 감사하며
모든 것을 인내하고 참으며 소망하게 하소서

나를 홀로 두시면 미련한 모순 덩어리라
옹졸하고 우둔할 수밖에 없으니
마음의 문을 열어 성령을 불 질러 주시고
지혜와 지식과 능력과 권세를 갖고 살게 하소서

주님의 은혜로 더욱 큰 은사를 사모하여
주님께서 열어주시는 제일 좋은 길을
성령의 은혜와 믿음으로 달려가게 하소서

삶 속에 성령의 열매를 맺게 하소서 4

우리가 주님을 위하여 부르심을 받고
우리가 복음을 위하여 택정함을 받았으니
성령의 열매를 맺는 삶을 살게 하소서

삶의 가지치기가 온전히 이루어지게 하소서
나의 죄악의 뿌리까지 하나도 남김없이
통째로 뽑아주소서

주님 안에서 포도나무 가지마다
포도송이가 알알이 열매를 맺게 하소서
가지마다 아름답고 탐스러운 열매가
주렁주렁 열리게 하소서

우리의 삶이 열매를 맺기 위하여
주님의 부르심을 받았으니
주님께서 열매를 풍성하게 맺게 하여 주소서

우리가 주님 안에 거하므로 열매를 나누게 하시고
하나님이 함께하시는 은혜로 충만하게 하소서

주님 안에 풍성함이 넘치게 하사
이웃과 사랑으로 나누는 삶을 살게 하소서

성령 충만으로 은혜를 체험하게 하소서

기도함으로 세상을 아름답게 볼 수 있는
눈을 뜨게 하소서
찬양함으로 주님에게 온전히 경배하는
마음의 문을 열게 하소서

골고다 십자가에서 보혈의 피를 다 쏟으신
주님의 위대한 사랑을 알아
그 사랑에 묶이어 살게 하소서

내 영에서 기도를 꺼내어
내 마음과 생각을 다하여
온 영혼으로 기도하게 하소서

기도 모임을 통하여 기도의 능력을 체험하며
다른 이들을 통하여 기도함을 배우게 하소서

하나님의 성경 말씀을 배우고 익히며 깨달아
진리의 말씀 속에서 예수 그리스도의 구속의
산 역사를 알고 배워 온 세상에 전하게 하소서

날마다 성령 충만하게 하사
주님의 은혜의 풍성함을 받게 하소서

나의 눈이 주를 찾게 하소서

나의 눈을 뜨게 하사 주를 찾게 하시고
나의 마음에 주를 모시게 하옵소서

오, 주여!
나를 세련되게 다듬어주옵소서
모나고 거칠고 울퉁불퉁한
나의 마음을 주의 손길로 다듬어주옵소서
삐뚤어지고 날카로운
나의 마음을 새롭게 하여 주옵소서

슬픔이 나를 찾을 때
슬픔 속에 있는 나의 아픔을 치유하여 주소서
기쁨이 나를 찾을 때
기쁨 속에 있는 나의 기쁨을 찾게 하소서
소망이 나를 찾을 때
하늘 소망으로 산 소망을 찾게 하소서

나의 삶 속에 주님의 손길로 함께하소서
나의 삶에 허락된 시간들을 후회 없이 다 쓰게 하소서
나의 삶 속에서 주님만이 구원임을 깨닫게 하소서

주님의 약속하심을 기다리게 하소서

약속으로 모든 것을 이루는 주여
주님의 약속을 기억하며
기도하며 기다릴 줄 아는 믿음을 주옵소서

세상만사가 내가 주장하는 대로
이루어지는 것이 아니라
하나님의 섭리와 계획 속에서
이루어지고 있음을 믿게 하소서

죄악으로 인하여 한순간 편안함과 달콤함과
짜릿한 흥분에 도취되어 살지 않게 하소서
주님의 뜻과 약속하심을 기다릴 줄 아는
믿음과 능력과 지혜를 주소서

주님의 부르심을 받고 따르던 제자들이
주님의 약속하심을 믿고 기도하여
성령 세례를 받고 강하고 담대한 믿음으로
새롭게 변화가 되었듯이
우리도 제자들처럼 쓰임받는 도구가 되게 하소서

주님의 제자들이 이 마을 저 고장으로 파송되어
복음을 뜨거운 열정으로 전하고
병자를 고치고 귀신을 쫓아내었듯이
우리도 이 시대에 예수의 사도로 쓰임받게 하소서

주님처럼 살고 싶다면

주님처럼 살고 싶다면
약해지지는 말아야지요
교만하지는 말아야지요
자만하지는 말아야지요
오만하지는 말아야지요

믿음이 좋은 사람이라면
미워하지는 말아야지요
잘난 척은 말아야지요
시기하지는 말아야지요
질투하지는 말아야지요

기도하는 사람이라면
감사하면서 살아야지요
사랑하면서 살아야지요
찬양하면서 살아야지요
예배하면서 살아야지요

주님처럼 살고 싶다면
주님을 닮아가며
주님의 사랑으로
착한 일을 시작해야지요
주님을 사랑해야지요

주님의 삶을 기억하게 하소서

삶 속에 고통이 가시처럼 찔러오고
절망이 막다른 절벽처럼 느껴질 때가 있습니다
주위 사람들까지도 마치 벽처럼
나의 온 삶을 힘들게 빙 두르고 있을 때
주님의 삶을 기억하게 하소서

이 지상의 삶, 삼십삼 년 동안
아무런 욕심 없이, 아무런 소유 없이
사랑과 나눔의 삶을 사셨습니다

오직 성부 하나님 아버지의 뜻을 따라 사신
주님의 삶을 나의 삶에 적용시켜 나가게 하소서
복음의 말씀이 살아 움직이는
생명의 말씀이 되게 하소서

주님의 발자취를 따라가며
주님이 나의 삶의 목자가 되심을 알게 하소서

주님께서 삼십삼 년 동안
나누신 사랑, 베푸신 사랑, 이루신 사랑,
치료하신 사랑, 구원의 사랑을 알게 하소서
주님의 삶이 사랑으로 아름답습니다
나의 삶도 주님을 닮아가게 하소서

가족에게 관심을 갖게 하소서 1

사랑의 주님!
가족에게 필요한 것은 사랑입니다
가족에게 필요한 것이 친절과 배려입니다
가족에게 필요한 것이 칭찬과 유머입니다

진실하게 사랑하는 마음의 여유가 없다면
전혀 알지 못하는 타인과 다를 바가 없습니다
가족에게 관심과 이해와 사랑의 마음을 갖게 하소서

말과 행동을 함부로 하거나
마음에 함부로 상처를 주거나 조롱하고 비웃거나
무관심하게 지나치지 않게 하여 주소서

내 중심이 아니라 상대방 중심으로
주님의 깊은 사랑의 마음으로 바라보게 하시고
서로의 실수나 잘못을 부풀리지 않게 하소서

잘못과 실수와 허물을 들춰내기보다는
힘들고 지칠 때 사랑으로 포옹하여 주며
친절하고 따뜻한 마음으로 대하게 하소서

가족에게 어떠한 일로도 상처를 입히지 않고
마음이 뒤틀리지 않게 하시고
감싸주며 돌보며 관심을 갖고 사랑하게 하소서

가족에게 관심을 갖게 하소서 2

사랑의 주님!
사랑하는 가족에게 관심을 갖게 하소서
가족의 마음에 사랑과 웃음을 주시고
늘 화목하여 삶의 기쁨이 넘치게 하소서

시선과 마음이 텔레비전이나 컴퓨터,
신문이나 휴대폰에 고정되지 않게 하시고
내 마음의 감정을 다스려주시어
가족의 요구를 귀찮아하지 않고 잘 들어주며
서로의 마음에 벽이나 상처가 생기지 않게 하시고
늘 잘 어울리며 살아가게 하소서

은혜의 주님!
가족들 위에 군림하려 하거나 지시하려 하거나
나무라기에 급급하지 않게 하시고
사랑과 관심을 무작정 요구하기보다
먼저 섬기는 마음으로 함께하며
친절과 배려를 먼저 나누게 하소서

식사를 할 때나 휴식을 가질 때나
여행을 떠날 때나 유머가 있는 삶을 살아가며
가족들과 어울리며 기쁘고 즐겁게 지내게 하소서

가족과 함께하는 시간이 늘어가게 하시고

늘 사랑이 넘쳐서
만나면 기쁘고 즐겁게 하시고
행복한 뜰 안에 가정을 세워가게 하소서

기족을 위하여 깊은 기도를 하며
서로 사랑하고 배려하며 살게 하소서

가족의 믿음을 위한 기도

우리를 사랑해주시는 주님
우리 가족 한 사람 한 사람마다
바른 믿음과 경건한 마음으로
주님을 따르고 바라보며 살게 하소서

이 세상의 그 무엇보다 가족의 소중함을
깨닫게 하셔서 늘 기도하고 말씀을 묵상하며
믿음이 날마다 성장하게 하소서

우리 가족에게 때때로 어려움이 닥쳐
미로를 헤매고 있을 때에도
길을 찾고 출구를 잘 선택할 수 있는
지혜를 허락해주소서

우리 가족이 항상 신앙과 삶에 대한
문제의식을 갖게 하시고
우리의 삶은 선택과 판단의 연속이나
믿음의 길을 온전하게 선택할 수 있도록
항상 인도하여 주소서

우리 가족이 어떤 믿음으로 살아가야 하는지
잘 판단할 수 있는 지혜를 주소서

우리 가족이 서로를 위해 무엇을 해야 하는지

충분한 시간을 갖고 의논하게 하시고
주님께 헌신하며 살게 하여 주소서

우리 가족이 건전하고 정결한 삶을 살게 하시고
주변 사람들에게 사랑을 베풀며 살게 하소서
우리 가족이 말씀과 기도로 잘 훈련된 믿음으로
사랑받고 사랑하는 복된 가족이 되게 하소서

참된 부모가 되게 하소서

우리에게 자녀를 주시고 한 가족이 되어
한 둥지 사랑으로 살게 하여 주심을 감사드립니다

우리 부부가 자녀들에게 삶의 모범을 보이고
올바르고 모범적인 신앙생활을 통하여
자녀들을 온전한 하나님의 자녀로
성장하게 하여 주시길 원합니다

어려움이 닥칠 때 허둥거리지 않고 부족할 때마다
주님께 기도하여 지혜를 구하게 하시고
사랑하며 감싸주고 이해하며 살게 하소서

때로는 자녀들을 잘 키운다고 해도
손길이 닿을 수 없고 눈길이 닿을 수 없고
마음이 닿을 수 없을 때가 있으니 늘 함께하여 주소서

자녀가 해야 할 일과 책임을 묻기 전에
부모로서의 일과 책임을 먼저 행하게 하소서

물질과 학벌과 직업을 위하여 욕심을 부리기보다
믿음 속에서 기도하며 자녀를 키워가게 하시고
자녀를 위하여 늘 기도하게 하시고
말씀으로 키워나가게 하소서

가정이 화목하게 하소서 1

우리의 가정이 늘 화목하게 하소서
가정에 사랑이 충만하게 하시고
주님의 인도하심 속에 온 가족이 서로 신뢰하며
끊임없는 노력을 통해 행복을 만들어가게 하소서

자기가 하고 싶은 일에만 지나치게 집착하여
다른 가족에게 무관심으로 상처를 주지 않게 하시고
배려하는 마음속에 넉넉한 나눔이 있게 하소서

사랑의 울타리는 혼자 힘으로 만들 수 없으니
온 가족이 한마음 한뜻으로 만들어가게 하소서
함께 있을 때는 즐거움이 넘치게 하시고
떨어져 있을 때에는 그리움이 넘치게 하소서

나 먼저 솔선수범하여 가족 사랑을 이루게 하소서
언제나 가족을 위하여 열심을 다하게 하시고
기도하는 마음, 사랑하는 마음을 갖게 하시고
늘 나보다 가족을 먼저 사랑하게 하소서

가족들의 마음을 여유롭게 하시고
유머와 재치를 허락해주셔서
화목한 가정을 만들어가게 하소서

가정이 화목하게 하소서 2

우리에게 가정만큼 소중한 보금자리가 없으니
늘 행복을 느끼고 나누며 살게 하소서
모든 것이 제자리를 찾게 해주시고
서로의 부족함을 도와가며 채우게 하소서

항상 가족의 마음이 서로에게 열려 있고
주님을 향해 열려 있게 하시고
믿음과 소망과 사랑 속에 살게 하소서

물질보다 가족을 소중히 여기게 하시고
세상보다 주님을 먼저 사랑하게 하소서
늘 가족을 위하여 마음을 열고
사랑의 대화를 나누며 살게 하소서

가족들이 소망하고 갈구하는 행복의 그림을
잘 그려가며 한 사람 한 사람마다
자기가 맡은 일에 최선을 다하며 살게 하소서

가족들이 서로를 위해 기도하게 하시고
물질을 나누는 것을 아까워하지 않게 하소서

늘 넘치는 사랑으로, 기쁨과 감동으로
서로를 격려하고 위로하고 감싸주며
주님이 원하시는 가정의 모습을 만들어가게 하소서

함께 식사하는 기쁨을 누리게 하소서

온 가족이 함께 식사하는 기쁨을 누리게 하소서
가장 먼저 일용할 양식을 주신
주님께 감사의 기도를 드리게 하소서

온 가족이 둘러앉아 식사를 할 때
사랑과 행복을 느끼게 하소서
서로 이해하고 격려하는
사랑의 대화가 넘치게 하소서

식사 시간이 기다려지는 즐거운 자리가 되게 하소서
식사를 준비할 때 온 가족이 돕게 하시고
음식을 만드느라 수고한 이의 마음을 알게 하시고
불평이나 짜증이 없게 하소서

주님의 은총과 가족의 사랑이 가득한 식탁에서
모두가 주님의 축복을 누리게 하시고
가족 간의 사랑이 더욱더 깊어지게 하소서
가족이 나눈 사랑을 이웃에게도 베풀게 하소서

가족의 마음을 건강하게 하소서

가족의 마음을 건강하게 하소서
서로를 섬기며 돌보며 나누게 하시고
가족에게 친절과 봉사를 아끼지 않게 하소서

가족들의 방문이 닫혀 단절되지 않게 하시고
늘 열려 있어서 대화로 서로 친밀하게 하소서
가족 간에 갈등과 불화가 생기지 않게 하시고
늘 화목하여 평안하게 하소서

부모와 자녀가 대화를 나눌 때
서로의 말에 귀를 기울이게 하시고
진실한 마음으로 잘 받아들이게 하소서

가족 중 한 사람도 방치되거나 외면당하지 않도록
가족들의 마음을 부드럽고 따뜻하게 하시고
아낌없이 주는 사랑을 통해 건강하게 하소서

가족들과 늘 화목하여 다른 사람들에게도
사랑을 전하는 마음이 늘 우러나오게 하시고
진실하게 사랑하며 살게 하소서

가족들과 함께하는 순간마다
잊을 수 없는 즐거운 추억을 만들어가는
기쁨과 감동을 누리게 하소서

사랑의 노를 함께 저어가게 하소서

오, 주님!
사랑이라는 이름의 바다에
결혼이라는 이름의 배를 띄웁니다

이 배는 신랑신부 두 사람이 하나가 되어
사랑으로만 행복을 찾아갈 수 있습니다
때로는 비바람도, 폭풍우도, 거센 파도도
몰아쳐오지만 수면 위에서 일어난 것들일 뿐입니다

두 사람의 변함없는 사랑만 있다면
아무런 두려움도, 염려할 것도 없습니다

하나님의 축복과 사랑하는 이들의 축복 속에
결혼하는 부부의 사랑의 힘은 모든 것을
평강과 기쁨으로 만들 것입니다

서로의 눈빛으로 말하며
서로의 마음으로 기도하며
사랑의 노를 힘차게
앞으로 저어가기를 바랍니다

힘들 때마다 서로 위로해주며
연약해질 때마다 서로 도와주며
부족할 때마다 서로 채워주며

사랑하는 두 사람이 탄 배가
하나님의 인도하심으로 항상 순항하기를 원합니다

하나님이 언제나 소원의 항구로 인도해주시기를 원합니다
행복이라는 열매가 살면서 가득하기를 원합니다

신랑신부 두 사람이 늘 주 안에서
행복하기를 기도합니다

행복한 결혼 생활을 하게 하소서

우리 부부가 서로 존경할 수 있는
순수하고 겸손한 마음을 갖게 하시고
서로 사랑하며 귀하게 여기게 하시고
마음을 깊이 이해할 수 있도록 넓은 아량을 주소서

부부가 서로 무시하거나 비난하지 않게 하시고
하찮은 일을 논쟁거리로 만들지 않게 하소서
작은 일에 의심을 품거나 비죽비죽 돋아나는 미움에
불평을 나열하지 않게 하소서

무슨 일을 결정할 때는 급한 몸짓과
성급한 말로 서두르지 않게 하시고
서로 충분하게 이해할 수 있도록 깊은 대화를 나누며
주님께 기도함으로 응답받게 하소서

서로가 원하고 바라는 것을 충분히
이해하고 들어줄 수 있는 열린 마음을 갖게 하시고
기회가 있을 때마다 격려하고 칭찬하게 하소서

진실하게 감사하는 마음을 갖게 하시고
늘 도우며 감싸줄 수 있는 여유를 갖게 하소서

서로의 역할이 얼마나 소중한지 깨닫게 하시고
상대방의 말을 주의 깊게 듣게 하시고

서로의 만남을 주님께 늘 감사하게 하소서

친구처럼 다정한 부부가 되게 하소서
서로를 소중하게 여기게 하시고
늘 관심을 갖고 배려하고 기대하며
아름답고 행복한 결혼 생활을 하게 하소서

서로 존중하며 살게 하소서

우리 부부가 서로 존중하고 사랑을 나누며
일생토록 아름답게 살게 하소서

사소한 일로 흥분하거나 다투지 말게 하시고
자신의 감정에 따라 즉흥적으로
잔잔한 마음의 호수에 돌을 던져
쓸데없는 파문을 일으키지 않게 하소서

분노로 서로에게 상처를 주는 일이 없게 하시고
서로에 대한 불신의 마음으로
뼈아픈 고통을 당하지 않게 하소서

부정적인 생각이 사라지게 하시고
진실한 마음으로 사랑을 나누게 하소서
낙담할 때 서로를 위로하게 하시고
서로에게 힘이 되어줄 수 있는
넓고 깊은 마음을 갖게 하여 주소서

서로 함께할 수 있는 시간을 만들어
서로의 마음을 잘 읽어주게 하소서
서로 친밀하게 교제함으로
이 지상에서 가장 가까운 사이,
사랑으로 하나 되는 행복한 부부가 되게 하소서

하나 되게 하소서

결혼 생활 속에서 날마다 기쁨을 발견하게 하시고
그 기쁨을 마음껏 누리는 삶을 살게 하소서

결혼 생활을 통해 부부 관계가 온전해지게 하시고
자유를 얻고 성장하고 정착하게 하소서

부부가 노력을 통해 만족한 삶을 살게 하시고
쇠하지 않는 사랑의 감동 속에 살게 하소서

날마다 깊어가는 사랑으로 마음이 하나 되고
순수한 사랑의 열매를 맺게 하여 주소서

모든 가식을 버리고 서로 마음을 털어놓게 하셔서
진실하게 사랑하며 살게 하소서

서로 사랑하는 법을 배우게 하여 주시고
깊은 애정과 관심을 갖게 하여 주소서

서로가 하고 싶은 표현을 자연스럽게 할 수 있도록
기회를 잘 만들어가게 하소서

삶이 다하는 날까지 사랑의 약속을 지키며
지상에서 아름다운 열매를 맺게 하소서

사랑으로 열매를 맺게 하소서

사랑으로 맺어진 부부의 삶이 공허하지 않게 하소서
살아가며 뼈아픈 일이 생기지 않게 하시고
말이나 행동으로 상처를 주지 않고
솔직하고 정직하게 하소서

결혼 생활이라는 퍼즐을 잘 맞추어가게 하시고
서로를 이해하고 감정을 잘 받아들이고
서로의 보이지 않는 약속들도 지켜주며
사랑이 더욱 아름다워지게 하소서

정겨운 대화와 따뜻한 정이 있는 시선은
행복함과 친밀감을 만들어주고
따스한 사랑의 마음을 만들어주니
언제나 솔직하고 겸허한 마음으로
사랑이 더욱 아름다워지게 하소서

부부 사랑이 없으면 가정이 불행해지오니
부부 사이에 오직 사랑으로만
아름다운 열매가 풍성하게 열리게 하소서

축복 속에 사랑하며 살게 하소서

오, 주님!
오랜 세월 동안 부부가 얼굴을 맞대고 살다 보면
서로 닮아간다고 합니다

기쁠 때는 함께 웃고 슬플 때는 함께 슬퍼하고
희로애락의 삶을 같이하다 보면
얼굴 표정도 닮아가나 봅니다

힘든 세상 고달프게 살다가도
따뜻한 위로의 말 한마디면 모든 피로가 사라지고
부부 사랑에 풍덩 빠지면 부러울 것이 없습니다

사랑의 표현 하나로
마음이 넉넉해지고 기쁨이 가득해
푸근하고 따뜻한 마음이 됩니다

힘들고 어려울 때 고통이 겹겹이 다가와도
서로 마주보고 거친 손을 잡아주며 토닥거리면
새록새록 정이 들고 가슴이 찡하도록 울립니다

오, 주님!
주님의 축복 속에 부부가 되었으니
서로 사랑하며 살게 하소서

사랑하는 사람이 아플 때 1

오, 주님!
사랑하는 사람이 아플 때 안타까움에
차라리 대신 아팠으면 하는 마음이 생깁니다

고통 속에서 신음하며 몸부림칠 때
고통 속에서 잠조차 들 수 없을 때
안타까운 마음을 어찌할 수가 없습니다

온갖 약이나 의사의 치료로도 완치될 가망이 없을 때
절망감으로 헤어나올 수 없는
깊은 웅덩이에 빠져버린 것만 같습니다

마음이 착하고 고운 사람이 왜 아파야 하는지
그 이유를 모르겠습니다
열심히 살아가는 선한 사람이 왜 아파야 하는지
정말 알 수가 없습니다

남에게 해를 주기는커녕
남을 섬기며 사랑하기를 좋아했던 사람입니다
어느 날 갑자기 삶의 종말을 선고받았습니다
주님은 오늘도 수많은 병자들을 치유해주심을 믿습니다
사랑하는 이의 상처를 주님이 만져주시기를 원합니다

사랑하는 사람이 아플 때 2

오, 주님!
그는 평안한 마음으로 주님의 인도를 받기 원합니다
그의 몸은 병들어 있지만
영혼은 새롭게 치유받았음을 믿고 있습니다

절망적인 병에 놓여 있는 사람이 도리어
건강한 사람을 위해 기도하고 위로하고 있습니다

그의 마음에는 주님의 위로와 소망과 사랑이 가득하고
모든 것이 주님의 인도하심이라 믿으며
주님의 뜻을 따르며 순응하고 있습니다

우리는 인간적인 안타까움에 몸부림을 치며
이 착한 사람을 왜 일찍 데려가시려 하는지
자꾸만 묻고만 싶어집니다
불치의 병일지라도 주님의 치료하심을 간구합니다

하나님의 품은 크고 따뜻하여 모든 아픔을 감싸주시니
우리의 모든 삶을 주님께 맡깁니다
우리의 몸과 마음, 영혼까지 주님의 치유를 원합니다
모든 것이 주님의 사랑이며 축복이며
우리를 온전하게 해주시는 주님의 은혜입니다

가족사진을 바라보며 1

오, 주님!
마음에 드는 예쁜 액자를 사와서
잘 나온 가족사진을 넣었습니다

가족사진을 볼 때면 기분이 아주 좋아집니다
볼 때마다 마음이 따뜻해집니다
사진 액자 하나로 집안 분위기가 평온해집니다

사람들은 누구나 추억을 남기고 싶어 합니다
사진은 아름다운 추억의 한 장면을
그때 그 순간 그대로 담고 있기에 아름답습니다

추억이 우리 곁에 남아 있어 바라볼 수 있다는 것은
우리의 마음을 행복하게 만들어줍니다

사진 속에 담아놓은
가족의 행복한 한순간이 웃고 있습니다
삶은 한순간 한순간 모두 다 참 소중합니다

가족을 사랑하기에 날마다 이만큼씩
그리움의 키가 자꾸만 커갑니다
가족의 행복을 위하여 날마다 땀 흘려 일하고
보람을 느끼며 행복합니다

가족사진을 바라보며 2

오, 주님!
사진작가가 멋지게 찍어준 사진도 아름답지만
아내가 찍어준 사진은 왠지 정감이 갑니다

사진 한 장이 때로는 피로를 잊게 해주고
삶을 즐겁고 행복하게 만들어줍니다

가족사진은 행복을 더 만들게 하는 기회를 줍니다
가족사진을 보고 있으면 마냥 흐뭇해집니다

우리는 행복하게 살 것입니다
서로 사랑하고 신뢰하고 있기 때문입니다

사진 한 장도 예쁜 액자에
소중하게 넣어두고 바라보듯이
우리의 삶도 소중히 여기고
행복을 만들어가야 합니다

늘 따뜻한 마음으로 가족을 사랑하며
늘 주님께 감사하며 살기를 원합니다

세월의 한복판에서 간절히 부르짖습니다
주여, 우리 가족을 행복하게 하여 주소서

가족의 행복을 위하여

사랑하는 가족을 행복하게 하여 주시고
평화로운 안식처를 이루게 하시며
함께 사랑을 나누며 기뻐하게 하소서

모든 것이 주님이 베푸신 사랑이니
살아감이 소망과 웃음이 되게 하소서

밖에서 일어난 일들로 인하여
불평하여 괴롭히지 않게 하시고
꼭 필요한 존재가 되게 하소서

바쁘다는 핑계와 불편하다는 이유로
가족의 마음을 괴롭히지 않게 하소서

가족들에게 믿음과 건강을 주시고
가족 한 사람 한 사람을 위하여
늘 기도하게 하소서

힘든 일도 웃어넘기는 여유를 가지며
사랑한다는 말은 기쁨의 표현이니
서로 늘 사랑을 고백하며 살게 하소서

포도나무 사랑

가을날 사랑의 화음을 잘 이루는
가족을 바라보면
잘 익은 포도송이마냥 아름답습니다

눈빛에 사랑이 가득하고
가슴에는 기도가 가득하니
주님의 마음에도 합한
그리스도인들입니다

겨울날 아무 쓸모없어 보이는 포도나무가
봄, 여름, 가을을 지나가며
시절을 좇아 열매를 맺듯이
사랑의 가족에게도 주님의 축복이 가득합니다

포도나무같이 이루어진 가족 사랑
서로가 참아주고 견디어주는
주님이 기뻐하시고 이웃이 부러워하며
닮아가고 싶은 행복한 가정입니다

온 가족이 함께 가야 하는 길

온 가족이 함께 가야 하는 길은
주 안의 길,
사랑의 길,
믿음의 길,
기도의 길입니다

다가오는 갖가지 시련을 이겨내며
마음과 마음으로 이어지고
사랑과 사랑으로 이어지고
기도와 기도로 이어지는 길입니다

눈물의 기도로 반석 위에 세워지는 믿음을 따라
믿음, 소망, 사랑의 열매가 시절을 좇아 맺어집니다

온 가족이 주 안에서 믿음으로 하나 되는 삶
한순간 한순간, 한 날 한 날, 그리고 평생의 모든 것이
주님의 은총이기에 기쁨과 감사뿐입니다

온 가족이 함께하는 길에는
언제나 주님이 함께하여 주십니다

한 가족의 꾸밈없는 웃음은

한 가족의 꾸밈없는 웃음은
가장 작은 천국을 이루어주고
서로의 마음속에 기쁨의 꽃을 피워줍니다

하나님의 은혜 속에 받는
아버지와 어머니의 사랑은
자녀들의 삶의 뜰 안에 내일의 소망을
하나씩하나씩 열매 맺게 합니다

세월이 흐를수록, 나이가 들수록
더 간절해지는 부모의 간절한 기도 속에
하나님의 응답이 가득합니다

하나님의 은총 속에
사랑과 기도로 이루어진
한 가족의 평안과 소망과 사랑은
아무도 빼앗아갈 수가 없습니다

하나님의 자녀들의 모든 삶은
성령께서 인도하여 주시고
언제나 구원의 기쁨 속에서
하나님의 영광을 나타냅니다

주님을 위하여 살게 하소서

바람처럼 불어왔다 가버리고
뜬구름 잡듯 헛된 세상 것을 잡으려 하기보다
주님을 위하여 살게 하소서

세상 것을 아쉬워하지 않게 하여 주소서
태만의 죄, 무지의 죄를 용서하소서
죄악의 넝쿨이 나를 휘감지 않게 하소서

나도 모를 죄악의 안개에 둘러싸여
죽음이 고개를 드오니
주여, 나의 죄를 용서하소서

햇살처럼 따스하게 비추는 주님의 빛으로
삶의 목적과 의미와 초점이 분명하게 하소서

길과 진리와 생명이 되시는 주님이 날마다
생명의 길, 좁은 길로 인도하여 주소서
한 걸음씩 한 걸음씩 주님 앞으로 나아가게 하소서
주님의 손길 따라 주님을 위하여 살게 하소서

희망의 날이 되게 하소서

오늘이 희망의 날이 되게 하소서
오늘이 사랑의 날이 되게 하소서
오늘이 소망의 날이 되게 하소서

세상에서 날마다 들려오는 소식들이
고통과 절망의 소리로 가득하지만
주님께 초대받은 삶 중에
오늘이 가장 기쁜 날이 되게 하소서

한 폭의 아름다운 그림처럼
오랜 후에도 기억하여도 좋을
희망의 날이 되게 하시고
주님의 은혜로 기쁨이 넘치는
감동적인 날이 되게 하소서

날마다 크고 작은 고통이
우리에게 수시로 다가오지만
우리의 삶이 비참하게 끝나지 않게 하소서

구원의 자리에 초대하신
주님의 손길로 날마다 인도하소서
오늘이 희망의 날이 되게 하소서

나의 마음이 아름다워지게 하소서 1

오, 주님!
내 마음에 찾아와주셔서
내 마음이 주님의 은혜와
사랑으로 아름다워지게 하소서

이 세상 어떤 재물과도 비교할 수 없는
복음의 놀라운 능력을 온 세상 사람들이
가난한 심령으로 믿고 따르게 하소서

주님이 홀로 골고다 언덕에 오르셨듯이
때로는 복음을 전하는 삶이
외로울지라도 그 길을 가게 하소서

주님의 사랑으로 나의 마음이,
나의 모든 삶이 아름다워지게 하소서

주님의 십자가 사랑의 불길이
내 심장까지 타올라 구원을 이루셨으니
나의 마음이 아름다워지게 하소서

나의 마음이 아름다워지게 하소서 2

오, 주님!
주님으로 인하여
나의 마음이 아름다워지게 하소서

온 세상 모든 사람들에게
생명의 말씀, 구원의 말씀,
은혜의 말씀, 진리의 말씀이
충만하고 가득할 때까지
이 부족하고 연약한 자도
복음을 전하는 도구로 사용하여 주소서

말씀 속에서 날마다 비상하며
나를 구원하신 예수를
기쁨으로 전하게 하소서

주님의 이름으로 기도하는 시간이
심령이 가난해지고
충만해지는 시간이 되게 하시고
나의 마음이 주님의 은혜로
아름다워지는 시간이 되게 하소서

헌신하는 삶을 살게 하소서 1

주님께 헌신하는 시간이 없다면
얼마나 초라한 삶입니까
주여, 주님께 헌신하는 삶을 살게 하소서

헌신을 통하여 삶을 변화시키고
개선할 수 있도록 인도하여 주소서
헌신은 하루아침에 되는 것이 아니니
늘 기도하며 끈기 속에 이루어가게 하소서

헌신하는 데는 혹독한 대가가 필요하오니
온 마음과 온 정성을 다하여
수시로 다가오는 시련과 고통과
난관과 역경을 이겨내게 하소서

끝까지 헌신할 수 있도록 인도하시고
온전히 헌신하는 가운데서
주님을 믿는 신앙심이 깊어지고
더 보람된 삶을 살아가게 하소서

주님 안에서 성령으로 봉사하고
욕망과 죄 속에 빠져 살지 않게 하시고
믿음을 실천하는 삶을 살게 하소서

헌신하는 삶을 살게 하소서 2

사랑의 주님!
주님께 헌신하는 삶을 살게 하소서

사도 바울처럼 세상의 모든 것을
배설물로 여길 수 있는 믿음을 주시고
오직 주님을 삶의 푯대로 삼는 믿음을 주소서

힘들다고 낙망하거나 포기하지 않게 하시고
언제나 꾸준히 따르게 하소서

믿음의 길을 가는 데 불필요한 모든 것을
포기하고 버릴 수 있는 용기를 주기를 원합니다

뒤를 돌아보지 않고 오직 부름의 상을 바라보며
기쁨으로 살아가게 하소서
믿음을 방해하는 모든 것을 버리고
고난과 역경을 이겨내며
십자가를 지고 따르게 하소서

불신으로 복잡하게 만들지 말고
하나님을 온전히 신뢰하며
믿음으로 날마다 헌신하는 기쁨을 느끼며
주 안에서 만족하며 살게 하소서

고독을 이겨내게 하소서 1

고독은 살아 있는 동안 늘 찾아오는 손님이오니
처절한 고독일지라도 삶의 도구가 되게 하시고
주님을 바라볼 수 있는 산 소망이 되게 하소서

인간적인 외로움과 아픔과 시련을 이겨내게 하시고
이 땅에 오셔서 십자가 고난을 당하신
주님만을 믿게 해주소서

생벼락을 맞는 것처럼 난데없이 다가오는
절망과 고통을 이겨내게 하시고
슬픔과 고독 속에서도 잘 어우러지게 하소서

주님께서 하나님 아버지의 뜻을 이루신 것처럼
우리도 주님을 닮아가며 고독을 이겨내게 하소서

내가 가족을 사랑하지 않았기에 고독하고
내가 친구를 사랑하지 않았기에 고독하고
내가 이웃을 사랑하지 않았기에 고독합니다

날마다 주시는 은혜와 진리 속에
마음과 감정을 다스리며 살게 하소서
불필요한 생각과 행동으로 헛된 삶을 살아
스스로 고독의 창살에 갇혀 살지 않게 하소서

고독을 이겨내게 하소서 2

믿음을 북돋아 마음을 앙상하게 만드는
고독 속에서 삶이 틀어지지 않게 하시고
더욱더 성숙해져서 어려움을 이겨내게 하소서

사람을 만나고 함께 일하며
서로 협력함으로 하나가 되게 하시고
고독한 시간을 줄여가게 하소서

고독할 시간에 내일을 준비하고
고독 속에 마음이 찌들지 않고
더 깊이 성숙하고 발전하고 연구하고
당당하게 행동하게 해주시기를 원합니다

자신감과 열정을 불어넣어
모든 고독을 이겨내고
힘차고 당당한 그리스도인의 삶을 살게 하소서

고독을 행복으로, 고독을 기쁨으로,
고독을 성숙으로, 고독을 감동으로,
고독을 성공으로 바꾸어가는 삶을 살게 하소서

골고다 십자가의 고독도 이겨내시고
구속의 사랑을 완성하셨으니
주님의 삶을 본받아 우리도 이겨내게 하소서

빈궁한 심령을 채워주소서 1

나의 초라함과 나약함을 아시오니
긴 세월 늘 한눈팔다
쪼들리고 빈궁했던 마음을 채워주시고
능력과 권능으로 충만한 은혜 속에 살게 하소서

죄지은 나에게 영생을 주시기 위하여
십자가의 모진 고통과 형벌을 받으셨으니
어찌 그 사랑을 모르겠습니까
주님의 사랑에 응답할 수 있는
담대한 믿음을 주시기를 원합니다

사랑하는 주님은 내 마음을 읽어주셨는데
나는 아직도 주님의 마음을 온전히
알지도 못하고 읽지 못하며
믿음이 얄팍하고 부족하기만 합니다

나의 몸과 영혼의 목마름을
은혜와 사랑으로 채워주시고
주님께서 깊이 품어주셔서
믿음 속에 온전히 일어서게 하여 주소서

가난한 심령으로 날마다
주님의 온유하고 겸손하신 숨결을 느끼며
주시는 은혜로 살게 해주소서

빈궁한 심령을 채워주소서 2

막다른 골목에 서 있는 듯 막막함을 느끼면
간절히 기도하여 넘치도록 채움을 받게 하소서
이웃에게 사랑을 충만하게 전하지 못하오니
피곤하고 빈궁한 심령을 채워주소서

오, 주님!
죄 속에 살며 저지른 죄들이 너무 많으니
주님의 용서하심을 받게 하시고
목마른 영혼이 은혜를 충만하게 받게 하소서

항상 주 안의 기쁨을 누리며 살게 하시고
때를 따라 주시는 은혜에 감사하고
늘 감동하며 살게 하여 주시기를 원합니다

남에게 신세를 지기보다 나누는 삶을 살게 하시고
주님께서 사랑의 모범을 보여주셨으니
항상 친절하게 배려하고 섬기며 살게 하소서

주님의 공생애의 삶과 십자가의 사랑을 본받아
늘 낮아지고 겸손하며 남을 섬기고 사랑하는
그리스도인답게 살아가게 하시고
예수 그리스도께서 나의 구주가 되심을
늘 고백하며 살게 하소서

3장

헌신하는 하루

주여, 지혜를 주소서

나의 삶 전체를 아시고 살펴주시며
날마다 인도하여 주시는 주님
삶이 참으로 보잘것없사오니
주여, 축복하여 주시고 지혜를 주소서

무시무시한 죄악의 고통이
내 마음 한복판에 수두룩하게 쌓여도
회개함으로 모두 털어내고 씻김받아
주님 안에서 옛것은 버리고 새것이 되게 하소서

주님이 원하시는 것을 깨달아 알 수 있는
믿음과 지혜를 갖게 하소서
주님이 뜻하시는 것을 따를 수 있는
지혜와 용기와 힘을 주소서

절망의 갈림길에서도 주님의 뜻을 알 수 있는
지혜와 지식과 능력과 권세를 주소서
나의 삶의 모든 것을 인도하시는 주님의 뜻을
분별하는 강하고 담대한 믿음을 주소서

나의 삶의 모든 것을 품어주시는
주님의 사랑을 온전히 받을 수 있는
순수한 사랑과 지혜를 주소서

행복이 가득한 삶을 만들게 하소서

세상에는 두 종류의 사람이 있습니다
행복한 사람과 불행한 사람입니다
"나도 저 사람처럼 살고 싶다"고
사람들이 말할 정도로
성도로서 모범적인 신앙생활을 하게 하소서

행복과 불행은 마음에서 시작하오니
구원의 참평안을 주사
평화가 내 마음속에 강같이 흐르게 하소서

주여, 은혜로 함께하사
축복받고 행복한 삶을 만들어가게 하소서

주님을 믿어 행복한 사람으로 살면서
먼저 주어진 삶에 감사하게 하시고
먼저 주어진 일에 기뻐하게 하소서

주님이 허락하신 모든 일을 기쁨으로 행하며
함께 기뻐할 수 있게 하소서
주님이 허락하신 사명을 잘 감당하여
착하고 충성된 그리스도의 종이 되게 하소서

쏜살같이 흘러가는 세월 속에서
땀 흘려 가꾸고 노력한 소득으로

즐거워하며 나눔의 삶을 살아가게 하소서

남이 나를 행복하게 해주기를 원하기보다
내가 먼저 저들에게 사랑을 베풀고
먼저 다가가게 하소서

헌신하는 성도의 삶을 살게 하소서

내 마음에 비춰오는 생명의 빛
하늘 생명의 주님의 빛을 바라보게 하시고
주님의 일에 죽도록 충성하게 하소서
생명의 면류관을 받고 기뻐할 수 있는
온전히 헌신하는 성도의 삶을 살게 하소서

세상의 조롱거리가 되지 않게 하소서
안일과 욕심의 노예가 되거나
나 자신만의 부와 욕망을 원하여
추하게 살지 않게 하소서

지극히 작은 자도 낙심하지 않게 하시고
주님께 신령과 진정으로 예배드리게 하소서
이웃에게도 가족에게도 거스름이 없이
주님의 사랑으로 섬기며 살게 하소서

주님의 신기한 능력으로
주님의 생명의 경건으로
주님의 안위와 사랑으로
헌신된 성도의 삶을 살게 하소서

하나님의 사랑으로, 믿음으로 살아가며
모든 선한 일에 동참하며 따르게 하시고
이 세상에서 선한 영향력을 행할 능력을 갖게 하소서

겸손하신 주님을 본받게 하소서

나의 삶의 모든 잘못과 죄악이
주님의 보혈로 용서를 받게 하셨으니
하늘을 우러러 무한 감사와 찬양을 드립니다

나의 모든 것을 충만하고 고귀하고 위대하신
주님의 사랑이 감싸고 있으니
늘 겸손하시고 온유하신
주님의 삶을 본받게 하여 주소서

나름대로 있는 힘을 다해 살아도
늘 힘들고 벅찬 삶이오니
고된 삶에서 벗어나게 하시고
믿음 속에서 주님의 자녀답게 살게 하소서

내 마음이 사방으로 흩어져서
욕심과 허영과 낙심에 흔들리지 않게 하시고
물질의 노예가 되어 불만이 가득하지 않게 하소서

주님께서 허락하신 믿음 안에서
몸과 마음과 영혼을 구속하사
하나 된 믿음으로 살게 하소서
주님의 거룩한 명령에 따르며
구원의 지혜가 있는 복된 성도로 살게 하소서

긍정적인 마음으로 살게 하소서 1

주님을 사랑하는 마음에
날마다 그리움이 찾아듭니다
날마다 긍정적인 마음으로 살게 하소서

내가 어찌하여 매일 기도드리고 원하겠습니까
예수 그리스도가 누구시기에 사모하여 기도하겠습니까

예수 그리스도는 나의 인도자
예수 그리스도는 나의 구원자
나의 구주이시고 주님이십니다

모든 것을 허무한 것으로 만드는
나의 죄를 사해주소서
나를 하나님의 친백성으로 삼아주소서

나의 마음이 부정적인 비판을 일삼지 않게 하시고
항상 긍정적인 마음으로 주어진 책임을 다하며
언제 어디서나 구원받은 성도로서
기쁨 속에서 부지런히 일하게 하소서

긍정적이고 적극적인 마음으로
육체적인 고통과 정신적인 고통을
이겨낼 수 있는 강하고 담대한 믿음을 주소서

긍정적인 마음으로 살게 하소서 2

이 시간 온 마음을 다하여 진심으로 주님께
감사 기도와 찬양과 영광을 돌리게 하소서

주님이 나를 사랑하지 않으셨다면
주님이 나를 구원하지 않으셨다면
늘 갈 바 모르고 옹졸한 생각들 속에서
빠져나오지 못했을 것입니다

나의 마음에 정한 마음을 주시고
삶을 정리정돈하게 하여 주심은
모두 다 주님의 섭리요 뜻이니
늘 깨어 있는 믿음으로 살게 하여 주소서

내가 지은 죄를 생각할 때마다
몸서리치도록 괴로우니 내 삶에 예수 그리스도의
은혜의 바람이 불어오기를 간절히 원합니다

죄지어 쓸쓸하게 외톨이로 살지 않게 하시고
삶에 웃음과 기쁨을 허락하여 주심으로
항상 긍정적인 마음으로 살게 하여 주소서

구멍 숭숭 뚫린 마음의 죄 속에서
꼬드기며 유혹하는 모든 추악한 것들을
강한 믿음으로 몰아내게 하여 주소서

고독에 머물러 있지 않게 하소서

나만의 고독에 사로잡혀
높은 울타리를 쳐놓고
스스로 갇혀 살지 않게 하소서

환난과 시련과 역경이 다가오더라도
믿음에 믿음을 더하며 풍성한 마음으로
날마다 주님과 동행하게 하시고
하늘나라를 소망하는 성도의 삶을 살게 하소서

내가 아무리 고독하다 하여도
주님의 처절한 십자가의 고독에 비할 수 없으니
죄악의 어둠을 생명의 빛으로 다 밀어내고
주님의 빛 가운데 우뚝 서게 하소서

헛된 생각으로,
헛된 바람으로
헛된 욕심으로,
허망한 고독에 머물지 않게 하소서

말에만 사로잡혀 있지 않고 행동하는 믿음으로
주님의 사랑과 은혜 속에 깊이 빠져서
근심과 걱정 없이 살게 하소서

소망 중에 주님을 바라보게 하소서

우리의 시선에 찾아오는 것들이
모두 아름답고 선한 것만은 아니니
소망 중에 주님을 바라보게 하소서

우리가 생각하는 것들을 보기를 원하며
우리가 사랑하는 것들을 보기를 원하며
주님의 선하심으로 인도하심을 받게 하소서

믿음의 주요 온전하게 하시는
주님을 바라보며 믿음으로 살게 하소서
나의 갈 길을 인도하시는
길이요 진리요 생명이신 주님을 따르게 하소서

죄악에서 엉망진창으로 살지 않게 하시고
악마의 유혹의 손길에서 벗어나게 하시고
주님을 온전히 바라봄으로 새 생명의 기쁨을 얻게 하소서

가장 여리고 순한 마음으로,
정직한 마음으로,
솔직한 마음으로,
겸손한 마음으로,
나의 눈이 간절한 소망 중에
주님을 온전히 바라보며 찬송하게 하소서

참평안 속에 살게 하소서

내가 고통 속에 있다 하여도
주님의 십자가 고통에 비하면
그것은 아무것도 아니니
걱정과 염려에 사로잡히지 않게 하소서

죄가 마음에 가득하면
아무리 기도하며 발돋움을 해도 응답이 없으니
한순간뿐인 세상의 기쁨에
도취되어 살지 않게 하여 주소서

죄악의 먼지투성이에서 뒹굴지 않게 하시고
죄악의 거리에서 헤매지 않게 하소서

내 마음을 긍휼히 여기시는
주님 앞에 항상 정직하게 나아가게 하소서

나의 신앙이 윤곽과 둘레만 있는 것이 아니라
확실하고 분명하게 주님을 구주로 영접하고
고백하게 하소서

나의 삶이 좌로나 우로나 치우치지 않도록
기도를 통하여 주님께서
나를 응답의 정거장으로 인도하셔서
참평안 속에 살게 하소서

삶을 소중하게 살아가게 하소서

우리에게 주어진 소중하고 고귀한 삶을
날마다 소망 중에 즐거워하며
날마다 소중하게 살아가게 하소서

쏘아놓은 화살같이 한순간에
너무도 재빠르게 지나가는 삶의 시간들을
가치 있게 하시고 진한 감동이 있게 하소서

날마다 삶 속에서 만나는 사람들과
여운이 오래 남게 하시고
늘 기쁨이 넘치게 하소서

하루 한순간이 너무도 소중하오니
주어진 날 동안, 주어진 시간 동안
주 안에서 사랑하며 소중하게 살게 하소서

남을 시기하고 미워하고 비난하느라
마음이 나동그라지지 않고
사람을 살리고 키워주는 일에
기도하며 애정을 쏟게 하소서

어느 한순간도 소중하지 않은 시간이 없으니
주님의 뜻이 이루어지는 시간들 속에서
맡겨진 사명에 충성을 다하며 살게 하소서

하나님의 부르심에 응답하게 하소서

우리를 부르시고 영혼을 구원하여 주시는
하나님의 부르심에 응답하며
새 생명의 길로 접어들게 하소서

늘 우리의 마음과 입술을 열게 하시고
우리의 기도를 들어주시는
하나님의 사랑을 온전히 받아들이게 하소서

기도함으로 하나님의 마음을 알고
하나님의 뜻을 온전히 이루어가게 하시고
경배하고 찬양하고 예배드리게 하소서

기도함으로 하나님의 부르심에
응답하는 삶을 살게 하시고
시시때때로 지치고 쪼개지는 마음을
믿음으로 강건하게 하여 주소서

기도함으로 주님이 주시는 은사와 은혜의
소중함을 깨닫게 하시고
달란트를 최대한 남기는 삶을 살게 하소서

우리의 몸과 영혼을 살려주시는
하나님의 부르심에 응답함으로
맡기신 사명을 잘 감당하게 하여 주소서

지금 이 시간쯤에 1

십자가 사랑으로 우리를 구속해주시는 주님
아주 오래전부터 나를 사랑하시고 용서하시고
인도하여 주시는 주님께 기도를 드립니다

지금 이 시간쯤에
주님이 이 땅에 계실 때는 무엇을 하셨을까요
"아버지께서 일하시니 나도 일한다"

지금 이 시간쯤에
복음을 전하고 병자를 고치고
귀신을 쫓아내고 죄인을 구원하셨겠지요
우리가 주님의 삶을 날마다 닮아가게 하소서

인간은 똑같은 싸움을 반복하면서
헛되이 보내는 시간이 많지만
주님은 하나님 영광을 나타내셨습니다

선하고 착하신 주님,
지금 이 시간쯤에 무엇을 하고 계실까요
하나님 보좌 우편에서 나를 위하여 기도하시니
구원받은 목숨 어찌 헛되이 살겠습니까

미련하고 아둔한 마음으로 어리석게 살지 않고
지혜롭게 말씀 속에서 살게 하소서

지금 이 시간쯤에 2

지금 이 시간쯤에
주님은 우리의 처소를 예비하시고
하늘나라 하나님 보좌 우편에서 우리를 위하여
중보의 기도를 드리고 계심을 믿게 하소서

나의 필요한 것만을 위하여 기도하기보다
가족과 이웃과 나라와 민족과
전 세계를 위하여 기도하게 하소서

우리가 어디를 가나 어디에 있으나
임마누엘이 되셔서 인도하여 주시고
함께하여 주심을 믿게 하소서

지금 이 시간쯤에
나 자신도 주님이 원하시는 일을 하도록
인도하여 주시기를 바랍니다

주님과의 구원의 첫사랑의 시간들이
너무나 순수하고 아름다운 시간들이니
늘 첫사랑으로 돌아가 주님을 사랑하게 하소서

늘 처음처럼 순수하고 진실하게
믿음과 사랑으로 살게 하시고
늘 진리 안에서 자유롭게 살게 하소서

삶을 무능하게 살지 않게 하소서

우리가 하나님의 마음으로
살아 움직이는 기도를 드리고 응답받음으로
삶을 무능하게 살지 않게 하소서

삶 속에서 하나님의 섭리를 맛봄으로
갈등을 이겨내고 도전을 받게 하시며
꿈과 희망을 이루어가게 하소서

우리가 하나님의 자녀로 기도할 수 있는
놀라운 특권을 받았으니
기도함으로 하나님의 능력을
삶 속에서 체험하게 하소서

주님 안에서 견고하게 살 수 있으니
세상 돌아가는 대로 제멋대로 제 생각대로
살아가는 것이 아니라
하나님의 뜻대로 살게 하소서

근심과 고통 사이를 오가며 방황하지 않고
우리의 기도에 응답하여 주심을 믿고
날마다 감사하며 기도하게 하소서

때를 따라 돕는 은혜를 받게 하소서

그리운 말 한마디, 주님 예수여!
늘 죄를 따라나서기를 즐기며
늘 죄를 감추기를 원하는
나약하고 불쌍한 영혼을 긍휼히 여겨주소서

내 마음을 갉아먹는 죄에서 떠나
어둠 속에서 빠져나오게 하소서
기도할 때마다 나를 도우시는
주님의 놀라우신 은혜를 사모하게 하소서

주눅 들게 하고 초라하게 만드는 죄악을
회개의 기도로 훌훌 벗어버리게 하시고
우리의 모든 죄악을 깨끗이 씻어주시는
주님의 십자가 보혈로 구속하여 주소서

죄 사함을 받은 확신 속에서
강하고 담대한 믿음으로
하루하루의 삶을 살게 하여 주소서

할 일 없이 빈둥빈둥 살지 않고
날마다 보람 있고 의미있게
살아가는 기쁨을 누리게 하소서
오늘도 때를 따라 돕는 주님의 은혜와 사랑을
풍성하게 받게 하소서

삶이라는 여행에 함께하소서 1

삶이라는 고독하고 외로운 여행에
즐거운 소망이 가득하도록
목자 되어 주시니 감사드립니다

만나는 사람들에게 친절하게 대하게 하시고
자연을 사랑하며 늘 가까이 대화하게 하시고
기도를 통하여 주님과 영적으로 교제하는 삶 속에서
믿음이 더욱 자라게 하소서

늘 비교되고 상반되는 현실 속에서
마음에 상처를 입거나 힘을 잃기보다
나에게 주어진 모든 것에 감사하게 하소서

부족함과 연약함 속에 함께하시는
주님의 인도하심으로 열심을 다하며
행복한 나날을 보내게 하소서

바라고 원하는 것들을 하나도 붙잡지 못해
늘 초라하고 보잘것없음을 느낄 때에도
꿈을 잃지 않고 다시 일어나 전진하게 하소서

희망을 찾고 확실하게 행동하게 하시고
실패를 뛰어넘어 도전하게 하시고
삶이라는 여행에 늘 함께하여 주소서

삶이라는 여행에 함께하소서 2

주여, 삶이라는 여행에 늘 함께하여 주소서
날마다 주님과 동행하는 삶 속에서
기쁨과 감동을 누리게 하소서

어떤 명예와 부귀영화도
주님의 구원의 은총에 비교할 수 없으니
늘 소망 가운데 살게 하여 주소서

하루하루 매사에 애정을 쏟으며
부지런하고 성실하게 살게 하시고
목표를 성취하는 기쁨 속에서
늘 행복한 마음으로 살아가게 하소서

주님의 크나큰 은혜를 힘입어
이 땅에서 주어진 생명이 다하는 날에도
주님께 감사하는 믿음과 용기를 주소서

그리스도인 됨이 얼마나 놀라운
구속의 사랑인가를 깨달아
삶을 허락하심을 감사드리며
삶 속에 행복한 여행자가 되게 하소서

오직 주님만 바라보게 하소서

나의 구주가 되시는 주님
내 마음에 소망과 기쁨이 넘치는 삶을
오늘도 살게 하시고
생명의 복음이 꽃피어 열매를 맺게 하소서

내 눈에 보이는 대로
탐욕과 욕망에 사로잡히지 않게 해주시고
내 발길 닿는 대로 가다가
유혹의 길에 들어서지 않게 하소서

탐욕과 욕망의 노예가 되어
악하고 더럽게 살지 않게 하시고
거룩하시고 선하신 주님을 본받아 살게 하소서

주님이 나를 위하여
지금도 간구하심을 믿고 바라보게 하시고
오직 주님만을 섬기며 따르게 하소서

주님의 은혜 가운데 구원이 이루어졌으니
오늘도 주님만을 찬양하게 하소서
오늘도 주님만을 기뻐하게 하소서
오늘도 주님만을 자랑하게 하소서

사람들과 함께 있을 때 1

사람들과 함께 있어 잘 드러나지 않아도
교만하거나 과장하지 않으며
군중 심리에 따르지 않게 하시고
겸손한 마음으로 사람들을 대하게 하소서

사람들에게 모나고 거칠게 굴지 않고
늘 섬기는 마음으로 살게 하시고
어울림의 조화를 이루며
섬김과 봉사와 사랑을 나누게 하소서

자신의 실수와 잘못을 덮거나
잊어버리지 않고 모두 회개하여
주님께서 조건 없이 날마다 부어주시는
한없고 아낌없는 사랑을 받게 하소서

나를 만난 사람들이 축복을 받게 하시고
나를 만난 사람들이 잘되게 하여 주소서
나를 만난 사람들이 주님을 만나게 하시고
나를 만난 사람들이 좋은 일이 생기게 하시고
나를 만난 사람들이 행복하게 하소서

사람들과 함께 있을 때 2

남의 잘못에 대해
마음에서 우러나는 용서를 하게 하시고
사랑과 친절과 배려 속에 살게 하소서
사람들과 잘 어울리며 조화를 이루게 하소서

자신의 출세와 행복을 위하여
남을 마음대로 괴롭히거나
잘못과 허물을 지적하지 않게 하소서
내 생각대로 무시하거나 비웃지 않게 하시고
함부로 조롱하거나 상처 주지 않게 하소서

사람들을 귀하게 대하게 하시고
늘 겸손한 마음으로, 늘 온유한 마음으로
늘 친절한 마음으로, 가장 낮은 자세로,
따뜻한 심성으로 살게 하여 주시기를 원합니다

사람들과 함께 있을 때
인사를 먼저 하고 웃음으로 대하게 하시고
어려움을 당하거나 힘들어할 때
도움과 힘이 될 수 있도록
넓은 마음을 갖게 하여 주소서

사람들과 함께 있을 때 3

가정이나 직장이나 어느 곳에서나
사람들과 함께 있을 때 꼭 필요한 사람이 되어서
서로 잘 어울리며 쓰임받게 하여 주소서

사람들과 정을 나누고
의리를 지키고 신의가 있는 사람이 되어
생활 속에서 복음을 전하는
성숙하고 복된 그리스도인의 삶을 살게 하소서

삶에서 나타나는 모든 것은
자신의 생각과 마음이오니
주님께서 나의 생각과 마음과
행동을 살펴주셔서 거짓되거나
잘못된 것들이 불쑥 나타나지 않게 하소서

사람들과 함께 있을 때 분노가 생기지 않게 하시고
유머를 통하여 사람들을 즐겁게 만들 수 있는
마음의 여유를 주시고 우정을 나누며
칭찬과 배려를 아끼지 않게 하소서

괴로울 때에도 말씀을 묵상하며
성령의 불로 변화되어
내일을 아름답게 살아가게 하소서

늘 진실하게 살아가게 하소서

하나의 거짓 없이
늘 진실하고 선하게
주 안에서 믿음으로 살아가게 하소서

내 마음을 자만하고 나태하고 불순하고
거짓된 것이 점령하지 않게 하소서
망각은 쉽지만 죄만은 망각하지 않고
낱낱이 고백하여 용서받게 하소서

죄악이 속내를 드러낼 때
너무나 괴롭고 힘이 드오니
내 마음을 악하고 추하고 교만하고
오만한 것들이 지배하고 누르지 않게 하소서

세상을 올바르게 바라보게 하소서
사람들을 올바르게 바라보게 하소서
나 자신을 올바르게 바라보게 하소서
내 마음을 순수하고 정직하게 하소서

깨끗하고 정직하고 바른 마음으로
선한 목자가 되시는 주님을 사모하며
주님의 뜻대로 살게 하소서

늘 함께하시는 주님 1

노을이 사라지고 짙은 어둠이 찾아올 때에
텅 빈 예배당에서 외로워 울며 홀로 기도할 때에
주님께서 함께하셨습니다

빈방에서 눈 감고 슬퍼할 때에
갈 곳 없어 거리를 헤맬 때에
주님께서 임마누엘로 언제나 함께하셨습니다

주님이 다시 오신다는 복된 소식이 들립니다
주님을 맞이하고 준비할 수 있는
믿음을 주시기를 원합니다

죽음 앞에서 강한 사랑을 주신 주님
사랑이 모이면 천국이 되고
미움이 모이면 지옥이 됩니다

사랑을 받을 수 없는데 사랑하여 주시는
주님의 고귀하고 자비하신 사랑에 감사드립니다

가족과 만나는 사람들과 늘 사랑으로 대하며
그들이 어려울 때마다 기도와 배려와
함께할 수 있는 사랑의 마음을 주시기를 원합니다

늘 함께하시는 주님 2

늘 함께하시는 주님
값없이 은혜를 부어주시는
주님의 무한하신 사랑에 감사드립니다

피곤하고 지치고 힘들 때에도
외롭고 모질게 아려오는 슬픔 속에서도
주님은 언제나 함께하십니다

내가 있는 곳마다, 내가 가는 곳마다,
내가 머무는 곳마다, 내가 사는 곳마다
주님은 늘 함께하십니다

연약할 때도, 상한 마음일 때도,
아픔이 있을 때도, 걱정이 가득할 때도
주님은 언제나 함께하십니다

하나님의 말씀은 생명의 양식이오니
말씀을 통하여, 진리를 통하여
하나님이 함께하심을 더욱더 깨닫고
믿음으로 신뢰할 수 있게 하여 주소서

오, 주님! 우리의 모든 삶이
주님의 은혜이기에 더욱 감사드립니다

주님의 뜻을 알게 하소서

나를 창조하시고
나의 호흡을 허락하여 주신 주님
기도로 위대하고 놀라운
주님의 뜻을 알게 하소서

주님이 뜻하시는 것들과
나에게 주신 사명과 달란트를 알고
나를 인도하여 주시는 섭리를 깨달아
주님과 동행하는 삶을 살게 하소서

성령의 도우심이 없이는
주님의 뜻을 알 수 없으니
나의 마음을 열게 하여 주소서

기도 생활이 날로 성숙되어
성령의 인도하심과 주님의 뜻을 알게 하시고
살아온 시간만큼 믿음이 강해지고
열렬히 주님을 사랑하게 하여 주소서

믿음 생활이 날로 굳세어지고
반석 위에 세워져서 강하고 담대하게
세상을 이겨나가게 하소서

주님께 나를 온전히 맡기게 하소서

나를 구원하기 위하여
하늘 보좌를 버리시고 이 땅에 오신 주님
십자가에 달리시고 보혈의 피를 흘려
나의 죄악을 씻어주시고 구속하여 주신
나의 주님께 나를 온전히 맡기게 하소서

온 우주에서 주님의 사랑보다 고귀하고 소중하고
아름다운 구원의 사랑은 없으니
늘 감사하는 마음으로 살아가게 하시고
주님의 사랑에 나를 온전히 맡기게 하소서

주님의 구원의 사랑을 받았으니
그 사랑을 배우고 닮아가며
주님의 구원의 사랑을 실천하고
실행하는 삶을 살아가게 하소서

죄가 가득한 때일수록 기도하게 하소서
마음이 흔들리는 때일수록 기도하게 하소서
주님 예수께 가장 여리고 순한 마음으로
나를 온전히 맡기게 하소서

오직 하나가 된 사랑으로 살게 하소서

주여!
손에 잡히지 않는 것들을
움켜쥐려고 욕심내며 살지 않게 하여 주소서

주님의 손에 새김같이 기억해주시고
주님의 확실하고 분명하고 온전하신
놀라운 사랑에 빠지게 하소서

말씀으로 날마다 새로운 은혜를 주시니
나의 모든 삶을 맡기게 하소서

분별없이 헛된 것을 따르며 살기보다는
참된 진리의 생명의 복음 앞에서
하나님의 자녀로서 구별된 삶을 살게 하소서

상처받은 영혼, 죄악이 가득한 몸과 마음이기에
주님께 외치고 부르짖습니다
얼마나 간절하게 소리치며 통곡하겠습니까
주여, 나를 기억하사 나의 죄를 용서하소서

죄 속에 살면 허공에 집을 짓는 것과 같으니
결국에는 모든 것이 허무하게 무너져내립니다
오직 하나님의 구원의 사랑으로 살게 하소서

나약한 나를 붙잡아주소서

오, 주님!
지극히 나약하고 부족하고 초라한
나를 채워주시고 구속하사
주님 앞에 모든 것이 드러나게 하소서

나를 사랑하시는 주님 앞에 선한 양심을 갖고
근신하고 기도드리며 바로 서서 살아가게 하소서

악을 악으로 갚지 않고
욕을 욕으로 갚지 않고
선한 양심으로 살게 하소서

거짓이 하나도 없으신 주님 앞에
열심히 선을 행하며 믿음의 본이 되게 하시고
진실하고 참되게 살게 하소서

주님 안에서, 은혜 안에서
주님의 섭리를 믿으며 살기를 원하오니
나약한 나를 붙잡아주소서

강한 성과 같으신 주님 안에서
늘 강건하게 하시고
믿음이 부요한 자가 되게 하소서

같이 있으면 서로 좋게 하소서 1

같이 있으면 서로 좋게 하소서
서로를 믿고 신뢰하며
정감으로 가득 찬 사람이 되게 하소서

쓸쓸함과 외로움이 가득한 세상에서
눈물 나도록 고맙고 가슴 뭉클한 감동을 주는
같이 있으면 좋은 사람이 되게 하소서

모두가 자기의 세계와 울타리를 지으며
세상 부귀영화를 자랑하더라도 결국 아무 소용없으니
이웃과 함께 진실한 사랑을 나누며 살게 하소서

수선스럽고 도저히 빠져나올 수 없는
죄악이 만들어놓은 상황에서
자기만을 위하여 욕심내며 살지 않게 하소서
늘 정겨움 속에 신뢰를 주고
진실한 마음을 보여주는 사람이 되게 하소서

같이 있으면 서로 좋게 하소서 2

마음이 가난한 사람들과 함께하며
같이 있으면 좋고 언제 떠올려도 웃음이 나고
가슴에 정겨움을 만드는 사람이 되게 하소서

아픔과 고통을 같이하는
넉넉하고 풍요로운 마음을 주시고
기도하고 사랑을 나누며 살아가게 하소서
사랑을 주고받는 이들 때문에
세상이 살맛이 나고 늘 행복하게 하소서

가난하고 병든 이웃과 소유를 나누고
시시때때로 봉사하는 삶 속에서
주님의 은혜로 세상이 더 밝아지게 하소서

나부터 이웃과 서로서로 정겹게 살게 하시고
지극히 작은 자에게 냉수 한 그릇을 줄 수 있는
좋은 사람들이 되게 하소서

하나님이 창조하신 사람들의 마음에
착한 일을 시작하시고
언제 어디서나 필요한 빛과 소금이 되게 하소서
갈 길을 놓치지 않고 주님을 따르게 하시고
같이 있으면 서로 좋게 하소서

우리와 함께하여 주소서 1

오, 주님!
나의 모든 것을 아시니 갈 길을 인도하여 주소서
나의 모든 삶을 주관하시는 주님께
나의 모든 것을 다 드리기 원합니다

기도를 통하여 영적인 교제가 이루어지게 하시고
주님의 인도하심을 믿음으로 따르게 하소서

나의 생명도, 나의 시간도,
나의 물질도 다 주님으로부터 왔고
다시 주님께로 돌아갈 것을 아오니
주여, 우리와 함께하여 주소서

오, 주님!
내 마음대로 산다고 하여도
내 마음대로 사는 것이 아닙니다
주님을 떠나 사는 것은 죄짓는 일이오니
주님의 사랑 안에서 나를 인도하여 주소서

나의 연약함을 강하게 하여 주시고
나의 부족함을 채워주시고
나의 우둔함에 지혜를 주시기를 원합니다

우리와 함께하여 주소서 2

주님, 우리와 함께하여 주소서
나의 생각대로 살아보아도
나의 주관대로 살아보아도
주님처럼 좋으신 분은 없습니다

이 세상의 모든 것은 한순간에 사라질
헛된 삶이오니 은혜를 깊이 새기며
주님 안에서 그 인도하심 따라 살게 하소서

주님의 가라 하시면 갈 수 있는 믿음을 주시고
주님이 오라 하시면 올 수 있는
믿음과 용기를 주시기를 바랍니다
주님의 뜻대로 인도하심 따라 살 수 있는
강하고 담대한 믿음과 용기를 주소서

주님을 닮아가는 성도의 삶을 살게 하시고
주님이 주시는 은혜 속에 만족하며 살게 하소서
주님께서 우리와 함께하여 주셔서
죄로 나약해진 마음이 주님의 용서와 사랑으로
조금씩조금씩 성장하게 하여 주소서

힘들고 지칠 때에도 위로하시고 힘을 주시니
구원받은 성도의 마음에 행복이 가득하게 하시고
입술로 주님을 구주로 고백하게 하소서

주님의 은혜 속으로 인도하소서

세상에서 날 부르는 곳
날 유혹하는 것들이 많고 많지만
생명의 길로 인도하시는
주님의 음성을 듣게 하소서

죄악이 뒤범벅이 되어 조롱과 비웃음을
마구 휘갈겨대고 있습니다
이제 지긋지긋한 죄의 사슬에서 벗어나
주님께로 나아가게 하소서

주님을 아는 은혜와 지식이 성장하여
날마다 한 걸음씩 날마다 한 걸음씩
주님의 은혜 속으로 들어가게 하소서

세상의 화려함 속에 빠져들고 싶은 충동에서 벗어나
마음이 가난한 구도자의 길로 인도하시는
주님의 음성을 듣게 하소서

주님을 간절하게 사모하게 하시고
날마다 한 걸음씩 날마다 한 걸음씩
주님의 은혜 속으로 인도하소서

삶의 즐거움을 갖게 하소서

일상의 사소한 일들 속에 파묻혀
늘 기가 눌리고 걱정에 짓눌려 살아가는
따라지목숨이 되지 않게 하시고
주 안에서 기쁨과 즐거움을 갖게 하소서

아무 즐거움 없이 일에 파묻힌
일벌레로 일생을 끌려다니지 않게 하시고
몰골이 흉해지고 자신감을 잃어
절망하거나 낙심하지 않게 하소서

하나의 목표에 모든 열정을 다 쏟아
두려움을 견디고 이겨내며
성취하는 기쁨을 갖게 하시고
모순되는 애매한 생각들로 인해
마음이 흐트러지거나 번민하지 않게 하소서

여러 가지 생각들 속에서
갈등을 조장하거나 사소한 일에 반항함으로
일을 그르치지 않게 하소서

모든 일을 잘 감당할 수 있는 일로 여겨
즐거운 마음으로 일하게 하시고
삶 속에서 언제나 즐거움을 캐낼 수 있는
믿음을 가진 광부가 되게 하소서

주님의 자비하심을 체험하게 하소서

주님을 향한 나의 마음이
성령의 은혜로 정결하게 되어
삶이 만족되고 아름답게 변하게 하소서

죄악의 덤불 속에서 뒹굴던
내 마음 한복판의 더럽고 추한 모든 것을
주님께서 씻어주심을 믿으니
주님의 자비하심을 체험하게 하소서

주님의 말씀을 굳건히 지켜나가게 해주시고
어려움을 한 고비 한 고비 넘길 때마다
믿음을 견고하고 온전하게 하여 주시고
진리의 자유가 늘 함께하게 하소서

주님의 사랑을 받기 위하여
마음을 모아 드리게 하시고
주님의 택하심에 감사하게 하소서

아무리 가파른 언덕길을 가더라도
주님의 손길로 성결하게 죄 씻음을 받게 하시고
주님의 자비하심을 체험하게 하소서

교사의 기도

아이들의 맑은 눈망울 속에
꿈과 희망이 가득하게 하소서

아이들의 밝은 얼굴에
항상 웃음꽃이 활짝 피게 하소서

아이들의 순결한 마음이
주님의 마음을 닮게 하소서

아이들의 깨끗한 손이
주님의 섬김을 나타내게 하소서

아이들의 발길이
주님의 삶의 발자취를 따르게 하소서

아이들의 삶 속에
주님의 사랑과 은총이 가득하게 하소서

화가 무척 날 때

화가 무척 날 때에도
나의 입술에 거짓말이 없고 진실하게 하소서

아무런 이유 없이 상처받아
화가 치밀어 오를 때에도
성깔을 부리며 욕되게 하지 않게 하소서

욕을 욕으로 받거나 악을 악으로 받지 말고
성도답게 이겨내게 하소서
쓸모없는 죄악의 껍질을 벗고
모든 것을 회개하여 구원받게 하소서

주 안에서 믿음으로 굳건히 서서
죄와 한통속이 되거나
종의 멍에를 메지 않게 하소서

어둡고 황량한 죄가 아니면 모든 것을
용서하고 이해하고 받아들이게 하소서
수시로 늘어나는 죄에서 벗어나게 해주소서

쓸모없는 삶을 살지 않게 하시고
저주하는 자에게 도리어 축복할 수 있는
넓은 마음을 갖게 하소서

이 나라에 참된 부흥이 있게 하소서

주님을 온전히 신뢰하게 하소서
나약함에 빠져 있으면
한순간에 무너지오니 붙잡아주소서

주님께 기도함으로 성령의 역사 속에서
이 나라에 참된 복음의 부흥이 일어나게 하소서

성령의 은혜가 파도치게 하시고
성령의 은혜가 바람으로 불어오게 하시고
성령의 은혜가 소낙비처럼 쏟아지게 하소서

단 한 번뿐인 삶을 보잘것없이 살지 않고
의미 있고 감동 넘치게 살게 하여 주소서
모든 이들이 입으로 주님을 찬양하며
하나님을 향한 열심을 내게 하소서

모든 이들이 몸과 마음으로 경배함으로
모든 이들이 온전히 회개함으로
주 예수께로 돌아오게 하소서

이 나라 이 민족과 교회에
불길 같은 성령의 역사로
참된 부흥이 일어나게 하소서

주님의 일에 기대감을 갖게 하소서

아무런 변화 없이 아무런 기대 없이
삶을 민숭민숭하게 살아감으로
힘없고 의미 없는 인생이 되지 않게 하소서

꿈과 비전을 갖고 기도함으로
나의 삶 속에서 주님께서 이루어주실 일들에
기대감을 갖고 최선을 다하게 하소서

주님의 능력으로, 주님의 사랑으로
내가 할 수 있는 일보다
더 많고 놀라운 일들을 하게 하소서

주님의 십자가 사랑의 불길이
나의 심장까지 타오르게 합니다
나에게 허락하신 삶의 달란트를
더욱더 남김이 있게 하여 주시고
날마다 기도함으로 놀라운 변화를 일으키시는
주님의 섭리와 인도하심을 기대하며 살게 하소서

사소한 일에 분노하지 않게 하소서

아주 작고 사소한 일에 흥분하여
함부로 분노하지 않게 하시고
별것 아닌 일에 좌절하지 않게 하시고
쓰러져 죄악 속에 살지 않게 하소서

길가의 풀잎에도 생명을 주시는 주님
작고 사소한 일에 분노하며 쉽게 흥분하지 않게 하시고
죄가 함부로 내 마음을 짓이기지 않게 하소서

그냥 스쳐 지나가도 좋고
못 본 척하며 사랑으로 감싸주어도 좋을 일들을
함부로 들춰내 남에게 상처 주지 않게 하소서

죄와 허물은 내 마음대로 가릴 수 없으니
죄를 용서하시고 허물을 덮어주시는
주님의 사랑의 마음을 닮게 하소서

사소한 일에도 우쭐대거나
교만하거나 자만하지 않게 하시고
주님의 사랑을 베풀며 살게 하소서

혼자 있는 즐거움을 갖게 하소서

오, 주여!
때로는 혼자 있는 즐거움을 갖게 하소서
고요히 주님의 말씀을 묵상하며
주님께 기도함으로 성령 충만으로
마음에 번져오는 영혼의 기쁨을 누리게 하소서

주 안에서 항상 기뻐하고 범사에 감사하며
주시는 은총에 즐거움을 갖게 하소서
분주하고 복잡한 일들 속에서 벗어나
주님과 함께할 수 있는 시간을 갖게 하소서

혼자 있는 시간을 기도 시간으로,
주님과 영적인 깊은 교제를
나눌 수 있는 시간으로 갖게 하소서

혼자 있는 시간에 기도하고
말씀을 묵상함으로 삶의 길을 인도받으며
어떻게 살아야 할지 깨닫게 하여 주시고
지도를 받아 바르게 살게 하여 주소서

주님께서 채워주소서

내 마음이 텅 비어 있어도
기도하며 주님이 채워주심을 기다리게 하소서

죄가 썩어가며 나는 냄새에 괴로워도
회개하고 용서받지 못하면
지옥의 무덤으로 들어갈 수밖에 없습니다

죄가 둘러친 울타리는 죄를 지을수록
더욱 견고히 주님께 나아가는 길을 막습니다
죄는 주님을 바라볼 수 없도록
폐쇄된 공간에 나를 가두려 합니다

근심과 걱정 속에 죄의 복면을 쓰고 살아가면
달라지는 것은 아무것도 없습니다
주님 이름으로 모든 것을 회개하고
주님의 채워주심을 간구해야 합니다

텅 빈 마음을 가득 채워주시고
우리의 삶을 새롭게 하시는
주님께 무한 감사를 드려야 합니다

날마다 기쁨이 넘치게 하소서

내 마음을 주님께 온전히 드림으로
날마다 기쁨이 넘치는
거룩한 성도의 삶을 살게 하소서
욕심과 허영과 환상 속에서 살아
공허와 허탈 속에 좌절하지 않게 하소서

회개의 눈물로 깨우쳐주셔서
사랑의 마음을 갖게 하시고
움켜쥐고 갖고자 하기보다는
나누고 배려하는 삶을 통하여
그리스도인의 삶을 살아가게 하소서

온유와 절제와 근신 속에 살아가며
주님의 은혜로 놀라운 감격 속에서
날마다 살게 하소서

내주하시는 성령께서 주시는 은혜로
내 마음에 잔잔하게 흐르는 평안으로
날마다 기쁨이 넘치는 삶을 살게 하소서

나사렛 예수 그 한 분으로

나사렛 예수 그 한 분으로
내 삶에 얼마나 놀라운 변화가
일어났는지 알게 하소서

크나큰 모습으로 나에게 다가오심으로
지극히 작은 나의 소망과 꿈과 삶이,
그 모든 것이 새롭게 달라졌습니다

나사렛 예수 그 이름으로
죄악에 덜미 잡혀 있던 내 영혼을
죄에서 해방시켰습니다

나사렛 예수 그 이름으로
예수 그리스도의 좋은 병사가 되어
주님과 함께 고난을 받게 되었습니다

나사렛 예수 그 이름으로
구원받은 놀라운 축복이 함께하니
삶의 큰 기쁨과 행복이 됩니다

나사렛 예수 그 이름을
전할 수 있는 믿음을 갖게 하셨으니
생명의 복음을 담대히 전하게 하소서
아멘!

주님이 나에게 없으면

주님이 나에게 없으면
나는 초라하고 아무 쓸모가 없는
깨지고 상처 난 빈 그릇일 뿐이오니
주여, 나를 인도하여 주소서

주님이 나에게 없으면
욕심에 걸신들려 더럽혀지고 버려진
나약하고 낡은 그릇일 뿐이오니
주님을 닮아가는 삶을 살게 하소서

주님이 나에게 없으면
지상의 삶도 의미가 없고
영원한 천국에 갈 소망도 없으니
삶 자체가 아무런 소용없습니다

나를 새롭게 고쳐주시고
나를 깨끗이 씻어주사
주님의 필요하심에 따라 쓰임을 받고
맡은 자로서 충성을 다하게 하소서

주님을 만남이 축복이 되게 하소서

우리에게 불어오는
죄 된 바람이 떠나고 사라지게 하소서
성령의 바람이 불어와
새 생명의 신선하고 산뜻한
주님의 손길을 느끼게 하소서

홀로 견디기에는 늘 두려움 많은 세상살이에서
내 마음을 애태우는 모든 것들이 부질없으니
나를 부르시는 주님의 음성을 듣게 하소서

빛으로 다가오는 주님의 놀라운 사랑에
고마움과 감사함을 느끼게 하소서

주님을 만남이 놀라운 축복의 통로가 되어
주님의 사랑 속에 소중한 삶을 살게 하소서

주님을 만남이 믿음의 통로가 되어
항상 강하고 담대하게 믿음으로 살게 하소서

좁은 길로 인도하소서

주님을 떠나 죄를 지으며
캄캄하고 어두운 골목에서
더럽고 후미진 골목에서
방황하지 않게 하소서

길이요 진리요 생명이신 예수 그리스도
주님께서 인도하시는 좁은 길로, 생명의 길로,
하늘나라 천국으로 인도하소서

그 길이 겉보기에는 아무리 좁은 길일지라도
가장 넓은 길, 구원의 길입니다

사랑과 진리와 은혜가 충만하고
소망이 가득한 길이오니
좁은 생명의 길로 가게 하소서

주님의 은혜가 가득한 구원의 길,
새 생명의 밝은 길로 인도하소서

주님께서 늘 함께하여 주시는
좁은 길로 인도하소서
하늘나라 천국으로 인도하소서

주 안에서 행복합니다

주님께 속삭이듯 기도드리는
내 마음의 고백을
주님은 기뻐 받으시고 빙그레 웃으십니다

주님께 간절하게 기도드리면
주님이 기뻐하시고 응답해주시는
행복한 삶을 살고 싶습니다

꿈이라도 좋습니다
주님이 날 사랑하시고
주님이 날 바라보시고 웃으신다면
나는 주 안에서 언제나 행복합니다

생시라도 좋습니다
주님이 날 기억하시고
주님이 응답하시고 기뻐하신다면
나는 주 안에서 날마다 행복합니다

언제라도 좋습니다
주님이 동행하시고
주님이 축복하시고 칭찬하여 주신다면
나는 주 안에서 항상 기뻐할 수 있습니다

나의 마음을

주님 앞에 나의 마음을,
죄지은 온 마음을 회개하며
다 비워내게 하소서

죄는 주님을 배신하는 행동입니다
죄는 죽음을 몰고옵니다

죄악이 나를 괴롭히는 것은
한숨과 눈물로 해결되지 않습니다

죄악은 안타까움으로도 해결되지 않고
오직 주님의 이름으로
회개해야만 모든 것이 해결됩니다

죄의 안개에 싸인 나를 돌아보아주소서
죄의 틈새마다 죽음이 스며들어 가득하오니
주여, 나를 죄악에서 건져주소서

주님께서 나에게 은혜를 모자람 없이
흘러넘치도록 채워주심을 믿게 하소서

무거운 짐을 나눠 지게 하소서

우리들의 삶의 무거운 짐을
서로 나눠 지는 사랑의 마음을 갖게 하소서

홀로 지면 무겁고 힘든 것들도
나눠 지면 행복과 기쁨으로 바뀌는 것을 보고
서로 한마음이 되어 사랑하게 하소서

주 안에서 서로 사랑함으로
우리 영혼을 주님께서 사랑하여 주심을
믿고 따르게 하소서

죄 속에서 아무리 괴로워해도
기도하지 않으면, 믿지 않으면
주님은 너무나 멀리 있습니다

우리의 부족함을 깨닫게 하사
더욱더 큰 믿음으로 영혼의 짐을
주님께 모두 다 맡기게 하소서

우리가 살아가며 지어야 할
삶의 무거운 짐을 서로 나눠 지며
그리스도인의 사랑의 삶을 살게 하소서

늘 준비된 삶을 살게 하소서

하루하루의 삶을 항상 서두르며
서툰 몸짓으로 살아가지 않게 하소서

천지만물을 예비하시고 준비하시고
날마다 새롭게 하시므로
모든 것들을 질서 있게 운행하시는
주님의 섭리를 따르게 하소서

하루하루의 삶을 살아갈 때
말씀으로 영혼의 양식을 준비하게 하시고
기도함으로 인도하심을 받게 하소서

찬양함으로 기쁨 속에 살게 하시고
늘 주님 안에서 자랑스러운 성도의 삶을 살게 하소서

늘 깨어 기도하며 성도로서 본분을 다하고
주님의 일에 최선을 다하기 위하여
주님의 사명을 감당하기 위하여
기도와 말씀으로 준비된 삶을 살게 하소서

주님을 알고 나서

주님을 알고 믿고 나서
내 삶의 이야기를 쏟아놓을 수 있는
기도 시간을 가질 수 있음으로 즐겁습니다

떠가는 구름 같고
바람처럼 불어왔다 가는
짧게만 느껴지는 세월 속에서도
내 마음에 소망을 주소서

즐거움 속에서
내일은 주님이 어떻게 일하실까
기대하게 하심이 행복합니다

주님을 알고 나서
주님을 영접하고 나서
강인한 믿음 속에 진정한 나를 찾고
구원을 받은 은혜 속에 살아감이 참 기쁩니다

주님께 찬양하고 예배드리면
구원의 확신과 살아갈 힘을 얻고
영생의 기쁨을 맛보며 천국 백성으로
살아갈 힘과 용기가 솟아납니다

나를 바라보고 계시는 주님

오, 주님!
죄가 나를 바라보며 손가락질하고 있습니다
너는 죄인이라고, 종이라고 조롱하고 있습니다
죄악의 부르짖음에 혼란스러워 지쳐 있습니다

주님 앞에는 숨길 것이 하나도 없습니다
나만이 느낄 수 있는 주님의 눈빛
주님은 나를 창조하시고
나를 늘 새롭게 하시는 놀라운 분이시기에
나의 모습을 있는 그대로 보여드립니다

나를 바라보고 계시는 주님 앞에,
나를 너무나 잘 알고 계시는 주님 앞에는
숨길 것이 하나도 없습니다

나만이 느낄 수 있는
나를 사랑하시는 주님의 마음을 잘 알기에
나의 모습 있는 그대로 보여드립니다

주님의 손을 꼭 잡고 살고 싶다

다 잡다 놓친 날들의
안타까움을 뼈아픈 아픔으로
가슴에 새겨두고 있다

주님께 더 가까이 다가가며
모든 어려움을 극복하며 살아가고 싶다

너무나 멀리 떨어져 있는 듯한
마음이 들 때
절망의 고뇌 속에
고통이 가득해짐을 알고 있다

나의 사는 동안에 언제나
주님의 손을 꼭 잡고 살고 싶다

주님을 의지하며
주님을 신뢰하는 믿음으로 사는
하나님의 친백성, 거룩한 성도가 되고 싶다

분노에 사로잡히지 않게 하소서

죄와 허물로 죽어가던 자를 살리신 주여
우리의 마음이 부글부글 끓어오르는
분노에 사로잡히지 않게 하소서

미친 듯이 소리를 지르고 싶고
화가 나 분풀이를 아무에게나 하고 싶은
잘못된 충동에서 벗어나게 하소서

분노를 삭이지 않으면
사랑을 볼 수 없고
사랑을 할 수 없으니
마음을 차분히 가라앉게 하소서

분노는 한 번 왔다가 지나가는
감정의 폭풍우일 뿐 아무것도 아니니
불행을 만드는 쓸모없는
분노에서 벗어나게 하소서

거룩하고 흠이 없게 하여 주시고
지혜와 총명이 넘치게 하사
우리의 온유한 마음으로
분노를 잠재우게 하소서

삶을 즐겁게 살게 하소서

자유롭고 평범하게 흘러가는 일상일지라도
웃음을 찾아 기쁨을 소유하며
삶을 즐겁게 살게 하소서

매일 똑같이 맴돌고 있는 삶일지라도
웃음을 찾아 기쁨을 소유하며
삶을 즐겁게 살게 하소서

주님의 부르심의 소망을 알게 하시고
주님의 크신 능력을 깨닫게 하여 주소서

주님이 주신 능력과 내가 알지 못하던
숨어 있는 능력을 찾아내어 행하는 믿음 속에
기쁨을 마음껏 누리게 하소서

나에게 기쁨이 있다면 남에게 나누어주고
나에게 슬픔이 있다면 나도 함께 나누어 지며
그리스도인으로 삶을 즐겁게 살게 하소서

이 세대를 본받지 않게 하소서

주님, 죄로 오염된
이 세대를 본받지 않게 하소서

나를 어리석고 방탕하지 않게 하시고
분별도 염치도 없고 의리도 사랑도 없는
악한 세대를 본받지 않게 하소서

주님께서 한 소망 안에서 나를 부르셨으니
주 안에서 선하게 살게 하사
사랑의 근본이신 주님을 본받게 하소서

마귀의 간계를 이기게 하시고
선한 마음으로 악을 몰아내게 하사
심령이 새롭게 변화되고
주님의 거룩한 보혈로 구원받게 하소서

주님의 자녀답게 구별된 성도의 삶을 살아
주님을 아는 지식이 매일 자라나게 하시고
주님의 사랑의 빚 외에는 아무 빚도 지지 않게 하소서

준비된 삶을 살게 하소서

잠들어 있는 나를 깨우는 자명종 소리를
듣기 싫어하는 게으른 마음이 생기지 않게 하시고
늘 부지런하여 삶에 후회가 없게 하소서

늘어지게 푹 자고 싶은 나태함에서 벗어나
매사에 부지런하게 하소서
자꾸만 나태해지는 나를 일깨워주사
믿음으로 행하여 세상을 이기게 하소서

깨워야 일어나는 습관이 아니라
아침이면 스스로 잠에서 일어나게 하시고
열심을 내어 부지런한 삶을 살게 하소서
누가 시켜서 일을 하기보다 스스로 찾아 일하고
무작정 일하기보다 계획을 실천하게 하소서

간절한 기대와 소망을 따라
한 발짝 먼저 준비함으로 실수하지 않고
삶의 여유를 갖게 하여 주소서
늘 바쁘게 허둥지둥 정신 못 차리고 살기보다
준비된 부지런함 속에서 살게 하소서

날마다 그 어느 시간에도

날마다 그 어느 시간에도
이 순간이 부끄럽지 않도록
오늘을 뜨거운 마음으로 살게 하소서

자나 깨나 주님의 사랑에 푹 젖도록
주 안에서 살게 하시고
자나 깨나 가족 사랑에 풍덩 빠져
사랑을 나누며 살게 하소서

나의 눈망울 속에
주님의 자비로우신 모습이 보이고
나의 마음에 주님의 흔적이 있게 하소서

삶의 한순간 한순간마다
지금의 나를 바라보아도
이 순간의 삶이 부끄럽지 않게 하소서

영혼이 잘됨같이 범사가 잘되고
영육이 강건하며 믿음 속에서
주님을 소망하며 살게 하소서

주님의 일을 즐거워하게 하시고
항상 기뻐하고 범사에 감사하며
하나님의 거룩한 백성으로 살게 하소서

행복을 원한다면

행복을 원한다면 막막한 세상살이 속에서도
마음속에 주님을 향한 그리움을 갖게 하소서

진리 안에서 행하며 주님께서 주시는
하늘의 축복을 누리며 살게 하소서
믿음과 사랑으로 항상 기뻐하는
성도의 삶을 살게 하소서

세상이 뿌리째 뒤집혀지기를 바라기보다는
내 마음부터 새롭게 변화가 되어
주님의 온유하고 겸손하신 마음을 닮게 하소서

주님을 떠올리기만 해도
가슴이 따뜻해지고 마음이 행복해지오니
생명의 말씀대로 살 수 있는 믿음을 주소서

주님이 내 마음을 만지심을 체험하며
행복 속에서 따뜻하고 평안하게 살게 하소서
주님이 나의 삶을 인도하심을 체험하며
복음 속에서 생명의 기쁨을 누리게 하소서

하나님의 은혜로 행복하며
흔들리지 않는 견고한 믿음 속에서
보다 성숙한 성도의 삶을 살게 하소서

부드러운 마음으로 살게 하소서

거칠고 힘센 것만 강한 것이 아니니
부드러운 마음으로 감싸줄 수 있는
넓고 깊은 사랑을 허락하소서

강하기만 하면 부러질 수 있으니
부드러움 속에 스며들고
흘러들어가 닿을 수 있게 하소서

상처받은 마음들을 치유하여 주시고
추하게 살지 않게 하여 주시고
함부로 대하여 상처 주지 않게 하소서

늘 사랑하는 마음으로 이해하고 감싸주며
따뜻하고 부드러운 마음으로 덮어줄 수 있는
온유하고 겸손한 마음을 주소서

친밀감을 느낄 수 있게 하시고
부드러움 속에 따뜻한 마음을 갖게 하시고
힘들고 어려울 때 서로 도우며 살게 하소서

믿음 안에서 흠이 없고 순전한
빛의 자녀로 살게 하시고
삶 속에서 날마다 행복을 증진시키며
그리스도의 날에 자랑이 되도록 살게 하소서

주 안에서 항상 기뻐하게 하소서

세상에서 들려오는 소식은
기쁨의 소식보다 슬픔과 고통과
절망과 죽음의 소식뿐이지만
우리는 주님으로 인해 구원받았으니
믿음의 길목에서 항상 기도하게 하소서

인내와 연단과 소망 속에서
내 마음의 중심이 되시는 주님
인도하시는 그 은혜 속에
깨어 있든지 자고 있든지 항상 함께하소서

기도의 끈을 잘 묶고 풀게 하소서
믿음의 끈을 잘 묶고 풀게 하소서
찬양의 끈을 잘 묶고 풀게 하소서
예배의 끈을 잘 묶고 풀게 하소서

우리가 주 안에서 화목을 얻었으니
주님의 보살핌으로 인해
온 영과 혼과 몸이 주의 날까지
잘 보전되어 천국에 가게 하여 주소서

서로 권면하고 덕을 세우며
평안한 삶을 살게 하시고
열심을 품어 주를 섬기게 하소서

주님은 포도나무

주님의 은혜를 풍성하게 내려주소서
주님은 포도나무요 우리는 가지니
영원히 남을 열매로 잘 자라게 하사
하나님의 영광을 찬양하게 하소서

주님의 눈길이 닿는 곳마다
주님의 축복이 되게 하소서
주님의 손길이 닿는 곳마다
주님의 축복을 받게 하소서
주님의 발길이 닿는 곳마다
주님의 축복을 원하게 하소서

내 마음 중심에
주님의 은혜가 나타나게 하소서
내 마음 중심에
주님의 사랑이 나타나게 하소서

하루하루 소중한 날마다
삶 속에 깊이 새겨지는
주님의 흔적을 자랑하게 하소서

주님은 나의 구주시니
날마다 풍성한 열매를 맺게 하소서

겸손하게 낮추며 살게 하소서

아무것도 아니면서 혼자 뽐내거나
우쭐대며 교만하지 않게 하시고
아무것도 아닌 일에 근심하지 않게 하소서

예수 그리스도를 아는 지식이 쌓여가므로
삶의 자세를 낮추어 늘 겸손하게 살게 하소서

높아지려고 하면 모두 곁을 떠나고
홀로 외로운 삶을 살게 되오니
더 낮아지게 하사 서로의 마음을 나누며
겸손하게 살게 하소서

잘난 척하며 우쭐거리는 어리석음은
결국에는 초라할 뿐이오니
아무리 대단한 것도 돌아서면 잊혀지고
모두가 떠나감을 알게 하소서

낮아지면 모두가 다가오고
즐거운 삶을 살게 되오니
더 겸손하고 낮아지게 하사
서로 사랑을 나누며 살게 하소서

지금 내가 주님의 이름으로

지금 내가 주님을 알고
주님을 믿으며 주님을 사랑할 수 있음은
얼마나 놀라운 은혜이며
얼마나 놀라운 축복입니까

지금 내가 주님의 이름으로
어떤 형편에서도 기도할 수 있게 하소서

지금 내가 주님의 이름으로
어떤 처지에서도 찬양할 수 있게 하소서

지금 내가 주님의 이름으로
어떤 상황에서도 기도할 수 있게 하소서

지금 내가 주님의 이름으로
복음을 전할 수 있음이
얼마나 놀라운 축복이며 은혜입니까

이 마음이 주님의 날이 오기까지
이 마음이 주님의 나라에 이를 때까지
지켜지며 변하지 않게 하소서

약속을 지키며 살게 하소서

아주 작게만 보이는 약속들도
소중하게 생각하며
약속을 꼭 지키는 습관을 갖게 하소서

나에게 다른 사람이
약속을 지키지 않았을 때
불쾌함과 야속한 마음이 드는 것을 기억하고
사람들과의 약속을 지키며 살게 하소서

시간의 약속,
물질의 약속,
사랑의 약속,
믿음의 약속,
기도의 약속,
수많은 약속들 속에 신뢰가 있으니
약속을 지키는 일들이 습관이 되게 하소서

기도함으로 주님과의
교제의 약속도 지켜나갈 수 있는
순결한 믿음을 주소서

가치 있는 삶을 살게 하소서

우리가 크나큰 욕심과 갈망으로 인해
옹졸한 마음을 가지고 몸부림치며 살 것이 아니라
주님이 원하시는 믿음의 삶을 살아가는
복된 성도가 되기 위한 갈망으로 살게 하소서

온갖 모순과 절망 속에서도 우리의 삶에
주님의 섭리가 온전히 이루어짐으로
가치 있는 삶을 살게 하소서

하나님의 뜻과 섭리를 따라 살게 하시고
분주하고 바쁜 삶 속에서도
욕심과 욕망을 채우느라
주님을 배반하지 않게 하소서

우리의 소망을 기뻐하시고 들어주심은
주님의 은총이오니 주님의 뜻을 따라
가치 있는 삶을 살게 하소서

내 마음의 눈을 열어
삶이 힘들고 지칠 때 허기와 공복 속에서도
주님만을 온전하게 바라보게 하소서
이 세상 떠나갈 때 가져갈 것 하나 없으니
헛된 욕심으로 죄짓지 않게 하시고
하늘 소망 속에 천국을 사모하며 살게 하소서

오늘을 아름답게 살게 하소서

오늘을 아름답게 살게 하소서
오늘을 멋지게 살게 하소서
오늘을 신나게 살게 하소서

지나간 것들을 쓸데없이 기억해내어
고민이나 고독에 빠지지 않게 하소서
내일을 소망하고 즐겁게 살게 하소서

하늘 위의 것을 생각하고
땅의 것을 생각하지 않으며
삶 속에서 불필요한 것들을 잊게 하소서

죄악의 더러운 찌꺼기가
너무나 많이 남아 있으면
살아감에 걸림돌이 되오니
내일을 향하여 소망을 갖고
삶 속에서 불필요한 것들을 지우게 하소서

홀로 외로울 때 기도하게 하소서
홀로 쓸쓸할 때 기도하게 하소서
홀로 답답할 때 기도하게 하소서
홀로 서러울 때 기도하게 하소서

감사함으로 기도를 계속하고

선한 일에 열심을 다하며
사랑의 좋은 기억들과
아름다운 추억들을 남기기 위하여
오늘을 아름답게 살게 하소서

생명 길을 보여주소서

주님의 이름으로 건강하게 하여 주시고
주님의 이름으로 구원하여 주셨으니
주님께서 새 생명의 길을 보여주소서

오직 예수, 오직 믿음으로
오직 기도, 오직 찬양, 오직 예배로
좁은 길일지라도 구원의 길을 가게 하소서

주님께서 내 마음속에 착한 일을 행하셨으니
주님의 날까지 완성시켜주시고
선하신 성품을 날마다 닮아가게 하여 주소서

은혜로 받은 하나님의 말씀에
믿음을 든든히 세워주시고
주님 앞에 바른 마음이 되게 하소서

죄로부터 해방되고 의의 종이 되어
죄가 주장하지 않게 하여 주시고
율법 아래서 살지 않고 은혜 속에서 살게 하소서

주님과의 관계를 바르게 하여 주시고
거룩함과 존귀함에 흠이 없게 하시고
새 생명의 길로 인도하여 주소서

주님 앞에 기쁨이 충만하게 하소서

주님께서 허락하신 선한 양심에 따라 살게 하소서
온갖 박해와 환난이 있을지라도
믿음으로 무기력과 좌절과 절망에서 벗어나
주님이 내려주시는 은혜 따라 살게 하소서

욕심 없는 순수한 기도를 드리게 하사
거룩함에 이르는 열매를 맺게 하소서

기도 시간이 하나님의 은혜를
체험하고 받아들이는 시간이 되게 하소서
기도 시간이 주님과의 연결을
더욱 깊어지게 하는 시간이 되게 하소서

나의 삶이 세상에서 오는 기쁨보다
주님으로 오는 기쁨으로 충만하게 하소서

죄에서 해방되어 거룩함에 이르는
아름다운 은혜의 열매를 맺게 하소서
우리를 굳건하게 하시고
악한 자들에게서 구원하여 주소서

은혜와 믿음으로 구원받게 하시니
주님 앞에서 하늘 기쁨이 충만하게 하시고
주 안에 있는 영생을 얻게 하소서

주님이 주시는 은혜를 사모하게 하소서

내 영혼이 간절히
내 마음이 간절히
주님이 주시는 은혜를 사모하게 하소서

진리의 말씀을 옳게 분별하여
불법의 붙잡힘에서 놓임을 받고
죄악의 바람에 흔들리지 않고
죄에서 멀리 떨어지게 하사
거짓 없는 믿음 안에서 살게 하소서

죄를 짓고 두려워하며 초조하게 살기보다
예수 이름으로 회개하고 은혜를 받아
아무 두려움 없이 평안하게 살게 하소서

나의 삶이 세상의 흐름에 따라
흘러가지 않게 하시고
주님을 송축하고 찬양하며
소망하고 기뻐하며 살아가게 하소서

세상의 망령되고 헛된 것을 버리고
거룩하고 경건하여 복되신 주님을 찾게 하시고
날마다 내 영혼이 간절히
주님이 주시는 은혜를 사모하게 하소서

주님은 나의 구주이십니다

풀잎의 이슬같이 한순간뿐인 삶을
소중하고 의미 있게 살게 하여 주소서

주님을 만나 넘치는 기쁨 속에
영원한 생명으로 구원받게 하시니
주님은 감당할 수 없는 사랑을 듬뿍 주시는
나의 구주이십니다

가혹하도록 철저하게 죄에서 떠나게 하소서
몰인정하도록 분명하게 죄에서 떠나게 하소서
확실하게 죄에서 떠나게 하소서
흔적도 없이 자취도 없이 죄에서 떠나게 하소서

불어왔다 떠나가는 바람같이 한순간뿐인 삶을
성실하고 보람되게 희망 속에서 살게 하소서

복음의 하나님의 의가 나타나서
의로서 의에 이르니 더욱 의롭게 하시고
믿음으로 믿음에 이르니 믿음으로 살게 하소서

주님을 만나 끝없는 사랑으로
영원한 천국에 초대받게 하시니
주님은 나에게 변치 않는 사랑을 풍성하게 주시는
나의 구주이십니다

구원받는 사람들이 더해지게 하소서

이 땅에는 아직도 수많은 영혼들이
길을 잃고 있으니 저들을 인도하여 주소서
우리가 주님의 인도하심과
주님의 일을 하게 됨을 자랑하게 하소서

생명의 복음으로 인도되어
구원에 이르는 지혜를 얻게 하사
구원받는 사람들의 수가 날마다 더해지게 하소서

복음을 전하는 입술이 되어 선한 일에 동참하고
주님의 영광과 존귀와 평강 속에
이웃의 구원을 위해 힘쓰게 하소서

믿음의 생활 속에서 빛과 소금으로
덕을 세우고 선을 행하게 하소서
기도가 복음을 전하는 고백이 되게 하소서

기도는 마음을 가볍게 해주고
기도는 마음에 평안을 주고
기도는 주님을 의지하게 만들어줍니다

길 잃은 사람들이 주께로 돌아오게 하사
교회가 주님 은혜로 평안하여
구원받는 사람들의 수가 날마다 더해지게 하소서

주님의 눈빛과 마주치게 하소서

나의 시선이 죄악에 머물지 않게 하소서
나의 시선이 주님만을 바라보게 하소서

가장 슬픈 것은 죄짓는 마음이며
가장 슬픈 것은 주님을 떠나는 마음이며
가장 슬픈 것은 천국을 포기하는 불신입니다

언제나 주님을 소망하며
내 마음을 겨냥하여 다가오는
주님의 눈빛과 마주치게 해주셔서
내 마음이 뜨거워지게 하소서

나의 시선이 악한 곳으로 향하지 않게 하시고
주님의 긍휼하심으로
선하신 주님의 뜻을 따라 움직이게 하소서

나의 시선이 죄악으로 향하지 않고
언제나 순수한 생명의 빛을 바라보게 하소서
믿음으로 마음을 깨끗하고 순결하게 하사
주 예수를 믿고 구원받게 하여 주소서

주님을 향한 목마름이 있게 하소서

거칠고 험난한 삶을 살면서
늘 갈급하고 간절한 마음으로
기도하며 살아가게 하여 주소서
주님을 향한 목마름이 있게 하소서

내 입으로 예수를 주로 시인하고
죽은 자 가운데서 살려주시는
부활의 믿음을 갖고 구원에 이르게 하소서

내 마음의 우물을 은혜와 사랑으로 채워주시고
내 마음의 샘이 축복으로 흘러넘치게 하소서

죄악이 손가락질하며 비웃는 소리가 가득하며
죄 속에 억눌린 마음이 아무리 괴롭더라도
주님을 멀리 떠나가지 않게 하여 주소서

죄 속에는 주님의 사랑이 머무르지 않으니
뜨거운 눈물로 회개하여 구원받게 하소서

주님의 손길을 원하게 하소서
나의 연약함이 주님의 인도하심을 받아
주님을 향한 목마름이 되게 하소서

주님께서 우리와 늘 함께해주소서 1

우리에게 일용할 양식을 주시는 주님
우리와 늘 함께하여 주시기를 원합니다
우리에게 필요한 것들을 채워주셔서
부족한 사람들에게 나눠줄 수 있는
믿음과 사랑을 주시기를 원합니다

그리스도인이 궁핍하고 병든 삶을 살아간다면
누가 우리가 전하는 말을 믿고 주님을 믿겠습니까
웃음거리와 조롱거리가 될 뿐입니다

하나님의 자녀로서, 믿음의 성도로서
늘 신실하고 부지런하게 일하게 하소서
삶 속에서 즐거움을 느끼며
주 안에서 기쁨으로 살게 하소서

주님께서 늘 우리의 삶을 아시오니
우리의 생활이 궁핍하고 가난하지 않게 하소서
열심히 일하고 축복받아 넉넉하게 살 수 있게
주님께서 모든 것을 인도하여 주소서

주님께서 우리와 늘 함께해주소서 2

은혜의 주님!
우리에게 병이 있다면 기도함으로
주님의 도우심을 구하고 치료를 받아
건강해질 수 있도록 인도해주소서

우리에게 부족함과 나약함이 있다면 기도함으로
주님의 사랑을 시시때때로 체험하게 하소서
주님이 늘 동행하여 주심을 믿고 따르게 하소서
불신자에게 주님의 말씀을 담대히 전하는
복되고 기쁜 성도의 삶을 살게 하소서

남에게 기대어 사는 것은
하나님의 영광을 가리는 것이오니
나누고 베푸는 삶을 살게 하소서
모든 생활 속에서 친절과 덕을 세우게 하시고
말보다 실천하는 삶을 살게 하소서

우리가 나누는 삶을 살아가는 것은
주님이 베푸신 오병이어와 성만찬의 의미를 알기 때문입니다
우리가 사랑하며 사는 것은 주님의 사랑을 알기 때문입니다
다른 사람에게 도움이 되는 삶을 살게 하시고
어디서나 필요한 사람이 되고 기쁨과 희망을 주는
그리스도인의 삶, 성도의 삶을 살게 하소서

주님의 마음과 하나 되게 해주소서

죄악으로 닫혀 음산하고 차가운 내 마음을
용서를 통하여 활짝 열어주시는 주님
무한하신 은혜와 사랑을 감사드립니다

주님과 동떨어져 살지 않고
늘 가까이 살게 하여 주시고
내 마음을 활짝 열어주셔서
주님을 영접함으로 하나가 되게 하소서

기도를 드릴 때마다, 찬양을 드릴 때마다,
말씀을 묵상할 때마다
주님의 마음과 하나 되게 해주소서

이 세대를 본받지 않고
생명의 말씀에 다닥쳐서
주님의 마음과 하나 되게 해주소서

주님의 마음을 알게 하사
내가 주 안에, 주님이 내 안에
함께하심을 체험하며
복된 성도의 삶을 살게 하소서

영원한 생명을 주시는 주님

영원한 생명을 주시는 주님
내 마음을 어둠의 터널에서 벗어나게 하소서

빛 되신 주님께서 빛을 밝혀주시고
온갖 죄악을 보혈로 씻어내주셔서
거룩하신 주님만을 따르며 살게 하소서

생명의 소중함을 깨닫게 하시고
영생을 주신 주님께 감사하며 살게 하소서
하루하루가 소중한 삶의 시간들이오니
의미 있고 보람 있게 보내게 하여 주소서

나에게 맡겨진 일들에 충실하게 하시고
죄로 되돌아가지 않게 하시고
주님을 위하여 일하는 즐거움을 갖게 하소서

힘들 때에도 십자가의 고난을 묵상하며
위안을 받게 하시고 주님의 사랑으로 가득하여
어떤 어려움도 이겨내게 하소서
이 세상 어떤 것보다 고귀하고 강한
주님의 사랑을 듬뿍 받게 하소서

영원한 기쁨을 주시는 주님

우리로 하여금 복음을 알게 하시고
예수 그리스도의 이름으로 구원받게 하시고
영원한 기쁨을 주심을 감사드립니다

늘 건강할 수 있도록 인도하여 주시고
식사를 즐겁게 하고 웃으며 살게 하시고
책과 성경을 읽어 마음의 양식이 풍부하게 하시고
늘 기도함으로 성령 충만하게 하소서

우리가 살아도 주를 위하여
우리가 죽어도 주를 위하여
사나 죽으나 주의 것이 되게 하소서

성경 말씀 속에서 진리를 깨닫게 하시고
영혼의 자유를 누리게 하소서
믿음 속에서 주님을 바라보게 하시고
천국을 소망하며 즐거움 속에 살게 하소서

날마다 주님의 형상과 성품을 닮아가는
복된 삶을 살게 하소서

한 그루 나무 같다면

나의 삶이 한 그루 나무 같다면
하늘을 향하여 곧게 잘 자라는
한 그루 나무가 되게 하소서

나의 삶이 한 그루 나무 같다면
땅을 향하여 쑥쑥 뿌리내리는
한 그루 나무가 되게 하소서

빈 가지마다 아름답게 꽃이 피어나고
푸른 잎들이 자라나고
탐스러운 열매가 풍성하게 열리게 하소서

봄에는 꽃이 화려하게 피어나고
여름에는 잎들이 무성하고
가을에는 아름다운 열매를 맺고
겨울에는 잎들을 다 떨어뜨리고
홀로 서서 하늘을 향하여 기도하게 하소서

나의 삶이 한 그루 나무 같다면
하늘을 향하여 기도하는 모습으로 자라게 하소서

만사를 바르게 인도하시는 주님

모든 만사를 바르게 인도하여 주시는 주님
하루 중에 고요한 틈을 내어 기도하게 하소서

우리가 굳은 믿음으로 항상 기도하고
늘 감사함으로 깨어 있으며
주님의 뜻에 순복하게 하소서

만물에게 새 생명을 허락하시는 주님
하늘 위의 것을 바라보고
땅의 것을 원하지 않게 하소서

우리가 구원의 말씀을 따라
주님의 뜻에 순복하게 하소서
말에나 일에나 주님을 힘입어
거룩하신 하나님께 감사하게 하소서

모든 만물에게 사랑을 듬뿍 주시는 주님
우리도 주님을 깊이 사랑하게 하소서

만물에 평안을 가득 부어주시는 주님
우리가 날마다 팽창하는 믿음 속에서
복음의 참평안을 누리게 하소서

성령의 불로 뜨겁게 하여 주소서

오, 주님!
하늘의 태양을 뜨겁게 타오르게 창조하시고
온 우주를 비추며 빛나게 하시는
주님의 놀랍고 신비한 섭리를 믿습니다

오, 주님!
오순절에 초대 교회에 내리셨던
바람 같고 불같은 뜨거운 성령의 불로
내 마음을 타오르게 하사 모든 죄악이 소멸되게 하소서

죄지은 마음보다 무엇이 악하겠습니까
죄지은 마음보다 무엇이 슬프고 황량하겠습니까
죄지은 마음보다 무엇이 더 무겁고 두렵겠습니까

예수 그리스도의 지혜와 의와 거룩함 속에
생명의 말씀으로 단련된 흠 없고 거짓이 없는
건강한 믿음을 소유하게 하소서

오, 주님!
내 마음을 오순절 성령의 불로 뜨겁게 하여 주시고
예수 그리스도 외에는 아무것도 소망을 갖지 않고
오직 주님만을 바라며 하늘 소망으로 살게 하소서

나의 삶 속에 성령을 보내주소서

우리의 몸과 마음이 허망한 삶을 살아
쓸데없는 일들을 만들지 않게 하소서

믿음이 없는 헛된 말과
거짓된 지식에서 벗어나 반론을 피하게 하소서
새로운 지식을 주사 말씀을 깨달아 알게 하소서

영혼을 새롭게 할 수 있는 것은 성령뿐이오니
나의 삶 속에 성령을 보내주소서

성령의 충만함 없이는
주님의 이름을 부를 수도 없고
주님의 복음을 전할 수도 없으니
주여, 나의 삶을 성령 충만하게 하소서

혼자만 열심을 내어 살아가는 초라한 삶이 아니라
성령께서 인도하시는 충만한 영성의 삶을 살게 하소서

골고다 십자가를 바로 알게 하시고
주님의 뜻을 이루어갈 수 있도록
내 삶 속에 성령을 부어주소서

구원에 이르는 지혜

예수 안에서 경건하게 살게 하시고
예수 안에 있는 믿음으로 말미암아
구원에 이르는 지혜가 있도록
성령께서 우리를 인도하여 주소서

하나님의 감동으로 이루신 주님의 말씀을 배우고
교훈과 책망과 바르게 함을 온전히 깨달아
확신에 거할 수 있도록
성령께서 우리를 인도하여 주소서

하나님의 사랑으로 온전하게 되고
모든 선한 일을 할 수 있도록
성령께서 우리를 인도하소서

기도에 더욱더 매진하게 하여 주시고
성실한 삶을 살아 그리스도인으로 성장해가며
주님의 사랑과 영광을 나타내며 살게 하소서

성령께서 우리를 인도하여 주소서
우리의 마음과 생활 속에 은혜가
함께할 수 있도록 성령께서 인도하소서

그리스도 안에서 거룩하게 하소서

하나님의 말씀과 기도로
예수 그리스도 안에서 거룩하게 하소서

기도하는 언어가 순수하게 하소서
기도하는 언어가 진실하게 하소서
기도하는 언어가 투명하게 하소서

마음이 부패하여 진리를 잃어버리고
끝없이 허전한 죄 가운데 있을 때
우리를 부르신 주님
우리의 심령을 성령의 불길로 뜨겁게 하소서

갈급한 목마름으로
주님의 이름을 부르오니
은혜와 평강이 넘치게 하소서

어리석은 욕심에 빠져 있던 나의 우울함이
한꺼번에 달아나게 하여 주소서

세속적인 욕심으로 몸부림치던 우리에게
주님을 기다리는 믿음을 갖게 하소서
죄를 깨끗이 씻은 눈으로 주님을 보게 하소서

예수 안에서 하나가 되게 하소서

우리에게 풍성하고 복된 말씀 속에
믿음이 찾아오게 하사 같은 마음, 같은 뜻으로
오직 예수 안에서 하나가 되게 하소서

저주받은 자처럼 다툼으로 나눠지고
서로 헐뜯고 싸우면 오직 멸망뿐이오니
말씀으로 뭉쳐 하나가 되어
큰 믿음의 힘을 발휘하게 하소서

성도들이 모이면 힘써 간절하게 기도하고
흩어지면 예수 그리스도의 복음을
세상에 힘껏 전도하게 하소서
믿음으로 선한 싸움을 하고
선한 일을 행할 능력을 갖추게 하소서

나의 꿈과 비전과 신앙을 사단에게
결코 도둑맞지 않게 하여 주시고
사단이 어떠한 죄로 꼬이더라도
성령에 온전히 붙잡혀 살게 하소서

하나님의 진리를 구별하는 일꾼으로
예수 안에서 같은 뜻으로 하나가 되게 하소서
주님의 은혜로 기뻐하며 눈물에 젖으니
주님의 넓으신 품에 안기게 하소서

주님의 일에 힘쓰게 하소서

죄가 나에게 죄인이라고 부르며
지옥으로 끌어가려고 하오니
주여, 나를 붙잡아 구원하여 주소서
내 마음의 바닥을 보여드리오니
나의 죄를 용서하여 주소서

주님께서 자유를 주셨으니 늘 깨어 기도함으로
종의 멍에를 메지 않고 굳건히 서서
주님의 일에 힘쓰는 자가 되게 하소서

게으름 피우거나 딴청 부리지 않고
온 마음과 온 뜻과 온 정성을 담아
주님이 주신 사명을 잘 감당하게 하소서

외로운 들판에서 만난 주님의 사랑이 너무 크니
큰 사랑을 받은 자답게 슬기롭게 준비하며
주님의 일에 힘쓰는 자가 되게 하소서

복음을 전하라 부르셨으니
나의 사는 날 동안 언제 어디서나 사나 죽으나
주님의 일에 힘쓰는 자가 되게 하소서

초저녁 별이 뜨고 밤이 찾아옵니다
나에게 죄악의 밤이 찾아오지 않게 하소서

이 악한 세대에서 건져주소서

우리의 악독과 분냄으로 일어나는
죄악을 용서하여 주소서
죄악의 늪에 몸과 마음이 빠지지 않게 하소서

죄를 향하여 내 마음이 가지 않도록
죄의 눈에 뜨이지 않도록
악한 것은 모양이라도 버리고 멀리하게 하소서

위험과 두려움이 가득한 우리를
악한 세대에서 건져내어 구원하여 주소서
음란한 세속에 물들지 않게 하시고
온몸에 스며 있는 불순한 요소를 제거하게 하소서

우리의 죄 때문에 자기 몸을 속죄물로 드린
주님께 감사드리며 사랑합니다

우리가 사나 죽으나 주님의 것이 되게 하시고
주 예수 그리스도로 옷 입게 하시고
정욕을 위하여 육신의 일을 도모하지 않게 하소서

우리가 예수 그리스도로 구원받았으니
서로를 연민하며 용서하게 하소서

삶에 충실하게 하소서

늘 새롭게 살기를 원하면서도
나태해지고 게을러지는
나의 마음을 인도하여 주소서

충실한 일꾼으로 충성을 다하며
맡겨진 일에 최선을 다하며
삶에 충실하게 하소서

막연한 삶이 아니라
확실하고 분명한 삶이 되게 하사
흔들리지 않는 믿음으로 살게 하소서
나의 목숨이 다하는 날까지
주님께 충실한 삶을 살게 하소서

믿음의 길을 가게 하소서
기도의 길을 가게 하소서
찬양의 길을 가게 하소서
예배의 길을 가게 하소서
영광과 경배의 길을 가게 하소서

주님으로 인해 나의 삶의 길을
제대로 걸어가게 하소서

나의 꿈을 이루어가게 하소서

주님을 따라가며
나의 소박한 꿈을 이루어가게 하소서

예수로 꿈꾸는 사람이 되게 하소서
주님의 사역에 꼭 필요한 사람이 되게 하소서
예수 보혈이 구속의 출발이 되게 하소서

희망의 물결을 거세게 하셔서
절망의 벽과 둑이 와르르 무너져내리게 하소서
사람들 속에 꼭 필요한 사람이 되게 하소서

진정한 힘은 고요 속에 있으며
가장 위대한 하나님의 힘은
소리 없이 작용함을 깨닫게 하소서

가정에서,
교회에서,
학교에서,
직장에서,
사회에서,
친구들에게,
이웃들에게 꼭 필요한 사람이 되게 하소서

변화된 성도의 삶을 살게 하소서

내 가슴에 적셔오는 주님의 사랑으로
내 마음을 강건하게 하시는 말씀으로
새롭게 변화된 성도의 삶을 살게 하소서

예수께서 친히 자기의 십자가의 보혈로
우리를 죄악에서 구속하셨으니
거룩한 믿음 안에서 꿈을 건축하며 살게 하소서

우리의 기도의 중보자가 되시는
주님을 믿으며 기도하게 하소서
우리가 성령의 인도하심 따라
주님을 신뢰하며 기도하게 하소서

긴장이 풀리지 않는 바른 정신,
두려움 없이 빛나는 눈,
방황하지 않는 사고로
견고하게 믿음을 지켜나가게 하소서

주 안에서 새롭게 변화된 삶을 통하여
생명의 복음을 전하게 하시고
주님의 발자취를 따라 주님을 닮아가며
주님의 뜻을 따라 살게 하소서

하나님의 자녀답게 살게 하소서 1

전능하신 하나님!
우주를 창조하시고 운행하시는 신비로운
섭리를 뜨겁게 찬양하며 영광을 돌립니다

늘 부족하고 나약하여 간절히 기도하오니
성령의 은혜로 강한 믿음을 주소서
하늘의 능력을 주시어 이 땅에서 살아갈 때
사단의 세력을 이겨내게 하소서

예수 그리스도의 크신 사랑에
늘 감사하고 감동할 뿐입니다
힘이 없고 부족하면 다시 쓰러질 수밖에 없으니
강하게 붙잡아주시기를 원합니다

우리는 넘어지고 쓰러졌으나 예수 안에서
날마다 한 걸음씩 전진하며 발전하고 성장하는
믿음의 삶을 살게 하여 주시기를 원합니다

항상 내일을 소망하며 살게 하시고
주님의 날에 이를 때까지 순간순간마다
우리의 믿음을 인도해주시기를 원합니다

하나님의 자녀답게 살게 하소서 2

우리의 마음에 참기쁨과 참평안을 주시고
하늘의 소망 속에 살게 하소서
주님이 주시는 은혜에 감사하며
하나님의 자녀답게 살게 하소서

우리가 절망하거나 실의에 빠지지 않고
더욱더 강한 믿음 속에서 하나님이 주신 기쁨을
이 지상에서 누리며 살게 하소서

지금 이 시간 하나님 앞에
무릎 꿇고 간절히 기도하오니
주님의 십자가의 뜨거운 사랑을 체험하게 하소서

말씀 속에서 믿음을 더욱 강하게 하시고
늘 확신을 갖고 살게 해주소서
하나님의 자녀답게 살게 해주소서
성령의 인도하심 따라 모든 것을 맡기며
허락하신 사명을 순종하며 따르게 하여 주소서

우리를 인도하시고 사랑하시는
주님께 감사를 드립니다

삶의 채널이 예수로 고정되게 하소서

언제나 변함이 없으신 주님
기도할 때마다 주님과 가까워지게 하소서
수시로 바뀌고 변덕스러운
나의 삶의 채널이 예수로 고정되게 하소서

유행과 시류에 따라
내 삶의 모습이 달라지는 것이 아니라
내 삶의 채널이 그리스도로 고정되게 하소서

순간순간의 감정에 따라 마음대로 살지 않게 하시고
늘 기도하며 주님의 인도하심을 바라며
말씀에 순복하고 살아가게 하소서

주님께서 주시는 사랑과 행복을 누리게 하소서
이해심, 관대함, 호의, 친절, 관심, 온화함으로
성도답게 살게 하소서

세상의 수많은 구호는 일시적인 외침이오니
영원한 생명의 말씀 속에서 진리를 깨달아
그대로 실천하며 살게 하소서

삶 속에서 주님을 드러내게 하소서

주님께 속삭이며 기도를 드립니다
나의 기도를 들어주시고 응답하여 주시고
어두운 죄악의 골목에서 헤매지 않게 하소서

너희는 세상의 빛이라
너희는 세상의 소금이라 하신 주님
삶 속에서 주님의 모습을 드러내게 하소서

지치고 힘들 때 나약하고 부족한 부분을
더욱더 드러내게 하사 늘 베풀어주시는
예수 그리스도의 충만한 은혜 속에 살게 하소서

우리의 삶이 그냥 스쳐 지나가거나
잠시 머물다 가는 삶이 아니라
인도하심 속에서 필요한 곳에 쓰임받는
삶이 되게 하소서

태양이 꽃을 물들이듯
예술이 인생을 물들이듯
예수 그리스도의 보혈로 붉게 물든
구속의 사랑을 받게 하시고
모든 죄에서 용서받아 천국 백성이 되게 하소서

정직하게 살게 하소서 1

사랑의 주님!
나로 하여금 허영과 거짓이 없는
깨끗하고 정직한 성도의 삶을 살게 하시고
늘 의로우신 주님의 삶을 본받아 살게 하소서

정직과 진실은
보배이며 값진 유산이니
정직을 토대로 삼아
진실하고 겸손한 삶을 살게 하소서

거짓이 없을 때 마음이
순수하고 진실할 수 있으니
거짓을 버리고 믿음을 택하여 살게 하소서

정직함은 하나님이 좋아하시는 성품이니
예수 그리스도의 삶 속에서 보여주신
온유함과 진실함과 겸손함과 따뜻함과
친밀하게 다가오신 주님의 마음을 닮게 하소서

흠도 티도 없고 성결하신
주님의 모습과 삶을 늘 기억하며
그 삶을 배우고 실천하게 하소서

정직하게 살게 하소서 2

오, 주님!
믿음 안에서, 복음 안에서, 진리 안에서
늘 진실하고 정직하게 살게 하소서

정직한 삶은 어둠과 그늘이 없는
빛 가운데에서 사는 삶이니
우리를 빛의 자녀로 삼아
항상 의의 태양 되시는 주님 안에서 살게 하소서

세상의 소금처럼 부패함 없이
정결하고 성실하게 살게 하소서
세상의 빛처럼 어둠 가운데 거하지 않고
죄와 구별된 거룩한 성도의 삶을 살게 하소서

늘 정직하여 어둠의 그림자가 없는
주님처럼 정결하게 살게 하소서
의로운 빛이 되시는 주님 안에서
죄와 구별된 성결한 성도의 삶을 살게 하소서

정직하고 바르게, 믿음 가운데 살아가며
마음이 청결해지게 하소서
예수님 이름으로 기도합니다
아멘!

내 삶이 잘 익어가는 과일 같게 하소서

주님!
모든 씨앗에 큰 나무들이 하나씩 들어 있듯이
내 마음의 믿음의 씨앗 안에
예수 그리스도의 꿈과 희망이
예수 그리스도의 비전이 있게 하소서

나의 삶이 주님 안에서 계절 따라
탐스럽게 잘 익어가는 과일 같게 하소서
한 번뿐인 소중한 삶을
아름다움으로 익어가게 하소서

나의 꿈이 가슴을 뛰게 하고
삶의 목적을 분명히 하여 달려나가게 하며
열정을 쏟아내게 하소서

나의 삶을 축복하여 주시는 하나님 아버지께
모든 영광을 돌리고 찬양을 올립니다

주님의 평안으로 함께하소서 1

오, 주님!
주님을 사랑하오니 내 마음과 생각 속에서도
주님의 거룩한 모습을 지우지 않고
그대로 간직하며 살게 하소서

주님이 주시는 평안과 세상에 주는 평안이 다르오니
하늘에 소망을 둔 참평안을 주소서

절망이 칼이 되어 찔러오는 순간에도
가슴이 저미는 고통이 있더라도
믿음을 절대로 놓치지 않고 끝까지 기도하여
응답받아 모든 일을 회복하게 하소서

마음이 전쟁을 일으켜 심란하고
정신이 혼란을 일으킬 때에도
주님이 주시는 참평안 속에
마음을 평정하게 하여 주소서

비참하고 힘들고 벅차고 어려운 순간에도
생명의 말씀을 붙들고 의지하게 하시고
주의 이름으로 간절히 기도하며
올바른 믿음 속에서 영적으로 회복하여
강하고 담대하게 살게 하소서

주님의 평안으로 함께하소서 2

죄악의 파도가 거세게 몰아치고
죄가 쌓이고 쌓여 벽처럼 견고해지고
어둠이 광막하여 쉽게 사라지지 않을 때에도
한 줄기 빛을 허락하시고
기도함으로 어둠을 쫓아내게 하소서

상한 심령 찾아다니시며
애통한 기도를 들으시는 주님
굽이치는 주님의 보혈로 모든 죄를
깨끗하게 씻어주시니
기도함으로 마음의 평안을 찾게 하소서

주님이 시시때때로 주시는 은혜 속에
믿음으로 전력질주해 분명한 목표를 이뤄나가며
삶의 기쁨과 행복을 누리게 하소서
어떤 시련과 역경 속에서도
주님이 주시는 평안을 누리게 하소서

참소망과 참기쁨 속에 숱한 장애물도
기도와 말씀으로 극복하고
주님의 뜻에 합당하게 살게 하소서
주님이 주시는 평안은 참평안이오니
주님께 늘 감사하며 살게 하소서

나의 모든 것이 되시는 주님 1

이 세상의 모든 것들은 영원하지 않고
모두 사라질 것들입니다
나의 모든 것이 되시고 영원하신 주님
내가 얼마나 주님을 사랑하는지 아시오니
내 마음속에 항상 주님을 모시게 하여 주소서

내가 주님의 사랑을 받았으니
주님을 위하여 살게 하시고
죄악의 어둠 속에 빠져들지 않게 하시고
어떤 순간에도 주님을 잊지 않도록
나의 마음을 굳건히 붙잡아주시고
사랑으로 인도하여 주시기를 원합니다

나에게 보여주신 골고다 언덕의 십자가의 사랑은
이 세상 어떤 사랑보다 고귀하고 큰 사랑이오니
늘 찬양하고 감사하며 살게 하소서

주님이 죄에서 구원하여 주시고
새 생명을 주셨으니
나의 모든 것은 주님의 은혜와 사랑입니다

나의 모든 것이 되시는 주님 2

나의 모든 것이 되시는 주님
믿음의 삶 속에서 언제든지 기쁨과 감동이
넘치는 삶을 살게 하여 주시기를 원합니다

교회와 가정과 일터
어느 곳에서든지 밝은 표정으로
활기차고 기쁨이 넘치게 하소서

천국을 소망하며 믿음 속에서
기쁨과 웃음이 넘치는
성도의 삶을 살아가게 하소서

믿음 속에서 바라며
믿음 속에서 증거를 얻고
믿음 속에서 응답을 받게 하소서

소망 속에서 기쁨을 찾고
소망 속에서 주님을 바라보며
소망 속에서 가족을 사랑하게 하소서

예수 그리스도를 믿는 성도답게
마음을 넓고 부드럽게 갖게 해주시고
주님을 온전히 섬기며 따르게 하소서

나의 모든 것이 되시는 주님 3

오, 주여!
나의 모든 것은 주님의 것이니
언제 어디서나 주님 안에서
나의 평생 동안 살기를 원합니다
늘 자랑할 것은 십자가뿐임을 알게 하소서

주님의 고난과 사랑하심을 묵상하며
사랑하는 주님을 믿음으로 고백하며
날마다 닮아가는 삶을 살게 하소서

외줄기 좁은 길을 가더라도
오직 믿음으로 담대하게 나아가게 하소서
손가락질 받던 인생이 박수를 받는 삶으로
점차적으로 바꾸어지게 하소서

죄악이 짙어져 힘들지 않게 하시고
근심 없는 천국을 소망하며 살게 하소서
나의 소망이 주님뿐이게 하시고
언제 어디서나 주님의 영광을
나타내는 삶을 살게 하소서

주님의 택하심을 믿게 하소서

나를 택하시어 성령으로 거룩하게 하시고
예수를 아는 지식으로 고상하게 하시고
진리의 말씀을 믿게 하소서

주님 안에서 복음으로 나를 부르사
하나님을 향한 선한 양심으로
내 영혼을 새롭게 하여 주소서

내 마음 어느 한구석도 죄에 젖지 않게 하시고
하나님의 은혜를 온전히 깨달아
이 땅에서 열매를 풍성히 맺게 하소서

주님의 역사를 나타내며
예배하고 경배를 드리게 하소서
주님의 영광을 마음껏 드러내어
소리치며 마음껏 찬양하게 하소서

죄악의 바람에 날려가지 않게 하시고
주님의 복음에 합당하게
진리 속에 든든하게 서 있게 하시고
예수 안에서 강하고 담대하게 하소서

예수의 선한 일꾼이 되게 하소서

우리의 시민권은 하늘에 있으니
헛된 것을 바라보며 살지 않게 하소서

죄악의 앙상한 가지가지마다
더러운 죄악이 이끼 끼지 않게 하소서
자족할 수 있는 믿음 안에서
예수 안에 있는 사랑으로 살게 하소서

가슴속에 소망이 뿌리내리게 하사
주님께 합당한 선한 일꾼이 되게 하소서

주님의 진리의 말씀 가운데
잔셈 부리지 않고 성실하게 살아감으로
부끄러울 것 없는 일꾼이 되게 하소서

내게 능력 주시는 주님 안에서 모든 것을 할 수 있으니
주님께서 쓰심에 합당하게 하사
제구실을 다하며 선한 일에 힘쓰게 하소서

뜨거운 의욕을 쏟아내는 열정 속에
내 마음에 물결치는 주님의 사랑 속에
주님께서 원하시는 일을 하여
그리스도 예수의 선한 일꾼이 되게 하소서

우리 살아가는 날 동안 1

살아가는 날 동안 겪어야 하는
순간순간 다가오는 갖가지 상황 속에서도
늘 깨어 기도하고 말씀 속에서 살게 하소서

악의 열매를 맺지 않고
진리를 깨달아 의의 열매를 계절마다 풍성하게
거두어 나누는 삶을 살게 하소서

실패 속에서 성공을 깨닫게 하시고
약함 속에서 강함으로 변화되게 하소서
실패하여도 절대로 포기하지 않고
도전하여 이겨냄으로 성공하게 하소서

성급함에서 벗어나 인내를 배우게 하시고
시련의 언덕을 넘어 담대함을 알게 하소서
교만함에서 벗어나 겸손을 배우게 하시고
역경의 가시밭길을 넘어 강하게 하소서

우리 살아가는 날 동안 시기와 질투보다
칭찬과 겸손으로 남을 배려하게 하시고
기쁨과 감사로 마음을 절제할 수 있는
여유로움을 갖게 하소서

우리 살아가는 날 동안 2

우리 살아가는 날 동안 세상의 부귀영화보다
어떤 환경에서도 자족할 수 있는 믿음을 주시고
주님의 사랑이 최고임을 알게 하소서

언제나 구주 예수 그리스도를 중심으로 한
믿음의 삶을 살게 하여 주소서

말씀에 초점을 두고 좌로나 우로나 치우치지 않고
늘 말씀이 인도하시는 대로 살게 하여 주소서

지혜와 지식과 능력과 권세를 주셔서
성도로 살기에 조금도 부족함이 없도록
인도하여 주시고 축복하여 주소서

자족할 수 있는 믿음을 주시고
확신하는 믿음을 주소서
천지만물을 창조하시고
우주를 주관하시는 하나님의
오묘한 섭리 속에 살게 하소서

주님이 함께 계시니

절망 끝에 매달려 괴로움으로 가득 찬
내 마음을 사랑으로 보듬어주소서

더럽고 추한 나를 받아주소서
죄악의 진흙탕에 있는 나를 송두리째 안아주시고
구원의 입맞춤으로 함께하여 주소서

어두운 죄악의 뒷골목에서 헤매지 않게 하시고
빛 가운데로 나와 갈 길을 가게 하시고
늘 기뻐하고 감사하며 살게 하여 주소서

사랑으로 내 온몸에 은혜가 물결치게 하시는
주님이 함께 계시니
진리의 말씀을 분별하며 믿음 가운데 살게 하소서

하나님의 바르고 참된 일꾼으로
나 자신을 하나님께 드리게 하소서
사랑으로 내 영혼을 감동시키는
주님이 함께 계시니 늘 찬양하게 하소서

예수 그리스도는 주님이십니다

부끄러운 갈망과 불법과 무지에서 떠나게 하고
나를 새롭게 해주실 분은 나의 구주 예수입니다

나를 모든 죄에서 해방하여
십자가 보혈로 구속하여 주시는 분은
예수 그리스도 주님이십니다

내 절망을 깨고
은혜로 의롭다 하심을 입게 하신 분은
오직 예수 그리스도 주님이십니다

내 삶에 성령의 은혜를 풍성히 부어주사
감동시키는 분도 예수 그리스도 주님이십니다

예수 그리스도는 나의 주님이시니
능욕과 궁핍과 박해와 곤고 중에도
기뻐하며 강해지게 하소서

내 가슴에 복스러운 소망이 솟구치고
흘러넘치게 하시는 분은
예수 그리스도 주님이시니
세상을 이기는 승리의 믿음을 갖게 하소서

오묘한 섭리 속에서 살게 하소서 1

오늘은 나에게
하나님이 어떤 일을 펼쳐주실까
오늘 어떤 열매를 맺게 하여 주실까
기대하며 사는 기쁨을 알게 하소서

오늘은 나에게
하나님께서 어떤 응답을 주실까
오늘은 어떤 일을 하게 하실까
믿고 따르며 순종하는 믿음을 갖게 하소서

하나님의 오묘한 섭리의 깊음을 알지 못하오니
하나님의 뜻을 깨닫고 믿음으로 살게 하소서

하나님은 목자이시니
양같이 연약한 우리를 늘 푸른 초장으로
인도하시고 함께하여 주소서

하나님께서 나의 삶의 시작과 끝을 인도하시니
전폭적으로 의지하며 살게 하여 주소서

사단이 늘 우는 사자와 같이
우리를 집어삼키려고 달려드니
악의 세력을 물리쳐주시기를 원합니다

오묘한 섭리 속에서 살게 하소서 2

하나님의 섭리를 온전히 신뢰하고 믿으며
악과 의심과 불신을 버리게 하소서

나약한 믿음과 편견을 버리게 하소서
부족함을 버리게 하시고
강하고 담대하게, 성도답게 살게 하소서

이기심과 연약함을 버리게 하시고
말씀을 방패 삼아 강한 군사가 되게 하소서

믿음으로 기도하고 응답받으며
예수 그리스도 안에 살게 하여 주소서

나의 모든 삶이 주님의 인도하심을 받도록
깨어서 기도하며 주님의 뜻을 깨닫게 하소서

언제나 모든 것을 두려움과 의심 없이
하나님의 오묘하신 섭리 속에 맡기고
동행하는 믿음 속에서 살게 하소서

온유하고 순수한 마음으로 살게 하소서

변질되고 오염된 세상일지라도
얽매이기 쉬운 죄를 벗어버리고
새로운 변화를 추구하며
온유하고 순수한 마음으로 살게 하소서

타락하고 흐트러진 세상 속에서
오직 주님을 향한 믿음으로
착하게, 착하게, 선하게, 선하게,
온유하고 순수한 마음으로 살게 하소서

어리석게 보일지라도,
나약하게 보일지라도,
초라하게 보일지라고,
빈곤하게 보일지라도,
주님의 능력을 바라고,
주님의 권능을 바라며 살게 하소서

주님이 원하시는 모습대로
겸손하고 순수하고 온유하게 살게 하소서

우리를 축복하여 주소서 1

오, 주님!
죄악에 억눌려 살다가
주님의 은혜로 억압에서 풀려났으니
주님의 일을 할 수 있도록
우리를 축복하여 주소서

이 세상 모든 것이 아무리 좋다 하여도
주님의 축복하심이 아니면
모두 다 부질없는 것이오니
우리를 축복하여 주소서

하나님이 주시는 은혜의 축복을 담기에
우리 마음은 항상 작고 연약할 뿐이오니
우리가 바라는 것보다 더 많은 축복을 주셨음을
감사하며 살게 하소서

하나님과 늘 축복의 관계를 갖게 하시고
좋은 사람을 만나 하나님이 주신
축복을 나누게 하소서

사람들 속에서, 생활 속에서
주님의 섭리와 뜻을 깨닫게 하여 주시고
주님이 원하시는 성도의 삶을 살게 하소서

우리를 축복하여 주소서 2

우리를 늘 축복하시고 인도하심으로
믿음과 건강과 행복을 주시고
물질을 허락하여 주시기를 원합니다

우리와 함께하여 주셔서 봉사하고 나누고
늘 주님의 사랑을 실천하며 살게 하소서

일하는 보람과 기쁨으로
사랑하며 나눌 수 있도록
우리를 축복하여 주셔서
충만한 삶을 살게 하소서

기도할 수 있는 시간을 주시고
찬양할 수 있는 시간을 주시고
전도할 수 있는 시간을 주시고
예배드릴 수 있는 시간을 주소서

우리의 믿음을 간증할 수 있는 시간을 주시고
영적인 교제를 나눌 수 있는 시간을 주소서

주님의 자녀로서
생명을 구원하는 복음의 능력과 기쁨을 누리며
주님께서 주시는 축복을 누리게 하여 주소서

내 마음을 열게 하소서

나의 기도가
주님께로 나가는
믿음의 다리가 되게 하소서

나의 기도가
나의 마음을 열고 기도하여
응답을 받게 하소서

힘들고 지쳐 있을 때
내 손을 꼭 잡아주시고
내 마음을 넓게 열고
주님의 사랑을 깊이 새기게 하소서

기도의 열기가 식지 않게 하소서
모든 것들이 어둠 속에 휩싸인다 하여도
빛 되시는 주님을 바라보게 하소서

나의 영혼이
주님의 빛으로 가득하게 하소서
나의 마음에
주님의 복음이 충만하게 하소서

내 마음의 문을 전부 열게 하소서
주님의 은혜를 풍성히 받게 하소서

내 삶이 다하는 날까지

내 삶이 다하는 날까지
주님의 인도 속에 살게 하소서

내 삶이 다하는 날까지
주님의 용서 속에 살게 하소서

내 삶이 다하는 날까지
주님의 사랑 속에 살게 하소서

내 삶이 다하는 날까지
주님을 의지하며 살게 하소서

내 삶이 다하는 날까지
주님의 섭리 속에서 살게 하소서

내 삶이 다하는 날까지
생명의 말씀 속에서 살게 하소서

내 삶이 다하는 날까지
주님을 소망하며 살게 하소서

내 삶이 다하는 날까지
주님의 사명을 잘 감당하게 하소서

이웃을 도우며 살게 하소서 1

오, 주님!
주님은 이 땅에 빛과 사랑으로 오셨습니다
어둠 속에 있던 세상의 모든 사람들이
주님의 인도로 새로운 삶을 살게 되었습니다

세상의 모든 사람이 죄를 지어
마음속에 소용돌이치는 죗값으로 몸부림칠 때
예수 이름으로 회개하고 구원받아
새 생명을 얻게 하셨습니다

나의 구주이신 예수 그리스도는
우리에게 구원에 이를 수 있는 생명의 길을
활짝 열어놓으셨습니다

죄지어 버림받은 사람들, 힘들고 지친 사람들
병든 사람들, 나약하고 소외된 사람들이 많사오니
도움의 손길이 될 수 있게 하소서

항상 이웃을 도우며 살게 하시고
이웃을 섬기며 살게 하시고
이웃에게 복음을 전하여 구원에 이르게 하소서

이웃을 도우며 살게 하소서 2

늘 정신이 건강하고 온전하게 하시고
편을 가르거나 이간질을 하거나
시기와 질투로 마음이 상하지 않게 하시고
덧없는 순간에도 따지거나 계산하지 않게 하소서

다른 사람들을 흠집 내어 비난하거나
괴롭히지 않게 하시고
지나간 세월에 목숨 걸고 살지 않게 하소서

내일의 소망과 활기찬 희망을 갖고
뜨거운 열정으로 힘차게 살아가는
복된 그리스도인으로 살게 하소서

이웃에게 칭찬과 사랑을 베풀게 하시고
따뜻한 마음을 나누며 서로 용서하며 살게 하소서
이웃에게 도움이 될지언정 해가 되지 않게 하시고
걸림돌이 되지 않고 디딤돌이 되게 하소서

매사에 처음과 끝을 잘 마무리하게 하시고
신용을 지키고 어디서나 필요한 사람이 되고
희망을 주는 삶을 살게 하소서

즐겁게 살아가는 법을 배우게 하소서

삶 속에서 기쁨을 놓치지 않고
웃을 수 있는 마음의 여유를 갖게 하소서
주님의 말씀 속에서 항상 기뻐하고
즐겁게 살아가는 법을 배우게 하소서

내 마음이 메마르지 않고
나에게 있는 것을 나누며 살게 하시고
이웃의 마음을 따뜻하게 하고
이슬비처럼 촉촉하게 적셔줄 수 있는
여유롭고 풍성한 마음을 주소서

병들고 상처 난 내 마음에 찾아와
치유하여 주시고 새롭게 하여 주시는
주님의 마음을 깨달아 영혼이 구원받게 하소서

혼자만의 삶이 아니라
함께 어울리며 더불어 살기 위하여
소망 속에 기뻐하고 즐거워하게 하소서

나보다 남을 인정함으로
궁색함이 없는 마음이 되게 하소서
모든 일에 넉넉한 마음을 주사
행복한 미소를 잃지 않고
주 안에서 항상 기뻐하며 살게 하소서

고독 속에서도

혼자 남아 있을 때 나도 모르는 사이에
마음에 고독이 가득 차오를 때
주여, 함께하여 주소서

고독이 파도치며 넘실거릴 때
거친 파도 위에 믿음의 배를 띄우게 하사
소원의 항구로 들어가게 하여 주소서

믿음이 약하여 모든 것에 의심이 생기고
마음이 흔들려 불안이 가득하고
심정이 초조해질 때 믿음으로 기도하게 하소서

나 스스로도 믿지 못할 때
더욱 힘 있게 간절히 기도하며
주님을 온전히 의지할 수 있도록
성령께서 강하게 인도하여 주소서

고독 속에서도 나를 인도하여 주시는
주님의 오묘하고 놀라운 섭리를 깨닫게 하시고
늘 순종하는 믿음으로 살게 하소서

어려울 때 힘이 되어주시고
힘이 들 때 함께하여 주시는
나의 구주 주님을 온전히 신뢰하게 하소서

하나님의 임재를 체험하게 하소서

의심과 불안을 떨쳐버리고
하나님의 임재를 체험하게 하소서

주님이 강한 능력을 주시고 함께하시면
사단의 세력이 줄행랑을 치오니
하나님의 임재를 알게 하소서

주님께서 내 마음을 방문하시고
나의 몸과 영혼에서 영원히 떠나지 않으심으로
하나님의 임재를 체험하게 하소서

나의 외로움을 막아주실 분은 오직 주님뿐이오니
모든 염려와 걱정과 근심에서 벗어나게 하소서

나의 믿음이 흔들리지 않게 하여 주시고
주님의 자녀답게 늘 씩씩한 믿음으로
구원의 기쁨을 누리며 살게 하소서

주님이 항상 함께하심을 믿으며
하나님의 임재를 체험하게 하소서

말씀 위에 굳건히 서게 하소서

기도함 속에서 시간이 흐를수록
마음속에 참평안을 갖게 하소서
주님의 말씀이 날마다 삶에 적용되게 하소서

조바심으로 걱정거리를 만들거나
마음이 불신으로 흔들리지 않게 하시고
날마다 때마다 순간마다
하나님의 말씀 위에 굳건히 서게 하소서

주님의 말씀이 나도 알지 못하는 사이에
얼마나 나를 놀랍게 변화시키고
새롭게 하는지 깨닫게 하시고
주님의 은혜를 체험하게 하소서

늘 준비된 믿음으로 주님 앞에 나아가
예배하고 찬양하고 기도함으로
거룩한 하나님의 백성으로 살게 하소서

구주 예수 그리스도를 바라봄으로
기쁨을 체험하게 하시고
그 결실로 영광을 돌리게 하소서

날마다 주님의 말씀을 묵상함으로
반석 위에 굳건히 서게 하소서

삶을 새롭게 살게 하소서

춥고 고독하고 쓸쓸한 인생길에서
시시때때로 찾아와 둥지를 트는
죄악을 떨쳐버리게 하여 주소서

날마다 찬양하고 기도하며
강인한 믿음으로 주님을 온전히 섬기며
삶을 새롭게 살게 하소서

서툴고 부족한 인생길에서
삶의 어설픔을 버리게 하시고
주님을 온전히 믿게 하소서

절망의 웅덩이에 빠져 불행을 자처하지 않고
유혹에 넘어가 마음이 상처받지 않게 하소서

나약한 나의 삶을 인도하여 주시고
부족한 나의 삶을 인도하여 주시는
나의 주님을 사모합니다
나의 주님을 사랑합니다

주님으로 인하여 나의 삶이
강인한 성도의 삶으로 변하게 하사
주님을 사랑하며 살게 하소서

삶이 행복한 여행이 되게 하소서

오, 주님!
지하철에서 행복한 걸인을 만났습니다
다리가 하나 없이 휠체어를 탄 걸인은
천 원 한 장을 주자 밝은 웃음을 지으며 몇 번씩이나
축복의 말을 해주었습니다
"감사합니다! 고맙습니다! 행복하세요! 축복 많이 받으세요!"
옷차림이 더럽지 않고 깨끗했습니다
불구의 몸이지만 자기 삶을 사랑하고 있음을 보았습니다

걸인에 대해 떠올리면
불쌍해 보이는 얼굴에 초점을 잃은 눈빛,
더럽고 낡은 옷을 생각하지만
그는 환한 웃음을 지어 얼굴이 달덩이처럼 보였습니다
여러 사람들이 돈을 주었습니다
웃음은 전염되기에 주변을 밝게 해주고
마음에 꽃을 피워줍니다
요즈음 사람들은 모두 다 외면당한 사람들처럼 보입니다
무표정, 무관심, 무의식, 무감동으로 살아가고 있는데
표정이 밝은 걸인이 도리어 행복해 보였습니다

누군가를 사랑한다는 것보다 행복한 일은 없습니다
자신을 사랑하는 사람이 다른 사람을 사랑할 수 있습니다
누구에게나 불행은 찾아오지만 주님께서 이겨낼 수 있는
힘을 주시기를 원합니다

우리가 불행을 피하기보다는
이겨내게 하여 주시기를 원합니다
주님을 믿으며 날마다 꾸밈없이 행복하게
살아갈 수 있는 힘과 용기를 주시기를 원합니다
우리의 삶이 행복한 여행이 되게 하소서

텅 빈 빈터와 같은 마음에

텅 빈 빈터와 같은 내 마음에
불신과 허무만 무성하게 자라거나
고독과 실망만 무성하게 자라지 않게 하소서

쓸데없는 생각들만 가득하여
허망하고 보잘것없는 것들만 자라나
쓸쓸함과 허전함에 시달리지 않게 하소서

텅 빈 빈터와 같은 내 마음에
죄악의 쓰레기만 잔뜩 쌓이지 않게 하시고
쓸데없는 자책으로 넘어지지 않게 하소서

잡된 것으로 가득 차 있는 것을
어서 빨리 깨닫게 하사
버릴 것은 버리고 주님께로 돌아서게 하소서

감사하면 기쁨이 찾아오고
감사하면 행운이 찾아오고
감사하면 마음이 행복해집니다

텅 빈 빈터와 같은
내 마음을 풍성하게 채워주소서

소중한 것들을 잃지 않게 하소서

오, 주님!
지갑의 위력이 참으로 대단한 세상입니다
지갑에 돈이 많으면 사람들은 여유가 생기고
삶을 행복하다고 말합니다
지갑이 가난하면 어깨도 늘어지고 힘이 쭉 빠집니다
어느 사이에 지갑에 따라 빈부의 차이가 생깁니다
지갑 속에 모든 것이 들어 있다고 생각하는
어리석은 사람들이 많이 있습니다

어느 날 지갑을 잃어버렸을 때 허탈감이 너무나 컸습니다
코트 속주머니와 내 가슴에 도둑의 손이 들어올 때까지
나는 무엇을 했을까
도대체 왜 이렇게 무방비 상태였을까

나는 도대체 어떤 존재인가를 묻고 또 묻고 싶습니다
어떻게 하나 생각하다 괴로움에서 벗어나
카드 회사에 전화를 걸고 하나하나 해결해봅니다
혼돈스러운 삶에 안정감을 회복시켜 나가는 것입니다
가장 가슴이 아픈 것은 돈과 카드, 주민등록증보다
사랑하는 이의 사진을 잃었다는 것입니다

살아가며 내가 사랑하고 소중히 여기는 것들을
잃지 않게 내 마음에 담아놓게 하소서
내 영혼을 다 바쳐 주님을 사랑하게 하소서

내가 사랑하는 사람과 내 마음에 새겨진
주님의 사랑을 아무에게도
빼앗기지도 훔쳐가지도 못하게 하시고
잃어버리지도 않게 하시고
내 마음 판에 새겨놓고 영원히 잊지 않게 하소서

사람들에게 복음을 전하게 하소서

절망에 빠져 있을 때 핏발이 서고
견디기 힘들 때 손을 내밀어 잡아주시고
흔들리지 않는 견고한 믿음을 갖게 하소서

날마다 믿음의 삶이 성숙하고 성장하여
영적인 도약을 할 수 있도록 허락하여 주시고
강하고 담대한 믿음으로 살게 하소서

맨몸, 맨손, 맨발일지라도 모든 것을
주님께 의지하며 최선을 다하여 살아가며
언제나 유종의 미를 거둘 수 있도록 해주소서

주님을 만난 구원의 축복을
사람들과 함께 나누게 하시고
주님을 찾은 사람들에게 구원의 복음을
전할 수 있는 힘과 능력을 주소서

고독 속에서 신음할 때
구원의 손을 내밀어 건져주시고
영적인 거듭남을 주사 주님의 뜻을 이루게 하소서

주님을 만난 사랑을
만나는 사람들에게 전하게 하소서
사람들에게 복음을 전하게 하소서

한 잔의 커피를 마시며

오, 주님!
아침에 일어나 마시는 아메리카노 커피 한 잔이
하루의 일과를 즐겁게 시작하게 만듭니다

일을 하다가도 한 잔의 커피를 마시며
휴식 시간을 만들 수 있음이 행복합니다
사랑이 식어가는 때에는 사랑을 듬뿍 타서 마셔야겠습니다
모두들 얼마나 바쁘게 살아가는지 모릅니다

때론 아픔만 가득 안고 몸살만 안고 돌아옵니다
단내 나도록 뛰어야 살 수 있는 세상이지만
잠시 동안이라도 나 자신을 바라볼 수 있는
시간이 주어짐에 감사를 드립니다
목적도 없이 밀리고 밀려서
어리석음에 빠지지 않게 하시고
분명한 목적과 확신을 가지고 살게 해주시기를 원합니다
희망을 찾아 이루게 하여 주시기를 원합니다

한 잔의 커피가 메마른 삶을 촉촉하게 적셔주듯이
우리들의 삶이 주님의 사랑으로 적셔지기를 원합니다
먼지 나고 푸석푸석한 삶에 휴식은 참 고마운 시간입니다
힘들고 분주한 삶에 쉼표를 찍어주는 시간입니다

우리들의 삶이 욕심대로 제멋대로 사는 삶이 아니라

나누고 베풀 수 있는 삶이 되기를 원합니다
한 잔 가득 채워졌을 때의 아름다움도 있지만
빈 잔의 여유와 아름다움도 있듯이
날마다 사랑을 나누며 우리의 마음을 비우게 하소서

혼자 식사를 할 때

오, 주님!
가족 사랑에 빠진 탓일까요
가족들이 모두 할 일이 있거나 여행을 떠나
홀로 집에 남아 식사를 해야 할 때
그리움이 마구 몰려와 눈물이 왈칵 나올 때가 있습니다
식사 기도를 하고 식은 밥을 한 수저 입에 넣었을 때
모래알을 씹은 듯 처절하게 고독이 느껴질 때가 있습니다
그리움이 몰려올 때 삶은 정직해집니다

혼자라는 것이 싫어질 때
사랑의 필요와 사랑의 소중함을 깨닫게 됩니다
가족사진을 보며 따뜻한 마음, 따뜻한 손길이
얼마나 삶에 힘이 되었는가를 알게 됩니다
가족 하나하나에 주님이 함께하기를 기도하며
그리움을 달래봅니다
내 가족을 주님이 사랑하시고 보호하시고 인도하심을
믿고 있음은 참으로 행복한 일입니다

고독할 때 더욱더 열심히 주님을 찾고 싶어집니다
오가는 거리에서도 중얼거리며 기도하고 싶어집니다
나도 모르는 사이에 평안이 가득해집니다
넓은 하늘 아래 사랑하는 가족이 있다는 것은 축복입니다
가족과 사랑을 나누고 기도를 할 수 있다는 것은
주님이 베풀어주신 사랑입니다

고통이 찾아왔을 때

고통이 찾아왔을 때
얼굴을 어둡게 찡그리며 원망하지 않게 하시고
마음을 밝게 가질 수 있도록 인도하소서

고통이 찾아왔을 때
누군가를 원망하거나 탓하지 않게 하소서
모든 것이 스스로의 잘못과 실수와 죄로 인해
찾아옴을 깨달아 알게 하소서

하늘 사랑으로 내려주시는
기쁨과 즐거움이 찾아왔을 때
함께 나누며 기뻐하게 하소서

고통과 어려움이 찾아왔을 때
서로 위로해주고 기도하고 견디며
견고하게 잘 이겨내게 하소서

홀로가 아니라 함께함으로 하나가 되게 하소서
주님이 우리와 같이 공동체로 함께하심을
확신하고 깨닫게 하소서

고통이 찾아왔을 때 함께 기도하고
좋은 일이 있을 때 함께 기뻐하게 하소서

가방 속에 가득한 것들

나는 어깨에 편하게 멜 수 있게
헐렁헐렁하고 조금 큰 가방을 좋아합니다
가방을 둘러메면 언제나 여행을 떠나는 기분이 들고
방황기가 있어서인지 훌훌 떠나고 싶기도 합니다

내 가방 속에는 성경과 시집과 몇 권의 책,
그리고 메모지와 볼펜, 안경이 들어 있습니다
때로는 캔커피와 달콤한 초콜릿도 들어 있습니다

가방을 더럽게 사용하지 말아야 합니다
가방이 더러우면 속에 아무리 좋은 것이 들어 있어도
다른 사람의 얼굴을 찡그리게 만듭니다

가방은 내 마음 같습니다
내 마음이 깨끗하면 내 주변도 깨끗하기를 원하기에
가방도 언제나 깨끗하게 사용하기를 원할 것입니다

주님은 우리에게 삶이라는 가방을 주셨습니다
그 안에는 주님의 축복과 사랑이 가득합니다
물론 고난도 시련도 들어 있습니다
어떤 어려움도 주님이 함께하시면 두렵지 않습니다

주님은 우리의 구원을 다 이루신 분이십니다
이 놀라운 축복을 나누며 살게 하여 주시기를 원합니다

주님이 주신 사랑과 친절을 잃지 않고 마음껏 풀어
이웃에게 나눌 수 있게 해주시기를 원합니다

나의 가방을 항상 주님께서 채워주심을 믿고 있습니다
나의 가방에 가득한 주님의 사랑을 베풀며 살아감으로
나도 웃고 주님도 빙그레 웃으실 수 있는
삶을 살게 하여 주시기를 원합니다
사랑을 받고 나누며 살아감으로 더 큰 사랑을 받게 하소서

역경 속에서도

얽히고설킨 힘든 역경 속에서도 함께하시며
나의 모든 사정과 형편을 살피시고 아시는 주님을
힘이 들 때일수록 더 가까이 다가가
해바라기처럼 온전히 바라보게 하소서

온갖 시련과 고통 속에서도
모른 척 외면하지 않고
결코 놓아버리지도 않으시는
주님을 바라보게 하소서

주님을 외면하고 멀리 떠나
죄에 던진 몸짓 하나가 큰 죄가 되어
나를 파멸의 구덩이에 파묻어버리기 전에
주님의 품 안에 꼭 안기게 하소서

불행에 더한 불행을 불러들이는
헛된 욕심과 욕망을 버리고
주님의 말씀 중심에 굳게 서게 하소서

푸른 하늘에서 밝은 햇살이 쏟아지듯
말씀을 묵상함으로 평온하고 풍족한
생명의 말씀에 젖어 살게 하소서

망가진 마음을 고쳐주시는 주님

미혹의 영에 망가진 마음일지라도
주님 앞에 믿음으로 나아가면 다 고쳐주소서
주님의 사랑을 듬뿍 받게 하소서

죄로 인하여 눈이 가려지고
주님을 도저히 바라볼 수 없으니
삶의 길을 바르게 찾게 하소서

우리가 도망을 친들 어디로 가겠습니까
주님의 눈길과 손길에서 벗어날 수 없으니
주여, 우리를 인도하여 주소서

초라하고 비굴한 생각에서 벗어나
주님 앞에서 도망치려는 생각을 버리고
모든 것을 다 드러내고 견디며
망가진 마음을 새롭게 고침받게 하소서

죄악의 절벽에 매달려 고통스럽게 살기보다
진리 안에서 꾸준하게 행함이 기쁨이 되오니
주님의 보호하심 속에 살게 하소서

구두를 닦으며

오, 주님!
온종일 돌아다녀 먼지 잔뜩 묻은 구두를 닦으며 생각합니다
삶에 필요한 것들을 채우기 위하여 매일매일
바쁘다는 소리도 외쳐보지 못하고 다닙니다
삶은 치열한 전투 현장입니다
보이지 않는 수많은 무기로 전투를 벌이고 있습니다
환호하며 기뻐하는 사람들도 있고
땅이 꺼질 듯 한숨 터지는 소리가 들리기도 합니다

행복함에 표정이 밝고 늘 웃음짓는 사람도 있지만
지치고 힘들어 창백한 얼굴도 있습니다
날마다 머릿속을 파고드는 수많은 생각들이 있습니다

꿈을 이루기 위하여, 먹고 살기 위하여
분주히 돌아다니느라 구두도 힘들었을 것입니다
냄새나는 발을 하루 종일 받아들이기에는
질식할 정도로 몸서리를 쳤을지도 모릅니다
구두를 오랜만에 반짝반짝 닦아봅니다
구두 속을 닦아주지는 못해 나의 삶의 모습과 같습니다

겉치레만 하고 살 때가 많은 것이 나의 삶입니다
내 마음도 속까지 깨끗하게 닦고 싶어집니다
어떤 순간에도 세상 물결에 휩쓸려 떠내려가지 않고
절망에 머무르고 싶지 않기에 희망을 찾아 떠나고 싶습니다

주님께 예배드리기 위해 신발을 신기도 전에
주님은 내 앞에 서 계시며 내 마음을 알고 계십니다
늘 방황하고 더듬거리고 어설픈 나를 아시고
주님은 내 삶의 처음과 마지막 안내자가 되어주십니다

주님을 열심히 섬기게 하소서

시곗바늘에 매달려 살아가는 삶처럼
항상 바쁘게 살아가고
정신 못 차릴 정도로 분주한 것을
과시하며 자랑하지 않게 하소서

공포로 마음을 허약하게 만들지 말고
두려움과 무서움에 사로잡혀
더 이상 초라해지지 않게 하소서

흐트러지고 어질러진 삶이 아니라
밝은 마음으로 믿음이 잘 정돈된
성도의 삶을 살아가게 하소서

흔들리고 질서가 없는 불온한 삶이 아니라
청결하고 정결하게 잘 정돈된
하나님의 자녀의 삶을 살게 하소서

우리의 영적인 귀와 눈을 바르게 하사
바로 듣고 바로 보게 하시고
늘 화목하고 행복하고 사랑이 넘치게 하소서

진리 안에서 행하고 힘껏 솟구치며
열심을 품고 주를 섬기게 하소서

어떤 시련과 어려움이 다가와도

삶이 뜻한 대로 잘 이루어지지 않고
시련과 역경이 다가와도
도망치거나 변명하거나 포기하지 않게 하소서

극한 상황일수록 주님을 신뢰하고
하나님을 아는 지혜와 지식이 풍성하여
믿음 속에서 자신감을 갖게 하소서

날마다 영적인 훈련을 통하여 선으로 악을 이겨내며
성령의 임재하심을 체험하게 하시고
나의 마음이 항상 활짝 열려 있게 하소서

고통과 시련과 절망이 다가와도
마음으로 믿어 의에 이르게 하시고
의가 의를 불러 성도답게 살게 하소서

회개는 피눈물로 심장을 적시지만
구원의 기쁨은 눈물을 마르게 하오니
입으로 시인하고 고백하여 구원을 받은 믿음으로
성도답게 하나님만 바라보며 살게 하소서

어떤 상황에서도 절대로 쓰러지지 않고
굳건하게 일어서서 말씀과 기도로
날마다 승리하는 삶의 기쁨을 맛보게 하소서

꿈을 이루어가게 하소서

꿈을 주시고 이루어주시는 주님
삶 속에서 일어나는 각종 실의와
좌절 속에서도 절대로 포기하지 않고
꿋꿋하게 바르게 일어서게 하소서

영원히 끊을 수 없는 주님의 사랑으로
어떠한 풍파와 시련과 역경도
이겨낼 수 있는 인내심을 주셔서
주님의 때를 기다리며
믿음의 형통함을 맛보게 하소서

미움과 불평보다는 죄를 떠난 삶 속에서
믿음을 단단히 움켜쥐고 주님의 뜻을 이루게 하소서
하나님의 축복을 잘 사용할 줄 아는
믿음을 주시기를 원합니다

꿈을 주셨으니 조금씩 전진하며
그 꿈을 하나씩하나씩 이루어가는 기쁨 속에
오직 믿음으로만 살게 하소서

시계 알람이 잘못 울렸을 때 1

집안에 시계가 많을수록 시간 감각이 둔해진다는
생각이 들 때가 있습니다
새벽에 일찍 일어날 때는 혹시 제시간에 못 일어날까
걱정하며 알람을 맞춰놓습니다

잠들기 전에 맞춰놓았던 알람이 잘못 울려
깊은 잠에서 깨어났을 때
괜한 투정이 나오게 됩니다

새벽 5시에 일어나려고 했는데 잘못 맞춰놓아서
새벽 4시에 일어나게 되었습니다
알람에 의지하는 나약함을 생각해보았습니다
내 곁에 시계가 있다는 것이 얼마나 고마운지 압니다

괜히 시계에게 짜증을 부릴 생각은 없습니다
도리어 여유가 생겼기에 잠깐 동안 말씀 묵상을 했습니다
잠시 동안 기도를 드리고 한 잔의 커피를 마시고
몇 편의 시도 마음으로 읽어내릴 수 있으니
나에게 행복한 시간이 마련된 것입니다

시간을 잘 활용할 수 있도록 지혜를 주시는
주님께 감사의 기도를 드립니다

시계 알람이 잘못 울렸을 때 2

만약에 시계 알람이 약속 시간보다
늦게 울렸다면 어떠했겠습니까
나 자신을 원망하면서 발을 동동 구르며
집을 나선다고 하여도 이미 늦어버렸을 것입니다
미리 준비하는 마음이 얼마나 소중한가를 알게 되었습니다

삶 속에서 지나가버린 시간들에 애착을 갖기보다는
다가오는 시간에 소망을 갖게 하여 주시기를 원합니다

예정되었던 것이 잘못되었다고
모두 다 비극은 아닌 것을 깨닫습니다
우리들의 삶은 전혀 다른 방향으로 갈 때도 있습니다
그러나 언제나 우리들의 삶의 방향을 인도해주시고
안내해주시는 분은 주님이십니다

날마다 삶의 오솔길에서 기도하며
조용히 마음속에서 주님을 만나고 싶습니다
우리들의 삶이 주님의 뜻을 이루어감으로
주님이 주시는 평안을 되찾게 해주시기를 원합니다

어떤 상황에서든지 마음을 조급해하거나
화를 내기보다는 주어진 시간을 잘 이용하는 것이
삶을 살아가는 데 큰 도움이 되는 것을 알게 됩니다

아름답게 조화를 이루게 하소서

죄의 삯은 사망이요
하나님의 은사는 예수 안에서의 영생이오니
우리에게 사랑의 마음을 주소서

삶 속에서 말씀과 기도와 섬김으로
아름답게 조화를 이루게 하시고
햇살같이 따듯한 웃음이 퍼지게 하소서

가족과 주 안의 지체들을
온 마음을 다하여 사랑하게 하여 주소서
온 마음을 다하여 봉사하게 하여 주소서
온 마음을 다하여 찬양과 예배를 드리게 하소서

육신을 따라 육신의 생각으로 욕망에 갇혀
잡초와 들풀과 같은 가치 없는 삶을
살지 않게 하소서

주님 안에서, 믿음 안에서 모든 일에
행복한 웃음과 마음의 여유를 갖고
신앙이 아름답게 조화를 이루게 하시고
주 안에서 살아감이 행복이 되게 하소서

낙엽이 떨어지는 가을 길을 걸으며 1

오, 주님!
찬란했던 여름이 지나고
황토 빛깔보다 더 짙게 물들어 떨어지는
낙엽을 밟으며 가을 길을 걷노라면
낙엽들이 만든 이야기 속에서
떠남의 아름다움을 배우게 됩니다

악착같이 살아야 되고 모든 것을 움켜쥐고
살아가야 한다는 사람들도 많지만
떠나야 할 때 떠날 수 있음이
참으로 아름답습니다

나 자신도 삶에 애착이 강하지만
너무 욕심을 내서는
안 된다고 생각하며 살아갑니다

여름날의 불덩이 같은 태양 아래
성장의 다툼도 멈추고 가을 낙엽들은
그들의 삶의 무대에서 퇴장을 합니다
가을의 정취 속에서 풀벌레의 울음소리를 들으며
소유하는 것만이 좋은 것은 아님을 압니다

잎새들이 곱게 물드는 가을이 오면
사랑하는 사람과 대화가 잘 이루어집니다

홀로 있어 쓸쓸하기보다는 같이 있으면
정겨움을 느낄 수 있는 계절이기 때문입니다

우리의 삶에도 봄, 여름, 가을, 겨울 사계절이 있습니다
낙엽이 주는 의미는 참 소중합니다
자기의 할 일을 다하고 떠나면서도 결코 초라하지 않게
모든 빛깔로 자신의 삶을 충분히 나타내주며
다음 세대를 위하여 새로운 것들을 물려줍니다
우리들도 삶에 최선을 다하며 다음 세대를 위해
아름다운 것들을 물려주어야 합니다

낙엽이 떨어지는 가을 길을 걸으며 2

오, 주님!
낙엽은 가을의 종말을 의미합니다
자신의 삶의 종말을 알고 살아가는 사람들은
결코 초라하지 않게 최선을 다하며
열정적으로 살아가야 합니다

낙엽 지는 계절은 우리에게는 감사의 계절입니다
낙엽 지는 거리에서 다정한 사람들과 이야기를 나누는 것도
이 계절에는 더욱 아름다울 것입니다

나뭇잎들이 여름날 땀에 젖은 몸을
가을비에 씻은 뒤 곱게 물들이고
하나하나 낙엽으로 떨어져 온몸으로 나부끼는
그 거리를 걷는다는 것은
아름다운 낭만이 있어 참으로 좋습니다

가을이 일 년 사계절 중에
결코 어느 계절에 비하여도 초라하지 않고 아름다운 것은
고독의 계절이기 때문일 것입니다
그래서 가을에 사랑을 하고 싶어 하기도 합니다
가을은 사랑이 과일처럼 탐스럽게 익어가는 계절입니다

이 가을에 처절한 고독으로
홀로 기도하는 시간을 갖기를 원합니다

우리들의 삶도 가을처럼 종말이 아름다워야 합니다

태양의 떠오름도 아름답지만
태양이 지는 노을도 더할 나위 없이 아름답습니다

모든 나무들이 저마다의 색깔을 표현하듯이
우리들의 삶도 아름다운 빛깔로 빛을 발해야 합니다
우리들의 삶도 주님을 본받아
마지막이 더 아름다운 삶을 살아야 합니다

공원에 홀로 서 있는 큰 소나무

오, 주님!
하늘에 닿을 듯 보초병마냥 공원에 홀로 서 있는
큰 소나무 한 그루를 보았습니다
언제 산에서 걸어 내려와 이곳에 있게 되었는지 모르지만
가끔씩 찾아와 보면 전혀 돌아갈 생각이 없다는 표정입니다
내 생각이긴 하지만 세상을 바라보다 싫증이 나면
언제 다시 산속으로 돌아가지 않을까요
오늘은 소나무를 바라보며 별생각을 다 해보았습니다

소나무는 이야기하고 싶을 때 누구와 할까
몸이 아프거나 다리가 아플 때
드러눕지도 못하는데 어떻게 할까
오가는 사람들의 이야기를 다 듣고 있을까
소나무에 등을 대고 기대어 한숨 쉬던 그 사람의 마음을 알까
둘이만 좋아라 속삭이던 연인들의 사랑을 알까

홀로 서 있어도 모든 것을 다 받아들이고 있는
멋진 모습을 나도 받아들이게 하여 주시기를 원합니다
홀로 있으면 그리움에 몸살이 날 만도 한데
늘 꼿꼿하게 서 있는 것을 보면 뚝심과 인내심이 대단합니다
아침에 푸르름이 더 짙어지는 걸 보면
밤새도록 별들과 사랑 이야기를 나누었던 모양입니다
큰 소나무에게 기다림과 인내심을 배워야겠습니다
우리는 순간에 흥분하고 좌절할 때가 너무나 많습니다

지극히 작은 일에도 큰일이나 난 것처럼 촐싹거리는
어리석은 마음과 행동을 하지 말아야겠습니다
삶의 한 자락에서 키가 훌쩍 큰 소나무를 만나게 해주신
주님의 사랑에 감사드리고 싶습니다
삶 속에서 깨달음이 있어야 진정 거듭난 삶을 살 수 있습니다
삶 속에서 주님을 만난 것은 가장 큰 축복입니다

사람들 속에서

사람들의 눈빛과 웃음과 눈물이 있는
자연스러운 삶의 모습 속에서
주님의 사랑이 얼마나 놀랍게
표현되고 있는지를 깨달아 알게 하소서

주님이 우리의 생활 속에
넘치는 사랑을 주시고 함께하심을
날마다 순간마다 체험하며 살게 하소서

사람들이 땀 흘려 일하고 쉼을 갖는 삶 속에서
주님의 손길이 얼마나 놀랍게
보살펴주고 계시는가를 알게 하소서

사람들의 삶의 모습에서
주님이 우리를 인도하심을
날마다 체험하며 살게 하소서

사람들 속에서 이 시대에 무엇이
필요한지를 깨닫게 하여 주시고
서로 돕고 나누며 살게 하소서

나의 삶이 주님의 건축물이 되게 하소서

나의 삶이 주님의 건축물이 되게 하소서
반석이 되시는 주님의 말씀 위에
나의 믿음의 기초를 세우게 하소서

주님과의 조용한 기도 시간을 갖게 하사
내게 능력 주시는 주님 안에서
내 마음의 소원을 이루어주소서

나의 가슴을 뜨겁게 하사
약할 때에 더욱 강해지며
주님의 길을 온전히 따르게 하소서

나의 삶의 모습을 온전하게 하여 주사
주님이 원하시는 그리스도인이 되게 하소서
나의 믿음을 온전하게 하여 주사
주님이 원하시는 거룩한 성도가 되게 하소서

나의 삶을 인도하사
하나님의 자녀가 되게 하여 주시고
천국 백성이 되어 하늘나라를 소유하게 하소서

나의 삶의 모습 하나하나가
주님의 손길로 지어져가는
주님의 아름다운 건축물이 되게 하소서

나이가 들어갈수록

나이가 들어갈수록
황혼이 더욱 아름다운 삶을 살게 하소서
나이가 들어갈수록 밝은 표정으로
이웃들에게 행복을 주게 하소서

모든 일에 덕을 세우며
마음의 여유를 가지고 관조하며
이해하고 사랑하며 살게 하소서

늘 한결같은 마음으로
예수 그리스도 안에서 확증된 믿음으로
가족과 이웃을 사랑하며
늘 한결같은 마음으로 섬기며 살게 하소서

나이가 들어갈수록 여유롭게
산책하듯이 살도록 평안을 주시고
삶의 공간마다 빛으로 가득하게 하소서

나이가 들어갈수록 욕심을 버리고
행복과 기쁨을 나누게 하소서
삶 속에서 언제나 세상의 빛과 소금의
사명을 잘 감당하게 하소서

나만을 위하여 살지 않게 하소서

마음에 단단한 벽을 쌓아놓고
홀로 쓸쓸하고 외롭게 갇혀서
비관하거나 나약해지지 않게 하소서

미련한 어리석음에서 벗어나
죄악에서 머뭇거리지 않게 하소서
죄악에서 서성거리지 않게 하소서
죄악에서 두리번거리지 않게 하소서
죄악을 들여다보지 않게 하소서

나만을 위하여 살지 않게 하시고
더불어 살아가게 하여 주소서

주님께서 내 안에 함께하시니
기도를 계속하며 감사함으로
늘 깨어 있는 성도가 되어
주님을 위하여 목숨을 걸게 하소서

무엇을 하든지 다 예수 이름으로 하며
주님의 일에 함께하는 발길이 되게 하시고
죄악의 길에서 돌아서는 발길이 되게 하소서
주님이 부르시면 어디서나
언제든지 응답하며 달려가게 하소서

주님이 없으면

주님이 없으면 모든 것이
죄의 옹이로 낱낱이 드러나고
죄가 앙상하게 뼈를 드러내 꼴불견이 되오니
주여, 나를 용서하여 주소서

주님이 없으면 아무 소용없고
아무것도 할 수 없으니
깨끗한 양심과 믿음의 비밀을 갖게 하사
주님의 일을 하게 하소서

나의 중심을 살펴주시고
부족함을 갑절의 은혜로 채워주시고
경건함과 단정함으로 능력이 넘치는
성도의 삶을 살게 하소서

죄악의 미궁에 빠져 헤매지 않게 하시고
오직 말과 행실과 사랑과 믿음과 정절의 본이 되고
믿음의 자부가 되어 주님의 일을 하게 하소서

쓸데없는 걱정거리에서 떠나서
아무짝에도 소용없는 근심 덩어리를 던져버리고
주님과 동행하는 성도의 삶을 살게 하소서

날마다 기뻐하며 살게 하소서

나의 믿음을 올바르게 하사
마음을 하나님께 두어 날마다 기뻐하게 하소서

유유히 흘러가는 세상과 사람들의 말에 이끌려
마음이 유혹되거나 흔들리지 않게 하소서

나의 믿음이 주님의 말씀 위에 세워져
언제나 은혜 가운데 강하고
거짓 없는 믿음으로 살게 하소서

메마른 대지처럼 항상 주님을 향하여 목마르게 하시고
때를 따라 주시는 성령의 은혜의 단비로
심령이 늘 촉촉하게 채워지게 하소서

나의 삶이 성령으로 시작하여
육체로 마치지 않게 하시고
성령으로 시작하여 성령으로 마치게 하소서

진리의 말씀을 옳게 분별하는 삶으로
올바른 믿음 속에서 생활하며
날마다 주 안에서 기뻐하게 하소서

분주한 시간이 다가오기 전에

아등바등 밀치고 밀리는
팍팍하고 분주한 시간이 다가오기 전에
고요한 묵상을 통하여
주님께 기도하게 하심을 감사드립니다

세찬 바람이 불고 험한 파도가 치는 세상에서
삶을 부끄럽게 살지 않게 하시고
주님의 영광을 드러내며 살게 하소서

죄악의 떨림이 멈추고
주님의 평안이 시작되게 하소서
죄의 길로 가는 발길을 멈추고
생명의 길로 걸어가게 하소서
틀에 박힌 변화 없는 삶을
성령의 은혜로 새롭게 하소서

고요히 머리 숙여 기도할 때마다
내 마음을 주님 앞에 다 쏟아내게 하시고
우리에게 주시는
하루의 일용할 양식에 감사하게 하소서

망치로 못을 박으며

오, 주님!
서툰 망치질이지만 못을 박아야 할 때가 있습니다
망치를 들면 왠지 손이나 다치지 않을까 겁부터 납니다
가족사진을 걸어두려고 못을 망치로 몇 번 치다가
그만 손톱을 때리고 말았습니다
어찌나 아픈지 소리를 버럭 지르고 펄쩍 뛰었습니다
자신이 없고 익숙지 못한 걸 할 때는
실수도 많고 상처 입기가 쉽습니다

고투 끝에 못을 다 박고 가족사진을 걸어놓은 뒤
바라보고 있으면 아픔이 한순간에 사라집니다
나사렛 동네에 이름난 목수였던
주님에 대해 잠깐 묵상해봅니다
골고다 산상의 십자가의 그 아픔과 그 고통을 다 감당하시고
우리의 죄를 대속하여 주신 주님을 찬양합니다
우리는 주님의 고난과 아픔의 순간을 기억하지만
구원받은 기쁨과 기도 응답과 삶의 축복을
먼저 기뻐하고 있습니다

십자가의 아픔이 얼마나 큰지
우리가 알고 있는 것과 경험한 것은 너무나 작습니다
주님은 엄청난 희생을 하셨는데도
우리는 어린아이가 선물을 받았을 때 좋아하는 것처럼
그저 순진하게 주님과 첫사랑을 시작했습니다

주님으로부터 구원을 받았는데도
우리는 때로는 보채는 어린아이처럼
너무나 많은 요구를 기도로 주님께 하고 있습니다
나의 죗값으로 주님을 십자가에 못 박은 내가
그 사랑으로 얼마나 많은 축복과 사랑을 받고
진리의 자유를 누리고 있는지 깨닫게 하여 주시기를 원합니다
언제나 주어진 것들에 대해 먼저 감사할 수 있는
믿음을 주시기를 원합니다

공동체의 아름다움을 이루게 하소서

순수한 사랑의 마음을 주소서
변화 많은 세상에서 순박함을 잃지 않게 하시고
늘 믿음 속에 있는지 확인하며 살게 하소서

욕심 많은 세상에서 이기심을 줄이며
타락한 세상에서 욕망의 포로가 되지 않게 하시고
주 예수의 날에 자랑이 되게 하여 주소서

우리의 삶을 풍요롭게 해주시는
주님의 손길을 발견하며 살게 하시고
삶 속에서 사랑이 필요할 때마다
주님의 사랑을 경험하며 살게 하소서

우리가 각자의 삶으로 떨어져 살기보다는
하나 된 믿음으로 아름다움을 이루게 하소서

우리의 믿음이 절정을 이루게 하시고
연약할 때마다 위안을 주시는
주님의 사랑 안에 거하게 하소서

우리가 사랑함으로 하나가 되어
공동체의 아름다움을 이루게 하시고
예수 십자가 외에는 자랑할 것이 없게 하소서

삶의 출구는 하나뿐입니다

오, 주님!
세상에는 수많은 출구가 이곳저곳 있다고 하지만
죄악으로 인도하는 거짓된 길이 너무나 많고
구원의 출구, 생명의 출구는 단 하나뿐입니다

골고다 구속의 십자가 보혈로 구원하시는
그리스도 주님은 단 한 분뿐입니다
다른 출구는 모두 곁길로 나가게 하고
막다른 길로 가게 합니다
결국에는 죽음으로 이끄는
사망의 문으로 통하는 길입니다

기도를 통하여 내가 미처 몰랐던
주님의 뜻을 깊이 깨닫게 하여 주소서
말씀을 통하여 내가 미처 몰랐던
복음과 십자가의 도, 구원의 진리를 깨닫게 하소서

우리가 예수 그리스도를 통하여 구속을 받고
삶의 출구를 찾아 천국으로 향하는 삶을 사는 것은
이 지상에서 누릴 수 있는 가장 큰 축복입니다

예배를 통하여 내가 미처 몰랐던 것을 알게 하시고
찬양을 통하여 내가 알지 못하던 것을 알게 하시고
기도를 통하여 응답받게 하시고

하나님의 높으신 영광을 알게 하소서
삶의 출구는 하나뿐이오니
단 하나뿐인 구원의 출구이신 주님
길이요 진리요 생명이 되시는
양의 문이 되시는 예수 그리스도께로 인도하소서

휴식을 갖고 싶을 때

오, 주님!
삶에서 아픔과 슬픔이 만져지고 힘이 드오니
모든 걸 멈추고, 모든 걸 떠나서 휴식을 갖게 하소서
나무처럼 우뚝 서서 살아가는 이유를 묻고 싶고
큰 대자로 벌렁 누워서 나는 도대체 어떤 존재이고
왜 이 일을 하고 있는가를 깨닫게 하여 주소서

남의 일에 들러리만 서는 것이 아니라
자신이 하는 일에 대하여 분명한 판단을 내리고
존재의 의미를 알고 살아가게 하여 주소서
늘 반복되는 삶에서 낙심하고
쓸쓸함이 찾아올 때가 많지만
성도로서 새로운 변화를 꿈꾸게 하여 주소서
마음을 다잡고 다시 일어서게 하소서

삶을 모나지 않고 뒤틀리지 않게 살고
누가 보아도 멋지고 신나게 살게 하여 주소서
나의 삶에 주어진 시간들을
있는 모습 그대로 살아가며
휴식할 수 있는 마음을 주소서
괜한 불안과 조바심으로
휴식의 기회를 잃지 않게 하여 주시기를 원합니다
우리들의 삶은 죽음이 오기까지 멈출 수 없지만
휴식 중에 잠시라도 기도하게 하여 주소서

새로운 희망을 가질 수 있음이 기쁨이오니
어리석은 자에게 지혜를 주시고 갈 길을 인도하여 주소서
휴식의 시간이 권태롭게 축 늘어지는 시간이 아니라
강하고 담대해지도록 힘을 재충전하는 시간이 되게 하시고
삶의 올바른 속도를 찾아가는 시간이 되게 하여 주소서

삶의 균형을 이루게 하소서

우리가 주님을 믿음으로 인해
죄악의 가시가 시시때때로 온몸을 찔러
심한 고통과 괴로움을 당하지 않게 하여 주소서

죄악의 올무에서 벗어나게 하시고
영원한 안식을 얻게 하여 주시고
주님을 온전히 영접하고 시인함으로
날마다 주님을 찬양하며 살게 하소서

믿음이 없이는 삶의 균형을 이룰 수 없으니
주일을 온전히 성수하여 시간의 균형을 이루게 하소서
조금만 더 양보하고 조금만 더 이해하고
조금만 더 용서하고 조금만 더 인내함으로
삶의 균형을 이루게 하소서

내가 쓸 물질과 하나님께 드릴 물질을
분별하여 온전히 드림으로
물질의 균형을 이루게 하소서

섬김과 나눔으로 사랑의 균형을 이루게 하시고
우리의 내면 깊이 말씀을 새김으로
영성의 식탁이 풍성해지게 하소서
오늘도 하나님이 임재하심을 알게 하사
우리의 영혼이 감사하게 하소서

주님의 뜻을 이루어가게 하소서

우리가 어리석어 잘못 행함으로
무질서하게 흐트러져 있던 삶의 질서를
올바르게 잡게 하시고
굳센 믿음 속에서 삶의 즐거움이 넘치게 하소서

순간적으로 유혹에 빠져들게 하는 모든 죄악을
홀홀 벗어버리고 주님의 뜻을 이루어가게 하소서
더러움과 음란함에서 벗어나
모든 것을 회개하고 믿음을 얻게 하소서

세상에서 부질없고 헛된 것들을
쫓아다니며 방황하지 않게 하시고
주님이 원하시는 좁은 길로 직행하게 하소서

죄를 지으면 지을수록 영혼이 위험에 빠지고
주님과 멀리 떨어질 수밖에 없으니
우리의 모든 짐을 받아주시는 주님께
더욱더 믿음으로 나아가게 하소서

나의 영혼을 새롭게 하사 삶이 정돈되게 하소서
주님의 치유함 속에 주님의 뜻을 이루게 하시고
하나님으로 행복하게 하여 주소서

주님, 나를 일깨워주소서

오, 주님!
세상에 모진 바람이 성난 듯 불어
견딜 수 없도록 마음이 여위어도
나를 일깨워주소서
나를 일깨워주소서

내 마음을 열리게 하사 짐승처럼 울고 있는
죄악에 대한 두려움 속에 살지 않게 하시고
죄악의 담벼락에 기대어 살지 않게 하시고
죄악의 울타리를 치지 않게 하소서

쏟아지는 햇살같이 어둠을 몰아내고
우리의 마음 가득히 사랑으로 채워주소서
두 눈을 크게 뜨고 주님의 인도하심을 보게 하소서
귀를 쫑긋 열어 주님의 말씀을 듣게 하소서

무기력 속에 푸념을 일삼지 않게 하시고
불같이 쏟아져내리는
성령의 은혜를 충만히 받게 하소서

가난한 나의 영혼에도
뜨거운 나의 체온에도
주님의 사랑이 넘쳐흐릅니다

거리에서 물건을 파는 여자

오, 주님!
오늘도 어제처럼 해가 지고 밤이 발걸음을 재촉하고
도시가 점점 새까맣게 물드는 어둠의 시간입니다
거리 한 모퉁이에서 물건을 파는 여자가
뜨개질을 하고 있습니다
커피를 마시며 한동안 보았지만 물건을 사거나
흥미나 호기심을 갖고 물어보는 사람이 없습니다
사람들도 별로 다니지 않는 한적한 곳입니다
일용할 양식을 구하기 위한 노점일 텐데
초조한 마음을 가리기 위해, 마음의 여유를 만들기 위해
뜨개질을 시작한지도 모릅니다

삶이 서툰 탓일까요
조금 있으면 어둠이 더 깊숙하게 발을 내딛고
온몸으로 다가올 텐데 멀리서 바라보며 걱정하고 있습니다
주님의 손길이 함께하기를 기도하는 마음입니다
삶을 살아가다 보면 온통 가로막히는 것뿐이고
홀로 어려움을 당하는 것 같아 외로워질 때가 있습니다
고통의 그늘에 앉아 있지만 아무도 관심이 없는 것 같습니다
벼랑에 선 것처럼 고독에 울컥 눈물이 쏟아질 것 같아
모든 것을 중단하고 아무도 모르는 곳으로
달아나고 싶을 때가 있습니다
삶을 살아가며 기다림을 배우게 됩니다
기다림의 기쁨을 배우고,

한순간도 헛되지 않기를 바라며
열심히 살아온 보람을 느낄 때
가족들과 친구들에게 전화를 걸어
자랑도 하고 싶고 축하도 받고 싶어집니다
아파트 길목 한구석에서 사람들의 관심이 없어도
개미들이 오가며 열심히 집을 짓는 것을 봅니다
아무도 관심이 없어 홀로 된 순간에도
유심히 세밀하게 살펴주시는 주님을 바라봅니다
어둠이 빛으로 바뀌어갈 때 보람을 느낍니다
모든 어려움이 따뜻한 추억이 되게 하시고
쓰러질 때마다 일으켜 세워주시고
외면당할 때마다 감싸주시는 주님의 사랑이 큰 힘이 됩니다
주님을 만나지 않았더라면 얼마나 더 외로웠겠습니까

과일 바구니를 바라보며 1

오, 주님!
계절마다 과일들은 거리에서 제 모습을 자랑합니다
탐스럽게 잘 익은 사과, 배, 감, 귤 등 갖가지 과일들이
바구니 가득히 담겨져 있습니다
수고하고 노력한 결과로 탐스럽게 익은 과일들은
바라보고만 있어도 행복하고 기쁨이 차오릅니다

이 과일을 재배한 사람들은 각각 다를 것입니다
그들의 땀과 수고가 탐스럽고 먹음직한 과일이 되어
수많은 사람들에게 맛과 건강을 선물합니다

파종과 수확의 법칙을 아는 사람들은
참으로 행복한 사람들입니다
복의 법칙을 몸과 마음으로 체험하고
눈으로 볼 수 있는 사람들입니다

많은 사람들이 혼자만의 행복을 원하고 있으나
우리는 이웃들과 지체들과 더불어
행복한 사람들이 되어야 합니다

과일나무를 심고 재배하는 사람들의 손길에는
하나님의 은총과 축복이 가득합니다
삶 속에서 항상 하나님의 섭리를 만나고 맛보고 있습니다

과일 바구니를 바라보며 2

오, 주님!
잘 익은 열매가 가득한 과일 바구니를 바라보면
하나님의 축복이 얼마나 놀라운 것인가
우리의 눈으로 직접 보며 알 수 있습니다

감나무 한 그루에서 만 개의 감이 열리기도 한다니
참으로 신비하고도 놀라운 축복입니다

겨울에는 마른 막대기 같은 포도나무인데
여름에는 포도송이가 가득한 것을 보면
우리의 입술로 하나님을 찬양하지 않을 수 없습니다

과일나무는 해가 수없이 바뀌어
나무의 수명이 다할 때까지
시절을 좇아 열매를 맺습니다

우리들의 삶도 주님이 보시기에는
과일나무 한 그루 같을 것입니다
우리의 삶의 나무에도
해가 바뀔 때마다 보기 좋고 탐스러운 열매들이
주렁주렁 열리면 참 좋겠습니다
주님과 함께 맛있는 과일을 먹고 싶습니다

나의 영혼이 경건하게 하소서

우리를 선한 일에 열심을 다하는
주님의 백성이 되게 하소서

주님의 사랑이 놀랍고 소중하오니
나의 입술로 목숨이 다하도록
주님을 높이 찬양하게 하소서

주님의 의를 힘입어 영생의 소망을 따라
상속자가 되게 하셨으니
순간적 욕망이나 욕심에 의하여
흔들리고 동요되지 않게 하소서

주님의 인도하심에 모든 것을 맡기는
순전한 믿음을 갖고 살게 하소서
주님의 사역에 동참하여 열심을 다하는
견고한 믿음으로 행하게 하소서

미워하는 만큼 미워지고
사랑하는 만큼 사랑하게 됨을 알게 하사
순전히 사랑하며 살게 하소서

기도함으로 선한 일에 열심을 다하게 하시고
영혼을 깨끗하게 하사 경건하게 살게 하시고
믿는 도리의 소망을 굳게 잡게 하여 주소서

나를 위로해주시는 주님

슬픔의 웅덩이에 빠져 있을 때
나를 건져주시고
누군가의 위로를 받고 싶을 때
그 누구보다 먼저 위로해주시는 주님

주님의 사랑으로
많은 기쁨과 위로를 받았으니
아무 쓸데없는 걱정에서 벗어나게 하소서

살다 보면
허무할 때, 허탈할 때,
심심할 때, 한가할 때 있으나
죄의 유혹에 빠지지 않게 하소서

나의 괴로움과 슬픔의 이유를 아시고
가장 풍족한 은혜로 감싸주시는 주님
괴로움에서 힘들게 빠져나오기보다
주님의 은혜로 이겨내게 하소서

절망과 슬픔의 폭풍우를 만나 지쳐 있을 때
무한한 사랑으로 함께하셔서
새로운 힘을 주시고 새로운 길을 열어주소서

절망이 마음에 가득할 때

절망이 마음에 가득할 때
그 시련과 고달픔 속에서도 복된 소망을 주시는
주님의 사랑을 체험하고 느끼게 하소서

비방하거나 다투지 않고 나의 마음을 열어
주님의 위로하심을 받아들이게 하시고
믿음의 선한 싸움을 하게 하소서

지체가 섬뜩하고 무서운 죄의 유혹으로
시험에 들어 고통당할 때
위로와 격려를 해줄 수 있는 믿음을 주소서

죄의 고통 속에 서러움을 쏟아내지 않고
회개를 통하여 선한 마음을 회복하게 하소서

상처와 아픔이 위로받을 때에
주님의 사랑과 용서와
긍휼하심을 함께 나누게 하소서

고통이 찬란한 기쁨으로 바뀌는 날을 바라보며
천지를 창조하신 하나님께
영광을 돌리게 하소서

자신감이 넘치는 삶 1

계획한 일들이 뜻대로 되지 않고 실패했을 때
도피하고픈 마음에 모든 것을 핑계로 가리고 싶어집니다

부모님을 잘 만났더라면, 좋은 학교를 졸업했더라면,
돈이 많았더라면, 좋은 친구가 있었더라면 하는
갖가지 이유로 자신의 부족함을 변명하게 됩니다

이 모든 어리석은 생각과 행동에서 벗어나야겠습니다
잘못된 생각은 아무런 도움이 되지 않습니다
이 세상에 나 하나쯤 없어도 별문제가 없을 것입니다
그러나 내가 있음으로 한 사람이라도 더 행복할 수 있다면
나 자신의 삶도 가치가 있을 것입니다

나 자신부터 용기를 내어 자신감을 갖고 살고 싶습니다
나에게는 엄청난 축복이 예비되어 있음을 알고
내 속에 잠재된 숨은 능력을 개발하여 잘 활용하겠습니다

미련하고 초라하고 나약하게 만드는
헛된 공상과 망상에 빠지지 않고
어리석은 생각에서 새처럼 벗어나겠습니다
해낼 수 있다는 믿음을 갖고 잰걸음으로
씩씩하고 힘차게 출발하겠습니다

자신감이 넘치는 삶 2

오, 주님!
부족하고 나약할 때만 주님의 도우심을 청하는 것이 아니라
일의 시작부터 주님의 인도하심을 받기를 원합니다

늘 서툰 몸짓이지만 주님의 인도하심을 받으며
기쁨 속에서 모든 것이 새롭게 되기를 소망합니다
그동안의 모든 실패를 배움의 기회로 삼게 하시고
삶에 용기가 넘치게 하시기를 원합니다

가슴에서부터 행복한 웃음이 터져나오면 좋겠습니다
웃는 사람들은 사랑과 화목을 주고
평안과 축복과 자신감을 안겨줍니다

자신감이 넘치는 삶을 살고 싶고
날마다 새롭게 변화되기를 원합니다
주님이 주신 기회를 마음껏 활용하여 한판 승부에서
멋지게 이기고 환호를 지를 수 있기를 원합니다

실패와 다시 마주치더라도
두려움 없이 똑바로 응시하여 넘어뜨리고
주님께 감사의 기도를 드리기를 원합니다

주님을 소망하며 살게 하소서

골고다 십자가 고난을 통하여
보혈을 쏟아내고 구원의 사랑을 나타내어
나를 구원하여 주심을 감사드립니다

내 영혼에 붉게 피어나는 십자가의 사랑이
참 고맙고 감사하고 행복합니다

무심한 듯 속절없이 흘러만 가는 삶은
아무런 의미도 없이 한순간에 허무하게 저버릴진대
내 심장에, 내 영혼에 가득히 쏟아부어주신
주님의 사랑에 감사드립니다

이따금 주님의 뜻에서 벗어날 때
이따금 죄의 유혹에 눈길을 돌릴 때
다시 주님의 인도를 받게 하여 주소서

깊고 깊은 죄악의 터널에서 벗어나
이 지상의 목숨이 허락되는 날까지
주 예수 십자가의 사랑을 전하며 살게 하소서

삶의 긴장감을 행복한 웃음으로,
마음이 상해 찡그린 얼굴을 미소로 바꾸며
주님을 소망하며 살기를 원합니다

주님을 만나 기뻐하게 하소서

세상을 바라보면 바라볼수록
참으로 슬프고 괴로우니
믿음의 도의 초보를 버리고 죄를 깨달아
죽은 행실을 회개하게 하소서

죄로 인한 사망을 구원의 기쁨으로 바꾸어주신
주님의 은혜에 기뻐하게 하소서
짓눌러오는 죄악의 고통으로
홀로 목놓아 울던 나를 불러 인도하여 주소서

죄악이 야금야금 몸과 영혼에
파고들지 않도록 구원과 평안을 주시고
주님을 사랑하게 하여 주소서

죄 속에서 애처롭게 살지 않고
죄 속에서 뻔뻔하게 살지 않고
회개하여 의롭게 살게 하여 주소서

아픔뿐인 나의 삶에 주님이 찾아오셨으니
내 영혼이 감동으로 벅차고
주님을 만나 기뻐하게 하소서

희망이라는 이름의 씨앗 1

오, 주님!
하나님은 우리에게 희망을 주시기를 원하지만
사단은 우리에게 절망을 주려고만 합니다

희망이 있는 사람들의 마음에는 평안이 있습니다
그들은 무거운 짐을 벗어버린 사람처럼 마음이 평안합니다
사랑하는 연인들의 모습처럼 행복합니다

우리의 마음에는 희망이라는 이름의 씨앗이 있습니다
이 씨앗 속에는 사람들마다 각기 다른
꿈이라는 큰 나무 한 그루가 들어 있습니다

어떤 사람은 씨앗을 잘 키워 자기의 꿈을 이루고
어떤 사람은 희망이라는 씨앗이 있는지도 모르고
자신이 버림을 받았다는 생각에
씨앗조차 말라죽게 만드는 경우도 있습니다

우리에게 희망이 없다면 불안하고 초조하고
아무것도 할 수 없는 무기력 상태에 빠지고 말 것입니다
어떤 사람은 희망을 잘 키워나가다가도 거센 폭풍우를 만나면
놀라 겁을 먹고 달아나버립니다
희망을 갖기는커녕 그날그날 주어진 일에
끌려다니기 급급합니다

주님이 나를 찾아오시던 날 나에겐 희망이 생겼습니다
우리들의 희망의 씨앗이 주님이 주시는 햇빛과 비를
잘 받아들여 마음껏 싹트기를 원합니다

희망이 있는 사람들은 큰 나무로 잘 성장할 수 있고
희망이라는 커다란 나무에서 열매를 따서
주님께도 드리고 사랑하는 사람들과 불우한 이웃들과도
나누며 살아갈 수 있습니다

희망이라는 이름의 씨앗 2

오, 주님!
희망을 갖고 산다는 것은
삶을 꽃피워가는 것입니다

희망이 있는 삶에는 향기가 있습니다
희망이 있는 삶에는 사랑이 있습니다
희망이 있는 삶에는 기쁨이 있습니다
희망이 있는 삶에는 나눔이 있습니다
희망이 있는 삶에는 웃음이 있습니다

우리들의 가슴에는 뜨거운 열정이 타오르고
주님의 사랑으로 희망이 뛰고 있습니다
우리가 서로 기뻐할 수 있는 것은
주님이 우리의 희망이기 때문입니다

희망이 없으면 사람들은
깊이 잠들지 못합니다
희망이 없는 사람들은
아무 곳에서나 쓰러지고 넘어지고
주저앉아버립니다
좌절이 가득합니다
희망이 없는 사람의 눈빛은
빛을 잃고 초점이 없습니다
옷과 몸에서 더러운 냄새가 납니다

이런 우리에게 주님께서 희망을 주시고
희망을 펼쳐나가게 하여 주심을 감사드립니다

사람들이 주님을 만나 소망을 갖게 해주시고
희망이 무엇인가를 알게 해주시기를 원합니다
나도 희망을 전하는 사람이 되게 해주시기를 원합니다

하나님의 자녀임을 알게 하소서

세상에 적응 못 하여 작은 상처만 받아도
견디지 못하는 나약함에서 벗어나게 하소서

주 안의 지체들과 기도하고 찬양하며
교제하고 예배하는 즐거움만큼
가정에서나 바쁜 일터에서도
삶의 기쁨을 찾게 하소서

언제 어느 곳에서나 주님의 십자가를
마음에 깊이 두고 살아가게 하시고
믿음으로 새롭게 행하며 복음을 전하게 하소서

세심한 주의로 살펴주시는 주님
진리에서 벗어나지 않고
항상 진리의 자유를 누리게 하시고
하늘 사랑으로 날마다 행복하게 하소서

나의 삶이 연약하거나 우둔하거나 무감각하지 않고
복음의 산 소망 속에서 보람되게 살게 하소서
실력과 지혜로 당당하게 살아가게 하시고
언제나 하나님의 자녀답게 살게 하소서

세상에서 사명을 감당하게 하소서

교회 안에서만 그리스도인의 기쁨을 누리며
행복하다고 여기지 않게 하소서
세상에서도 그리스도인답게, 성도답게
세상의 빛과 소금이 되어 살게 하소서

주님이 창조하신 이 땅의
삶의 터전 어느 곳에서나
믿음의 행보를 시작하여
주님의 기쁨을 누리며 살게 하소서

내 마음의 빈 가지마다
꽃을 피워 열매 맺게 하소서
내 마음의 텅 빈 곳을 은혜로
가득 채워주시는 주님을 사랑합니다

끊어질 듯 끊어질 듯 아슬아슬한
죄의 줄타기에서 내려오게 하시고
괜한 긴장과 고집과 교만으로
마음을 삭막하게 만들어놓고
스스로를 괴롭히지 않게 하여 주소서

어려움에 처한 사람에게 어려움을 주지 않고
고통당한 사람에게 고통을 주지 않고
항상 부드러운 마음으로 대하게 하소서

우리에게 세상의 빛과 소금이라
말씀하신 주님의 뜻을 깨달아
세상에서 주님이 주신 사명을
잘 감당하게 하소서

삶의 무게가 무겁게 느껴질 때 1

오, 주님!
죄악으로 인한 달콤한 시간은 모두 헛된 것이었습니다
내가 지은 죄로 온몸에 바윗덩어리를 올려놓은 듯이
삶의 무게가 무겁게 느껴질 때가 있습니다

안개에 갇힌 듯 앞이 보이지 않고
주변 사람들조차 전혀 도움이 안 되고
걱정거리가 머리를 꽉 쥐고 있어
두통이 가시지 않습니다

내 마음의 문을 잠가두고 있어
아무도 들어올 수가 없고 불안감만 가중될 때
마음은 수많은 길로 나눠집니다

역도 선수가 역기를 번쩍 들어 올릴 때도 있지만
젖 먹던 힘까지 써가며 간신히 들어 올릴 때도 있고
다 들어 올린 마지막 순간에 힘에 겨워
그대로 주저앉고 마는 경우도 있습니다

얼마나 많은 사람들이 삶 속에서
막다른 골목을 만나 좌절을 합니까
그로 인해 목숨을 끊는 사람도 있습니다

우리가 어떤 일에 성공을 하더라도

주님을 떠나면 수많은 문제와 영혼의 짐에 대한
불안을 느끼며 살 수밖에 없습니다

순간적인 호기심과 유혹에 넘어가지 말아야 합니다
목욕을 깨끗이 하면 기분이 매우 상쾌해집니다
여름날 소낙비가 시원하게 내리면 기분이 상쾌합니다
이제 주님으로 인해 삶의 무게를 덜고
상쾌하고 산뜻하게 주님과 동행하게 하소서

삶의 무게가 무겁게 느껴질 때 2

우리 주변에는 평생 수고하여 겨우 살 만해졌는데
병들어 죽게 된 사람들이 있습니다
박사 학위 논문이 통과되자마자 허탈함에 빠져
쓰러져 죽어간 젊은이도 있습니다

우리의 삶이 고되고 힘들더라도
마음에 딱딱한 돌덩이가 가득하지 않았으면 좋겠습니다
화려한 것에 취하기보다는 영혼의 목마름이 있기를 원합니다
상처를 치유받아 삶의 기쁨과 평안이 넘치기를 원합니다

주님께서 주시는 한없는 사랑을 날마다 체험하고
주님의 말씀에 귀를 기울이며 살아가고 싶습니다
문제가 생길 때만 주님을 찾고 부르는 것이 아니라
모든 삶을 주님께 의탁하게 하여 주시기를 원합니다
질풍처럼 달려드는 죄악의 마수에서 벗어나기를 원합니다

옷은 계절과 나이와 몸에 맞는 것을 입어야 편한 것처럼
주님은 언제나 우리에게 맞는 십자가를 주시고 지라고 하시니
아쉽고 서러운 것보다 감사할 것들이 많아지기를 원합니다
우리의 삶의 짐이 무거울 때 우리를 부르시는
주님의 음성을 듣고 아이처럼 앞만 보고 달려가고 싶습니다
어린아이가 엄마의 포근한 품에 안긴 것처럼
목자가 되시는 주님의 품에 안기게 해주시기를 원합니다

사람들을 웃음으로 대하게 하소서

아주 평범한 일상 속에서도
진부하게 살지 않게 하여 주시고
유머와 여유를 갖게 하소서

얼굴 표정이 딱딱해지고 굳어지면
대화가 불편해지고 벽을 쌓게 되니
표정이 따뜻하게 살아나고 삶이 따뜻해지게 하소서

얼굴 표정이 부드럽게 풀어져
사람들을 만날 때 경직되고 냉소적이지 않고
밝고 정겨운 웃음으로 대하게 하소서

웃음으로 친밀감을 느끼게 하고
부드러운 만남이 되게 하소서
아름다운 숲속의 언덕마냥
내 마음을 활짝 열리게 하여 주소서

웃음이 있으면 마음이 부드러워지고
친밀감과 신뢰감이 생겨나니
남을 칭찬하고 배려하는 마음을 더해 주소서

나를 만난 사람들의 생각에
나를 알고 있는 사람들에게
편안하고 즐거운 추억으로 남게 하소서

주님의 일에 동참하게 하소서

주님께서 우리에게 모든 것을 베푸셨으니
복된 소망 속에서 주님의 일에 동참하게 하소서
우리의 삶도 주님을 닮아 베풀게 하시고
영생의 소망 속에서 믿음의 상속자가 되게 하소서

허락하신 달란트를 잘 활용하여
남김이 있는 삶을 살게 하여 주소서
허락하신 시간들을 잘 활용하여
풍성함이 가득한 삶을 살게 하소서

주님의 사랑으로 큰 기쁨과 위로를 받았으니
주님의 말씀이 믿는 자 가운데 역사하여
하나님의 교회를 본받게 하소서

삶이라는 고귀한 시간들을 흥청망청 쓰지 않고
허락된 생명의 시간 동안 주님의 일을 하게 해주소서

내 마음에 숨어 있는 죄악의
부패한 냄새가 사라지게 하여 주시고
나의 죄악이 다 드러나 용서받게 하소서

나의 앞길을 인도하시는 주님께 모든 것을 의탁하며
시시때때로 믿음 속에서 한 몸과 한마음으로
주님의 일에 동참하게 하여 주소서

분주한 삶 속에서도

너무나 빨리 변하는 분주한 삶 속에서
혼동스러운 마음으로 웅얼거리며
주님 앞에 나올 때가 많습니다

정결한 마음으로 주님을 만나야 하는데
짜증과 신경질이 나고
마음이 엉키고 엉망일 때가 있습니다

죄악은 하나님과의 관계를 끊어버리고
환상과 몽상으로 떨어지게 할 뿐이니
죄를 지어 슬픔과 고통 속에 살지 않게 하시고
더 좋은 소망으로 주님께 가까이 나아가게 하소서

예수 그리스도 구원의 이름으로
온몸을 누르는 죄악의 무거운 짐에서
고되고 힘든 역경에서 벗어나게 하소서

분주함 속에 마음이 흔들릴 때에도
진리의 믿음으로 구원받게 하시고
주님의 인도하심을 온전히 따르게 하소서

바쁜 중에도 마음을 잘 정돈하여 기도하고
전지전능하신 하나님을 찬송하고
예수 이름으로 거룩한 예배를 드리게 하소서

출구가 보이지 않을 때 1

오, 주님!
우리에게 잠재된 죄악으로 인해
삶의 출구가 보이지 않을 때
주님을 의지하며 기도하게 하소서

쓸데없이 방황하거나 욕심을 부려
갈 길을 지나치거나
고뇌와 나태 속에 출구를 잃어버릴 때
주님을 신뢰하며 기도하게 하소서

막힌 길을 얼마나 뚫고 나가야 할까
구석구석 상처가 나고 마음에 비참함이 가득하고
삶의 목적까지 잃어버려 불안과 걱정에 휩싸일 때
말씀을 의지하며 기도하게 하소서

희망을 잃고 표류하면
모든 것이 막막해지고 후회가 되고
자신마저 학대하고 싶어지는 비참함에 빠질 뿐이니
주님을 더욱더 의지하며 기도하게 하소서

온 산과 들을 날뛰고 돌아다니던 동물이
온 하늘을 날아다니던 새가
갑자기 굴에 갇혀 출구를 잃어버렸으니
얼마나 황당하고 당혹스럽겠습니까

이때에도 주님을 전적으로 의지하게 하소서

우리들 주변에서 죄악으로 인하여
다른 사람들이 쓰러지고 넘어지는 것을 보면서
비웃고 헐뜯는 사람들을 용서하여 주소서

출구가 보이지 않을 때
간절히 기도함으로 출구를 찾게 하시고
길이요 진리요 생명이신
주님의 인도하심을 받게 하여 주소서

출구가 보이지 않을 때 2

나의 일이 잘못되면 별 이유도 없이 미움이 생기고
무슨 말을 하든지 반감을 갖게 됩니다
그러나 삶의 목적이 분명하면 참된 결단 속에
믿음이 분명하고 확고해집니다

출구를 잃고 모든 것이 막혀 있다고 느껴지면
마음도 정신도 산만해지고
항상 몸과 마음이 지치게 됩니다
주님, 나에게 삶의 목적을 세워주시고
헤매지 않도록 주의 길을 보여주소서

물과 오물이 빠져나가지 못하고
하수도에 그대로 남아 있으면 악취가 납니다
악취를 풍기며 만사에 힘이 없고 게으름을 피우기보다
모든 일에 의욕을 보이며 능력 있게 일하게 해주소서

아무도 알아주지 않고 이해해주지도 않고 조롱하며
뒤에서 흉을 보는 것 같아 섭섭하기만 합니다
그러나 나의 사방에 벽이 쌓여 있어도
하늘은 언제나 푸르고 화창하게 열려 있으니
주님께 기도함으로 지혜를 얻게 하소서

새로운 출구를 만들 수 있는 믿음의 힘을 주시고
찾아오는 기회를 잡아 앞으로 전진하게 해주소서

뒤를 돌아보지 않고 앞만 보고 나아가며
단순하고 쉽게 풀 수 있는 일들을
복잡하게 꼬이게 하기보다는 주님의 인도하심을 받아
순서와 질서가 있는 삶을 살게 하소서

출구가 보이지 않을 때 3

오, 주님!
어느 곳에나 출구는 있기 마련입니다
어제는 벽이었지만 오늘은 믿음으로
문을 만들어 출구가 되게 하여 주소서

출구가 가려져 있을지라도
가장 가까이 있어도 찾지 못하는
어리석음 때문에 쉽게 포기하지 않게 하소서
모든 것을 급히 하려고 서두르지 않고 얽힌 것들을
잘 풀어나갈 수 있는 확신과 여유를 갖게 하소서

출구가 보이지 않을 때 촛불을 밝히게 하사
모든 문이 하나로 연결되어 있음을 깨닫게 하소서
우리 주님 예수 그리스도는 구원의 문입니다

나의 삶은 아직 끝나지 않았고
기회는 다시 오고 새롭게 시작할 수 있으니
자신 있게 살아가게 하여 주소서

실패를 하지 않은 사람은 한 사람도 없으니
보다 나은 삶을 위하여 더 노력하고
더욱 활기가 넘치는 삶을 살게 하소서

우리를 인도하시는 주님을 따르며

온전한 믿음과 간절한 기도를 통하여
영적인 교제를 나누게 하여 주소서

희망을 가진 사람이 되어
얼굴이 항상 밝고 환하게 빛을 발하고
어려움 속에서도 모든 것을 감사하고
주변 사람에게 행복을 전하게 하소서

나의 삶의 출구는 언제나 주님이 되게 하소서

주님의 힘과 능력을 알게 하소서

삶 속에서 붙잡을 것은 붙잡게 하시고
놓아야 할 것은 놓게 하시며
마음이 헝클어지지 않게 하여 주소서

주님께서 예비하신 은혜를 체험하게 하시고
죄의 멍에와 사슬에서 벗어나게 하소서

삶 속에서 세워야 할 것은
바르고 견고하게 세우게 하시고
쓰러뜨려야 할 것은
하나도 남김없이 쓰러뜨리게 하소서

주님께서 준비하신 사랑과 평안을
온전히 끝까지 누리며 살게 하소서

힘이 없고 어리석고 부족하여 실패할 때마다
바로 일어서게 하소서
날마다 현혹하는 죄에서 일어나게 하시고
주님의 사랑으로 인해 가슴이 진동하게 하소서

모든 것들이 주님이 주시는 힘과 능력임을 확신하고
절망이 없는 하늘 사랑을 받게 하소서

삶이 평행선만 그리고 있을 때 1

오, 주님!
삶이 변화가 없이
평행선을 그어놓은 듯이
단조로운 일상으로 이어질 때
어딘가에 갇혀 있는 것만 같아서
문이란 문은 다 열어놓고 싶습니다

그날이 그날 같고
다람쥐처럼 쳇바퀴를 맴돌고 있는 것만 같아
지루함이 온몸에 배여 있습니다
시원한 비 한 번 내리지 않고
거센 바람 한 번도 불어오지 않으면
삶은 더 지루함 속에 빠져듭니다

변화가 있어야 삶에 생동감이 도는데
지루한 일상이 반복되니
불현듯 발꿈치를 들고
어디론가 도망쳐버리고 싶습니다
친구들에게 신나고 재미난 일을 묻다가도
그 일마저 지루해지면 이불을 깔고
차라리 잠이나 실컷 자고 싶어집니다

막차를 놓치고 다음 날 첫차를 기다려야 하는
긴 공백의 시간은 참으로 무료하고 지루해

견디기가 힘이 듭니다
까만 밤하늘에 별들이 없었다면
밤은 더 지루하기만 했을 것입니다
빛나는 별들이 있기에 새벽이 오기까지
밤은 그대로의 아름다움이 있습니다

이처럼 모든 생명은 활발한 움직임 속에서
새로운 변화를 갖기를 원합니다

삶이 평행선만 그리고 있을 때 2

오, 주님!
아무리 그럴듯해 보여도 생명력이 없어
역동적이지 않고 아무런 변화가 없으며
그림같이 정지된 삶은 싫습니다

안락한 의자에 앉아 외톨이로 즐기기보다
무한한 가능성을 추구하며
격정과 보람의 순간을 만들고 싶습니다
때로는 힘들고 어려움이 닥친다 하여도
모험심을 발휘하고 싶습니다

작은 풀잎도 살아 있어서 꽃을 피웁니다
거세게 출렁이는 파도를 보고 벅찬 감동을
느끼지 않는 사람이 있겠습니까

어둠 속에서 촛불을 밝힌 것처럼
작은 행동 하나하나가 모여
새로운 변화로 나타나기를 원합니다

바람처럼 불어왔다가 가버리는 삶일지라도
머무르는 동안 누구나 삶의 변화를 원할 것입니다
새로운 변화로 새로운 삶을 살아가게 하소서

희망을 나누며 살게 하소서

내 마음속에 희망을 주시는 주님
삶의 목적을 분명하게 갖게 하여 주시고
성공으로 이끌어갈 수 있는 힘을 주소서

주님을 신뢰하게 하사 기쁨을 찾게 하시고
꿈꾸고 희망하던 일들이 잘 이루어져
물거품이 되지 않게 하소서

주님의 손을 잡고 이끄시는 대로 따라가게 하시고
피와 땀과 눈물을 흘려 시절을 따라
풍성한 열매를 맺게 하소서

나를 둘러서서 조롱하고 희롱하는
죄악의 소리에서 어서 빨리 벗어나게 하시고
주님의 뜻을 따라 달란트를 풍성하게 남겨
칭찬받는 일꾼이 되게 하소서

삶 속에서 항상 즐겁게 희망을 갖고
희망을 나누며 희망을 이루게 하소서
우리의 삶을 변화시키는 영적인 파도가
거세게 흘러들어오게 하소서

불행한 것들은 확실하게 정리하고
즐겁고 행복한 일을 만들어가며 살게 하소서

외톨이로 살지 않게 하소서

이웃과 어울려 살지 못하고
외톨이로 살아간다면 아무런 의미도,
그 어떤 의욕도 없습니다

이웃을 이해하고 용서하며
사랑을 베풀고 나누고 섬기는
성도다운 삶을 살게 하소서

이웃의 마음을 잘 살피게 하시고
대화를 나눌 때 끝까지 들을 수 있는
넉넉하고 편안한 마음의 여유를 주소서

좋은 일이나 나쁜 일이나
행복한 일이나 슬픈 일이나
언제나 동일한 마음과 사랑으로
조화를 이루어나가게 하소서

사람들 속에서 사람들을 통하여
놀라운 일들을 펼쳐 보여주시는
하나님의 섭리를 알게 하소서

홀로 쓸쓸하게 외톨이로 살기보다는
이웃과 함께 어울리며
주 안에서 아름다운 삶을 살게 하소서

촛불을 켜며

촛불이 홀로 불을 붙일 수가 없는 것처럼
주님이 아니시면 결코 나의 심령에
성령의 불을 밝힐 수 없으니
주님께서 우리에게 성령의 불을 붙여주소서

촛불이 방해를 받으면 꺼질 수도 있지만
보호를 받으면 끝까지 환하게 빛을 발하는 것처럼
우리의 삶도 주님께서 지켜주시고 보호하여 주소서

주님의 십자가의 희생하심이
죄악의 어두운 길에서 헤매지 않게 하는
구원의 빛, 생명의 빛이시니
그 빛 가운데로 인도하여 주시기를 원합니다

촛불이 끝까지 몸을 희생하여 타오르듯이
주님의 희생과 삶을 본받아 살게 하시고
주님의 사랑을 나누며 살게 하소서

우리의 삶을 순간순간마다 지켜주시고
세상의 빛으로 살아가게 하소서
온 우주에 빛이 되시는 구원의 주님
영원히 타오르는 빛 되신 주님을 따르게 하소서

마음을 다 쏟아놓고 싶을 때 1

오, 주님!
마음이 답답하고 속상하오니
흔들리는 내 마음을 붙잡아주소서

누군가를 만나 내 마음을 다 쏟아놓고 싶습니다
내 마음이 마치 불판에 올려놓은 콩처럼 튀고 있으니
오늘은 내 이야기를 들어줄 사람을 보내주소서

가슴에 맺힌 것을 속 시원히
풀어놓지 않으면 병이라도 날 것 같습니다
내 마음이 수많은 오물과 가시와 그물로 뒤엉켜져
엉망진창이 된 것만 같으니 주께서 인도하소서

헝클어진 머리칼보다 곱게 빗은 머릿결이 아름다우니
혼란에 빠진 내 마음을 잘 정돈하여 주시고
이해와 사랑의 빗으로 곱게 빗도록 해주소서

지금 내 마음은 사랑에 굶주려
마음속 불덩어리가 당장이라도 터져버릴 것만 같습니다
내 마음의 상처가 다른 사람마저 해할까 두려우니
내 마음을 주님의 참평안으로 인도하여 주소서
주님의 응답을 받게 하소서

마음을 다 쏟아놓고 싶을 때 2

오, 주님!
이 순간에도 내 마음을 다 쏟아놓으니
내 마음을 만져주시고 함께하여 주소서
몹시 흥분되어 있는 마음을 차분하게 가라앉히고
주님을 바라보게 하소서

나의 삶이 내 마음의 상태에 따라 살지 않고
주님을 향한 믿음으로 살아가게 하소서
주님의 생명수에 목을 축이는
복되고 아름다운 삶이 되게 하여 주소서

나 혼자만이 고통받는다고 생각하는 어리석음에
때로는 자주 흥분하고 화를 내며
작은 바람에도 흔들리는 풀잎들처럼
너무나 가볍게 흥분하고 있으니
주님께서 나를 어루만져주시고 인도하소서

어려움이 여름날 먹구름처럼 몰아쳐올 때
가장 먼저 주님의 도우심을 구하게 하여 주시고
고통과 아픔을 담아두고 새길 수 있는
마음의 여유를 충분하게 주소서

내가 위로를 받겠다고 안달하기보다
남을 위로할 수 있는 더 깊고 넓은

마음의 여유를 허락하소서

죄악의 가시투성이인 나를 품어주시고
언제나 나의 모든 고백을 들어주시는
주님의 마음을 더 깊게 알게 하여 주소서

비가 내리던 날 1

오, 주님!
목마른 대지를 적시는 비가 내리고 있습니다
비를 생각하면 떠오르는 것이 많이 있습니다
구름, 천둥, 벼락, 바람, 우산 등 여러 가지입니다

여름날 소낙비가 한바탕 쏟아지면 좋은 이유는
우리의 답답한 마음을 트이게 해주고
온갖 더러운 것들을 씻어내리기 때문입니다
우리의 삶 속에 은혜의 단비가 내리기를 원합니다

비는 계절마다 그 느낌과 의미가 다릅니다
봄에 내리는 비는 꽃을 피우고
여름에 내리는 비는 더위를 씻어주고
가을에 내리는 비는 고독을 선물해주고
겨울에 내리는 비는
계절을 잊어버리고 잘못 내리는 비 같습니다

비는 영화의 주제가 되기도 하고
음악과 미술과 시와 소설,
갖가지 예술의 이미지가 되고
사랑의 만남과 이별을 상징합니다

비가 내리면 왠지 고독해지고
내리는 비와 함께 그리움이 솟습니다

빗소리를 들으면 조용히 기도합니다
내 마음과 영혼을 촉촉이 적셔주는
성령의 단비가 이 시간 내려서
흠뻑 젖어들면 좋겠습니다

주여, 나와 함께하여 주소서

비가 내리던 날 2

어린 시절에는 누구나 소낙비를
한 번쯤 흠뻑 맞아본 경험이 있을 것입니다
온몸이 젖어도 어린 시절에는 즐거움과 낭만이 됩니다

비가 너무 적게 오면 가물고
너무 많이 오면 홍수가 나는 것처럼
우리들의 삶 속에서도 모든 일이 그러합니다

주님은 때를 따라 이른 비와 늦은 비를 내려주십니다
온 땅을 적시는 비처럼 우리 마음도
하나님의 사랑으로 적셔지기를 간절히 원합니다

봄비가 전해주는 소식은 생명의 소식입니다
지금도 멈추지 않고 흘러내리는 십자가의 보혈의 사랑
주님의 그 사랑에 흠뻑 젖고 싶습니다

하나님의 사랑에 빠진 사람들만이 진정으로
영혼까지도 사랑할 수 있습니다
하나님의 사랑을 받으면 삶도 아름답기를 원합니다
하나님의 사랑은 영원한 사랑입니다

단비같이 내리는 하나님의 사랑 속에
그리스도인들이 새 생명의 축복을 받은 삶을
아름답고 멋지게 살게 하여 주시기를 원합니다

고독하다는 것은 1

오, 주님!
고독하다는 것은 쓸쓸하고 외로운 것이고
혼자라는 것을 깊이 느끼는 것입니다
사람들은 저마다 고독을 느끼며 살아가고 있습니다

고독은 자유입니다
가을 낙엽마저 고독으로 떨어집니다
고독해지면 별빛마저 차가워집니다

고독에는 병에 이르는 고독과
창조적인 고독이 있습니다

감정에만 사로잡힌 고독은
몸을 상하게 하고 영혼까지 시들게 합니다
그러나 홀로 조용히 묵상하는 것은
자신의 의지나 사고를 변화시켜줍니다

고독다운 고독 속에 창조적인 아름다움이 있습니다
고독 속에서 모든 예술과 문화가 만들어졌습니다

진정한 고독은 골고다 십자가의 고독입니다
예수 그리스도의 삶은 언제나 고독했습니다
겟세마네 동산, 갈보리 십자가의 고독은 주님이 아니시면
아무도 감당할 수 없는 처절한 고독입니다

주님의 고독은 인간을 구원하시기 위한 위대한 고독입니다

고독은 그 자체만으로는 결과가 비참할 수밖에 없습니다
고독은 가장 무서운 고독이 될 수도 있습니다
고독이 찾아올 때는 음악을 듣거나 책을 읽거나
사랑하는 사람과 대화를 나누며 외로움을 달랩니다
바라옵기는 우리에게 다가오는 모든 고독을
주님과의 대화로 이어가게 하여 주시기를 원합니다

고독하다는 것은 2

고독을 자신의 새로운 삶의 출발로 삼으면
참으로 위대한 역사가 이루어집니다
우리에게 다가오는 일들을 어떻게 행하느냐에 따라
행복하기도 하고 불행해지기도 합니다

그리스도인으로서 가치 있는 삶을 살기 원합니다
하나님이 주신 은혜로 행복하기를 원합니다
무엇보다도 하나님의 뜻을 분별할 수 있기를 원합니다

고독을 빌미로 초라하고 비굴하게 살아가기보다는
도리어 새로운 변화를 일으킬 수 있는
능력 있고 믿음 있는 그리스도인이 되기를 원합니다

지금도 병상에서 고독하게 신음하는 사람이 있고
직장을 잃거나 견디기 어려운 슬픔을 당해
온 밤을 고독하게 보내는 사람들도 있습니다

진정한 행복은 고독을 이겨내는 것입니다
고독을 이기신 주님의 삶처럼
고독을 이기게 하여 주시기를 원합니다

고독을 도리어 영혼을 위한 메아리로 받아들여서
행복한 삶을 살게 하여 주시기를 원합니다
우리는 예수 그리스도로 인하여 구원받은 사람들입니다

이유 없이 비난을 받았을 때 1

오, 주님!
나는 한 번도 그 사람을 비난하거나 미워하거나
손해를 보게 한 적이 없습니다
그런데 이게 어떻게 된 일입니까

내가 없는 곳에서 아무런 이유 없이
꼬투리 잡아 비난을 하는 것은
감당하기가 너무나 힘듭니다

나의 삶에 갑자기 날아든 돌덩이같이
목청을 돋우며 무작정 비난하고
모욕한다는 것을 알았을 때
아닌 밤에 홍두깨마냥 씁쓸함을 지울 수가 없습니다

가까운 사이도 아니고 별 만남도 없었기에
서로 부담되지 않고 부담될 일도 없을 텐데
속이 무척이나 상했습니다

만나서 조목조목 따지고 싶고
욕설이라도 실컷 퍼부어주고 싶고
허락된다면 뺨이라도 세차게 후려치고 싶었습니다

그러나 평화를 이루며 살고 싶어
다시 삶 속에서 부족함과 잘못을 깨닫고자 합니다

여유 있는 태도, 예의 바른 태도,

남의 말을 경청하는 자세,

이해심, 자신감, 확실한 의사 표현,

유연성과 유머가 있는 삶을 살아가기를 원합니다

이유 없이 비난을 받았을 때 2

내 마음에 드는 사람도 있고 미워하는 사람도 있지만
나의 부족함과 연약함을 잘 알아
모든 사람을 사랑하는 마음을 가져야겠습니다
내가 다른 사람에게 상처받을 때의 아픔을 떠올리면
내가 다른 사람의 마음에 상처를 주어서는 안 된다는 것을
더욱 뼛속 깊이 느낍니다

남에게 도움을 주는 삶을 살게 하여 주시기를 원합니다
오랜 후에 나에게 상처를 준 사람이 도움을 청해왔습니다
그에게 비난받을 때는 목이 쉬도록 변명하며 성질을 부려도
크게 달라지는 것은 없었습니다

똑같이 몸부림을 치며 비난하고 화를 냈더라면
그 사람과의 관계는 어떻게 되었겠습니까
평생토록 벌집을 쑤셔놓은 것과 같은 상태로
불편한 관계로 끝나고 말았을 것입니다

입장 바꾸어 생각해보라는 말이
그냥 스쳐 지나가는 말이 아니라는 것을 알았습니다
차분한 마음과 냉정한 판단으로 모든 일에
여유롭게 행하게 하여 주시기를 원합니다

주님의 사랑을 배워 사랑하며 살게 해주시기를 원합니다
삶 속에서 미움을 줄이고 사랑을 넓혀가게 해주소서

무능하다는 생각이 들 때 1

오, 주님!
삶의 리듬이 팽팽하다가 갑자기 충격을 받아
툭 끊어져버렸을 때 쏟아지는 무력함이 너무 무섭습니다
갖가지 모든 일들이 동시에 중지되어버리고
아무것도 할 수 없다는 무력함 속에서
존재의 의미마저 상실하고 맙니다

아무런 가치 없고 무능하다고 느낄 때는
삶을 매듭짓지도 못하고 쉽게 풀지도 못해
힘차게 뛰는 혈맥조차 찾을 수 없을 정도로
초라해지고 나약해지고 맙니다

정신을 똑바르게 차리고 살아도 힘들고 바쁜 세상에서
곁눈질을 시작하면 점점 소외되고
아픔과 외로움 속에서 가치 없는 존재로 전락해버립니다
무엇 하나 제대로 해낼 자신감이 없고
기력도 열정도 잃었을 때
내일을 기약할 수 없어 늘어놓는
어리석은 푸념은 미친 짓에 불과합니다

버티고 살아도 힘이 모자라는 매정한 세상에서
조롱하며 들려오는 앙칼진 목소리들 속에
홀로 갇혀 있는 신세로 서성대며 살아간다는 것은
삶을 한스러운 통곡으로 만들어버립니다

무능함을 느낄 때 쓰러지지 말아야 합니다
자신의 장점과 능력을 찾아내야 합니다
뜨거운 열정을 발휘하여 변화된 삶을 살아야 합니다
"너는 거기까지야"라고 말할 때
그것을 뛰어넘는 새로운 변화를 일으켜
용기가 넘치는 삶을 살아야 합니다
자신에게 있는 성공이란 물감으로
모든 실패를 지워버려야 합니다

무능하다는 생각이 들 때 2

오, 주님!
몰인정한 세상에 생트집을 잡더라도
때로는 삶이란 파도에 밀리고 밀려 살아가더라도
힘이 들고 피마저 싸늘히 식어가더라도
꿈을 갖고 일어나 한발 앞서 행동하게 하소서

꿈은 힘을 주고 무능에서 벗어나게 하오니
꿈을 품고 꿈 밭을 개간하게 하소서

우리들의 삶에는 늘 어려움의 비탈과
고통의 고갯길과 실패의 벼랑이 있을진대
우리로 하여금 담대하게 건너게 하소서

시련이 도리어 우리를 강하게 만들고
새롭게 함을 깨닫게 하여 주소서

들판의 이름 모를 들풀도 자기가 할 수 있는 역할이 있고
푸른 하늘의 작은 구름도 해야 할 일이 있고
사막의 모래알도, 해변의 모래알도, 강변의 모래알도
분명하게 자기가 할 일이 있음을 알게 하소서

주님의 말씀이 내 마음속에서
달게 익어가게 하여 주셔서
날마다 강한 능력과 권능으로 살게 하여 주소서

무능하기에 주님을 원하고
무능하기에 주님이 함께하여 주시기를 원하오니
주여, 나에게 하나님의 사역에 동참할 수 있는
힘과 능력과 지혜를 주소서

실수를 저질렀을 때 1

오, 주님!
나의 부족함으로 실수를 저질렀을 때
나를 향한 굴절된 시선에 가슴이 아픕니다

실수를 고의로 생각하고
일부러 알면서도 저지른 것처럼 매도할 때
참으로 비참해져 마음의 상처만 남게 됩니다

실수가 사람의 모습을 비참하게 만들고
가슴에 못을 박고 자신을 탓하게 하며
스스로를 초라하게 만들 때가 있습니다

일은 이미 저질러졌고 뒤집을 수가 없는데
어떤 말을 해도 변명으로만 여겨질 때
잘 수습하고 새롭게 살아갈 수 있도록
모든 것에서 떠나 주님을 만나기를 원합니다

변명할 수도 없고 이해를 구하지도 못하고
모두 외면해버릴 때 허탈함을 금할 수가 없습니다

격한 감정으로 말하다가는
도리어 충돌할 수밖에 없기에
충돌을 피하며 오해가 풀리기를 기다립니다

분한 감정을 차분하게 가라앉히고
자신의 행동을 살펴보며
고칠 것은 고치고 보충할 것은 보충하고
새롭게 할 것은 새롭게 하여
이해와 용서를 바랄 뿐입니다

실수를 저질렀을 때 2

오, 주님!
아무에게도 호소를 할 수가 없을 때
주님을 만나기를 원합니다

실수와 고의의 차이는 상대방이 느끼는
마음에 따라 전혀 달라지는 것을 알았습니다
실수가 실수로 끝나지 않고 갈등을 만들어낼 때
아픔이 뼛속을 흐릅니다

'아차!' 하는 순간 모든 것이 물거품이 되고
좋은 관계에 금이 가고 맙니다
삶 속에서 항상 깨어 있게 해주시기를 원합니다

약속을 지키고 정직하고 진실하게
흐트러짐이 없는 삶을 살기를 원합니다
어떠한 순간에도 제자리를 지킬 줄 알게 하시고
해를 입히거나 부정한 행동으로
죄를 범하지 않게 하소서

오직 성실하신 주님을 바라보며 닮아가게 하시고
주님의 선하신 일에 동참하게 하여 주시기를 원합니다
나의 부족함으로 실수하였을 때
먼저 용서를 구하게 하시고
실수를 인정하게 하여 주시기를 원합니다

모두가 자신의 탓임을 알아
회개하게 하시고
견고한 신앙의 자리에 서게 하여 주시기를 원합니다
나를 항상 지켜보시고 인도하여 주시는 하나님께
감사와 찬양을 올립니다

병원에서

병원에 가보면 갖가지 병으로
고통당하는 사람들이 많습니다
환자들과 그들을 보살피는 가족들도
많이 힘들어합니다

병원에서 일하는 의사들과 간호사들과
환자들과 가족들을 보살펴주시기를 원합니다
세상에는 각종 병으로 죽어가는
사람들이 많이 있습니다

그들의 삶을 주님이 인도하여 주소서
의술로도 어찌할 수 없는
사람들도 많이 있사오니
생명이 다하기 전에 주님을 영접하게 하소서

이 땅에서는 고통을 당했지만
주님의 긍휼하심으로 천국에 들어갈 수 있도록
저들의 마음과 영혼을 인도하여 주소서

복음을 접할 수 있는 길을 열어주시고
전도의 문이 열리게 하여 주소서
오늘도 아파하는 이들을 가엾게 여기시고
주님의 손길로 어루만져주소서

수술을 앞두고

사랑의 주님
수술을 앞두고 있는 환자를
인도하여 주시기를 원합니다
마음이 불안하지 않도록 안정시켜주시고
수술이 잘되도록 인도하여 주셔서
빠른 시일 내에 회복할 수 있도록 함께하소서

수술하는 의사와 돕는 간호사들도
주님이 붙잡아주시고 인도하여 주셔서
수술이 성공적으로 끝나게 하여 주소서
수술이 잘되기를 간절히 원하며
기다리는 가족들의 마음도 지치지 않도록
주님이 힘을 불어넣어주소서

수술 후에도 상처가 잘 아물게 해주시고
건강이 회복되어 행복하게 살 수 있도록
함께하여 주시기를 원합니다

주님의 권능을 믿사오니
주여, 모든 순간 주님께서 함께하소서

왠지 허망한 생각이 들 때 1

왠지 허망한 생각이 날 때, 마음이 허전해질 때
죄의 덫과 그물에 걸려들지 않기를 원합니다
사람들은 때로는 환상같이 그럴듯한 일들이
눈앞에 벌어지기를 바라지만 모두가 잘못된 생각입니다

큰 변화가 없는 듯해도 진실하고 성실한 삶이
얼마나 귀하고 소중한 것인가를 잘 알아야 합니다
욕심대로 움켜쥐고, 손해를 볼까 걱정이 되어
벌벌 떨다가 모든 것이 한순간에 날아갔을 때
죽고 싶을 만큼 힘들어하는 사람도 있습니다

모든 것들이 위협하며 다가와 목을 조르는 느낌에
가슴속 깊은 곳까지 두려움이 가득해질 때가 있습니다
세상이 온통 어두워지고 홀로 갇힌 것 같고
나 홀로 텅 빈 것만 같은 느낌을 지울 수가 없습니다

눈에 보이는 것들을, 손에 붙잡은 것들을,
품 안에 안았던 것들을 다 놓쳐버리고 잃었을 때
그 안타까운 마음에 다가오는 것은 고통입니다

우리의 삶의 모든 주머니가 텅 빈 듯한 느낌이 들 때
우리의 모든 것이 썰물처럼 떠나버린 듯한 황량함에
쓸쓸한 마음이 가득해져 모두 다 외면하려 할 때
주님께서 날 붙들어주시기를 원합니다

왠지 허망한 생각이 들 때 2

주여, 허망한 것에 기대어
살지 않게 하여 주시기를 원합니다
죄악의 구석에서 힘들고 짓눌릴 때 빨리 깨닫고
죄악의 가파른 계곡에서 벗어나게 하소서

요행수와 한탕주의에 빠지지 않게 하여 주시고
죄악의 추태를 부리지 않게 하시고
순간의 쾌락보다는 영원한 안식을 구하게 하소서

남에게 기대어 살지 않게 하여 주시고
믿음으로 우뚝 서게 하여 주시기를 원합니다
우리의 삶이 부질없는 몸짓으로 끝나지 않기를 원합니다

주님 안에 있으면 날마다 즐겁고 행복하오니
허망함에서 떠나 소망 안에 살게 해주시기를 원합니다
아무것도 없는 맨땅처럼 보이던 곳에서
수많은 싹들이 돋아나듯이
나의 마음에도 새 믿음이 가득하여 활력이 넘칩니다

새로운 소망의 싹들이
힘차게 돋아나게 해주시기를 원합니다
하얗게 피어오르는 연기처럼
나의 기도가 주님께 상달되기를 원합니다

내일을 기대하며 1

우리들의 삶은 언제나 치열한 경쟁 속에서
앞서거니 뒤서거니 하면서 살아갑니다
이 생존 경쟁에서 벗어나는 일은 없습니다

시련과 어둠을 이겨내어 참다운 삶을 살 때
삶은 그만큼 값어치가 있습니다
삶 속에서 뜻하지 않고 생각지도 않았던 일들이
일어날지라도 실망하지 말고 살아야 합니다

지나친 소유욕도 그 속을 알고 보면
별것 아닌 허상일 뿐입니다
파도가 출렁이는 넓고 푸른 바다도
단 한 방울의 물방울에서 시작된 것입니다

초록이 끝없이 펼쳐진 생명이 가득한 들판도
이름 모를 풀포기 하나하나에서 시작한 것입니다
우리는 모두 지구 안에서 단 하나뿐인
하나님의 사랑을 받는 가장 소중한 사람들입니다
이 얼마나 소중한 존재입니까

무엇보다도 먼저 사람을 소중하게 생각하고
영혼을 소중하게 생각하기를 원합니다
우리에게 다가오는 어려움 때문에 굴복하지 않게 하시고
헤쳐나갈 수 있는 믿음을 주시기를 원합니다

내일을 기대하며 2

모세는 나일 강가에 버려진 아이였지만
현실을 이겨내어 하나님께 귀하게 쓰임을 받았습니다
요셉은 노예로 팔렸고 유혹을 받았지만
모든 시련을 극복하고 가족을 구원하는 일을 해냈습니다
욥은 자신에게 닥친 시련을 믿음으로 극복하여
더 큰 축복을 받았습니다

이 땅의 어떤 인물도 고난과 시련을 면제받지 않았습니다
우리도 다니엘처럼, 에스더처럼, 주님처럼 기도하며
내일을 기대하며 살게 해주시기를 원합니다

오늘은 영원한 시간 속에 한순간임을 잊지 않아야 합니다
작은 일에 성내거나 욕심내거나 미워하지 않고
넓은 마음으로 내일을 소망하며 살기를 원합니다

꿈을 갖고 비전을 갖게 해주시기를 원합니다
내일을 기대하며 소망하며 살게 해주시기를 원합니다
내일이 우리를 초대하고 부르며 손짓하고 있습니다
내일을 향하여 달려가게 해주시기를 원합니다

예수 그리스도 이름으로
기도하며 살게 해주시기를 원합니다
우리 모두가 하나 되어 내일을 기대하며
살게 해주시기를 원합니다

4장

찬양하는 하루

캄캄한 절망 앞에서

캄캄한 절망 앞에서도 욕망의 노예가 되지 않고
숨 막히는 처절한 고통 속에서도
주님의 은혜로 복음의 빛을 비추며 나아가게 하소서

얽히고설키게 하는 악에서 벗어나고
뒤죽박죽으로 만드는 악에서 떠나
주님을 바라볼 수 있는 힘과 용기를 허락해주소서

밑 빠진 독 같은 육체 가운데 살지 않고
전지전능하신 하나님 안에 살게 하소서
내가 내 안에 사는 것이 아니라
내 안에 예수께서 사는 것이 되게 하소서

진리의 빛 가운데로 주님의 인도하심을 받았으니
밑바닥이 보이지 않는 죄악의 어둠 속에서
길을 잃고 방황하며 헤매지 않게 하소서

밤낮을 가리지 않고 어디든지 주님이 함께하시니
주 예수 그리스도를 온전히 믿으며
모든 것을 맡기는 믿음을 갖게 하소서

세월이 흐르면 모든 시간은 사라지고
모든 것들은 허물어지오니
전지전능하신 구주 예수만 의지하게 하소서

빛 가운데로 인도하소서

깊은 밤 어둠보다 더 어두운 죄악을
용서받고 싶어 탄식하듯 간절히 기도드립니다
주님의 분노를 사는 죄악의 어두움이 나를 절망시키니
빛 가운데로 인도하사 소망하며 살게 하소서

허풍을 치고 의미 없이 죄를 지으며
온갖 배짱을 부리며 살지 않게 하소서
별 볼일 없이 구차한 인생을 사는 나를 구원하소서

어쩔 수 없어서 죄를 지었다고
구차하게 변명하지 않게 하시고
모든 것을 회개하여 용서받게 하소서

죄를 자복하고 회개함으로 용서를 받아
태양빛보다 더 밝고 찬란하게 다가오는
주님의 빛 가운데서 빛의 자녀로 살게 하소서

마음이 저리도록 간절히 기도함으로
주님을 더 가까이 느끼고
온 정성을 다하여 간곡히 기도함으로
주님을 더 사랑할 수 있기에
두 손과 마음을 모아 기도드립니다

행복한 삶을 살기를 원하며 1

오, 주님!
행복이 무엇입니까
우리가 원하는 것을 소유하고
소망하는 것들을 다 이루는 것입니까

사람들은 누구나 행복에 가닿기를 원합니다
행복은 삶 속에서 마음으로부터 느끼는 기쁨입니다
우리가 주님을 영접하여 구원을 확인했을 때
마음으로부터 느끼는 기쁨이 행복입니다

가족들 사이에서, 친구들과 지체들 사이에서,
자신의 일 속에서도 행복을 느낍니다
홀로 느끼는 행복도 있고 같이 느끼는 행복도 있습니다

행복은 구속이 아닌 진정한 사랑의 모습이며
가장 가까운 자신의 마음에서 시작하는 것입니다
행복은 욕심이나 욕망에서 이루어지는 것이 아니라
순수함과 정직함, 진실한 마음에서 이루어집니다

우리는 주님으로 인해 구원을 받았으니
이 행복을 전하는 삶을 살기를 원합니다
행복한 마음과 사랑의 마음은 나눌수록
기쁨과 평안이 넘칩니다
누구나 눈부신 사랑을 하며 행복하기를 원합니다

행복한 삶을 살기를 원하며 2

오, 주님!
우리는 행복에 초대받기를 원하며
행복의 주인공이 되기를 원합니다

벌집을 쑤신 듯 엉망이고 발붙일 곳 없는
세상에서 길 되신 주님을 만났으니
행복은 내 마음에서 시작됩니다

아침에 일어나 하루를 감사로 시작하는 삶과
하루를 불평으로 시작하는 삶의 모습에는
큰 차이가 있습니다

몸과 마음이 하나가 되어 웃을 일이 있다면
참으로 행복한 일입니다
우리 자신과 주변의 것들을 감사히 받아들이고
행복을 만들어가는 삶을 살아야겠습니다

절망과 슬픔의 모든 고통도
세월이 흐른 뒤 돌아보면 잠깐이오니
믿음으로 견디며 이겨낼 수 있는 힘을 원합니다

분노가 와락 치밀어 올라와도 자제하게 하시고
아무리 고독하더라도 죄악의 길로
어지럽게 다니지 않게 하소서

우리가 작은 것들에서부터 행복을 느끼지 않으면

주변 사람들에게 어둡게 보여질 것입니다

우리에게는 주님이 주시는 영원한 구원의 기쁨이 넘칩니다

우리와 주님과의 사이에 행복의 줄이 끊어지지 않도록

기도와 말씀과 예배로 날마다 삶을 점검하며 살기를 원합니다

남을 너무 의식하며 살지 않게 하소서

주님의 기뻐하심보다
사람들을 지나치게 의식하며 살지 않게 하소서
사람에게 인정받는 것을 바라지 않게 하소서

살면서 나약해질 때
죄의 유혹으로 완고하게 되지 않게 하시고
죄를 고백하고 회개한 후에는
얼마나 고귀하고 아름다운 새 생명이 되는지 알게 하소서

주님의 고귀한 십자가의 사랑이
날마다 함께하심을 믿고
믿음으로 전진하여 성령의 약속을 받게 하소서

사람들의 시선보다 주님의 시선을
먼저 바라보게 하시고
나의 믿음을 붙잡아주사 흔들리지 않게 하소서

오직 믿음 가운데 살게 하시고
예수를 깊이 생각하게 하소서

죄로 인해 죽음의 벼락을 맞을 수밖에 없는 삶을
예수께서 치료하시고 구원하셔서
믿음의 본을 보이시고 자유를 주셨으니
견고한 믿음 위에 굳건히 서서

다시는 종의 멍에를 메지 않게 하소서

가난하고 병들고 소외된 이웃들을 보살피는
신실한 믿음으로, 헌신하는 성도의 마음으로
늘 봉사하며 살게 하소서

주님이 계셔야 할 자리에

주님이 계셔야 할 자리에
다른 것들이 둥지를 틀지 못하게 하소서
봄눈이 녹듯이 나의 모든 죄를
사라지게 하시니 무한 감사드립니다

주님의 계명을 지키는 삶을 살아가고
새 생명으로 구원해주시는 믿음으로
세상을 이겨내며 주님의 인도하심을 받게 하소서

자신만을 위하는 마음으로 냉랭해지지 않게 하시고
이웃을 내 몸처럼 사랑하게 하시고
가족을 위하여 행복과 희망의 울타리를 만들게 하소서

삶의 모든 영역에서 믿음이 작아지지 않게 하소서
세상을 이기는 힘은 오직 믿음이니
말씀으로 인도하시고 모든 좋은 것으로 함께하소서

주님의 영광을 나타내게 하시고
성령의 인도하심을 따르게 하사
사람을 낚는 어부가 되게 하여 주소서

주님이 계셔야 할 자리에 모시게 하시고
무익한 시험에 빠지지 않고 선한 양심으로 살아가며
믿는 자의 본이 되도록 믿음을 반석 위에 세워주소서

주님을 닮아가는 삶 1

오, 주님!
우리 주 예수 그리스도는 어떤 분이십니까
주님은 우리의 모든 죄악을 구원하여 주시는 분입니다

이 세상의 모든 것들은 변합니다
국가도, 민족도, 사상도, 철학도 변하고,
가정도, 사랑도 변합니다
급변하는 세상에서 우리로 하여금
주님을 닮아가는 삶을 살게 해주시기를 원합니다

주님은 언제나 변함없이 우리와 함께하여 주십니다
우리가 참된 그리스도인이 되려면
주님의 마음을 닮아가는 삶을 살아야 합니다
우리가 주님을 믿으면 삶이 변화되고
마음속 깊이 주님이 주시는 평안을 누리게 됩니다

주님이 다 감찰하시니 교묘하게 죄를 가리지 않고
회개를 통하여 다 용서받게 하소서
우리가 구원의 확신을 갖고 새 생명을 얻었으니
더욱더 예배하는 삶을 살기를 원합니다

예수 그리스도를 믿고 모든 죄를 사함받아
참된 기쁨과 소망을 갖게 하여 주시기를 원합니다

기도하고, 찬양하고, 예배하는 삶 속에서
주님이 동행하심을 우리가 믿고
주님을 닮아가는 삶이 되기를 원합니다

주님을 닮아가는 삶 2

우리에게는 주님이 함께하여 주심이 축복입니다
주님은 우리 죄를 씻어주시고 용서해주셨습니다
구원은 예수 그리스도가 우리의 죄를
보혈로 깨끗하게 씻어주셨기 때문에 이루어진 것입니다

예수 그리스도의 보혈은 우리의 죄를 씻어주는
놀라운 사랑의 표현입니다
우리가 날마다 주님을 영접하고 닮아가며
주님을 나타내는 삶을 살아가기를 원합니다
참되고 복된 그리스도인으로서
새 생명의 길로 나아가게 해주시기를 원합니다

예수 그리스도는 나의 죄로 인하여
그의 피를 다 쏟으심으로 죄에서 나를 건져주셨습니다
주님을 십자가에 달리게 한 죄인이 바로 나였습니다
주여, 용서하여 주시기를 원합니다

주님의 말씀을 닮아가게 하소서
몸소 실천하는 주님의 삶을 닮아가게 하소서
주님의 온유하신 마음을 닮아가게 하소서
주님의 십자가의 사랑을 닮아가게 하소서

헛된 마음을 버리게 하소서

주님께 기도할 때마다
나의 것을 먼저 채우기 위한 헛된 요구보다는
하나님의 나라와 의를 먼저 구하며
모든 것을 주님께 맡기게 하소서

나를 구원하신 주님 안에 모든 것이 다 있는데도
늘 욕심을 부리고 가득 채우려고 하는
헛되고 부질없는 마음을 버리게 하소서

세상의 그 어느 것보다
주님이 고귀하심을 알게 하시고
깊은 소망 속에서 주님의 약속을 기억하게 하소서

주님의 인도하심이 행복하오니
헛되고 부질없는 욕심을 다 버리게 하시고
아무 소용없는 허영과 욕망과 야망을 버리게 하시고
자기 분수를 모르는 헛된 마음을 버리게 하소서

허물과 죄로 죽었던 자를 살리셨으니
하나님을 향하여 낙심하지 않고
그리스도의 도의 초보를 버리게 하소서
죽은 행실을 회개하고 선한 양심으로
완전한 데로 나아가 감사하게 하소서

자기 멋대로 살아가는 사람들 1

세상에는 질서를 무시하고 마음대로 판단하며
온갖 수단과 방법을 동원하여 죄를 저지르고
자기 멋대로 살아가는 사람들이 많습니다

인생의 결국은 죽음일진대 진리대로 살지 못하고
삶을 모자이크라도 하듯이 요 모양 조 모양으로
꾀만 짜내어 자기 좋을 때로 살아가는 것이
참 안타깝습니다

온갖 수단과 방법을 이용하는 사람들
좋을 때는 간이라도 쏙 빼어줄 듯하다가도
손해를 보면 언제 보았느냐는 듯이
종종걸음으로 달아나는 사람들이 있습니다
속이고 속인들 남는 것은 없습니다

인정머리 없고 매정하게 잔머리 굴리며
언제 어떤 모습으로 달라질지 모르는 사람들이 있습니다
흉내만 내다가, 모양만 내다가 달아나는 사람들
하나님이 살아 계심을 모르는 어리석은 사람들입니다

어제와 오늘이 다르고 내일이 어떻게 변할지 모르는데
순간순간마다 변하고 색깔마저 달라지는 사람들
참으로 어리석고 불쌍한 영혼들이니
저들을 깨닫게 하여 악한 심령을 회개하게 하소서

자기 멋대로 살아가는 사람들 2

자기 고집대로 자기 생각대로 살아가고
자기 멋대로 주장하고 행동하며
남을 괴롭히는 사람들을 불쌍히 여겨주소서

고개는 끄덕거리지만 믿어야 할지 안 믿어야 할지
도저히 마음을 줄 수 없고 나눌 수도 없는 사람들
나이 들어갈수록 초라해지는 사람들입니다

결국에는 다 같은데, 하나도 자기 것이 없는데
이 세상 것을 다 독차지라도 하려는 듯이
욕심을 부리다가 세월을 다 흘려보내고
허망함만 끌어안은 딱한 사람들입니다

죄악 속에서 죄를 즐기며
자기 멋대로 살아가는 가장 못난 사람들
늘 안타깝고 불쌍한 사람들입니다
삶은 아름다워야 합니다
언제 떠나더라도 추하고 악한 모습으로
떠나지는 말아야 합니다

주님은 언제나 우리의 진실을 보시고
주님은 언제나 우리의 마음을 읽고 계십니다
주님 앞에 드러나지 않을 것이 무엇이겠습니까
날마다 진실하게 살아가기를 원합니다

내 마음을 솔직하게 표현하고 싶을 때 1

오, 주님!
내 마음을 솔직하게 표현하고 싶을 때가 있습니다
모든 마음을 다 쏟아놓고 속 시원하게
하소연이라도 하고 싶을 때가 있습니다

우리는 솔직하게 살아가야 합니다
살다 보면 물 빠진 갯벌처럼,
살 발라 먹은 생선뼈처럼 다 드러날 게 뻔한데
왜들 그렇게 위선으로 살고 있습니까

한순간 남보다 빠르게 출세해보겠다고
간도 쓸개도 없는 듯이
약은 수를 쓰며 머리를 굴린다 한들
사람이 어디까지 오르겠습니까

세상의 모든 자리에 올라선다고 해도
언젠가는 하루아침에 미련을 다 버리고
다시 내려와야 합니다
남의 가슴에 못을 박아 상처를 내고
온갖 추태와 변절로
혼자 출세를 한들 무엇하겠습니까

앞에서는 고개를 숙이다가 돌아서면
손가락질에 욕설을 퍼부을 텐데

어찌 두 다리 쭉 뻗고 잠을 편히 자겠습니까
서로 용서하고 이해하고 함께할 수 있는
정감 있는 마음을 주시고
배려하고 응원해줄 수 있는 마음의 여유를 주소서

내 마음을 솔직하게 표현하고 싶을 때 2

오, 주님!
내 마음을 있는 그대로
솔직하게 표현하고 싶을 때가 있습니다

삶이란 있는 모습 그대로 성실하게 살다 보면
하늘도 알고 땅도 알고 주변 사람들의 칭송 속에
좋은 세월도 만날 수 있지 않겠습니까

우리는 솔직하게 살아가야 합니다
흐르는 세월 앞에 속수무책인 인생길입니다
황혼이 물들어 오는 날에도
지난 세월 후회 없이 살았다고 말할 수 있어야 합니다

우리는 떳떳하고 정직하고 솔직하고
부끄럼 없이 살아가야 합니다
이 지상에 살아 있는 모든 것들은
자신의 모습을 있는 그대로 보여주어야 합니다
위장하거나 포장하지 말아야 합니다

우리의 모습 그대로 사랑하시는 주님께
내 마음을 솔직하게 표현하게 해주시기를 원합니다
서로의 마음이 정직하고 진솔할 때
마음의 문이 열리고 서로 어울리며
돕고 의지하며 살아갈 수 있습니다

우리들의 삶도 한 권의 책이니 1

오, 주님!
서재에서 책을 정리하며 수많은 생각을 합니다
책 한 권 한 권마다 구입한 장소와 사게 된 이유를 떠올립니다
서재에 책이 가득하기까지는 많은 세월과
많은 시간과 많은 물질이 들어갔습니다
내가 좋아하고 내가 필요한 책들이기에
서재를 바라보며 책을 꺼낼 때면 참 행복해집니다

이 많은 책들 한 권 한 권이 작가들의 고뇌와
인내와 땀과 노력으로 이루어졌습니다
얼마나 많은 날들을 고뇌와 아픔으로 썼겠습니까
작가들이 얼마나 기뻐했고 얼마나 절망했겠습니까

진실이 담겨진 책들은 다 소중한 책이라고 생각합니다
유명 작가의 책이나 무명 작가의 책이나 모두 귀합니다
한 권의 책에는 그들의 꿈과 열정과 사랑과 고뇌가,
그들의 삶 전부가 담겨 있어 더욱더 소중합니다

이 땅의 작가들을 사랑하여 주시고
그들이 좋은 작품을 쓸 수 있도록 인도하여 주소서

우리들의 삶도 한 권의 책이니 2

오, 주님!
이 수많은 책들이 오랫동안 노력하여 한곳에 모아졌습니다
그러므로 더욱 애착이 가고 소중하게 생각하며 읽습니다

책은 참으로 놀라운 일을 이루어냅니다
세계를 움직이는 사람들은 책을 읽는 사람들입니다
세계를 움직이는 사람들은 기도하는 사람들입니다
세계를 움직이는 사람들은 유머가 있는 사람들입니다
모든 책들이 저마다 다른 내용을 담고 있습니다

책 중에는 늘 읽혀지는 책도 있고
단 한 번 스쳐 지나가는 책도 있습니다
우리의 삶도 책과 마찬가지입니다
늘 읽혀지는 삶이 있고 잊혀지는 삶이 있습니다

우리들의 삶도 한 권의 책입니다
이 책에는 누구나 자기 나름대로 기록할 수 있습니다
낙서를 할 수도 있고 찢어버릴 수도 있고
명작을 남길 수도 있습니다

이 삶이란 책을 기록할 수 있는 것은
우리의 진실한 마음입니다
우리의 삶이 주님으로 인해 진실하기를 원합니다

주님의 이름으로 감사하며 살게 하소서

천지만물을 아름답게 창조하신
세상에서 가장 멋진 조각가이신 하나님
온갖 꽃들과 열매들을 허락하심을 감사드립니다

전능하신 창조의 손길로 씨를 뿌리게 하시고
시절을 좇아 열매를 거두게 하시니
무한하신 사랑을 찬양합니다

갖가지 모든 열매로 풍성하게 하시는
하나님께 감사를 드립니다
이 모든 열매들은 하나님의 은혜와 사랑입니다

주님의 이름으로 구원받게 하시고
우리의 목자가 되사 날마다 동행하여 주시고
살아가며 풍성한 열매를 맺게 하심을 감사드립니다

하나님의 은혜에 무한 감사드리며
모든 마음과 정성으로 감사드리기를 원합니다
하나님께 감사드림이 얼마나
놀라운 축복인가를 알게 하여 주시기를 원합니다

평생 동안 감사하며 살게 하소서
예수 그리스도의 놀라운 그 이름으로
평생 감사하며 살게 하소서

날마다 주님과 함께 1

오, 주님!
우리들의 삶 하루하루가
하나님이 허락해주신 귀한 날입니다

비아냥거리며 못된 행동으로 살지 않게 하시고
모든 날들의 방향을 바로잡아
올곧은 생각과 믿음으로 살게 하소서

충혈되어 있는 눈이 아니라
맑고 깨끗하고 투명한 눈으로
날마다 주님과 함께 살아가기를 원합니다

날마다 가슴 안에 헛된 것들을 품고
빠득빠득 살거나 고민에 빠지기보다는
삶의 푯대를 분명하게 세우기를 원합니다

삶의 가는 길을 물으며
내밀어주시는 주님의 손을 잡으며
목적과 의미가 확실한 삶을 살게 해주소서

하나님의 사람으로 하늘 사랑을 받으며
주님과 날마다 사랑을 나누며
희망을 이루며 살아가기를 원합니다

날마다 주님과 함께 2

하루하루를 의미 있고 보람 있게
살아가는 방법은 무엇이겠습니까
삶을 내가 원하는 방법으로
산만하고 부질없이 살지 않게 하시고
하나님이 원하시는 것을 분명히 알게 하소서

서성이지 않고 먼저 하나님께 모든 것을
의탁하는 마음으로, 기도하는 마음으로
하루를 시작하기를 원합니다

나의 할 일을 하기 전에 기도함으로
먼저 그 나라의 그 의를 구하게 하소서

하나님의 뜻을 이루며
맡은 자의 구할 것은 충성이라 하셨으니
하나님의 사랑을 그리워하며 충성을 다하고
매사에 최선을 다하며 살게 하소서

삶을 지루하거나 따분하게 여기지 않고
보람을 느끼며 상쾌하게 살게 하여 주소서
심는 대로 행한 대로 거두고 받는다고 하셨으니
우리로 하여금 온전한 믿음으로 살게 하여 주소서

날마다 주님과 함께 3

오, 주님!
우리의 삶이 날마다 주님과
동행하는 삶을 살게 하여 주소서
주님의 목적하심과 인도하심으로 살게 하소서

믿음으로 옛것은 다 지나가고
새로운 변화가 일어나니
뜨거운 사랑으로 영원까지 타오르게 하소서

주 안에서 날마다 새로운 믿음으로
구원의 확신을 갖게 해주시고
우리를 능력의 사람으로 만들어주소서

믿음은 성령께서 우리의 마음에
역사하셔서 확신을 주는 것입니다
믿음이 있는 사람은 삶 속에서 주님을 증거합니다
예배드리고 깨어 있는 목소리로 찬양하게 하소서

모든 삶에서 주님의 사랑을 품고
주님을 나타내는 성도의 삶을 살게 하여 주소서
날마다 주님으로 인하여 감격하고 기뻐하게 하시고
매일매일 삶이 소중한 삶이 되게 하소서

작은 것들의 소중함 1

오, 주님!
지극히 작은 소자를 사랑하시니
주로 인해 작은 것들의 소중함을 알게 되었습니다

세상의 모든 것들은 작은 것에서부터 시작됩니다
넓은 들판도 작은 풀잎 하나에서 시작되며
넓은 백사장도 작은 모래알 하나에서 시작됩니다

아무리 정밀하게 만들어진 전자제품도
작은 나사 하나가 부러지거나 빠져서
엄청난 손실을 안겨줄 때가 있습니다

우리가 살아가며 나타내는
작은 웃음, 작은 친절, 작은 섬김,
작은 나눔, 작은 감사, 작은 기도도
모이면 크나큰 일을 해낼 수 있습니다

작은 것을 소중하게 여기지 않으면
큰 것도 역시 소중하게 여기지 못합니다
작은 것을 소중히 여기는 마음은 사랑에서 옵니다

사랑이 우리들의 삶의 중심에 있으면
믿음 안에서 우리에게 새로운 힘을 제공해줍니다

작은 것도 사랑하면 모든 것을
소중히 여기고 보살피게 하여 줍니다
사랑은 상처를 감싸주고 허물을 덮어주고
언제나 함께 동행하여 주는 것입니다

작은 것들의 소중함 2

오, 주님!
아주 작은 것들이 중요할 때가 있습니다
작은 거짓이나 작은 실수나 작은 방종으로부터
조심하게 하여 주시기를 원합니다

작은 일들이 합해져 커다란 일을 만들어나갑니다
우리의 마음에서부터 시작하여 가족과 이웃과
세계로 번져나가도록 하나씩 이루어가야 합니다

사랑의 마음을 가진 사람은
작은 것도 소중하게 여깁니다
주님, 지극히 작고 나약한 우리를 택하시고
사랑하여 주시고 인도하여 주소서

지극히 작은 자에게 행함도 주님은 기억하여 주시니
작은 사랑과 친절을 나타내는 삶을 살게 하소서
작은 것들을 사랑하며 주님의 마음을 닮아가게 하소서

지극히 작은 자에게 대함이 주님을 대함과 같으니
아주 작은 것도 소중하게 여기는 마음이 되게 하소서
작은 사랑, 작은 믿음일지라도 꾸준히 성장하여
주님 앞으로 나아가게 하소서

약속을 지키며 산다는 것은 1

삶은 하나의 약속입니다
서로의 약속을 지키며 산다는 것은
살아야 할 이유를 분명하게 알고 있는 것입니다
서로의 약속을 지키며 살아간다는 것은
삶을 열심히 살아가고 있다는 증거입니다

우리의 삶은 정해진 약속과
정해지지 않은 약속들로 이루어져 있습니다
우리의 삶 전체가 하나님의 약속입니다
하나님은 우리에게 약속을 주시고
그 약속을 이루어주시고
그 약속을 지켜나가는 분이십니다

우리는 약속을 잘 지키는 사람을 환영하고 좋아합니다
약속을 지키려면 생각부터 정직하고 건전하고
욕심을 부리지 않는 순결한 마음이 있어야 합니다

우리의 삶은 단 한 번뿐인 다시는 돌아올 수 없고
한순간도 놓칠 수 없는 소중하고 고귀한 시간이기에
더욱 선한 마음으로 사랑하며 살아가는 것입니다

나와의 약속과 다른 사람들과의 약속과
하나님과의 약속을 지킬 때
우리의 믿음은 강하고 담대해질 수 있습니다

약속을 지키며 산다는 것은 2

오, 주님!
우리를 일으키시고 인도하시는 분이
약속의 하나님이시기에
우리도 약속을 지키며 살아가기를 원합니다

작은 아이에게 한 약속으로부터
가족과, 친구들과, 이웃들과, 사회와, 공동체와,
하나님과 한 약속을 지켜나가기를 원합니다

수많은 약속들을 홀로 지켜나갈 수 없으니
하나님께서 지혜를 주시고 믿음을 주셔서
잘 지켜나가게 하여 주시기를 원합니다

우리가 지극히 연약할 때에도
하나님의 인도하심에 확신을 갖고 살기를 원합니다
어떤 순간에도 삶에 분명한 태도를 보이게 하시고
분명한 선을 긋고 살아가게 하여 주시기를 원합니다

지키지 못할 약속은 하지 않게 하시고
약속을 하였으면 꼭 지킬 수 있는 마음과
생활이 되게 하여 주시기를 원합니다

우리를 항상 지켜주시고 보호하시는
하나님의 약속을 신뢰하며 살기를 원합니다

여행을 떠나며 1

오, 주님!
열차를 타고 여행을 떠납니다
언제부턴가 모든 걸 훌훌 떨쳐버리고
떠나고 싶었는데 이제야 떠나게 되었습니다

마음에 가벼운 흥분과 기대감도 있습니다
여행이 늘 즐겨 입는 옷처럼 편할 수 있다면
삶은 여유가 있을 것입니다

우리에게 불행의 창문만 열려 있지 않고
행복의 창문이 활짝 열려 있다는 것을 알고 있습니다
주님은 우리가 어디로 가든지 그곳에 계십니다
우리의 삶이 어느 곳에 있든지
주님 안에서 살아가는 삶이 익숙해지기를 원합니다

여행을 떠나면 묵은 찌꺼기가 떨쳐지고
새로운 것들로 의욕이 생기고 열정을 되찾게 됩니다

여행을 떠나며 2

늘 우리를 기억하시고 함께하시는 주님
여행을 떠나는 중에 열차가 중간중간마다 멈추지만
우리는 정해진 목적지에서 내릴 것입니다

때로는 여행지의 아름다움이 발걸음을 붙잡기도 합니다
그만큼 가족에 대한 그리움도 커집니다

열차 안에 많은 사람들이 있더라도
홀로 여행을 떠날 때는 그들과 가까워지기가
더욱 힘들다는 것을 알게 됩니다

홀로 있을 때에도 주님은 언제나 친밀한 애정으로
나와 함께하고 계심을 알 수 있습니다

목적지에 도착될 때까지 어쩌면 이야기 한 마디를
나누지 못하고 내리게 될지도 모릅니다

저마다 각기 다른 이유로 열차를 타고 있고
각기 다른 목적지가 있고 각기 다른 생각을 하고 있습니다

여행을 통하여 삶을 더 깨닫게 되고
인생의 소중함을 알게 됩니다

여행을 떠나며 3

나는 지금 홀로 여행을 떠나고 있습니다
여행에 자꾸만 이유와 목적을 달면
고통이 될 수도 있습니다

모든 것을 자연스럽게 만나보고
즐기는 것이 좋습니다
자연스러움보다 여유로운 것은 없습니다

여행을 통하여 나를 바라보며
나를 인도하여 주시는 주님의 사랑을 느낍니다

흐르는 강물을 바라보며 생각에 잠깁니다
말없이 흐르는 강물은 언젠가
바다에 다다르게 될 것입니다
집으로 돌아가는 것입니다

여행의 즐거움은 보고 듣고 알게 되는
잠시 잠깐일 뿐입니다
집보다 좋은 안식처는 없습니다
가족들의 포근한 미소가 기다리고 있다는 것을
나는 알고 있습니다

내가 주님을 몰랐더라면 1

오, 주님!
내가 주님을 몰랐더라면 아무런 소망도 없었을 것입니다
내가 주님을 몰랐더라면 어떤 삶을 살았겠습니까
어리석음과 두려움에 빠져 있을 것입니다
나의 얼굴은 창백하고 핏기 없는 얼굴이 되어
헛된 즐거움을 찾아 방황했을 것이고
나의 삶은 방향도, 질서도, 목표도 없었을 것입니다

허망한 것에 욕심을 부리며 살다가
영혼을 더럽히고 죄악의 수렁에 빠지고 말았을 것입니다
육체적 욕망과 쾌락에 사로잡혀
자기만족, 자기도취에 빠졌을 것입니다
주님께서 나를 선택하여 주시고
나를 인도하여 주시고 사랑하여 주심을 감사드립니다

주님을 만남으로 인해 나의 삶은 변화되었으며
모든 것들이 새롭게 바뀌었습니다
주님을 만남으로 인해
무엇이 기쁨인지, 무엇이 소망인지 알게 되었고
삶의 참다운 의미를 알게 되었습니다

주님께서 나의 손을 꼭 잡아주시기를 원합니다
내가 주님의 손을 놓으면 언제든지
사단이 내 손을 움켜잡으려고 손을 내밀고 있습니다

나를 구원하시고 나를 사랑하시는 분이
천지만물을 창조하신 하나님이라는 사실을 알았을 때
엄청난 축복으로 눈물을 흘렸고
그 놀라운 사랑을 받아 나의 모든 죄를 회개함으로
주님을 구주로 영접하고 하나님의 자녀가 되었습니다
나의 삶이 구주를 시인하고 전하는 삶이 되었습니다

내가 주님을 몰랐더라면 2

오, 주님!
나의 삶에는 언제나 주님의 손길이 함께하고
나의 삶에는 언제나 주님의 사랑이 함께합니다
내가 주님을 몰랐더라면,
내 방식, 내 습관, 내 생각대로만 살았다면
엄청난 불행이었을 것입니다
무엇을 해도 아무런 소용이 없기 때문입니다

주님이 나의 목자가 되어 나의 삶을 인도하심은
크나큰 감동이며 감격입니다
주님이 나에게 주신 축복을 더욱더 깨닫게 하시고
주 안의 기쁨으로 살게 하여 주시기를 원합니다

나는 주님을 소망하며 살게 되었습니다
이제는 말씀 속에 살아서 믿음으로
새로운 가능성을 찾게 하여 주시기를 원합니다
하나님의 말씀은 생명이며 진리입니다

죄악의 진흙탕에서 날 건져주시고
인도하여 주신 주님의 사랑에 감사드립니다
주님의 은혜로 나의 삶은 새롭게 되었으며
기쁨과 은혜가 넘치게 되었습니다
주님의 일에 자원하는 마음으로 동참하며
적극적으로 뛰어들어 행할 수 있는 힘이 생겼습니다

어떠한 어려움도 나를 막지 못할 것입니다

도전 정신이 생겼고 자신감이 넘치게 되었습니다
내가 주님을 알고 믿고 따르게 되었고
함께하심으로 하루하루 큰 행복을 느낍니다

젊음의 열정이 넘칠 때 1

오, 주님!
젊음의 열정이 넘칠 때 눈빛은 빛을 발하고
청년의 기백이 살아 있으며, 결코 무력하지 않습니다

가슴에는 열정의 불덩이를 하나씩 갖고 있으며
믿음으로 내일을 바라보고 탐구하고 노력하며
희망과 확신을 갖고 도전합니다

누가 희망을 물어보아도 자신 있게 대답할 수 있으며
어디서나 당당하고 뚜렷하게 자신의 소신을 밝히는
멋진 젊은이가 되어 하나님이 원하시는 곳에 있기를 원합니다

젊은 날의 기쁨은 하나님의 손에 확실하게 붙잡힘을 받았고
하나님의 사랑을 받는 자녀가 되었습니다
내일을 확신하는 젊은이들은
바른 소망을 갖고 있기에 어떤 어려움에도 두려움 없이
선뜻 나서서 일할 수 있는 힘과 용기가 넘치고
온몸과 온 마음으로 하나님의 뜻을 펼칩니다

33세의 청년 예수의 삶을 본받기를 원하며
이 땅에서 참된 그리스도인의 삶을
모범적으로 보여주기를 원합니다
시류에 따라 변질되거나 퇴색되는 삶이 아니라
비겁하고 비열하고 졸렬하고 옹졸한 삶이 아니라

이 시대를 살아가는 젊은이답게
강하고 담대한 믿음으로 살아가길 원합니다

주님이 그들의 눈앞에 펼쳐주실
놀라운 일들을 기대하게 하소서
젊은이들이 꿈을 신기루처럼 그리지 않고
주 안에서 꿈을 외치고 꿈을 만들어가며
꿈을 열매로 실현하길 바랍니다

젊음의 열정이 넘칠 때 2

젊은이들은 외칩니다
"주여! 내가 여기 있사오니 나를 사용하여 주옵소서!"
"주여! 내가 여기 있사오니 나를 사용하여 주옵소서!"
"주여! 내가 여기 있사오니 나를 사용하여 주옵소서!"
믿음을 가진 젊은이들은 하나님의 뜻을 알아
순종하기를 원합니다
기도가 하늘에 솟구치고 찬양이 하늘에 울리고
모든 것으로 하나님의 영광을 드러내기를 원합니다
믿음이 있는 젊은이들은 뜨겁게 기도하고 뜨겁게 찬양하며
날마다 감격과 감동으로 눈이 젖습니다
하나님이 함께하심으로 믿음 속에서 하나님의 섭리를 기대하며
얼마나 놀라운 일들을 이루어주시는가를 알기를 원합니다
젊은이들은 느끼고 알 것입니다
그들의 심장이 예수 그리스도의 심장으로
얼마나 거세게 고동치고 있는가를 알게 될 것입니다

젊은이들이 삶의 틀을 주님께 고정시키게 하여 주시고
그들의 눈이 주님을 바라보게 하소서
젊은이답게 망설이지 않고
모든 일에 믿음으로 뛰어들어 행하기를 원합니다
예수 그리스도의 보혈로 죄가 씻겨진 믿음의 군사답게
살아가게 하여 주시기를 원합니다
하나님께서 젊은이들에게 놀라운 비전을 주시고
그 비전을 이루어주심을 감사드립니다

이 얼마나 멋진 일입니까

하나님의 사역에 동참할 수 있다니 이 얼마나 감격스럽습니까

모든 일을 기쁨으로 정성을 다하여 이루기를 원하며

온 삶을 통하여 하나님만 바라보기를 원하고

하나님 안에서 다 이루고 모든 영광을 돌리기를 원합니다

내가 비록 연약할지라도 1

내가 비록 연약할지라도 두려움과 걱정이 없습니다
나의 마음의 창을 열고 주님을 영접함으로
나의 삶에는 언제나 주님이 함께하십니다
내가 비록 부족할지라도 주님께서 인도하심으로
좁은 문으로 들어가기를 염려하거나 근심하지 않습니다
나의 삶을 나의 방법으로 살아가는 것이 아니라
주님이 주시는 지혜로 살아가기를 원합니다
이제는 언제 어디서나 홀로 울고 있지 않아도 됩니다
주님께서 나의 마음을 아시고 인도하십니다
내가 짙은 안개 속에 있을지라도
나의 모든 것을 아시는 주님께서 나를 감동시켜 주시고
푸른 초장과 쉴 만한 물가로 인도하여 주심을 믿습니다

내가 주님을 의지할 수 있음은
주님께서 믿음을 주시고 함께하여 주시기 때문입니다
나는 길 잃은 양이라 나약하고 아무것도 알지 못하나
늘 나를 바라보시는 주님의 시선만은 기억하게 해주소서
주님은 언제나 찾으시고 함께하여 주시니
늘 넉넉한 마음으로 주님과 동행하게 해주시기를 원합니다
죄악은 죄악을 낳고 사랑은 사랑을 낳으니
사랑하며 살아가기를 원합니다
나의 삶은 주님의 구원하심으로 은혜가 충만하여
주님의 복음을 전하는 삶이 되었습니다

내가 비록 연약할지라도 2

주님은 언제나 있는 그대로 고백하기를 원하시니
내가 연약할지라도 주님을 의지하고 고백하게 하소서
지금의 나의 모습을 있는 그대로 받아주셔서
나의 모든 죄악을 용서하여 주시기를 원합니다

나의 생각과 나의 행함에서 죄악된 것을
주님의 보혈로 용서하여 주시기를 원합니다
주님을 바라보며 주님이 원하시는 뜻과 일을
지혜롭게 행하게 하여 주시기를 원합니다

우리는 주님을 영접한 거룩한 백성, 하나님의 자녀이니
하나님의 섭리 안에서 구별된 성도로 살기를 원합니다

주님의 피로 말미암아 구원을 받았으니
이 엄청난 은혜를 목숨이 다하는 그날까지
전하고 또 전하게 하여 주시기를 원합니다

나의 입술로 주님을 시인하고 고백하고 전함보다
더 놀라운 축복은 없을 것입니다
나 비록 연약할지라도 주님께서 함께하시면
강하고 담대하게 주님의 복음을 전할 수 있습니다
나의 구원자는 주님밖에 없습니다

뛰노는 아이들을 바라보며 1

놀이터에서 뛰노는 아이들을 바라봅니다
그네를 타고 이리 뛰고 저리 뛰어다니는
아이들의 웃음소리가 봄 햇살마냥 퍼져나갑니다
우윳빛 피부, 맑은 눈, 순수함이 그대로 표현된
아이들의 얼굴을 바라보고 있으면 천사를 만난 듯합니다

웃음은 꽃 중에 가장 아름다운 꽃이라고 하는데
아이들의 웃음이야말로 정말 아름다운 꽃입니다
아이들에게는 사람들을 행복하게 만드는
특이한 웃음소리가 있습니다
주님이 아이들을 사랑하심은
아이들의 웃음소리를 들으면 금방 알 수 있습니다

아이들의 웃음소리는 주변 사람들을 행복하게 만들어줍니다
우리의 얼굴에는 우리의 삶의 모습이 그대로 있다고 하는데
아이들의 얼굴은 티 없고 참으로 맑습니다
아이들의 행복한 표정은 사람들의 마음을 사로잡습니다
마음속에 있는 감정을 거짓 없이 표현하는 아이들
저들을 하나님이 보호하시고 사랑해주시기를 원합니다

아이들은 지루한 것을 싫어합니다
아이들은 즐겁고 재미있는 일들을 원합니다
아이들이 소망하는 일들이 이루어졌으면 좋겠습니다
가족들에게 사랑받고 좋은 친구들을 만나면 좋겠습니다

뛰노는 아이들을 바라보며 2

오, 주님!
눈을 감고 가만히 아이들을 생각하고 있으면
아이들이 내 마음속으로 달려 들어오는 것만 같습니다
아이들에게는 탁월한 능력과 지혜가 잠재되어 있습니다
해맑은 표정의 아이들이 믿음 안에서
잘 자랄 때 세상은 더 밝아질 것입니다

부모를 잃은 아이들을 보면 가슴이 아픕니다
난치병으로 시달리는 아이들을 보면 기도드리게 됩니다
장애를 가진 아이들을 보면 안타까움에
손을 꼭 잡게 됩니다

아이들이 행복하고 신나게 마음껏 뛰놀 수 있고
씩씩하고 건강하게 자랄 수 있다면
얼마나 좋겠습니까

세상에는 참으로 안타까운 일들이 많습니다
아이들이 세상에 대한 두려움을 갖지 않고
고통당하지 않고 많이 웃기를 원합니다
아이들에게 희망이 가득하기를 원합니다
아이들이 사랑을 듬뿍 받았으면 좋겠습니다

우리의 삶의 주인으로 오신 예수

주님께서는 죄악으로 상처투성이인
나를 감싸 안아주시고
삶 속에 가장 기쁜 날
구원의 날을 허락하여 주셨습니다

세상의 모든 일들이 절망뿐이고 죽음의 소식뿐이라
모두들 비난하고 증오하고 싸우며 배신하는데
그런 곳에서 주님이 나를 인도하여 주셨습니다

죄의 용서를 구하게 하시고 그 죄를 모두 용서하시고
우리의 삶의 주인으로 오신 예수 그리스도를
영접하게 하셨습니다

깨어져 상처뿐인 나의 마음을
보혈로 씻어주셔서 새사람이 되게 하시고
새 생명의 기쁨을 맛보게 하셨습니다

보잘것없는 죄인의 삶을
의인의 값진 삶으로 바꾸어주셨습니다
나를 결코 실망시키시지 않으시는
주님을 신뢰합니다
주님을 의지합니다

선한 마음으로 살아간다는 것은 1

오, 주님!
그리움이 마음에 가득한 사람은 선한 사람입니다
선한 마음으로 살아간다는 것은 욕심을 버린다는 것입니다
내 마음을 맑게 해주는 선한 마음은
주님이 주시는 사랑의 마음에서 시작됩니다
선한 목자이신 주님이 주시는 마음은 선한 마음입니다

미움은 주님이 주시는 마음이 아닙니다
남을 미워하는 삶을 계속하여 살아간다면
주변에 아무도 남아 있지 않을 것입니다
미움은 마음을 싸늘하게 만들지만
선한 마음은 남의 아픔과 상처를 감싸주는
넓고 큰 마음이 되어줄 수가 있습니다

우리가 선하게 살아간다는 것은
우리의 마음이 먼저 사랑이 있는 마음으로
새롭게 변화된다는 것입니다
자기가 하고 싶은 대로 자기 멋대로 살아가는 사람은
남을 미워하고 죄를 저지르기가 쉽습니다
미움은 온갖 범죄를 일으킵니다
자신을 미워하거나 남을 미워할 때 죄를 짓게 마련입니다
미움은 마음에 고통을 가져다줍니다

우리의 마음에 주님의 마음을 주셔서

선한 마음으로 평안이 가득하기를 원합니다
마음이 따뜻하고 손이 따뜻한 사람은 남을 미워하지 않습니다
사랑의 마음을 가지면 죄악과 어둠이 떠납니다
우리가 선한 삶을 살아가면 피로도 그만큼 줄어듭니다
우리의 삶에 기쁨이 넘쳐흐르기를 원합니다

선한 마음으로 살아간다는 것은 2

오, 주님!
악한 마음을 버려야 미움이 사라지기에
주님은 악은 모양이라도 버리라고 하셨습니다

선한 마음은 사람들의 마음을 부드럽게 만들지만
미움은 사람들의 마음을 거칠게 만들어놓습니다
우리 속에 이미 선한 일들을 시작하신 주님께서
주님의 날을 이루어주실 줄 믿습니다

주님을 알고 나서, 주님을 믿고 나서
우리의 삶의 모습도 달라지기 시작했습니다
가족과 이웃과 자신과 주님을 사랑하며 산다는 것이
얼마나 고귀한가를 알게 되었습니다

우리는 어린양이니 주님의 인도하심 따라 살기를 원합니다
우리도 주님의 모습을 닮아 선한 삶을 살아갈 때에
참소망을 가지고 기뻐하며 살 수가 있습니다

주님께서 분에 넘치는 구원의 사랑과 복을 주셨으니
복된 성도답게 하늘나라를 언제나 소망하며
그리스도인의 선한 양심과 기쁜 마음으로
오늘과 내일을 살게 하여 주시기를 원합니다

생명 길 되시는 주님

우리가 가야 할 길을 제대로 알지 못하고
악랄하게 죄지으며 곤죽이 되어 살아간다면
얼마나 절망스럽습니까

우리의 삶이 천국에 대한 아무 소망도 없이
지상에서 끝날 뿐이라면
얼마나 안타깝고 불쌍하고 초라합니까

현재의 삶 이후 제 분수를 모르고 살아
아무것도 할 수 없고 소득이 없다면
얼마나 비참하고 허무한 일입니까

절망 가운데서도 새 생명의 길을 보여주시고
구원의 문으로 인도하여 주시는 분은
오직 주님 한 분뿐입니다

주님이 나를 위해 십자가에 달리사
하나님이 우리의 아버지가 되시고
함께하여 주시고 우리를 구원하셨습니다

우리가 살든지 죽든지 담대하여
온전히 주님의 것이 되어 살게 하시고
먼저 그 나라와 그 의를 구하며
예수 그리스도에게 존귀한 영광을 돌리게 하소서

주님이 계시기에

우리의 시민권은 하늘에 있으니
구원의 감격과 웃음과 기쁨을 누릴 수 있도록
전 세계 모든 사람들을 복음과 예수 이름으로
천국에 초대하여 주소서

늘 함께하여 주시는 약속의 주님
생명의 구주이신 주님을 사랑합니다
늘 구원하여 주시는 구원의 주님
천지만물의 창조자이신 주님을 찬양합니다

우리의 삶에 크고 작은 아픔이 있더라도
주님이 계시기에 죄악의 굴레에서 벗어나
모든 일을 감당할 수 있는
담대한 믿음으로 살아가기를 원합니다

지금도 죄를 지어 뼈에 사무치는
아픔과 절망 속에서 길을 잃고 방황하는
사람들이 많사오니
길이요 진리요 생명이신 주님께서 인도해주소서

주여, 저들이 생명의 길을 찾게 하시고
구원받은 기쁨을 분명하고 확실하게 전하게 하소서
주님이 계시니 우리에게 소망이 넘칩니다

쉼표가 있는 삶 1

현대 사회는 시시때때로 변하고
모든 사람들이 분주하게 살고 있습니다
모두 다 얼마나 바쁘게 살아가는지
입으로도 바쁘다고 외치는 사람들이 많습니다

아무리 바빠도 진정한 쉼이 없으면
도리어 실패하는 경우가 많습니다
쉰다는 것은 피로를 푸는 시간을 갖는 것입니다
하던 일을 멈추고 잠시 생각할 시간을 갖는 것입니다
쉼표가 있는 삶이 더 여유가 있습니다
삶에 활력과 기쁨을 가져다줍니다

하나님도 천지만물을 창조하고 제칠일에 안식하셨습니다
우리에게도 안식이 얼마나 중요한지 잘 알고 있습니다

우리의 삶 속에 일과 쉼이 조화를 이룰 때 기쁨이 넘칩니다
쉴 새 없이 일만 하면 피로가 쌓이고 불만이 터져나옵니다
반대로 쉼이 지나치면 무력한 삶을 삽니다
주 안에서, 주님의 은혜 가운데
진정한 안식의 의미를 깨닫게 하소서

쉼표가 있는 삶 2

오, 주님!
쉼의 시간이 올 때는 주 안에서 안식해야 합니다
안식일을 거룩하게 지키라는 말씀은
육적인 쉼에 앞서서 영적인 안식이 먼저 되어야
영육이 쉼을 얻는다는 것입니다

오늘날 많은 사람들이 주말여행을 떠나거나
휴가철을 맞아서 여행을 떠나지만
영적인 안식을 알지 못하고 믿음을 게을리 생각하여
허무하게 돌아오는 경우가 많습니다

단지 오락적이고 쾌락적인 쉼으로는 육신이 지치고
영적인 커다란 공백을 가져오기가 쉽습니다
진정한 쉼은 영적인 것에서부터 시작되어야 합니다

안식과 쉼이 영적인 안식에서 시작되지 않으면
하나님이 주시는 안식이 아니라
육적인 쉼에 빠져들어 깊은 영성을 잃어버립니다
영원한 안식에 소망을 가진 그리스도인이라면
오늘의 삶도 거룩하게 살아야 합니다

육적인 쉼만을 주장하는 사람은
세속적인 관심에 빠져들기 쉽습니다
우리가 신령한 은혜를 통해 영원한 안식을 맛보는 것처럼

쉼 속에서도 영적인 안식을 구해야 합니다
우리에게 수고하고 무거운 짐이 있다면
주님께로 나아가야 쉼을 얻을 수 있습니다

주님 안에서 바른 쉼을 가질 때
우리는 삶을 더욱 활기차게 살아갈 수 있습니다
우리는 언제나 바쁜 가운데에서도
주님 안에서 쉼표가 있는 삶을 살아야 합니다
오늘도 주님이 주시는 안식과 평안을 누리기를 원합니다

가난한 마음을 갖게 하소서

나의 죄악을 보혈로 깨끗하여 씻겨주셔서
가난한 마음을 갖게 하소서
나의 죄악을 회개하여 용서받음으로
하늘나라 생명책에 이름이 기록되게 하소서

어둠이 어둠을 몰고 오듯이
생명의 빛으로 빛을 발하게 하여 주소서
성도의 삶을 살아 세상의 빛이 되게 하소서

주님의 말씀과 진리를 잘 믿지 못하여
불순종하지 않게 하시고
말씀의 도리를 바르게 믿어 순응하게 하소서

빛 되신 주님을 따르게 하사
믿음으로 보이는 것을 보게 하시고
나의 믿음을 주님의 뜻에
온전하고 합당하게 하여 주소서

믿지 못하므로 주님께서 열어놓으신
생명의 길을 닫아버리지 않게 하시고
기도함으로 나의 가난한 심령을
주님 앞에 드리게 하여 주소서

진실한 삶이 아름답다 1

오, 주님!
거짓된 삶이 습관화되면 추해지고
겉만 자꾸 포장하게 됩니다
진실은 있는 그대로 보여주는 삶입니다

천지만물들은 있는 그대로 그들의 모습을
우리에게 보여주고 있습니다
그러나 유독 인간만이 가식과 교만과 오만으로
과장하고 포장하고 허세를 부리는 경우가 많습니다

진실한 사람은 주변을 밝게 해주고
욕심 없이 있는 그대로 나누어주는 사람들입니다
삶을 살아가며 마지막까지 가까운 사람들과 이웃들을
속이려 한다면 그보다 추한 인생은 없을 것입니다

우리는 푸른 하늘 아래 늘 부족한 사람들일지라도
언제나 자신을 살펴 나약하고 부족함을 깨닫고
진실하게 살려고 노력해야 할 것입니다
그리하면 가정도 사회도 더 밝고
건전한 모습으로 바뀌어갈 것입니다

진실한 삶이 아름답다 2

오, 주님!
진실한 마음은 죄를 짓지 않게 해주고
진실한 삶은 가족과 주변을 밝게 해주지만
죄로 얼룩진 마음은 우리로 변명하고 위장하게 합니다

부끄럼 없이 진실하게 살려고 한다면
언제 어디서나 떳떳하게 자신을 나타내야 합니다
세상은 자꾸만 타락하고 모든 것들이
제 위치를 찾지 못하고 허물어져 가고 있으니
진실한 삶을 살아가는 사람들이 더욱더 필요합니다

세상은 누구나 살고픈 세상이 되어야 합니다
진실한 사람들은 어둠을 밝혀주는 가로등보다
사람들의 마음을 더 따뜻하게 하고 희망을 줍니다
오늘도 세상은 바로 이런 진실한 사람들의 것입니다

진실한 삶을 살아가는 사람들 중에
우리가 들어 있다면 얼마나 행복한 일입니까
삶의 행동으로 진실함을 나타내야 합니다
세상이 더 어두워지기 전에 더 진실하게 살아야 합니다

마음의 벽을 허물어가며 1

오, 주님!
주님의 사랑은 무한한데
우리는 너무나 제한적인 사랑을 원하고
마음의 벽을 쌓으려 하고 있습니다

현대인들이 마음의 벽을 점점 더 두텁게 쌓아가는
이유는 무엇이겠습니까
빈부의 격차가 심해지고 계층이 형성되어서
사람들 간에 갈등의 요소가 많아졌습니다

우리는 이 마음의 벽들을 허물어야 합니다
주님께서는 낮은 인간의 모습으로
우리에게 찾아오셨습니다
우리도 상처받고 소외된 사람들에게 찾아가
그들의 마음을 읽어줄 때 벽은 허물어지기 시작합니다

아파트의 높이가 높아질수록 계층이 생기고
골목길이 많아질수록 숨어 사는 사람들이 많아집니다
마음의 벽이 생기는 원인은 무엇이겠습니까
가장 중요한 원인은 사랑이 식어가고 있다는 것입니다
우리에게 예수 사랑이 충만하여 서로 사랑하게 하소서

마음의 벽을 허물어가며 2

오, 주님!
우리 스스로 먼저 마음의 벽을 허물게 하시고
내 마음에 주님을 모시기를 원하게 하소서

가족과 이웃 사이에 서로 외면하고 사는
마음의 벽을 허물고 따스한 정을 나누고 살면
범죄와 고통을 줄여갈 수 있습니다

이웃 간에 정감 있는 인사를 나누고
친절하게 배려하고 보살펴주고
서로 섬기는 마음이 있다면
벽은 하나둘 무너지고 미움의 끈을 풀고
사랑의 끈을 매게 될 것입니다

주님의 사랑을 따뜻한 마음으로 나누면
마음의 벽은 자연히 하나씩 무너지고 말 것입니다
주님께서 제자들의 발까지 씻어주시고 섬기는
삶의 본을 보여주심을 감사드리게 하소서

많은 것을 소유하는 것을 좋아하기보다
심령이 가난한 자가 되어
나누는 삶을 살아감을 기뻐하게 하소서

주님을 본받아 섬기는 삶을 살기를 원합니다

주님께서 우리의 중보가 되어주셔서
하나님과 우리의 벽을 허무시고 구원하여 주소서

삶 속에서 스스로 마음의 벽을 허물고
주님의 사랑을 나누며 기쁨과 감동으로 살게 하소서

우리들의 필요를 채워주소서

우리들의 살아감 속에서
우리들의 필요를 채워주소서
나의 기도가 응답되고 소망이 이루어져
믿음 속에 신앙생활이 온전히 자리 잡히게 하소서

우리의 영혼의 말씀 양식과
우리의 일용할 양식을 채워주소서
우리의 몸과 영혼이 강건하여
주님을 섬기게 하소서

주님께 감사하며 도움을 청하게 하시고
주님의 강하고 굳건한 인도하심 속에
흔들림 없이 믿음으로 받아들이게 하시고
두려움 속에 살지 않게 하소서

우리의 모든 필요를 공급하여 주시고
생명까지 구원하시는 주님이시니
쓸데없는 요구로 닦달하듯 살지 않게 하시고
언제나 허락하여 주심에 감사드리게 하소서

늘 함께하여 주심을 감사하며
늘 인도하여 주심에 만족하며
늘 기쁨으로 찬양하며 경배하게 하소서

우리들의 삶 속에서 걸어가는
한 발자국 한 발자국마다
주님께서 모든 부족함을 채워주셨으니
베풀어주신 그 놀라운 은혜에
매일매일 감사하며 살게 하소서

주님의 눈을 바라보게 하소서

나를 사랑하여 주시고
항상 인도하여 주시는
주님의 눈을 바라보게 하소서

우리의 이름이 주님께 기억되고
우리의 영혼에 주님이 함께하시니
그 감동, 그 감격을 표현하게 하소서

주님께서 우리의 형편과 처지를 아시고
우리의 삶의 시작부터 지금까지
모든 것을 주관하시니 우리를 보살펴주소서

주님께서 날마다 우리에게 믿음을 주시고
하늘 소망과 하늘 사랑을 주시고
주님을 따르며 믿게 하여 주시니
무한한 감사와 찬양을 드립니다

천국에 우리가 영원히 거할 처소를 마련하시고
초대하여 주시니 감사드립니다
우리의 목숨이 다하는 날까지
모든 삶을 살펴주시고 인도하여 주시는
주님을 바라보게 하소서

크고 위대한 일을 경험하게 하소서

지금도 지구의 어느 곳에는
예수 그리스도를 만나 영접하고 구원받은 기쁨에
감격하여 눈물 흘리는 사람이 있을 것입니다
천하보다 귀한 영혼의 구원을 허락하시고
온 마음을 열어 우리를 사랑해주심을 찬양합니다

우주를 창조하시고 운행하시며
섭리하시는 주님이시니
우리의 삶 속에서 주님으로 인해
하나님의 섭리와 십자가 보혈로
모든 죄를 용서하신 구속의 사랑을 깨닫게 하시고
주님의 크고 위대한 일을 경험하게 하소서

한 사람 한 사람 모든 사람들을 다르게 창조하셨듯이
한 사람 한 사람 우리 모두를 다르게 만들어가시는
주님의 크고 놀라운 일을 경험하게 하소서

내일을 소망하며 살게 하소서

나의 믿음 중심에
주님이 함께하사 궁핍하든지 부요하든지
어떠한 형편과 처지에서도 자족할 수 있는
강하고 담대한 믿음을 갖게 하소서

항상 끊이지 않고 기도하고
심령이 감사함으로 깨어 있어서
늘 주님의 발자취를
따르며 닮아가게 하소서

나의 더럽고 추한 지난날을
다 회개하여 내던져버리고
예수 그리스도로 의의 옷을 입고
내일을 소망하며 살게 하소서

우리의 삶 속에 주님의 흔적이 깊이깊이
각인되어 남게 하여 주소서

무엇을 하든지 말에나 일에나
다 예수 그리스도 이름으로 하게 하시고
예수를 힘입어 하나님께 감사하며
내일을 소망하며 살게 하소서

삶다운 삶을 살게 하소서

오, 주님!
삶을 살아가노라면 때로는 사랑에 빠져
가장 행복한 사람이 됩니다
그러나 절망으로 가장 불행한 사람이 되기도 합니다

눈먼 세월의 포로가 되어 시름시름 앓다가
희망과 사랑마저 잃고 죽어가는 사람도 있습니다
똑같은 사람들, 똑같은 세상이라 하지만
모두가 다른 것을 압니다
우리들의 삶은 결코 복사기로 찍어낼 수 없습니다
우리는 주님이 주신 인성과 감성과 영성이 있는
각각의 소중한 존재들입니다

주님이 우리를 얼마나 세밀하게 사랑하고 계시는지
삶 속에서 손으로 눈으로 만져보기를 원합니다
똑같은 바다라고 하지만 잔잔하기도 하고
폭풍우가 몰아치기도 하듯이 우리들의 삶이 그러합니다

세상을 향하여 울부짖고 외쳐도
대나무 통 속의 절규인 양 아무런 반응이 없을 때
홀로 몸부림치다가 답답함에 병들어 눕는 사람들도 있습니다
우리의 외침이 세상을 향한 외침에서 멈추지 않고
하늘을 향한 기도가 되기를 원합니다

분노로 폭발하는 외침이 아니라 사랑을 위한 소망이 되어
주님이 주신 자유를 누리며 살기를 원합니다
주님을 영접하면 시시때때로 수많은 변화가 시작됩니다
그 속에 들어가 살아가는 것이야말로
진정으로 삶다운 삶입니다

하늘에 보화를 쌓게 하소서

오, 주님!
우리는 살아 있기에, 살아가고 있기에
모든 것을 느끼고 부딪치며
견디고 이겨내며 하루하루를 살아야 합니다

우리가 현실에 급급해
충동적으로 살지 않기를 원합니다
마음의 계단을 하나씩 올라가며
주님의 성품을 닮기를 원하며
내 마음 깊이 찾아오시는 주님을 만나기를 원합니다

우리의 삶을 살아가노라면
때로는 행복에 빠져 주인공이 된 듯하다가
때로는 불행에 빠져
세상의 엑스트라도 못 된 듯 괴로워합니다

이 세상의 모든 것은 소멸하고 말 것입니다
세상 것에 애착을 두지 않고
하늘에 보화를 쌓을 수 있는 믿음을 갖기를 원합니다
우리가 주 안에서 살아가면
무엇이 진정한 행복인지 알게 됩니다
언제나 주님의 손을 꼭 잡고 살아가기를 원합니다

주님의 관심 속에 있게 하소서

주님의 관심 속에 우리가 있게 하소서
주님의 간섭하심 속에 우리가 있게 하소서
주님의 만지심 속에 우리가 있게 하소서
주님의 원하심 속에 우리가 있게 하소서
주님의 인도하심 속에 우리가 있게 하소서
주님의 섭리하심 속에 우리가 있게 하소서

우리가 주님 앞에서 도망치려고
달아날 구실을 찾으려고
이 핑계 저 핑계를 대며 몸부림치지 않게 하소서

성령을 따라 살아가는 성도 되어
영적인 것을 더욱 열망하게 하소서
나의 삶이 주님께 모든 것을
드림에서 시작하게 하소서

주님의 품에 안기게 하소서

세상 보란 듯이 큰소리를 치던 사람들도
자신이 저지른 죄악에 부딪쳐
처참하게 쓰러져버리는 경우가 많습니다

우리가 길을 잘못 들었다면 발길을 속히 돌려
주님의 길로 바르게 나아가게 하여 주소서
우리 스스로를 속이며
저지른 죄악에서 우리를 구원하여 주소서

우리를 하늘 소망 속에 살게 하시며
진리 안에서 빛 가운데 살게 하소서

죄악에서 멀리 떠나
사단의 활동을 따르던 발길과
불의의 속임수에서 하루빨리 떠나
주님의 품에 안기게 하소서

우리가 당하는 모든 고난과 박해와 환난을
인내와 믿음으로 이겨내어
하나님의 교회의 자랑이 되게 하소서

주님을 마음에 품게 하소서

오, 주님!
삶을 살아가며 언저리에서 구경하듯
늘 서성거리는 사람들이 있습니다
그러나 우리를 인도하여 주시는 주님은
그 역사 속에 우리를 일꾼으로 부르십니다

하늘이 밝으면 밝아서 하늘이 어두우면 어두워서
상처받는 사람들이 많이 있습니다
남들은 잘도 살아가는데
남들은 잘도 사랑하는데
늘 부러진 꽃나무처럼 꽃 한 번 제대로
피우지 못하는 사람도 있습니다

내 마음이 주님을 만나는 장소가 되기를 원합니다
주님이 우리의 마음속에 주신 확신을 갖고
삶을 개간하고 꽃을 피우며 열매를 맺어가기를 원합니다

늘 처진 어깨로 휘청거리며 눈물만 번지는 슬픈 삶을
살아가는 사람들도 있습니다
그러나 우리는 믿음으로 영원한 생명력을
만들어 자라기를 원합니다
우리의 마음에 주님을 품기를 원합니다

영원토록 모실 주님 예수

오, 주님!
남의 그림자만 쫓아다니다 허덕거리고
남의 흉내만 내다 늘 아쉬워하거나
목숨이 꺼질 것처럼 숨차지 않게 하소서

우리로 하여금 육신의 욕심에만 갇혀 있지 않고
거듭난 삶으로 진리의 자유를 누리게 하소서
내적인 삶이 충만해지기를 원하오니
예수 그리스도만을 섬기는 마음이 되게 하소서

하고픈 일을 다 하고 살아도 짧은 삶인데
남의 들러리만 서야 하는 사람들이 있습니다
가슴이 아리도록 구겨진 삶에 하루하루가 길다고
푸념하거나 까칠한 한숨을 내뱉지 않게 하소서

우리로 하여금 죄와 어둠에서 벗어나게 하시고
상한 감정들을 치유하여 주시는
주님의 놀라운 사랑 속으로 빠져들게 하소서

제한되지 않은 영원한 사랑을 받기를 원하고
주님을 향한 갈망이 날마다 더해가기를 원하며
우리의 마음에 주님을 영원히 모시기를 원합니다

슬픈 풍경 같은 그늘

오, 주님!
우리들이 살아가는 길 중에는
햇살이 비치는 양지만 있지 않고
슬픈 풍경 같은 그늘도 많습니다

늘 곧고 바른 길을 찾아나서지만
비틀어지고 후미진 골목길에서
허우적거리며 헤매던 날이 많았습니다
어리석은 생각과 스스로 만든 감옥에서 벗어나
천국의 기쁨을 맛보며 살기를 원합니다

사람들 속에서 우리는 온몸으로 함께 웃을 일을 찾고
잡초 속에서도 꽃을 찾고 서로 좋아할 일을 찾고
구름 낀 하늘에서 한줄기 햇살을 찾습니다

우리의 삶의 시간들을 값있게 보내기를 원합니다
우리에게는 영적인 깨어짐과 목마름과
영적인 발돋움이 있어야 합니다

우리의 삶의 모든 문제의 해결은
예수 그리스도를 향한 믿음 안에 있습니다
우리가 날마다 예수 그리스도와 함께 걸을 때
복된 삶을 살아갈 수 있습니다

어떤 순간에도 함께하시는 주님

날마다 열심을 다해 살아가지만
너무도 빠르게 흘러가는 세월에 질질 끌려가면서
꼭 붙잡아놓은 것이 하나도 없습니다

언제나 어떤 순간에도 주님이 함께하시니
외로울 때, 괴로움 속에서 통증을 느낄 때에도
주님과의 교제를 통하여 더 가까워지게 하소서

우리 혼자서는 완전할 수가 없지만
주님이 함께하심으로 놀라운 일들을 펼쳐나갈 수 있습니다

외로울 때 홀로 쓰러져 서러운 생각을 하면
서글피 울고 싶은데도 행복을 꽃피울 날을 소망합니다

오직 주님만 바라보고 싶습니다
삶이 고통스러울 때 주님을 더 깊이 알아감으로
삶이 얼마나 소중하고 아름다운지 알기를 원합니다

오직 주님만 사모하기를 원합니다
이 세상의 모든 것들은 사라지고 말 것들입니다
영원부터 영원까지 창조주이신 주님을 따르며 살게 하소서

불안에 휩싸일 때

삶이 불안정하여 불안에 휩싸일 때
주님을 신뢰하고 경건함으로 평안을 찾게 하소서

슬픈 얼굴로 잃어버린 것들을 안타까워하며
두 눈 가득히 눈물짓기보다는 소유한 것들을
나눌 수 있음을 감사드리며 미소 짓게 하소서

두려움 속에 서 있지 않게 하시고
순간순간마다 함께하셔서
평안으로 인도하시고 행복한 일들을 펼쳐주시는
주님의 손길을 느끼며 살게 하소서

슬픔도 절망도 한계가 있다는 것을 알게 하시고
지나간 아픔도 그림으로 만드는 마음의 여유를 갖게 하소서
우리의 눈으로 항상 미래를 바라보게 하시고
나약해지는 순간에도 마음의 안정을 찾게 하소서

나의 삶을 세밀하게 관찰하는 주님을 바라보게 하소서
하늘을 바라볼 때 고독을 느끼기보다
소망이 펼쳐져 있음을 알게 하소서
항상 베풀어주시는 은혜 속에 굳건히 서서
모든 일을 감사하며 살게 하소서

어머니의 기도

어머니의 따듯한 기도는
자녀의 마음에 사랑을 남깁니다

어머니의 간절한 기도는
길과 진리와 생명으로 가는 길을
자녀의 가슴에 새겨줍니다

어머니의 애틋한 기도는
자녀의 영혼에 예수 그리스도의
구원의 애씀과 사랑을 지울 수 없도록
깊은 흔적을 남깁니다

어머니의 순전한 기도는
가장 아름다운 언어 중의 하나이며
이 세상에서 가장 숭고한 사랑의 표현입니다

어울림 속에 살아가게 하소서 1

삶에 못질을 수없이 당해
머리가 아파오고 마음의 슬픔이 커질 때
힘들고 지쳐서 주저앉고 싶을 때가 있습니다

외로움에 이곳저곳을 둘러보아도
도와줄 사람이 아무도 없을 때가 있습니다
고독해서 전화번호를 아무리 찾아보아도
만날 사람이 없을 때가 있습니다

마음 놓고 편안히 기대고 싶은 이가 있다면
아픈 몸도 곧 나을 것이니
주님이 내 마음을 살피고 보살펴주소서

삶이란 서로 어울리면서 살아가는 것이니
외롭고 힘들 때 서로 위로하고 사랑하며
피차 권면하여 주고 덕을 세우게 하소서

믿음을 굳건히 하여 약한 자를 도우며
고단한 마음을 서로 나눌 수 있는
마음의 여유를 가지게 하여 주소서

우리가 힘들고 어려울 때마다
힘에 겨운 무거운 짐을 다 내려놓고
주님께 편안히 기댈 수 있게 하여 주소서

어울림 속에 살아가게 하소서 2

오, 주님!
홀로는 너무 연약하오니, 홀로는 너무 나약하오니
사람들과 어울리며 함께 살아가게 하소서
남의 아픔에 미동도 하지 않고
무관심으로 방관하지 않게 하소서

힘들고 어려울 때 한순간 피하고 싶어서
도망치듯 몸을 숨기기보다는
서로 돌봐주고 격려하며 위로하게 하소서

서로의 마음의 벽을 허물어버리고
서로에게 다가갈 수 있게 하소서
서로의 마음의 문을 다 열고
가슴 깊은 대화로 벽을 허물게 하소서

삶이란 서로 어울리며 살아가는 것이니
남이 어려움에 빠져 있을 때
내가 먼저 찾아가서 도와주게 하소서

내가 곤경에 빠졌을 때
주님이 나를 반갑게 찾아와주실 것을 믿습니다
주님, 우리와 함께해주소서

아픔을 함께 나누게 하소서

힘 잃은 눈동자, 축 처진 어깨,
기댈 곳 없는 병들고 소외된 사람들,
고통당하는 사람들, 버려진 사람들,
그들의 아픔을 함께 나누게 하소서

마음의 벽을 쌓지 않게 하시고
마음에 독을 품지 않고
마음을 활짝 열고 따뜻한 사랑을 나누게 하소서

그들이 하찮아서 보기 싫은 사람이 아니라
우리의 형제요, 자매임을 알게 하소서
그들에게서 벗어나려 하거나
무심한 표정으로 못 본 척 외면하기보다는
한 발짝 다가가게 하소서

나 또한 잘 다듬어지지 않은 허점투성이이고
여러 가지 모순되고 오점뿐입니다
우리가 서로의 상처를 덮어주며 사랑하게 하소서

주님의 깊고 놀라운 사랑을 체험했으니
그들이 아픔을 느낄 때 주님의 마음처럼
따뜻하고 편안한 마음으로 다가가
사랑으로 하나가 되게 하소서

말은 마음의 표현이니

말은 우리 마음의 표현이오니
우리의 마음을 인도해주시는
주님의 마음을 닮아 복된 말을 하게 하소서

말로써 주님을 고백하고 시인하며 전하게 하시고
우리를 견고하고 깊게 사랑하시는 것처럼
서로를 돌보며 진정으로 사랑하게 하소서

믿음과 착한 양심을 가지고
다른 사람을 존귀하게 여길 때
우리도 존귀한 대접을 받음을 알게 하소서

주님의 온유하고 겸손하신 마음을 본받아
말할 때마다 한 마디 한 마디
진실한 마음을 표현하게 하소서

고요하고 평안한 생활 속에서도
주님께서 내 마음을 주장하사
내 입술이 늘 사랑의 말을 실천하게 하소서

말은 하는 대로 성취되오니 긍정적인 언어로
희망을 말하며 전진하고 도전하게 하시고
꿈의 말, 희망의 말, 사랑의 말로
내일의 아침을 밝히며 소망 속에 살게 하소서

기쁨이 시작되게 하소서

날마다 분주함 속에
떠밀려가며 살지 않게 하소서
주 안에서 항상 기뻐하며
주님이 주시는 하늘 소망을 즐거워하게 하소서

아무 가치 없는 것들에 마음이 흔들려
헛된 욕심에 이끌려 살지 않게 하시고
하늘에 소망을 두고 살게 하소서

깨끗한 양심과 믿음을 갖고
아무 쓸데없는 고민으로
마음이 상하거나 다치지 않게 하소서

세상살이가 힘들고 냉혹하지만
슬픔의 무게에 눌려 아파하기보다
기쁨의 날개를 달고 벗어나게 하소서

하루의 삶이 쓸쓸함의 시작이 아니라
기쁨의 시작이 되게 하소서
하루의 삶이 주 안의 기쁨으로
소망 중에 시작하게 하소서
죄 중에서 구원하신 주님의 참평안 속에서
늘 기뻐하며 산 소망을 갖고 살게 하소서

삶에 소망을 주소서 1

내가 내 삶의 주인이 되려고 하면
실패만 거듭할 뿐일진대
주님께서 내 삶에 소망을 주셔서
늘 기대하며 감동하게 하심을 감사드립니다

내 생명, 나의 모든 것이
주님으로부터 오고 또 주님께로 가오니
내 삶의 모든 소유가 주님이시기를 원하게 하소서

죄를 낱낱이 회개하기 위하여
삶을 도려내는 듯한 회개의 아픔을 감당하게 하소서
죄에서 떠나 믿음으로 살게 하시고
시절을 좇아 풍성한 성령의 열매를 맺게 하소서

절망과 실패와 반복되는 긴장감과
시린 가슴을 사랑으로 덮어주시고
소망과 기쁨이 가득하게 해주시기를 원합니다

나의 능력만 믿고 자만하다 다치지 않게 해주시고
온 마음으로 주님의 능력과 지혜를 받게 하소서
불평하고 비난하기보다는
고난 속에서도 주님의 구원의 참뜻을 알게 하소서

삶에 소망을 주소서 2

절망의 깊은 나락에 빠져
시련의 피눈물이 뼛속까지 젖게 하여도
주님 앞에서 도망치지 않게 하시고
진심으로 주님을 찾게 하소서

고난을 통해 모든 것을 잔잔하게 해주셔서
벅찬 기쁨과 감동 속에서
주님의 능력의 손에 붙잡혀 살게 하소서

죄가 마음을 정통으로 찔러 고통스럽게 하고
모진 아픔에 처하게 하였을 때에도
주님께 더 가까이 나아가 기도드림으로
놀라운 구원의 사랑의 깊이를 체험하게 하소서

믿음이 없는 불신앙에서 벗어나게 하시고
내 삶의 방향과 내 꿈의 방향이
주님이 원하시는 방향으로 향하게 하소서

청결한 양심을 갖게 하사
내 삶에 벅찬 기쁨을 주시고
영원한 하늘 소망을 허락해주소서
내 삶에 변하지 않는 산 소망을 주소서

단순하게 살게 하소서

복잡하고 분주한 세상에서
쓸데없는 고민과 걱정을 하지 않고
앞뒤 없이 성급하게 서두르지 않고
단순하게 살게 하소서

욕심만 많고 의욕만 가득해
할 수 없는 일을 죽 늘어놓고
숨도 제대로 쉬지 못할 정도로 이리저리 뛰며
살기보다는 해야 할 일을 차분히 정리하며
마음의 여유를 찾게 하소서

두려움과 불안으로 초조하여
삶을 헛되이 망가뜨리지 않게 하시고
욕심의 줄을 하나하나 끊고
차분한 마음으로 믿음의 실마리를 풀어나가며
주님의 인도하심을 따르게 하소서

모든 믿음과 신앙이 주님의 보혈의
십자가 위에 세워져 있음을 믿게 하소서

작은 일에 행복과 즐거움을 느끼며 살게 하소서
사람들의 일하는 모습에서
사람들의 즐거워하는 모습에서
주님이 함께하심을 느끼며 살게 하소서

마음을 가다듬게 하소서

견딜 수 없는 분노로 확 터져버린 화산처럼
뜨겁게 타올라 앙갚음하고 싶을 때가 있습니다
그럴 때마다 우리의 마음을 안정시켜 주시고
기도로 생각을 다듬게 하소서

당한 것보다 더 부숴버리고 싶은
감정에 휩싸일 때가 있습니다
세상 모든 사람들이 적처럼 느껴지고
한없이 미워질 때가 있습니다

내 마음의 분노의 열기를 식혀주시고
냉철하게 말씀으로 현실을 바라보게 하소서

사랑과 미움이 서로의 벽을 높이 쌓아가면
열정과 흥미가 사라집니다
고달픈 몸에서 증오와 미움의 독소가
한꺼번에 뿜어져 나옵니다
모두 다 내뱉고 싶어 하는 저항의 몸짓입니다

우리의 모든 죄악을 홀로 지시고 오직 사랑으로
살펴주시는 주님을 바라보기를 원합니다

마음의 혼돈과 불안을 잡을 수 없을 때
내 마음을 사로잡아주셔서

스스로 불행의 덫을 놓고 살아가지 않게 하소서

보혈로 내 마음을 깨끗이 씻어주시고
온유하고 겸손하신 주님의 마음을 닮아가며
사랑의 힘이 얼마나 위대한지 깨닫게 하소서

후회 없이 살게 하소서

살면 살수록 힘겨운 세상살이
생살 한 점 뚝 떨어져나간 듯이 몹시 아팠을 때
하늘을 바라보며 한없이 울고 싶었습니다

땅을 치며 통곡하며 울고만 싶었습니다
지금 이렇게 주님께 기도드림으로
마음의 안정과 여유를 갖습니다

울컥울컥 토하고 싶은 울분이 쌓여갈 때
친구를 불러내어 속마음을 털어놓고 싶었습니다
지금 이렇게 주님께 기도드림으로
내 마음을 몽땅 쏟아놓습니다

험한 세상살이 어찌 살아야 할까요
지금 이렇게 기도드림으로
주님께 갈 길을 인도받고 싶습니다

오가는 사람들 속에 섞여 살다가 어느 날인가
모든 것을 훌훌 던져버리고 훌쩍 떠날 텐데
미련 없이 살아가게 하소서
후회 없이 살아가게 하소서
늘 주님의 인도하심에 감사하며 살게 하소서

불평하고 싶은 마음이 생길 때

삶의 순간순간마다
수많은 감정의 변화가 일어나지만
기쁨을 만들어갈 수 있는
마음의 여유를 갖게 하소서

죄 속에 살면 고통이 떠나지 않고
죄 속에 살면 아픔과 절망이 떠나지 않습니다

불평만 하고 힘들다고 포기하며
어두운 마음으로 우울하게 살기보다는
참된 기쁨을 만들어가게 하소서

삶이란 마음먹기에 따라 달라지는 것이니
가슴에 뜨거운 희망을 갖고
위대한 꿈을 이루어가게 하소서

작은 단점만 끄집어내며 소심해지기보다는
주님이 우리에게 주신 수많은 장점과
잠재력을 발견하게 하소서

선한 능력을 행하여 성도답게 살아가며
멋진 내일을 기대하며 기쁜 마음으로
마음껏 희망을 펼쳐나가게 하소서

행복을 나누게 하소서 1

이 세상에는 수많은 사람이 살고 있지만
그중에 실제로 만나는 사람은 지극히 적습니다
만나는 사람보다 스쳐 지나가는 사람과
낯익은 사람보다 모르는 사람이 더 많습니다

정말 몰랐습니다
예수 그리스도를 알기 전에는
예수 그리스도를 믿기 전에는
구원이 있는 줄도
죄 용서가 있는 줄도 정말 몰랐습니다

우리가 삶을 살아가며 한 사람이라도
행복하게 해줄 수 있게 하소서
만남은 참으로 소중하오니
주님이 허락한 만남 속에서
사랑과 나눔의 삶을 살게 하소서

아주 작은 행복도 나누면 그 크기가
점점 더 커지고 행복한 사람들도 많아지오니
행복을 나누게 하여 주시고
심령이 가난한 자로
믿음이 의로운 자로 살아가게 하여 주소서

행복을 나누게 하소서 2

오, 주님!
쫀쫀한 좁쌀영감처럼 살지 않게 하시고
행복을 나누며 살게 하소서
나부터 먼저 시작하여 나누게 하소서

얼굴 가득히 웃음꽃 피어나는 기쁨을
서로 공유하게 하시고
슬픔 또한 나누어
서로의 마음속에 위로가 흐르게 하소서

우리의 마음은 너무나 좁고 부족하오니
내 마음의 자리에 주님이 함께하심으로
날마다 주님을 닮아가는 삶을 살게 하소서

외로움과 고독에 갇혀 불안에 쫓기고
절망의 늪에 빠져 어쩔 줄 몰라 할 때
주님이 따뜻한 손길로 어루만져주셔서
우리에게 전해오는 기쁨을 체험하게 하소서

어둠 속에 갇혔을 때 우리를 불러주신 주님
우리도 사랑을 베풀며 그 행복을
더 널리 나누게 하여 주소서

행복한 웃음을 짓게 하소서 1

나에게 필요한 것은 기쁨이기에
주님께서 웃음이라는 귀한 선물을 주셨습니다
그 은혜를 마음껏 누리며 살게 하여 주소서

사랑하는 가족과 친구와
행복한 이야기를 나누면서
저절로 웃음이 나오고 신이 나게 하소서

누군가 나를 인정해주면 기분이 좋아 웃게 되고
기대했던 일이 이루어질 때면
온 세상이 떠나가도록 크게 웃게 하소서

사랑하는 사람은 웃음이 넘쳐나니
주님의 사랑과 기쁨 속에 살게 하소서

웃음이 성공과 행복을 만들어주고
만족과 기쁨과 축복을 가져다주게 하소서
날마다 삶 속에서 행복하게 웃으며
늘 기대하고 감동하며 살게 하소서

행복한 웃음을 짓게 하소서 2

모든 가정마다 행복한 웃음이 넘치게 하소서
죄에서 구원받은 사람의 얼굴에는
구원의 기쁨이 가득하게 하소서

웃음은 사람에게만 주신
하나님의 축복이오니 마음껏 누리게 하소서
웃음으로 주변 사람들을 기쁘게 만들고
사람과 사람 사이의 거리감을 없애게 하소서

우리의 삶이 주님으로 인해 만족하고
웃음을 통해 삶의 지루함과 고독이 사라지게 하소서

오늘 주 안에서 기뻐하며 살아감으로
내일의 삶도 기쁨 속에 있게 하소서
주님이 주시는 구원의 기쁨으로
날마다 행복한 웃음을 짓게 하소서

웃음은 희망을 주고 고통도 견딜 수 있게 하오니
주님께서 우리의 삶에 이루어주실 일을 기대하며
날마다 활짝 웃게 하소서

서두르게 될 때

마음이 성급하고 빠른 속도를 요구하는 세상에서
쉴 틈 없이 분주하게 오가며 살다 보면
서두르고 급해지기만 할 때가 있습니다

남보다 앞서고 싶은 생각과
남보다 뒤처져 있다는 조급함이
마음을 분주하게 만듭니다
서두름은 욕구불만과 욕심에서
분출된다는 것을 압니다

분주한 삶은 지치고 힘들게 하오니
마음의 휴식을 갖게 하시고
여유를 갖게 하여 주소서

나의 모든 삶을 주님께 맡기고
인도하심을 받게 하소서
무엇을 먼저 해야 하는지 깨닫게 하사
마음의 평안을 주소서

사랑하는 사람 곁에 있게 하소서

오, 주님!
혼자만 잘난 듯 목을 뻣뻣이 세우고
모든 일을 약삭빠르게 해치워버리려는
나쁜 습성을 가진 사람이 있습니다

이 각박한 세상에서 따뜻한 마음으로
사랑하는 사람들 곁에 있게 하소서
주님의 사랑을 충분히 받았으니
이 귀한 사랑을 나누며 살게 하소서

우리의 삶은 나누는 것으로
때로는 자신의 부족을 느끼며 살아가야 합니다
혼자만의 행복을 원하다가
도리어 불행을 불러들이게 될 때가 많습니다
우리의 욕심만을 채우려 한다면
주위에 가슴 아파하는 사람들이 늘어납니다

우리에게 주님의 고난의 사랑이
최고의 아름다운 사랑임을 알게 하소서
우리가 주님의 사랑을 받았으니
이제 그 사랑을 나누며 살게 하소서

좋은 일이 많아지게 하소서

우리의 삶 속에서 좋은 일이 많이 생겨나서
모두 기분이 상쾌해지고 표정이 밝아지게 하소서
하루 종일 기분 좋은 일이 많아지게 하소서

길을 가다가 우연히 반가운 친구를 만나고
만나는 사람들에게 좋아 보인다는 소리를 듣고
오래전부터 꿈꾸어오던 일이 이뤄지게 하소서

기쁨을 마음껏 표현할 수 있는
좋은 일들이 많이 생겨나게 하여 주소서
머리 아프게 고민하던 일이 술술 풀리게 하소서
살다 보니 이런 일도 있나 할 정도로
새롭게 변화되는 기쁨을 맛보게 하여 주소서

지금 이 순간도 주님의 은혜로 살고 있으니
괜한 욕심을 부리지 않고
작은 기쁨 속에서 큰 기쁨을 만들어가게 하소서

내 마음과 내 주변에서 일어나는 좋은 일이
각 방향으로 흘러갈 수 있도록
주님 안에서 기쁜 일이 많이 일어나게 하소서
행복한 일, 기분 좋은 일이 많이 일어나
하나님의 자녀답게 기뻐하며 살게 하여 주소서

긴장이 될 때

홀로 감당하기 힘들고 어려운 일이나
중요한 일을 앞두고 초조하고 긴장이 될 때
어깨가 무거워지고 가슴이 답답해집니다

머릿속에 수많은 생각이 쏜살같이 들어왔다가
도망치듯 달아나 마음이 조여들 때
내 마음을 진찰해주시고 다정하게 보살펴주소서

긴장이 되면 생각이 잘 떠오르지 않고
금방 두었던 물건도 어디에 두었는지
까맣게 잊어버릴 때가 있습니다
초조한 마음에 신경이 날카로워지오니
복잡한 것을 단순하게 생각하여
긴장을 풀게 하여 주소서

누구나 겪는 일이지만 처음부터 끝까지
잘할 수 있는 마음의 여유를 갖게 하시고
주님의 인도하심을 받아 참평안을 갖게 하소서

손이 떨리고 등에 식은땀이 흐르고
머리가 지끈지끈 아파올 때에 깊이 파묻히지 않고
주님께 기도하며 도움을 청하게 하소서
주님께서 내 마음을 붙잡아주소서

긴장을 시키던 갖가지 복잡하고 어려웠던 일들도
그리 대단한 일이 아니었음을 깨닫게 하소서
우리의 마음을 늘 위로하시고 함께하시는
나의 주님께 모든 것을 맡기게 하소서

지갑이 가벼울 때

지갑에 돈이 없을 때
왠지 서글퍼지고 초라해집니다
배 속에서는 먹을 것을 요구하며
치열하게 투쟁하는 소리가 들려옵니다

친구로부터 만나고 싶다는 전화가 왔지만
돈이 없는 주머니가 신경 쓰여
이 핑계 저 핑계를 대고 전화를 끊고 말았습니다

집에 늘 있던 라면마저도 없어
장롱을 열고 옷의 주머니를
다 뒤져보았습니다

혹시나 지폐 한 장이라도 있을까
막연히 바라는 생각으로 겨울 코트 주머니 속에
깊숙이 손을 넣었을 때 무언가 손에 닿았습니다
만 원짜리 지폐 두 장을 지난겨울에 넣어두고
까맣게 잊어버렸던 것입니다

동네 순댓국집에 가서 따끈한 순댓국밥을
한 그릇 시켜 맛있게 먹고 나니
배가 부르고 세상 부러울 것이 없었습니다

집으로 돌아오며 생각했습니다

열심히 살아야겠다
부지런히 살아야겠다
내 삶이 비참해지지 않도록 성실히 살아야겠다
마음속으로 수없이 외쳤지만
거리를 오가는 사람들은 아무도 몰랐을 것입니다
오직 주님만이 내 마음을 아셨을 것입니다

희망의 집을 짓게 하소서

이 넓디넓은 세상 그 어느 곳에도
희망을 파는 곳은 없습니다
그런 곳이 있다면 모두들 돈을 주고서라도
희망을 한 아름 사 안고 돌아올 것입니다

정말 그런 곳이 있다면
다들 먼저 희망을 사려고 난장판이 될 것입니다
희망을 파는 곳이 전쟁터가 되고 말 것입니다
사람들은 욕심이 많기 때문입니다

희망을 사려던 사람들 모두 다
절망을 안고 돌아오게 될 것입니다
이 세상 어느 곳에도 희망을 파는 곳은 없습니다

주님은 우리의 희망입니다
주님이 우리에게 주시는 희망을 이루어가며
삶의 기쁨을 누리며 살게 하소서

희망은 우리의 마음에서 피어나
시절을 따라 열매를 풍성하게 맺습니다
주님께서 우리의 삶에 열매를 맺게 하여 주소서
우리의 마음에 커다란 꿈을 그려놓고
주님 안에서 참소망으로 희망의 집을 짓게 하소서

열정을 쏟는 삶을 살게 하소서

오, 주님!
우리의 삶은 곡예사 줄타기처럼
너무나 아슬아슬하고 늘 서툴러
감당하기가 어려울 때가 많으니
내 모든 삶을 주님께 맡기게 하소서

아무리 열정이 대단하다 해도 세월이 흘러가면
못다 태운 사랑의 열기는 식어갈 뿐인데
아직도 서성거리기를 반복하며
이러지도 저러지도 못하고 눈치만 살핍니다
이제는 나의 모든 삶을 주님께 순종하며 살게 하소서

내가 어리석고 모자랐습니다
내가 보아도 내가 참 못났습니다
주님께 기도하며 지혜롭게 움직여야 할 텐데
내 생각대로 내 고집대로 움직였습니다

항상 열심히 생활하고
온 힘을 다해 열정을 쏟아 일함으로
후회하지 않게 하시고
이제라도 주님께 기도드리며
마음껏 열정을 쏟는 삶을 살게 하소서

흘러가는 세월이 이마에 주름을 만들어놓고

온몸을 쇠하게 하여도
가슴에 담은 주님이 주신 은혜로 살게 하소서
삶이 다하는 날까지
모든 영광을 주님께 돌리며
아무런 후회 없이 살게 하소서

고집부리지 않게 하소서

우리가 삶 속에서 쓸데없이 고집부리지 않고
마음의 여유를 갖고 살아간다면 편할 것입니다
어떤 일이 닥쳐오면 우리는 온갖 상상력을 동원해
헛된 생각에 빠져 고민합니다
그냥 받아들이면 왠지 손해 보는 것 같아서일까요
고집부리지 않고 소망의 눈이 열리기 원합니다
우리가 해야 할 일을 방관하지 않게 하시고
행함 있는 믿음으로 보람되게 살게 하소서
고집은 자신의 부족함과 연약함이
그대로 나타나는 것을 두려워할 때 생기는 것이니
새롭게 변화하여 자신의 있는 모습을 그대로 깨닫게 하사
어리석은 행동에서 벗어나게 하여 주소서

고집은 불화를 일으키고 기분을 상하게 하고
서로의 관계를 끊어지게 만듭니다
틈틈이 돌아보게 하시고
실망하지 않고 새로움을 추구하게 하소서
삶을 풍요롭게 배움으로 여유롭게 살게 하소서
삶을 어지럽게 살지 않고 기도와 말씀의 훈련을 통해
깔끔하게 정돈된 행복을 느끼게 하여 주소서
베풀고 나눔으로 마음에 충만함을 체험하게 하소서
고집부리던 마음을 버리고 세상을 넓게 바라보며
성숙된 신앙으로 살게 하여 주시기를 바랍니다

고단한 하루를 마치며

오, 주님!
세상 살기가 너무나 힘들어 휘청거립니다
열심히 일해도 남는 것은 늘 허탈함뿐입니다
하루 종일 고된 일에 시달리고 나면
온몸이 아프고 힘이 쭉 빠지는데
손에 쥐어지는 돈은 너무나 적습니다

세월의 난간은 위태로워 걷기조차 힘든데
원수 같은 가난은 썰렁한 바람만 일으키고
돈 들어갈 곳은 왜 그리도 많은지
가난의 갈퀴가 긁어가는 것을 당해낼 수 없습니다
어떤 사람은 놀면서도 부를 누리며 편안하게 사는데
온몸이 부서지도록 일을 해도 표시가 나질 않으니
큰소리치고 사는 사람들을 보면
머리끝까지 분노가 치솟아 욕이라도 실컷 퍼붓고 싶습니다

비록 피곤하고 힘든 몸일지라도
돼지껍데기에 막소주 한 잔이면 흥이 저절로 납니다
흘러간 노랫가락에 덩실덩실 춤추고 싶습니다
힘겨운 세상살이로 늘 눈물이 흐르지만
떠오르는 아내와 자식들 얼굴에
노동의 고달픔을 이겨내고
오늘도 잘 버텼다 위로합니다

늘 세상이 뒤집어지길 꿈꾸며
가난의 껍질이 다 벗겨지는 꿈을 꿔보아도
노동자의 삶은 피곤할 뿐입니다
고단한 영혼과 함께하여 주시기를 원합니다
주님께서 지친 영혼을 인도해주소서

멋진 인생을 살게 하소서

멋진 인생을 살고 싶습니다
우리의 삶은 너무나 소중하기에
삶 속에 변화가 있기를 바라고
경이로운 일이 일어나기를 기대하며 살아갑니다
우리에게 멋진 인생을 사는 법을
가르쳐주시기를 원합니다

내 가족이나 가까운 사람들만 사랑하지 않고
좀 더 많은 사람들과 사랑을 나누며
살아가게 해주시기를 원합니다

미움과 시기로 진흙탕이 된 삶보다
여유와 인내가 가득한 삶을 살기를 원합니다
주변 사람들에게 칭찬과 격려를 아끼지 않게 하시고
늘 준비하고 약속을 잘 지키며
정직한 삶을 살게 하여 주시기를 원합니다

이 지상에서 주님처럼 멋지게 사신 분이 어디에 있습니까
아무 욕심 없이 온유하고 겸손한 마음과 사랑으로
모든 사람의 죄를 대속하신 그 삶은
영원히 찬양과 경배를 받으실 위대한 삶입니다
우리의 삶도 주님의 삶을 닮아가며
돌아봐도 늘 후회 없는 멋진 인생을 살게 하소서

주님을 온전하게 바라보게 하소서

나의 눈동자가 죄악을 훑지 않게 하시고
하늘에 눈길을 돌려 주님을 바라보게 하소서
구석진 마음의 모서리에 숨겨 있던 죄까지
회개를 통해 모두 다 용서받게 하여 주시고
주님과의 소통의 통로가 기도임을 깊이 깨닫게 하소서

출처를 알 수 없는 모호한 유혹들과
귀에 솔깃한 유혹들을 이겨내게 하소서
이 각박한 세상의 고통에서 벗어나게 하는
주 안의 평안과 휴식을 알게 하사
주님의 사랑이 얼마나 소중한지 깨닫게 하소서
모든 길이 주님을 향한 발길이 되게 하소서

내 몸에 흐르고 있는
주님의 사랑의 파도를 타게 하시고
나의 눈동자로 주님을 온전하게 바라보게 하사
하늘 소망을 담은 보배로운 눈이 되게 하소서

내 삶의 한 부분만 보고 실망하지 않고
내 삶 전부를 인도하시는 주님을 따르게 하시고
분주한 삶의 발걸음을 멈추고
주님을 온전히 바라보게 하소서

방황에서 벗어나고 싶을 때

오, 주님!
허망한 세월 속에 끝도 모를 길을
헤매며 살아가는 사람들이 매우 많습니다
육체적으로 정신적으로 방황하며 갈피를 못 잡습니다
아득한 삶의 터널에서 미로에 들어선 듯 길을 잃고
막다른 골목에 들어선 듯 막막할 때가 있습니다

헛된 꿈만 꾸니 잡으려 해도 잡히지 않고
안개 속에 묻히고 어둠에 둘러싸여
제대로 트인 길을 찾아내지 못합니다
생명의 길이 되신 주님께서 저들을
구원의 길로 인도해주시기를 원하며
나의 기도의 외침이 살아 있기를 원합니다

다시는 돌아오지 않을 세월의 안타까움을 알았으니
엉킨 운명의 매듭을 풀어내고자 합니다
모든 욕심을 훌훌 털고 주님 앞에 바로 서게 하시고
어리석음에서 벗어나 절망 없는 길을 만나게 하소서
가파른 언덕길에서 벗어나
희망의 길에 들어서게 하소서

멀어져간 희망을 다시 찾고 싶습니다
감동을 주는 수많은 일들 속에서
살아 있음을 알리듯 파도 치며 살고 싶습니다

하루바삐 방황에서 벗어나게 하소서
어리석은 생각의 굴레에서 벗어나게 하소서
주님 안에서 구원의 기쁨을 찬양하며
주님과 동행하는 삶을 살게 하소서

밤 기차를 타고서

자정이 넘은 시간에 어둠을 뚫고
기차가 달리고 있습니다
몸은 몹시 지쳐 피곤하지만
조금씩 집이 가까워지고 있다는 생각에
마음이 편안해집니다

집을 벗어나면 새로운 설렘도 잠시일 뿐
정겨운 아내의 눈빛과 아이들의 웃음이 있는
집으로 돌아가고 싶어집니다
행복한 가정을 주신 주님께 감사드립니다

가족이 없다면 이 늦은 밤
집으로 돌아가지 않을 것입니다
포근한 보금자리, 따뜻한 사랑이 충만한 가정,
떠나와도 돌아갈 곳이 있음에 감사드립니다

밤 기차를 탄 사람들은 모두가 피곤해 보입니다
책을 읽는 사람도 있고
차창 밖을 물끄러미 응시하는 사람도 있고
밀려오는 여독에 깊이 잠든 사람도 있습니다

나는 커피를 마시며 책을 읽고 밖을 내다보다
잠시 가족을 위해 기도드립니다
지금 집에서 곤히 잠들어 있을 아내와 아들에게

달콤한 잠을 주시고 건강을 더해주시기를 원합니다
우리 가족과 늘 함께하시고 인도해주시기를 원합니다

밤 기차를 타고 가면서 가족을 생각하면
마음이 한없이 따뜻해집니다
나는 참 행복한 남자입니다
모두가 주님의 사랑입니다

삶의 진한 맛을 알게 하소서

살다 보면 위태롭게 느껴지는 삶 속에
눈물도 있고 웃음도 있다는 것을 압니다
아픔 한 번 없이, 고통 한 번 없이
늘 행복하기만 바라던 어리석은 사람이었습니다

모든 것을 정확히 계산한다고 되겠습니까
모든 것을 무사태평 여유만 부린다고 되겠습니까

삶이란 문과 같아 열리면 닫고 닫히면 열어야 합니다
사람이 살아가는 데는 눈물을 닦아야 하는 일도
고통을 견디고 일어서야 하는 일도 있습니다
기뻐 소리치며 날뛰고 싶은 일도 있습니다

어떻게 살아야 진실한 삶인지도 모르면서
잘난 체하며 살지 않게 하시고
주님의 은혜 속에 새로운 삶을 깨닫게 해주소서

온갖 수심도, 모든 기쁨도 훌훌 벗고
결국엔 늘 외면해오던 죽음을 향해 떠나야 하는 삶입니다

살아 있는 날 동안은 희로애락 속에
온갖 일을 겪어도 잘 견디며 살아야겠습니다
그 진한 맛을 알게 하사
주 안에서 성령 충만한 삶을 살게 하소서

다시 일어서게 하소서

오, 주님!
늘 서툰 몸짓으로 살아갑니다
실수투성이, 모순투성이로 넘어지고 쓰러지면서도
곧잘 웃으며 다시 일어섭니다

살아가는 이유를 알기에 부족한 것이 부끄럽지 않습니다
늘 나약한 모습이지만 잘 견디며 살아가오니
내 마음에 숨어 있는 모든 죄를 용서하여 주소서

사는 맛을 알고 재미가 있기에
내일을 소망하며 더욱 기대가 커집니다
내 마음을 활짝 열어주신 주님
늘 어설픈 모습으로 살아가는 우리를 구원해주소서

주님께서 하늘을 향해, 세상을 향해
웃을 수 있도록 기쁨을 주셨습니다
주님을 만난다면 주님의 가슴에 얼굴을 깊이 묻고
주님을 사랑한다고 고백하고 싶습니다

내 마음과 영혼을 통해 한없이 쏟아주시는
주님의 은혜를 눈물이 나도록 고맙게 받았습니다
주님으로 인해 내 삶이 건강해졌습니다
어둡고 멀게만 느껴지고 검게 보이던 하늘이
밝고 환한 하늘이 되었습니다

성공을 만들어가는 사람들

오, 주님!
누구나 성공하기를 원합니다
얼마나 많은 사람들이 가슴 벅찬 감동의 순간을
맛보기 위해 노력하고 있습니까
치열한 생존경쟁의 틈바구니 속에서
자신이 원하는 것을 꽃피우는 것은 참 힘든 일입니다

산 정상을 정복하는 순간의 진한 감동은
산을 정복한 등산가만이 알 수 있듯이
성공한 사람들의 벅찬 감격과 감동도
성공한 사람만이 알 수 있습니다

오늘도 성공이라는 산을 등반하는 사람은 많습니다
낙오하고 좌절하고 실패하고
도중에 생명까지 포기하는 사람들이 얼마나 많습니까
그러나 넘어질 때 넘어지고 쓰러질 때 쓰러지더라도
다시 꿋꿋하게 일어서서 모든 실패를 성공으로 만들어가는
멋진 사람의 눈빛은 살아 있습니다
그의 발걸음은 힘차고 그 목소리는 우렁찹니다
그는 내일을 바라볼 줄 아는 사람입니다

삶을 구차하게 살거나 포기하지 않게 하시고
십자가의 고난을 홀로 지신 주님을 바라보며
주님의 이름으로 성공을 만들어가는 사람이 되게 하소서

부랑자에게도 따뜻한 햇살을 주소서

오, 주님!
덕수궁 돌담길을 걷다가 남루한 부랑자가
딱딱하고 차가운 의자에 온몸을 웅크리고 누워
깊은 잠에 빠져 있는 것을 보았습니다
오가는 사람들 모두 못 본 척 무관심하기만 합니다
얼마나 피곤하고 지쳤는지 깊은 잠에 빠져
누가 업어가도 모를 지경입니다

그의 모습처럼 지저분한 봇짐 하나가 뭐 그리 소중한지
잠결에도 머리로 누르고 한 손으로 꼭 잡고 있습니다
두꺼운 겨울옷을 몇 겹씩 껴입어
마른 몸집이 되려 뚱뚱해 보이는데
얼굴을 보니 모진 세파에 시달려 찌들어 있습니다

돌담길을 걷다 보면 목련꽃도 피고 벚꽃도 피어
봄이 왔음을 알 수 있는데 그는 모든 것을
잊어버린 듯 깊은 잠이 들어 있습니다
그 순간만큼은 그 누구보다 행복할 것입니다
잠들어 있을 때만큼은 아무 걱정하지 않아도 될 테니까요
아마 멋진 꿈길을 걷고 있는지도 모릅니다
그러나 나는 마음이 아팠습니다
그에게 아무것도 해줄 수가 없었습니다
그럴 때는 내가 정녕 그리스도인인가 되묻고 싶어집니다

착각의 굴레에 빠지지 않게 하소서 1

오, 주님!
그 사람이 영 딴판이 되었습니다
목줄기에 피가 돌고 있는 것만으로도
천운으로 여기던 시절도 있었습니다

그때는 고개 숙일 줄도 알고
미안해할 줄도 알고 고마워할 줄도 알고
남에게 감사할 줄도
친절과 진실이 무엇인지도 알았습니다
하지만 돈푼깨나 생기고 나서는
목에 힘을 준 철면피가 되어버렸습니다

자기 할 일도 제대로 하지 못하면서
툭하면 남의 흉을 보는 것을 즐기지 않게 하소서
제 잘난 멋에 사는 사람이 되어
착각의 굴레에 빠지지 않게 하소서

스스로 착각하여 어리석게 사는 인생에
죄로 멍든 가슴이 무너져내립니다
주여, 어지러운 하늘 길을 만들지 않게 하시고
순전한 믿음을 다시 회복하게 하소서

착각의 굴레에 빠지지 않게 하소서 2

오, 주님!
온 세상이 제 손바닥 안에 있는 듯
뒷짐 지고 어깨를 으쓱대며
사람들을 얕보고 거만을 떠는 모습을 보면
속이 뒤틀려 욕이라도 실컷 해주고 싶습니다

참 이상한 것은 돈이 많으면 많을수록
그 사람 곁에 사람들이 모여든다는 것입니다
돈이란 참으로 묘하게 사람들을 끌어당깁니다

돈을 쥐고 있는 사람이
어떤 사람이든 상관이 없습니다
인품에 상관없이 사람들이 모여드는 것을 보면
돈의 위력은 참으로 대단합니다

사람은 영 망가지고 있는데
모여드는 사람들은 멋지게 포장해 추켜세우고
그럴듯하게 만들어놓고 있으니
자신도 모르는 사이에 착각의 굴레에 빠집니다

오, 주님!
우리로 하여금 착각의 굴레에 빠져
아픔이 멍울지지 않게 하시고
늘 겸손히 주님을 따르며 살게 하소서

죄악의 어둠 속에 갇혔을 때
나를 불러주신 주님
죄가 내 마음에서 범람하여
파도치지 않게 하소서
죄의 눈빛에서 떠나게 하소서

우리가 행복할 수 있는 것은

우리의 행복은 온갖 생각의 끈에 묶여
굳게 닫혀 있던 마음의 창을 열고
서로의 이야기를 귀담아들어줄 때 시작됩니다
우리가 나누는 단 한 마디의 말로
때로는 행복과 불행이 엇갈립니다

단비 같은 칭찬과 시원한 격려의 말은
용기와 희망을 주고 마음을 따뜻하게 해줍니다
내가 누군가를 칭찬하거나 격려하면
그 사람도 기쁘지만 내 마음도 밝아집니다

우리가 행복할 수 있는 것은 사랑의 말 덕분입니다
모든 사랑은 마음의 표현인 말에서 시작합니다
사랑의 말 한 마디가 삶의 방향을 바꾸어놓습니다

자기 자신에게 하는 말도 함부로 해서는 안 됩니다
자신을 사랑해야만 다른 사람도 사랑할 수 있습니다
축복의 한 마디가 다시 자신에게 축복으로 돌아옵니다

우리가 행복할 수 있는 것은 말이 진실하기 때문입니다
주님의 말씀이 우리에게 생명이 되듯이
우리가 나누는 말이 서로에게 사랑이 되게 하소서
행복이 되게 하시고, 축복이 되게 하소서

정말 몰랐습니다

오,주여! 정말 몰랐습니다
예수 그리스도를 알기 전에는
예수 그리스도를 믿기 전에는
구원의 있는 줄 정말 몰랐습니다
용서해시는 주님이 계심을 정말 몰랐습니다

왜 예수를 영접하고 시인하고
왜 예수를 구주로 고백하고
왜 예수 이름으로 회개해야 하는지 정말 몰랐습니다

주님이 나의 구주가 되시고
내주하시는 성령의 은혜로 깨닫게 하사
주님을 시인하고 고백하게 하셨습니다

죄악이 토해놓은 온갖 더러운 것들을
용서받고 구원받게 하여 주시고
은혜로 새롭게 치유하여 주소서

주님을 온전히 바라보게 하시고
예수 구원의 이름으로 회개하여
구원받아 천국 백성이 되게 하여 주소서
모든 것이 주님의 축복이며
십자가 보혈로 보여주신 주님의 구속의 사랑입니다

행복한 보금자리를 갖게 하소서

오, 주님!
누구나 행복한 보금자리를 갖게 하소서
온 가족이 함께 웃고 먹고 잠들 수 있는
따뜻하고 포근한 집을 원합니다

그러나 아직도 이 땅에는 하루하루 근근이
살아가는 무주택 서민들이 너무나 많습니다
근사한 집은 아니더라도
온 가족이 모여 살 집을 원하는 사람들에게
행복하게 살 수 있는 집을 마련할 수 있는
힘과 용기를 주시기를 원합니다

가족이 힘을 합하고 어떤 어려움도 이겨내며
나누면 나눌수록 커지는 사랑으로
세상을 더 아름답게 만들어가게 하소서

한 가정 한 가정에 집이 마련될 때마다
세상에도 행복의 불빛이 하나둘 밝혀지게 하소서
작은 나눔으로 내 이웃들이 행복할 수 있고
우리에게도 기쁨이 되게 하여 주소서

우리의 사랑의 손길로
내 불우한 이웃들이 행복하고
가족이 웃을 수 있도록

더 가까이 사랑을 나누게 하소서
나만 행복하기보다 우리 모두가 행복할 때
우리가 사는 이곳은 더 밝게 빛납니다
나누면 나눌수록 커지는 사랑으로
우리가 사는 세상을 더욱
아름다운 세상이 되게 하소서

오직 사랑의 마음으로 살 수 있다면

오, 주님!
이 세상에 영원히 머무를 사람은 하나도 없고
모두 다 떠나야 하는 삶을 살아가는데
나로 인해 누군가 행복할 수 있다면
오직 사랑의 마음으로 살 수 있다면
그보다 더 보람 있고
의미 있는 삶이 어디 있겠습니까

상처를 주고받는 세상에서 서로를 감싸주고
삶의 먹구름을 걷어내 서로 격려한다면
무거운 마음의 짐을 벗어던지고
희망을 가지고 하늘을 바라볼 수 있을 것입니다

나의 믿음의 방향이 잘못 틀어져
허망하게 살지 않게 하시고
오직 주님을 향한 믿음으로
영혼을 사랑하며 살아가기를 원합니다

우리의 삶은 언제나 종종걸음으로 달아나고
세월은 너무도 빨리 흘러갑니다
서로 만날 수 있음을 기뻐하며
오랜 후에 생각해도 가슴 뿌듯하고
기억하고 싶은 삶을 살아가기를 원합니다

사랑을 베풀며 살게 하소서

오, 주님!
훌쩍 뒤돌아보지 않고 떠나버리는 시간 속에
한 사람에게라도 더 사랑을 베풀고
사랑을 나누며 살아가게 하소서

올망졸망 달려드는 근심과 걱정을
주 안에서 믿음으로 떨쳐버리게 하시고
허튼 짓으로 죄짓지 않고
하늘을 바라보며 산 소망으로 살게 하소서

이 땅에서 살아가는 기쁨이 넘치게 하소서
욕심 많은 세상에서 조금이라도 더
포근한 정을 느낄 수 있는 삶을 살게 하소서

서푼어치도 안 되는 어설픈 목숨
빈손으로 온 삶에 무언가를 가질 수 있음은
큰 축복임을 알고
주님의 뜻을 따라 나누며 살게 하소서

내가 주님의 은혜 속에서 날마다 살듯이
나로 인해 누군가가 행복할 수 있게 해주소서
그 모두가 주님의 은총이오니 힘과 용기를 주시고
소망 가득한 삶을 살게 하소서

위기가 닥칠 때 1

살아가는 동안 가장 중요한 시기에
절체절명의 위기가 닥칠 때가 있습니다
풍선에 바람이 너무 많이 들어가
터지려는 순간처럼 가슴이 조마조마하고
벼랑 끝에 선 것처럼 아찔한 불안감이 엄습해올 때
잘 대처해 이겨낼 수 있는 믿음과 용기를 원합니다

유혹의 바람이 거세게 불어와 마음이 흔들릴 때
빠져들고 싶은 충동이 일어나고
걷잡을 수 없는 욕망의 불길이 거세질 때
마음을 모아 간절히 기도하게 하시고
주님께 더 가까이 나아가 인도하심을 받게 하소서

죄악의 손이 내 몸과 영혼을 잡아당겨
나의 모든 것을 휘감아올 때
주님의 크신 손으로 죄악을 끊어주셔서
주님의 은혜 안에 거하게 하소서

지금까지 살아온 삶이 얼마나 고귀합니까
주변 사람들이 모두 지켜보고 있는 가운데
내 삶이 하루아침에 무너져내리는 일이 없게 하소서
쾌락은 한순간이고, 그로 인한 상처는 너무 크니
삶의 소중한 것들이 무너지지 않게 하소서

위기가 닥칠 때 2

유혹이 내 마음을 장악하려 하고
마음이 갈피를 못 잡아 마구 흔들릴 때
주님께 기도하며 성령의 인도하심을 받게 하소서

세월이 흘러 정신 차리고 나면
얼마나 잘 견디었는지, 잘 피했는지를 알게 되니
마음의 중심에 주님을 온전히 모시게 하소서

외롭고 목마를 때
근심 속에 뜻하지 않은 위기가 닥칠 때에도
기도하며 주님께 도움을 청하게 하소서

말씀을 깊이 묵상하게 하시고
순간순간마다 주님의 이름을 부르게 하소서
오직 주님만이 위기에서 벗어나게 하여 주시니
오직 주님만을 의지하게 하소서

욕망의 한순간 때문에
지금까지 살아온 삶이 무너지지 않게 하소서
쾌락의 한순간 때문에 영원한 천국을 버리는
어리석음에 빠지지 않게 하소서

실패를 성공으로 만들게 하소서 1

오, 주님!
거듭되는 실패 속에 이루어내는 성공이 진정 값집니다
실패를 성공으로 변화시키는 믿음과 자신감을 가져야 합니다
실패는 우리에게 새롭게 도전할 수 있는 기회를 주고
삶을 돌아볼 기회를 줍니다
실패의 눈물은 우리를 맑고 선하게 해줍니다
마음이 악한 사람은 진실한 눈물을 흘리지 못합니다
실패는 우리에게 교만과 오만과 허세가
얼마나 무력한 것인가를 알게 해줍니다
우리는 실패를 통해 자신을 개선해야 합니다
실패했을 때 절망과 좌절로 무너져내리지 않고
재도전함으로써 진정한 성공이 무엇인가를 알게 됩니다
게으름과 태만에서 벗어나 수많은 난관과
두려움을 뚫고 나아가 부지런함과 지혜로 이겨내야 합니다
성공한 사람들은 모두 실패를 당당하게 딛고 일어섰습니다
실패한 과거를 훌훌 털어버리고 힘차게 나아가야 합니다
노력 없이는, 열정 없이는, 믿음 없이는
아무것도 이룰 수 없다는 것을 알아야 합니다
우리에게 성공의 길을 안내해주는 것은 실패입니다
실패는 우리로 하여금 고정관념을 버리게 만들고
새로운 변화를 시도하게 해줍니다
우리는 실패를 딛고 일어서기 위해
두려움과 탐욕, 이기심과 욕망을 버려야 합니다
실패는 도리어 깨달음을 주는 축복입니다

실패를 성공으로 만들게 하소서 2

실패를 좋은 경험으로 생각하고
성공을 향하여 올바르게 생각하고
열정적으로 실천하여 나간다면
성공은 눈앞에 다가오기 시작합니다
실패 속에서 성공의 씨앗이 싹트고 있음을 보게 해주소서

죄악으로 몰아가는 바람이 멈추게 하시고
회개의 눈물로 내 마음이 맑아지게 하시고
실패 속에서 끈질기게 노력함으로써
성공을 이루어나가게 하여 주소서

누구나 실패할 수 있으나 도전과 노력에 따라
그 결과가 전혀 달라지는 것을 알게 하소서
가슴이 찢어지는 절망과 고통 속에서
실패를 넘어 성공할 수 있어야 합니다
실패로 자신의 나약함을 깨닫게 해주소서

죄악에 목숨 던져주지 않게 하시고
어떤 상황에서도 굴하지 않는 노력과
굳건한 신앙을 통하여 가슴에 품은 꿈을 이루도록
더욱 간절하게 기도하게 만들어주소서

실패를 성공으로 만들게 하소서 3

오, 주님!
주님은 진정한 성공의 의미를 가르쳐주시고
시련과 실패를 통하여
성공을 이루어내는 놀라운 힘을 주십니다
복된 삶을 살도록 인도하십니다
주님의 놀라운 사랑과 축복에 감사드립니다

죄로 인해 긁힌 마음의 상처가 아물게 하시고
어둠 속에서 창을 하나씩 열어가며
주님의 이름으로 평강의 인사를 나누게 하소서

마음에 절망의 낙엽이 쌓일 때도
얻는 것 하나 없고 실망이 되어도
주님의 이름으로 사랑을 나누게 하소서

세상이 우릴 바라보는 가운데
곱디고운 꿈 하나 이루어갈 수 있습니다
하나님이 우릴 바라보는 가운데
천국을 소망하는 마음 간직할 수 있습니다

궁핍한 나의 마음을 살펴주시고
비명 같은 나의 기도를 들어주소서
즐거운 웃음과 행복으로 인도하시고
부드럽게 상처를 감싸주시고 치료하여 주소서

열린 마음으로 대화를 나눌 때 1

오, 주님!
삶에 늘 고독이 찾아오기에
우리는 누구나 말하고 싶어 하고
상대방이 그 이야기를 들어주기를 원하며
다른 사람과 이야기를 나눌 때 열린 마음으로
잘 들어줄 수 있는 마음을 갖기를 원합니다

이야기를 하는 도중에 말을 잘라버리거나
관심없는 표정을 짓지 않기를 원합니다
자신의 이야기를 먼저 하려는 성급함보다는
남의 말을 잘 들어주는 여유를 가져야 합니다

마음을 활짝 열고 남의 이야기를 잘 들어주면
편안해지고 기분이 좋아집니다
눈을 맞추며 정답게 나누는 이야기 속에
친근감과 신뢰감이 쌓여 인간관계가 좋아집니다

남의 이야기에 귀 기울이지 않고
자기 고집만 주장하면 다툼과 분쟁이 끊이지 않고
온갖 스트레스만 쌓이게 됩니다
열린 마음으로 대화할 수 있도록
우리의 귀를 열어주소서

열린 마음으로 대화를 나눌 때 2

오, 주님!
타인의 이야기를 잘 들어주면
느낌이 좋고 편한 사람이 됩니다
그러나 우리 마음이 딱딱하게 굳어 있으면
남의 이야기를 들어줄 수 없으니
잘 들어주는 부드럽고 넓은 마음을 가져야 합니다

남의 이야기를 듣는 둥 마는 둥
건성으로 고개만 끄덕거리지 않고
진심으로 받아들여 공감하기를 원합니다
우리가 대화를 나눌 수 있는 것도
주님의 은혜이며 축복입니다

우리의 삶은 대화 속에 이루어집니다
남의 이야기를 잘 들어주면
서로 웃을 수 있고 마음이 따뜻해집니다
우리가 다른 사람들과 대화를 나눌 때
주님께서 우리의 기도를 들어주심을 기억해야 합니다

기도는 주님과의 대화입니다
기도는 영혼의 호흡입니다
대화는 인간관계의 호흡입니다
따뜻한 대화 속에 사랑이 가득해지기를 원합니다

오랜 친구를 만난 듯이 1

오, 주님!
나는 헌책방에 가기를 좋아합니다
오랫동안 시집을 수집하기 위해서 다녔습니다

손때 묻고 세월이 흘러간 흔적이 있는
책을 만나면 왠지 오랜 친구를 만난 듯한
반가움과 정겨움이 있습니다

시대가 날로 발전하면서
새롭고 다양한 책이 많이 출간되고 있지만
오래된 책이 주는 독특한 맛을
잊을 수 없어 더 자주 헌책방을 찾습니다

오래전부터 알고 지낸 책방 주인이
새 책이 들어왔다고 연락을 해줄 때면
오늘은 어떤 책을 만날까
어느 저자의 책일까 하는 설렘으로
마치 사랑하는 사람이라도
만나러 가는 듯 벅찬 마음이 생겨납니다

헌책도 새로운 주인을 만나면
반가워하는 것 같습니다
내가 구하고 싶고 사고 싶었던 책은
왜 그렇게 내 마음을 사로잡는지 모르겠습니다

오랜 친구를 만난 듯이 2

오, 주님!
오랫동안 수많은 시집을 만났습니다
한 권 한 권 읽을 때마다
참 많은 것을 배우고 깨닫게 됩니다

오래된 책을 읽으면
시간 여행을 하는 듯한 착각이 들고
저자들과 만나 대화를 나누는 것 같은 느낌을 갖습니다
시집 한 권 한 권마다 시인들이 표현하고 싶었던
소중한 마음을 만날 수 있습니다

많은 시집을 모아 시집 박물관을 만들고 싶습니다
좀 더 많은 사람들이 시를 사랑하고
함께 읽고 나누며 감성이 넘치는
행복한 삶을 살았으면 참 좋겠습니다

지금도 많은 시집을 구하고 싶은 마음은 변함이 없고
시집을 수집하는 하루하루의 삶이 기대가 되고
재미있고 기쁨이 넘칩니다

시집 박물관이 완성되면 많은 사람들이 오가며
수많은 시인을 만나고 시를 읽게 될 것입니다
그들과의 기분 좋은 만남의 날들을 기대하며
오늘도 시집을 수집하는 재미를 가져봅니다

누군가가 미워질 때 1

오, 주님!
마음에 미움이 가득할 때는
온몸에 독소가 퍼진 것 같아
기분이 즐겁고 상쾌하지 않습니다

나는 관심을 갖고 많은 것을 베푼 것 같은데
오히려 외면당한 것 같아 자꾸만 미움이 생깁니다
나는 내 마음의 사랑을 쏟아부은 것 같은데
도리어 나를 비난하고 괴롭힙니다

누군가 나에게서 등을 돌릴 때
미움으로 되돌리지 않게 하시고
사랑이 온전하게 뿌리내리게 하시고
더 많은 사랑을 베풀며 살게 하여 주소서

상처와 아픔을 감싸주면 좋을 텐데
왜 우리는 미운 마음을 품을까요
사랑을 도리어 원망하는 눈빛으로 돌려보낼 때는
한없이 가슴이 무너지고 아파옵니다

나의 마음에도 미움이 생겨 죄를 범할까 두렵습니다
주님의 사랑이 언제나 빛이 되어 비추듯이
사랑은 희생이 필요한 것임을 배우기를 원합니다

누군가가 미워질 때 2

오, 주님!
누군가 미워질 때 지나치게 신경을 써서
새가 쪼는 듯한 편두통에 시달릴 때에도
주님께서 내 마음을 만져주시고 평안을 주소서

사랑의 힘이 상처의 아픔을 덮어주듯이
진정한 사랑의 소중함을 알기를 원합니다
주님의 손길은 언제나 상처를 어루만지는 손길이니
상처를 치유하시고 사랑이 샘솟게 해주시기를 원합니다

우리의 삶은 때로는 너무나 외롭고 춥습니다
서로 사랑하지 않고 서로 감싸주지 않으면
절망과 고통 속에서 살 수밖에 없습니다
함께함으로 혼자가 아님을 알고 서로를 보살피고
이해하는 감동의 기쁨을 체험하게 해주소서

미움은 모든 것을 무너뜨리고 어둡게 하지만
사랑은 모든 것을 아름답고 조화롭게 만들어놓습니다
남을 미워하는 죄를 지으라고 수작 걸어오는
모든 잘못된 언어와 행동과 유혹에서 벗어나게 하소서

이 지상에서 숭고하고 순수한 사랑만이
최고로 아름다운 풍경을 만들어냅니다
우리의 마음에서 미움을 버리고 사랑하게 하소서

지하철에서

혼잡한 시간
오가는 사람들 속의
수많은 얼굴을 바라보지만
모두 처음 본 낯선 모습들입니다

지하철에서 조용히 눈을 감고
이 순간에도 주님이 함께하심을 믿으며
사랑을 키워가고 싶습니다

힘든 순간에도 서로 이해하고 양보하며
삶의 기쁨을 놓치지 않게 하소서
주님을 처음 만났을 때도, 지금도
주님이 내게 가까이 다가오시니
날마다 소망이 커갑니다

낯설고 어설픈데 용기를 주시니
슬픔을 건너온 행복이 더 잔잔하고 평화롭습니다

바쁘게 오가는 수많은 사람들도 주님을 믿고
구주로 영접하여 천국을 소유하길 바랍니다

병상에 있는 이들을 위하여

갖가지 질병으로 절규와 신음을 내뱉을 때
우리의 눈빛과 메마른 입술을 기억하시고
고독과 절망에서 건져주소서

고통과 시련의 험한 계곡에서
벗어나게 하시고 질병의 언덕을 넘게 하사
푸른 들판과 같은 평안과 건강을 되찾게 하소서

아픈 이들에게 필요한 것은
치료와 사랑의 손길이니
보살피는 이들에게 사랑과 위로의 마음을 주소서

병든 이들의 수술과 치료를 인도하여 주시고
저들의 고통과 절망에서 벗어나도록
성령의 인도하심 속에 영육을 강건하게 하고
회복되게 하여 주소서

믿음의 공동체를 위하여

주 안에 있는 믿음의 공동체를 위하여
주님의 손길이 함께하시고
주님께서 공급하시는 힘과 능력으로
땀 흘려가며 기쁨의 소득을 얻게 하소서

공동체 안의 모든 그리스도인들이
독수리같이 주를 앙망하게 하시고
주님께서 원하시는 일들을 행하게 하소서

성도들의 믿음이 성장하게 하시고
주를 믿는 믿음이 돈독하여
주님의 말씀을 온 세상에 전하게 하소서

복음과 기도와 찬양의 능력을
더욱더 체험하게 하소서
주님이 가르쳐주신 기도가 모범이 되고
말씀이 생명 양식이 되게 하소서

믿음 안의 모든 지체들이 모일 때에
예배드리고 찬양하고 기뻐하게 하시며
흩어지면 서로를 위해 기도하고
서로를 그리워하게 하소서

사랑하는 지체들을 위하여

하루 중 고요한 시간에
사랑하는 지체들을 위하여 기도하게 하소서
한 영혼 한 영혼 소중한 만남 속에서
사랑을 나누니 모두가 하나님의 자녀입니다

세상 것에 얽매어 휘둘리며 살지 않게 하시고
믿음 안에서 지체들을 섬기며 영적인 교제를 나누고
사랑하게 하여 주소서

강한 믿음 안에서 복음의 말씀을 나누며
성도의 교제를 하고 찬양을 드리고
영적인 산제사를 드림으로
하나님의 자녀로 살아가게 하소서

힘들 때 위로하고 잘할 때 격려해주고
쪼들리고 어려울 때 위축되지 않게 하소서
믿음으로 기도하며 용기를 얻게 하시고
서로를 위한 기도가 계속되게 하소서

함께 예배드리고 말씀을 들으며 믿음을 쌓게 하시고
천국을 소망하며 기쁨 속에 살게 하소서
생명의 복음을 기쁨으로 전하게 하소서

흘러가는 강물을 바라보며 1

오, 주님!
흘러가는 강물을 바라봅니다
한순간도 멈추지 않고
흘러가는 강물은 우리의 삶과 같습니다

강물은 흘러가면서 대지를 적시고
나무들에게 물을 공급하고 풀들을 살아나게 하고
물고기를 자라게 하며 사람들에게 즐거움을 선물합니다

푸른 하늘에 구름이 몰려와 쏟아놓은 비가
산과 들을 적셔줍니다
강물은 대지와 오래 사귄 친구처럼 친근한 모습으로
가장 가까이에서 유유히 흐르고 있습니다
우리도 주님 안에서 구원받았으니
진리 안에서 기쁨이 넘치는 삶을 살기를 원합니다

강물이 온 땅의 젖줄이듯이
강물이 맑아야 온 땅이 풍요롭듯이
우리의 영혼에도 말씀의 생수가 넘치기를 원합니다

흘러가는 강물을 바라보며 2

오, 주님!
맑고 푸른 강물이 더럽게 오염되는 것은
인간의 욕심에서 시작되는 것이오니
주님이 주신 순수하고 맑은 영혼을
믿음 속에 소중하게 간직하기를 원합니다

우리의 마음이 순수하고 청결하여
심령이 가난해지기를 원하게 하소서
강물은 떠돌거나 헤매지 않고
흘러가야 할 곳으로 흘러가는 것처럼
우리에게도 생명 같은 소중한 물을 선물해줍니다

강물도 숨을 쉬며 흐르듯이
우리의 삶에도 주님의 보혈이 흐르게 하셔서
강하고 담대하고 생명력 넘치는
살아 있는 그리스도인의 삶을 살게 하소서

하늘에서 내린 작은 물방울들이
폭포가 되고 바다가 되듯이 함께하는 것이
얼마나 놀라운 힘을 발휘하는지 알 수 있습니다
어느 땅이든지 흐르는 강물이 없으면
메마른 사막같이 되듯이
주님의 은혜가 없으면 메마른 심령이 되니
이 순간 우리의 마음도 주님을 향하게 하소서

탐스럽게 익어가는 과일을 보며

여름날의 황홀한 꿈과 뜨거운 열정이
가을에 탐스러운 열매로 익어갑니다

잘 익은 과일을 보면 누구나 미소를 짓게 됩니다
대지의 나무들이 하나둘 자라며
꽃이 화사하게 피고 풍성한 열매를 맺는 것은
축복받은 모습입니다

열매는 풍성한 기쁨을 선물해주고
잘 익은 과일은 영혼을 살찌워줍니다
달콤하고 싱그러운 향기는
사랑하는 사람의 향기를 전해줍니다

봄에는 나무들이 수많은 꽃을 불러와 환하게 웃음짓더니
가을에는 열매가 풍성하게 열려 희망을 선물해줍니다

과일은 온갖 시련을 삼킨 나무들이 만드는
가장 고귀하고 아름다운 결실입니다
과일은 하늘과 땅 사이의 쓸쓸하고 허무한 공간을
아름다운 풍경으로 만들어놓습니다

탐스럽게 익어가는 과일은
주님이 우리에게 주신 축복의 선물입니다
우리의 꿈도 풍성한 믿음의 열매를 맺길 원합니다

가난을 극복하게 하소서

오, 주님!
우리의 삶에서 극심한 고통을 주는 것 중 하나가
지독한 가난입니다
가난은 우리를 지치게 만들고
도전 정신과 용기와 자신감을 앗아갑니다

가난은 육체를 허약하게 만들고 희망을 잃게 하며
삶의 족쇄가 되어 꼼짝달싹 못하게 합니다
믿음과 용기를 가지고 가난에서 벗어나게 하시고
나약해지지 않고 잘 이겨내게 해주시기를 원합니다

가난에서 벗어날 수 없다고 체념하지 않게 하소서
애벌레가 힘든 과정을 거쳐야 나비가 되듯이
가난을 축복의 계기로 만들게 하소서

가난을 부끄럽게 여기지 않게 하여 주시고
우리의 삶에 축복의 통로가 될 수 있도록
주님의 인도하심을 받게 하여 주소서

가난은 무력하게 만들고 병들게 하오니
축복하사 가난에서 벗어날 수 있게 하시고
우리에게 잠재력과 능력이 있다는 것을 알게 하소서

우리에게 가난이 삶의 좋은 체험이 되게 하시고

우리의 삶이 가난에서 떠나 축복의 길로 돌아설 때
우리에게 주어지는 모든 축복이
주님의 손길로 이루어진 것임을 깨닫게 하시고
주님을 늘 찬양하며 살게 하소서

뇌성마비 소년에게

오, 주님!
뇌성마비로 고생하며 16년 동안 일어서지도 못하고
고개를 한 번 들지도 못한 소년을 만났습니다
누워 있는 몸은 순간순간마다 뒤틀렸는데
나이보다 한참 어린 초등학생 같았습니다
가슴에 상처만 남은 소년의 눈은 빛나고 있었습니다
깊은 눈동자는 무언가를 말하고 싶어 하며
온몸을 비틀며 입술을 움직이고 있는데
나는 소년이 무슨 말을 하는지 알아들을 수 없었습니다
엄마는 돈을 벌어야 해서 소년을 보호시설에 맡겨놓았습니다
한 달에 한 번 찾아와 소년을 꼭 껴안고
소리 없이 눈물을 흘리고 간다고 했습니다

소년은 꿈을 꿀 것입니다
병에서 벌떡 일어나 세상 밖으로
마음껏 뛰어나가는 꿈을 꿀 것입니다
소년이 하고 싶은 말이 얼마나 많을까
하고 싶은 일이 얼마나 많을까
가고 싶은 곳이 얼마나 많을까
소년의 얼굴을 보며 생각해보았습니다
평생을 걷지도 못하다가 언젠가는
이 땅을 떠날 소년을 바라보며 가슴이 너무 아팠습니다
힘들고 고된 삶을 살고 있는 소년에게
무슨 말을 해주어야 할지 갈피를 못 잡았습니다

그저 주님께 기도하며 의탁할 뿐입니다
이 세상에서 감당하기 힘든 아픔을 가진
소년과 날마다 함께하여 주시고
천국에서는 완전히 몸이 회복되어
건강하게 살게 하여 주소서
저 해맑은 소년을 인도하여 주소서

친구가 있다는 것은 1

오, 주님!
멀리 떨어져 있어도
가슴 언저리에는 늘 그리움이 남아 있습니다

가만히 생각하면 기분이 좋아지는
친구가 있다는 것은 살맛나는 일입니다
친구가 없으면 얼마나 지루하겠습니까
얼마나 답답하고 재미없고 우울하겠습니까

오랜 세월이 흘러도
다시 만나면 바로 어제 만난 것처럼
정겹고 반가워서 금방 가까워지는 것은
서로의 마음에 우정이 가득하기 때문입니다

삶이 어렵고 곤고할 때
친구가 필요하다는 것을 더욱 느끼게 됩니다
서로에게 아무런 부담을 주지 않고
서로의 필요를 채워줄 때
더 가까워지는 것을 알 수 있습니다

친구를 만나면 서로의 꿈을 나눌 수 있고
서로의 꿈이 이루어지기를
마음으로 기도할 수 있어 좋습니다

친구가 있다는 것은 2

오, 주님!
우리의 삶은 동행하는 사람이 있을 때
고독과 외로움에서 벗어날 수 있습니다
나를 위해 기도해주는
친구가 있으면 마음이 든든해집니다
기쁨과 슬픔을 함께 나눌 수 있는
가장 친한 친구와의 우정은
삶에서 향기가 좋은 꽃으로 피어납니다

친한 친구는 슬픔을 위로해주고
참된 기쁨을 함께 나눕니다
서로의 생각에 공감해주며
서로의 마음을 알 수 있습니다

한없이 깊어가는 우정을 간직한 친구는
힘든 일이 있더라도 결코 떠나지 않고
주님을 닮아 마음으로 지켜줍니다

우리의 영원한 친구가 되시는 주님
우리도 주님에게 친구처럼 기대고
우정의 손을 꼭 잡고
날마다 동행하며 살기를 원합니다

구두 수선공에게

오, 주님!
구두 수선공이 가게 문을 닫았습니다
가게 문에 이렇게 쓴 종이가 붙어 있습니다
'신병 치료차 당분간 쉬겠습니다'
다른 사람들의 신발을 수선해주느라고
병들고 고단해진 몸을 한동안 쉬게 한다는 것입니다

매일매일 언제나 그 자리에서
열심히 구두를 닦았던 사람입니다
마치 마술사처럼 때 묻은 구두를
반짝반짝 빛나는 새 구두로 만들어주던 사람입니다

구두 수선공의 건강이 하루빨리 회복되어
다시 일을 할 수 있기를 기도합니다
구두를 닦으러 가면 이런저런 이야기를 잘해주는
입담이 있고 유머가 있는 사람입니다
동네 사람들이 그의 웃는 모습을 보면
세상이 따뜻해지는 것만 같다고 말합니다

그동안 참으로 많은 사람의 구두를 닦고 수선해주었으니
이제는 주님께서 그의 몸과 마음을 고쳐주시고
치유해주시기를 간절히 기도드립니다

배신을 당했을 때

웃음기 하나 없이 차갑게 식어버린 얼굴로
냉랭하게 바라보거나 아무 말도 없이
뒤돌아보지 않고 다 잊은 듯 떠나가버렸습니다
좋았던 감정을 모두 다 구겨놓고
짓밟아놓더니 훌쩍 떠났습니다

다정한 척, 가까운 척
정신이 아찔하도록 뒤통수를 후려치고는
꽁지마저 보이지 않게 꼭꼭 숨어버렸습니다
만날 때는 세상 모든 것을 다 줄 듯 좋아하더니
갑자기 단물이 다 빠져버린 껌을 내뱉듯이
미련 없이 배신의 칼을 꽂았습니다

아무리 용서하려 해도 쉽지가 않습니다
어떻게 나에게 이럴 수가 있을까
내가 얼마나 관심을 갖고 잘해주었는데
분한 마음이 가시지 않았습니다

나 자신은 주님을 얼마나 많이 배신했을까요
그 모든 것을 받아주시고
용서하신 사랑을 다시금 깨닫습니다
주님의 사랑이 얼마나 깊고 높은지
내가 배신을 당하고서야 깨닫습니다

조롱을 받을 때

오, 주님!
조롱하며 내뱉는 말마다
세 치 혓바닥이 춤을 추는 듯하니
수군거리는 말장난에 아무 대응도 못 하고
그냥 허공에 서 있는 허수아비가 되고 맙니다

구경꾼들의 입가에 흐르는 웃음이
끈적끈적합니다
진실은 하나도 통하지 않고
머릿속 신경의 야윈 줄을 다 풀어놓아도
감당할 방법이 떠오르지 않습니다

목에 방울 달린 짐승처럼
우리의 삶이 노리갯감으로 변합니다
모든 시선에 멸시가 가득하고
사사건건 시비를 걸고넘어집니다

반박할수록 빈정거림만 커지고
멀쩡한 사람을 한순간에 바보로 만듭니다
화가 머리끝까지 치밀어 올라
도저히 마음이 안정되지 않습니다

내 심장이 부풀어 오른 풍선처럼 터질 것 같아
내 마음을 더럽히는 자들을 똑바로 쳐다보며

앙갚음을 해야겠다는 생각이 가득해집니다
그러나 십자가 위에서 모든 조롱을 받으시고
우리의 모든 죄악을 감당하신 주님을 기억합니다
세상 사람들로부터 우리가 조롱을 받을 때
주님이 우리를 사랑하심이
얼마나 복된 것인가를 다시 깨닫기를 원합니다

따뜻한 인정이 그리울 때

오, 주님!
부대끼며 살아가는 세상살이가 지치고 힘듭니다
내 이름 석 자 쓰인 문패 한번 달고 살았으면
소원이 없겠다던 아버지의 말씀을
어려서부터 귀 아프게 들으며 살아왔습니다
맨몸으로 부딪치며 살아가는 세월조차
내 편이 아니라고 한탄해도 별 소용이 없고
늘 가난만 질퍽거렸습니다

나는 꼭 잘 살아보겠다고
주먹 쥐고 다짐에 다짐을 했을 때
달고 싶다던 문패는 사라지고 없었습니다
스치듯 빠르게 흘러간 세월 속에서
어느새 나도 어른이 되어 죄수번호 같은
아파트 호수만 문 앞에 붙어 있습니다

아직도 제대로 여물지 못한 탓일 것입니다
산다는 것이 묘하다는 생각이 듭니다
인생살이가 별거냐며 되는 대로 산다는 사람들도
지켜보면 모두 다 마찬가지였습니다

소중한 이름 석 자 쓰인 문패를 달고 싶었던 그 시절은
그래도 서로 주고받는 따뜻한 인정이 있었습니다

지금 번호가 붙은 콘크리트 건물 속의
사람들은 점점 더 삭막해져갑니다
우리의 마음이 부드러움과 여유를 찾기를 원합니다

주님의 은혜로 살게 하소서

오, 주여!
컵에 물이 가득한 것을 보고
우리에게도 주님의 은혜가 충만함을
체험하여 알게 하소서

나의 실수와 잘못과 범죄로 인하여
죄인 되었음을 아오니
죄악에서 떠나 늘 가득하게 채워주시는
주님의 은혜 안에 살게 하소서

온 세상에 충만하신 주님께서
우주 속에 가장 작은 존재인 나를
은혜로 충만하게 채워주심은
참으로 놀랍고 신비한 기적이니
주여, 나를 인도하여 주소서

늘 나의 나약함을 기억하오니
주님을 온전히 신뢰하며 따르게 하시고
늘 주님의 은혜가
나의 삶에 충만하게 하소서

열차를 타며

오, 주님!
늘 마음으로만 가닿던 곳을 향하여
길을 찾아 떠납니다
산과 들, 강물과 바다, 스쳐 지나가며 만나는
모든 것들이 정겹습니다
고단한 삶을 잠시 벗어나
새롭게 떠나는 여행은 언제나 즐겁습니다

스쳐 지나가는 것들도 많고 많은데
정이 들면 붙잡아놓고 싶어집니다
우연히 스쳐 지나가는 것들이
눈에 들어오고 마음이 가까이 다가갑니다
한겨울 눈이 덮인 산과 들 사이를
사랑하는 사람의 품에 안기듯 달려가는 열차의
차창 밖을 바라보며 커피를 마십니다
늘 그리움이 많은 나에게 오라는 곳이 있고
갈 곳이 있다는 것은 참 의미 있는 일입니다

하고 싶은 일과 해야 할 일이 있다는 것은
삶에 생동감과 활력을 줍니다
커피를 마시며 창밖의 풍경을 바라보면
세월도 그만큼 빠르게 흐르고 있음을 압니다
속도감에 흔들리는 종이컵을 꼭 붙들고
달콤한 커피 맛 같은 시간을

꼭 잡아두고 싶어집니다
낯선 곳에서 만나는 사람들과
보고 느끼는 것들이 모두 새롭습니다
여행은 삶에 기운을 불어넣어주고
변화를 가져다주고 힘을 충전해줍니다
그래서 사람들은 누구나 여행을 떠나고 싶어 합니다

눈 오는 날에

오, 주님!
하늘에 무슨 축제가 벌어졌는지
하얀 눈 보따리를 몽땅 풀어놓은 모양입니다
한밤에 아무도 모르게 내린 눈으로
온 세상이 하얗게 변해버렸습니다
산도 들도 온통 하얀색입니다

온 세상을 변화시켜 놓은 멋진 예술가는 주님입니다
눈이 내리면 모든 것이 정겹고 반가워서
사람들의 마음도 하얗게 되고
기분이 상쾌해지고 웃음꽃이 피어납니다

눈이 내리는 날은 그리움이 바싹 말라 있던 사람도
사랑하는 사람을 만나고 싶어 하고
기억 속에 있던 사람도 떠올립니다
눈이 내리는 날은 왠지 모르게 좋은 일을 기대합니다

첫눈이 내리는 날은 사랑을 하고 싶어집니다
눈이 내리면 사람들은 눈으로 온 세상이 변하듯
자신들의 마음도 변하기를 바랍니다

함박눈이 펑펑 내리면 아이들은
집 밖으로 뛰어나와 소리를 지르며 좋아합니다
겨울날 하얀 눈은 주님이 우리에게 주신 축복입니다

새 생명의 길

우리의 모든 죄를 홀로 지시고
추악한 죄악을 감당하시며 살아간 이는
바로 구주 예수 그리스도입니다

사망 권세를 이기신 예수 그리스도가
죄로 구겨졌던 모든 것을 새롭게 펴놓으시고
새 생명의 길을 활짝 열어놓으셨습니다

사망 권세를 이기시고 부활하신 주님
길이요 진리요 생명이신 주님
영원한 생명을 주시는 주님을 따라
지상에서 영원으로 들어가게 하소서

새 생명의 길, 좁은 길, 구원의 길
이 길로 가게 하소서
주님께서 열어놓으신 새 생명의 길로 가게 하소서

깊고 따사로운 눈빛으로 인도하여 주시니
얼마나 놀랍고 얼마나 한량없는
주님의 구속의 사랑이요 은혜입니까

주님이 원하시는 삶을 살아갈 수 있도록
믿음에 믿음을 더하여 주시고
말씀과 사랑으로 함께하여 주소서

마음의 벽을 허물게 하소서

오, 주님!
현대인들이 마음의 벽을
두텁게 쌓아가는 이유는 무엇입니까
연민 없이 고약하게
쓴소리만을 내뱉는 이유는 무엇입니까

아슬아슬한 세월, 죄악에 발목이 잡혀
허무하고 비참하게 살아왔습니다
빈부의 차가 심해지고
계층이 생기면서 사람들 간에
갈등의 골은 더욱 깊어졌습니다

사람들의 개인적인 성향이 뚜렷해지는 것도
마음의 벽이 두꺼워진 탓일까요
봄이면 꽃이 활짝 피어나듯
마음속에 주님의 은혜가 꽃피었으면 좋겠습니다

주님께서 부족한 우리에게 찾아오셨듯이
우리도 마음의 벽을 허물고
상처받고 소외된 사람들을 찾아가길 바랍니다

건물이 높아질수록 골목길이 많아질수록
보이지 않는 사람들도 늘어갑니다
얄팍하게 포장된 미소와 유혹에 휘말려

쏠려다니거나 다투지 않게 하소서

우리부터 먼저 마음의 벽을 헐게 하여 주시고
이웃과 더불어 복음 안에서
주님이 주시는 기쁨과 축복을 누리며 살게 하소서

내 마음의 벽을 허물어주소서

오, 주님!
우리 마음의 높은 벽에 가로막혀
주님이 들어오지 못하고 있습니다

불신과 고통을 주는 벽,
혼자 높아지려는 벽,
섬김보다는 대접받으려는 벽,
내 마음의 벽을 허물어주소서

미움의 끈을 풀고 따뜻한 정과 마음으로
사랑의 끈을 매게 하여 주시기를 원합니다
주님의 사랑을 따뜻한 마음으로 나누면
마음의 벽은 무너질 수밖에 없습니다

섬김의 본을 보이신 주님의 삶을 본받아
마음이 가난한 자가 되어
나누는 삶을 즐거워하기를 원합니다

주님, 우리의 중보가 되어서
하나님과 우리 사이의 벽을 허물어 주소서
우리도 마음의 벽을 허물어
주님의 사랑을 나누며 살게 하소서

가족을 위한 기도

아침에 일어나면
첫 입술로 주님을 찾게 하소서

일하는 곳에서
공부하는 곳에서 언제나 모든 일에
최선을 다하며 맡겨진 달란트를
잘 활용하는 삶을 살게 하소서

집에 모이면
웃음이 가득하게 하시고
이웃에게도 행복을 나눌 수 있는
따뜻함과 친절함을 갖게 하소서

삶을 살아가며 주님을 닮게 하시고
이미 시작되어진 선하신 일들이
주님의 날에 완성되게 하소서
구원받은 기쁨을 항상 누리게 하시고
모든 일에 열정을 다하게 하소서

무엇보다도 하늘나라 생명책에
이름이 기록됨을 기뻐하게 하시고
언제나 주님을 사랑하며
주님으로 인해 행복하게 하소서

삶을 살아가다 보면

오, 주님!
잔잔한 바다에 거센 폭풍우가 몰아치듯이
우리의 삶에도 때때로 시련과 역경이 찾아옵니다
세상을 향해 울부짖어도 대나무 통 속의 절규처럼
아무런 반응이 없을 때가 있습니다

주님을 영접하면 시시때때로 수많은 변화가 시작되고
그곳에 빨려들어가 살게 됩니다
이것이 진정 삶다운 삶입니다

이 세상의 모든 것은 언젠가는 다 소멸하고 맙니다
그러나 우리는 복음 안에서, 주 안에서
무엇이 진정한 행복인지를 압니다

고통이 마음에 스며들 때

고통이 마음에 스며들 때
마음이 쉴 곳을 찾고 싶어지는데
어느 곳에서 안정을 얻을까 걱정입니다

가을이면 후두두 힘을 잃고 떨어지는 낙엽처럼
나의 잘못과 실수로 나약해져서
믿음에서 떨어질 때가 있으니
주여, 나에게 힘과 용기를 주소서

언젠가는 시들어버릴 삶입니다
아무리 애쓰고 살아도 소용없을 것만 같습니다
내 마음이 자꾸만 흔들립니다

세월이 흐른 뒤에도 아무 부끄럼과 후회 없이
과거를 던져버리고 변화된 성도의 삶을 살게 하소서

고통이 마음에 스며들어도
고독에 빠져 수많은 생각으로 힘들게 살아가기보다는
고독을 있는 그대로 느끼며 살아가고 싶습니다

참사랑과 참평안과 참기쁨을 주시는
주 예수 안에서 성령의 인도하심 따라
천국 백성이 된 기쁨과 하늘 소망 속에 살게 하소서

이런 습관을 갖기를 원합니다

남의 잘못을 용서하고 이해하는
이런 습관을 갖기를 원합니다

남을 미워하기보다 사랑을 나누는
이런 습관을 갖기를 원합니다

자신의 허물을 남의 탓으로 돌리지 않는
이런 습관을 갖기를 원합니다

게으름을 피우지 않고 부지런한 삶을 살아가는
이런 습관을 갖기를 원합니다

어떤 경우에도 약속을 꼭 지키는
이런 습관을 갖기를 원합니다

남을 비난하기보다 칭찬해줄 수 있는
이런 습관을 갖기를 원합니다

항상 삶을 긍정적으로 기뻐하며 살아가는
이런 습관을 갖기를 원합니다

나의 죄를 대신 지신 주님께 항상 감사하며
기도하는 습관을 갖기를 원합니다

어느 곳입니까

어느 곳입니까
아무런 근심 없이 살 수 있는 곳은

우리 마음이 가난해지면
이 세상은 어느 곳이나 행복한 곳입니다

어느 곳입니까
아무런 걱정 없이 살 수 있는 곳은

우리가 마음을 열면
이 세상은 어느 곳이나 사랑이 가득한 곳입니다

어느 곳입니까
아무런 욕심 없이 살 수 있는 곳은

우리가 사랑을 베풀면
이 세상은 어느 곳이나 평안한 곳입니다

어느 곳입니까
아무런 아픔 없이 살 수 있는 곳은

주님이 함께하시고, 우리가 서로 도우면
이 세상은 어느 곳이나 따뜻한 곳입니다

깊은 갈망 속에서 헤맬 때 1

삶의 답답함을 풀기 위해 많은 것을 찾아보았지만
별다른 변화가 일어나지 않았습니다
마음만 불안해지고 극심한 외로움에 빠져듭니다
마음만 괴로워지고 극심한 불안에 빠져듭니다

행복은 늘 가까이 있는데 너무 멀리서 찾았습니다
주님은 늘 가까이 계시는데 너무 멀리서 찾았습니다
깊은 갈망 속에서 헤맬 때 내 마음을 다스려주셔서
갈팡질팡하지 않고 마음의 평행선을 유지하게 하소서

믿음에서 떠나면 눈살을 찌푸리도록
설움과 고통에 빠지고 슬픔이 자리 잡으니
죄에서 떠나 주님을 만나게 하소서

내 영혼의 깊은 갈망 속에서 주님을 만나게 하소서
예수 그리스도를 통하여 삶의 참된 의미와 소속감을
체험하게 하소서

깊은 갈망 속에서 헤맬 때 2

내가 지은 죄가 나를 희롱할 때
깊은 갈망에서 헤맬 때
주여, 나를 잡아주시고 인도하소서

주님의 뜻을 알지 못해
깊은 갈망 속에서 헤맬 때
주여, 내 마음을 주장하여 주소서

내가 살아야 할 곳은 천국이고
이 땅에서는 가정과 일터와 주님의 교회이오니
순수한 믿음 속에서 기쁨을 찾아 나누게 하소서

내 마음속의 희망을 버리지 않게 하시고
주님의 인도하심을 따르게 하사
행복을 이루어가는 기쁨을 누리게 하소서

나의 영혼 속에 예수의 흔적을 갖게 하시고
영적인 변화 속에 하나님의 거룩한 백성답게
믿음 안에서, 예수 안에서 항상 기뻐하며
복된 믿음으로 살게 하여 주소서

날마다 내 마음에 주님의 사랑과 은혜가
꽃피어나게 하여 주사 주님의 축복 속에
알차게 살게 하여 주소서

난관에 부딪칠 때

절박함에 가슴이 아프고 저려도
눈앞에는 아무것도 보이지 않습니다
모든 것을 다 포기하고 싶을 때
주님께로 나아가 기도하게 하소서

홀로 견디기 힘들어 주저앉고만 싶고
괴로운 마음에 울고만 싶어집니다
고통과 맞부딪히면 그동안 누려왔던 행복을
다 잃어버릴 것만 같습니다
두려움이 쌓일 때 신경은 더 날카로워지고
불안한 마음은 커집니다

한계 상황에 도달한 듯 남아 있던 힘도 다 빠져나가고
고통에서 벗어날 수 없을 것만 같을 때에도
주님을 바라보며 희망을 갖게 하소서
어려울 때일수록 현실을 더 적극적으로 받아들이고
혈관 속을 흐르는 삶의 의지를 찾게 하소서

때때로 난관이 찾아오더라도
피하지 않고 믿음으로 견디고 이겨내게 하소서
절망과 좌절 속에서 흘린 눈물 때문에
삶이 더 고귀해짐을 깨닫습니다
주님이 주신 삶을 더욱 사랑하며 살게 하소서

내게 맡기신 사명을 감당하게 하소서

혼자서는 삶의 의미를 찾을 수 없으니
주님께서 인도하여 주셔서
내 삶의 의미를 찾게 하소서

나에게 주신 삶의 열정을 다 쏟아내게 하시고
살얼음판을 걷듯이 위태로울 때에도
견고한 믿음으로 이겨내며
날마다 후회하지 않는 삶을 살게 하소서

작은 일에 분노하기보다는
나의 마음이 주님 안에 머물게 하셔서
작은 일에도 의미를 찾게 하여 주소서

삶이 난관에 부딪쳤을 때
허망한 마음을 정리하지 못해
안타까워하지 않게 하시고
마음의 안정을 얻기 위하여
주님의 인도하심을 구하며 기도하게 하소서

나의 삶이 믿음의 행진에서 벗어나지 않고
주님이 원하시는 방향으로 나아가게 하시며
오직 성령의 인도하심을 받게 하소서

삶의 모퉁이를 돌아갈 때마다 기도함으로

주님을 만나는 영적인 교류가 있게 하소서
나의 삶이 무의미하고 아무런 가치가 없다면
남는 것은 허무뿐이니 삶의 의미를 찾아
나에게 맡겨진 사명을 감당하게 하소서

거만한 사람들을 긍휼히 여기소서

교만이 하늘 끝까지 치솟아 자신의 잘못이
얼마나 많은 사람을 아프게 하는지 모르는
어리석은 사람이 있습니다
죄를 죄로 여기지 않고 남을 용서하지도 않습니다

거만한 사람들은 마음의 강퍅하여
실망이 가득할 때가 많사오니
주님께서 이들의 마음을 움직여주소서
사랑과 진실과 겸손을 알게 하소서
늘 위선과 거만함과 오만함과 자만심이 가득한
사람들을 긍휼히 여겨주시기를 원합니다

다른 사람의 사랑조차 받아들이지 않으려 하고
감사하는 마음도 없고 고집만 부리고
사랑을 받지 않으려고 거부하는 사람들입니다

벼랑 끝에 몰려도 도움의 손길을 뿌리치는 사람들
결국엔 주위 사람들까지 아프게 합니다
주님께서 이들에게 정한 마음을 주사
따스함 속에 숨 쉬는 삶을 살게 하소서

막막하고 고통스러울 때

절망의 어둠이 얼마나 짙으면
삶을 포기하고 벼랑 끝에 서려고 하겠습니까
아무도 의지할 사람 없어 포기하고 싶을 때
주위의 모든 것이 힘없이 쓰러져갈 때
견딜 수 없어 몸부림치는 마음을 어찌할까요

눈에 보이는 것들이 모두 막막하고 고통스러울 때
생의 모든 희망을 버리려는 사람의 마음을
붙잡아주시고 어루만져주시기를 원합니다
비상구도 없고 헤어날 수 없는 절박한 상황에서
벗어나는 길을 찾을 수 있도록
누군가 함께하고 위로하고 도와주어야 합니다

사랑이 떠나고 믿었던 사람이 배신했을 때
피와 땀과 눈물로 이루어놓은 것이
한순간에 무너져내리고 소중한 것을 잃어버렸을 때
가슴이 서늘하도록 외면을 당했을 때
땅이 꺼지듯 느껴지는 허탈감은
삶을 포기하게 만듭니다

삶이 온통 헤어날 수 없는 비극으로 느껴져
목숨마저 포기하려는 사람에게 새 삶을 살아갈 수 있는
힘과 용기를 허락하여 주시기를 원합니다
지난 것을 떨쳐버리고 내일의 소망을 갖게 하소서

목마르신 주님

우리를 구원하시기 위하여
십자가에 달리시고 피를 흘리심으로 말미암아
심한 갈증으로 목말라 하시던 주님

우리의 죄와 결점을 다 아셔서
끝없이 용서하시고 인도하시며
주님의 사랑으로 감싸주심을 감사합니다

주님은 우리를 향한 무한하시고 영원한
하늘 사랑의 절정을 고난의 십자가에서
목마름으로 표현하셨습니다
주님은 목마른 영혼의 샘물이 되셔서
우리의 영혼에 생수를 터주셨습니다

갈 길을 잃고 헤매는 영혼들을 찾을 때까지
주님이 원하시는 모든 사람이 구원을 받을 때까지
주님의 모든 능력을 동원하여 주소서

목마른 영혼을 찾아오신 주님
우리가 구원받기를 간절히 바라시기에
영혼의 구원을 간절히 바라시기에
주님은 늘 목이 마르십니다
우리 영혼을 사랑하여 주심을 감사드립니다

이웃을 사랑하게 하소서

이웃을 사랑하게 하소서
이웃 사랑이 사랑을 실천하는 마음의 시작이오니
진실하고 선한 마음으로 사랑하게 하소서

이웃을 사랑할 수 있는 마음과 시간을 주시고
슬픔과 고통과 아픔을 함께 받아들여
나누고 줄여갈 수 있게 하소서

참을 수 없는 고통에 시달리는 이웃에게
사랑의 손길을 내밀게 하소서
우리의 마음이 모나지 않게 하시고
따뜻하고 다정한 손길로 다가가게 하소서
우리 곁에 이웃이 있음을 감사하게 하소서

이해관계로 얽혀서 사는 것만이 아니라
서로 진실한 사랑을 나누게 하소서
이웃의 소중함을 깨달아 사랑을 실천하며
작은 사랑을 큰 사랑으로 만들어가게 하소서

서로가 서로에게 친절을 베풀고 도와서
아름다운 사랑의 공동체를 만들어가게 하소서
각박하고 사랑이 식어가는 세상에서
이웃과의 간격을 한 걸음씩 좁혀가게 하여 주시고
서로 사랑함으로 살 만한 세상을 만들어가게 하소서

마음을 안정시켜 주소서

오, 주님!
어두워진 밤거리를 힘없이 걸어가는 사람들
눈동자의 초점을 잃고 갖고 있던 희망의 모양조차
사라져버렸으니 주께서 인도하여 주소서

눈빛에 절망과 실망이 짙은 안개처럼 자욱하고
슬픔과 고통이 뒤죽박죽 섞여서
어떻게 살아야 할지 모르고 있으니 깨닫게 하소서

한 가닥 희망을 걸고 있었던 것마저 무너져내려
버틸 수 있는 힘이 소진되고 말았으니
힘과 용기를 주사 일어서게 하소서

실망한 사람들을 다시 일어서게 하시고
모든 것을 잃어버려 헐벗은 삶 속에서도
따뜻한 보금자리를 만들어가게 하소서

힘들어 지쳐 쓰러진 저들도 전부 다
아름다운 영혼을 가진 사람들입니다
주님께서 저들을 긍휼히 여기시고
구원하시고 다시 일으켜주소서

연약한 영혼들을 붙들어주셔서
절망을 딛고 일어서게 하시고

복잡하고 혼란스러운 마음을 안정시켜 주소서

허망한 사람들의 마음속에 있는 어둠을 몰아내고
주님의 생명의 빛으로 가득하게 하소서
주님의 손길로 상처가 치유되어 희망을 갖고
삶을 힘차게 살아갈 수 있는 용기와 믿음을 주소서

사랑이 성숙하게 하소서

대화를 나눌 때 상대방의 말을 귀담아듣게 하소서
서로의 마음을 헤아려주며 슬픔이 있다면 나누게 하소서
교만을 앞세운 주장을 하지 않게 하시고
친밀함으로 가까워지게 하소서
우리의 분노가 일방적인 공격이 되어
상대방의 마음에 상처를 입히지 않게 하소서

서로 부정적인 감정에 휩쓸려
비난을 일삼거나 불신하거나 헐뜯지 않게 하소서
심한 갈등 속에서 격한 감정이 휘몰아쳐
함부로 표현하거나 상처를 입히지 않게 하소서

대화를 나눌 때 아무 생각 없이 멍한 눈으로
상대방을 보는 대신 서로의 눈빛을 진실하게 바라보며
마음과 마음이 오고 감을 느끼게 하소서

상한 감정 그대로 마음을 닫아놓으면
결국 터져나오게 되오니
서로가 서로에게 관심을 갖고 마음을 어루만지고
말로 전할 수 없었던 사랑을 전하게 하소서

대화를 나눌 때에는
서로의 마음을 진실하게 나누게 하소서
대화 속에서 사랑이 더욱 성숙하게 하소서

기억력을 회복시켜 주소서

오, 주님!
'아차!' 하는 순간 또 실수했습니다
분명히 손에 들고 있었는데
잠시 동안 무슨 생각을 했는지 잃어버리고 말았습니다
얼마 전까지 외우고 있던 전화번호가
갑자기 생각나지 않아 쩔쩔매고 있습니다

분명히 알고 있다고 생각했는데 정류장을 놓쳐버리고
손에 있던 우산이 집에 돌아오면 없습니다
반복되는 실수로 얼굴색이 변하고
받은 상처가 온몸을 친친 휘감습니다

그동안 저지른 실수로 불안감이 자꾸만 쌓이고
또다시 실수가 반복될까 두려워집니다
일을 시작하기도 전에 긴장을 하고 확인을 거듭합니다
무언가를 잃어버린다는 것은 서글프고 안타까운 일입니다
무언가를 생각하지 못한다는 것은 고통스러운 일이며
자신의 일부를 잃어버리는 것 같은 아픔이 따릅니다

자신도 모르게 잃어버리거나 잊어버리는 것은
마음에 어둠의 그림자를 짙게 드리웁니다
내 마음을 붙잡아주셔서 기억력을 회복시켜 주시고
건망증으로 인한 괴로움에서 벗어나게 하소서

배고픈 아이들에게 사랑의 손길을

추운 겨울이 다가와 찬바람이 불고 있는데
버려지고 굶주린 아이들이 있습니다
화려한 차들이 질주하는 오늘
고층빌딩 사이로 늘어선 수많은 상점들마다
온갖 좋은 상품이 쌓여가고 있는데
하루에 한 끼도 제대로 못 먹고
굶주린 배를 움켜쥐는 아이들이 있습니다

가난을 그대로 물려받아
눈물 젖은 모습으로 살아가는 사람들이
이 땅 곳곳에 아직도 많이 있습니다
배고픈 아이들의 마음의 상처가 아물 수 있도록
서로 돌보아주고 아낌없는 사랑을 나누어야 합니다

꿈이 가득해야 할 아이들의 맑은 눈빛에 절망이 보이고
웃음이 가득해야 할 아이들이 배고파서 울고 있습니다
이 나라, 이 민족, 우리의 아이들입니다
우리가 손길을 모아 따뜻한 사랑을 베푼다면
배고픈 우리 아이들의 얼굴에 웃음꽃이 피고
이 차가운 겨울도 한결 따뜻해질 것입니다

무심히 스쳐가는 사람들을 볼 때

아파트를 청소하는 아주머니가 날마다
다른 이의 집을 자기 집보다 깨끗하게 청소합니다
온종일 쓸고 닦다 보면 선인장 가시로 찌르듯
온몸의 뼈마디가 쑤셔오고 허리가 끊어질 듯 아파와
한숨이 고층 아파트 꼭대기를 훌쩍 넘습니다

이 좋은 아파트에서 다들 잘살고 있는데
자신은 왜 이렇게 움츠리고 초라하게 사는 걸까
눈물이 남모르게 가슴을 적실 때가 많습니다

일자리가 생겼다고 연락이 왔을 때
이젠 살길이 열렸다고 좋아했는데
고층 아파트를 힘겹게 오르내리며 쓸고 닦다 보면
쓸쓸한 고독이 계단 숫자보다 많은
주름살을 마음에 그어놓습니다

알 수 없는 세상살이에 자꾸만 물음표만 떠오릅니다
청소하는 자신을 바라보면서
말 한마디 없이 무심히 스쳐가는
사람들을 보면 차가운 삶이 더 슬퍼집니다

걱정을 쌓아놓지 않게 하소서

우리의 삶은 고난의 연속이오니
힘이 부칠 때마다 주님의 사랑을 깨닫게 하소서
찢긴 상처마다 피고름이 흘러내려도
그 아픔을 원망하거나 비난하지 않게 하소서

어떤 순간에도 잘 이겨낼 수 있는 믿음을 갖게 하소서
헛된 욕망으로 쓸데없는 일에 집착하지 않게 하소서
고통당할 때 도리어 믿음이 성숙하는 계기가 되도록
강함과 담대함을 허락해주소서

불안한 마음으로부터 벗어나게 하시고
불만 가득한 마음으로부터 벗어나게 하소서
아무 가치 없는 일로 인해 걱정을 쌓아놓지 않게 하시고
걱정을 구실 삼아 믿음에서 떨어지지 않게 하소서

생기지도 않고 있지도 않을 일로 인해
많은 근심과 걱정을 쌓아놓지 않게 하시고
하지 않아도 될 일로 인해
스스로의 마음을 괴롭히지 않게 하소서

어려울 때일수록 자기 속에 빠지지 않고
주님의 인도하심을 따르게 하소서
스스로 근심과 걱정을 만들지 않고
주님 안에서 기쁨을 만들어가게 하소서

곧고 바르게 살게 하소서

삐뚤어지고 삐딱한 마음으로 흐트러지고
반항하고 싶을 때도 곧고 바르게 살게 하소서
무겁게 짓누르는 갈등 속에서도
굳건하게 하시고 제자리를 잃지 않게 하소서

나의 생각과 행동을 항상 주님께서 주관하심을
깨닫게 하사 주님 안에서 살게 하소서
마음이 어긋날수록 상처를 입는 것은 나뿐이니
내 마음이 무너지지 않게 하소서

내 마음을 비굴하게 흥정하지 않게 하시고
쉽게 변하지 않도록 하여 주시고
주님의 부르심과 인도하심을 따르게 하소서
어쩔 수 없다는 핑계를 일삼지 않고
늘 정결한 마음으로 살게 하여 주소서

일하는 즐거움으로 땀을 흘리며
곧고 바르게 살아 조금 부족하더라도
언제 어디서나 어깨를 펴고 당당하게 하소서

한순간의 편리와 안락을 위해
영원한 주님의 사랑을 외면하지 않게 하시고
늘 정결한 마음으로 곧고 바르게 살게 하소서

주님 앞으로 나아가게 하소서

주님 앞으로 나아가게 하소서
죄로 어두운 유혹의 문을 닫아버리게 하소서
주님 앞으로 나아갈 수 있도록
굳게 닫혔던 내 마음을 활짝 열게 하소서

주님 앞으로 나아갈 수 있도록
나의 모든 허물과 죄를
회개의 눈물로 씻어 흘려보내게 하소서
주님 앞으로 나아갈 수 있도록
주님이 내미시는 구원의 손길을 붙잡게 하소서

주님께 나아갈 수 있도록
넘어서는 안 되는 죄악의 선을 넘지 않게 하시고
불신으로 가질 수 없는 것을 탐하지 않게 하소서

주님 앞으로 힘 있게 나아갈 수 있도록
주님의 은혜를 풍성히 입게 하소서
세상의 모든 헛된 꿈을 던져버리고
가슴 저리고 애달픈 슬픔에서 벗어나
삶 속에서 기쁨을 느끼며 살게 하소서
주님께 힘차게 나아갈 수 있도록
주님의 사랑에 깊이 빠지게 하소서

주 안에서 평화롭게 살게 하소서 1

자신의 이익만을 위해 심사가 뒤틀리고
쓸데없는 고집을 부려 속이 상하거나
필요 없는 아집으로 마음에 상처를 남기거나
불만이 가득한 표정으로 살지 않게 하소서
늘 한결같이 선한 양심으로
주 안에서 평화롭게 살게 하소서

손에 땀을 쥐도록 고민하고 괴로워하다가
결단을 못 내리고 주저주저하다가
기회를 다 놓쳐버리고 안타까워하는
어리석음에 빠지지 않게 하소서

우리에게 다가오는 어둠을
빛으로 환히 밝힐 수 있게 하시고
주님 안에서 평화롭게 살게 하소서

어떤 고난과 역경의 순간에도
기도를 잃지 않게 하여 주소서
믿음을 잃지 않게 하여 주소서
찬양과 예배를 잃지 않게 하여 주소서
복음 전도의 기쁨을 잃지 않게 하소서

주 안에서 평화롭게 살게 하소서 2

살얼음판을 걷는 위태로운 삶일지라도
죄를 씻고 일어나게 하소서
미약하여서 넘어지거나 실수했을 때에도
일어나 힘을 내고 다시 시작하게 하소서

흘러가는 시간에 맹목적으로
무작정 끌려다니지 않게 하여 주소서
내 마음의 구석구석까지
정결하게 씻어주시고 변화시켜주시는
주님의 보살핌을 받게 하소서

어떤 상황에서도 죄악에 빠지지 않고
믿음이 흔들리지 않고
삶의 뱃길에서 힘차게 노를 저어 나아가게 하소서

마음 깊은 곳에서부터
주님을 사모하고 그리워하며
기쁘고 즐겁고 행복한 얼굴로 살게 하소서

흘러가는 세월 속에서도 참된 믿음으로 살아
결실이 풍성하게 하시고
주님이 주시는 참평안을 누리며 살게 하소서

오늘을 의미 있게 살게 하소서

오늘을 의미 있게 살게 하소서
오랜 기억 속에 남아 있어도 좋을
아름다운 풍경으로 남게 하소서

기억하기 싫고 들춰내고 싶지 않은
죄가 낳은 오늘이 아니라
주님 은혜 속에서 사는 오늘이 되게 하소서

어떤 괴로움이 다가와도 피하지 않고
어떤 유혹도 믿음으로 이겨내게 하소서

허수아비처럼 살지 않고 건강하게 살아감으로
삶의 굴곡을 잘 헤쳐 나가게 하여 주시고
주님의 사랑을 가장 소중한
행복으로 받아들이며 살게 하소서

주님이 허락하신 소중한 삶이오니
오늘도 행복하게 살게 하소서
주님이 주신 은혜를 온전히 누리며
살 수 있는 마음의 여유를 주소서

온종일 주님의 인도를 받으며
주님의 사랑을 깨닫게 하시고
축복하여 주심을 감사하며 살게 하소서

비난을 받을 때

오, 주님!
우리의 허약하고 취약한 점을 찾아내어
수많은 손가락질과 눈짓이
싸늘한 화살처럼 쏟아집니다

훔쳐보고 지켜보고
음모를 꾸미고 조작하는 일들이
뒷말이 되어 소문에 소문을 더하고
입과 입을 통해 번져나가
희롱당하고 조롱거리가 되고 있습니다

입 속에서만 맴돌며 씹히던 조잡한 말들이
함정을 만들어 입 밖으로 나와
독한 상처를 입히고 있습니다

잘못된 생각과 그릇된 판단으로
한통속이 되고 오해를 불러일으켜
본래의 선하고 순수했던 의미가
변질되고 말았습니다

아무 잘못도 없는 사람을 무너뜨리기 위해
말도 안 되는 말을 만들어내어
거짓으로 모략하고 있습니다

잘못된 비난에서 벗어나게 하시고
쓸데없는 변명을 하기보다는
있는 모습 그대로 보여주게 하소서
고난이 찾아올 때마다
골고다 십자가 고통을 기억하며
모든 비난의 화살을
사랑하는 마음으로 이겨내게 하소서

마음을 열어놓으면

마음을 꽉 닫아놓으면
나는 점점 더 작고 초라해집니다
마음을 열어놓으면
이 세상의 모든 것들을
더 넓고 크게 바라볼 수 있습니다

하루살이 같은 삶 속에 마음을 닫아놓으면
작고 사소한 일까지 신경을 쓰게 되고
점점 초라한 모습으로 변합니다
관계는 서먹해지고 마음의 거리는 더 멀어집니다

가야 할 때 가고 있어야 할 때 있어주고
함께해주어야 할 때 함께해줄 수 있는
마음의 넉넉함을 주소서

마음을 열어놓으면
용서하고 이해하고 사랑을 나누게 되고
변화되어 가는 자신을 느낄 수 있습니다
마음을 꼭꼭 닫아놓으면
신경질이 나고 짜증만 늘어나게 됩니다

기쁨이 넘치고 행복이 찾아오도록
마음의 문을 활짝 열게 하소서

삶 속에 기쁨을 만들게 하소서 1

우리에게 주어진 삶을 성실하게 살게 하시고
늘 준비하고 기도하는 마음을 갖게 하소서

내 추억마냥 그리움이 몰려올 때도
살아온 세월을 감사하게 해주시고
참된 삶을 살기 위해 힘쓰며
목적한 바를 꾸준히 이루어나가게 하소서

삶을 복잡하게 살기보다는
단순한 것 같지만 매사에 꼼꼼하게
할 일을 다 함으로 뒤처지지 않게 하소서

모든 일에 치밀하게 계획을 세워서
철저하게 준비하고 노력하며
깊은 통찰력을 가지고 순서와 절차에 따라
열정을 쏟으며 살게 하소서

갈증으로 속이 탈 때도 모든 선택에
신중을 기하고 삶의 방향을 바르게 찾게 하소서

날마다 기도와 말씀으로 믿음이 충만하게 하시고
능력 있는 그리스도인으로 살아가며
삶 속에 기쁨을 만들게 하소서

삶 속에 기쁨을 만들게 하소서 2

주님이 원하시는 삶의 목표에
초점을 맞추어 살게 하여 주소서
강한 믿음으로 구하고 응답을 받으며
삶에서 주님의 인도하심을 날마다 체험하게 하소서

마음을 집중하여
믿음으로 도전하게 하시고
성실한 노력으로 이루어가게 하소서

기도할 때마다 차곡차곡 쌓이는
주님의 은혜에 감사하게 하시고
삶에 허락해주시는 믿음의 감동으로
늘 진실하게 살게 하소서

남에게 의존하지 않게 하시고
헛발질하지 않고 충실하게 살아가게 하소서
어려운 일들을 해결해나갈 수 있는
믿음과 지혜를 주시어 날마다 승리하게 하소서

삶 속에서 가슴을 울리는 감동을 만들어가며
항상 주 안에서 만족하고
삶 속에 큰 기쁨을 만들어가게 하소서

절망이 가득할 때 1

오, 주님!
지나온 세월 동안 쌓아놓았던
모든 것이 한순간에 무너져내립니다

아무도 돌아보지 않고
아무도 바라볼 수가 없을 때
혀를 깨물고 싶도록 괴로울 때
삶의 의지가 약해져 버티기가 힘듭니다

절벽에서 떨어져 풍비박산이 난 듯
막다른 골목을 정신 없이 헤매고 있을 때
답답한 가슴을 풀어헤치고
진솔하게 기도하며 해결해나가게 하소서

차가운 겨울이 지나가면 푸른 싹이 나오듯
절망이 지나가면 희망이 찾아옴을 알게 하사
늘 소망 가운데 주님을 바라보며 갈망하게 하소서

지독한 절망도 끝이 있으니
늘 인내함으로 주님이 주시는 소망의 기쁨을
결코 잃어버리지 않게 하소서

절망이 가득할 때 2

절망이 가득할 때는
눈앞이 캄캄하여 아무것도 보이지 않고
두려움이 가득하여 마음이 흔들립니다
앞으로 어떤 파국이 생길까 두렵고 힘듭니다

절망이 가득하여 앞이 보이지 않고
제 설움에 눈물만 쏟아지고 기운이 빠질 때
푸념 속에 한숨만 쉬지 않게 하시고
주님께 도와주시고 힘 주시기를 간구하게 하소서

기대를 걸었던 모든 것들이 줄줄이 쓰러지고
겨우 잡은 것조차 놓쳐버린 듯이
남은 것은 허탈감뿐이고 다 포기하고 싶습니다

정신마저 혼미하고 깜깜합니다
가슴마저 차가워지고 일어설 힘이 없습니다
눈앞에 뿌옇게 안개가 끼어 있고
냉혹한 주위의 시선이 더 눈물 나게 만듭니다

그러나 주님으로 인해
슬픔을 이겨내고 기쁨을 찾고 싶습니다
가시 속에 피어나는 장미꽃처럼
내 마음에 주님의 은혜가 향기를 발하게 하소서

마음을 비우게 하소서

비울수록 더 채워지는 것을 모르고
넘치는 욕심에 무작정 달려들지 않게 하소서
가질수록 허망함만 가득해지는 것을 깨닫게 하시고
미련한 욕망에 빠지지 않게 하소서

나누어야 부족함이 없다고 하였으니
넘치는 욕심에 기를 쓰고 내 것을 만들고
움켜쥐려고 하지 않게 해주소서

홀가분하게 마음을 주고받으며 살도록
불편하게 포장하거나 위선으로 살지 않게 하소서
욕심만 커져서 더 채우려고 하지 않고
자족하는 마음을 갖게 하소서

욕심이 마음을 흔들어
상처를 입히고 서로에게 등을 돌리게 하니
욕심에서 벗어나 사랑과 나눔의 삶을 살게 하소서

지갑이 두둑할 때

가죽지갑에 돈이 두둑하게 들어 있으면
마음이 든든하고 여유가 생깁니다
왠지 어깨에 힘이 들어가고
좁았던 마음이 넓어진 것만 같습니다
사람이 이럴 수가 있을까 싶지만
모두 다 어쩔 수 없나 봅니다

호주머니 속 지갑이 두둑해지면
세상을 다 제 손에 넣은 듯이 우쭐대며
달라지는 사람도 많습니다
돈이 많아지면 말도 행동도 다 달라집니다
고상한 척 마치 딴 세상을 사는 것만 같습니다

오, 주여!
나의 삶이 오만하여 사람들과 주님에게
퉁맞고 퇴짜 맞지 않도록
우리의 마음을 가난하게 하소서
내가 지나치게 부유할 때
가난해지는 사람들이 많아지고
고통당하는 사람들이 있음을 깨닫게 하소서

무관심으로 아파할 때

내 주변에는 아무도 없습니다
사람들의 시선이 떠나고 웃음이 떠나고
따뜻한 말 한마디 건네는 사람조차 없습니다
불안이 가득하고 모두 나를
우습게 여기는 것만 같아 마음이 우울합니다

내 죄를 깨닫고 회개하는
눈물의 고귀함을 깨닫게 하소서
왜 이렇게까지 되었는지 깨닫게 하소서
무능해서인지, 실수 때문인지 깨닫게 하소서

어렵고 힘든 상황일지라도
당당하게 믿음으로 헤쳐나가게 하소서
나의 실수 때문이라면 절망에 빠져 울기보다는
하나하나 고쳐나가게 하소서
스스로 책임져야 한다면 떳떳하게 감당하게 하셔서
덫에서 빠져나오게 하소서

사람들의 무관심을 탓하며 모든 것을 포기하기보다
어떤 순간에도 주님이 함께하심을 믿고
포기하지 않고 굳건히 일어서게 하소서
모든 것을 이겨낸 후에 기뻐하며 감사드리게 하소서

내 마음이 뒤죽박죽일 때

고장 난 시계처럼 철부지 같은 몸과 마음이
계획대로 움직이지 않을 때가 있습니다
몸살이 난 듯 온몸이 쑤셔오고
매사가 싫고 짜증 날 때가 있습니다

남들이 하는 것을 보면 왠지 분통이 터지고
세상 돌아가는 것이 싫고
한없이 원망스러워질 때가 있습니다

죄악 속에 자라난 고통이
내 마음을 뒤죽박죽으로 만들 때
기도하는 마음을 갖게 하소서

내가 지은 죄로 인해 고통의 못이 뼈마다 박혀
초주검이 되어 온몸이 비명 지를 때
마음 문을 활짝 열고 간절히 기도하게 하소서

아무런 죄도 없이 홀로 모든 죄 짐을 지시고
골고다 십자가에 매달려야 했던
구세주 주님만을 바라보게 하소서

마음이 뒤죽박죽일 때 잠시 침묵 기도를 통해
내 마음이 안정되고 있음을 주 안에서 깨닫게 하소서

타인에게도 필요한 삶을 살게 하소서

타인에게도 꼭 필요한,
가족에게도 꼭 필요한,
직장에서도 꼭 필요한,
교회에서도 꼭 필요한,
나라와 민족을 위해서도
꼭 필요한 삶을 살게 하소서

타인에게 악이 되거나, 타인을 불편하게 하거나,
타인에게 손해를 입히지 않게 하소서
비난의 대상이 되거나 조롱의 대상이 되지 않고
타인에게도 이익을 주게 하소서

나만을 위하여 살지 않게 하시고
타인에게 도움을 주고 봉사를 하며
행복을 나누는 삶을 살게 하소서

나를 만나면 당신에게 좋은 일 생길 것입니다
당신을 만나는 사람들이 모두 행복하면 좋겠습니다
늘 이런 마음으로 타인과 어울리며 살게 하소서

나의 눈에 눈물이 고일 때

천둥벌거숭이로 빈손으로 온 세상,
나의 죄로 인해 회개의 눈물을 흘릴 때
주님이 인도하여 주심을 감사드립니다

성령으로 나를 감화하게 해주시고
나의 죄의 멍에를 대신 지신 주님의 사랑과
주님의 보혈로 용서하여 주심을 감사드립니다

죄로 인해 죽을 수밖에 없는 목숨,
고통과 슬픔으로 인하여 나의 눈에 눈물이 고일 때
주님은 온유한 손길로 나를 감싸주십니다

상처받은 마음을 어찌하지 못해
몸부림치며 비명을 지르고 싶을 때
주님은 가장 부드러운 눈길로 나를 바라보시고
가까이 다가오셔서 위로해주십니다

홀로 고독에 몸부림치며
모두 떠나버리라고 외치고 싶을 때
주님이 나의 진정한 친구가 되어주소서

나의 기도와 간구를 낱낱이 들어주시는
주님은 나의 구주이시니
죄를 씻어 정결한 마음으로 주님을 섬기게 하소서

지금 만나는 사람들에게

오늘 만나는 사람들에게,
지금 만나는 사람들에게
구원의 복음을 전하게 하소서

세상에 수많은 책들이 있어도
구원의 문으로 인도하는 것은
생명의 말씀뿐입니다
주님의 말씀을 이 세상 사람들 누구나
보고 듣고 마음 판에 새기게 하여 주소서

지금 만나는 사람들이,
오늘 만나는 사람들이
주 예수를 믿고 시인하고 고백함으로
자신의 죄를 깨달아 통회하고 자복하며
회개하여 구원받게 하여 주소서

주님 앞으로 지금 당장 나아가
주님을 믿고 따르며 영생을 얻게 하소서
사람의 생명은 한순간에 끝날 수도 있는 것이오니
지금 당장 예수 그리스도를 믿고 따르며
천국에 갈 수 있는 구원을 받게 하소서

온전한 정신으로 살게 하소서

눈 깜짝할 사이에 수많은 일들이 일어나고
수많은 일들이 저질러지는 현실 속에서
찬물을 끼얹지 않고 온전한 정신으로 살게 하소서

사람과 사람 사이에 벽이 생기고
사람과 사람 사이에 구별이 생기고
사람과 사람 사이에 파벌이 생기고
사람과 사람 사이에 계층이 생겨나
서로 갈등하고 충돌하며 살아갑니다

몸과 마음을 혼미하게 하고
마음을 강퍅하고 만드는
악의 영들을 물리쳐주시고
말씀의 인도 따라 살게 하소서

나의 모든 죄를 회개로 척결하게 하시고
영원히 믿음이 변치 않도록 지켜주소서
철저하게 보호하고 인도해주시는
주님을 사모하며 온전히 바라보게 하소서

언제나 나의 주님의 인도하심을 믿고
주님이 예비하신 길에 당당하게 들어가게 하소서
온전한 정신과 믿음으로 살게 하소서

주님을 온전히 섬기게 하소서

주님의 고귀한 사랑을 너무 많이 받았으니
주님을 온전히 섬길 수 있는
좋은 기회를 얻게 하여 주소서

삶 속에, 생활 속에
주님이 생명의 빛으로 찾아오셔서
지혜와 의로움과 거룩함과 구원함이 되시고
우리의 영혼을 살리심을 믿게 하소서

복음은 사람의 뜻으로 된 것이 아니라
하나님의 뜻으로 이루어진 것이니
믿음으로 받아들여 믿음으로 살게 하소서

주님이 주시는 굳세고 강한 믿음으로
엉켜 있던 실마리를 풀게 하시고
주님의 십자가의 도를 믿으며
주님의 일을 통하여 영광을 돌리게 하소서

주님의 골고다 십자가의 사랑으로
죄 씻음을 받은 우리가
주님을 올곧은 믿음으로 따르고 섬기게 하소서

날마다 새롭게 하소서

두렵고 무서운 죄에서 벗어나게 하소서
뼈가 상할 정도로 깊은 절망의 고통에서
우리의 몸과 마음과 영혼을 새롭게 하소서

주님 앞에 신령과 진정으로 예배드리는
우리의 몸과 마음과 온 영혼을 받아주시고
우리를 날마다 새롭게 하소서

우리의 모습이 언제나
주님의 모습을 닮아가게 하시고
주님 보시기에 아름다운 삶을 살게 하소서

욕심을 따라 사는 옛사람을 벗어버리고
죄에 발목을 잡히지 않고 성령으로 새롭게 되어
하나님을 따라 의와 진리로 새사람을 입게 하소서

우리 안에 하나님의 성전이 있으니
강하고 담대한 믿음을 주셔서
오직 예수로 십자가를 자랑하며 살게 하소서

주의 사명을 갖고 충성을 구하며
날마다 성장하게 하시고
날마다 새롭게 하소서

예수를 온전히 찬양하게 하소서

이 땅에 구주로 오신 주님
주님을 온전히 찬양하게 하소서
성령 안에서 씻음과 거룩함과
의롭다 하심을 받았으니 하나님의 사람으로
생명의 주님, 구원의 주님에게
하늘 높이 영광을 돌리며 찬양하게 하소서

예수 그리스도로 기쁨을 얻게 하시고
길 잃은 양을 찾는 기쁨에
우리도 동참하게 하시며
주 예수 일하심에 동참하게 하소서

진리를 분별하며 부끄러울 것 없는
하나님의 일꾼이 되어 자신을 하나님께 드리고
온전히 하나님의 일에 쓰임받게 하소서

주여, 내 마음에 찾아오소서
주여, 내 마음에 들어오소서

은혜 안에서 내 마음에 찾아오신 예수 그리스도
주님을 하늘 높이 찬양하게 하소서

고독한 마음이 가득할 때

고독한 마음이 가득할 때
겟세마네 동산에서 죄 짐을 홀로 지시고
십자가의 고통과 극한 외로움에 몸부림치고
시달리던 주님을 묵상하게 하소서

고독한 마음이 가득할 때
질곡의 골고다 십자가에서 처절하게 외롭고,
처절하게 봉변과 수모를 당하고,
처절하게 외면당했던 주님을 기억하게 하소서

주님의 십자가의 고난과
홀로 남겨진 고독을 기억하며
시련과 역경을 이겨낼 수 있도록
간절하게 기도하게 하소서

어그러지고 거스르는 세대에서
생명의 말씀을 전하게 하시고
예수를 아는 지식이 가장 고상함을 나타내는
증인이 되게 하소서

하나님의 말씀을 감동으로 받아들이고
예수 안에 있는 믿음으로
구원에 이르는 지혜를 얻게 하여 주소서

노숙자를 바라보며

오, 주님!
얼굴에 피곤이 가득하고 깡마른 노숙자 한 사람이
흔들리고 쫓기며 살아온 세월을 내동댕이치고
공중화장실 모퉁이에서 잔뜩 움츠린 채로
새우잠을 자고 있습니다

휴식을 주는 달콤한 잠자리여야 할 텐데
몸 하나 기댈 곳 없는 삶은
눈 한번 제대로 붙이지 못하는
불편한 잠에 빠져 있습니다

얼마나 삶의 능선이 가파르면
그 능선을 타고 오르다
전쟁터에서 총탄에 맞아 죽은
패잔병처럼 쓰러져 있겠습니까

늘 부딪치고 깨지며 사는 세상은
내가 느끼고 있는 것보다
더 고통스럽고 슬프다는 것을 압니다

세상의 매서운 바람에 휩쓸려
절망과 고통과 소주병에 찌들어버린
노숙자를 바라보며 태연히 지나쳐 걸어온 나는
잠시 스쳐 지나가는 마음만으로도 괴로웠습니다

분주함 속에 지쳐 있을 때

조바심을 떨며 정신 못 차릴 때
심신이 지치고 갈등으로 괴로울 때
살면서 서툴고 거북하다는 생각이 들 때
마음을 비워 기도로 채우게 하소서

쉴 틈 없이 바쁘게 돌아가더라도
변덕스러운 선입견으로 판단하거나
싫은 마음으로 돌아서지 않게 하소서

병자를 치유하고 이적을 행하실 때
환호하던 군중이 외면할 때
십자가를 지고 가실 때
저주하고 욕하고 침 뱉던 이들을 용서하시는
주님의 모습을 사랑합니다

분주함에 지쳐 있을 때
믿음의 정곡을 찌르는 영적 묵상을 하게 하여 주소서
왜 우리의 모습으로 오셨는가, 왜 우리를 사랑하시는가를
깊은 묵상을 통하여 깨닫게 하여 주소서

늘 바쁜 삶 속에서도 천국을 소망하게 하시고
이 땅의 것에 목숨을 걸지 않고
하늘을 소망하며 살게 하여 주소서

날마다 하나님의 섭리를 알게 하소서

매일 쏟아지는 뉴스들을 보면
아름다운 이야기와 소망이 있는 이야기는 적고
죽음과 절망의 소식은 많습니다

날마다 하나님의 섭리를 알고 깨닫게 하사
사람이 얼마나 악을 행하고
연약하고 비겁한가를 알아야 합니다

상처를 입고 고통을 당하는 자들에게
영혼 깊숙이 사랑을 전하며
지구촌 곳곳에서 일어나는
불행이 멈추도록 기도해야 합니다

심령이 늘 푸르러
날로 황폐해가는 지구촌을 향하여
구원과 생명의 이야기를 전하고
소망의 소식을 전해야 합니다

사랑이 식어가는 세상에서
죄를 짓는 삶의 전철을 밟지 않게 하소서
예수 사랑을 전하고 하늘 사랑을 전하며
온 세상에 구원의 기쁜 소식이 가득해지기를
간절히 소망합니다

삶이 온통 허무해질 때

딴청을 피우다가 곁길로 나가지 않게 하시고
욕심에 눈이 멀어 서성대다 죄악에 발목을 잡혀
굳은살과 딱지가 생기지 않게 하소서

용빼는 재주도 없이 세속적인 것들을 찾다가
마음이 비도록 온통 허무해질 때
제자리를 찾아 바르게 서게 하소서

이름 없는 산골에서 시작된 샘물이
시냇물이 되고 강물이 되고 바다가 되듯이
십자가 언덕의 보혈의 사랑으로
우리 심령의 골짜기에 은혜가 넘치게 하소서

삶이 온통 허무해지고 고독해질 때
순간의 판단이나 착각으로 인해
죄짓는 삶을 살지 않게 하소서
모든 것을 포기하려는 생각보다
영적인 묵상으로 꿈을 갖게 하소서

초록의 믿음이 새록새록 자라나
거짓 없는 투명하고 맑은 눈동자로 주님을 바라보며
날마다 힘이 넘치게 살아가게 하소서

악한 사람들을 위해

오, 주님!
마음이 악하고 잔인한 사람들은
다른 사람의 소중한 행복을
뒤집어엎고 못살게 굴고 나서야
직성이 풀리는 모양입니다

악한 사람들은 온갖 나쁜 것들을 불러들여
질서를 파괴하고 인권을 유린하고
자신들의 이익만을 추구합니다

이들은 돈의 유혹에 빠져 목숨을 걸고
도박을 하고 마약에 취합니다
혀가 말리도록 술을 마시고
욕망에 기름을 퍼붓고 불 지르고
끊임없이 삶의 탈출구를 찾고 있습니다

악한 사람들은 악한 생각으로
그들 스스로 올가미에 걸려들어
타락의 길로 들어가고 있습니다

이들에게 선한 양심을 찾게 하소서
이들이 선한 양심으로 올곧게 살게 하소서
악에서 완벽하게 돌이켜 회개하고
참된 기쁨의 삶을 깨닫고 누리게 하소서

이 세상을 돌보아주소서

어찌 보면 다 잘못된 것 같습니다
남이 들을까 두려워 귓속말로 해야 할
열통 터지는 이야기가 가감 없이
인터넷에 그대로 실리는 시대입니다

모두 드러내고 무엇을 하자는 것입니까
남의 치부를 전부 끄집어내어 무엇을 하는 것입니까
음란하고 퇴폐적인 일들이 뭐 대단한 일이라고
그렇게들 수선스럽고 떠들썩한지 모르겠습니다

할 것 못 할 것 제대로 분간도 못 하고
살아가는 것이 좋은 세상입니까
쓸데없이 은근히 부추기고 있는 것은 아닙니까

하루 종일 음란과 퇴폐가 가득한 기사와 사진들이
컴퓨터와 세상의 거리거리마다 넘쳐나니
욕망에 사로잡혀 눈이 붉게 충혈되어 있는 사람들이
무엇을 생각하고 있겠습니까

순진하게 살아가던 사람들도 호기심을 갖고
세상 물정 모르는 순진한 아이들까지
은근히 흥미를 갖게 되니
온 나라가 타락의 길로 들어선 듯합니다

온갖 못된 일이 은밀하게 이루어지고 있는데
이 일을 어떻게 해야 합니까
이 속에서 제대로 살아가는 사람들이 신기합니다
주여, 이 세상을 돌보아주소서

노인들을 위한 기도 1

일생 동안 가족을 위하여 열심히 일하다가
늙고 병들어 희망의 끈을 놓치고
황혼을 외롭게 산다는 것은
참으로 가슴 아프고 슬픈 일입니다

가진 것 없는 노인들은
오늘을 살아내기 위해,
생명을 연명하기 위해,
한 푼이라도 벌기 위해
폐지를 줍는 삶을 살고 있으니
억장이 무너져내리고 온통 눈물뿐입니다

가족들도 외면하고 찾아와주지 않고
거리로 내쫓겨 갈 곳이 없는 노인들
각박한 세상을 향해 소리쳐 보아도
아무런 메아리가 없습니다

지나간 세월에는 불사를 청춘도 있고
꿈도 자식도 기대감도 있었지만
어깃장을 놓고 모든 것을 잃고 나니
그저 목숨을 부지하기 위해서
몸부림치고 있습니다

어처구니없이 남아 있는 것은

목숨 줄 하나
빈껍데기만 남아 힘들게 늙어간다는 것은
참으로 슬픈 일입니다
노인들의 황혼이 잘 물들어갈 수 있도록
주여, 마음에 평안을 주소서
이 땅에서 안식처를 가지고 살게 하시고
주님의 나라에 이를 때 천국에 가게 하소서

노인들을 위한 기도 2

오, 주님!
자꾸만 노인들끼리 모여 안타깝게
흘러간 세월 타령, 신세타령만 하고 있습니다

양어깨를 부딪쳐 힘들고 괴로웠던 세월도
애가 끊어질 듯 아쉽게 흘러가버리고
호기심도 사라지고 결과만 따지다가
그 자리에 풀썩 주저앉아버리고 말았습니다

야코가 죽어 안절부절못하던
애틋함과 아련함도 멀리 사라져가고
마음은 뻥 뚫리고 열정도 없이
무심한 마음으로 눈앞에 보이는 애매모호한
내일을 힘겹게 맞고 있습니다

이것을 익숙함이라고 하는 것입니까
나이가 들어가며 마음껏 쉬다가
갑자기 세상의 애물단지처럼 살아가기가
지나온 세월만큼이나 힘들고 어려워졌습니다

노인이 될수록 노련하고 여유 있는 마음으로
모든 것을 이겨낼 수 있도록
노인들이 외롭지 않도록 영혼을 불쌍히 여기시고
하늘 소망을 가지고 주님을 영접하게 하여 주소서

마음의 창으로 들여다보면

밤이 오면 어둠이 잠을 몰고 와
눈꺼풀을 덮고
아침이 오면 햇살이 빛을 몰고 와
눈을 뜨게 만들어놓습니다

피곤할 때는 다리에 힘이 빠지고
사랑할 때는 심장이 뛰기 시작합니다
화가 나면 가슴이 터질 것만 같습니다

고통을 느끼면 입안에서 단내가 나고
온갖 소리를 다 뱉어내고 싶습니다
화가 나면 세상을 향해 욕을 퍼붓고 싶습니다

행복할 때는 모든 것이 다 좋아 보이고
웃음이 터지면 배꼽까지 웃음이 따라옵니다
감정의 변화에 따라 사람들의 표정이 달라집니다

마음의 창으로 들여다보면
모든 자연이 아름답고 신비하고 감동적이며
참으로 행복해집니다

누가 우리의 마음을 알 수 있겠습니까
오직 우리의 마음을 감찰하시고 살펴주시는
주님만이 아실 것입니다

쓸데없는 걱정이 마음에 가득할 때

걱정거리를 늘 짊어지고
잘못된 것을 앙갚음하고 싶어 하며 산다는 것은
참으로 어리석고 바보 같은 일입니다

무슨 일이 닥칠 때마다 걱정거리를 만들고
자기도 모르게 걱정을 은근히 즐기고 있다면
이미 마음이 병들어 건강하지 못한
어리석은 삶을 살아가는 것입니다

두통을 만들고 심장을 조여들게 하는
모든 걱정거리를 과감하게 던져버려야 합니다
절망에 빠져 남을 탓하거나
쓸데없는 고뇌에 빠지지 말아야 합니다

어떤 처지에서도 어려움을 이겨낼 수 있을 때
행복은 하나씩 만들어가는 것입니다
그 어떤 걱정도 우리의 마음속에
단 한 발자국도 들여놓지 못하게 만들어야 합니다

행복한 사람의 마음은 늘 따뜻합니다
쓸데없고 아무런 가치도 없는 걱정에서 벗어나
마음이 자유로워져야 합니다
생각의 혈관이 건강해야 행동이 건강해지고
삶에서 만족을 누리며 행복을 만들어갈 수 있습니다

생각이 못되고 더럽혀지면
마음과 행동도 더러워질 수밖에 없습니다
마음이 근심과 걱정을 만들기보다는
기쁨과 행복을 만드는 습관을 가질 때
한결 편안해지고 만족하며 살아갈 수 있습니다

실패로 상처가 남았을 때 1

바라던 일들이 모두 다 수포로 돌아갔을 때
실패로 마음에 안달이 나도록 상처만 남았을 때
제일 먼저 기도하게 하여 주소서
어리석은 일을 저지르거나 아픔 속에 빠져들지 말고
꿈과 소망이 되시는 주님을 바라보게 하소서

죄와 악수하고 타협하여
모든 꿈이 추락하고
모든 희망이 하루아침에 물거품이 되었을 때
주여, 기도하게 하여 주소서

원망하는 마음에 미움을 쌓기보다
주님께 간곡하게 기도하며
새로운 변화를 만들어가게 하소서

실패가 가져온 고난과 시련을 극복하고
좌절에서 과감하게 벗어나
새로운 목표를 세우고 성취해나가게 하소서

실패의 과거 속에 머물지 않고
꿈과 희망을 갖고 비상하는 삶을 살게 하소서
실패가 있기에 아픔을 딛고 일어서서
더욱 멋지게 성공을 이루게 하소서

실패로 상처가 남았을 때 2

실패로 상처가 남았을 때
좌절하여 주저앉아 신세타령만 하지 않게 하시고
일어서서 앞으로 전진하게 하소서

멀지 않은 곳에 있는
성공을 바라보며 달려나갈 때
주님께서 우리의 걸음을 인도하여 주셔서
모든 두려움을 이겨내게 하소서

성공과 실패는 늘 번갈아 일어나오니
실망하여 손을 놓지 않게 하시고
모든 역경과 어려움을 극복하여
먼지처럼 훌훌 털어버리게 하소서

실패의 순간을 성공으로 바꿀 수 있도록
실패를 잠에서 깨듯 잊게 하시고
성공의 계단을 하나씩 올라가며
날마다 성취하는 기쁨을 누리며 살게 하소서

고난은 성공을 만드는 재료이니
피와 땀과 눈물이란 물감으로
모든 실패를 지워버리고 삶을 승리하게 하소서

늘 변화하게 하소서

사람들과 어울림 속에서
좀 머쓱하고 서툰 몸짓을 발견했을 때
은근슬쩍 피하기보다
머뭇거림 없이 다가가게 하소서

사람과의 만남은 너무나 소중하오니
어색함을 훌훌 털어버리고
자연스럽게 사귈 수 있도록 허락하소서

스스로 족쇄를 채워 갇혀 살기보다는
사람들의 마음을 움직일 수 있는 힘과 능력을
잘 갖추어 나가게 하소서

때때로 부족함과 어색함을 느끼더라도
항상 구체적이고 분명한 목표를 가지고
한 걸음씩 한 걸음씩 도전하여 성공하게 하소서

무슨 일이든지 자신의 마음대로만
억지로 꿰어 맞추려는 어리석은 생각을
하지 않게 하소서

서툴수록 더욱 꼼꼼하게 준비하고 대처함으로
변화되는 자신의 모습을 바라보고
기뻐할 수 있는 마음을 주소서

하루하루 최선을 다하게 하소서

우리에게 주어진 하루하루를
최선을 다하며 살게 하소서
온갖 시름과 걱정에서 벗어나
마음을 잘 다스려 정돈된 삶을 살게 하소서

불만의 커튼을 내려 남을 비난하며
늘 불안 속에 살지 않게 하시고
마음에 평안을 주셔서
날마다 즐거움 속에서 살게 하소서

어떤 경우라도 자포자기를 하거나
어려움에서 황급히 벗어나기 위해
어리석은 생각을 하기보다는
지혜롭게 대처해나가게 하소서

우리에게 주어진 날이 참으로 소중하오니
하루하루 성실한 마음으로 살게 하시고
열정을 쏟으며 살아가게 하시고
보람과 기쁨을 거두게 하소서
우리의 삶에서 나태함을 몰아내고
근면함 속에 보람을 누리게 하시고
늘 감사하며 건강한 마음으로 살게 하소서

서두르지 않게 하소서

늘 덤벙대고 서두르기에 실수가 많고
실패하여 쓰러지는 경우가 많으니
때로는 남보다 한 박자 늦더라도
마음에 여백을 두며 살아가게 하소서

급한 마음에 상처를 주고 고통을 만들어
잃어버릴 것들도 종종 있으니
괜한 걱정만 잔뜩 부풀어 오르게 하거나
아수라장을 만들어 큰 고통을 겪지 않게 하소서

부드러운 마음으로 서로 사랑하며
다른 사람의 마음을 있는 그대로 바라보게 하소서
초조하고 불쾌한 것은
서두름 속에서 나타나는 마음의 현상이니
침착함과 평안함을 허락해주소서

실패를 돌아보고 쓸쓸한 기억에 매이기보다는
이루어진 것들을 바라보며 기뻐하기를 원합니다

삶에 즐거움이 없으면 의욕이 상실되고
얻을 수 있는 것도 많이 줄어드니
삶을 의무적으로 살아가기보다는
의미 있고 보람 있게 살아가게 하소서

시간적인 여유가 있으면
즐거움을 체험할 수가 있습니다
각박한 세상에서도 차가움보다는
따뜻한 모습으로 만나게 하소서

게으름을 피우지 않게 하소서 1

해가 중천에 떠서 나를 보고 웃을 때까지
침대에서 일어나기 싫어하는
게으른 자가 되지 않게 하소서

게으름을 극복하는 습관이 몸에 배게 하시고
스스로 깨어날 수 있게 하소서
잠자리에 미련을 떠는 나쁜 습관을 버리게 하시고
부지런히 일하며 살게 하소서

아침 일찍 일어나 주님께 기도하며
하루를 준비하게 해주소서
늘 한발 남보다 먼저 나가며
현실을 제대로 읽어내게 하소서

쓸데없는 변명을 하지 않고
언제나 자신의 일에 최선을 다하여
최대의 효과를 내는 삶을 살게 하소서

아무도 보지 않는 곳에서 죄를 짓지 않게 하소서
나 혼자만 알고 있는 죄가 있더라도
숨기지 않고 드러내어 용서받게 하소서
죄의 모멸감에서 벗어나게 하소서

게으름을 피우지 않게 하소서 2

늘 쫓기듯 헐레벌떡 서두르다가
제대로 일을 하지 못하고
상황에 따라 맹목적으로 이리저리
휩쓸려 다니지 않게 하소서

주변 사람들에게 자기가 할 일을 떠맡기거나
자신의 일로 걱정시키지 않게 하소서
주변 사람에게 해를 입히거나
불편을 끼치지 않게 하소서

새로운 하루를 맞이할 때 성실하게 행동함으로
보람과 감동과 기쁨을 느끼며 살게 하소서

게으름으로 인해
함정에 빠지지 않게 하소서
게으름의 벽을 깨고 나와
부지런히 새롭게 살게 하소서

어떤 환경에도 잘 적응하게 하시고
미래를 위해 씩씩하게 살아가게 하소서
늘 온 마음과 정성을 쏟으며
주변 사람들의 심금을 울리며 살게 하소서

마음에 주님을 모시게 하소서 1

오, 주님!
늘 처진 어깨로 휘청거리며
슬픈 삶을 살아가는 사람이 있습니다
하늘이 밝으면 밝아서
어두우면 어두워서 상처받는 사람들입니다

주여,
주님을 우리 마음이 모시기를 원합니다
우리를 인도하시어 이제는
모든 것들이 합력하여 선을 이루게 하여 주소서

늘 부러진 꽃나무처럼
꽃 한 번 제대로 피우지 못하는 사람도 있습니다
내 마음이 주님을 만나는 장소가 되게 하셔서
주님이 우리의 마음속에 주신 확신을 갖고
삶을 개간하고 꽃을 피우며 열매 맺기를 원합니다
강하고 담대한 믿음으로 천국을 소망하며
영원한 생명력을 갖추어 자라게 하소서

마음에 주님을 모시게 하소서 2

오, 주님!
남의 그림자만 쫓아다니며 허덕거리고
남의 흉내만 내다 지쳐버리는 사람도 있습니다
우리는 육신의 욕심에만 갇혀 있지 않고
거듭난 삶을 살아 진리의 자유를 누리기를 원합니다

내적인 삶이 믿음으로 충만해지기를 원하고
내 마음에 주님의 은혜가 강같이 흐르기를 원하며
예수 그리스도만을 섬기는 마음이 되기를 원합니다

죄에 시달리지 않고 있는 그대로 다 들춰내어
죄와 어둠에서 벗어나 진리의 자유를 얻게 하소서
주님의 성도답게 진정한 삶을 살기를 원합니다

상처받은 마음을 치유해주시는
주님의 놀라운 사랑 속으로 빠져들기를 원합니다
주님의 영원한 사랑을 받기를 원하며
주님을 향한 갈망이 날마다 더해져
우리 마음에 주님을 영원히 모시기를 원합니다

우리의 마음을 부드럽게 하소서

우리의 마음이 너무 굳어지고 딱딱해지면
마음이 옥죄이고 상처를 주고받게 되니
주님의 마음처럼 관대하고 부드럽게 하소서

죄악이 수작을 부려
습관적으로 화를 내거나 못살게 굴며
쓸데없이 짜증을 내게 되니 죄에서 벗어나게 하소서

친절하게 사람들을 대하게 하시고
두 팔 벌려 우리를 안아주시는
주님의 품 안에 거하게 하소서

주님께서 우리를 날마다
기도와 말씀을 통하여 일깨워주시니
간절한 소망과 큰 기대를 품고
온전한 믿음 가운데 살게 하소서

남들이 악하게 행한 것을
앙갚음하지 않게 하여 주시고
우리의 마음이 주님의 마음처럼
넓고 온유하고 겸손하게 하소서

주여, 나를 항상 기억하소서

사랑의 주님!
이 세상의 모든 사람이 나를 잊어도
주님은 항상 나를 기억하여 주시고
인도하여 주시기를 간곡히 기도합니다
주님이 홀로 가신 구원의 좁은 길을
따라나서게 하소서

아무 의미도 없는 서글픈 슬픔 속에
매달려 살지 않게 하시고
고요한 심정으로 기도하게 하소서

풀잎이 밤이슬에 젖고 모두 다 고단하여 잠든
한밤중에도 깨어 기도하게 하소서
주님께 기도하면 죄악과의 처절한
싸움이 끝나고 평안이 찾아오니
주여, 나를 기억하시고 기도에 응답하여 주소서

날마다 가난해지는 마음에 은혜를 채워주시는
주님께 감사의 기도를 드립니다
주님이 나를 기억하여 주시니
뜨거운 눈물로 고백하며 기도를 드립니다

사랑의 주님!
나를 항상 기억하여 주소서

주님의 부활을 찬양하오니 받아주소서

영원토록 찬양받으시기에 합당하신 주님
우리를 죄악에서 구원하기 위해 이 땅에 오셔서
사망 권세 이기시고 부활하신
주님을 찬양합니다

십자가의 처절한 고통을 통하여
구원을 완성하여 주시고
죄의 절망과 고통에서 구원하여 주시는
주님을 찬양하며 영광을 돌립니다

주님께서 부활하심은
죄를 이겨내신 승리와 기쁨의 날입니다
주님의 사랑과 은총으로
마음에 기쁨이 충만합니다
주님의 고귀한 보혈로 죄를 씻어주셨으니
무한 감사를 드립니다

주님의 사랑이 몸과 영혼에 가득하오니
죄에서 구원하시고 부활하심을 찬양하며
주님의 사랑과 축복에 무한 감사드립니다
우리 구주 예수 그리스도의
부활을 온 땅에 전할 수 있는
믿음을 허락하여 주시기를 원합니다

불가능을 가능으로 만드시는 주님

우리의 모든 삶을 바라보시며
불가능 속에서도 가능을 만드시는 주님
죄악에 세뇌되어 악으로 치닫고
두려움 속에 악몽으로 시달리는 불신의 마음을
사라지게 하여 주소서

착한 양심으로 산 소망을 항상 갖게 하시고
믿음의 바른길을 가게 하소서

전능하신 하나님의 손길을
전적으로 믿으며 의지하게 하소서
삶이 풀 수 없도록 마구 꼬이고 얽히더라도
기도함으로 절망을 소망으로 바꾸게 하소서

내 고통을 풀어주시고
내 아픔을 풀어주시고
내 시련을 풀어주시고
내 절망을 풀어주소서

우리에게 다가오는 어떠한 아픔도
치료하여 주심을 믿습니다

고통이 찾아올 때

고통이 찾아올 때 눈물은 흘리더라도
절망에 빠져 줄행랑치지 않게 하소서
검은 욕심으로 지은 수많은 죄의 고통이 찾아올 때
낙심하여 곁길로 빠지지 않게 하소서

아픔에 쓰러지고 나가떨어지더라도
곧 일어서서 굳센 믿음과 강한 기도로 회복하여
주님의 길로 나아가게 하소서

고통이 찾아올 때 가슴을 치고 싶더라도
어둠 곳곳에 불빛이 있으니
마음을 차분하게 가라앉히게 하소서

예수께서 얼마나 우리를 사랑하셨으면
십자가 고난으로 보혈을 흘리셨겠습니까
죄에서 구원하사 영생을 주심을 감사합니다

나의 모든 것을 낱낱이 기도함으로
삶을 순전하게 살게 하시고
내 마음을 잘 다스려
주님이 주시는 평안을 누리게 하소서

아름다운 풍경을 만들게 하소서

천지만물을 창조하시고
보시기에 좋았더라
말씀하신 창조주 하나님
우리의 삶을 아름다운 풍경으로
만들어가며 살게 하소서

주님께서 우리에게 몇 달란트를 주셨는지
잘 알 수는 없으나
부지런하게 일하게 하소서

우리의 마음을 옥토로 만들어
심은 대로 자라게 하시고
가을이 오면 풍성한 열매를 맺어
보기 좋은 아름다운 풍경을 만들게 하소서

찬란한 햇빛 아래
탐스럽고 보기 좋게 익어가는 열매처럼
삶을 아름다운 풍경으로 만들게 하소서
주님 앞에 나의 삶이
아름답고 풍성한 열매를 맺게 하소서

주님의 손을 간절히 붙잡게 하소서

제한되고 부족한 삶이지만
복음의 농부이신 주님을 닮아가게 하소서
허락하신 삶을 사는 동안 마음의 밭을 잘 개간하고
믿음의 열정을 거름으로 잘 성장하게 하소서

죄악으로 인하여 썩은 나무와 같은
나를 구원하사 좋은 나무가 되게 하소서

한 방울의 눈물로 사면초가가 된
나의 죄를 용서받는 것이 아니라
내 마음을 통회하고 자복함으로
예수 이름으로 진실된 회개를 하게 하소서

주님의 이름으로 새 생명을 얻게 하셨으니
주님의 손을 간절히 붙잡게 하소서

우리의 심령을 옥토로 만들어주사
때를 따라 열매를 맺게 하시고
성령의 은혜로 뜻을 이루어갈 수 있게 하소서

기도 속에 늘 주님을 만나게 하시고
살아가는 날 동안 주님과 동행하며
주님의 손을 간절히 붙잡게 하소서

주님의 축복을 체험하게 하소서

주님 앞에 정직하지 못하고
죄의 사설을 늘어놓는 솔직하지 못한
내 모습을 용서하여 주소서

주님을 온전히 신뢰하게 하소서
나의 필요만으로 성급하게 요구하지 않고
성실한 마음으로 살게 하소서
성령의 인도하심 따라
주님과 친밀하게 교제를 나누게 하소서

나의 영혼을 지켜주시고
주님께 온 마음을 다하여 기도하게 하시고
나의 삶에서 불순물을 제거하여 주시고
악은 모양이라도 버리게 하소서

천국에서 누릴 영원한 축복을
이 땅에서 미리 맛보며 살게 하소서
주님께 드리는 기도 속에 있는
주님의 축복과 사랑을 체험하게 하소서

하늘에 손은 닿지 못하지만
기도는 하늘에 닿아 응답됨을
늘 체험하며 사는 성도가 되게 하소서

나의 갈 길을 인도하여 주소서

지혜가 부족하고 나약하여
나의 갈 길을 의탁하오니 나를 인도해주소서
나의 출생부터 영원한 천국에 이르기까지
나의 믿음을 인도하여 주소서
나의 출생도 죽음도 하나님의 섭리입니다

부질없는 죄에서 구속하심도 하나님의 뜻이요
죽어 천국에 가는 것도 인도하심이오니
나의 믿음으로는 천국에 들어갈 자격이 없으나
주님의 마음에 부합하게 인도하여 주소서

나의 삶을 주님께 의탁하오니 인도하여 주소서
나는 내세울 것 없고 보잘것없는 비루한 운명이오나
주님의 이름으로 기도하오니 응답하사
나의 갈 길을 인도하소서

나이가 들어갈수록 부족함을
더 많이 알게 되오니 믿음을 주시고
나의 삶을 주님께 의탁하오니 인도하여 주소서

잠을 잘 수 있도록 함께하소서

하루 일을 끝내고 피곤하고 나른한 몸을
쉬려고 잠을 청하여 누워도
잠들지 못하고 힘들어할 때가 있으니
편히 잠들 수 있도록 마음을 평안으로 인도하소서

온갖 생각에 신경이 묶여서
잠 못 이루는 사람들의 마음을 인도하여 주소서
별 볼일 없이 변죽만 울리는 인생을 살아가며
혼자 몸부림치며 온갖 상처 속에
절망하는 사람들을 인도하여 주소서

거리에 누워 있는 사람들과
갖가지 고민과 사연을 볼멘소리로 투덜거리며
잠들지 못하는 사람들에게 잠을 주시기를 원합니다

어둠이 짙어지고 밤이 깊어갈수록
정신이 더 말짱하여 힘들어하는 사람들에게
쉼을 허락하여 주시기를 원합니다

밤에 단잠을 자고 육신이 쉼을 얻어야
내일 또다시 일용할 양식을 위하여
일할 수 있는 힘이 생기오니
주여, 이 밤에 인도하여 주시기를 원합니다

주님의 인도하심을 알게 하소서

생활 속에 번갈아 나타나는
주님이 펼치시는 기적에 감탄하게 하시고
주님의 인도하심을 알게 하소서
주님의 뜻을 이루며 말씀을 전할 때에도
주님의 인도하심을 알게 하소서

주님의 말씀을 상고할 때에도
주님을 찬양할 때에도
주님께 예배를 드릴 때에도
주님의 인도하심을 알게 하소서

우리를 구원하신 주님의 사랑을 받아
더욱 친근하게 하시고
주님과 가까이 살게 하소서

하늘과 땅 그 어느 곳에서나
충만하신 주님의 능력을 믿게 하시고
항상 나를 바라보시는
주님의 시선을 느끼게 하소서

날마다 기도를 드리는 가운데
고백과 간구와 중보와 감사의 기도를 통하여
주님의 인도하심을 알게 하소서

언제나 함께하시는 주님

오, 주님!
그때에도 주님은 함께하셨습니다
홀로 외로워하고 있을 때
주님은 언제나 함께하여 주셨습니다

왜 나만 남았느냐고 울고 있을 때에도
고독하여 눈물이 주룩주룩 흘러내리고
모든 것이 끝났다고 절망하고 있을 때에도
주님은 언제나 함께하셨습니다

텅 빈 예배당에서 홀로 기도하고 있을 때에도
홀로 찬양하고 있을 때에도
먼 여행을 홀로 떠날 때에도
주님은 언제나 함께하셨습니다

빈방에서 홀로 눈을 감고
내 마음이 슬퍼할 때에도
갈 곳 없이 거리를 헤맬 때에도
주님은 언제나 함께하여 주셨습니다

행복할 때도 불행할 때도
기쁠 때도 슬플 때도
주님은 길이요 진리요 생명이 되시어
언제나 함께하셨습니다

주님처럼 습관이 되기를 원합니다

하나님 아버지께 기도하는 삶이
주님처럼 습관이 되기를 원합니다

가족을 위하고 사랑하는 삶이
주님처럼 습관이 되기를 원합니다

소외된 이웃들에게
모든 것을 나누는 삶이
주님처럼 습관이 되기를 원합니다

버림받은 이웃들에게
모든 것을 나누는 삶이
주님처럼 습관이 되기를 원합니다

병들고 힘든 이웃들에게
모든 것을 나누는 삶이
주님처럼 습관이 되기를 원합니다

나약하고 힘든 이웃들에게
봉사하는 삶이
주님처럼 습관이 되기를 원합니다

모든 삶에 하나님의 뜻을 이루는 것이
주님처럼 습관이 되기를 원합니다

나의 기도하는 삶이
주님처럼 습관이 되기를 원합니다

이 생명 다하도록 복음을 전하는 삶이
주님처럼 습관이 되기를 원합니다

나의 모든 삶이

주여
내 마음이 진실하게 하소서

주여
내 마음이 청결하게 하소서

주여
내 마음이 온유하게 하소서

주여
내 마음이 겸손하게 하소서

나의 모든 삶이
주님의 모습을 닮아가게 하소서

나의 마음을 정직하게 하시고
주께서 주신 사명을 감당하게 하소서

내 마음을 가난하게 하소서
나의 모든 삶이 주님의 뜻을 이루게 하소서

나의 모든 삶이
나의 마음에 천국을 이루게 하소서

아침에 드리는 기도

이 아침에 찬란히 떠오르는 빛이
이 땅 어느 곳에나 비추이게 하소서
얼굴에 햇살을 듬뿍 받으며
봄을 기다리는 아이들과
터질 듯한 벅찬 가슴을 가진 젊은이들과
외로운 노인의 주름진 얼굴에도
병상에서 하루를 힘겹게 버티는 사람에게도
저 햇빛이 희망과 꿈이 되게 하소서

또다시 우리에게 허락되는 일 년을 고대하며
기쁨과 감사를 드리게 하소서
행복한 사람들은 불행한 이들을
건강한 사람들은 아픈 사람들을
평안한 사람들은 외로운 가슴들을
따뜻하게 보살피는 한 해가 되게 하소서

이 새로운 아침에 찬란히 떠오르는 빛으로
이 땅의 사람들의 영원을 향한
소망을 이루게 하소서
이 땅 사람들이 오천 년을 가꾸어온
사랑과 평화를 살피시고
이 아침의 시간 주님이 함께해주소서

삶이 변화되게 하소서 1

부정적인 시각으로 세상을 바라보며
우울한 생활을 하는 어리석고 바보 같은
삶을 살지 않게 하소서

삶 속에서 일어나는 기분 나쁜 일들을
하나하나 되새겨 우울하게 보내거나
기분 나쁘게 생각하지 않게 하여 주소서

날마다 놀랄 만큼 쾌활하고 꿋꿋하게 하시고
다가오는 모든 어려움을 굴복함 없이
씩씩하고 당당하게 극복하게 하소서

주님의 말씀으로, 기도와 성령의 은혜로
삶이 새롭게 변화되게 하소서

환난은 인내를, 인내는 연단을,
연단은 주님을 향한 소망을 주심을 깨닫고
주님이 주시는 소망 속에 즐거워하며
아름다운 삶의 백미를 장식하며 살게 하소서

삶이 변화되게 하소서 2

주여, 과거의 죄에 발목이 잡혀
나의 삶을 망치지 않게 하시고
주님을 시인하고 고백함으로 용서받아
새롭게 삶이 변화되게 하소서

마음속에서 일어나는 갖가지 불안들을
깨끗이 털어버리게 하사
죄의 바늘방석에서 살지 않게 하소서

절망에서 벗어나게 하시고
확실하고 분명한 믿음의 정상을 향하여
조금씩조금씩 발전하여 나가게 하소서

일이 벌어진 후에는 아무리 화를 내고
신경질을 부리고 짜증 내도 소용없으니
사소한 실수를 방관하지 않게 하소서

평생 후회하지 않게 하여 주시고
어떤 어려움이 닥치더라도
비굴하게 도망치지 않게 하소서

믿음에 박차를 가하며 성도로 살게 하시고
어려움들을 통해 새롭게 변화를 이루며
삶의 기쁨을 누리게 하소서

평안을 누리며 살게 하소서

오, 주님!
내 영혼을 날마다 새롭게 하사
주님이 주시는 평안을 누리며 살게 하소서

나의 잘못과 실수로 주님의 이름이
더럽혀지는 일이 일어나지 않게 하소서
나의 어리석음으로 성령을 거역하여
흉악한 죄를 범하지 않게 하소서

하나님의 사람으로서, 성도로서
긍정적인 사고로, 거짓 없는 믿음으로
주님 앞으로 나아가게 하소서

수많은 사람들 틈에서
미주알고주알 남의 흉과 허물을 함부로
들춰내어 비난하지 않게 하소서

평안을 주시는 주님을 기억하며
주 안에 살고 있음을 기뻐하게 하소서
주님이 항상 내려주시는
평안을 누리게 하시고
주님이 인도하시는 생명의 길로 가게 하소서

주여, 영원히 나와 함께하소서

내가 좋아하는 것들도
내가 사랑하는 것들도
나를 떠날 때가 있습니다

나의 젊음도
나의 지혜도
나의 명예와 재산도
나의 집도
나의 부모도
나의 형제와 자매도
나를 떠날 때가 있습니다

주여, 영원히 나와 함께하소서
모든 것들을 소중하게 사랑하며 살게 하소서
천국을 소망하며 살게 하소서
주여, 영원히 나와 함께하소서

주님과 함께 부활하게 하소서

죽음이 가장 무섭고 두려운 순간이지만
주님이 이루신 부활의 소망을 갖고
믿음의 삶을 살게 하소서

죽음을 생각하며 초라해지거나
풀 죽지 않고 강하고 씩씩하고 담대하게
신앙생활을 하며 살게 하소서

명색이 그리스도인이며 하나님의 백성인데
모든 것들과 결별한 시간에도
주님의 손을 꼭 잡고 간절한 마음으로
모든 것을 의탁하며 기도하게 하소서

이 세상에서 아쉬울 것이 무엇이겠습니까
모든 것이 흙으로부터 와서
흙으로 돌아가는 것은 자연의 섭리입니다
조금씩조금씩 가까이 다가오는
죽음의 시간들을 주님께 맡기게 하소서

삶의 목적을 분명하게 하시고
믿음의 모범이 되어 주님의 십자가의 고난과
주님과 함께 부활할 것을 분명하게 믿으며
다가오는 죽음을 겸허하게 받아들이게 하소서

하늘의 축복을 받게 하소서

오, 주님!
하늘의 축복을 받으며 살게 하소서
나에게 찾아온 주님의 사랑으로
죄를 회개할 기회를 주시고
구원하여 주심을 감사드립니다

죄에 빠져 있던 나에게 찾아오시어
주님이 내 손을 잡아 건져내주셨을 때
내 삶은 달라지기 시작했습니다

죄는 영혼과 몸을 병들게 하지만
주님은 영혼을 구원하여 주시고
건강을 주시고 삶을 인도하여 주십니다

주님이 함께하시어 날마다
삶의 보람과 기쁨을 얻게 하여 주소서
주님의 구원의 십자가의 사랑에 눈물젖으니
내 마음 다 바쳐 주님을 사랑하게 하소서

죄는 고통의 주름살을 만들고
세월은 이마에 주름살을 만들지만
우리의 이름을 영원한 생명책에 기록하여 주셨으니
그 사랑 그 은혜를 가슴에 새기며
날마다 하늘의 축복을 받으며 살게 하소서

나도 주님의 쓰임을 받게 하소서

내가 주님의 쓰임을 받는다면
삶에 분명한 의미가 있습니다
내 삶이 쓸모없고 헛되지 않도록
희망을 갖고 살아가며 성취하게 해주소서

나의 행동 하나로, 나의 말 한마디로
나의 친절 하나로, 나의 사랑 하나로
한 사람이라도 주님을 만난다면 얼마나 좋겠습니까
.

가슴속 뜨거운 눈물로 나의 죄를 회개하고
주 예수 이름으로 구원받았으니
눈물 속에서 피어나는 회개의 꽃이
주님 사랑으로 활짝 피게 하소서

죄로 피투성이 된 몸과 영혼이
주님의 보혈로 씻김을 받게 하소서
주님의 보혈로 구원받은 기쁨을
두 발로 뛰고 두 팔을 올려 춤추게 하시며
날마다 기쁨으로 찬양을 드리게 하소서

주님의 섭리로 내가 쓰임을 받는다면
내 삶은 복된 삶입니다
맡은 바에 충성하는 성도가 되게 하여 주소서

어린아이들을 보호하여 주소서

마음이 여리고 여린
아주 작은 꼬마아이들을
주여, 보호하시고 인도하소서

세상에 태어나서
혼자서는 아무것도 할 수 없으니
연약한 어린아이들의 몸과 마음과 영혼을
주님의 품에 안아주소서

아이들의 머리 위에
주님의 손길로 축복하여 주시고
걸음마를 배우며 걸어갈 때마다
축복된 길로 인도하소서

아이들이 어려서부터 마음속에
주님을 알고 기도하게 하시고
믿음이 싹트게 하소서

키가 성장할 때마다
믿음이 성장하게 하시고
평생토록 주님이 인도하시고
보호하여 주시고 축복하여 주소서

불안할 때

주여, 죄에 속박되어 살아
마음이 몹시 불안하오니
마음에 평안함을 주시기를 원합니다

죄와 맞장구쳐서 왠지 초조함이 생기고
서늘하고 불길한 생각이 들 때
사단이 미혹하는 것임을 깨닫고
돌이켜 주님만을 의지하게 하소서

평안을 주시는 주님
죄로 인해 마음이 흔들리지 않게 하소서
불안한 마음에 사방을 두리번거리니
죄에 끌려가지 않게 하시고
나의 마음의 중심을 붙잡아주소서

늘 마음이 연약한 인간이라서
주님의 인도하심이 필요하오니
주여, 반석 위에 세운 강한 믿음을 허락해주소서

눈물이 날 때

주님, 왠지 눈물이 납니다
신세가 초라하고 만신창이가 되어 산다는 것이
힘이 들고 외로워 눈물이 납니다
모든 것이 허무하고 쓸쓸하여
주님을 의지하고 싶습니다

부족하기에 늘 주저앉고 싶고
떠나고 싶을 때가 있습니다
주님께 의탁하고 싶습니다
나약하고 부족하여 힘이 들 때
주님만을 의지하며 믿음을 확신하게 하소서

마음에 안정을 주시고
사랑할 힘과 용기를 주시기를 원합니다
살다 보면 왠지 모르게
서글퍼서 울고만 싶을 때가 있습니다

오늘은 내 마음의 하소연을
주님께서 들어주시기를 원합니다
남들이 보기에는 별일 아닌데도
상처를 받고 오해할 때가 있습니다
넓은 마음을 주시고 이해하는 마음을 주셔서
당당하게 살게 하여 주소서

한 잔의 커피를 마시며

아침에 향기가 좋은 커피를 내려 마시면
기분이 상쾌해집니다
오늘은 아주 기분 좋게 하루를 시작합니다
따뜻한 커피도 마시고
주님께 기도를 드리는 시간도 즐겁습니다

세상 살아가는 것이
마음먹기에 따라 달라집니다
좀 더 힘 있게, 좀 더 멋있게,
좀 더 신나게 살고 싶습니다

오늘은 매사에 열정을 쏟으며 일해야겠습니다
일하는 즐거움이 삶에 행복을 안겨줍니다
만나는 사람들과도 반갑게 인사를 하고
친절한 마음과 사랑의 마음으로 하루를 살겠습니다
보람이 있는 하루를 만들겠습니다
의미가 있는 하루를 만들겠습니다

일을 열심히 하다가도 막간을 이용하여
한 잔의 뜨거운 커피를 마시는
낭만과 멋을 누리며 살게 하여 주소서
주님, 감사합니다

낯선 세상에서

내가 사는 곳에서 조금만 떨어져도
참으로 낯선 세상입니다
둘러보고 둘러보아도 아는 사람이 없습니다

인생이란 태어나서 몇몇 사람을 만나고
정을 주고받다가 떠나는 것인데
이런 허무한 인생을
주님께서 인도하시고 구원하여 주심을
감사드립니다

천지만물을 인도하시는 전지전능하신
하나님을 믿을 수 있으니
이 얼마나 놀라운 은총입니까

하나님의 아들 독생자 예수 그리스도 이름으로
기도할 수 있고 응답을 받을 수 있으니
이 얼마나 놀라운 축복입니까

주여, 나를 기억하여 주시고 인도하여 주소서
이 세상에 사는 날이 너무나 짧으니
주여, 나를 기억하사 주님의 나라에 이르게 하소서

비가 내리는 날

한동안 가물어서 먼지가 푸석푸석 나도록
대지가 물기 하나 없이 메말랐는데
하늘에서 단비가 내립니다

비는 땅을 적시고 강을 통해 바다로 갈 것입니다
비가 내리면 온 세상이 젖습니다

나무들은 좋아서 행복해하고
작은 풀잎들도 행복한 웃음을 짓습니다

과일나무들은 열심히 물을 빨아들여
탐스러운 열매를 풍성하게 맺어갈 것입니다

논과 밭의 작물들도 비가 내릴 때마다
제 본분을 기억하고 무럭무럭 자랍니다

나의 메마른 마음에도
은혜의 단비를 내려주시기를 원합니다

주님의 때를 따라 은혜와 사랑 속에
더욱 성숙한 성도의 삶을 살게 하소서

주여, 오늘은 나의 몸과 영혼에
성령의 단비를 내려주시기를 원합니다

화장터에서

오, 주님!
우리의 삶은 길 떠나는 객처럼 왔다가
나그네처럼 홀홀 떠나버리는
단 한 번뿐인 삶입니다

결국에는 지상의 부귀영화와
권세와 명예도 사라지고
한 줌의 재로 남을 뿐이니
헛된 욕심과 욕망에 흔들리지 않게 하소서

죄짓는 데 세월 보내지 않고
믿음으로 하나님의 영광을 드러내고
복음 전하는 삶을 살게 하소서

하늘에 산 소망이 전혀 없다면
등골 빠지게 힘들게 살아도
얼마나 허무하고 비참한 삶입니까

하늘 소망을 갖고 살아가게 하소서
소망은 가슴 안에 있는 영원한 갈망이오니
천국을 소원하며 살게 하소서

소망을 갖는 것은 영원을 붙잡으려는
영혼의 고투이오니

절망 속에서도 주님을 신뢰하게 하소서

모두 들통나버린 허무한 이 세상에 소망을 갖기보다
주님 계시는 하늘나라에 소망을 갖도록
두 손을 모아 기도하게 하소서

서재에서 책을 보며

삼매경에 빠져 책 속으로 여행을 떠납니다
세상에는 수많은 책들이 있습니다
시, 소설, 수필, 사진, 여행기, 예술서
각 분야별로 책들이 쏟아져나옵니다

책을 통하여 많은 지식을 얻지만
책 중의 책은 단연 하나님의 말씀인 성경입니다
책을 읽어 많은 지식과 경험을 얻지만
성경을 통해서는 진리를 깨닫습니다

말씀이 육신이 되어 이 땅에 오신
주님의 십자가 구속의 사랑과 섭리를
깨닫게 하여 주시기를 원합니다

수많은 책을 통하여 얻은 지식을
좋은 곳에 사용할 수 있도록 인도하여 주시고
성경을 통하여 깨달은 진리와 지혜의 말씀을
구원의 복음으로 전하게 하여 주소서

책을 읽을 때마다 부족함을 깨달으니
교만하게 행동하지 않게 하소서

성경을 읽을 때마다 지혜를 허락하여 주셔서
세상의 지식을 뛰어넘게 하소서

우리의 믿음이 부족함을 아오니
구원의 말씀을 통하여
믿음에 믿음을 더하여 주소서

내 이웃을 사랑하게 하소서

내 이웃을 사랑하게 하소서
그들이 기뻐할 때 손뼉 치고 웃고 환호하며
함께 기뻐하며 좋아하게 하소서

내 이웃을 사랑하게 하소서
그들이 죄악에 덜미를 잡혀 고통당할 때
함께 울어주고 도와주며 아파하게 하소서

내 이웃이 나를 괴롭히거나
모함하거나 비웃을 때에도
기도로 용서할 수 있는 마음을 주소서

내 이웃을 보살피게 하소서
병들고 힘들어하거나
생활고에 시달리며 좌절할 때에
도움이 되고 힘이 되게 하여 주소서

내 이웃을 내 몸처럼 사랑하게 하소서
내 이웃을 위하여 기도하게 하소서

나의 믿음과 마음의 도량을 넓혀가며
내 이웃을 위로하게 하소서
내 이웃에게 복음을 전하게 하소서
내 이웃에게 구원의 기쁨을 알리게 하소서

삶을 살아가는 방법을 가르쳐주소서 1

우리들의 삶이 길이라면
기도를 통하여
말씀을 통하여
삶을 살아가는 방법을 가르쳐주소서

언제나 내 곁에 와 계시는 주님
기도드릴 때 더 솔직하게
내 마음을 표현하게 하소서

햇볕이 하늘을 빠져나와
온 세상을 밝게 비춰주듯이
죄의 세상을 이기신 구주 예수
나의 주님을 따라 살게 하소서

나의 생각과 방식을 고집하거나
잘못된 습관을 답습하지 않고
고정관념에 사로잡히지 않게 하소서

기도를 통하여
말씀을 통하여
믿음의 대책을 세우며
삶을 살아가는 방법을 가르쳐주소서

삶을 살아가는 방법을 가르쳐주소서 2

넓은 세상을 살아가면서도 부족함이 많으니
삶을 살아가는 방법을 가르쳐주소서

모래사장의 아주 작은 모래알만큼이나
협소하고 짧은 지식으로
다 알고 있는 듯 자만하지 않게 하소서

조팝나무 꽃이 필 때 하나님이 나를 얼마나
사랑하시는가를 알았습니다
진달래가 필 때 하나님이 나를 얼마나
사랑하시는지 알았습니다
벚꽃이 필 때 하나님이 나를 얼마나
사랑하시는지 알았습니다

작은 새 한 마리 하늘을 나는 것을 보고
주님의 사랑을 알았습니다
산모퉁이에 찬란하게 핀 꽃을 보고
주님이 나를 얼마나 사랑하시는지 알았습니다

담대하고 굳센 믿음으로 마음을
잘 단속하며 살아가게 하시고
삶을 살아가는 방법을 가르쳐주소서

우정이 평생토록 이어지게 하소서

삶 속에서 서로의 마음을 주고받을 수 있는
친구의 우정이 있음을 감사드립니다

수많은 사람들이 의리를 지키지 않고
서로 등을 돌리고 사악하게 배반하고
손가락질하고 비난하며 살아갑니다

사랑하는 친구와의 사랑과 우정이
언제나 변하지 않게 하소서
항상 서로를 위하여 기도하게 하시고
필요할 때만 찾고 부르는 것이 아니라
늘 동행하는 마음을 갖게 하소서

서로 필요할 때
서로 어려울 때
서로 기뻐할 때
서로 슬퍼할 때 함께할 수 있게 하소서

서로를 소중하게 생각하게 하시고
친밀하게 하시고 서로를 돕게 하소서
사랑하는 친구와의 우정이
평생토록 이어지게 하소서

홀로 있을 때에도

황량한 들판에 홀로 있을 때에도
난 혼자가 아닙니다
전지전능하신 나의 구주이신
주님이 언제나 함께하십니다

언제나 나보다 먼저 행하여 주시고
내 몫의 사랑보다 더 크고
풍성하게 사랑을 베풀어주시는
주님이 언제나 함께하십니다

내가 해야 할 내 몫의 기도도
정성껏 드리지 못함을 용서하여 주시고
늘 깨어 간절한 마음으로 통회하여
모든 죄를 용서받아 성도답게 살게 하소서

내 몫의 사랑보다 더 큰 사랑으로
주님의 크고 높으신 사랑을 본받아
늘 사랑하고 베풀며 살기를 원합니다

홀로 있을 때에도 주님이 날 사랑하심에
눈시울이 붉어집니다
주님은 한순간이 아니라
우리와 언제나 동행하여 주십니다

내 영혼을 새롭게 하여 주소서

오, 주님!
언제나 나보다 먼저 찾아와주시는 주님
나의 영과 육이 가는 방향과 추구하는 것들이
주님의 뜻과 너무도 판이하게 다를 때가 있으니
내 영혼을 새롭게 하사
주님의 길로 인도하소서

나의 마음 깊은 곳에 숨어 있는
못된 죄악을 깨끗이 씻어주사
거듭난 새 생명의 기쁨을 누리며
주 안에서 살게 하소서

하나도 자랑할 것이 없는데
아무 소용없는 허풍을 치며
뽐내는 추함이 없게 하소서

사사로운 일에 파묻혀 살다가
녹초가 되지 않게 하시고
주님의 복음의 말씀과 선한 양심을 주사
평강을 누리며 살게 하소서

죄 속에 살던 삶을
자랑하듯 크게 떠벌이거나
방향 없이 이곳저곳 서성거리지 않게 하소서

주님의 말씀에 귀를 기울이게 하시고
죄악의 속박에서 벗어나게 하소서

진리 속에 자유를 누릴 수 있는
복된 성도의 삶을 살게 하소서
나의 영혼을 날마다 새롭게 하소서

주님을 만나게 하소서

매일 만나는 사람들의 모습에서
주님을 만나게 하소서

같이 일하는 사람들의 모습 속에서
주님의 뜻을 알게 하소서

모임 중에 함께하는 이들의 모습 속에서
주님의 섭리를 체험하게 하소서

사랑하는 사람들의 모습 속에서
주님의 사랑을 알게 하소서

주 안에 있는 사람들의 모습 속에서
주님의 말씀을 듣게 하소서

살아 있는 생명의 말씀 속에서
주님의 음성을 듣게 하소서

가까이 있는 사람들의 모습에서
주님의 손길을 느끼게 하소서

일하면서 순간순간 알려주시는
주님의 뜻을 깨닫게 하여 주소서

하나님의 기뻐하심 속에 살게 하소서

죄악을 회개하게 하소서
내숭을 떨며 쓸데없는 넋두리로 변명하거나
슬픔 속에서 처량히 울기보다는
예수 그 이름으로 영혼 깊이 회개하게 하소서

죄를 지어 부끄럽게 살기보다는
죄를 회개하고 주님의 자녀답게,
하나님의 거룩한 백성답게,
그리스도인답게, 성도답게 살게 하여 주소서

주님과의 영혼의 깊은 대화를 통하여
주님이 기뻐하시는 가운데
주님의 참평안 속에 살게 하소서

오만과 자만과 교만으로 저지른 잘못과
유혹과 호기심에서 비롯된
모든 죄악에서 벗어나게 하소서

우리의 삶이 하나님의 노여움에
놓여 있지 않게 하시고
하나님의 기뻐하심 속에 살게 하소서

주님의 축복하심을 기뻐하게 하소서

죄악에서 눈을 돌리고 하잘것없고 부질없는 데
소중한 시간을 허비하며 살지 않게 하소서
세속적인 것에 매달려 죄를 짓지 않게 하소서
어리석고 비참한 목숨이 되지 않게 하소서

내 온몸의 핏줄이 다 터져 쏟아지듯
내 마음을 다 쏟아 구원을 간청하며
심장이 저리도록 간절하게 기도하게 하소서

고난의 순간마다 역경의 순간마다
힘을 주시고 이겨내게 하시는
주님의 은혜를 믿고 따르게 하소서

삶의 순간마다 구속의 사랑이 얼마나
고귀하고 소중한지 깨닫게 하시고
주 안에서 사는 기쁨과 감동을 누리게 하소서

삶의 고비고비마다 성령이 충만할 때
맺히는 아홉 가지 열매를 보며
주님의 축복하심을 기뻐하게 하소서

주님의 인도하심 따라 살게 하소서

주님!
삶을 기분에 따라 살거나
순간적 감정에 따라 살지 않게 하소서
기뻐도 괴로워도 믿음 안에서 살게 하소서

나의 믿음이 확실하고 견고하여
굳건한 반석 위에 선 것같이
주님의 말씀에 의지하여
죄의 나락으로 떨어지지 않게 하시고
흔들림 없이 견고하게 하소서

주 안에서 항상 기뻐하며 살게 하시고
믿음이 날로 성장하게 하시고
하나님을 위하여 열매 맺는 삶을 살게 하소서

죄로 인하여 꼬투리를 잡혀
죄악의 꼭두각시가 되지 않게 하시고
육신이 연약해지지 않게 하시고
강한 믿음의 삶을 살게 하여 주소서

마음의 중심이 흐트러지거나 꺾이지 않고
뒤섞이거나 엎질러지지 않게 하시고
마음을 모아 주님을 바라보며
천국에 대한 간절한 소망을 갖게 하소서

삶을 시류에 따라 마음대로 살거나
흥미 위주로 살지 않게 하시고
성령의 인도하심 따라, 말씀의 인도하심 따라,
주님의 인도하심 따라 살게 하소서

새 생명을 주시는 주님

죄로 죽을 수밖에 없는 우리에게
새 생명을 주시고 구원하여 주시는 주님

우리가 주님의 삶을 본받아
가슴이 후련하고 기쁘도록
오직 주 안에서 믿음으로 살기를 원하오니
믿음에 믿음을 날마다 더하여 주소서

말씀의 구원에 이르는 지혜를 믿게 하시고
성령의 인도하심 따라 살게 하시고
악은 모양이라도 버리게 하소서

우리가 언제나 주님을 바라보며
선한 일에 동참하고 착한 일을 시작하여
소망 중에 기뻐하게 하소서

날마다 사랑이 가득한 주님을 닮아가게 하시고
예배를 통하여 구원받은 기쁨을 더욱더 알게 하소서

우리에게 믿음을 주셔서 각자 맡은 사명과
주신 달란트를 잘 감당하게 하시고
주님의 뜻에 따라 살게 하소서

내 마음에 주님을 모심으로

내 마음의 중심이 진리의 영을 따라
구속의 주님 예수 그리스도를
영접하여 받아들여 모시게 하소서

하나님께로서 난 자로서 복음을 믿게 하시고
죄악의 절벽에 서 있듯 아슬아슬하고
기구하고 안타깝게 살지 않고
세상을 이기는 믿음을 갖게 하소서

내 마음이 구주 예수 그리스도와
늘 동행하며 함께하시는
복음의 귀한 자리가 되게 하소서

하나님을 향한 선한 양심을 구하며
선한 청지기로 살아가게 하소서
내 마음에 주님이 함께하심으로
나의 모든 삶이 성령으로 인도받게 하소서

하나님의 긍휼하심으로 인도하여 주시고
주님이 내 마음에 항상 거하여 주소서
나의 모든 삶과 나아갈 길을 기도로 의탁하고
나의 모든 삶을 말씀으로 무장하게 하소서

천국을 사모하며 살게 하소서

죄악으로 뼈만 앙상하게 남아 초라하고
제 설움에 겨워 보잘것없는 인생을
주님의 보혈로 구원하여 주소서

우리의 삶을 죄가 주장하지 않게 하시고
생명의 말씀을 흘려듣는
어리석고 못난 실수를 하지 않게 하소서

항상 주님의 은혜 아래 있게 하셔서
영혼을 새롭게 거듭나게 하여 주시고
구원하여 주심을 감사드립니다

성령의 바람이 세차게 불어와
몸과 영혼이 새롭게 영적으로 무장하며
예수의 강한 믿음의 용사가 되게 하소서

우리의 죄악을 용서받았으니
주님의 십자가를 자랑하며
주님이 뜻하시는 대로 살게 하소서

굳건하고 든든한 믿음 속에 무럭무럭 자라나
주님이 주시는 소망 중에 날마다 즐거워하며
하늘나라의 영원을 사모하게 하소서

삶이란 흐르는 강물 같으니

삶이란 흐르는 강물 같으니
잠시 배를 띄우는 기쁨과
낚싯대를 드리워 잡은 고기나
그물을 던져 잡은 고기 때문에
순간적인 만족에 머물러 있지 않게 하소서

비 온 후에 만물이 새롭게 변화하듯
우리의 영혼도 충만하게 주시는 은혜를 받으며
새롭게 변화되게 하시고
주님을 찬양하고 소망하며 살게 하소서

삶이란 흐르는 강물 같으니
현실적인 만족에 머물거나
찰나의 기쁨에 취하지 않게 하소서
시대적 유행과 같은 풍속에 젖지 않게 하여 주소서

세상의 헛된 것들을 좇다가
신앙생활에 균열이 일어나지 않게 하시고
생명의 진리와 믿음으로 거룩하게 하소서
신앙생활을 형식적으로 하지 않게 하시고
구원의 복음으로 그리스도의 영광을
온 세상에 전하게 하소서

나의 짐이 점점 더 무거워질 때

고단하고 지쳐서
나의 멍에와 짐이 점점 더 무거워질 때
짜증을 내거나 불평하거나 원망하지 않고
주님께 가장 먼저 도움을 청하게 하소서

나약하고 부족하고 초라할 때
나 자신만을 의지하다 힘을 소진하지 않게 하시고
주님께 인도하심을 받게 하소서

오기로 버티려고 이를 악물고
안간힘을 쓰지 않게 하시고
주님의 십자가를 바라보며
주님의 인도하심을 따르게 하소서

고통이 참기 어려울 때라도
주님을 더욱 의지하며
어느 때나 이겨내게 하여 주소서

우리의 삶을 변함없이 인도하시는
주님으로 믿음을 확증하며
산 소망을 가지고 성도의 본을 보이며
선한 믿음으로 순종하며 살게 하소서

쉴 만한 자리로 인도하소서

오, 주여!
허무한 세월을 회개하고 용서받게 하소서
나에게 감당할 수 있는
짐을 주시는 주님이심을 믿게 하시고
나를 부인하고 나의 십자가를 지고
구주 예수 그리스도를 따르게 하소서

주님께서 어느 길 어떠한 길로 인도하시더라도
함께하심을 믿고 담대하게 나아가게 하여 주소서
주님께서 가장 선하신 방법으로
가로막힌 길을 열어주시고
최선의 방법으로 인도하심을 믿게 하소서

망령되고 헛된 말들을 버리고
죄를 떠나 주님의 은혜로 새로운 국면을 만들며
빛 되신 주님에게로 도피하게 하소서

주님의 은혜가 물결로 밀려오고
쉴 만한 자리로 인도하심을 항상 믿으며
우리를 사랑하시어 영원한 위로와
소망과 은혜를 주심을 믿게 하소서

주님만이 생명이며 구원이십니다

나에게 새 생명을 주시는 주님
주님만이 생명이며 구원이시니
우리가 주님과의 관계를 온전히 하여
굳센 믿음으로 순종하며 따르게 하소서

공수표를 날려 실망하지 않게 하시고
주님께도 실망을 드리지 않게 하소서

어설프고 서툰 행동으로 골탕 먹지 않고
겁먹고 살지 않게 하시고
어떠한 역경이 오더라도
어떠한 고통이 오더라도
어떠한 슬픔이 오더라도
오직 주님만을 의지하며 따르게 하소서

주님과 동떨어져 제멋대로 살지 않게 하시고
순수한 신앙과 정결한 마음을 갖게 하소서

내 마음을 관통하는
구원받은 참기쁨과 참소망 속에 살아가며
나보다 먼저 주님을 바라보게 하소서

죄악에 발목 잡혀
삶을 망치지 않게 하여 주시고

세월이 바뀌어도 언제나 동일하신
주님의 사랑을 받게 하소서

세상보다 먼저 주님을 바라보게 하소서
주님만이 생명이며 구원이십니다

정직한 영을 새롭게 하소서

썩고 사라질 세속적인 갈구에서 벗어나
성숙한 믿음으로 참된 소망을 갖게 하시고
우리의 삶을 날마다 새롭게 하소서

하나님의 인도하심을 묵묵히 따르며
죄를 몽땅 끊어버리게 하소서

시퍼런 도끼날에 찍힌 듯 미쳐 날뛰던
죄 된 마음이 고통스러우니
죄의 허물을 벗게 하여 주시고
가슴에 맺힌 한을 풀게 하소서

죄 속에서 곤죽이 되고
어리석은 자가 되어 살지 않게 하시고
고군분투하며 열심히 살게 하소서

주님이 허락하신 넘치는 은혜 속에서
가치 있는 삶을 살고 소망 속에서 기뻐하게 하소서

이 시대의 아픔과 절망을 안고 기도하며
모든 일에 성도답게 살게 하소서
성령의 은혜로 정결한 마음을 주시고
정직한 영을 허락하소서

주님을 의지하게 하소서

오, 주여!
나를 불쌍히 여겨주시고 인도하여 주사
주님을 온전히 만나 신령한 복을 주시는
주님을 믿음으로 의지하게 하소서

주님 곁을 맴돌고 서성이다가
부족하여도 서운해하거나
섭섭하게 생각하지 않게 하소서

내 생각이나 내 경험이나 내 판단이나
내 지식으로 화내지 않게 하시고
영적인 거듭남을 통하여
온전히 주님을 영접하게 하소서

흘러가고 떠나가버리는 허무한 것들
아무것도 아닌 것을 걸신들린 듯 붙잡으려 하다가
모든 것을 잃지 않게 하소서

죄로 죽은 심령을 살려주셨으니
헛된 것을 바라거나 쓸데없는 것을 원하거나
발버둥 치며 살지 않게 하소서

순간이 아니라 영원한 생명을 주시고
하늘 사랑으로 심금을 울려주시고

믿음의 본을 보이고 경종을 울려주시는
주님을 온전히 바라보게 하여 주소서
수없이 침몰하는 믿음이 아니라
강하고 담대한 믿음으로 변화되게 하소서
주님을 온전히 만나 의지하게 하소서

주님의 손길이 필요합니다

주님!
모두 다 똑같이 죄짓고 죄 속에서 개개던
죄인 중에 죄인입니다
나도 그들과 똑같은 한 사람입니다

세상에서 믿음과 벽을 쌓았던
모두 다 더러운 죄인이라는 것을
회개를 통하여 분명하고 확실하게 깨달았습니다

그때 왜 나는 주님의 뜻을 몰랐을까
그때 왜 나는 주님의 말씀을 몰랐을까
그때 왜 나는 주님의 인도하심을 몰랐을까

지금 주님의 손길이 너무나 많이 필요하오니
주 예수 그리스도의 십자가 보혈의 피로
나의 모든 죄를 속량하여 주시기를 원합니다

나의 모든 악독과 분을 함부로 내보이며
못되게 게거품을 물고 살지 않게 하여 주소서

비방을 모든 악과 함께 버리고
예수께 용서하심을 받게 하시고
내 마음에 구원의 은혜가 흘러넘치게 하여 주소서

나로 예수 그리스도를 본받는 자가 되게 하사
복음을 전하는 일에 발 벗고 나서게 하시고
새 생명의 길로 인도하여 주시기를 원합니다

가장 아름다운 사랑의 순간

믿음 속에서 사는 성도에게
삶의 가장 아름다운 순간은
주님께서 골고다 십자가에서
고난당하신 그 순간입니다

나의 삶 속에 가장 아름다운 모습은
나의 입술의 시인과 나의 마음의 고백을
귀 기울여 들어주시는
주님의 모습입니다

진리의 말씀을 옳게 분별하고
주님의 뜻을 온전히 구별하여
나의 마음에서 가장 아름다운 구주이신
주님의 사랑을 발견하게 하소서

나의 죄는 감쪽같이 숨길 수 없으니
회개를 통하여 다 드러내어
보혈로 용서받고
성령으로 새롭게 되게 하소서

나의 삶 속에 가장 아름다운 순간은
주님께 기도하고 주님을 찬양하며
주님께 예배드리고 복음을 전하는 그 순간입니다

내 마음을 사로잡는 주님의 사랑 속에
주님의 은혜로 선한 일을 시작하셔서
주님의 날에 완성하여 주소서

서글픔이 몰려올 때

무시당한 듯 외면당한 듯
서글픔이 몰려올 때
까닭 없이 눈물이 쏟아지고 견딜 수 없을 때
주님이 함께하여 주소서

알 수 없는 공허함에
쓸데없이 뛰어다니면서 살지 않게 하시고
오만하게 살지 않게 하시고
허무함에 지쳐 쓰러지지 않게 하소서

내 마음이 깨지고 쑥대밭이 되더라도
나의 모든 죄와 허물과 잘못에
이제는 종지부를 찍고 몽땅 다 회개하여
죄에서 돌아서게 하소서

나의 모든 실수와 잘못이
변덕스러운 내 감정으로 일어난 것이니
믿음으로 굳게 중심을 잡게 해주소서

생명의 말씀 속에 꿈인 듯 생시인 듯
고요히 다가오시는 주님을 생각하며
삶의 용기와 희망을 갖게 하소서

슬프고 괴로운 생각 속에

떠나간 세월을 붙잡고
헛된 그리움에 빠지지 않게 하시고
내일을 희망으로 받아들이게 하소서

착한 행실을 하게 하소서

세상 사람들이 성도들을 지켜보고 있으니
캄캄한 어둠에 누워 있지 않게 하소서
온유하고 겸손한 마음으로
선하게 행하며 살게 하소서

세상 사람들이 그리스도인들을 바라보고 있으니
교만하고 강퍅한 마음으로
조롱거리를 만들지 않게 하시고
믿음으로 올바른 신앙생활을 하게 하시며
하나님의 영광을 가리지 않게 하소서

세상 사람들이 하나님의 백성을 보고 있으니
하나님의 말씀에 순복하며 신실하게 살아
저들이 성도들의 삶을 바라보고 깨닫게 하시고
주님의 섭리를 따르게 하소서

오늘은 주님이 그립습니다
오늘은 푸르고 맑은 하늘 사랑이 그립습니다
온유하고 따사롭고 부드러운 주님의 사랑에
때마다 흠뻑 빠져 살게 하여 주소서

주님의 사랑을 싱싱하게 꽃피워내며
이 세상에서 들러리 서는 삶이 아니라
신앙생활의 중심이 되어서

살아 있는 생명의 기도를 드리게 하소서

우리의 삶이 세상의 빛과 소금이 되게 하사
서로 갈등함이 없는 착한 행실을 보고
세상 사람들이 하나님께로 찾아나오게 하소서

구원의 기쁨이 넘치게 하소서

외롭고 답답해도 막연한 것을 바라며
무심하게 외면하며 살지 않게 하소서

주님의 구원의 자유가 가득한 나의 가슴에
환희와 기쁨이 넘치게 하소서

아침 이슬 먹은 풀잎들의 싱그러움처럼
마음이 날로 새로워져 하늘나라를 소망하며 사는
성도답게 살게 하소서

아침 기도 시간에 푸른 하늘을 바라보니
구름들이 모여들어 이야기를 나누고 있습니다
기도 속에 주님과 신실한 대화를 나누게 하소서

죄를 지어 간담이 서늘해지고
고통 속에 억장이 무너지지 않게 하시고
늘 주님을 따르며 살게 하소서

회개의 눈물보다 마음을 맑게 만드는 것은
주님의 십자가 보혈의 사랑입니다

주님의 구원의 기쁨이 날마다 때마다
나의 마음속에서 싱싱하게 자라나게 하시고
주님의 사랑과 기쁨이 마음속에서

서로 각축하듯 흘러넘치게 하소서

만나고 함께하는 사람들과
좋은 인연들을 만들며
친절하고 겸손한 마음으로,
따뜻한 정으로 살게 하소서
주님, 감사합니다

하늘에 소망을 두게 하소서

오, 주여!
이 땅에는 모두 다 빤한 것들뿐입니다
한번 떠나가면 다시 못 오는 것들뿐입니다
영원한 것은 주님 한 분뿐입니다

아무런 양심의 가책 없이
정신없이 달려들게 만들었던
돈, 명예, 권세, 사랑, 부귀영화도
다 헛된 것입니다

박수를 받고 환호를 받았던 순간들도
모두 한순간 잡았다 놓치는 물거품 같은 것입니다
이 땅에 영원한 것은 없습니다

좀 아는 것처럼 착각하여
오만하고 자만하고 교만하지 않게 하시고
신앙생활을 좀 하는 것처럼
기도를 좀 하는 것처럼
전도를 좀 하는 것처럼
거만하게 자랑하지 않게 하소서

이 땅에 소망을 두지 않게 하시고
나를 구원하신 깊이를 알 수 없는
주님의 사랑에 깊은 감사를 드립니다

죄로 구멍 숭숭 뚫렸던 마음도
눈물 흘리며 회개하였을 때
주님께서 모두 치유하여 주셨으니
이제는 영원한 하늘나라를 소망하며 살게 하소서

말씀과 믿음으로 주 안에서 둥지를 틀고
영원한 천국을 소망하고 기대하며
날마다 주님과 동행하며 살게 하소서

놀라우신 주님의 은혜

내가 이 세상에 태어날 수 있는 것도
내가 지금까지 살아올 수 있는 것도
모두가 주님의 더할 나위 없는 은혜입니다

흑암에 갇히지 않고
빛 가운데 서게 하시고
골고다 십자가에서 목숨을 사주신
주님의 구속의 사랑에
무한 감사를 드립니다

내가 지은 죄는
가차 없이 지옥에 갈 수밖에 없는데
내가 어찌 주님의 구원을 입을 수 있겠습니까
모두가 놀라우신 주님의 은혜입니다
내 마음은 늘 주님을
배신하고 거부하는데
거부할 수조차 없이 값없이 부어주시는
주님의 놀라운 은혜를 깨닫습니다

내가 어찌 주님의 사랑을 받을 수 있겠습니까
모두가 한량없는 주님의 사랑입니다
내가 어찌 주님의 축복을 받을 수 있겠습니까
모두가 겸손하고 온유하신 주님의 마음입니다

나만 바라보면 그 아무것도 할 수 없는데
주님으로 인해 주님의 십자가 사랑으로
새롭게 되었으니 모두가 주님의 은혜입니다

내가 어찌 찬양하지 않을 수 있습니까
내가 어찌 복음을 전하지 않을 수 있겠습니까
모두가 주님의 은혜입니다

날마다 기도하며 살게 하소서

초판 1쇄 인쇄 2017년 6월 20일
초판 1쇄 발행 2017년 7월 7일

지은이 | 용혜원
펴낸이 | 한순 이희섭
펴낸곳 | (주)도서출판 나무생각
편집 | 양미애 양예주
디자인 | 오은영
마케팅 | 박용상 이재석
출판등록 | 1999년 8월 19일 제1999-000112호
주소 | 서울특별시 마포구 월드컵로 70-4(서교동) 1F
전화 | 02)334-3339, 3308, 3361
팩스 | 02)334-3318
이메일 | tree3339@hanmailnet
홈페이지 | wwwnamubookcokr
트위터 ID | @namubook

ISBN 979-11-86688-93-9 03810

이 도서의 국립중앙도서관 출판예정도서목록(CIP)은 서지정보유통지원시스템 홈페이지
(http://seojinlgokr)와 국가자료공동목록시스템(http://wwwnlgokr/kolisnet)에서
이용하실 수 있습니다 (CIP제어번호: CIP2017013326)